威廉·福克纳与莫言
生态伦理思想研究

王秀梅　著

厦门大学出版社
XIAMEN UNIVERSITY PRESS

国家一级出版社
全国百佳图书出版单位

图书在版编目（CIP）数据

威廉·福克纳与莫言生态伦理思想研究 ＝ A Study
of William Faulkner and Mo Yan's Ecological
Ethics / 王秀梅著. -- 厦门：厦门大学出版社，
2023.12
　　ISBN 978-7-5615-9142-0

　　Ⅰ.①威… Ⅱ.①王… Ⅲ.①福克纳（Faulkner，
William 1897－1962)-小说研究②莫言-小说研究 Ⅳ.
①I712.074②I207.42

中国版本图书馆CIP数据核字(2023)第199811号

责任编辑　高奕欢
美术编辑　李夏凌
技术编辑　许克华

出版发行　厦门大学出版社
社　　址　厦门市软件园二期望海路 39 号
邮政编码　361008
总　　机　0592-2181111　0592-2181406(传真)
营销中心　0592-2184458　0592-2181365
网　　址　http://www.xmupress.com
邮　　箱　xmup@xmupress.com
印　　刷　厦门集大印刷有限公司

开本　　720 mm×1 020 mm　1/16
印张　　19.5
字数　　372 千字
版次　　2023 年 12 月第 1 版
印次　　2023 年 12 月第 1 次印刷
定价　　78.00 元

本书如有印装质量问题请直接寄承印厂调换

厦门大学出版社
微信二维码

厦门大学出版社
微博二维码

国家社科基金后期资助项目
出版说明

　　后期资助项目是国家社科基金设立的一类重要项目，旨在鼓励广大社科研究者潜心治学，支持基础研究多出优秀成果。它是经过严格评审，从接近完成的科研成果中遴选立项的。为扩大后期资助项目的影响，更好地推动学术发展，促进成果转化，全国哲学社会科学工作办公室按照"统一设计、统一标识、统一版式、形成系列"的总体要求，组织出版国家社科基金后期资助项目成果。

全国哲学社会科学工作办公室

目 录

引　言

文学是时代进步的镜子。作为社会生活的全面反映和集中体现,文学发展水平与社会生产力的状况、经济水平、文化程度等都有着广泛的联系。文学作品通过作家的想象力创造出活生生的经验对象,借助于情感之维形成对人类的塑造和对社会发展的影响。"文学与永恒、知识和稳定毫无关系,却与未来和希望有着千丝万缕的联系,它与世界抗争,并坚信此生有超乎想象的意义。"[①] 作家以文学为形式记录人类发展的历史过程,表现出一种贴近历史和社会的现实化倾向,展现出当下社会出现的诸多问题,并对人类未来进行深刻的思考。美国南方著名作家及诺贝尔文学奖获得者,威廉·福克纳,以自己的家乡为原型虚构了"约克纳帕塔法"文学王国,为读者描绘出人和自然相互依赖的生命共同体。中国著名作家莫言也像福克纳一样,创建了自己的"高密东北乡"文学王国,谱写了人与自然相互依存的命运共同体。贯穿两位作家作品核心的是其生态伦理思想,即对人与自然之间生态伦理的认识和看法。这些思想的形成和发展既有两位作家对哲学的运用和借鉴,又有其本人对各自传统文化内涵的吸收与弘扬,体现了当代生态规律和人与自然的相互关系。两位作家对生态伦理关系的认识不仅对世界文学创作产生了重要影响,而且对当代生态命运共同体的构建提供了重要借鉴。

一、自然文学与生态文学

文学作品充分体现了作家本人所处时代的需求和社会发展的要求,反映了当时人们的社会生活和处事态度。自然界是人类生存生活的唯一场所,在人类长期的发展历程中与人类结成了密不可分的天然联系。无论是在自然资源的供给和物质保障方面,还是在精神慰藉方面,自然界都是人类最好的依赖,因而人类对自然有着强烈的情感,纷纷著书立说,充满了对自然界的感激之情。

"自然文学"与"生态文学"属于不同的文学概念,二者既有相同之处

---

① 罗蒂.筑就我们的国家:20 世纪美国左派思想[M].黄宗英,译.北京:生活·读书·新知三联书店,2006:102.

又有区别。其相同之处在于都是以自然为主题的创作形式，反映的都是人与自然之间的关系等内容；不同之处在于前者基于作家本人对自然的亲近、观察和理解，描述作家在诸如原野、森林、草地、高原、沙漠和海洋等生活的经历以及获得的经验，突出了文学性、虚构性和审美效果。

自然文学通常强调土地伦理的形成，倡导人与自然的平等，呼唤人们从自然中寻求精神价值；同时强调生存地域的重要地位，凸显独特的文学形式与语言特色。自然文学先后经历了自然书写、环境文学和生态文学的发展历程，体现了人类与自然之间关系的依赖与对立的过程。

生态文学描写人与自然之间的关系，以自然作为叙事对象，进而反映出人与自然的关系。把研究自然作为生态文学的标准是一种误区，因为生态文学不一定仅仅书写自然，或者说以自然态度描写自然万物；只要作品包含生态意识或提供生态意识思考的层面就可以视为生态文学。这样，生态文学在概念上比自然文学更加深厚，更加具有哲理性的内涵。

"自然"作为文学表现的主题可以追溯到远古神话之中，那时的人类先民与神话中的天、地、神等，同处在一个混沌的世界中，如中国的《山海经》、古希腊罗马神话以及西方基督教神话等都反映了这一现象。随着人类文明的发展，人从混沌的状态脱离出来并逐渐营造出自己独特的生存环境，并通过从自然界中获取生产生活资料的方式不断发展壮大。由于美国独特的自然环境，美国自然文学比其他文学更具有浓厚的自然情感，更能深刻体察自然、感悟自然和关爱自然，具有更加敏锐的洞察力、独特的思维能力和完美的自然表现能力。美国文学家十分热爱自然，形成了关注自然、书写自然的传统。无论是在殖民时期，还是在浪漫主义、现实主义、自然主义和现代主义等时期，都形成了自己独特的描写自然的文学表现形式。

中国自然环境优美，大自然给予华夏民族的馈赠十分丰厚。我国先祖们的日常生活中，无论是婚丧嫁娶、分别团聚等，还是宗教仪式，都充满了自然之声，映衬着自然之景。我国文学对自然的描写具有更悠久的历史，由此产生了浩如烟海的优秀作品。如我国第一部诗歌总集《诗经》，既反映了华夏民族在融入黄河长江流域生态系统中与自然共生共长的过程，也反映了中华民族原始质朴的人性和对自然的无限追求与崇尚的精神。自然是人类的最高主宰，也是人间社会秩序的反映，自然的繁荣或失调代表着君王德操的有无或王朝的兴衰，以自然的有用性展现自然态度。中国文学史上有许多文学家、诗人等将生命和智慧赋予了大自然，秉承儒、道、佛三家生态之精髓和中国悠久的文学讴歌自然之传统，将自然作为人类生存的重要维度呈现在文学的广阔视野中，其感人之处不只是故事的本身，还在于所蕴含的中华民族浪漫悲壮的精神追求和浓厚的自然情怀，体现了中华民族孜孜不倦的精神求索和自由追求。

生态文学基于自然万物为生存而抗争所形成的全部复杂的依存关系，凸显了人与自然之间的危机，强调生活的价值观念，呼吁改变现存的生活方式以解决环境危机问题。这类作家把人类社会的道德关怀范围扩大到自然万物之中，以反思人与自然之间关系的失衡为基础，始终不断地强调自然万物之间的关联性，重视与调整自然万物之间的动态关系和发展状态。对自然的尊重和喜爱构成了"生态文学"作品的主题内涵，展现了作家所具有的浓厚的自然情怀，以及通过对自然的描绘和刻画，从不同侧面、不同层次反映了人与自然之间的关系。

生态文学对自然的描述彰显出刚劲雄浑、博大壮阔的精神，并没有局限在对自然景物的简单描摹上，还表现了人类在自然怀抱中呈现出的充满活力的人生，表达了对破坏生态环境和生态伦理行为的谴责和批驳："知道了我该做什么却保持沉默，那我的心将会永无安宁。从最深远的意义上说，对千千万万人讲出如此生死攸关的重大事情，既是我的权利也是我的义务。"① 这类作家的创作不仅体现了对人与自然和谐发展的密切关注，而且展现了对人类生存、发展前途和命运的高度责任感。他们站在时代发展的创作立场，凝视人类个体作为有机性存在的自然和生态环境，以自然意识和生态意识唤醒现代人的生态保护意识和历史责任，关注人类的生存，致力于提升人类的生存质量。

二、生态伦理及生态伦理批评

伦理是人类社会发展的基本保证和人类行为的规范准则，目的是为人们提供认识世界和改造世界的方式方法。"伦理"一词源自希腊语，意思是基本的、人性的、与习俗等有关的准则；或者说是人们参与实践活动所依据的秩序和规范等。作为一种社会意识形态和对社会存在的具体反映，生态伦理实际上是人与自然、人与人、人与社会、人与自我之间保持的一种秩序或默契，或在不同场合中体现出的共同遵守的规则或秩序。人类选择在与自然和谐发展的基础上构建命运共同体，意味着人类与自然万物享有平等的生存权和发展权；反之，若无限制地追逐自身利益，则意味着人类违反了人性的道德伦理，最终将招致报应。

---

① Lear, Linda, Rachel Carson. *Witness for Nature*[M]. New York: Henry Holt and Company, 1997: 228.

伦理的基础在于"理",人们要按照"理"来处理人与自然、人与他人之间的关系。生态伦理观是指人们对自然的看法,也可以理解为文学作品中运用和阐述的自然观点。自然界为人们提供了丰富多彩的生活经历,使高尚和卑鄙、干净和肮脏、美丽和丑陋和平共处,共生共荣,既保持了生命的原生态系统,又融合了人类对自身的深切感悟,给人们以意志的培养与道德的提升,使人们熟知差异、秩序、善恶、本质与表象、循序渐进与跨越发展的知识和规律。

人与自然之间的关系是当今文学批评界的一个重要课题,因为"环境和生态问题提出了一些更基本的问题,它们关系到我们人类的价值,关系到我们的生存方式、生活方式、在自然界中的位置以及我们应当孕育世界文明的形式等方面,总之,环境问题提出了伦理上的基本问题"①。自然界是否具有伦理?自然万物是否像人类社会那样遵守伦理准则?对此,不同的人有不同的看法,但不论何种观点,都反映了人与自然关系问题。因此,人们对于生态伦理思想的研究主要是体现在对人与自然的关系的看法研究上,具体解释为关于自然生态、社会生态和精神生态的伦理需求与社会责任等。

生态系统是一个不可分割的整体,生态环境关乎着人类的生存发展。"生态伦理系统"是指自然界的生命本性,表现为自然界生存和发展的规律或秩序。对于这一领域的研究,东西方学者揭示的是人与自然之间相互促进和相互制约的关系,阐述的是人类应自觉保护自然环境和维护生态平衡,以求达到人与自然和谐、人与人平等、人与自我平衡的目的。生态伦理把人与人之间的关系扩展到人与自然的关系,使道德对象的范畴由人类社会扩展到自然界。这一过程不是简单地将人际伦理或社会道德等内容移植或扩展到自然界之中,而是把生态伦理作为人与自然和谐发展的基础,将人际关系中的道德观和价值观运用于自然万物之中,通过这些道德规范制约或修正人们的错误行为,调节人与自然不合理的伦理关系,使人类担负起保护自然生态的义务和责任。

在当今社会中,随着生态环境和人类生存危机的不断恶化,伦理道德向自然生态的延伸成为社会发展的必然趋势,因为人们必须重新认识人与自然的关系,确保人与自然的相融、相依和共存关系,将人与自然的关系上升到人性与道德的高度,才能实现人类的永恒发展。从这个意义上说,生态伦理的本质就是人类与自然界需要保持的伦理关系,以保障自然万物自

---

① 贾丁斯.环境伦理学:环境哲学导论[M].林官明,杨爱民,译.北京:北京大学出版社,2002:2.

身的存在和发展，从而达到人与自然共存的发展目标。生态伦理批评属于包容性批评性话语，主要内涵是不断扩展道德关怀的范围，反思人与自然关系的失衡，强调被压迫群体之间的关联性，关心压迫体系中主客体之间的动态关系和发展状态。事实上，无论是社会伦理还是自然伦理，都是对人类自身发展需要的观照和思考。自然万物按照自然法则而独立存在，其生命本性与人类生命系统一样，体现为一种机体的自我运行方式，且人与自然万物的地位和权利在自然界范围内都是平等的。

生态伦理是自然存在和社会发展的保证，人类首要义务就是在发展和充实自我过程中尊重自然万物的生存权和发展权。"人类的任何思想所遵循的范式，都是从自己的认知格式中诞生出来的。如同自然界中物质的反应与变化最终必然会以某种形态呈现出来一样，人的心智运转的信息内容，也会以类似于外在物质形态的信息内容，被储存或传递。人经过深思熟虑之后所形成的固定化的信息内容架构，即为思想。"[①] 自人类诞生起，人与自然的关系始终面临着种种问题，且这些问题又牵扯其他一系列问题，如社会问题和精神问题等。对这些问题的反映和思考是文学创作的基本问题和焦点问题，也是哲学阐释和研究的焦点。人与自然的和谐共生与和谐发展的前提是以人与自然的平等为核心。保护和改善生态环境不仅是为了更好地实现人的生存和发展，也是维持自然界生命系统的前提和条件。只有在充分考虑和谋求人与自然的和谐共生与平等发展的前提下，才能够将生态环境的保护任务坚持下来。

三、中西现有相关研究概述

文学批评对文学的创作具有极其重要的作用，优秀的作家往往和优秀的批评家联袂而生，因为优秀作家的作品为批评家提供了可以发掘文学批评的富矿，而优秀的批评家反过来又参与了作家的文学创作和阅读，对作家的文学创作和推广具有积极的影响作用。国内外学者对于福克纳与莫言及其作品，无论是简单描述，还是深层次探究等，都取得了很多成果。在梳理众多学者的研究的过程中，由于条件所限，不可避免地会遗漏一些重要论文或著作；即便是在综述的论文或著作中，由于篇幅限制，也只是进行简单的涉猎。具体研究综述如下：

---

① 张晓路. 群众路线理论分析及其时代要求[D]. 北京: 中共中央党校（国家行政学院）博士学位论文, 2020: 10.

（一）对两位作家作品中自然生态和自然伦理的研究

福克纳与莫言强调人与自然的共生共存、和谐发展，倡导人类尊重自然万物的生存权和发展权。国内近年来这方面的研究成果主要有：周文娟的论文《威廉・福克纳自然书写的生态启示》（2013）、李艾红的论文《回归自然 构建和谐——生态文学批评视域下的威廉・福克纳小说主题解读》（2015）、陈晓燕的论文《从现实故乡到文学故乡：福克纳与莫言的文学地理空间建构比较》（2018）、杨红梅的论文《基于现实的超越性：福克纳与莫言小说的地志空间创作分析》（2018）、李旭的论文《从〈去吧，摩西〉看福克纳的荒野忧思》（2018）、王冬梅的论文《生态女性主义视域下的威廉・福克纳和莫言》（2019）等，透视了两位作家作品中的自然表象，探讨了人与自然的关系，总结了其自然生态伦理观念及文学表现形式。

国外学者的研究丰富了两位作家的自然生态伦理思想，如托马斯・英奇（Thomas M. Inge）的《莫言和福克纳：影响和汇合》（"Mo Yan and William Faulkner: Influences and Confluences", 1990）和《西方人眼中的莫言》（"Mo Yan Through Western Eyes", 2000）、埃利诺・波特（Eleanor Porter）的论文《福克纳与美国的自然传统》（"Faulkner and the American Nature Tradition", 1998）、克里斯托弗・里格尔（Christopher Rieger）的著作《特色鲜明的伊甸园：南方文学中的生态和田园书写》（*Clear-Cutting Eden: Ecology and the Pastoral in Southern Literature*, 2009）、克斯汀・L. 斯昆特（Kirstin L. Squint）等人主编的《南方湿地：文学与文化生态》（*Swamp Souths: Literary and Cultural Ecologies*, 2020）等，从两位作家的自然观、作品中自然万物生命的神圣性、对自然的态度等进行了分析，提出了解决自然生态问题的途径是尊重自然万物的生存权和发展权。

虽然国内外学者对福克纳与莫言的自然观或伦理观的研究取得了一些成绩，但不可否认，依然存在一些问题，主要表现为对生态伦理的理论范畴和内容阐释不清，把握范围不准确，缺乏深层次的观照等；有的研究只是简单地套用生态概念，存在概念误用、界定模糊、文本分析不透彻的现象。因此，如何对两位作家作品进行自然生态分析，特别是根据自然生态环境或自然生态系统理论等展开系统化或整体化研究等，是当前或今后研究的重点。

（二）对两位作家作品中社会生态和社会伦理的研究

福克纳和莫言所处的时代都是从农业文明转型为现代工业文明，社会秩序动荡，道德伦理坍塌，人们追求物质利益，导致人性异化。近年来，国内学者对此进行了研究，如杜翠琴的论文《福克纳与莫言作品中的悲剧女性形象比较研究》（2016）、姜德成的论文《重述、重构与反思：福克纳与莫言的历史书写比较》（2016）、张雪松的论文《莫言小说创作对福克纳的"接受"与"背离"》（2018）、李常磊的论文《神性与人性的和谐共存：威廉·福克纳与莫言生态伦理思想共性研究》（2018）、鲍忠明的论文《威廉·福克纳种族观研究及其他》（2018）、韩春燕的论文《从容聊世事、自在演风波：读莫言短篇小说〈天下太平〉》（2019），李琴、李东霞的论文《福克纳与莫言：故乡的"重返"与"拓展"》（2020）等，透视了两位作家作品中的社会关系和社会生态伦理，关注了社会生态伦理失衡导致的社会问题。

国外学者的研究也十分丰富，如戴安娜·罗伯茨（Diane Roberts）的著作《福克纳与南方女性》（*Faulkner and Southern Womanhood*，1994）、危令敦（Ling Tun Ngai）的论文《肮脏的混乱：读莫言的〈红蝗〉》（"Anal Anarchy: A Reading of Mo Yan's *The Plagues of Red Locusts*"，1998）、唐·哈里森·多伊尔（Don Harrison Doyle）的著作《福克纳之县：约克纳帕塔法的历史根源》（*Faulkner's County: The Historical Roots of Yoknapatawpha*，2001）、玛格丽特·多诺万·鲍尔（Margaret Donovan Bauer）的著作《福克纳的遗产》（*William Faulkner's Legacy*，2005）、陆敬思（Christopher Lupke）的论文《莫言的〈丰乳肥臀〉》（"*Big Breasts and Wide Hips*，A Novel by Mo Yan." Translated from the Chinese by Howard Goldblatt，2011）、朱利安·莫菲特和斯蒂芬·所罗门（Julian Murphet and Stefan Solomon）的论文《福克纳与金钱》（"Faulkner and Money"，2019）等，分析了福克纳和莫言作品中的社会伦理状况、社会生态危机以及所带来的危害。

目前此领域研究存在的主要问题是：文本分析不充分，对一些事例的理解出现偏差或误区；重复性研究较多，所使用的证明材料多为二手资料间的互相传抄，以致出现以讹传讹的现象，创新性较差；研究缺乏系统性，多属于碎片式研究，没有从哲学、伦理学、心理学等领域进行系统研究等。为此，本著作拟立足作家作品获取第一手文献资料，结合相关学科理论对两位作家作品进行系统研究。

（三）对两位作家作品中精神生态和精神伦理的研究

精神生态关注的是人类在与自然、社会和自我之间的关系中所担负起的自我道德素养提升的责任，强调的是人类的职责和使命担当。目前，在该领域国内学者的研究主要有：胡铁生、夏文静的论文《福克纳对莫言的影响与莫言的自主创新》（2014）、尹建民的论文《莫言的寓言化写作及其对福克纳的接受》（2015）、王梦瑶的论文《弗洛伊德精神分析理论视域下昆丁与永乐自杀的对比解读》（2017）、杨红梅、李凡响的论文《福克纳和莫言小说非理性视角叙事与文本空间建构》（2018）和李常磊的《福克纳与莫言生态伦理思想内涵研究》（2019）等。两位作家强调了现代人由于疏离自然，形成了自己固执、狭隘的思维方式，陷入了更加恶化的环境或精神生态危机之中，给人类自身的生存带来危机。

国外学者的研究主要有：赫古德·泰勒（Hagood Taylor）的论文《福克纳帝国主义：空间、地域和神话的实质》（"Faulkner's Imperialism: Space, Place, and the Materiality of Myth", 2008）、杰伊·沃森（Jay Watson）等人主编的《福克纳与南方本土》（*Faulkner and the Native South*, 2019）、乔丹·J. 多米尼（Jordan J. Dominy）的著作《南方文学，冷战文化与现代美国的形成》（*Southern Literature, Cold War Culture, and the Making of Modern America*, 2020）、钟雪萍（Xueping Zhong）的论文《杂种高粱和追寻男性气概》（"Zazhong gaoliang and the Male Search for Masculinity", 2000）、李同路（Tonglu Li）的论文《创伤、游戏、记忆：〈生死疲劳〉和莫言的历史写作策略》（"Trauma, Play, Memory: *Life and Death Are Wearing Me Out* and Mo Yan's Strategies for Writing History as Story", 2015）等。学者们关注了两位作家作品中精神退化与丧失的现象、精神困惑的危害以及由此而产生的各种问题。

当前，在该领域研究中存在的主要问题是："范式化"现象严重，主要表现为创新度不高，研究思路单一，鲜有新的成果观点等；理论基础差，缺乏有效的理论指导，大多属于单纯的文本片段分析；实践价值被忽略，缺乏与当前现实问题的联系，很少涉及当代社会问题等。为此，本著作期望系统分析两位作家的作品，对精神生态进行深入阐释，提出创新观点，解决现实问题。

（四）对两位作家生态伦理思想的理论和内涵研究

在全球环境危机日益加深的今天，人们亟需挖掘、深化和扩展现代人对人与自然关系的本质认识和深刻感悟，积极寻找解决当前生态伦理问题的途径或方法。

近年来，国内学者的研究主要有：韩启群的论文《"物质无意识"：物质文化视角中的福克纳环境书写》（2016）、汪珍的论文《生态女性主义视角下的莫言作品及译本解析》（2017）、胡铁生的论文《审美与审丑的表象与内涵：莫言小说自然景观书写的美学特征研究》（2018）、王钢的论文《论福克纳小说〈熊〉的生态伦理观念》（2018）、翁蜜娟的论文《福克纳的〈去吧，摩西〉等文学作品中的生态观解读》（2019）、南筱丹的论文《伦理身份、伦理选择——威廉·福克纳〈八月之光〉的文学伦理学研究》（2019）等。学者们从不同视角分析了两位作家作品中的生态伦理特征，提出了他们的生态伦理观念等。

国外学者的研究主要有：德国汉学家、慕尼黑大学副教授孟玉华（Ylva Monschein）主编的《从边缘重构中国：诺贝尔文学奖得主莫言作品研究》（Chinas subversive Peripherie: Aufsätze zum Werk des Nobelpreisträgers Mo Yan, 2013）、美国学者陈颖（Shelley W. Chan）的专著《中国的边缘之声：莫言的小说世界》（A Subversive Voice in China: The Fictional World of Mo Yan, 2010）、杰伊·沃森（Jay Watson）等人主编的《福克纳与历史》（Faulkner and History, 2017）以及著作《福克纳与现代性形象》（William Faulkner and the Faces of Modernity, 2019）、菲利普·戈登（Phillip Gordon）的著作《同性恋福克纳：约克纳帕塔法及其他作品中隐藏的同性恋现象》（Gay Faulkner: Uncovering a Homosexual Presence in Yoknapatawpha and Beyond, 2020）等。这些学者的研究集中于两位作家作品中的自然环境、人与自然的对立与融合，以及对待自然的态度等。

当前，该领域研究存在的主要问题是："西强中弱"，国内目前的研究从整体上看还是停留在对国外代表人物及代表观点的再描述阶段，即对两位作家作品进行简单分析，没能从根本上找到两位作家的生态伦理思想的核心内容和表现方式；理论基础薄弱，主要为单纯的文本推论或表面上的文化取向透视，缺乏理论上的深层次分析；研究对象不全面，缺乏系统性和完整性，如对福克纳生态伦理思想的研究大多基于其早期或中期作品，没有涉及或很少涉猎后期作品；对莫言的研究也是局限于作品表现形式和人物性格分析，而对于作品中人与自然、社会和自我关系的研究很少，更缺乏理论上的分析。为此，本著作拟在生态伦理理论指导下，对两位作家的生态伦理思想进行深入系统的研究与分析。

四、福克纳与莫言生态伦理思想的理论和表现

一提到"思想"，人们很容易想到哲学基础，这是很正常的，哲学基础也是必须具有的理论基础。寻找福克纳和莫言生态伦理思想的哲学基础并非易事，因为两位作家很少谈论自己作品所包含的哲理。作家的生态伦理思想通常要包含对生态系统的整体看法以及对这个系统中各组成部分之间相互联系、相互制约的关系的认识。福克纳与莫言的生态伦理思想既有其对各自生态伦理观念的归纳，又有对跨学科体会的系统总结，更有生活中对自然的亲身感悟和直接体验的补充。评价和研究两位作家的生态伦理思想，尤其须将人与自然的关系置于时代和环境背景中，依据人与自然平等相处的原则，确保自然万物的生存权和发展权，建构人与自然、人与社会、人与自身的和谐关系。对两位作家生态伦理思想的研究，既是当代文学交流的重要课题，又是现代生态文明发展的必然要求。

自然界中的任何事物都不是孤立存在的，都有着密切的内在联系。生态系统最本质的特征体现了人与自然之间的密切关系，其中人与自然的平衡、和谐、稳定和持续的关系是生态系统存在的基本表征，也是生态系统所追求的极致境界。在人类的发展过程中，自然影响到人类的生存，而人的存在又影响到自然；尤其是在现阶段，人们对物质利益的无限追求与自然生态系统自身的发展需求存在着巨大的利益冲突，如果不能协调好二者之间的关系，生态矛盾就会激化，最终导致严重的生态危机以及人类社会精神生态的失衡，进而影响到人类的生存。为此，对福克纳与莫言的生态伦理思想的研究内容主要包含以下方面：

两位作家的生态伦理思想由哪些内容组成？"生态文学前途无量，因为推动它走向繁荣和进一步发展的根本动力——生态危机不仅没有减弱，而且还在增强。只要这个星球的生态危机没有得到有效缓解和消除，只要人类仍然面临生态灾难的威胁和灭绝性危险，生态文学就一定会持续繁荣下去。生态文学衰弱之时，就是我们这个星球和它的所有生命获得可靠的、持续的安全保障之日，而那恰恰是生态文学家的理想。"[1] 生态文学通过人与自然的关系，探究生态危机发生的原因，化解自然生态失衡、人类的社会失衡和精神失衡问题，最终构建人类生态伦理共同体，彻底解决人类的生存问题。福克纳与莫言关注了人与自然的平等关系，在自然本体观、文学创作观、生态伦理批评观等方面提出了自己的生态伦理思想，并有机地融合在作品之中，展现了由自然生态、社会生态、精神生态组成的人类"生态大系统"构成的生态伦理共同体，推进了自然权利、生命权利和人类发展权利等保护进程。本著作拟对两位作家的文学观念以及对自然的态度进行总结，在此基础上对一些有内涵有意义的生态文本进行细读式研究，同时重视两位作家所处的时代背景和社会背景，展现出自然生态、社会生态和精神生态的内容和形式。

---

① 王诺. 欧美生态文学 [M]. 北京：北京大学出版社，2003：17.

　　两位作家生态伦理思想的哲学基础是什么？任何作家的创作思想都包括了其哲学思想，同样，福克纳与莫言的生态伦理思想有其产生和发展的哲学基础。概括起来说，两位作家思想的哲学基础涉及环境学、伦理学、历史学、社会学、心理学等多个学科领域；具体来说，有环境主义、直觉主义、集体无意识、存在主义、实用主义等。从本体论上讲，主要包含两个方面，即自然的人化和人的自然化，其中前者是自然的"复杂化"，后者是人的"单纯化"，两者互为补充，相互依存。自然的人化分为外在自然的人化和内在自然的人化，其中外在自然的人化来源于两位作家生活的切身经历；内在自然的人化包含各自所处文化的影响，这是其思想形成的根源。人的自然化是指，虽然人本身具有社会属性，但作为自然界的一个物种，人无法抛弃自身的自然属性。本著作把研究对象限定在福克纳与莫言的主要作品，以整体环境学、直觉主义哲学和神话学等理论为指导，基于生态理论与文本解读相结合的原则，梳理和阐释两位作家及其作品中生态伦理观点、自然观点和哲学基础等，总结出其生态伦理思想。

　　两位作家生态伦理思想的表现方式如何？生态伦理批评的目的在于构建起人与人、人与自然、自然万物等之间的相互融合与和平相处的平等地位。从万物有灵、敬畏自然、万物平等的自然生态伦理，到人与人平等的社会生态以及人与自我和谐的精神生态等，尊重包括人类个体在内的自然万物的生存权和发展权。人类要走出生态危机的困境，必须修正人类的思想观、价值观和文化观，通过自然生态、社会生态和精神生态和谐共生的发展理念和精神，重建人类与自然的和谐发展关系。本著作通过自然生态、社会生态和精神生态这三种不同的生态环境，探究人与自然的生命共同体，确保人与自然和谐发展以及人类永久生存下去。

　　两位作家生态伦理思想的宗旨是什么？人与自然之间维持着和谐共生的关系，即人是生命的存在体，自然本身也是作为生命存在体而存在的，人类要依赖自然而生存，二者之间的和谐发展是人类存在的基础。共同体是就人与人结成交往关系而形成的概念，即人与人交往关系维度的共同体结构。人类历史上出现的生态危机和人类生存危机的严重后果都使人类充分认识到人和自然之间和谐发展的重要性以及保护自然环境刻不容缓的必要性。人类不仅需要对自身在生态系统中的位置重新定位，还需要与自然万物和谐相处。两位作家的生态伦理思想宗旨是构建人与自然和谐发展的生态伦理共同体，强调人类整体行为对人类自身生存和发展的道德意义，引导人们尊重自然的生存权和发展权，构建人类发展的生态伦理共同体，最终实现人与自然和谐共生的理想境界。

两位作家生态伦理思想的差异性和局限性如何？两位作家的生态伦理思想从总体上看是在人与自然、人与他人、人与社会和人与自我的基础上，通过自然生态、社会生态和精神生态等形式，涉及宗教、历史、传统、社会、哲学等方面，阐释了人与自然的生命共同体。然而，由于两位作家所处文化氛围和个人的生活经历不同，他们的生态伦理思想在一些方面，如对待自然的态度、自然价值等都存在一定的差异性和局限性。这也是正常的。本著作从两位作家作品中人与自然之间的关系入手，具体分析两位作家的作品在自然生态、社会生态、精神生态层面上的差异性和局限性，寻找原因和后果，展现两位作家生态伦理思想的艺术性和价值性。

生态伦理研究以人与自然之间的关系为对象，拷问人性或人类行为问题，关注道德规范与价值标准等内容。福克纳与莫言的生态伦理思想反映了自然生态系统对人类生活和生产实践活动的影响，同时又是一种规范人类行为，提升人类道德伦理修养的理论体系。两位作家以人与自然的和谐关系作为人类生存和发展的前提和条件，既要求人们承认人的权利和价值，又要求人们尊重和保护自然万物的权利与价值，恰好说明了人始终是自然环境的产物，而人的生存、繁衍和发展都必然与自然保持共存共荣的命运关系。生态伦理批评较之于其他文学理论，是一种相对新潮的文学理论维度，且因其极具包容性和阐释力度的理论特点，而发展成为目前一股重要的文学思潮和具有强大生命力的文学批评方法。文学作品的生态伦理批评最主要的关注点在于人与自然之间的关系，借助于这一理论视角分析和阐释福克纳与莫言的生态伦理思想，具有多重优势。这不是一个单纯的日常生活话题，而是涉及了伦理、情感、信仰等多种问题，可以充分展现两位作家作品中生态伦理的丰厚内涵和完美的艺术表现魅力。

第一章　福克纳与莫言
生态伦理思想与理论渊源

人类所处的时代、环境和道德伦理的构建等虽然都遵循着自身发展的规律，但生态伦理维系了人与自然的生态平衡，担负起既要满足当代人的需求，又不能影响后代人的需求，同时还要兼顾自然、社会、经济与伦理道德需求的责任。生态系统反映了人与自然相互影响、人与社会相互促进、人与自我相互慰藉等关系。要分析福克纳与莫言的生态伦理思想，必然要探索他们在成长过程中逐渐形成的以万物有灵、敬畏自然、万物平等、回归自然等为代表的理论基础和进行的实践活动。两位作家生态伦理思想的形成既源于他们生活中对自然的感悟，又源于他们对所处时代的哲学思想的吸收，以及作为现代作家的想象力和创造力，其中人与自然的关系成为他们生态伦理思想的核心和基础。本章以直觉主义哲学、神话学和环境伦理学为指导，从两位作家的日常生活感悟、文化影响和文学创作等方面，分析其生态伦理思想的主要内容和产生的理论根源。

第一节　自然生态感悟与直觉主义哲学渊源

直觉感悟思维论与科学理性思维论是现代诗学研究的两大思维模式，然而，随着诗学研究的深入，人们却忽视了直觉感悟思维所发挥的作用，片面地认为其缺乏科学性。现代社会极度张扬的占有欲恶化了人类的生存环境，导致了人性异化，迫使人们重新思考这一理论的价值。法国著名哲学家亨利·柏格森认为，只有通过直觉才有可能把握世界万物的本质，了解生命的真理和意义。福克纳与莫言生态伦理思想的形成是一种情感和意志的直觉活动，既有对自然的感性体验，又有哲学上的理论支撑，构建了人与自然和谐发展的命运共同体。

一、万物有灵与直觉体验

任何哲学都是时代的产物，"都是自己时代精神的精华……是文明的活的灵魂"①，也反映了时代的需求。福克纳与莫言对各自所处时代或文化中生态观念的吸收或借鉴、对自然的感悟和思考以及对人类生存问题的担忧，打破了传统观念中生态伦理的局限性，将人类道德关怀从社会领域扩展到自然界，并把人与自然的关系确立为一种道德关系，从人与自然、人与社会、人与自我入手，构建了各自的自然生态、社会生态和精神生态等伦理思想体系。其中人与自然的关系是其生态伦理思想的核心，而这个体系的基础则是其万物有灵的直觉体验。

"万物有灵"的理念起源于人类原始初民的"灵魂说""自然精灵说"，以及"多神说"等，是人类先民对自然万物形成的初期看法。其核心内容是自然界作为生态系统包含了有机界与无机界，共同组成了自然界的生命系统；这个系统的每一位成员都具有灵性，并以守护精灵的形式呈现出来，如树有树神、水有水神等；人类作为生态系统中的一个成员，也拥有自己的灵魂，其中自然精灵与人类灵魂之间并没有超越与被超越之分，也没有低级与高级之分，而是借助各自的灵性，相互影响、相互作用，最终形成了一个万物相生相克、共生共存的自然生态共同体，人类正是在这些神灵的庇护下安全平稳地生活。福克纳与莫言通过在自然中的亲身经历、对自然神灵的感悟和对人类命运的思考，形成了各自有关人与自然和谐发展的生态伦理思想。

"直觉"是柏格森生命哲学的重要概念："所谓直觉，就是一种理智的交融，这种交融使人们自身置于对象之内，以便与其中独特的、从而无法表达的东西相符合。"② 这里的"直觉"是指具有自我意识的本能，能够反思自身和扩大对象范围的功能。福克纳与莫言在成长过程中经历了与大自然的亲密接触，具有了万物有灵的感悟，更加崇尚、信仰、敬重自然万物。他们家乡的森林、河流、花草树木、气候和季节轮回等，回溯了人类先民早期所具有的"万物有灵""万物同宗"的原始自然观，展现了自然万物与人类的密切关系，培育了他们对自然的情感，也孕育了他们万物有灵的思想。两位作家以自然为母题，将人与自然、自然与生命、权利与自由等结合起来，体现了直觉主义的生命意识观和发展观。

"万物有灵"的理念在本质上是指某种神灵可以赋予某种自然存在物以生命形式；或者说，自然界中的所有物体都具有神灵意识。"直觉是一种在绵延中的思维方式，指向的是一种无法置身事外的流变过程。简而言之，看得见的世界和看不见的世界是统一的，在任何时刻里，看得见的世界

① 马克思,恩格斯.马克思恩格斯全集:第1卷[M].北京:人民出版社,1956:121.
② 柏格森.形而上学导言[M].刘放桐,译.北京:商务印书馆,1963:3-4.

的事件都取决于看不见的力量。"① 柏格森的"直觉"是自我融合客观对象的一种主观内心体验，是由对现实事物的感觉而诱发的一种主观情绪状态或梦幻似的联想。福克纳早年大部分时间都是在密西西比小镇新奥斯福特镇度过的，那里水草茂盛，小镇四周森林郁郁葱葱，生活着很多动植物，且种类繁多，有成群的野鹿、狐狸、兔子和鸟类等，形成了完善的自然生态系统，孕育了丰富的自然神话故事。这里的自然万物是福克纳最好的老师，也是他童年时期最忠实的伙伴。他每年大部分时间都是在大自然中度过的，如在树林里骑马，赤脚步行上学，在小河里游泳、钓鱼，在沼泽地里逮牛蛙、抓水腹蛇等。早年这种与自然的亲密接触使他对自然万物充满了好奇，培养了他对自然的特殊情感，也让他对自然万物赋予了力量与灵魂，形成了其万物有灵的自然观念。

莫言的经历也是如此。他与自然的关系更加密切，其经历也更加奇特。他少时辍学，整天都在田野里放羊放牛，有更多的机会亲近大自然。他像人类的原始初民那样，在与自然亲近的生活经历中发现大自然存在许多未知领域和无法理解的造化能力，认为自然主宰人类，人类必须听命于自然，以致达到神化自然和崇拜自然的地步，对自然中的日月星辰、飞禽走兽、山川河流、土石草木等无不敬仰。在谈及自己对自然界的感情时，他曾说过"可能跟童年的生活有关……因为童年的生活经历，我常常觉得一动笔，动物就会冲着我跑过来，手跟不上思维"②。他十分坚信万物有灵，在潜意识中认为狐狸、蛇、青蛙、黄鼠狼等动物，天、地、山、河等自然物，树、草、花等植物都有成仙成精的原型和传说，所以对自然万物怀有敬畏和恐惧之心。他的作品有时对自然万物的描写笔墨不多，但鲜明生动而又充满了个性化的自然万物往往跃然纸上，栩栩如生；有时他又不惜笔墨，天马行空地勾画自然的丰满与豪放，展现了自然界的雄伟与博大精深。这一切都源于他对自然万物的情感、对自然生命力的理解和自然整体性的掌控。

直觉属于非理性的内心体验，也是一种直接依据自我意识、直接把握对象的心理本能；或者说是一种不可言传的、神秘的认识过程。福克纳与莫言在日常生活中切实感受到万物有灵，且这种感受犹如涓涓不息的泉水，神灵的言谈举止、容貌神态，自然而然地融入他们的头脑之中，成为其生活和文学创作不可分割的重要组成部分，也使他们以直觉体验的方式，探讨人与自然之间发展的途径与方式。

"万物有灵"（animism）一词源自拉丁文的"anima"，本来是指自然中

① 布留尔. 原始思维 [M]. 丁由，译. 北京：商务印书馆，1981：418.
② 莫言. 莫言对话新录 [M]. 北京：文化艺术出版社，2012：370.

的一切存在物或自然现象等都有某种或某些神秘的属性，即"神灵"。英国人类学家爱德华·泰勒（Edward Taylor，1832—1917）对"万物有灵"作出了详尽的人类学阐释，用来概括原始初民具有万物有灵的信仰，并将"万物有灵"划分为精灵学说与灵魂学说，形成一种原始思维或某些信念。自从人类诞生以来，哲学家和文学家始终不断地探索人与自然的关系，不断调整对自然的认识程度，形成了丰富的思想或观点。福克纳受到《圣经》及泛神论思想的影响，但他依然对大自然情有独钟，万物有灵的意识在他思想中根深蒂固，他对自然万物的情感远远超出后来自身所追求的平等的概念，且表现出敬畏自然的态度；因为在他看来，大自然的一草一木不仅具有独立的生命意识，而且还具有灵魂的魅力和影响，甚至能决定人类的生活和命运，这对他后来的创作产生了重要影响。

人类个体对自然的感悟，由于受到不同时代、不同区域和不同文化的影响，有着不同的含义与内容。其中较为普遍的感悟是人与大自然之间的融合与对立关系，因而也获知了很多生态环境方面的经验与教训。"远古时代人们……的思维和感觉不是他们身体的活动，而是一种独特的、寓于这个身体之中而在人死亡时就离开身体的灵魂活动。……如果灵魂在人死时离开肉体而继续活着，那么就没有理由去设想它本身还会死亡；这样就产生了灵魂不死的观念。"① 莫言对自然万物的感悟恰好说明了人类对自然界生命个体不同的情感或态度，如大自然满足或符合了人类个体情感需要，就会激发人们的情感或积极态度，使人产生一种热烈、肯定的动力；反之，那些不能满足或符合人们需求的自然万物就会引发消极的情感态度，导致人们对情感的压制而变得冷漠。

福克纳与莫言对自然的直接感悟使他们不仅获得了对大自然的热爱，而且从自然中获得了人生的追求和价值。"只有在诗人的梦幻中，只有在演说家热情奔放的语言中，才能偶尔见到一下远远隐退了的神灵的旗帜在最后飘动，才能听到他们不可见的翅膀的拍打和嘲弄的笑声，或天使的音乐在远方消逝。"② 两位作家把各自的情感视野聚焦到自然或环境之中，将自然生态与森林、荒野、湖泊、动物、社会、家庭等众多因素结合在一起，分别构建了一个几乎能容纳人与自然之间关系的所有现象和问题的文学王国——福克纳的"约克纳帕塔法"王国和莫言的"高密东北乡"。在这两个王国中，两位作家后来的文学创作凸显了自然万物的纯洁、公平和伟大的

① 恩格斯.路德维希·费尔巴哈和德国古典哲学的终结[M].中共中央马克思、列宁、恩格斯、斯大林著作编译局，译.北京：人民出版社，2018：17.
② 弗雷泽.金枝：巫术与宗教之研究[M].汪培基，等译.北京：商务印书馆，2012：852.

品行,强调了人与自然的相互依赖、共生共存的关系,表达了对自然万物权利的尊重,为其生态伦理思想的形成提供了重要的实践指导和基础。

二、心灵绵延与自然感悟

认识一个事物,既可从事物外围入手,又可进入事物的内部;前者是知性,后者为直觉。生命哲学的主题是生命,突出特点是把生命神秘化;最真实的实在是绵延,而绵延直接赋予心灵,无时无刻不彰显着自由意志。柏格森将万物都视作绵延运动的结果,而整个宇宙就是一整个由生命冲动的涌动支撑着的创造进化的过程。从生命哲学范畴与主要主张来看,这种对生命的认同契合了福克纳与莫言万物有灵的自然观念,体现了人与自然的对立统一,也为两位作家生态伦理思想的形成奠定了理论基础。

对现实世界的直觉感悟往往会引导人们探索世界的新的领域,因为直觉是一种特殊的本能:"直觉引导我们达到的正是生命的真正本质——这里直觉指的是已经无偏见的、自我意识的、能够反省自己的对象并无限扩展它的本能。"[①] 人类原始思维蕴含的万物有灵论是一种本体意义上的逻辑思维或形象思维,是原始先民对于自然生态环境的直觉感受和创造性的想象。美国南方万物有灵的观念来自其历史文化和文学传统。当 16 世纪的欧洲人漂洋过海,定居在北美洲大陆南部的时候,万物有灵的意识和对自然的崇拜随着欧洲文明一起被带到北美这片神奇的土地上。由于自然环境条件的恶劣和当时生产力的落后,北美殖民地上的居民又加深了万物有灵的意识和对自然的崇拜。随着美国的建立和南方种植园经济的发展,南方人对自然的依赖更加突出,自然万物,如森林、荒野、河流、蛇等被南方人神化并赋予神性,特别是经过神话故事流传下来,变得神奇非凡,并成为南方人笃信不疑的文化传统。"日常经验的事实变为神话的最初和主要的原因,是对万物有灵的信仰,而这种信仰达到了把自然拟人化的最高点。"[②] 这样,万物有灵的原始思维以集体表象的形式被后来的南方人所承继。无论是南方人神化自然,还是将自然人格化,都为南方自然崇拜打下了坚实的基础,成为南方自然观念的一部分。不仅如此,南方素来被称为"荒诞故事之故乡",那些幽默生动、荒诞离奇的自然或人物故事无不被打上万物有灵的烙印,如南方黑人擅长和喜爱讲鬼仙及动植物神灵的故事;这种文化氛围加深了南方人万物有灵的信仰,也促使更多的南方人崇尚自然。福克纳喜欢听有关自然神灵的故事,常常跑到广场上去听关于内战、

① 柏格森.形而上学导言[M].刘放桐,译.北京:商务印书馆,1963:74.
② 泰勒.原始文化[M].连树声,译.上海:上海文艺出版社,1992:285.

印第安人祭拜、神秘森林以及打猎的奇闻,也经常到黑人保姆的棚子里听其讲述鬼怪幽灵和黑人祖先神化自然的传说。"人类在其发展的低级阶段,没有把自己和自然界区分开来,人把自然界的事物和现象在他身上产生的印象和感觉,看作是它们的特性。人把实在的、非神灵的事物现象转化为神灵的、幻想的实体。"① 南方传统文化中有关自然的神话浸润了福克纳的心灵,培育了其万物有灵的意识以及自然崇拜的观念。

灵魂信仰是万物有灵的核心内容,也是其构成的基础。"万物有灵"的观念,既是原始初民在社会生产力极为低下时期对自然世界的一种直觉感受,又是在自然界充满神秘色彩等现象引导下对世界的观察与探索。"原始思维和我们的思维一样,关心事物发生的原因,但它是循着根本不同的方向去寻找这些原因的。原始思维是在一个到处都有着无数神秘力量在经常起作用,或者即将起作用的世界中进行活动的。"② 齐鲁文化中民间流行的许多自然传说和鬼怪故事,都与万物有灵的观念十分吻合,对莫言自然观的形成产生了重要影响。"高密东北乡地处古代齐文化的领地,闳大不经,充溢泱泱之风的齐文化,更多地保存了远古神话的幻想色彩。这里本就是齐文化得以滋长的土壤,必然会受到放达、洒脱和宽容的齐文化的熏陶,使高密民间形成了具有地域色彩的世俗民间文化。"③ 莫言是在听着家人和乡邻讲述万物有灵的故事过程中成长起来的。他对齐鲁文化中的神灵、精怪非常熟悉,十分坚信这些神灵所具有的非凡力量。"我必须承认少时听过的鬼怪故事对我产生的深刻影响,它培养了我对大自然的敬畏,它影响了我感受世界的方式。……故乡传说是作家创作的素材,作家则是故乡传说的造物。"④ 他的生活环境加深了他与各种动植物之间的联系,提供了感悟自然的良机。正如他本人所说,"辍学之后……这段生活,让我对动物比较了解,也认识了很多植物。更重要的是,让我跟大自然之间,有了一种特别的亲近感情"⑤。他接触了无数的动物和植物,秉承了万物有灵的神话意念,强化了自然万物的神性和灵性,也构成了其万物有灵的信仰基础。

柏格森从绵延入手,把人类作为哲学研究对象,尤其是对实践中人的主体性进行了分析,提出绵延只属于人们的心灵,或者说是人们意识的一

---

① 加巴拉耶夫.费尔巴哈的唯物主义[M].涂纪亮,等译.北京:科学出版社,1959:31.
② 布留尔.原始思维[M].丁由,译.北京:商务印书馆,1981:418.
③ 魏建,贾振勇.齐鲁文化与山东新文学[M].长沙:湖南教育出版社,1995:157.
④ 莫言.超越故乡[M]//莫言散文新编.北京:文化艺术出版社,2012:17.
⑤ 莫言.用耳朵阅读[M].北京:作家出版社,2012:250.

种性质,而人的自我意识是指人类整体连贯的一系列的心理状态。对于 19 世纪末和 20 世纪初的美国南方作家来讲,由于工商业的繁荣和城市化进程的加快,自然或自然环境并不是他们创作思想中关注的主要对象,城市场面或都市生活往往会更多地出现在文学作品中,因为读者更容易接受这些东西。不可否认,马克·吐温、舍伍德·安德森、卡森·麦卡勒斯等都描写过自然,他们作品中很多主人翁都在大自然中得到了精神上的慰抚,从此养成了挑战自然、战胜自我的信心和能力,赢得了人们的赞同。福克纳与众不同,他在吸收南方传统文化营养的前提下,创造性地培育了万物有灵的观念和自然崇拜的处事态度,对自然的描写不是外在的描写,而是将自然作为与人类同等重要的因素。从这个意义上看,"约克纳帕塔法县"不仅描写了一个区域或者多个区域的兴衰过程,而且还是一个活生生的人类与自然结成的生命共同体,这里的人们按照自身的节奏繁衍生息,讲述自己的故事,关注着自己的生存与命运。由此可见,"万物有灵"和尊重自然的观念成为南方传统文化的重要组成部分,体现了战后南方人对自然保护的需求与对自身生存和发展的渴望。

在中国悠久的传统文化中,齐鲁文化以其独特的人文理念和生态意识独树一帜。作为齐鲁文化重要组成部分的高密民间信仰多种多样,素有无神不信、无物不神的传统,其中对自然神的信仰是一个典型的例证。高密先民认为,灵魂不仅存在,而且永恒不死,因为人活着的时候,灵魂依附于肉体;人死后,灵魂与肉体分离,灵魂升天。在这种文化影响下,灵魂被当作神秘的自然力量在人们的心目中渐趋丰满,并被广泛地扩散与进行艺术加工。自然万物,如日月、山川、星辰、河流、树木等,与人一样也都具有魂灵,也都是人们崇拜的对象;人们崇拜神灵的目的在于得到神灵的祝福或解难。"高密民间有着独特的世俗文化,最突出的便是泛神论色彩的动植物崇拜意识。在高密民间信仰中,刺猬、狐狸、喜鹊、古树等等,常被人们视为灵异之物,受到人们的敬畏和尊崇。"[1] 自然界中存在的一种看不见的"神秘"力量,始终主宰着人类的命运,使人类无法摆脱自然的安排,最终导致了高密先民对自然的恐惧和敬畏,加深了万物有灵的文化信仰。荷兰哲学家斯宾诺莎(Baruch de Spinoza, 1632—1677)在其早期著作《神、人及其幸福简论》中把自然划分为产生自然的自然和被自然产生的自然两个方面。对于前者,他认为"所谓产生自然的自然,我理解为这样的一种存在物:通过其自身,而不需要任何在它之外的东西,我们就可以清楚而明晰

---

① 贺立华,杨守森.怪才莫言[M].石家庄:花山文艺出版社,1992:23.

地理解它,这亦就是神"①。对于后者,他并没有明确定义,只是认为"为了正确地理解被自然产生的自然某个实际需要"②。高密先民在长期的生产和生活实践中,逐渐认识到自身发展必须与自然密切联系在一起,因而保持了自身生存与自然和谐发展的关系,自然而然产生了崇拜自然的需求;同时祈求神灵且通过自然力来减少自身生存威胁的幻想,在"万物有灵"观念的影响下,萌发和传承了对自然的敬畏之心,产生了自然崇拜、图腾崇拜、祖先崇拜、生殖崇拜等信仰。生长在这样的氛围里,莫言感觉到"死人和活人之间没有明确的界限,动物、植物之间也没有明确的界限……大部分动物可以幻化成人形,与人交往,甚至恋爱、结婚、生子"③。正是这些原始信仰展现了高密先民的生态伦理观念,也在莫言的心里扎下了根,孕育了其自然生态的伦理思想。

"万物有灵"蕴含了"精灵观念",包括了两个层面,其一是与泛灵论相似,认为世界上的万事万物都具有生命意识与灵性之精神;其二为世界上的一切事物都附有具强大威力的神灵。一切超自然或奇异的东西都被视为"精灵",而"精灵观念"的基础在于有灵性的自然。"在原始人看来,整个自然界都居住着并且充满着灵物,是灵物使之活跃繁荣的。"④人类原始初民"万物有灵"的自然观连同人性、人情、人格的特征被赋予自然万物,使自然赋予了人类所无法比拟的能量与威力,激发人们对自然万物保持着某种形式上的崇拜,由此坚信一切自然物、自然现象,如太阳月亮、风雨雷电、动物植物、山川湖海等都具有人一样的感觉,也都拥有自己的意识和人格,以及内在巫术和超自然的性能与力量。福克纳与莫言在长期与自然接触的过程中,对自然有了深刻感悟,也往往从自我情感、意志或理念出发来理解自然万物,将自然人格化,赋予自然以人的个性、人的感情和人的思维等。

由于自然现象或自然物给人类带来令人震撼的神奇力量,具有摧毁人类家园和生存环境的威力与气魄,人类无法预知或理解其中的奥秘,为了避免陷入困境或更好地掌控自己的命运,不得不崇拜自然,祈求自然神在人类陷入困境时帮助自己摆脱困境。太阳神、山神、树精、地公、火神、水神、花仙、狐妖等与人的鬼魂构成生活中人的崇拜对象,以满足其赐福灭灾、控制自然的意愿。福克纳所处的时代虽然与早期的人类相距甚远,但

---

①② 斯宾诺莎. 神、人及其幸福简论[M]. 洪汉鼎, 孙祖培, 译. 北京: 商务印书馆, 1987: 175-176.

③ 莫言. 用耳朵阅读[J]. 新世纪文学选刊(上半月), 2007(11): 56.

④ 泰勒. 原始文化[M]. 连树声, 译. 上海: 上海文艺出版社, 1992: 552.

万物有灵的意识依然没有改变，因为殖民时期的南方人对自然的感悟依然保存着单纯的感悟自然的情感与模式。"这种对客观知识的渴求，是我们称作'原始的'人的思维中最易被忽略的方面之一。即使它所关心的事实与近代科学所关心的事实很少处于同一水平，它仍然包含着与后者相类似的智力运用和观察方法。"① 他以崇尚自然有灵的心态，观察着南方充满生机的自然世界，以狂乱的浪漫想象畅想着生机盎然的自然生命。那些富有灵性的猎狗、狐狸、狗熊、牛、马等动物，以及那些参天的古树、潺潺的溪流和汹涌的湖泊等自然个体，都属于不可捉摸的鬼魂精灵，呈现出神秘莫测的原生态景象。

人类社会经过一代代人的积淀与取舍，保留了人类文明最精华的部分引导或规范人类的行为和思想，而这些文明成果必然与大自然联系在一起，为人与自然的和谐发展提供动力，成为人类生存和发展的基础与保障。莫言对自然万物有灵的感悟与接受源自他视自然万物具有人类一样喜怒哀乐的情绪变化的观念，把人具有灵魂的理念扩展到自然万物身上。这种神灵化自然万物的理念最直接的根源还在于他从小生活在农村，受到乡村民间神话的熏陶；或者说与在中国传统文化影响下与自然的交流、对生活环境的感悟等分不开：

> 我想跟白云说话，白云也不理我。天上有很多鸟儿，有云雀，有百灵，还有一些我认识它们但叫不出它们的名字。它们叫得实在是太动人了。我经常被鸟儿的叫声感动得热泪盈眶。我想和鸟儿们交流，但是它们也很忙，它们也不理睬我。我躺在草地上，心中充满了悲伤的感情。在这样的环境下，我首先学会了想入非非。这是一种半梦半醒的状态。许多美妙的念头纷至沓来。我躺在草地上理解了什么叫爱情，也理解了什么叫善良。②

这段话寓意深刻，充满了情感。在莫言看来，刺猬会痛苦地思考，鸡会说梦话，高粱会呻吟，奶牛能用舌头舔醒昏迷的主人，黄鼠狼在人身上附体惊心动魄，蚂蚱、狗、狐狸、驴子等都具有神秘的灵性色彩。这些自然生灵体现了莫言对自然万物的崇拜，表达了他所具有的自然观念和对自然的态度。

人类敬畏自然界，认为自然界隐藏着神灵，控制着人类的灵魂；人类

---

① 列维-斯特劳斯. 野性的思维 [M]. 李幼蒸，译. 北京：商务印书馆，1987: 5.
② 程光炜. 生平述略：莫言家世考证之一 [J]. 南方文坛，2015(2): 69.

祈求自然神灵的庇护与保佑,以实现自己的目的。人类在与自然界的相互作用中领悟了自然神性的特征,并将这些神性特征融入自我生态意识之中,成为思想和文化的一部分,形成关爱自然的生态伦理特征。直觉思维是在探索自然世界时运用的思维,而神灵在心理中的绵延直接成为人类万物有灵观念的基础,也决定了福克纳与莫言自然观念形成的内在动力和对待自然的态度,最终成为各自生态伦理思想的重要内涵。文学思想是作家和作品的灵魂,集作家人生经验、个性气质、文化素质和美学追求等为一体,并引导作家评价生活和人类命运。福克纳与莫言对自然的感悟所达到的心灵绵延,体现了他们各自对自然的关爱与对人类命运的悲悯情怀。

三、生命哲学与创造想象

人类生活的宇宙处在一个不断创造进化的过程,动力来源于生命的冲动,不受客观存在和客观规律的制约,属于一种盲目、非理性的永动不息和不知疲倦的“生命之流”。万物有灵论既是一种对待自然万物的态度,又是一种生命哲学,反映了福克纳与莫言的自然生态伦理观。这种观念无论是在形式还是在内容上都创造性地触及生命哲学的核心内涵和文学想象艺术的真谛,是对生命的敬仰和对自然生态伦理的创造想象,居于两位作家生态伦理思想的核心地位。

生命的冲动是世界存在的基础和本源,也是一切有机体的本质和生物进化的动力源泉。这里所说的“生命冲动”并不是指现实世界中的生命物体,而是属于心理的范畴或意识活动的产物。泰勒在阐述万物有灵时,曾引用过卡斯特林的话,“在记述亚洲和欧洲阿尔泰语系部落的万物有灵观哲学的时候,卡斯特林说,每一块土地、每一座山岳、每一面峭壁、每一条河流、每一条小溪、每一眼源泉、每一棵树木以及世上的一切,其中都容有特殊的精灵”[①]。自然万物有灵,体现了生命的神圣性,昭示了自然万物在生命上的平等性。福克纳与莫言赋予自然万物灵性,展现了由万物有灵,到自然精灵,再到自然神灵的形成过程,反映了人类对自然界认识的深度。由此,将人与自然的关系转化为人和神灵的关系,并赋予自然万物生命意识,构成了自然万物的生存权和发展权。这样,自然界就是一个有机联系的整体,任何生物都不可能独立于其他生物而生存。人类与自然万物共生共存,成为两位作家生态伦理思想的重要内涵。

美国内战后的南方人始终不断地受到来自“遥远”过去的记忆与文化

---

① 列维-斯特劳斯. 野性的思维 [M]. 李幼蒸,译. 北京: 商务印书馆,1987: 5.

心理积淀的影响，且现实世界的工业化与商业化思潮并没有给他们带来精神上的满足，反而使他们远离了南方传统价值观和荣誉观，使其人性出现了异化，最终陷入茫然和绝望的边缘，造成了严重的生态危机，直接威胁着其生存。世界上的古老传说都是有关于敬畏自然的故事，其中希腊神话就是典型的例子。希腊神话中的神都属于自然神，体现了希腊人对自然的敬畏。在希腊神话中，每一个部落都有一个保护神，这个部落的成员都必须敬畏它和服从它，否则，神就会以各种灾难来惩罚这个部落的成员。福克纳把视野投向了南方自然万物之中，在赞美讴歌南方自然环境的同时，利用南方人对神话或神灵的虔诚和期待，赋予自然以灵魂与神性，但并没有把自身完全局限在熟悉的家乡范围内，而是表现出一种博大的现代生态意识，流露出对生态伦理的关注和对人类生存问题的担忧。从《沙多里斯》开始，他就缔造了"约克纳帕塔法"神话王国，全面系统地阐释了他的生态伦理观念，其中包含了万物有灵的自然生态伦理观念，以生命哲学和创造性的文学想象把自然万物塑造为具有人类一样的人格与形象，借助生态伦理的想象完成对南方人，乃至人类整体命运的解读与创造想象。

莫言在大自然中的亲身经历使他获取了万物有灵的感悟与体会，而儿时听到的鬼怪故事促使他思考人与自然万物之间的关系，并将自然神话与社会现实交织在一起，构成了独特的自然生命观念。人与自然之间存在着道德伦理关系，表达了人类的行为必须合乎自然的道德要求，以此凸显了自然道德伦理的本质，规范了人类自身的行为。其中万物有灵论作为看待人类自然状态的一种态度，体现了亲近自然、热爱自然、与自然万物共生存的生态伦理观念。正如他所说的："历史在某种意义上就是一堆传奇故事，越是久远的历史，距离真相越远，距离文学越近……，历史上的人物、事件在民间口头上流传的过程，实际上就是一个传奇化的过程。每一个传说者，为了感染他的听众，都在不自觉地添油加醋，再到后来，麻雀变成了凤凰，野兔变成了麒麟。"① 万物有灵昭示了生命的神圣性，自然神灵演化为人们的精神寄托，成为人们敬畏、崇拜和祈求的神秘力量。生命自诞生之日起就形成了一股神灵庇护的冲动延续，不断发散着其影响力，成为自然万物的存在与发展观念的基础，也折射出齐鲁文化中的生命哲学内涵。

生命哲学中的"创造进化"不是从同质向异质的过渡，也不是单纯同质的相加，而是纯粹的质的创造过程；因为创造，人类和宇宙得以发展；因为创造，生命意义不断地进行更新；如果没有了创造，生命也就意味着终

---

① 莫言.莫言散文新编[M].北京:文化艺术出版社,2012:17.

结。生命就是在自身中不断追求创新，自我完善，人类不仅要适应自然环境，更重要的是积极地选择和创造自然环境，使之符合人类的生存和发展需要。这样，人与自然的关系就成了人类生存与发展的基础，也成为透视自然生态、社会生态和精神生态的出发点。人类自从进入工业化以来，特别是在二次世界大战以来，科学技术得到迅速发展，由此带来一系列的生态环境问题，如气候变暖、环境污染严重、资源短缺、生态平衡失调等，迫使人们重新审视人类对待自然的态度和行为。福克纳和莫言透视了人类生存和发展中出现的一系列问题，强调尊重自然规律、给自然万物以道德伦理关怀，批判了人类对自然生态系统掠夺与摧残的错误行为与观念，为实现人与自然的和谐发展提供了警示与借鉴。

美国南方万物有灵的观念对福克纳创作起到两个主要作用：其一，就其创作而言，福克纳青少年时代的生活体验，如到镇边森林中捉迷藏、掏鸟窝、抓小动物、打猎和钓鱼等，成了其终身喜爱的活动，使他与自然之间建立起一种永久且深厚的联系。这种孩提时代耳闻目睹的家乡风土人情在其心中留下了永久的烙印，从而成为其后来文学创作中不竭的资源宝库。其二，大自然生命力的坚强与生生不息，一年一度的枯荣交替，给福克纳留下了深刻和难以磨灭的记忆，加上他对由自然现象产生的幻觉、错觉、记忆、联想等困惑不解，使得其灵魂信仰在对自然的记忆中得到深刻的确证。自然提供给福克纳的不是北方工商业文明主导下的自我欲望膨胀且凌驾于自然之上的教育，而是让他在自然经历中学会了敬畏生命，始终以谦逊、怜悯与同情的姿态对待人类和其他生命。这种经历和信仰最终融入其万物有灵的生态伦理思想之中。他的"约克纳帕塔法王国"是美国南方世界的缩影，契合了《旧约》中被毁的伊甸园和人类"原罪"；尽管他有时表达过人类法则不适合大自然的生态伦理系统的观点，但始终强调了人与自然之间的和谐关系对人类生存的重要性。

齐鲁文化中万物有灵的观念赋予了莫言高超的自然想象力，云游四方的乡下说书人戏说有关万物有灵的神话传说、仙女下凡和动物有情的寓言故事、流传于当地并被乡民认同的离奇的鬼怪神话等，都极大地丰富了莫言的生态伦理观念。他接受了这种自然神话传奇的日常熏陶，认同了人与自然相互转化、本原如一、万物有灵的自然观念，他的行为和思想处处彰显了对自然的崇拜与尊重。他在创作中吸收了高密民间传说中"万物有灵"的理念，以高超的文学想象力赋予了自然万物具有灵魂的特征，体现了他对自然生命的哲理性感知，展现了现代人的道德观念、环境伦理和精神状态。万物有灵中的"灵"一般认为是自然力量的隐喻表达，在天地之间守护着自然万物的生存和发展，造就了自然万物的繁衍生息。莫言让人类与动植物进行转化，因为人和自然万物之间似乎没有界限和标准，且都是平等的，具有同样的生存权和发展权，它们所具有的生命力或自然精神是拯救由现代文明进程所造成的人性的愚钝和偏激状态最有效的方式。

生命哲学强调直觉，突出个人的体验、情感和意志，强化人的主体性、能动性和创造性特征，目的是让人们尊重生命；而绵延被视为一种生命的冲动，它使自然万物结合在一起，形成一个巨大的绵延体，这样，包含生命哲学的自然界就是一个不断创造生命、延绵不息的过程。福克纳和莫言通过对自然界的直接感悟获得了对自然生态伦理的感性认识，在直觉主义哲学基础上形成了各自的生态伦理思想；同时对生命哲学的认知促使他们与自我生存环境联系在一起，形成对人类命运的关注和思考。"在生态学理论构成中，其'生'就是生气、生机、生命、生殖的意思，它所追求的目标就是使生物及其群落乃至整个系统能有正常兴旺的生机，使生命能健康地生存并显示出生机勃勃的状态。"① 两位作家展示了对万物有灵的感悟和其背后所隐藏的集体记忆，同时借助各自形成的对自然的情感和忧虑，表达了对自然权利的尊重。这对当前生态文明建设具有重要的理论借鉴和实践指导作用。

第二节　社会生态需求与神话学理论渊源

生态伦理的出现将人类的伦理扩展到自然界，使人与自然的关系进入一个对象明确、系统完善、各司其职的完整的生态伦理体系。从自然生态到社会生态的发展不仅是研究理念上的跨越，还突破了人与自然之间原有的道德规范与行为准则，从而在新的视野下形成分析或阐释人与自然平等关系的依据与方法。由于人类自身所具有的社会性，人与人之间的关系构成了社会生态的基础，成为人与自然构成的整体生态系统的一部分。福克纳与莫言以神话学为指导，在自然万物有灵的基础上反映了社会生态的需求，形成了各自的社会生态伦理思想。两位作家借助文学创作艺术，诠释了人与自然的和谐之道在于人类要以遵循自然权利为本，实现人与人之间的平等，体现社会公平正义的原则。本节拟借助神话学理论，将自然生态与社会生态结合起来，阐释两位作家的社会生态伦理思想，使读者更好地领悟两位作家生态伦理思想的丰富内涵与高超的文学表现特征。

---

① 曾永成. 文艺的绿色之思：文艺生态学引论[M]. 北京：人民文学出版社，2000：114-115.

一、社会系统与神话基础

生态系统通常是指自然生物与周围环境之间相互作用、相互依存，从而构成一个共同体。社会系统主要是指人类参与的系统，强调的是人与人之间的相互关系，它与自然界生态系统的区别在于人作为这个系统的重要成员，能够控制这个系统的发展方向以及选择其发展目标和途径。人类的生存过程就是人类社会和人类生存的自然生态环境中发生的物质、能量和信息的交换过程。福克纳与莫言的社会生态伦理观念如同自然生态伦理观念一样，强调的是在人与自然和谐发展的基础上保持社会生态的平衡。因为人的存在方式、人与自然之间的关系，以及对社会的态度等，构成了人类自身生存和发展中最直接的因素，不仅影响着人类的生存质量和未来的发展前景，而且还制约着人与自然关系的问题的有效解决，成为两位作家生态伦理思想或作品中所展现的主要内容。

社会生态系统包含了对物质生产过程和社会管理系统的依赖，以伦理道德为基础的社会规范是社会生态系统正常运行的保证，而神话对社会产生的影响在于规范人们的思想和行为。"神话"的英语名称来源于希腊语中的"mythos"，字面含义为：原始时代关于神奇事物或受神支配的自然事物的故事；也就是说，神话就是关于神灵的故事。《中国大百科全书》对神话的定义为："生活在原始公社时期的人们，通过他们的原始思维不自觉地把自然界和社会生活加以形象化、人格化而形成的幻想神奇的语言艺术创作。"[①] 从这个定义上看，神话是人类早期通过万物有灵的想象方式，表达的对自然现象、人类自身起源、自然环境等的看法或观点。换句话说，自然神话中包含的人与自然的关系，实际上是神化了的人的生活生产模式。福克纳与莫言以万物有灵为基础，通过自然界中的人与自然的关系书写，同样反映了神话发展历程以及人与自然关系的范式。

社会与自然的关系实质上反映的是人与自然的问题，这是一个人类面对的永恒问题，也是哲学所面对的一个永恒话题。人类的存在发展都是依赖自然界的存在和发展，如果没有自然界，也就不会有人类社会。人类社会是自然界的一部分，也是大自然长期发展的产物。神话一般探讨的是自然万物的起源，如宇宙、自然界、人类，以及各种知识的起源；或是"原始状态"，如宇宙、自然界以及人类社会的原始状态等。自然界的山山水水、一草一木都具有灵性与威力，人类尊敬自然、保护自然，自然就会给人类提供

---

① 中国大百科全书总编辑委员会《外国文学》编辑委员会.中国大百科全书·外国文学卷：第二卷[M].北京：中国大百科全书出版社，1982：913.

所需要的生活资料和生产资料，提供精神庇护和心理慰藉；反之违背自然规律，破坏了自然生态平衡，人类就会受到自然的惩罚和报复，乃至使人类自身面临毁灭的危险。世界上的很多民族都有自己的自然神话，本质上都表达了对自然万物的崇拜，体现了对自然万物的敬畏之情。"在毫无天文学知识的时代，像日食这样令人惊异的天文现象在人们心中激起对世界接近毁灭的恐惧感。"① 美国南方文化与中国齐鲁文化都包含了上述类似神话的内容和形成模式，体现了不同文化中所蕴含的自然神话以及对自然神的崇拜与敬畏。这些自然神话往往与历史神话、宗教神话等融合在一起，共同构成人与自然、人和神共生、共存和共荣的生态伦理关系，关乎着人类命运的发展状况。

自然神话是随着人类社会的发展，将自然现象或人物浓缩和抽象为某种象征，在集体无意识的传承中表达出个人无意识的具象魅力而形成的。自然神话的原型深深地隐匿于人类的集体无意识之中，只有在向外界投射过程中才通过种种象征，以隐喻的方式显示自身，最初呈现为一种原始意象，即远古时代的神话形象；在后来的发展过程中，其原型形象被人们赋予了某种深刻的哲理，从而预示着人类的未来。福克纳的生态伦理观吸收了美国南方自然神话、历史神话和宗教神话的丰富内涵，反映了南方人与自然之间关系的发展历程。他作品中的神话有来源于宗教神话原型的，如来自基督教的多个神话原型，像《喧哗与骚动》《押沙龙，押沙龙！》等；来自南方历史的神话，如《我弥留之际》等；更多的是来自有关自然的神话，如《去吧，摩西》《野棕榈》《村子》等。在美国南方自然神话中，许多与自然相关的原型、自然环境、人物形象等互相关联，成为自然生态系统式的循环与表现形式，成为战后南方人幻想自然生态或未来命运的基础。福克纳对现代工业文明带来的后果深感担忧，因而着力描写现代人与自然之间的关系，并从原始心态和自然神话中发掘出现代生活与现代文化所缺乏的某些精神要素，充分进行张扬，以此填补人性在自然生态失衡后的空虚与失落，为正确处理人与自然的关系打下了坚实的基础。

莫言的生态伦理观吸收了中国自然神话、历史神话等传统文化精髓，体现了中华民族对自然界和人类社会认识程度的不断深化。原型作为一种秩序化、结构化的心理形式或意向，凝聚着人类不断变化着的自然经验、心理经验和社会需求。同时，自然神话的原始思维模式与自然有灵、自然崇拜理念紧密联系在一起，所以"由于对自然缺乏认识，人创造了种种的

---

① 泰勒.原始文化[M].连树声，译.上海：上海文艺出版社，1992：270.

神,这些神成为他们的希望和畏惧的唯一对象"①。自然界中那些无法或不能充分解释的现象都被视为带有超自然的色彩,由此形成了自然崇拜,进而形成了关于自然精灵和人类灵魂的神话,影响到人们的生产生活。莫言对乡村生活的刻画近乎成了神话传奇,如侧重刻画乡村的浪漫与欢乐、人与自然的融合、自然有灵与神圣性等,这些刻画都具有浓厚的神话色彩。万物有灵、天人合一的思想和理念,以原始、平凡、朴素的艺术形式,传递着自然万物的神奇与魅力,成为其创作的动力和灵感之源。他以人与自然和谐发展为基础,以维护自然界和其他生命个体之间的平衡为目标,阐释了自然万物之间的平等关系,凸显了中国农村在 20 世纪末的社会关系现状。

自然生态环境本身就是一个复杂的物质系统,这种外部环境的复杂性必然会引起社会系统行为的不确定性和不稳定性,构成了社会生态系统的复杂性。"原型"是指原始意象或原始模式,"强调从神话、宗教仪式、梦、个人隐秘幻想和文学作品中,寻证出一套普遍的原初性意象、象征、主旨、性格类型和叙述模式,发掘积淀在其中的种族以至人类的集体无意识和深层心理特征"②。社会生态系统是人类社会长期发展的产物,但与人类所处的自然环境密不可分,也可以说,自然生态环境构成了社会系统的外部环境。自然神话作为原始初民的理想信念、世界观和思维方式,为后来的人们提供了了解自然界神秘性和人类文明的源头;其所包含的道德伦理成了人们的行为规范和道德准则,唤醒人们,使人们不断探索自然生态世界,感悟人与自然的融合,提升道德修养和完善人性品德。同时,社会生态系统自身的存在和发展具有自己的独特性,而维持这种生态系统和谐发展的基础和前提在于人类的理性思想与道德伦理观念。无论是美国南方神话还是齐鲁神话,都不约而同地涉及自然界的诸多物体,从天空、大地、日月星辰,到花草树木、飞禽走兽等,并与人类的日常行为、伦理道德修养、社会关系等联系在一起,形成了福克纳与莫言生态伦理观念中的社会生态体系。

美国南方神话留下了丰厚的文化内涵,作为福克纳的精神母体积淀在他的潜意识之中,并以文化心理、创作思想和创作取向等方式表现出来。在南方发展过程中,自然环境,特别是南方人与自然结成的密切关系,巩固了南方文化中自然所处的神圣位置,使南方自然神话、宗教神话与历史神话交织在一起,形成南方社会特殊的生态伦理关系。这一过程恰好反映了

① 霍尔巴赫.自然的体系:上卷[M].管士滨,译.北京:商务印书馆,1964:13.
② 方克强.文学人类学批评[M].上海:上海社会科学院出版社,1992:5.

南方社会的发展进程，如南方殖民时期的创业者在征服自然的过程中表现出的英雄行为被南方人口口传颂，被赋予了很多神话色彩，形成了不同的历史神话和宗教神话，体现了南方传统文化中人与自然相互尊重、和谐共生的生态伦理观念。福克纳生活在 20 世纪初的密西西比河沿岸，到处都流传着具有神话原型的山脉与河流神话、原始森林神话和荒野传奇等，其中原始森林和荒野等所具有的神话色彩最为鲜明，展现了南方人田园牧歌式的心灵乐园以及所向往的自由乐土。他潜移默化地吸取了这些神话带来的文化营养，并作为观察社会、人与人关系的基础，形成了尊重自然生命的人性观和具有宗教色彩的悲天悯人的生态情怀。

中国最古老、最具原始意味的故事是人类关于创世的自然神话，即女娲造人的神话传说。女娲具有人类的意志、愿望，以黄土为材料制作人，留下了人类诞生之神话传说。事实上，她不是一个普通的人，而是一个人首蛇身的神灵。人兽同体实际是人与自然的结合，体现了人性与神性的结合；女娲所具有的超人类特异功能，即蛇身正是来源于自然。因此，她受到人类的崇拜与敬仰，也在人们遭受困难的时候被期望给予援助。"神话是一种流行于上古时代的民间故事，所叙述的是超乎人类能力以上的神们的行事，虽然是荒唐无稽，可是古代人民互相传述，却确信以为是真的。"[①]人类信仰神话实际上是以敬畏自然、崇尚自然的方式来对待自然，并借助神话的寓意来认识自身。莫言的创作弥漫着敬畏自然的生态伦理思想，反映了对自然物和自然力的情感诉求和精神寻找。中国先哲没有像西方先人那样，把自然界造化的奇迹归功于上帝，一个假想的超自然者，而是将对自然的崇拜和敬畏都赋予了人世间的情感；或从观察自然的过程中得到伦理启示，或将人间伦理诉诸自然，以寻求人与自然的和谐发展。莫言这种对自然的敬畏与崇拜可以看成一种顺应自然发展的感情表露，也是对自然这个施恩惠者始终抱有的虔敬之心和敬畏之感。

社会生态系统是建立在实践基础上、与自然生态系统密切联系，但却有着不同的运行方式和运行规律，且相对独立的物质系统，体现了人与人之间的平等、社会公平公正等和谐发展的态势。这种生态系统与神话的构成与发展有着异曲同工的作用，因为神话是一个群体的文化认同，一方面这个群体的组成人员正是在对神话的重复讲述中获得共同的认同感，从而形成推动社会发展的动力；另一方面，神话孕育了源远流长的文化观念，形成了培育特定文化心理的土壤，又与人类社会发展联系在一起，规范着

① 茅盾.茅盾全集：第 28 卷：中国神话研究[M].茅盾全集编辑委员会，编.北京：人民文学出版社，1993：1.

人们的行为和思想。这样,社会与自然对立,又与自然相依共存。"神话就真实地存在于我们的生活中,那些体验过神话的共同体与那些真实神话中的道德意涵都在于此。"① 人类先民对自然界的理解、对社会的认识、对未来的预测等都受到生产力水平的限制,对一些自然现象和自然奥秘的认识能力无法揭示自然现象的本质,因而形成了自身对自然的崇拜。然而,随着人们认识水平的提升,神话的影响并没有消失,相反却更加担负起引导社会发展、协调人与人之间的关系、提升人类道德伦理的准则与标准等作用。即使到了现代社会,人类处理社会生态关系时在很大程度上依然保持着原始的神话中的方式。同样,在福克纳与莫言的生态伦理观中,人与自然界的万物都有各自的生存环境与权利,彼此都应遵循着自然界的秩序,不能因为一方的利益而使其他方受到侵扰和危害。只有这样,自然生态和社会生态才能保持平衡,并和谐发展下去。

福克纳生活和创作的年代正值美国南方社会发生急剧转型的时期,北方工业化经济逐渐取代了南方种植园经济,以加尔文清教文化主义为代表的宗教信仰不仅不能满足现代社会的发展,而且严重束缚了南方的天性和自由。由此,南方掀起了一股反思和质疑工商业文化和清教主义文化的思潮,如怀疑清教许诺的救赎,攻击清教的道德虚伪性,批判清教造成的种族观和妇女观等。福克纳以南方社会存在的问题为出发点,以神话思维的方式探讨了重建人与自然和谐关系的方法与途径。他讲述的人和事都具有现实和历史背景,但自然万物有灵、尊重自然和回归自然的创作理念却来源于南方神话,虽然是非理性的,但赋予了福克纳丰富的社会生态理念,在其潜意识或无意识层面中激起南方神话的原始思维,形成了关于社会生态伦理的理念和内容。"意识就好像婴儿,天天从原始的无意识子宫中诞生。"② 如同人类的意识受到潜意识、无意识的决定性影响,福克纳无意识的生态伦理观念与其生活中的人与文化背景紧密相关。这如同一个作家的创作可能是对现实生活的描写与表现,但他的文化背景仍然对表现现实生活起着重要作用,因为这个作家要按照自己的图式塑造世界,而他所具有的包括情感和智慧在内的经验、对社会的认识等,都是极为重要的因素。正因为如此,福克纳以自己的家乡为背景创造了一个文学王国——"约克纳帕塔法县"。这是一个虚构的有关美国密西西比州北部的特殊区域,实际上也是一个西方现代社会的缩影,真实反映了南方的社会生态现状。

① 梅·罗洛·梅文集:祈望神话[M].王辉,罗秋实,何博闻,译.北京:中国人民大学出版社,2012:320.
② 荣格.原型与集体无意识[M].徐德林,译.北京:国际文化出版公司,2011:5.

神话是人类最初和最基本的认识自然和讲述自然故事的方式,当这种方式被文学作品替代后,神话的特征并未完全消失,而是作为原型保留在文学作品之中。这就是文学发展所呈现出的循环式创作方式。"故乡——农村留给我的印象,是我创作的源泉也是动力。"[①] 莫言对家乡的情感以及童年时期在大自然的经历都成为其作品中的素材。他以"我爷爷""我奶奶"的标志性句式把人们带到了高密的"原初时代",开始了"东北乡"的创立与社会结构的构建。"高密东北乡"中的自然放射出令人震撼的魅力,本身就是有关自然、中华民族历史和道德信仰的神话故事。这里的居民亲近自然、敬畏自然,体现了他们与自然界的亲密关系,更体现出崇拜自然的信仰。在莫言生活的时代,中国在经济和政治上都发生了很大变化,与早期的高密东北乡相比,甚至可以说有着本质的区别,高密东北乡"创世纪"的神话显然不能满足当下需求。他以神话原型的形式传递他对故乡的情感和对现实社会的认识,无疑具有很大的创造性,这种神话叙事所产生的意象因其集体认同感和文化意蕴,更容易获得广泛认同,从而产生更大的社会影响力。

人类的社会活动是一个内在联系的整体,法律、宗教、制度等社会活动贯穿于社会体系的各个层面,并按照一定的结构方式、功能作用在这个大系统中运行着。社会生态系统对物质生产过程产生依赖的同时也对生态环境产生依赖,很多神话故事虽然发生在过去,但与现实生活的相似性以及由此反映出的价值倾向和道德取舍,都具有十分重要的引导作用,因而属于一种集体无意识范畴,为人类的生存和发展提供了伦理准则和道德规范。现代社会虽然已拥有了相当完整的社会规范制度,但同样也需要作为文化范畴的神话给人类带来指导。这种规范并非对意识和精神上的限制,而是一种带有倾向性的引导。无论是美国南方神话还是中国齐鲁神话,均体现了人类个体对揭开自然奥秘的渴望,表现了人与自然的密切关系。福克纳与莫言敬畏自然的理念表明了自然界对人类的先在性和人类对自然的依存性,体现了万物平等、尊重自然的责任感,为人与自然的和谐发展提供了具有启发性的指导和建议。

二、人人平等与神话叙事

社会生态需求就是建立和维持一个相对公平和平等的社会系统,这也是神话创建和传承的目标和不断追求。人类社会是一个复杂的大系统,是

---

① 杨守森,贺立华.莫言研究三十年:上[M].济南:山东大学出版社,2013:49.

由多个社会结构的子系统通过相互渗透、相互促进等实现各自功能。神话作为一定社会存在和社会意识的集中反映，蕴含了特定社会生态系统主体的意识形态、思维方式以及价值取向，不仅要把平等公平作为人类生活和发展的基础，而且还要作为一种精神意义和价值存在，使人类意识到自我的权利与义务。福克纳与莫言借鉴了神话叙事中平等公平的内涵，塑造了自然万物所具有的神圣性以及人类命运的传奇性等，构建了人与自然融合的生命共同体，反映了社会生态现状，成为社会成员行为和思想的规范准则。

社会生态系统强调人与人之间的各种相互作用和关系。作为自然界和人类社会的生命承载者，人类社会的发展既要接受自然生态系统和人类社会生态系统的存在法则，又要承受政治、经济、文化等子系统的存在法则，而这种特殊性将自然界、人类社会和伦理道德等融为一体，结成共生共存的社会生态共同体。福克纳所处的时代恰好是美国南方发生历史性变革的时期，北方资本主义势力急剧膨胀对南方传统生活带来了极大的冲击，促使南方农业社会体系迅速解体，从而引发了南方人传统价值观的崩溃。当南方人面对北方工商业入侵而无能为力时，只能以一种躲避和视而不见的心态，借助神话来安慰自己，由此形成南方人特殊的心理防御机制，陷入了自欺欺人的幻想之中。自然万物的生生死死使人类联想到人的生死，便有了人死而复生的想法，产生了复生的神话模式："由岁月更替联想到人们的生死繁衍，创造了神的死而复生的神话传说。这种神的再生神话和仪式，实际上是对自然界季节更替植物枯荣的模仿。"[①] 福克纳利用神话模式、万物有灵的生态理念来激励内战后的南方人形成战胜困难的精神和勇气，惩恶扬善，规范自身的行为和提高道德修养。

莫言通过神话叙事展现了20世纪后期中国社会转型时期"高密东北乡"的生存方式和生存状态，以自然神话原型揭示了人们的精神现状、社会困境、生态环境等问题，引起人们反思当下的生存状态、精神状态和生活环境，进而营造一个虚幻的美好和谐的生活家园。"神话让我们意识到那些被压抑的、无意识的、被遗忘的担忧、愿望、恐惧以及其他心理因素。"[②] 神话可以借助于收集、整合、解决人类的心理问题和生存方式的手段，形成神话自身的生态系统和发展进程，最终映射到人类社会生态系统之中，完成对社会生态系统的提升和促进。他注重从神话的形成过程中体现出

---

① 张隆溪. 二十世纪西方文论述评[M]. 北京：生活・读书・新知三联书店，1986：57.
② 梅. 罗洛・梅文集：祈望神话[M]. 王辉，罗秋实，何博闻，译. 北京：中国人民大学出版社，2012：76.

对自然万物的尊重，因为骨子里流淌着家乡红高粱酿化的血液，情不自禁地欣赏农村中万物有灵的淳朴信仰。其笔下的自然物体，无论是有生命的还是无生命的，都能非凡地呈现出一种神性和灵气。他从写实转向抽象，借助神话展现了苦难的现世性和普遍性，揭示了中华民族顽强与不屈的精神。

社会的本质是由生活在社会生态系统中的人类所决定的，因为人类是社会生态系统的主体。人类的欲求与行为决定着社会生态的和谐。"神话乃是对以欲望为限度的行动的模仿，这种方式以隐喻的方式出现。换言之，神的为所欲为的超人性只是人类欲望的隐喻表现。"① 自然界的万事万物都具有灵性和神性，人们将自然奉为神灵并加以敬仰，显示了人类对自然万物的依赖与寄托；同样，这种关系或态度映射到人类社会生活之中，以动物为图腾的宗教形式凸显了人类的信仰和社会生活之间的关系，扩展了人类对自我行为的约束与限制。福克纳与莫言强化了人与自然的关系，呈现了系统和完备的社会生态体系和逻辑框架，展现了人与人、人与自然万物之间的平等关系理念。

在万物有灵论的前提下，人与自然、人与人的平等理念在神话中极为普遍。平等对待每一个生态个体是人类对自然的一种态度，强调的是对自然万物的尊重、敬仰和畏惧。世界是一个有机的整体，自然界中的万事万物都是这个有机体中不可缺少的组成部分。"自然界不仅是一个运动不息从而充满活力的世界，而且是有秩序和有规则的世界……自然界不仅是活的而且是有理智的；不仅是一个自身有灵魂或生命的巨大动物，而且是一个自身有心灵的理性动物。"② 人类认识自然、把握自然并希望通过自然实现自己的理想和愿望，这是人类合理的要求，也符合社会发展规律。美国南方神话表明了人们在处理人与自然的关系时，要把人的生命价值及其完善同整个自然界的发展与完善融合在一起，在自然系统的完善与永恒之中实现人的生命的完善与永恒，使人类展现出高尚的伦理精神和博大的道德胸怀。福克纳将人与自然平等的生态理念融入作品之中，倡导人类必须尊重自然，才能与自然万物和谐统一地发展下去；他笔下的自然万物不但具有本身的生物性，而且具有人的灵性，尤其是具有顽强的生命力和拼搏精神。

自然界的循环体现在四季更替、日出日落等自然现象方面，而神话中所对应的是神灵的诞生、受难、死亡及复活等循环过程，反映了人类社会的需求与渴望。莫言将内心的情感和理性的思考融入自然存在物中，同时注

---

① 叶舒宪. 神话：原型批评[M]. 西安：陕西师范大学出版社，1987: 98.
② 柯林伍德. 自然的观念[M]. 吴国盛，译. 北京：华夏出版社，1990: 4.

入自己的思想和灵魂,创造出众多神话故事,如动植物变为精灵,承担拯救人类命运的任务。这种通过动植物神话寻求解救人类命运的方式,突出了动物作为人的象征母题中所隐含的情感寄托与心理暗示,表明了他对社会现实的反感;他期望构建一个现实社会之外的神话社会,以此来凸显人类生活的困境,折射出人生的悲剧性色彩。他把对自然生态系统的关怀、对社会生态系统中人们追逐商业利益的批判,以及对现代工商业文明的批评等联系在一起,通过描述神话般的充满神秘色彩的捕鱼狩猎的故事,表达对现实世界无理性、荒诞性的谴责,对充满了暴力、欺诈、血腥、掠夺的现代文明的抵制,并提出回归自然的方式方法。

人人平等是一个非常复杂而又争议颇多的概念,在社会生态系统中,坚持人人平等原则就是指人作为道德主体需要更好地协调不同利益。平等意指人与人之间在经济、政治和文化等方面处于同等社会地位,享有同等的社会权利,这也是人类最基本的社会关系和价值追求。"神话不仅是文学的源头,也是哲学思考的真正开端。神话用象征故事的形式向后人传达着文明的永恒形式。"[1]神话中的平等观念常常是通过人与自然万物的平等关系来表现的,凸显出人对自然的敬畏。而这种心理的呈现是为了更好地约束和限制人类对自然的过度行为,防止人对自然过度索取和摧残而造成不可挽救的境地。在福克纳看来,自然万物都具有神性,享有和人类一样的自由权和平等权;只有遵循自然生态系统的平等,才能保证人类社会生态系统的和谐发展。这是一种自然平衡的意识,也是人与自然的平等关系在社会生态系统中的延伸与扩展。

莫言以人与自然、人与人之间平等的观念,触及"高密东北乡"这个远古、野蛮和闭塞的乡土村落,自然而然地涉及神话思维和神话叙事,在虚与实的对照中,寻找和构建其自身的精神家园。他的平等意识始终不断地促使其借用神话中的人和自然的和谐,开启万物有灵的创作灵感,唤醒人们的集体无意识和深层记忆,从而获得自然界一切成员都享有平等权利的感悟,更好地尊重自然万物的生存权和发展权。伴随着科技进步,人们赖以生存的自然家园在人类过度开发下慢慢失去了活力,导致了自然生态系统对人类的报复,也使现代人承受了前所未有的生存压力。莫言明显地感受到了这一点,虽然他并没有直接把现代文明带来的罪恶大肆展现在读者面前,但是却以神话叙事方式、平等的生态思想和宽容的文学创作态度,揭示了中国农村存在的问题,表达了他对现代消费社会的反感与回归自然、寻

---

① 叶舒宪.神话的意蕴与神话学的方法[J].淮阴师范学院学报(哲学社会科学版),2002(2): 219.

找灵魂寄托的强烈需求。

人与人之间的平等既是社会生态伦理的基础，也是自然生态伦理系统的必然要求。社会和谐的本质决定了人与人平等的必然性，这是因为只要有人在的地方，就必然涉及人与人之间的关系，存在着利益、权利、义务等是否合理的问题，也就不可避免出现人与人不平等的问题，就会导致社会生态伦理的淡化甚至毁灭，危及人类的生存和发展。当神话被运用或被引入社会层面之后，原有的人与人之间的关系已经不再局限于人与神灵的关系，而是融入神话叙事之中，形成一种新的类比关系，给人们提供一种认知世界的视角或思路。这就是神话的重构。神话重构可以视为是神话故事的再创作，即将原始神话进行解构后再重新组合，产生新的审美效果和审美价值。"神话重述的策略之一就是改变一些叙述因素，如人物身份、叙述视点、时空设置等，经过脱胎换骨的改造，使得主题、思想主旨被改写。"①在神话传承与发展过程中，某些包含自然现象的神话，如有关自然灾难的神话，常常被理解为上帝或神灵的愤怒与降罪，因而在神话叙事中，叙事者往往会调整和删除那些自己认为"无关"或不适应的情节或内容，从而发掘出神话的"新意"。福克纳和莫言通过神话观念、形象、禁忌等表现形式，揭示人类对待自然时的贪婪与无知，对人类无视自然生态的行为进行了警告和惩罚，不仅给人们传递了道德限制或精神约束，使人们知道自身不能在大自然面前任意妄为，同时提醒人们改造自然不是与自然对立，而是更好地维护人与自然的平等关系，最终达到人与人之间平等的目标。

南方联盟在美国内战中的失败给战后南方带来了巨大创伤，奴隶制的消亡、北方工商业经济方式的入侵彻底改变了南方人的传统生活方式，使大多数的南方人感到痛苦不堪。为此，他们重构了南方创世纪神话，将那些南方殖民时期的开拓者置于神灵的位置上，为他们赋予了灵性和神性，使之成为南方人心目中的"英雄人物"，受到人们的尊重与敬仰。这些南方开拓者无论是在行为举止上还是在道德伦理观念上，都被视为是战前南方社会的象征，体现了社会的精神实质，维护着社会的正义和价值准则。这样，南方神话为看似平凡与琐碎的南方生活赋予了悲剧式的场景和感染力，使之升华为一部反映人类普遍经验和悲剧的英雄史诗。福克纳广泛吸收了南方自然神话的营养，有意识地使作品的故事、人物和结构与人们熟知的南方神话故事大体平行，把南方人对自然的情感置于神话背景之下，使浓郁的南方自然情结和神话背景融合在一起，达到了人与自然的和谐统

① 叶永胜.论中国当代小说中的"神话叙事"[J].阜阳师范学院学报(社会科学版),2008(2):41.

一。不仅如此,他向人们表明了这样一个事实:自然界是一个庞大的生态系统,每个自然物都在各自的位置上发挥着作用,正是由于各个子系统部分的有机循环与相互依赖,才推动了人类整个社会生态系统的和谐发展;而破坏自然生态和社会生态之间的动态平衡,无视自然生态系统的生存权和发展权,都会影响人类的生产生活方式,最终威胁到人类的生存。

在作品中,莫言遵从了人与自然的平等原则,借助于自然万物所具有的尊严和信仰力量,维持着自然生态系统和社会生态系统的平衡发展。他说:"其实,我想,绝大多数的人,都是听着故事长大的,并且都会变成讲故事的人。作家与一般的故事讲述者的区别是把故事写成文字。往往越是贫穷落后的地方故事越多。这类故事一类是妖魔鬼怪,一类是奇人奇事。对于作家来说,这是一笔巨大的财富,是故乡最丰厚的馈赠。"① 他接受的社会环境以及人与人之间的关系,恰好与神话世界形成对比,相互渗透和平行发展,在重构神话的过程中赋予了作品时代的特征和需求,让读者感受到作品中的社会关系似乎是神话中发生的,又好似在现实中出现,真正做到了以一种朦胧迷离和漂浮的方式书写现实问题,进而使读者渴望来打破这些制约社会发展的障碍。这种社会生态伦理思想融入了民间好汉的人格神话、英雄崇拜的史诗灵魂、鳖精狐怪之类的民间信仰、万物有灵的原始自然观、人生神秘感、宿命论、因果报应等潜在的思维模式,实质上是以借古讽今、以"鬼"喻人、以自然指代人类的文学创伤方式,关注的还是人类自身的生存问题。"对于原始人的部落来说,太阳和星星,树木和河流,云和风,都变成了具有人身的灵体,它们好像人或其他动物一样地生活。"② 人类社会生态系统强调的是人性或人的命运结局,而神话叙事有效地打破了现实与神话之间存在的界限,使现实社会与神话中的环境结合起来,给人们提供一种隐喻或暗示,从而使人们找到解决问题的方法。莫言对无生命物体往往以人类本体的眼光进行考量,赋予它们生命本能和思维能力,他大胆想象、勇于创新,审视、描绘熟知与未知的自然事物以及社会现象,体现了敬畏自然、人人平等的社会生态系统内容和价值。

神话通过神与人的关系,阐释人类社会存在和发展的基础与原则。神话叙事是一种最深刻的人文关怀,也是人与人平等的雏形与本质内涵。自然界中的每个物种都有自己的生存和发展权利,人与自然界的平等相处是对生命和权利的尊重。神话的思想、形象和内容等都是人类社会生活的真实反映,也是人类赋予自然万物的想象与情感体现。自然只有通过人类社

① 莫言. 我的高密[M]. 北京:中国青年出版社,2011:270-271.
② 泰勒. 原始文化[M]. 连树声,译. 上海:上海文艺出版社,1992:233.

会才能反映到神话之中，并带有社会性特征，如社会组织和结构、人员构成和运作方式等，体现出人类社会的本质。神话的作用通常不会明显地体现在人类具体的行为指向上，而是作为一种潜在的心理暗示引导人们进行思考和临摹，进而对人类发挥影响。福克纳与莫言借助神话叙事和神话思维方式，将万物有灵、人与人的平等理念进行展现和弘扬，表达对神灵的崇敬与赞扬。他们的社会生态伦理思想反映了自然本性与社会的公平公正，十分符合现代社会所认为的一心向善、积极乐观的情感目标，体现了对人性的呼唤，促进了现代文学的创作及繁荣进程。

三、和谐人性与神话价值

人性是人的自然属性和社会属性的综合体，是通过爱与被爱、施恩与报恩、人与人之间的关系等反映出来的人类的本性特征。"和谐人性"是指人的行为呈现出统一与协调的本性，包括人与自然、人与社会、人与自身之间关系的和谐，体现了人类个体内在因素之间的和谐与平衡关系。神话与人性的结合是一种集体无意识的反映，加深了人类个体对人与自然、人与人之间平等关系的渴望。福克纳与莫言的生态伦理思想集中体现了这一理念，彰显了人人平等的准则在神话中的思维意向，直接表现了人性接近本真的实质和所具有的神话价值。

和谐人性以自然属性为前提，以社会属性为内容，展现了社会发展现状。福克纳的创作时代先后历经了南方社会的战后重建、20世纪20年代南方的短期繁荣、30年代的经济大萧条等历史事件，这些事件对南方人的价值观和道德观带来了严重冲击，使南方人陷入生存危机之中，失去了对人性的把握与掌控。莫言作品的时代背景主要集中在抗日战争、"大跃进"、"文化大革命"和改革开放初期等时期，恰好是中国社会体制、生活观念和道德伦理观念等发生重要变化的时期，对中国社会和生活产生巨大影响。两位作家亲历了社会的动乱和生活的艰辛，体会到社会底层人们生活的痛苦，将创作视角触及人类生存环境和社会道德，以神话叙事的形式记录和复原了人们的生活状况和人性状况，旨在挖掘人类具有的和谐人性以及相应的适应环境。

福克纳从不掩饰自己对南方神话的喜爱，极力强调人与自然的情感依赖，并通过神话原型，表达了对自然生命力的敬仰。如《村子》是他"站在与都市审美相对的乡村视角上观察和描写他的家乡的美和魅力"①。其作品

---

① 孔庆华.论福克纳短篇小说的乡土情结[J].外国文学研究,2003(4):41.

中乡村风光和南方泥土散发出特有的清香气味,恰好与安静的田园氛围和舒缓的生活节奏相匹配,给读者带来了无穷的遐想和无限的安全感。这种强烈的神话般的自然场景描写凝固成一种对灵魂归宿和精神家园的呼唤情结,使人们在潜意识层面上有一种回归本真、回归童年的欲望和追求。这种借助神话所构建的与现实生活完全不同的文学意境,在一定意义上使南方人获得自我满足的安全感,并借以释放其因内战而受到压抑的内心世界,实现心理和精神上的补偿与平衡。这样,他作品中的森林成了战后南方人陶冶灵魂、领悟生命之道的重要场所,是南方人最有效的情感寄托,也是战后南方人心理的真实反映和未来希冀所在。

无论是中国自然神话,还是英雄神话或宗教神话等,都是以人的愿望为基础,目的是获得神灵的庇护;而神话中的神灵往往具有无穷的能量,足以摧毁任何与之相对抗的势力,人类只有顺从天意,才能获得救赎。神话的传承与发展通常与主流文化相对,或者说,往往游离于主流文化之外,它所关注的不是上层社会的领导者,而是处于社会弱势地位的劳苦大众。莫言借助于神话,叙述了"高密东北乡"农民的爱与恨、痛苦与悲哀,以及对土地与亲情的眷恋,彰显了他对农民的情感与关注。其作品对农民性格的塑造并不总是表现出善良的人性,有时在一些人物身上也带有罪恶或狡诈的特征,犹如社会生态系统中的生命本性,充满了感性与理性、自由与必然、自觉与自为的特征。正是这些普通人所表现的人性,使作品具有了永恒的神话价值和文化价值。

一般意义上的"本性",实际上是由先天的"本能"与后天养成的"人性"混合而成的。人性原本没有善与恶的区别,每个人都有善恶的两面,遇善则善,遇恶则恶,就是这个道理。人的这种先天的本能是与自然生态系统中的其他生物的本质区别;人类具有其自然属性,后来逐渐养成人性,出现了人性的善与恶。换句话说,人和其他自然物的发展都不是孤立存在的,都呈现出多种形式的因果关联,相互作用、相互影响,由此人类社会和自然界的整体关系制约着人类社会发展的进程,同时反过来又影响到自然界的生态平衡。因此,和谐人性就是维护生态平衡,尊重自然的生存权和发展权,确保人与自然的和谐发展。福克纳和莫言从神话视角展现尊重自然,把人性作为自然生命的存在和发展基础,寄托了种族和解、平等生活的美好愿望和对人与自然和谐发展的期盼。

福克纳的社会生态伦理思想反映了战后南方人内心的痛苦,表达了他对南方工商业经济发展过程中破坏自然规律行为的谴责和担忧。当原始初民面对大自然的神秘现象而无法理解时,他们感受到的是自身的渺小和无奈,因而产生了敬畏与恐惧,迁移到社会生态中成为人类自身的伦理道德规范与原则,形成了人与人平等的社会发展雏形。同样,福克纳在南方社会生态危机的背景下,不得不将创作转向自然,并试图在自然中寻求南方未来发展的出路和办法,以期达到重建南方精神家园的目的。为此,他的生态伦理思想建立在战前南方人与自然和谐统一的审美体验基础之上,也是南方神话中那种"物我同一""主客同一""天人同一"的境界,或一种"天地与我并生,而万物与我为一"的境界的具体体现,反映了他对自然世界的认识或直接感悟。

在中国古代神话中,众多神灵穿梭在天地万物之间,守护着人类和大自然,使之生生不息;人类对这些神灵以祭祀等仪式加以崇拜和忏悔,如在杀死动物或砍伐树木前都要焚香、祭奠或祷告,或忏悔恳求宽恕,或安抚守护的精灵等。人与鬼怪、动物之间相互转化、通婚等的神话传奇,虽然发生在人与自然万物之间,但反映出的是社会现象;所讲述的是关于神灵的故事,但都是关于人的命运、家庭和社会的事情,具有社会生态的特征。"作家应该扬长避短,我的长处就是对大自然和动植物的敏锐感受,以及对生命的丰富感受。比如我能嗅到别人嗅不到的气味,听到别人听不到的声音,看到比人家更加丰富的色彩。"[①] 这些独特的神话色彩激活了莫言的社会生态感悟,促使他从神话中吸取营养,不断发挥想象力,表达对社会问题的关注。可以说,他对"高密东北乡"的倾力书写源于其自身的一种社会使命感与历史责任感。

人性是人对自身追问中的一个始源性问题,指的是人的伦理行为事实状况。和谐人性反映的是一种主观价值取向,取决于人的道德行为是否得到解放和发展等。美国南方有过神话般的过去,自然风光、家族精神、淑女制度、社会荣耀等都构成了南方神话的丰富内涵,但在内战中的失败将南方引以自豪的一切化为灰烬,给南方人留下了一场噩梦。文学作品所体现的道德伦理和生存意识都不是作家本人仅仅通过想象而创造的,而是在漫长的文学积淀中,从所在文化的营养中逐渐习得并不断提炼而获得的。福克纳的生态伦理思想采用了南方神话的叙事结构,传承了南方传统文化中对自然万物生命的尊重,表达了对南方人失去的昔日精神家园的眷恋,展现了对人与自然和谐与沟通的迫切需求,以及对传统与现代的双重反思。他试图以神话中的伦理道德启迪南方人的心灵,使南方人内心深处产生对神话传统的情感依托,从而达到伦理道德上的自我完善。

---

① 莫言.莫言对话新录[M].北京:文化艺术出版社,2012:497.

重构神话需要重新经历神话化的程序，重构人们对于神话想象的环境，而和谐人性是神话重构的目标与宗旨。莫言在作品中运用神话原型，创造性地将人与自然、人与社会、人与自身的生态平衡，置于人性评判的范畴内，展现了他的社会生态伦理思想。他意识到一个社会和一个民族，无论如何发达，其实都无法脱离自然界，因为人类的生物性或自然性依然建构着人类的本性；而自觉接受社会与自然规则的制约是人性的标准和伦理要求，体现了和谐人性的构建必然还是需要依赖自然生态系统的支持和保障。对人性的追求不仅要追求形式上的自然美和艺术美，更重要的是追求自然与社会生态系统中的和谐关系。自然万物作为自然界的象征，无论是人与自然的和谐与沟通，还是人与自然的冲突与对抗，实则都体现了原始神话中的那些古老的神话思维模式与现代社会生态系统中的人性对立，展现了现代社会问题和人类的伦理道德缺失。他在潜意识中依然保存着自然神话意象，他的艺术想象与人性冲突的意识不断交织在其脑海中，促使他把人性意识和神话宗旨表现出来，从而重构出新的现代神话。

神话叙事反映的并不一定是真实的历史事件，但在一定程度上反映了历史事件的真实。"叙事伦理学不探究生命感觉的一般法则和人的生活应遵循的基本道德观念，也不制造关于生命的理则，而是讲述个人经历的生命故事，通过个人经历的叙事提出关于生命感觉的问题，营造具体的道德意识和伦理诉求。"① 现代社会所传承的神话，虽然神圣性和崇拜色彩渐趋淡化，但已演变为一种精神符号，依然在人们的信仰意识中占据着重要地位，其中以人为本的和谐人性也是神话传承和发展的基本内容，因为社会生态的和谐和神话的终极目的都是人类自身的解放与发展。福克纳与莫言对自然万物的神灵化描写，塑造得鲜活灵动、栩栩如生的动物形象等，都不是孤独的单一物体，而是富有生命意识和人性意识的自然生灵。这种和谐人性的塑造与重构不仅增强了文学作品的艺术魅力，而且丰富了作品所蕴含的生态伦理思想，有助于读者对社会生态问题进行广泛而深入的思考。

美国南方神话十分注重和谐人性的培养，特别追求人类与自然之间内在的互相依存关系。如自然神话源于南方人认为某种动物、植物，或者说自然物与自己信仰之间具有密切关系，并将其与自身的现实生活相结合，从而渲染了自然万物的神性和灵性色彩，对自然产生崇拜和敬畏。人类自古就有在自然界中追逐兽类的传统，甚至将猎物作为自己族群的图腾，而

---

① 刘小枫.沉重的肉身：现代性伦理的叙事纬语[M].北京：华夏出版社，2007：3.

那些成功获取猎物的猎人往往被尊奉为英雄。这种狩猎的过程同时也是神话中和谐人性的展现过程，使人们感悟到精神慰藉的价值。福克纳赋予南方传统狩猎活动以神话色彩，使之成为南方男孩成人的标志性仪式，象征着人的生活历程，体现了南方文化中的勇敢、怜悯和牺牲精神。正是通过狩猎活动，他从自然万物身上获得了人性的美德和价值，感悟到生命权利的神圣性，为其生态伦理思想赋予了重要内容。

神话中展现出的人性是现实生活和社会现象中的人的本质特征，因为人类除了同其他生物一样的本能属性外，同时还是社会和自然环境互动的产物。莫言作品中的神话原型不在于神话叙事的生动性和细节性，而在于注重自然生态系统和社会生态系统的融合与渗透，以及所展现的人性之价值、感应现实世界的情感方式。他认为仅仅回归自然、融入自然、感悟自然是远远不够的，对自然的回归还应该上升一个层次，即回归到自然所代表的一种传统意义与价值，从自然世界中寻求心灵上的自由和安慰，从而解决现代人的精神危机。他以自然现象为叙事对象，把自然现象当作神话中的表现对象，人物只是自然神话故事中的一个线索或陪衬，更多的是突出自然现象的传奇性和神圣化。莫言对一些自然现象的描写反映了他对自然的崇拜与敬畏，展现了他以象征形式书写出社会的政治问题，无疑包容了最深刻的人性内涵。

世界是一个相互依存的整体，人是自然生态系统中的一部分，人与其他生物一样都在自然生态系统中发挥着各自的作用。"在现代文明氛围中，研究古典神话的价值，不在于神话本身的内容，而在于其样式，或者说，主要在于为其形成时代的思想提供文物鉴定式的证据。"① 关于神话中的人性阐释到目前依然没有定性的终极答案，但人类并没有终止对这一主题的探讨。换句话说，神话叙事并不会终结，只是在不断地被赋予新的内容，不断涌现出新的思想或观点。这是神话的魅力和影响所在，也是现代人对神话的需求和渴望的象征。福克纳与莫言的生态伦理思想借鉴了神话的叙事模式，吸收了神话的内涵，构建了形成和谐人性、和谐社会的途径与方法，使人们真正意识到社会生态的意义和价值。两位作家在创作中对人性的不懈思考将会给现代人日益干涸的心灵重新注入新的生命之泉，给人们阅读或欣赏其作品提供理论和实践上的指导。

---

① 泰勒.原始文化[M].连树声,译.上海：上海文艺出版社,1992:224.

第三节　精神生态信仰与环境伦理学理论渊源

生态系统的各组成部分都发挥着各自的作用，物种之间、个体与整体之间保持着密不可分的共生与和谐发展关系，其中人与自然的关系是人类生存和发展的最基本关系，关乎着人与自然的命运，制约着人与自然之间的道德伦理关系。环境伦理学通过道德扩展的思维和论证方式，强调道德应适用于人与自然之间的关系，将传统意义上的人类伦理扩展到自然界。福克纳与莫言的生态伦理思想突破了以人类为中心的传统观念，将视野转向自然、社会和精神领域，从单纯的自然生态过渡到人与自然和谐发展的社会生态和精神生态。两位作家在作品中明确了人在自然和社会中的位置，分析了人与自我之间的关系以及存在的矛盾与问题，倡导人与自我的融合统一，从精神生态入手为所处的社会寻找到一条道德和精神的出路，对目前精神生态危机问题的解决提供了参照与借鉴。

一、精神生态与整体和谐

"精神"是一个古老的哲学范畴。这一概念最早出自道家经典《庄子》，是指宇宙间的一种流动着、绵延着、富有活力和生机的生命意识，且这种意识是人性中最高尚的构成因素。在中国古代哲学中，精神独立于物质之外，是精气或元气，是无形的，产生于天地万物之中，神秘而不可掌控；也是生命之本，绵延不断，具有不可估量的力量。在西方哲学中，"精神"更多被认为是"观念"或"理念"，注重的是对精神理性、逻辑和本质的认识。从亚里士多德到康德和黑格尔，都把精神理解为人的理性，等同于人的思维或以思维为核心的人的意识，等同于人认识事物本质规律的能力。以柏格森为代表的生命哲学，主张精神在理性之外，应包括生命的本能和情绪的冲动、心灵直觉等。现代哲学奠基人舍勒从真理、美、正义等方面，深刻论述了精神自由独立的本质以及精神价值。总体来说，"精神"可以理解为是与物质相对的，绵延不间断的意识流，也是人和万物生命的重要特征，能够焕发人类巨大的能量和惊人的创造力，从而影响生命的存在。

精神与生态的联系与融合源自人与自身之间的相互关系。在人类所处的环境中，人与自然、人与社会、人与自我之间的关系分别反映了自然生态、社会生态和精神生态，共同构成了人与自然融合的生态系统整体。人的心灵与肉体、现实与理想、生存与发展、道德与信仰等通常存在着对立与冲突，需要寻找各种时机不断地发展与协调。在这种背景下，精神生态的研究涉及精神内部的各因素，如信仰、情感、欲望等，探讨人本身是否处于一种和谐发展的境界；同时，精神生态的研究还要关注精神内部各因素之间的关系，如生活环境、物质基础、社会结构等，审视人与自然是否处于一种和谐发展的状态。精神与生态的结合既是人类自身发展的需要，又是自然环境发展的需要。这样，以环境伦理学的视角透视福克纳与莫言的生态伦理思想就是一个水到渠成的方式。环境伦理学将生态伦理从人类扩展到生物，提倡尊重生命的伦理学，阐明了人与自然和谐发展的基本准则和道德伦理要求；后来又主张关心自然界，尊重自然界中的所有生命，强调了人类对生物共同体的道德义务和伦理责任。这种思想或观念对福克纳与莫言有着很大的启示和借鉴价值，两位作家将人类的道德关怀扩展到整个自然生态系统之中，强烈要求现代人在环境保护问题上相互合作，达成共识，结成命运共同体，如此才能维持人类的生存。

"精神生态"，顾名思义，是指精神生命的存在与演化状态，通常包含了人性、道德、良知等意识要素在内的精神状态或精神系统，这些系统又分为许多子系统，如道德价值系统、人性系统等，且每个子系统都以自身完整、自足、不受干预的方式独立运行，始终处在不断运动变化之中，对人类所处的生态系统产生了巨大的推动作用。福克纳与莫言将精神因素引入自己的生态伦理思想中，高度关注了精神在人类生存的生态系统中所占的地位和所发挥的作用，同时也使自然生态、社会生态和精神生态相互影响、相互渗透，共同构成了人类生态系统整体。也就是说，人类利用自然以满足自身生活资料和生产资料需求的同时，还必须保持和尊重自然生态系统的健康发展和合理运行；既要有益于人类生存，又要有利于生态平衡，人类要把生态系统的整体利益当作最高利益和终极目标。这样，生态伦理学理论主要包含了自然界的价值和自然界的权利两个部分，前者是后者的基础，后者是前者的延伸，二者相互依存，不可偏废；其本质在于人类与自然界的伦理关系。人类必须尊重包括动植物在内的整个自然界的内在价值和存在权利，给予自然界应有的道德关怀，才能保障其生存与发展。

精神生态的平衡是确保社会生态和自然生态平衡的前提和条件。环境伦理学提出整体主义生态观，认为"至少把土壤、高山、河流、大气圈等地球的各个组成部分，看成地球的各个器官、器官的零件或动作协调的器官整体，其中每一个部分都有确定的功能"[①]。任何一个作家创作思想的形

[①] 叶平. 生态伦理学[M]. 哈尔滨：东北林业出版社，1994：76.

成和发展都离不开本民族的传统文化精神和其自身所生活的社会历史语境等。福克纳与莫言的精神生态思想既有对现代文学精神传统的传承，又受到所处时代的影响。对于前者，他们继承了现代文学关注人精神之维的优良传统，以作家素有的责任感和悲悯情怀，从关注人的精神生态出发，对人的伦理道德、内心痛苦和精神信仰等方面进行如实的书写，形成了平等公正、以善待物、和谐共生的精神生态思想。对于后者，两位作家认为，现代工商业文明已经严重侵袭了现代人的信仰，使人成为物质欲望的奴隶；而要想改变这种生存状况，就必须创造一个良好的精神生态环境，并通过自我约束、自我完善、自我反思的方式提升自己的生存境界。人类与自然的关系贯穿于人类自身发展的始终，而人类一旦背离自然，就会引发自然生态危机，从而导致社会生态危机和精神危机。无论是自然生态危机还是社会生态危机，其实质都是由人与自然关系的问题而引发的人类生存危机。片面强调人在自然生态系统中作为主体的地位和利益而忽略自然本身的价值，人类就会陷入生存困境，最终导致人类的命运悲剧。

环境伦理学将自然存在物作为伦理思维或道德关怀的对象，要求人类对自然万物履行道德义务。这一观点实质上也承认了自然存在物作为自然界中的成员，与人类一起构成了人类道德的共同体。从精神生态伦理来看，环境伦理成为一种责任伦理，将人类的伦理规范扩展到整个自然界，赋予大自然以内在价值，自然像人类一样拥有道德地位并享有道德权利，并要求人类尊重这种权利。自然生态、社会生态、精神生态三者的融合与统一，贯通了人类社会的政治、经济和道德等诸多方面，形成系统完善的生态伦理观，进而构成了福克纳与莫言生态伦理思想的主体结构与深刻内涵。两位作家通过各自独特的自然生态和社会生态视角阐释了人性、人的生存和人类的命运等问题，以传说、神话乃至幻想的形式展现了解决社会问题的方式方法，表达了对人性的追求和对精神家园的构建。

自然生态的价值在于人类借助自然界表达了自我情感和意志需要。在历史发展进程中，美国南方作为独特区域，在地理环境、历史文化、社会结构、经济发展模式等方面，都保持着其自身的独立性，并形成了独具特色的南方生活方式与道德伦理法则。随着工业文明的盲目扩展，南方的荒野和大片原始森林被砍伐殆尽，南方人赖以生存的土地被进行大规模生产的工厂所占据，南方生态系统完整、和谐、稳定、平衡与持续发展的模式遭到人为的摧残与破坏，引发了南方人的精神生态危机，加剧了他们的信仰危机和对道德伦理准则的迷茫。内战后的一些南方人改变了对自然的态度，将自然视为人类的发泄对象，以征服自然和残害生命为快乐。他们憎恨树木、大地，甚至空气，由此产生了一个自然生态、社会生态、精神生态完全失衡、危机四伏的腐败世界。为此，福克纳把人的精神生态纳入生态系统中，提出或引导现代人要尊重自然、敬畏自然，对维护生态平衡、改善生态系统发挥了积极作用，其根本目的在于提高人类生存质量、改善人类的生活条件，最终确保人类的永久生存。

人类对待自然的态度也是人类对待自身的态度。莫言通过对自然进行道德赋值的方式，提升了自然万物的道德地位，目的是让人类承担对自然万物的责任与义务，阐释人类关怀的自然性和合理性。"在当代，没有哪一个作家能像莫言这样多地写到动物，这是莫言'推己及物'的结果，人类学的生物学视角使他对动物的理解是如此丰富，并成为隐喻人类自己身上的生物性的一个角度。"[①]自然界的任何生命都需要得到人类的尊重和保护，而人类对自然生态的尊重和保护就是对自身的尊重和爱护。在莫言看来，人与动物的关系反映了人与人的社会关系和人与自我的关系："一个小说家的风格，他写什么，他怎么写，他用什么样的语言写，他用什么样的态度写，基本上是由他开始写作之前的生活决定的。"[②]莫言把植根于内心深处的生活记忆、社会体验和精神感悟等融入自己的创作，通过自然万物的神话形式展现出来。如果人类失去了人性，那么人类实际上还不如禽兽。这样，由人与动物的关系上升到人与社会的问题，体现为一种人性的异化，最终到精神世界，升华为中华民族之精神。

和谐生态伦理观将人与自然之间的关系定义为对立统一的生态整体主义关系，在本质上则反映了人与自然的和谐关系。"和谐"，从字面上解释为"配合的适当和匀称"，即人与自然的关系处于一种最佳的生存和发展状态。"自然界，就它本身不是人的身体而言，是人的无机的身体。人靠自然界生活。这就是说，自然界是人为了不致死亡而必须与之不断交往的、人的身体。所谓人的肉体生活和精神生活同自然界相联系，也就等于说自然界同自身相联系，因为人是自然界的一部分。"[③]环境伦理学从人与自然的关系出发，对人类提出了道德责任和义务，相信这些要求反过来有助于人类道德的不断完善。"一个人，只有当他获得了某种关于自然的观念时，他的教育才算完成；一种伦理学，只有当它对动物、植物、大地和生态系统

---

① 杨守森,贺立华.莫言研究三十年:中[M].济南:山东大学出版社,2013: 121.

② 莫言.用耳朵阅读[M].北京:作家出版社,2012: 166.

③ 马克思,恩格斯.马克思恩格斯全集:第 42 卷[M].北京:人民出版社,1979: 95.

给予了某种恰当的尊重时，它才是完整的。"① 福克纳与莫言以人与自然的关系为基础，展现人与自然和谐发展的曲折过程和不同要求，同时揭示了现代工商业文明因追逐物质利益而造成的精神问题，引发了对未来的担忧与深入思考。

福克纳对精神生态伦理的认识主要经历了两个过程。第一个过程体现在早期创作中，他大多通过对自然万物，如土地、河流、荒野和森林等自然环境的赞扬以及现代社会对自然环境的危害而导致的忧虑与关心等表现出来，如《士兵的报酬》《大理石牧神》，以及由《古老的部族》《熊》《三角洲之秋》等构成的"大森林三部曲"。这些作品中的自然具有神秘的力量和非凡的神性，给人以深刻的启迪，是陶冶人类情操的神圣之地和理想场所。"荒野就是过去，过去就是过去的不幸，古老的力量，这有他们自己的对错标准，残忍，但他们按照自己的方式存在消逝——他们无所求。"② 由此，人们很容易理解南方那些在大自然里耕地、种植和收获的男人们对泥土的亲近和对庄稼的深厚情感，懂得了树木和河流所具有的宗教象征意义。"对于福克纳来说，自然环境中的人性是善良。"③ 战后南方人对自然的情感源自他们无法回归到战前南方的人和自然和谐发展的环境之中。第二个过程体现在福克纳中后期的作品中，这时期的作品将环境问题与种族、性别、阶级等问题联系起来加以思考，思考了南方社会中人与人之间的不平等现象。战后南方人不仅要确立对自然应有的价值规范，而且更要建构自身与自然的和谐关系，因为人与自然的关系蕴含着人与人的利益关系，而人与人的利益关系必然涉及人对自然的态度和行为。这一时期的南方神话所反映的是封闭的、矛盾重重的、持续冲突的生态失衡的社会现状和精神状态。"福克纳似乎最关心的不是自然世界的生态，而是社会生态，种族、阶级和性别状况，也就是我们今天所描述的麻烦。"④ 他重视南方精神世界，关照社会生态和精神生态出现的诸多问题。

中国儒学、道学和佛学等均研究了精神生态伦理问题，对人与自然的道德关系作出了各自的判断。由于各学派对地理、历史、社会和传统等看

---

① 罗尔斯顿. 环境伦理学：大自然的价值以及人对大自然的义务 [M]. 杨通进，译. 北京：中国社会科学出版社，2000: 261.

② Faulkner, William. *Faulkner at Nagano*[M]. Ed. Robert A. Jelliffe. Tokyo：Kenkyusha Ltd., 1962: 50.

③ Williamson, Joel. *William Faulkner and Southern History*[M]. New York：Oxford University Press, 1993: 358.

④ Urgo, Joseph R. & Ann J. Abadie. Eds. *Faulkner and the Ecology of the South: Faulkner and Yoknapatawpha*[M]. Oxford, Mississippi: University Press of Mississippi, 2005: x.

法不同，因而也就形成了不同的精神生态伦理学说，但所提出的人与自然、人与社会和人与自我等和谐发展的看法或理念却基本相同。儒家创始人孔子认为，人类作为自然的一个要素，没有超越自然系统的特权："君子务本，本立而道生。"（《论语·学而篇》）这里所说的"本"属于"自然之本"，即人类只有平等对待自然，才能保持社会的持续发展。孔子又说，"泛爱众而亲仁"，意思是要爱护自然，主张将义、礼等人伦思想推及自然界。莫言深受齐鲁文化影响，在生活中与牛、鸟儿、云彩、草地等自然万物结成了朋友式的密切关系；他对动植物的看法如同对人的看法一样，既承载着人物情感的指向，又表现出其丰富的情感。当人类遭遇不幸时，自然万物是人类的忠诚护卫；而当人们受到伤害时，它们又成了人类的情感寄托，成为人类的精神依靠。莫言的精神生态伦理具有一种唤起人们崇敬和敬仰之情的力量，且这种力量使人感到愉悦与幸福，尤其是当人们置身于自然之中，接受自然的熏陶，心理逐渐趋向完善时，人们的思想得到了快速提升，灵魂得到了净化，由此敬畏自然、爱护自然，为精神生态文明的构建奠定了基础。

西方环境伦理学对 20 世纪以来的环境问题，在反思、批判和理论重建的基础上，进行了多层面研究，逐渐意识到环境问题的根源在于人们的道德伦理，即精神生态伦理，即人与自然之间的伦理关系和价值关系的问题，满足了当代生态环境问题的伦理诉求。福克纳与莫言的精神生态伦理思想通过对传统伦理学的批判与超越，审视和反思了人类的行为对自然资源和生态环境的影响和破坏，体现了现代人对生态环境问题的伦理关注与担忧。"当生态学发展到人和自然普遍的相互作用问题的研究层次时，就已经具有了哲学的性质和资格，它已经形成了人们认识世界的理论视野和思维方式，具备了世界观、道德观和价值观的性质。"① 两位作家将视野转向精神生态，探讨了人与自我之间的关系，最终形成人与自然和谐发展的伦理道德准则，警示人们在从大自然中索取生活资料和生产资料的同时，应该担负起尊重自然、尊重生命的道德义务和保护责任。人类只有实现了与自然的和谐发展，才能使自然生态、社会生态和精神生态达到一种平衡状态，从根本上摆脱现代消费主义、欲望的诱惑与束缚，消除人类所面临的生态危机、精神危机和生存危机等问题。

---

① 佘正荣. 生态智慧论[M]. 北京：中国社会科学出版社，1996：41.

二、公正意识与环境伦理

"所有环境伦理学的中心任务是思考自然和价值的范畴，确定什么是道德相关的，什么是需要道德考虑的。"① 人类将公正意识植入自然环境之中，强调人与自然万物权利的平等；"自然越是被当成劳动、财产、剥削及社会斗争的历史的结果，我们的未来就越有可能是可持续的、公正的以及具有社会正义性的"②。文学作品反映人与自然的互动关系，并不断反思、质疑，甚至批判人类在改造自然环境中出现的种种不公正的环境伦理，更好地监督与完善社会公正的实施。福克纳与莫言意识到，人类要想阻止或避免自然生态危机，就必须维持好人与自然之间的和谐发展，维持社会公正；同时，还要充分认识到人类个体与自然系统之间的关系，约束个体自身的行为，并使善性从遮蔽走向显现，成为有利于自然、他人和社会的行为，确保公正环境伦理的实现，给人们提供心理上的慰藉和精神上的寄托。

自然界中维持生命的生存和发展是最重要的公正形式和公正意识，也是人类普遍信仰所追求的核心内容。无论自然万物在何种环境中生存，按照正义伦理，都必须尊重其生存权和发展权。公正平等作为环境伦理的一项基本原则，不仅体现出自然万物自身所具有的道德与权利上的公平公正，还要求组成生态系统的每一个成员，公平公正地对待其他成员。德国哲学家阿尔贝特·施韦泽阐述了生物之间的平等关系，提出了以尊重生命为基础的生态伦理思想，即一切生命都是平等的，都有自身生存和发展的权利；那种自认为人在自然界中享有至高权力与地位的观念是对生命进行的主观等级划分。"自然界的无生物和无机物也都有尊严性。大地、空气、水、岩石、泉、河流、海，这一切都有尊严性。如果人侵犯了它的尊严性，就等于侵犯了我们本身的尊严性。"③ 人类对生态环境的破坏实质上是对自然万物权利的侵犯，也是最不公正的形式。对此，福克纳与莫言进行了警示或谴责，提醒人们要保持社会的平等正义，维持人与自然的和谐发展。

"生态"意味着自然界中原初存在的生命存在状态，而这种存在状态也是一种合乎自然发展的理想状态，本身就遵循了自由公正的发展原则。生态环境或自然界都具有自身的内在价值，人类只有尊重这种内在价值和存

---

① 贾丁斯.环境伦理学：环境哲学导论[M].林官明，杨爱民，译.北京：北京大学出版社，2002：149.
② 奥康纳.自然的理由：生态学马克思主义研究[M].唐正东，等译.南京：南京大学出版社，2003：113.
③ 汤因比，池田大作.展望二十一世纪：汤因比与池田大作对话录[M].苟春生，朱继征，陈国梁，译.北京：国际文化出版社，1985：429.

在权利，才能保障人类自身的存在与发展。美国内战给南方人的生命和财产带来了巨大损失，不仅导致了自然资源的严重浪费，还直接引发了人们悲观厌世的情绪，加剧了他们对所处环境的担心。"伦理是自由的理念。它是活的善。这活的善在自我意识中具有它的知识和意志，通过自我意识的行动而达到它的现实性；另一方面，自我意识在伦理性的存在中具有它的绝对基础和起推动作用的目的。伦理就是成为现存世界和自我意识本性的那种自由的概念。"①对现实社会生态的不满成为福克纳精神生态思想的原动力，因为他需要解除自己心理上的压抑和焦虑，期盼把隐藏在内心深处的感受表达出来并呈现给读者，以触发读者的心灵感应。在他看来，如果人类平等地对待自然，人与自然的关系就会呈现出和谐发展的态势；反之，如果人类仅仅从自身利益来看待自然，人性就会发生扭曲，使自然万物遭到摧残和伤害。可以说，这种伦理思想体现了公正意识，符合环境伦理的具体要求。

莫言赋予自然万物与人类一样的平等权利。"一切生命个体都没有高低贵贱之分。我们都是兄弟姐妹。我们的生命应当与小鸟、熊、昆虫、植物、山脉、白云、星星和太阳共存。"②公正意识构成了其精神生态伦理思想的核心内涵，也促使他尊重自然万物的权利和生命需求。他常常把人与自然万物进行置换，以动物视角审视人的行为；或把人类与动植物作类比，目的是说明人与自然万物的平等性。在他眼中，每一个自然物种都是构成其生态系统的一个必不可少的成员；缺少了任何一个物种，其他物种的生存都会受到影响，最终导致整个生态系统的失衡。这就是生态系统中生命个体所具有的内在价值，也是人们敬畏自然生命个体的原因。公正和谐的精神需求是人类最明智的选择。莫言把自然万物纳入道德关怀和人性关怀的视野之中，展现了公正意识作为人与自然和平相处并协调发展的条件的作用，确立了人类对自然生态和谐发展所担负的责任和使命。

公正意识是信仰追求所体现出的最高形式。人们由于对宗教或主义等极度信服或尊重，把公平正义作为对待自然生态时需要遵守的行为准则。自然权利包含了生存权、发展权和自由权，其中生存权是自然个体确保自身的生存，并享有生存所需的一切条件的权利；而自由权是免遭人类的过度干扰，具有追求自身幸福的权利；发展权是自然个体自身发展的权利。现代工商业文明的迅猛发展导致了人与自然关系的紧张，昼夜更替

---

① 黑格尔. 法哲学原理[M]. 范扬, 等译. 北京: 商务印书馆, 1961: 162.
② Stan, Steiner. *The Vanishing White Man: Deep Ecology for the Twenty-First Century*[M]. Ed. George Sessions. Boston: Shambhala Publications Inc., 1995: 158.

的连续工作扰乱着人的内心生活,导致了社会生态和精神生态的空虚与困扰。人类严酷的生存环境和生存问题迫使福克纳和莫言不得不去重新思考人与自然的关系问题,不得不去认真思考人类应该怎样对待环境以及人与环境之间是否存在道德关系这一系列严重问题。两位作家把人与自然协调发展作为人类活动的目标,突出强调了人与自然万物的平等关系,这是对环境生态学范围的重要扩展,也是两位作家对精神生态伦理实质的准确理解和细致把握。

人与自然相统一的基础就是人与自然的和谐相处。因此,维护生态系统中生命的丰富性和多样性,成为福克纳精神生态层面上重要的伦理价值追求。福克纳作品中的精神世界被赋予了神性和美好的人性,具有超凡脱俗的魅力。其笔下的一些人物不再将自然界看作附属物和满足欲望的资源,而是与自然进行平等的对话与交流,达到了人与自然平等对视的理想精神境界。不仅如此,他对自然原始生态的描写以及对大自然的喜爱和崇尚在"约克纳帕塔法"世系作品中得到了充分及完美的体现,巧妙地把人类普遍的经历和事实所蕴含的未来理念在展现自然的同时也表现出来了。这种对现实生活的表面现象做记录式的写照、原生态的描写,以及以自然规律,特别是生物学规律解释人和人类社会的尝试,更多地表现了对自然的崇尚,也是对南方未来的期盼,彰显了因精神需求的满足而带来的快乐与幸福。

莫言公正平等的生态伦理思想与中国社会发展的时代要求保持一致。他的作品记录了中国社会发展过程中的变化,如20世纪80年代初,国内政治上开始拨乱反正,人们的消费需求趋向多元化,生态伦理的问题尚未完全暴露;从《檀香刑》至《红高粱家族》《丰乳肥臀》《四十一炮》《生死疲劳》,再到《酒国》《天堂蒜薹之歌》《蛙》等作品,都对中国近现代以来的生态图景和精神状况进行了真实的展现,说明了中国社会问题不仅仅是自然生态危机和社会生态危机,更是人们的精神生态危机。因此,促进人与自然万物公正和谐的发展才是人类走出困境,摆脱生存危机的有效出路。

环境生态学强调生态系统的整体性和系统性,认为生态系统子系统的内部要素对整体生态系统的平衡与稳定发挥了重要作用,但以人与自我关系为主要内容的系统内部要素所起的作用尤为重要。"人们自觉地或不自觉地,归根到底总是从他们阶级地位所依据的实际关系中——从他们进行生产和交换的经济关系中,获得自己的伦理观念。"[1] 自然生态系统中的森

---

① 马克思,恩格斯. 马克思恩格斯选集:第 3 卷[M]. 北京:人民出版社,1995:434.

林与草地、阳光与鲜花等要素的缺失必然会引起人们精神上的荒漠化，从而使精神内在因素与外部因素之间产生失衡，并进而引发精神生态危机。环境伦理就是用正义原则来规范人与自然之间的关系，从而构建起符合精神伦理等需求的伦理原则。从这个意义上看，环境伦理学的内涵与价值不但阐释了当今人类困境和危机产生的原因，而且在指导、引领人类走出生存困境等方面发挥了无可替代的作用。福克纳与莫言的精神生态伦理思想强调了生态环境系统的整体利益，凸显了各系统组成部分的地位和作用的平等性，要求人类担负起维护生态系统整体和谐的职责与使命。

福克纳以现代工业文明带来的城市化和消费主义意象，表现了南方人内心孤独和精神焦虑的问题，并以人与自然互为隐喻的方式展现了他对南方社会问题的看法和对人类未来的思考，在哲学层面上揭示了战后南方人的人性异化。在他看来，对自然的崇尚与尊重，追求人与自然的平等，这是无条件的，也是最基本的前提，人不可能脱离自然而独立生存；人类只有处在和谐发展的生态环境中，才能感悟到自身的生存意义和精神价值。他在书写南方生态环境的同时，敏锐地洞察到南方社会和南方传统中存在的种种弊端，如落后的南方蓄奴制、种族歧视、家长制等社会问题。这种生态伦理思想体现了战后南方生态环境中的社会问题和南方人解决问题的方式方法，反映了内战后北方商业文明对南方的入侵以及南方城市化进程给南方人带来的生态危机以及精神空虚，展现了自然生态系统中的自由、平等和务实的精神，给战后南方人指明了未来的发展道路。

莫言的精神生态伦理思想以人性净化为主要表现形式，积极探索人与自然万物之间的平等，寻找着生态伦理公正的原则，体现出对至高境界的追求。"我们的生存依赖于对其他物种的使用，但这不仅是使用问题，而且也是道德问题，我们要保证它们的生存并保护其环境。"① 作为生命的有机体，人类的存在并不仅仅限于肉体的存在，还在于以生命活动为基础的自然、社会、精神的有机存在。他对人类自身伦理境界和道德情怀的不断追求，展示了人的精神需求以及他对人与自然和谐关系的伦理追求，体现了人对自身的超越，为生态环境问题的阐释提供了自己的观点。为此，生命力的强悍和对生殖文化的崇拜被莫言提升到人性的哲学高度，他以中华民族的原始艺术展现了他对原始生命力的追求与探讨，给读者带来了精神上的极大震撼。

人类占有自然万物的欲望不仅降低了自身的道德标准，而且扭曲和限

---

① 世界自然保护同盟，等. 保护地球[M]. 北京：中国环境科学出版社，1992: 5.

制了自身精神追求的视野，导致了自我欲望的膨胀，引发了精神生态问题。从这个意义上说，精神生态危机是造成整个生态系统危机的真正根源。人类要基于对自身和后代负责的态度，尊重自然的生存权和发展权，保护生态环境，共同担负起人与自然和谐发展的责任；同时，人类必须对那些业已遭到破坏的自然环境担负起修复和完善的责任，采取合理的措施进行治理或补救。福克纳与莫言生态伦理思想中的公正意义和环境伦理表明了人与自然的平等是自然生态、社会生态，尤其是精神生态和谐发展的基础。人类要想继续发展就必须从传统的思维方式中走出来，重新审视人与自然的关系，公平公正地对待自然万物。

三、精神信仰与生态文明

信仰是人类精神世界的支柱，也是最高的价值观和道德观，表现为对某种观念、理想和价值目标的信奉、敬仰、坚守和追求。对个人来说，信仰是精神支柱，没有信仰就会迷失方向和目标；对社会来说，共同的信仰是民族、阶级或社会群体等相互联系的纽带，也是产生共同目标和认同感的前提和基础。福克纳与莫言的精神生态伦理思想把道德伦理从自然界推广到人与自然的命运共同体，扩展和深化了精神生态的范围与内涵，并通过心理慰藉的缺失和信仰失落的痛苦，使人类领悟到了生态文明的价值意义，因而倡导加大生态文明建设的力度和强度，提升人类的精神信仰和生态文明化的程度。

自然界中的一切物种都有自身的位置，物种之间生而平等，没有高低贵贱之分，都处于自由生存和自由竞争的状态，都有其生存发展的权利，并按照自身的规律生存发展。福克纳强调重构南方传统中人与自然的和谐关系的重要性，展现了他对南方精神生态危机的担忧与焦虑。内战后南方人在物质利益、消费主义和享乐主义的思想诱惑下，精神领域逐渐变得贫乏与空虚，出现了严重的心理危机和精神危机。这是一个令人警醒，但又使人极为担忧的问题。经过反复思索和痛苦体验后，他以独特的精神生态视角审视了南方工商业文明，敏锐地洞察到南方精神生态危机的根源，尤其是人与自然的对立不仅破坏了人类赖以生存的自然环境，同时导致了社会生态危机，进而引发精神生态危机，使南方人面临失去精神家园的危险。可以说，精神生态的疏离现象是南方人心灵扭曲的外在表现，也是其心灵物化过程中出现的不可避免的结果。

莫言对人与自然的关系有着切实的感悟，同时他也有着中国农民的思维方式，再加上受过现代教育和见过世面，所以他常常以现代思想和现代认知方式叙述农民的生存困境和精神信仰问题：以"高密东北乡"中纯朴善良、遭受苦难的农民形象，向不合理的社会制度提出了抗议，表达了对农民遭遇的关注与同情；同时，没有回避中国农民的贫穷以及部分人野蛮和残暴的性格特征，以他们生存条件的恶劣性体现出人类面临的生存困境。莫言本人在自由、平等思想方面受到过摧残与限制，他对中国农民由于经济贫穷而遭受不公平的待遇深有同感：这些人整日在土地上辛勤劳作，在重重盘剥下精神上受到极大摧残。对此，莫言表达了谴责与抨击，对中国农民遭遇表示了同情与慰问。他的精神生态伦理思想对当今人们创建自然生态文明和社会生态文明具有重要启迪意义，也对构建人与社会融合的命运共同体提供了理论支持和实践借鉴。

精神信仰与生态文明构建相辅相成，前者追求的是人与自然和谐共生，后者则以人与自然的和谐共生作为基本内容。"不仅动物，而且植物，森林，土地，沼泽，河流和其他自然界无感觉的组成部分都具有道德权利，应当得到道德关怀和受到保护。因为它们不仅对人类和有感觉的动物有价值，而且它们作为自然整体的有机组成部分是有内在价值的。"[①] 生态文明本身属于人与自然和谐发展的系统，呈现出整体的生命需求与张力；而精神信仰是为了更好地激发人类群体和个体的主动性和创造性，发挥精神生态和谐的道德引领作用。福克纳与莫言从精神生态入手，透视人类个体和群体对自然生态系统的义务和职责，探讨人和自然和谐共存的途径，展现了人类未来的发展前景。

人与自然的关系是人类生存和发展的最基本的关系，不仅关乎着人与自然的生存和未来命运，而且制约着人与自然及自然存在物之间的道德伦理关系。福克纳认为南方"是美国唯一还具有真正的地方性的区域，因为在那里，人和他的环境之间仍然存在着牢固的联系。在南方，最重要的是，那里仍然还有一种共同的对世界的态度，一种共同的生活观，一种共同的价值观"[②]。美国南方长期形成的共同的世界观、生活观和价值观有别于北方或其他地区的文化与生活方式，赋予了南方人特殊的性格特征和精神特征。然而，北方工商业文明的发展打破了南方社会的价值观和道德观，取而代之的是人与自然的冲突和社会生态的失衡，以及由此而引起的南方人精神上的空虚。福克纳认为，这并不是南方社会进步的表现，而是南方生态文明的极大退步，因为自然和人性的退化与丧失摧毁了南方传统文化根

---

① 余谋昌. 西方生态伦理学研究动态[J]. 世界哲学, 1994(5): 4.

② Faulkner, William. *Lion in the Garden*: *Interviews with William Faulkner, 1926-1962*[M]. Eds. James B. Meriwether & Michael Millgate. New York: Random House, 1968: 72.

基。这促使他更加关注南方精神信仰，形成对南方生态文明的思考。

莫言亲身经历过和切身体会到中国农民生活的艰难，感受到社会中仍然存在的不公平待遇。他的创作主要集中在 20 世纪最后的 20 年中，这一时期是中国农村社会的转型时期，农民的物质生活条件没有得到足够保障，消费主义商品大潮动摇了农民的身份和信仰基础，使农民日益远离大自然，精神上越来越空虚。农村户籍制度在一定程度上限制了农民的部分发展空间，给农民带来了精神负担。这种现象孕育了莫言对平等和公平的追求的思想，展现了他对人类精神和谐和共同命运的极大关注。

在人与自然之间的关系表现方面，环境伦理学通常从哲学方面探求人在自然界中的地位、与自然交往的目标等，并对每一个环节提供诠释和认识；从现实生活方面，环境伦理学旨在处理好人与自然之间的各种关系，达到人与自然和谐发展的目标。生态文明是建立在一定社会生产力状况和经济关系状况之上的人与自然之间的关系，如人类共同参与和分享自然资源，人与人之间平等、公平地占有自然资源等。"生态文明建设不是项目问题、技术问题、资金问题，而是核心价值观问题，是人的灵魂问题。"[①]福克纳与莫言精神生态伦理思想的主旨就是唤醒社会的生态意识，倡导关爱生命，尊重人与自然万物的生存权和发展权，解决自然生态、社会生态和精神生态等危机所带来的所有问题，促进人的全面发展。

福克纳以尊重生命、关爱生命为主要内容的精神生态伦理思想，时刻提醒着南方人要注意自身的行为与思想需求。作为一种新的道德伦理观念，生态文明要求人类关爱自然、尊重生命，建立人与自然万物之间相互依赖、共荣共生的和谐关系，明确人对自然界的道德伦理的职责以及地球生物圈对人类生存及发展的价值和意义。他常常强调人类对于自然和谐发展所负有的道德责任，因为这是人类作为整体生态中的一员的一个最基本的义务，也是必须学会尊重与维护万物的存在权利最突出的使命和职责。这种精神生态伦理思想体现了他对南方文化的依恋、对社会问题的关注、对人与自然是否和谐发展的担忧，促使他强烈意识到人类必须抛弃对自然的狭隘的索取态度，务必建设人与自然相互平衡、和谐共存的新型关系。

精神信仰的发展意味着人类向着自我完善的目标更进一步，体现出人类的道德伦理修养与自我完善不断发展的过程。无论是精神信仰还是道德伦理追求，中华民族的行为和精神追求都在不断地完善与提升。在中国工业经济化大发展时期，社会发生了根本性的变化："土地承包到户后，天

---

① 陈学明. 生态文明论[M]. 重庆：重庆出版社，2008: 120.

地好像一下大多啦……从前地里这里那里的都是一堆堆的人,现在见个人影就像见个鬼影一样都难哩。"[1] 由于城市化的进程,大量人口涌入迅速兴起的城镇和都市,掀起新的移民高潮,导致了农村人口的流失和人们精神信仰的散乱。尤其是进入 21 世纪后,工业文明的发展使人的主体性地位被"物"取代,心灵的拜物化造成了人性的异化,社会上兴起的鱼肉乡民、猎杀野生动物的行为,不仅恶化了自然生态,更重要的是恶化了社会生态和精神生态:"官员腐败问题得不到控制,制假卖假问题解决不了,社会风气堕落问题解决不了,环境污染问题解决不了。连那些濒临灭绝的珍稀动物,它们的天敌,也是腐败官员。"[2] 中国特定的社会语境下,一系列精神问题被彻底暴露出来。莫言的精神生态伦理思想阐释了中国传统道德伦理的重组和新的生态伦理规范重建的必要性,引导人们关注生态文明、价值观念和精神信仰,深刻思考中国农村的精神生态问题。

精神生态与自然生态和社会生态的运行机制一样,也是取决于自然万物的生存状况以及与人类之间的关系等因素。自然生态危机引起了社会生态危机,进而引发精神生态危机,而精神生态危机的根源在于人类欲望的过度膨胀。精神生态的平衡就是推动生态自我的构建,也就是提倡利他主义。环境伦理学在强调人与自然的关系时,以善待自然作为精神生态的伦理要求。这是环境伦理学对于善恶取舍和价值选择的依据。福克纳与莫言把自然、社会和自我三者之间的和谐作为依据,强调解决自然生态、社会生态和精神生态等危机的关键在于转变人类传统的价值观和思维方式,特别是要严格约束与限制人类自身的欲望与需求,规范人类自身行为和思想。人类的精神生态的状况体现了自然生态和社会生态的发展的状况,而命运共同体的需求就是建立在精神关系上的彼此认可、命运的共同守望。这是解决人类自身困境的出路所在。

每一个民族在历史发展进程中都留下了各具特色的精神追求和道德伦理表现方式。这种精神体现方式取决于所处时代特定的生产方式、生活方式、经济基础和政治条件等因素,也是所在文化中呈现出的最浓郁的情感色彩。美国内战后南方人面临的生态危机本质上是精神信仰危机,其根源在于守旧的价值观念、行为方式,社会政治、经济和文化机制的不合理方面。伴随着美国南方工业文明的发展,战后南方社会中的贫富差距日益增大,一些人肆无忌惮地挥霍着金钱,但大多数穷苦白人、黑人和印第安人却为自己的日常生计终日操劳奔波,巨大的生活反差使他们内心受到极度压

---

① 莫言. 欢乐[M]. 杭州: 浙江文艺出版社, 2018: 137.
② 莫言. 莫言散文新编[M]. 北京: 文化艺术出版社, 2012: 187.

抑，出现了种族仇杀、社会暴力、吸毒等精神生态问题。福克纳的精神生态伦理思想不仅仅是对传统文化和精神灵魂的怀念，更是对新一轮理性精神的重新构建，超出了南方地域和时代的限制，成为具有全球性的、人类最普遍关注的精神问题。

莫言描绘了人与自然的冲突导致的精神生态危机，凸显了生态文明构建的必要性。中国转型时期发生的一切与中国历史上的事件遥相呼应，中国农村结构不断进行重组，在经历洪水、干旱、蝗灾等灾难中积淀起的"高密东北乡"民族精神在新的社会变革下几乎消失殆尽，完全失去了传统生活中对自然的精神依托。尽管莫言反复表白自己并不意图批评，而是希望通过精神生态中的个人亲身体验，实现自然生态和社会生态系统和谐发展的希冀。这一点是很容易理解的，因为他从农村走向城市的过程实际上是其精神伦理和道德追求不断转变的过程。这样，农村和城市带来的两种文化在他精神世界中形成矛盾与对立，造成了二元文化的心理结构以及精神伦理和道德追求的冲突。莫言通过这些社会现象，书写了人与自然生态系统共同毁灭的末世寓言，以及由此而形成的为阻止这种悲剧发生的前提条件和实施途径，给现代人提供了警示与避免危机的实施措施或参照。

福克纳与莫言精神生态伦理思想的主题依然是人与自然的关系问题，突出表现在人类个体的道德伦理思想和以此指导下的行为是否符合社会生态的发展规律。精神生态"一方面关涉到精神主体的健康成长，一方面还关涉到一个生态系统在精神变量协调下的平衡、稳定和演进"[1]，既是自然生态和社会生态的目标与标准，又是人类道德伦理的重要组成部分。当今社会日益严重的自然生态和社会生态危机渗透到人们的精神生态之中并导致精神生态的危机，而经济社会孕育的消费主义思想侵袭着人们的灵魂，激发了人们掠夺、摧残自然资源的贪婪欲望与疯狂的行为举止，无疑给人们的精神生态带来了压力与问题。两位作家在各自的生态伦理思想中通过道德追求，揭示了人类整体生态系统的目的在于用高尚的道德手段来达到高尚道德目的。人类活动和行为离不开道德规范的要求，生态文明的构建必须以人与自然的和谐发展为基础，提升人类自身的道德修养，约束人类自身的欲望和消费行为，使人类平等对待自然万物。只有每个人把这种思想贯彻于自己的思想和行动中，人类才能真正维持好人与自然的和谐发展，消解人类生存中出现的自然生态、社会生态以及人性等危机，才能达到人与自然全面发展的美好目标。

---

① 鲁枢元. 生态文艺学[M]. 西安：陕西人民教育出版社，2000：148.

第二章 自然生态伦理思想：
人与自然平等的生态共同体

人与自然的关系是生态伦理中最基本的问题，影响和决定着人类的生存和发展。"自然界的人的本质只有对社会的人来说才是存在的；因为只有在社会中，自然界才是人与人关系的纽带，才是他为别人的存在和别人为他的存在，只有在社会中，自然界才是人自己的人的存在的基础，才是人的现实的生活要素。"①无论是中国古代哲学中的"万物有灵""天人合一"等思想，还是西方个人主义学派和整体主义学派的主张等，都表明了自然生态系统始终遵循着平等共存的原则，由此确保了自然万物的繁衍与发展；反之，自然生态便以其极端的形式，如生态失衡、生态危机、自然灾害等，给人类施以惩罚和报复。福克纳和莫言的自然生态伦理思想是以人与自然的和谐发展为基础，追求的是人与自然的平等与和谐，强调的是尊重生命、尊重自然权利等内涵，提出构建人与自然平等的自然共同体设想。这些思想既是对人与自然关系的新的认识，又是对人类生存问题的新探索。本章拟通过两位作家在日常生活中的体验和对自然生态的感悟，探讨各自创作思想中的万物有灵的生态伦理内涵，展现作品中的生态伦理文学意象和生态伦理精神诉求。这对于当前环境保护，解决自然生态问题，构建人类命运共同体等，都有时代价值和重要的借鉴作用。

第一节 万物有灵的生态伦理思想内涵

自然界是包括人类在内的自然万物的生命摇篮，从无机界到有机界，从有机界简单细胞到低等生物，从低等生物到高等动物，从高等动物最后到人的发展过程等，都是从自然界获取生存和发展的条件。万物有灵的观念是人类在生产力水平低下时对自然的认知和看法，也是关于自然生态观念形成的思想内涵与文化基础。人类对自然生命的关爱、对自然权利的尊重以及对自然力的崇拜等都与万物有灵的观念分不开。福克纳与莫言的自然生态伦理思想以万物有灵为基础，阐释了自然生态的基本内涵，展现

---

① 马克思.1844年经济学哲学手稿[M].北京：人民出版社，2000: 92.

了万物有灵给人类带来的灵魂净化、精神信仰和生命意识的震撼。两位作家在谴责现代工业文明造成自然生态失衡而给人类带来自然灾害的基础上,呼吁人们要保护自然环境,维护人与自然的和谐发展,构建人与自然相互依存、共生共荣、平等公平的自然生态伦理共同体。

一、万物有灵与自然崇拜

"万物有灵"是指自然界中的任何存在物不仅具有生命现象,而且拥有自己的灵魂。这种观念的形成是社会生产力较为低下所导致的。当时人们的生活方式主要是狩猎和采集,基本是靠大自然的恩赐,同时再加上认识能力有限,在面对变化莫测、难以理解的自然现象时,往往把日常生活中的经验与梦境见闻等联系在一起,或者通过想象赋予这些自然现象以人格化的特征。从人类发展历程看,"万物有灵"观念的形成对人们的生活和信仰产生了深远的影响,因为"在原始人看来,自然力是某种异己的、神秘的、超越一切的东西。在所有文明民族所经历的一定阶段上,他们用人格化的方法来同化自然力。正是这种人格化的欲望,到处创造了许多神"①。福克纳与莫言的生态伦理思想既是对人类传统文化中万物有灵观念的隐喻阐释,又是对人与自然关系中万物的生命神性以及自然个体之间相互依赖、共生共荣的生态伦理关系的文学展现。

英国人类学家爱德华·泰勒在解释万物有灵时曾这样认为:"万物有灵观的理论分解为两个主要的信条,它们构成一个完整学说的各部分,其中的第一条,包括着各个生物的灵魂,这灵魂在肉体死亡或消灭之后能够继续存在。另一条则包括着各个精灵本身,上升到威力强大的诸神行列。"②泰勒的观点体现了西方灵魂信仰中以万物有灵为核心的传统文化的精髓,同时说明了在自然界中,不仅人类具有灵魂,其他自然万物,如日月山河、树木花鸟等也都具有灵魂;人类的灵魂与自然万物的灵魂都是相通的,并且可以互相转化。这个观点强调了人与自然的密切关系,说明了人与自然万物是平等的,人类并不具有其他特殊的权利或优势,原因在于"人虽然已经独立于自然之外,但对自然的依赖仍然十分显著,土地依然是人类立足的根基,河流依然是人类发育的血脉,天空依然是人类敬畏的神灵,草木鸟兽依然是人类生命亲和的伙伴。人与自然在感性上依然处于一种相关、相依、相存的期待之中"③。福克纳与莫言万物有灵的思想体现了对

---

① 马克思,恩格斯.马克思恩格斯全集:第20卷[M].北京:人民出版社,1971:672.
② 泰勒.原始文化[M].连树声,译.上海:上海文艺出版社,1992:419.
③ 鲁枢元.生态批评的空间[M].上海:华东师范大学出版社,2006:278.

自然万物的崇尚与敬畏，也是他们对各自文化传统的吸收与传承。

福克纳的生活和创作始终伴随着强烈的崇拜自然的情结。他出生在美国南方一个加尔文清教主义家庭，深受基督教教义的影响，在他的潜意识中实际上形成了美国南方的宗教主义自然观，即上帝不但是人的生命的缔造者，而且也是自然万物的创造者，而上帝创造人和自然万物的目的是让人们与自然万物共生共养。这种思想伴随着他的成长过程，促使他养成了对自然浓烈的情感和强烈的精神依赖。他亲近大自然，喜爱在自然中奔跑、嬉闹、骑马、打猎；他能感悟到自然界一切生灵，包括山川、河流、动物植物等，都具有人一样的生命和灵魂："这片土地，这个南方，得天独厚，它有森林向人们提供猎物，有河流提供鱼群，有深厚肥沃的土地让人们播种，有滋润的春天使庄稼得以发芽，有漫长的夏季让庄稼成熟，有宁静的秋天可以收割，有短暂温和的冬天让人畜休憩。"[1] 面对如此和谐的生态环境，他孕育了对大自然的情感，加深了与自然万物之间的亲密联系，形成了万物有灵的信仰，表达了对南方传统文化的眷恋及关注。

中华民族属于农耕民族，自然万物有灵的信仰源远流长，促使人们相信自然万物都以某种神秘的方式与人类世界进行着沟通，对人类世界发挥着影响。莫言自幼接受大自然的熏陶与洗礼，学会了与大自然交流，与自然建立起了深厚情感。如同福克纳所生活的南方一样，他的家乡也是一个美丽的自然乡村："在这样的地里，秋天种上小麦，不用施肥，第二年也可以收割到一季好小麦。洪水过后的胶河，水质清澈见底，甘甜可口，河里还生长着大量引人垂涎欲滴的鱼虾蟹鳖。"[2] 他几乎整天都待在大自然中，与大自然融为一体："我的家乡高密东北乡是三个县交界的地区，交通闭塞，地广人稀。村子外边是一望无际的洼地，野草繁茂，野花很多，我每天都要到洼地去放牛，因为我很小的时候已经辍学，所以当别人家的孩子在学校里读书时，我就在田野里与牛为伴。"[3] 不仅如此，他在成长过程中，潜意识里形成了对自然万物的浓厚情感，接受了自然万物有灵的信仰，并在自己的作品中真实地展现出来，表达了他对自然万物的崇拜心理。

万物有灵的理念必然产生对自然的崇拜，而自然崇拜的原因在于自然现象或自然个体给人类带来的震撼，以及人类对自己产生的幻觉、错觉、梦幻等现象的不解，这往往使人感觉万物灵魂具有无所不能的力量意象。这

---

① 李文俊. 福克纳评论集[C]. 北京：中国社会科学出版社，1980：43.

② 叶开. 野性的红高粱——莫言传[M]. 南昌：二十一世纪出版社，2012：20.

③ 莫言. 恐惧与希望：演讲创作集[M]. 深圳：海天出版社，2007：46.

种感觉在人们的记忆或传说中反复得到证明，最终帮助人们形成认识自然现象或自然个体的观念和思维能力，产生或强化自然崇拜的理念与信仰。"人类是为地球而创造的，甚至也是由地球创造出来的。这使我们有权利也有义务让自己的行动使我们能继续适应地球，适应地球上这使生命得以延续的物质系统。"① 福克纳与莫言都认为自然万物均具有灵魂，把万物有灵的理念上升到信仰的哲学高度，进一步强化了人与自然的关系，传承和发展了万物有灵的文化传统。

福克纳把万物有灵的理念与崇拜自然的体验融入作品的自然叙事之中。他曾说过，自己的童年是在密西西比河的一个小镇上度过的，那就是他文学作品背景的一个部分；他在其中长大，在不知不觉中将其吸收消化，南方已是他思想上的一个部分。当被记者问及他的创作有多少是以个人经历为素材时，他说："我说不上。没有计算过。……对我来说，往往一个想法、一个回忆、脑海里的一个画面，就是一部小说的萌芽。写小说无非就是围绕这个特定场面设计情节，或解释何故而致如此，或叙述其造成的后果如何。……作家对于自己所熟悉的环境，显然也势必会加以利用。"② 他的万物有灵和自然崇拜的理念不仅来源于欧洲的现代主义思潮，而且也来源于美国南方文化及传统信仰，受到如骑士文化、贵族文化等的影响。特别是他在父亲的熏陶下从小就学会了骑马、打猎、钓鱼等活动，还从邻居、内战老兵、黑人保姆身上听到了一些关于内战、印第安人和打猎的故事。他的生态伦理思想将人与自然的关系赋予了伦理道德的色彩，认为自然比人类更伟大和更高贵；他心里充满了对自然生活的向往，对人与自然和谐关系的渴求。

莫言在故乡生活了二十余年，深受齐鲁文化中自然观念的影响，其中对自然的记忆和感悟使他终生难忘："所谓'经历'，大致是指一个人在某段时间内、在某个环境中干了一件什么事，并与某些人发生了解释何故的、直接或间接的关系。一般来说，作家很少原封不动地使用这些经历，除非这经历本身就已经比较完整……但对我个人而言，离开故乡后的经历平淡无奇，所以，就特别看重故乡的经历。"③ 他多次说过自己深受齐文化以及高密具有神秘色彩的地域文化的影响，认为自然万物带有人类的智慧和灵性，不仅可以成精成神，甚至还可以幻化成人。在齐文化影响下的高密自

---

① 罗尔斯顿. 哲学走向荒野 [M]. 刘耳，等译. 长春：吉林人民出版社，2000：317.
② 李文俊. 福克纳评论集 [C]. 北京：中国社会科学出版社，1980：265.
③ 莫言. 恐惧与希望：演讲创作集 [M]. 深圳：海天出版社，2007：304.

古以来就有很多的民间鬼怪故事，许多自然现象和动植物经过高密乡民的叙述，就变成了传奇或神话。莫言接受和认同了这种文化的影响，认为万物皆有灵魂，如黄鼠狼、狐狸、狗、驴、牛、猪等都是秉承天地意念的动物，具有人类的感知和智慧，而且还可以变成人形，参与人类的活动。在他的笔下，自然界的动物、植物都有灵气，懂人性，完全与人类平等。

万物有灵的理念体现了人类灵魂与肉体的脱离，而崇拜自然则是人类生态伦理意识的开始。当人们遇到自然界中无法理解的现象时，生活生产中的经验不能正常发挥作用，崇拜自然和万物有灵的观念便发挥了特殊的作用。尤其是出现诸如死亡、幻觉、思维和记忆等领域的现象时，人们往往赋予自然以神奇的力量，产生自然神灵的意识。由于自然崇拜的存在，人们误认为自然界中有一种说不清、道不明的神秘力量控制着自然万物，左右着人类的生存；而这种特殊的力量总是在人们的幻觉、错觉、梦幻、记忆等活动中出现，因而给人们留下了神灵的印象，使人们形成自然神灵观念。福克纳与莫言把人类命运与自然神秘力量联系在一起，形成了对自然万物的新的认知，并将这种认知归于创造自然万物的上帝或神灵身上，实际上构建了一条人与自然对话的渠道，打通了人与自然万物的区别，赋予了自然万物以神性和灵性，加深了人与自然界的联系，展现了人类未来的出路。

人类将自身生存、生活、感情、意志等与所处的环境融合在一起，形成自身的文化传统，这种文化传统作为一种集体无意识传承与发展下去，成为人类生存、发展和丰富自身社会生活和精神生活的基础与条件。福克纳对自然的崇拜在于他对自然灵魂的尊重与敬仰，体现了他对南方传统伦理和万物有灵信仰的接受与认同；他将自己的万物有灵思想融入文学创作之中，呈现出自然的浪漫与灵性色彩。如"大森林三部曲"中的艾萨克·麦卡斯林与大熊"老班"的相遇揭示了万物有灵的信仰，警示人们要尊重自然，平等对待自然万物。这种生态伦理思想体现了其心目中自然万物的神圣魅力。在艾萨克接近"老班"的过程中，他接受了灵魂净化，提升了自己对自然界的认知能力。正如艾萨克向老熊致敬一样，美国南方人应当像虔诚的信徒朝见神灵一样敬仰大自然，将人与自然的关系升华到人与神的关系。这是福克纳的自然生态伦理观念，也是美国南方人对人与自然的关系最清醒、最深刻的认识。

莫言始终生活在自然之中，与自然建立起了亲密的关系；自然构成了他的情感寄托，成为他从事文学创作的动力和源泉。他从万物有灵的信仰中感悟到动植物的生命力以及人与自然的平等关系。无论是人变成动物或动物变成人，还是动物具有人的思维和思想等，在现实生活中虽然看起来有些荒诞和夸张，但反映了莫言所处文化传统的真实内涵，体现了他对万物有灵观念的认同和对自然万物的崇拜。他的这种生态伦理观念在很大程度上受到了《聊斋志异》的启迪，他多次提到蒲松龄对其文学创作的影响："当然，这个从根子上是和蒲松龄连在一起的。或者说，从精神上来讲，从文化上来讲，我跟蒲松龄是一脉相承的。当然我是承接了他的文化脉络。"① 他的作品，如《爆炸》《球状闪电》等都包含了万物有灵的生态伦理思想，甚至在《檀香刑》《生死疲劳》等作品中，依然带有他浓厚的自然崇拜的创作理念。这些作品展现的是恶劣自然环境下的人性之美和人性之恶，张扬的是自然生态伦理下的人类个性特征，说明了人类对自然万物的依赖关系使人们无法脱离自然生态环境，万物有灵的意识加深了人类对自然万物的敬畏。

万物有灵是人类对自然界的认识，而崇拜自然决定了人类对自然采取的基本态度，两者之间的基础都反映了人与自然的关系，也是人类为了自身发展而需要采取的措施。自然崇拜是人类把自然个体或自然现象进行神化并加以崇拜，目的是获得神灵的庇护；或者说，当人类有灾难时，需要自然神灵给予消除；当人类需要获得幸福时，神灵给予保佑和赐福。原始先民崇拜自然的思想体现了他们对万物有灵的信仰，表达的是人类的道德责任，这种责任进而形成了有关自然的道德规范，如图腾、禁忌和仪式等。正因为如此，人与自然才得到了和谐的发展。然而，随着近现代工业化大生产的出现，人类在获得物质财富的同时，大量消耗了自然资源，引发了自然生态危机，如地震、海啸、瘟疫等自然灾害，严重危及人类的生存。对此，福克纳与莫言给予了深刻的揭露与谴责。

福克纳所处的时代恰好是南方人面临最严峻挑战的时期，自然生态、社会生态和精神生态都出现了严重问题，关系到南方人未来的生存。对他来说，战后南方人如何处理与自然的关系，如何解决好社会问题，如何使南方从内战失败的阴影中走出来等，都是十分棘手的社会问题，也是其文学创作必须涉及的主题：南方"糟蹋的森林、田野以及他践踏的猎物将成为他的罪行和罪恶的后果与证据，以及对他的惩罚"②。他认为，内战后的南方人应该以大自然作为平衡机制，才能实现人与自然的和谐发展。同样，莫言生活的环境也是如此："像我们这种五十年代中期出生的人，在大跃进时就有记忆力，然后是三年生活困难时期，物质上的极度贫乏，然后是'文

---

① 莫言,刘琛.把"高密东北乡"安放在世界文学的版图上：莫言先生文学访谈录[J].东岳论丛,2012(10): 6.

② 福克纳.去吧,摩西[M].李文俊,译.上海：上海译文出版社,2004: 328.

化大革命'。在这种不断的社会动荡中长大，社会始终没有一种安全感，这种社会始终是一种没有秩序的感觉。"① 他的"高密东北乡"是中国当代社会发展进程的缩影，特别是他在经历都市生活的纷扰后，其记忆中的自然情感、人与动物的关系等依然在不知不觉间出现在这个"自然生态王国"之中，成为其文学创作中的精神寄托和自然万物理性参照。

福克纳与莫言万物有灵的观念有着不同的文化背景，无论是自然崇拜的理念，还是赋予自然以灵魂等行为，都表明了他们对自然的态度。万物有灵观念的产生和延续等事实上是人与自然的关系问题，也关乎着人类的存亡问题。如果说传统作家关注的自然只是作为诗意的田园景色，构成了人物生活的环境背景或者承载着作家的自然理想之梦，那么，在福克纳和莫言看来，自然是人类所处的生态系统中独立的生命个体，也是人类特别关注的对象；这样，人类就被还原到自然界中的原初位置，回到与自然万物朝夕相处，平等共生的自然生态体系之中，共同维持自然生态系统的有序发展。

二、自然权利与生态平衡

自然和社会组成了自然生态系统和社会生态系统，成为人类生存和发展的基础。人类需要维持自身的发展，就必须消耗自然资源；但也必须尊重自然万物的权利，确保自然生态的有序发展。这两个方面是相互矛盾、相互对立的，因此人类作为自然生态系统中的主体必须对自身的行为进行限制，从而达到人类发展权与自然生存权之间的平衡。"自然权利"，又称"生态权利"，是指自然界万物，如动植物和微生物等，都享有在自然界中保持自身"种"的延续、继续存在下去的权利。这种权利可以理解为自然万物本身所固有的天赋权利，也是自然生态系统正常运行和发展的需要。"万物皆有灵，共处一地球"②，任何自然个体都有其生存和发展的权利，都对自然生态系统的平衡与稳定发挥着各自特定的作用；倘若哪一个成员缺失都可能威胁到其他成员的生存，进而危及整个自然生态的正常运行。福克纳与莫言亲身经历了自然环境的恶化对人类自身生存的威胁以及由此而产生的后果，这些经历促使他们始终不断地关注、思考人与自然的关系，他们因此在作品中揭露了现代工业化、战争、城镇化、现代消费主义等对自然万物生存权和发展权的践踏，不断思考人类如何保护自然权利等问题。

人与自然是一个统一的整体，所以对我们需要重视人类自身的发展，

---

① 周罡,莫言.发现故乡与表现自我：莫言访谈录[J].小说评论,2002(6):39.
② 莫言.莫言对话新录[M].北京：文化艺术出版社,2012:371.

尊重自然生态发展规律；否则，人类生存环境将会受到破坏，从而阻碍人类社会的发展。福克纳强调了对自然权利的尊重，并为一些动植物赋予和人类一样的生存权与发展权，塑造了一批富有平等意识与自我意识的人物等自然个体。如《去吧，摩西》《八月之光》等作品大量描述了南方的自然生态现状，揭示了美国战后南方社会在转型时期所面临的自然生态危机，反映了自然生态对南方社会生态和精神生态的影响与后果。原始森林作为美国南方文化的摇篮和南方精神的理想场所，孕育和代表了美国南方顽强不屈的生命意识和英勇自由的斗争精神。无论是艾萨克对大熊"老班"的敬仰，还是莉娜·格罗夫的命运归属都彰显了一个共同的特征，即对人与自然生态和谐的渴望、对人与自然平等的向往，以及对人与自然权利的思考。福克纳凸显了动植物、湖泊以及其他各类自然个体独特的内在价值和生存权利，表达其自然生态伦理的诉求和准则，为读者展示出南方自然生态的魅力，进而揭示了自然环境在南方社会发展过程中所发挥的积极作用。

"自然是人的自然，人是自然的一部分"[1]，莫言以自身所具有的农民的质朴和对自然的挚爱，表达了对自然权利的尊重以及对人与自然和谐共生的期盼，因为在他看来，"故乡的土地与河流、庄稼与树木、飞禽与走兽、神话与传说、妖魔与鬼怪、恩人与仇人，都是我小说中的内容"[2]。人类的生存和发展离不开自然，只有保持人与自然之间的共生、共荣及和谐，才能确保人类的永久生存。莫言的故乡高密深受齐文化影响，这里流传了许多神仙方术轶事、怪异故事、神话传说等，其中万物有灵的原始自然观和生命平等观深深扎根在这里的乡民心中。这种具有泛神论色彩的高密民间文化，又往往促使传统神话故事与传说赋予动植物以人的特征和超凡力量，寄托了人们对美好生活的渴望和对神秘未知世界的想象。"莫言作品中的人、动物、植物三者在生命感觉上的相通与相同，表现在文学语言上，就是常常以三者互相修饰，用有生命的活物比喻另一个有生命的活物，形成生命感觉的融会贯通——不仅仅是普通意义上的拟人化，而是生命体系的互相转化，构成一个个斑斓的意象。"[3]不仅如此，在高密历史上还出现过许多张扬正义、追求平等和自由的民间豪杰英雄，留下了众多有关他们除暴安良、救助生灵、不畏强权的传说与故事。这些对自然的敬仰和崇拜又往往与高密历史故事结合起来，形成自然、鬼神、人类等相互融合的高密文化。莫言

---

[1] 莫言. 莫言散文新编[M]. 北京：文化艺术出版社，2012：170.
[2] 杨守森，贺立华. 莫言研究三十年：上[M]. 济南：山东大学出版社，2013：49.
[3] 张志忠. 莫言论[M]. 北京：北京联合出版公司，2012：49.

吸收了高密文化的精髓，淋漓尽致地书写了充满神奇传统的乡土文化，体现了这片土地上人们的生死爱恨和平等相处、强悍不屈的英雄精神。

生态平衡是指自然生态系统中任何成员个体所具有的地位和作用都是平等的，没有高低优劣之分，都是在维持自身生存的同时，也为其他自然个体的生存和发展提供前提和保证；如果忽视其他生命个体的存在，其自身也无法生存。人类与自然界形成了互利共生的依赖关系。福克纳对自然万物有着特殊情感，他的作品不仅包含了对南方自然的赞美，还包含了对战后南方人行为和道德伦理的期盼。南方的荒野或森林给他留下最深印象的是各种动物的嬉闹，无论是打猎时追逐猎物的猎狗，还是被猎人追逐的熊、鹿或者松鼠等，个个都灵性十足。这些荒野精灵是大自然的主宰，也是大自然的灵魂所在。同样，在他的作品中，自然生态系统中的生物个体，无论是动植物还是微生物，都有各自的生存空间，享有各自的生存权和发展权，且这些权利与人类拥有的生存权和发展权一样，都是神圣和不可剥夺的。人类必须尊重自然万物的生命和发展权利；只有这样，才能处理好人与自然、人与社会、人与自我之间的关系，找到人类持续向前发展的途径和方式。

莫言提倡尊重自然权利和万物平等，在作品中表现了自然万物所具有的强烈的生存意识和顽强的生命力。无论是在他的自然生态思想中还是在作品中，都存在着无处不神，无物不怪，人神同乐，人神相恋等文化风情与浪漫情怀。他的生态伦理思想出于对自然万物的崇拜和对生命的敬畏，反映了对人与自然和谐关系的期盼。还是以红高粱为例。这种植物在贫瘠的土壤中扎根、生长、成熟与繁衍，代表着中华民族生生不息的精神和道德品德。"我很多次地经历过高粱从播种到收获的全过程，我闭着眼睛就能想到高粱是怎样一天天长成的。我不但知道高粱的味道，甚至知道高粱的思想。"[①] 高粱狂野的性格、情感的热烈等，与生活在这片土地上的高密先人所具有的天真淳朴、炽热情感等交织在一起，成为人与神融合的象征，完全征服了莫言，使之产生高度的敬仰与尊重。

自然权利对自然来说是权利，但对人类来说则是义务。自然权利的实现是以人类约束自己的索取行为，承担保护自然生态的义务和责任为前提，人类应充分尊重自然的权利以促进生态系统的完整与稳定发展。福克纳的自然生态伦理观念强化了南方荒野的象征意象，洋溢着美国传统文学中的浪漫主义和理想主义的气氛。他作品中出现的山川河流、动物植物和

---

① 莫言. 我的高密[M]. 北京：中国青年出版社，2011：268.

雷电风雨等都具有灵性和极强的生命力，形成了与人类共存于自然生态中的平等地位，享有人类所拥有的平等权利。"神灵只是幻想中的存在，任何人都不可能对神有实在的感触，所以，一切表现神灵的事物便不能不是拟人化的、象征性的。或者用某动物传性的实物和偶像象征那本属虚无的神灵，或者用比喻性的语词来表达神灵的形状，或者用模拟化的身体动作再现神灵的活动……一切象征性的表现，都是人性的创造活动，成为形象化的艺术。"①他作品中的自然是自然生态系统中的自然本身，具有其生存和发展的权利与自由。《去吧，摩西》中的"熊"便是这样的一个典型事例。福克纳将这头熊神灵化，赋予了它人类一样的聪明与品德，使它与人一样具有正义、平等、善良的天性，甚至在很多方面超出了人类的道德伦理修养。他以冷静的目光审视着自然神灵的命运悲剧，透视着人类身上的罪恶与丑陋，同时也为自然万物的不幸遭遇而感到痛心。

莫言通过强调对自然权利的尊重说明了人与自然的相互依赖关系，同时通过自然万物表达自己对大自然的感悟。"大自然是有灵魂的，一切都是通灵的，而这万物通灵的感受主要是依赖着童年的故乡培育发展起来的。用最通俗的说法是：写你熟悉的东西。"②他对自然的深情赞美表现了对自然万物的眷恋和期盼。乡村是中国传统农耕文明中的核心，也是最基础的自然载体，然而，在现代技术、工厂、城镇化等现代文明的侵袭下，却失去了传统意义上的文化价值。这使得莫言失去了童年时期的美好回忆，也使他丧失了精神上的依赖和心理上的慰藉。"我在小说里面描写的家房后的那条河、河滩上那片槐树林、村头上老百姓种植的黄麻等等，都是我最熟悉的生活环境。"③正是通过这种对自然万物生命意识的书写，莫言表达了对自然生态世界的真实感受，展现了中国社会所缺失的原始信仰和生态伦理意识。在他的一系列作品中，如《透明的红萝卜》、《红高粱》系列、《红蝗》、《生蹼的祖先》、《马驹横穿沼泽》等，自然万物如同被放置在神话世界之中，都被赋予了神性与灵性，给人们带来意想不到的神奇力量，体现了他对自然权利和生态平衡的渴望与期盼。

人类社会走过了一条从人与自然的共生，到人与自然的互利，以及共同发展的路程。这是人类从在自然界中获得回报与惩罚的经验中总结的。权利是人类的创造，最初目的是保护人类的发展，并没有给人类以外的自然生物以生存权利和发展权，原因在于人类误认为自己是自然界的中心，

① 林同华.宗白华美学思想研究[M].沈阳：辽宁人民出版社，1987：199.
② 莫言.我的高密[M].北京：中国青年出版社，2011：267.
③ 杨守森，贺立华.莫言研究三十年：中[M].济南：山东大学出版社，2013：46.

总是把自然作为认识和改造的对象，从没有想过还需要提供给自然权利。这种长期形成的自然偏见使人们忽视自身的贪欲行为给自然带来的严重后果，最终招致自然的报复。为此，福克纳与莫言以自然生态伦理为基础，提醒现代人要尊重自然规律，促进人与自然的和谐发展，更好地推动人类社会的健康发展。

三、自然生态伦理与自然共同体

人与自然的关系是人类面临的一个根本性问题，尤其在当下，人们对自然生态的关注有着特殊的时代背景。在人类历史发展过程中，人类对自然的态度从原始农业社会中的人与自然的"天人合一"，到近代社会中的"二元对立"，再到当下社会中对人与自然关系的反思与关注，体现了人类生存环境的恶化与危机，表明了人类生存面临的困境。福克纳与莫言在自然感悟、传统文化的传承和文学艺术想象的基础上，表达了对违反自然规律和掠夺自然资源行为的强烈谴责，形成了有关人与自然和谐发展的生态伦理共同体思想，构建了人与自然和谐发展的生态伦理共同体，期望唤醒人类环境保护的社会责任感。

对于生态伦理范畴和概念的理解，通常有两种不同的观点：一是认为生态伦理包含了人与自然环境之间的伦理关系，依据在于生态环境作为生态系统的主体，具有其独立的生存权和发展权利；二是认为生态环境问题依赖于人与自然的关系，而人与自然的关系又取决于人与人的关系，由此认为生态伦理问题就是人与自然之间的关系问题。这两种观点有着本质区别，其中前者涉及的自然价值和权利显然是客观性的，不是取决于人类的意识和利益需求；后者把生态环境问题当作人与人之间伦理关系的延伸，前提默认了人是自然界中唯一主体，且只有作为自然生态系统主体的人才具有内在价值和自身权利，这种看法无疑排斥了自然环境的客观性和在自然生态系统中的主体性。福克纳与莫言通过自然生态环境，揭示了人类面临的生态危机，提出以道德伦理方式约束和完善人们的行为与思想，在尊重自然万物生存和发展权利的基础上，确保自然生态的平衡与健康发展。

福克纳受到南方传统自然观的影响，其作品彰显了印第安人的文化传统，比如"我们的祖先和动物结了婚。"[①] 自然是人类的母亲，这是印第安文化传统对自然和人类的生态伦理观念，得到了福克纳的认同与传承，他在

---

① 列维 - 斯特劳斯. 野性的思维 [M]. 李幼蒸，译. 北京：商务印书馆，1987：46.

作品中处处透露出人与自然之间同根同体的关系和理念。如艾萨克·麦卡斯林还模仿印第安人山姆·法泽斯以印第安古老语言向森林中的大蛇打招呼，称呼它为"酋长，老祖宗"①。这种风俗与文化传统的影响还可以从南方人把密西西比河称为"老人"中找到明证：在南方人看来，人与自然都有灵性，同根同源，共生共荣。福克纳通过《去吧，摩西》中的艾萨克·麦卡斯林之口说："这儿并不是死者的葬身之地，因为世上本来就没有死亡……他们并没有被土地紧紧地围裹住，而是自由地呆在土地里，不是栖身在土地里，而是本身就属于土地，生命虽有千千万万，但每一个都密切相关……形态虽有千万种，规律却只有一个。"② 这里他结合南方人所信奉的"本身就属于土地"的生态观念告诫人们，人类与自然界其他存在物一样都是自然生态系统中的一个成员；人从自然界中走来，最终也将归于自然界。人类必须确立以尊重自然、融入自然和维护生态环境为宗旨的生态观，建立一个平等、互助、相互依存的自然生态伦理共同体。

莫言的自然生态伦理强调了人与自然之间关系的平等，各成员之间相互依赖，共生共存。自20世纪90年代始，中国乡村社会发生了重大转折，交织着自然、社会和精神信仰等多重矛盾。这些矛盾的焦点几乎都可以集中到以土地为中心的农村改革上面，因为土地成为中国社会转型的脉搏与镜像，透视和反映了中国传统伦理道德的变迁。以《生死疲劳》为例。这部作品反映了中国社会因土地问题而产生的诸多问题，标志了中国农民与土地为生的历史渊源与自然关系发生了断裂，出现了人性的异化，引起饥荒、蝗灾、暴乱等问题。中国文学对自然的书写大体上可分为神化自然、道德化自然、社会化自然、情绪化自然等形式，无论是直接赞美和讴歌自然，还是借自然抒发情感和志向，都是追求自然所带来的意境，从而达到人与自然进行情感交流与情感表达的目的。"在一般文学作品中，动物总是被赋予一些神秘超感的东西。诸如写牛啊、马啊之类，往往把它拟人化，童话作品基本上是这样的写法，为的是让孩子把动物当作朋友与伙伴。成人作品中动物往往被寄托了更多的想法。"③ 对莫言来说，人与自然关系的和谐理念不仅体现了人对自然万物的依赖，还体现了人在意识和理念上尊重自然，致力于改善人与自然的不平等关系，实现人与自然的和谐发展。

面对自然生态危机，人类能做的事情不能仅仅停留在对自然的认识方面，而是应该行动起来，启迪和唤醒彼此对自然生态的重视与保护，采取

---

① 斯通贝克.福克纳中短篇小说选[M].李文俊,陶洁,译.北京：中国文联出版公司,1985: 469.
② 福克纳.去吧,摩西[M].李文俊,译.上海：上海译文出版社,2004: 309.
③ 莫言.莫言对话新录[M].北京：文化艺术出版社,2012: 369.

一些切实可行的措施来保护自然生态系统、维护生物多样性，建立人与自然和谐的生态共同体。内战后的南方人疯狂采伐森林，破坏了自然生态环境，导致了生态危机。为此，福克纳不断启发南方人反思人与自然的关系，始终强调尊重自然万物，确保自然生态平衡。以艾萨克·麦卡斯林为代表的南方人痛心疾首，感到自身失去了心理慰藉和精神依赖："接着他走进了大森林，这儿不只有他一个，但他是孤独的；孤独紧紧地包围住他，现在是夏季，这孤独是绿色的。孤独并没有改变，它不受时间的限制，不会改变，正如夏天的绿色，秋天的林火与雨以及铁一般的寒冷，有时甚至白雪也不会改变。"[①] 这种由于自然环境的改变而产生的孤独感不仅属于个人，还属于全人类，更属于那个年代中所有为生态环境担忧的人们。艾萨克扔掉了枪和指南针的行为表明了其进行自我心理净化的决心与意志，也是实现朝拜"老班"夙愿的转折点，最终他遁入森林以寻求自我的救赎。

同福克纳一样，莫言对人与自然界关系的思考也始终是其创作的主题："写动物还是为了写人。或者说写人与动物的关系。"[②] 自然万物都是有生命的，通过和谐或平衡，达到自身生存权利和生命意识。其笔下的自然界，除了红高粱作为灵性形象最饱满的植物之外，山川河流、蓝天白云、风雨雷电等也有灵性，能够传达情感，表达善恶。无论是黑驴踢死野狼，牛野性勃发大闹集市，还是猪在月光下奔跑并成为群狼的首领，狗对欲望的追踪与对人的忠心耿耿等，都体现了动物与人类的相似性，体现了动物也具有人类一样的道德伦理观念。"人其实是最复杂的动物。人是最善良的，也是最残忍的。人是最窝囊的，也是最霸道的。"[③] 为了自身的生存和发展，人类往往会忘记自己在生态系统中的职责和使命，拼命向自然界索取资源，这种行为和思想理应受到谴责与批判。在莫言看来，生存和发展的权利是自然界生态系统所享有的固有权利，人类对自然资源的利用不能超出自然界承受能力，更不能破坏自然生态系统的平衡。

自然生态系统制约人类个体行为，影响人类社会的存在状况和发展状况，同时人类社会的交往方式、社会关系等反过来又制约着自然生态系统的运行状况。在自然生态系统之中，人既不可能游离于自然之外，也不能凌驾于自然之上，只能作为自然界存在物，与其他自然界存在物一样，具有相同的地位和价值。"无论是人和人的关系，还是人和自然的关系，都只能通过感情的链条相互联系，通过人们感情的表现而显露出来，通过感情的

---

① 福克纳. 去吧，摩西[M]. 李文俊，译. 上海：上海译文出版社，2004：304.
② 莫言. 莫言对话新录[M]. 北京：文化艺术出版社，2012：369.
③ 莫言. 莫言散文新编[M]. 北京：文化艺术出版社，2012：126.

具体性而呈现出丰富性。"① 万物有灵、敬畏自然，尊重自然权利，构建人与自然和谐发展的自然生态共同体，是福克纳与莫言文学创作中生态伦理思想的基础，确立了人类在自然生态系统中所担负的道德伦理使命，改变了人类传统上对生存环境进行无限制资源掠夺的错误认识，且作为具有普遍意义的理论和方法，为文学作品的创作和欣赏提供了重要参考，促使现代人认识到这样一个事实：无论是全球范围内，还是任何一个国家范围内，人们都需要提高生态伦理的意识，自觉担负起维护人类赖以生存的地球的生态平衡的历史使命。

第二节　神化自然的生态伦理文学意象

文学作品借助形象艺术反映现实生活，传递作家思想观念，表达作家情感和信仰，也是人们理解文学作品艺术及社会价值的依据与参照。自然意象是自然在文学作品中表现出的形象特征，反映的是人与自然之间的关系与融合程度。从福克纳与莫言的创作来说，他们将各自的自然生态观念与作品表现艺术进行组合，通过作品中的自然环境，以及自然叙事、自然影响等方式，传达对自然的态度、人生境界和自然寓意等内涵，激发人们对自然的敬畏等情感，其中神化自然是两位作家最常使用的一种表现形式。这种形式秉承了万物有灵的自然观念，采用神话象征隐喻模式展现自然意象，体现了敬畏自然、尊重自然权利、人与自然平等共生的生态伦理思想。

一、神灵信仰与自然神话

人类对自然的神化过程与自身对自然的认识过程同步进行，因为在生产力水平十分低下的原始环境中，人类原始初民对自然万物的认识往往带有崇拜与敬仰的态度。那时的人们无法理解自然引发的现象，常常认为是有神灵出现，因而产生了万物有灵的观念，并将其作为信仰或仪式传承下来，成为日常生活中的伦理道德或行为准则。福克纳与莫言遵循了神灵信仰引发自然崇拜，自然崇拜形成自然神话的文学创作模式，按照神话形成的形式来神化自然个体，赋予动植物、自然现象，或其他自然个体以灵魂，构建自然神话故事，形成多种文学意象，反映了作家本人对人、动植物与自然伦理关系的认识，承载了人们对自然哲理的思考。

福克纳生活的南方是一个具有鲜明地域特色和文化特征的区域，在长

---

① 钱中文. 论文艺作品中感情和思想的关系[J]. 文学评论, 1981(5): 88.

期崇尚地理环境和历史文化的影响下，孕育了独特的重农性、保守性、强烈的家族荣誉观、等级和种族意识等文化特征，并在此基础上形成了丰富的自然神话和历史神话。以自然神话为例，他所处的密西西比三角洲地势低洼，河流湖泊众多，自然资源十分丰富。这里属亚热带气候，雨量充沛，有较高的森林覆盖率和广阔的荒野湖泊，不仅为南方发展木材加工业提供了丰富的原材料，还为动植物等自然资源开发提供了广阔的发展空间，培养了南方人自由豪放、勇敢顽强、热爱自然的性格特征，孕育了很多自然神话故事。福克纳喜欢到森林中去，他的《古老的部族》《熊》《三角洲之秋》等都表达了对森林的深厚感情。当然，他本人喜欢打猎，但他笔下的狩猎活动完全不同于单纯的打猎活动，不是追求猎杀动物的快感和刺激，而是猎人们在森林中所感受到的自然神秘力量及其净化灵魂的神奇功效，吸引着南方人重温自然，亲近自然，回归自然，在大自然中感受动植物的神奇和震撼。猎人们在森林中接受的是勇气和挑战，是重温战前南方古老美德的洗礼与净化。如《熊》中的艾萨克·麦卡斯林正是通过南方一年一度的狩猎仪式，在自然界中学到了怜悯、谦逊、坚韧等这些南方最原始也是最高尚的传统自然美德，提升了道德伦理素养，净化了其灵魂与精神。

回溯中国神话的发展历程，从人、神和兽概念模式不清的《山海经》到充满妖魔鬼怪的《聊斋志异》等文学作品，都反映了中国神话特有的生命体验，影响着以莫言为代表的中国魔幻主义作家。齐鲁文化中万物有灵的神灵信仰在民间有着广泛的群众基础和深远的影响力，对莫言的生态伦理思想构建起到了重要的丰富与促进作用。著名批评家诺思洛普·弗莱相信神话不只是由于其中有神的存在，还因为神话构成了一个庞大的故事体系，且"勾勒出一整个宇宙，其中的众多神祇都以人性化形式代表着大自然，同时还按自己的视角说明人类的起源、命运，人力量的限度及他们欲望滋长的地步"[①]。如果将自然神话解释为自然万物所具有的神灵故事，那么，莫言万物有灵的生态伦理思想就是依托中国文化语境，诠释了动植物神化的过程，因为当自然生态中的动植物逐渐转化为文学作品中抽象化的符号时，他通过自然神话原型的形式将万物有灵的理念积淀在潜意识中，以文学创作的形式将动植物化为自然神话意象，传达对自然万物的敬畏。就像蒲松龄写狐狸鬼怪的目的是反映人间的生活，莫言对自然万物的神化书写同样是为了书写人类命运的悲欢离合，反映了人与自然的相互依赖关系。以《马驹横穿沼泽》为例。这个故事带有《聊斋志异》的神话色彩，因

---

① 弗莱.诺思洛普·弗莱文论选集[M].吴持哲，编.北京：中国社会科学出版社，1997：125.

为《聊斋志异》的故事通常是狐妖幻化为美丽少女，与穷书生相遇、相爱，最后相离；同样，莫言在《马驹横穿沼泽》中选择将红马驹变为一个美丽的少女，与心爱的男孩结合，成为食草家族的始祖，繁衍了一个庞大的家族，成为人与动物转化的经典神话故事，建构了一个以自然生态为主题的文学表现意象，寄寓了对自然的崇拜与敬仰。

神灵信仰作为人类原始先民对自然存在物的崇拜，使人们形成了对自然虔诚的敬畏之心，产生了一套适用于时代需求的自然礼仪或自然文化。弗雷泽在考察西方树神崇拜时认为："在原始人看来，整个世界都是有生命的，花草树木也不例外，它们跟人们一样都有灵魂，从而也像对人一样地对待它们。"① 人类原始先民对自然存在物的崇拜，正是因为人类利用自然存在物的价值，获得自身所需要的生活生产资料。尤其是在生产力极为低下的原始时代，自然存在物，特别是动植物，是人类赖以生存的基础；由于消耗或牺牲自然存在物的利益，人类要表达感激、歉意或安慰。通过这种方式，原始先民表达了对自然存在物的感激与崇敬，同时消除或减弱了因自身消耗自然存在物而造成的内疚感或负罪感，以免受到神灵的怪罪或报复。以植物神灵信仰为例，原始先民认为，树与人一样都有自己的灵魂和情感，如树神能驱邪镇鬼。如果人们因为某种自身的需求，需要砍树的话，往往会举行祭拜树神的仪式，这种方式就是对树神表达歉意和尊重。其他形式还有对农作物的崇拜、果树花木的崇拜等。福克纳与莫言作品中透露出的神灵信仰正是这种文化心理的反映，也是人与自然相互关系的真实体验，构成了其生态伦理思想中对自然的敬畏和崇拜的心理。

福克纳的神灵信仰理念无疑比南方其他先辈们更为深刻，因为在他看来，自然是人类的母亲，理所应当地成为人类仰望的对象。在他的作品中，动植物的塑造或书写已经完全符合，甚至超越了人类的行为举止和道德规范要求，他只能以神化自然的方式呈现出来。如他从小喜欢马，对马匹的描写更是用尽了各种词汇，并把马视为神话中的精灵。《我弥留之际》中朱厄尔的马有这样的描写："那匹马用后腿直立起来，扑向了朱厄尔……那匹马用僵直、颤抖的腿脚支撑着，头部低垂，朝后挣脱；……那匹马又开腿低垂了头站停片刻，马上又接着扑腾起来。"② 福克纳把女性同植物作类比，这种类比带有自然神圣化的痕迹，反映出南方传统文化中的人与自然的相互转化关系和对自然的敬畏。《喧哗与骚动》中年轻的凯蒂闻起来有树的味道，因为她喜爱在室外玩耍，喜欢爬树，又具备了山林仙女的特征，代表

---

① 弗雷泽.金枝[M].徐育新，等译.北京：中国民间文艺出版社，1987：173.
② 福克纳.我弥留之际[M].李文俊，译.上海：上海译文出版社，2004：9.

了植物生命的神性。《未被征服者》中植物具有生命意识，如柠檬马鞭草原本属于密西西比三角洲上常年生长的一种植物，在美国南方文化中被赋予了神圣的寓意，契合了西方文化中对植物的崇拜。福克纳的作品多次阐释了这种神圣植物，将它置于信仰神灵的位置，无论是在葬礼上还是婚礼中都能看到，象征着神圣与吉祥，代表着勇气、毅力和牺牲精神。这种神化自然的行为体现了福克纳对人与自然关系的态度，表达了对自然的崇尚与尊重。

"莫言的笔，似乎有着非凡的魔力，如同民间故事《神笔马良》中的那支神笔，挥洒点染之处，万事万物莫不由此获得生命的活力、生命的灵性。生命感觉和生命意识，是我们理解莫言艺术个性的关键所在。"[1] 莫言作品对自然万物的书写大多带有神秘主义色彩，因为这些自然存在物都有各自的奇异功能，如动物凌空飞翔，遵循人类道德伦理准则；植物幽淡平静，具有人类一样的思维和思考能力；以雷电为代表的自然现象主持着人间公平正义，向上帝一样审判和决断人世间的纠纷与冲突，展现了自然的神谕魅力。莫言对自然万物神灵的呈现极具神化色彩，如他所展现出的狗大多具有超人的本能，既可以作为人类道德和伦理的传奇化身，又有着拟人化的内心活动，映射出人世间的百态万象。在《红高粱家族》中，"我"家的狗征服了其余的狗，成为狗群的领袖，带领"狗团队"与人类斗智斗勇，团结协作，在与人大战的过程中展现了出色的组织能力和才华，并引发了读者对生命本质的思考。《生死疲劳》中狗小四通过蓝解放身上的气味知道了蓝解放和庞春苗的恋情，同时借助其敏锐的嗅觉，护送蓝解放的弟弟上学。《筑路》中的大狗忠实地护卫着孤苦无依的白荞麦，《怀抱鲜花的女人》中的狗成全了王四和神秘古怪女人的婚姻等。这些例子凸显出动物有人的灵性，而人有动物的本能特征。这种文学表现手法赋予自然万物以灵性与神性，打通了人与自然万物之间的界限，拓展了文学表现的视域空间。

人类的灵魂观念源自自身对自然现象的困惑，在灵魂信仰的影响下，凡是遇到困惑不解的自然现象或自然物体，人类往往尊其为神灵，施以崇拜与敬仰之心。神灵的形象也大多带有自然神话色彩，甚至在很大程度上接近自然神话故事。为此，现实社会中善良和丑恶的评判标准就是社会公认的道德伦理规范，即凡是符合规范的就属于道德善的范畴，反之，则界定为道德恶的范畴。对于自然神灵的信仰，从表层看表现的是原始先民对自然充满了感激之情；从深层看所表达的是对人类自身命运的终极关怀。神

---

① 张志忠. 莫言论[M]. 北京：北京联合出版公司，2012: 48.

灵信仰的内涵涉猎的是人与自然的关系，讲述的是人对自然的尊重以获得神灵的庇护，从而使人类避祸祈福；然而，如果人类破坏了这种关系，将会受到神灵的惩罚与报复。因此，人与自然的关系问题反映了人类善恶丑美的道德标准和伦理标准。福克纳和莫言以自然万物为对象，在作品中展现自然的神性和灵性，凸显了人类对自然的依赖与情感方面的寄托。

福克纳的创作融合了对自然的感悟，同时在万物有灵的感召下凝聚了对自然的崇拜，并借助于基督教等原型神话的基本框架把战后南方人对自然的态度展现出来。他的作品通过对自然的神化与宗教典故的互文性方式，赋予了欧洲大陆深远而古老的神话传统色彩，凸显了作品的自然生态价值，达到了对现实社会批判和鞭挞的目的。他的自然神话书写隐藏在宗教或希腊罗马神话原型之中，展现了南方人对自然的崇拜，以及由此而产生的道德和伦理观念，具有了为自然而述的相向功能，引导战后南方人潜移默化地养成认识自然、尊重自然和崇拜自然的态度。如《村子》里梨树林里闪烁的月亮。这种自然环境的建构十分浪漫，具有人与神、现实与神话的意境。虽然此时的月亮还是内战之前的那个月亮，然而，在战后南方人看来，它已经失去了昔日的特征，因为代表月亮的月亮女神堕落了。现实中的女神虽然还散发出最明亮的月光，在梨树林中优美诱人，但已经不再是南方人想象中的月亮女神。《士兵的报酬》中的暴雨像白色的长长的线，云彩漂浮在蓝色的天空中无精打采，彰显了主人公的失意和无聊。这种对自然现象或自然力量的书写，凸显了自然的神性和灵性，也把自然神灵上升到信仰的高度，诠释了战后南方崇拜神灵、信仰神灵的原因与目的。

在莫言作品中，强烈的万物有灵和动植物崇拜意识使人们很容易联想到原始神话中的相关叙事，因为莫言的创作从齐鲁神话中汲取了众多素材和创作原型，其作品中所体现的动植物崇拜意识彰显了齐文化中的图腾、信仰等理念。这种创作思想无论是自觉或不自觉的，有意识或无意识的，都是对待自然态度的真实体现："那时我是一个绝对的有神论者，我相信万物都有灵性，我见到一棵大树会肃然起敬。我看到一只鸟会感到它随时会变化成人，我遇到一个陌生人，也会怀疑他是一个动物变化而成。"[①] 这是一种典型的自然崇拜意识，既有高密民间"泛神论"文化的影响，又有对齐鲁文学传统艺术的继承和吸收，体现了人与自然在心灵上的相通性和互动意识。莫言还在作品中表现了自然生存状态下自然万物的生态意象，如透过动物的眼睛，描绘了人类的虚假与浮夸，让读者思考与反思所处的社会

---

① 莫言.讲故事的人：在诺贝尔文学奖颁奖典礼上的讲演[J].当代作家评论,2013(1):6.

现实问题；透过植物的欲求，展现了人类的理智失控和性格扭曲异化的悲惨状况。人类个体的行为和内心世界在富有灵性的动植物眼中都暴露得清清楚楚，显露出人世间的荒谬与无奈。《食草家族》中食草家族的成员为了净化自己的灵魂都像动物那般吃草；《天堂蒜薹之歌》中虱子虽然有城乡身份差别，但它们可以相互交流吸取城里人和乡下人血液的不同体验。这些故事完全是人世间生活现状的翻版，体现了莫言对现实生活的讽刺。

福克纳与莫言神化自然的根源在于对自然的熟知与崇拜，反映了其生态伦理思想中的万物有灵的理念，展现了人类原始先民所遵循的灵魂信仰传统。两位作家对自然本源的认识超出了自然现有的特征，所关心的焦点是人与自然的关系，尤其是人类依赖自然界生存和发展这一前提和基础。人类对自然生态系统的认识从万物有灵、自然崇拜，到自然神灵信仰的过程，是基于人与自然互利共生、同荣共存的生态伦理关系，也是在维持人类自身生存和发展的前提下，把人类伦理观念扩展到自然界，赋予有生命的和无生命的自然万物以生存权利和发展权利。这种生态伦理思想适应了当今社会全球化发展趋势的新要求，是对全人类命运的负责，有利于人的全面发展和人与自然和谐发展的最终利益。

二、自然隐喻与忧患意识

文学艺术的魅力带来的是心灵上的净化，这如同人们在自然界中接受大自然的熏陶和净化一样。"艺术的任务是在创造意象，但是这种意象必定是受情感饱和的。"① 当万物有灵和自然崇拜与文学艺术结合在一起，就产生了有关自然的意象或隐喻，并以自然生态伦理的形式引发人们对自然万物的关注。自然万物对人类来说，不是简单地给人类带来资源或利益，而是密不可分的同伴，是人类共生共荣的自然生态共同体不可或缺的组成部分。这恰好是福克纳与莫言在作品中对自然万物进行神化艺术塑造的理念和思路。两位作家将自然万物人格化，赋予自然以人类所具有的思考、交流和辨识能力，突显了自然的隐喻功能和人类的忧患意识。

有关自然的隐喻是人类认知自然界的一种方式，体现了人们对待自然万物的态度。自然隐喻扩展了自然的意义和价值，使人感悟到人与自然的密切关系。人与自然万物之间的融合促成了人与神灵的融合，使人、自然和神灵之间能够相互转化，这在很大程度上提升了自然万物在人类心中的地位和形象。对人类来说，自然隐喻起到了一种自我激励的心理暗示，促

---

① 朱光潜. 谈美[M]. 北京：中国青年出版社，2012：123.

使人类个体遵循一种顺应自然发展规律的态度，从而影响人类个体的思想和行为。地震、日食、洪水和雷电等原本都是普通的自然现象，但借助于自然隐喻，在人类眼中却成了代表正义的强大力量，给人类带来了警示与道德引领。在这样的文化语境中，人类所做的只能是用美好的想象和虔诚的态度为自然赋予神性，期盼自然之神能拯救其于苦难之中。福克纳与莫言把自然万物植入作品之中并赋予它们神灵一样的力量，使其具有改变人类命运的思想和能力，这在很大程度上既缓解了现代人对自然神话的渴求，同时又引导他们尊重自然和敬畏自然。这样，自然万物或自然个体就被视为神灵的隐喻，体现了神灵的意愿，对人类的行为进行了规范，完成了神化自然的文学展现过程。

"隐喻的魅力在于破坏一种旧的范畴，在原来范畴的废墟上建立一个新的逻辑疆界。"[1] 自然本身不具有神灵的特质，是人类根据自己的想象，将心目中的神灵意愿附加给自然，从而使自然具有掌控人类命运的能力，这就体现了自然隐喻的价值。作家为了展现自然的影响力，往往喜欢凸显人类对自然的依赖性，目的是让人类受到伤害的心灵找到平息和慰藉的方式，使人减弱心中的痛苦，或对未来重新充满希望。福克纳这种采用自然隐喻的方式是由其创作的时代背景和社会背景所决定的：一方面他对自然的直接感悟深深地影响到他的文学创作；另一方面内战后的南方人对现实的不满和对未来的迷茫，促使他寻求新的途径唤起战后南方人对生活的信心。人类依赖自然，自然为人类的发展提供生活和生产资料，由此，人类赋予自然灵魂。当然，自然的发展遵循自身的规律，在给人类带来物质财富和精神财富的同时，有时也会给人类带来灾难，如地震、海啸、瘟疫等；在此基础上，人类形成了对自身行为评判的善恶观念，形成了善恶标准和伦理道德准则。以水为例。这种自然存在物通常以小溪或小河的形式出现，但在《喧哗与骚动》和《我弥留之际》中被用作人类必须征服的自然力量：无论是昆丁为战胜自己的软弱，选择了跳河自杀，还是艾迪的尸体在洪水中的磨难经历，都说明了水作为自然隐喻而带来的效果。由于水具有特殊含义，常常被描述为清白或具有拯救人类灵魂的功用，被赋予了特殊的自然隐喻，表达了不同的忧患意识。如《去吧，摩西》中的艾萨克浸泡在河里的行为就是一种洗礼；《未被征服者》空袭中的黑人跳进河中就像跳进约旦河中一样，接受着圣洁的洗礼。水也可以与堕落联系在一起，如《喧哗与骚动》中的树枝和凯蒂泥泞的内裤引出了水的主题，通过净化仪式凯蒂没

---

① 束定芳. 隐喻学研究[M]. 上海：上海外语教育出版社，2000：181.

能恢复其纯洁性，导致了昆丁的自杀等，都表明了这种寓意。

"实质上，艺术作为动力和圭臬的，不是那种想复制自然的愿望，也不是想改造自然的愿望，而是一种艺术与仪式同享的冲动，是想通过再现，通过创造或丰富所希望的实物或行动，来说出、表现出强烈的内心感情或愿望。"[①] 莫言常常悲叹现代社会的残忍及"人种的退化"，以及由此而引发的自然生态秩序的混乱与颠倒。这一切如同冰山浮出水面般，显现了其身上所具有的现代人心灵深处所潜伏着的图腾情结，即经常与某些动植物等自然物接触，自然而然地在自然崇拜中衍生出来新的自然崇拜。中国历史上出现的各种动植物崇拜，演绎出了众多神话传说，它们都反映了人们对自然的敬畏，深深地影响了莫言的生态伦理思想和文学创作。动物神化的现象在他的作品中比比皆是；在他的作品中出现的动物就有100余种，以动物作为篇名的有20余篇，从驴、牛、土地到人与动物的交融，从猪、狗、猴与土地的冲突，到人与动物的转化等，无不反映了人与自然的密切关系，同时也体现了自然万物被赋予的不同灵魂和奇特的隐喻特征。

自然隐喻体现出来的含义源自人们对自然产生新的认知，形成新的意象，进而指导或决定人们的思想和行为。这种以自然隐喻人类的创作方式，揭示了自然界中存在的一种非理性的生存方式，时刻影响着人们的认知观和道德观。以基督教教义的隐喻为例。这种宗教形式中的自然隐喻包含了上帝、人、动植物和精灵等，由于人类与动植物都是上帝创造的，由上帝赋予灵魂与生长繁殖的能力，因此人与动植物一样具有灵魂。自然万物以隐喻的方式表达对上帝的感恩，实际上就是以非理性的自然方式表达人类思维方式。"每一个虚构的故事都可以被看作是一种延伸的修辞格，使我们通过外面世界的叙述而理解我们的内心生活。"[②] 文学家关注了自然万物的形态，如山脉形状、树木、湖泊等，并赋予其不同的含义和隐喻价值，借以表明了自然所具有的超人的智慧和力量。福克纳与莫言在表现自然万物的行为与思维方式时，就赋予这些动植物不同的人格特征、生命力象征和道德伦理标准。那些在现实生活中与人联系紧密的自然物，如马、熊、羊、树木、森林、湖泊等，都带有人类的隐喻，具有灵性和神性，表现了自然万物的人格特征，寓意和思想更加深远，影响力也更加持久。

忧患意识是人类在对自身问题思考过程中所呈现的一种压抑感和焦虑感，也是理性和意志的矛盾心理的表现。对自然的忧患意识，实际上表

---

① 江西省文联文艺理论研究室，等.外国现代文艺批评方法论[M].南昌：江西人民出版社，1985：137.

② 束定芳.隐喻学研究[M].上海：上海外语教育出版社，2000：38.

达了对自然规律的尊重和对人类生存状况的担心。一个有社会责任感的作家必然是一个具有忧患意识和忧患情怀的作家，同时也是一个善于解决忧患问题的作家。对福克纳来说，他十分敏感地注意到内战后的美国南方人面临着北方工商业文化的入侵，以及由此产生的环境破坏、资源枯竭等一系列资源危机和生态挑战，因此，当他所具有的神化自然的心态，因自然受到不公平遭遇而受到创伤或挫折时，他表现出极大的恐惧感与无能为力感。为此，他将万物有灵的原始观念化为统领作品的创作意识，通过神话自然，展现自然忧患意识，从而引发人类对自身命运和前景的思考。20世纪30、40年代美国社会对自然环境问题的讨论日趋高涨，正是他创作的《去吧，摩西》这部作品的社会背景和时代环境。这部作品，包含了《古老的部族》《熊》《三角洲之秋》（又名"大森林三部曲"）等组成部分。单从人、自然和土地三者关系而言，战后南方人总是有意无意地将自然和土地作为消费欲望对象，忽略了它们在生态系统中的价值和作用，毫无节制地攫取自然资源，特别是将土地变为压榨和剥削黑人与贫穷白人的工具，摧残了人与自然的关系，导致了自然生态的恶化，严重威胁人类自身的生存。艾萨克·麦卡斯林感受到南方人对土地占有的不合理性，同时也意识到，作为人类财产的土地和自然被人类肆无忌惮地开发及利用将会给人类带来不可预知的命运悲剧。针对社会存在的这些问题，福克纳利用自然神话观照现实世界的同时，进一步通过现实回溯传统与神话的方式找到了社会问题的根源，为南方人指明了未来的发展方向。

自然万物的发展在人类的干预与摧残下，似乎总是成为人类愿望的对立面，以数不清的自然灾害给人类带来报复、惩罚或危机。在中国经济转型时期，人们强烈追求眼前的商业利益，无节制地砍伐森林、开垦土地、开采矿产资源，引发了自然生态危机和人类的生存危机。莫言笔下的自然隐喻书写和对自然万物命运的安排等，显露出了他对人类生存问题的担忧。他作品中的自然具有极大的破坏力，如《大风》《岛上的风》中吞噬万物的大风、《秋水》《罪过》中漫漫无边的洪水、《红蝗》《蝗虫奇谈》中铺天盖地的蝗虫、《球状闪电》中惊天动地的闪电等，都具有神化意蕴或色彩，揭示了现代人为了自身的权益对自然肆意掠夺与破坏，以致造成了严重的生态危机；同时警示人们如果不对自然加以保护与尊重，人类就会走向毁灭，由此产生了对人类未来的忧患意识。

当然，福克纳与莫言生态伦理思想中人格化的自然万物之神并不是主宰人类命运的神秘之物，甚至还不能与宗教中的上帝完全等同，而是一种文学隐喻，即基于神话启示理念，对自然生态系统产生的忧患意识。文学作品是作家本人对现实世界的体验、思考和反馈的真实展现。两位作家通过赋予自然万物独立的神性和人性品格，使自然脱离人物的情绪而存在，改变了传统文学作品中那种依附人物情感而存在的表现方式，并以自然生态中的生命意识支撑着自然万物所构成的整个生态系统，体现了万物有灵的生命意象，将人与自然、社会、自我等融合在一起，形成了相互依存、相互关照、共荣共生的生态伦理共同体。

三、自然意象与人类命运

文学意象是作家主观情感意志在相关事物的作用下产生具体形象，通常以表达理念为目标，以象征表意为媒介，以感动人和说服人为目的的一种文学表现方式。在中国古代文学中，意象是作家表达思想的有效方法，意味着将自己的情感体验施加给客体对象，从而产生一种文学想象或理念，形成清晰的对象或形象。在西方文学中，意象是属于心理学和文学理论范畴的概念，如康德将其纳入艺术美学的范畴，认为意象是通过感性表象而显现出的理性理念，实现了由感性到理性、物质到精神、必然向自由的过渡。"意象"作为具体物象和精神意义的载体，在人类文学的历史篇章中形式各异，广泛用于神话、历史和宗教故事中，并在文学作品中不断被赋予新的内涵或意蕴。福克纳与莫言通过自然意象，以神化自然的方式展现出人与自然的相似性，体现了人类命运的未来走向。

自然"意象"的源头可以追溯到自然神话，而自然神话又影响到传统的宗教神话。人类原初先民将人与自然看作是息息相关的整体，孕育了心物相通的理念，引导自身把自然现象当作沟通自我需求的方式，从而产生了以寓意说理的自然崇拜和自然神话。福克纳善于从南方神话中汲取营养，根据人们的生活需要和风俗习惯，把人与自然联系在一起，创造出既有时代特征，又具有南方传统观念的自然生态意象。内战后的南方人要在现实世界生存下来，必须以有效的方式解决内战所带来的现实问题，尤其是找到心灵的归宿和精神上的寄托。福克纳作品中的南方自然神话，则是其本人以类比人类自身行为的形式描述自然现象或自然个体；换句话说，他将自然拟人化，形成以万物有灵和自然崇拜为特征的自然意象，从而展现人与自然的关系。这是福克纳为战后南方人提供的一种情感寄托，也代表了南方人所表现的对天、地、人、神和谐共生的期望与希冀。

中国文化中的自然神话包含了亲和自然、回归自然、顺应自然的含义，体现了人与自然的相互渗透、同体与共的关系。莫言小说中的自然意象无论是数量还是种类都十分丰富。如他发表的第一篇小说《春夜雨霏霏》中春天蜜蜂采蜜的场景，以及《生死疲劳》以动物为主角去讲述故事，自然意象几乎贯穿于他的每一部作品。他把自然神话作为人类原始先民的道德伦理准则，表达了对善恶的态度和价值评判的依据，在描述自然万物形貌或生长习性的同时，以人类的道德伦理还原或再现人类原始先民与自然融合的场景，揭示自身思想和情感的途径与手段，展现出文学意象的审美感悟和价值所在。"初民把神性中善恶、友善与恐怖这种自相矛盾的复杂性经验视为统一的整体；待到意识发展了，它们才被当作不同的对象来崇拜。"① 代表善的神话形象常常带有慈眉善目、慈爱祥和的形象特征，代表恶的神话形象常常表现为面目狰狞、令人畏惧的形象特征。莫言作品中的自然意象也是如此，好的自然个体被赋予美好的欲求和期望，而恶的自然个体常给人们带来不幸或厄运，从而借此展现了人类命运的结局。

文学意象作为传达作家思想情感的象征性符号，给读者带来了情感体验的可能性，因为借助作家创造出新的文学意象，读者可以赋予原有的意象以新的内涵或功能，从而对既成意象的符号进行认同或超越。也就是说，读者可以在已经存在的文学意象所带来的文化积淀的基础上，进行新的认知和阐释，在大脑中获得新的理解内容或新的感悟价值。福克纳作品中的自然意象的创建与构思与其万物有灵思想是分不开的，也是在长期自然环境的熏陶下形成的。在他的生态伦理观念中，自然万物都有其灵性和神性，而他对自然的感悟始终萦绕着他对南方传统的眷恋，这也成了他取之不竭，用之不尽的创作资源。他对自然意象的创作又与人类的命运联系在一起，因为南方自然的命运喻指了战后南方人的命运。这就是他在接受北方现代工商业文明后，仍然保持着对自然的崇敬之心的原因所在。

在自然神话思维中，世界受到自然界中某种力量的支配，通常是"神"的意志，将自然现象人格化的表现方式。这种神话式看待和理解自然现象的思维方式就是借助自然意象，展现了万物有灵的理念，并以自然界神化为基础，将万物有灵延伸到了人类的生活生产领域。从这个意义上说，自然意象的产生过程也是人类生活和个人命运受制于神灵意志的过程。莫言通过自然意象，告知人们对自然施以伦理道德关心的必要性和重要性。以他作品中的树木为例。桑树在齐文化中作为一种特殊的树种，依附了自然界的神灵，反映了齐文化对桑树的崇拜。在很多场合下，桑树不是一般意义上的树木，而是被赋予了丰富的文化内涵：既象征古代先民原始的生

---

① 吉成名. 中国崇龙习俗[M]. 天津：天津古籍出版社，2002: 193.

命与生殖能力，又象征着男女之间甜涩忧伤的爱情；既是吉祥如意的化身，又是死亡与悲伤的象征；既流露出先人深厚的家园意识，又体现了岁月的永恒。从人与自然之间的关系来看，桑树神话的意蕴反映了自然神秘性和幻觉性的意象，体现了人类通过灵魂信仰就能与自然进行沟通。莫言作品中的动物也是如此。如《四十一炮》中的主人公小心翼翼地伺候着家里的老牛，体贴入微。他这样做的目的是因为从老牛眼睛里看到了自己老娘亲的影子，认为伺候老牛实际上就是侍奉自己的老娘亲。这些故事中的动物意象反映了莫言万物有灵的生态伦理观念，体现了他对人与自然平等关系的认同。

"意象"为表意之象，以形象的形式表达了抽象的观念和深奥的含义。文学的发展过程，从某个角度说，也是文学意象不断丰富，文化积淀不断累积的创作与认同过程。随着不同的作家将自己的情感寄托于不同的自然意象之中，文学意象就会变得更加丰富与多彩。当作家无法用文字表达自己的情感时，就会借助于具体的物象表达内心世界。如"太阳"在作家眼中就成了上帝、父亲、暴君等意象符号，因为太阳哺育了万物，给万物带来了生命之光，拥有利剑一般的光线，能够消灭任何违背其意愿的生命存在。福克纳与莫言通过自然神话意象，复归与再创了自然万物有灵的故事，展现了人类赖以生存的自然环境面临的危机，以及人与自然和谐相处的伦理道德规范，目的是让人类尊重自然规律，顺应自然本真发展需求，更好地构建人与自然和谐的生态伦理共同体。

人类由于自身力量的弱小无法驾驭自然，甚至感到无法掌控自身的命运，因此，根据自己的想象创作出了神灵意象，并祈求这些神灵来帮助自己摆脱困境。事实上，神灵体现了人的意象，反映出人类命运的悲剧性，而人类对自然的神化恰好通过更加智慧、正义和强大的精神力量弥补了人类命运悲剧性的缺憾。这样，人类便把改变自己命运悲剧的希望寄托在神灵身上。人类社会的发展同自然界的发展都应该保持平衡，但是由于科学技术的飞速发展，人类社会的发展超出了自然生态系统的承受能力，由此打破了生态平衡，出现了生态危机，危及人类的生存。福克纳意识到了这一点，他在强调自然生态系统和谐发展的同时，谴责了那些以征服和主宰自然为自豪，甚至以残害自然弱小生命为快乐的破坏生态系统和谐发展的行为和理念。他作品中的很多南方家族创始人是南方神话中的英雄，如康普生将军、卡洛瑟斯·麦卡斯林上校、托马斯·萨德本上校等人。他们虽然具有超人的意志和精神，但却剥削与压迫黑人与贫穷白人，违反了自然规律，最终给家族带来了灾难，使他们的子孙遭到报应，不得不在目睹人类无休止地掠夺自然资源的同时寻找安身之所,彰显了人类的无奈。

自然神灵的出现反映了自然生态系统中自然对人类的作用与自然的优势,而自然意象的产生则反映了人类对自然的认同。莫言从小饱尝家庭生活的艰辛,特别是成长过程对饥饿的痛苦令他始终难忘:"饥饿使我成为一个对生命的体验特别深刻的作家。长期的饥饿使我知道,食物对于人是多么的重要。"[1] 这种感受在其作品《透明的红萝卜》中的黑孩对红萝卜的渴望一样,都出自深刻的饥饿体验。不仅如此,由于饥饿,他被别人像狗一样地凌辱过,甚至使他感到失去了做人的自尊,并在心里产生了严重的创伤:"我近年来的创作,不管作品的艺术水准如何,我个人认为,统领这些作品的思想核心,是我对童年生活的追忆,是一曲本质是忧悒的、埋葬童年的挽歌。我用这些作品,为我的童年,修建了一座灰色的坟墓。"[2] 他的心灵扩展实际上依然反映了人与自然的关系,清楚地体现在作品创作之中。他的短篇小说《售棉大路》以自然与乡村现实灾难为题材,展现了对自然的深刻感悟,蕴含了对人与自然关系的反思和对人类命运的思考。正如他自己所说:"本来《透明的红萝卜》《红高粱》已经很红了,我完全可以按照这个路线红下去,然而这次的转向却让我对现实社会进行了直接的干预。这样写眼前发生的事情是我的责任感和良心在起作用。"[3] 事实上,他后来的作品几乎都表现了人与自然的不和谐性。这种创作思想的改变是一个自然的过程,因为作为自然生态伦理的代言人,他必须通过自然意象真实反映人类的生存状况和命运结局的走向。

以大自然为代表的自然生态系统中充满了各种危险与困境,人类并不总是十分强大,有时显得十分渺小,导致人类在集体无意识中始终隐藏着一种对自我命运的不安全感:"在原始人心里,引起宗教观念的最主要的是恐惧——对饥饿、野兽、疾病和死亡的恐惧,因为在这一阶段的人类生活中,对因果关系的理解,通常还没有很好发展,于是人类的心里就造出一些多少可以同他们自己相类似的虚幻的东西来,以为那些使人恐惧的事情都取决于他们的意志或行动。"[4] 人类将自然现象或灾害,如雷电、火灾、蝗灾等,理解为自然的神性或隐于其后的神灵所为,是神灵对人的行为不满而采取的惩处和报复警示。自然万物意象本身所体现的是万物有灵的理念和人类道德伦理观念,无论是奖赏还是惩罚,都是为了让人类切身体验到

① 杨守森,贺立华.莫言研究三十年:中[M].济南:山东大学出版社,2013:4.
② 杨守森,贺立华.莫言研究三十年:上[M].济南:山东大学出版社,2013:304.
③ 莫言.莫言对话新录[M].北京:文化艺术出版社,2012:496.
④ 爱因斯坦.爱因斯坦文集:第一卷[M].许良英,范岱年,编译.北京:商务印书馆,2010:403.

万物之间、生命之间的共生共荣的密切关系，也是福克纳与莫言对自然生命的珍惜与赞扬。两位作家直面和揭示自然生命面临的生存困境，揭示现代人为了满足自己个体消费需求而残杀动植物的生命的行为。这是对人类剥夺自然生命行为的谴责和批判，也是两位作家通过自然意象，以神化自然的方式展现自然生态危机。人类作为生态伦理的主体，由于其所导致的自然生态、社会生态、精神生态等危机，应该承担相应的责任。

"文学是人学，同时也应当是人与自然的关系学，是人类的生态学。"① 人类不仅要注重自身眼前的利益，更重要的是着眼于自身将来的发展，在人与自然的和谐发展中担负起自己的责任和历史使命。福克纳通过人与自然的意象类比以及因果关系的推理，塑造和构建了自然的神化与意象化文学艺术形象，展现了自然生态伦理思想，其目的是引导现代人对自然产生敬畏和尊重。生命本身的意义在于每一个生命都有灵魂，都能为自然生态中的其他生命提供依赖和帮助，从而确保了自然万物的延续和发展。当自然生态系统中的物种逐渐消失，人类的命运就会受到严重的挑战，甚至导致人类无法生存。对福克纳来说，北方现代工商业文明给南方社会带来的罪恶打破了战前南方人的道德伦理观以及人与自然之间的和谐关系，取而代之的是人与自然的冲突和社会的动乱以及南方人的精神空虚。他突出强调了人与自然的平等，目的是实现人与自然的和谐发展，达到人与自然共荣共存的生态伦理境界。

无论是人类神化自然的理念，还是以自然呈现出的意象作为人们对自然界的观察、感悟和理解，人与自然的关系体现了人对自然的依附关系，同时改变了自然为人类而生的错误观念。莫言对自然意象的塑造不只是对自然生存现状的揭示，也是对人类道德伦理的构建与诉求。人类与自然万物在情感上是相同的，如许多动物面临死亡或对伤害的反应都与人类相当接近，很容易让人类联想到自己。这就是自然意象的魅力。以莫言作品中的红高粱为例。这种植物作为"高密东北乡"的特产，散发着生命的狂野和粗暴，是人类生命力的象征，也是中华民族魂的意象象征。"每穗高粱都是一个深红的成熟的面孔。所以有的高粱合成一个壮大的集体，形成一个大度的思想。"② 自然万物带给莫言的意象是一种心理上的境遇，并促使其以文字的力量撞击人类的心灵，进而通过对自然万物命运的关注，呼唤人们敬畏自然，尊重自然万物的生命和权利，构建人和自然和谐发展的生态伦理共同体。

---

① 鲁枢元.生态批评的空间[M].上海：华东师范大学出版社，2006：323.
② 莫言.红高粱家族[M].杭州：浙江文艺出版社，2018：23.

自然生态系统作为自然界完整的生态整体,包括人类在内的个体成员与这个生态系统之中其他成员之间保持着相互依存、相互关联的关系,说明了任何个体都不能离开其他个体单独存在。福克纳与莫言以万物有灵为文学创作理念,通过自然意象把人类敬畏、尊重自然的意识依附在自然界存在物身上,从而形成人与自然的隐喻关系,展现了自然万物的神性和灵性。两位作家给自然万物赋予生命意识以及人类的思维和品德,使其能够感悟到人类的痛苦与悲哀,揭示了人与自然在人类发展过程中的二元对立以及人类在面临自身生存问题上所表现出的忧患意识,体现了两位作家丰富的生态伦理内涵。

第三节　敬畏自然的生态伦理价值诉求

无论是在中国传统文化,还是在近现代西方文化中,都有大量的关于生态伦理的思想和观点,特别是在人与自然关系上都具有独特的见解。中国传统文化中,儒家提出了"天人合一",道家主张"回归自然",佛教倡导了"万物平等"等,具有生态伦理的涵义与思想观念。在近代西方文化中,人与自然的关系也是生态伦理领域探讨的热点问题,先后出现了生态伦理学、大地伦理学、环境伦理学、深层生态学等思想或流派,阐述了保护自然环境和维护生态平衡的重要性和必要性,期望达到人与自然和谐发展的目的。"敬畏自然"是在万物有灵的基础上形成的一种对自然的态度,体现了人类对自然生存权和发展权的尊重以及对自然神化作用的畏惧,反映了人类对自然的崇拜以及对万物有灵信仰的接受和认同。敬畏自然和万物有灵的自然观念相辅相成,共同推动了人与自然的和谐发展。福克纳和莫言对自然的敬畏表现为把自然个体和自然现象进行神化,祈求自然神灵给人类带来庇护或降福,提升人们的心灵净化程度,并通过敬畏自然、万物共生和生命共同体的形式,展现了对自然的尊重,唤起现代人生态环境保护意识,加快人们的生态伦理诉求和道德伦理完善的进程,更好地维持人与自然的和谐发展。

一、敬重自然与生存需求

"自然"最早的含义就是"本性",后来指自然生态系统的总称。亚里士多德提出"技艺摹仿自然"之说,因为在他看来自然不是一种盲目的力量,而是有目的的,朝着既定发展方向发展的同时,又受到内在法则的制约。从这个意义上说，树、草、人、天体等都是自然物，其运动变化的动因是由内在本性决定的，外在力量无法改变。"敬畏"包含了"崇敬"和"畏惧"的含义，是人类对自然生命的尊重与重视。中国古代哲学家老子认为，"自然"就是"自然而然"，也就是在没有外力的影响下，自然按照自身的发展规律发展，人类按照自身生活世界的本来面目生活。从这个角度上说，自然包含了所有自然界存在物以及运行规律等。福克纳与莫言的生态伦理思想所表现出来的自然本性就是对自然的敬重和敬畏，强调的是人与自然的和谐统一以及与自然融为一体等。

"敬重自然"体现了人类对自然的态度，包含了敬畏自然和尊重自然的双重含义。从自然生态系统来说，自然界的万物，如动植物、环境因素等，都应该被视为活的生命体，因为每一个生命个体在生态系统中都发挥着自己的作用，如河流与湖泊，如果没有水的生命支持，任何生物都无法生存，且水也有自己的生存权和发展权利。这种权利有时可能更多地被理解为需求或发展规律。如尊重水的权利，意味着尊重水作为自然存在物的生存和发展的规律。福克纳与莫言敬畏自然的生态理念，是在万物有灵的基础上的，体现的是对自然的尊重和崇敬。美国传统文学强调人类应当敬重自然，认为对自然的敬重不仅能够拯救自然，而且能够拯救人类自身。在中国传统文化中，"敬重自然"或"敬畏自然"体现的是对自然的态度。自然和宇宙都是无限的，而作为生命的个体的人，无论是生命还是认知自然的能力都是有限的。当无限的自然与有限的人类生命个体遭遇后，对人所产生的震撼力与人对自然的崇拜情感是无以言表的，也是发自内心的。这种情感对福克纳和莫言来说尤为明显，因为他们的生态伦理思想不但为人们提供了理解自然生态系统的方式，而且为认识自然、利用自然提供了十分重要的指导方向。

福克纳对自己家乡的生态环境怀有浓厚的情感和执着的信念，一方面他沉湎于南方自然神话留下的丰富遗产，这些自然神话作为精神信仰积淀在其潜意识之中，成为其创作思想或理念；另一方面，无论是在创作理念上还是在作品中，他都表达了对自然的尊重和敬仰。如在《大理石牧神》中，他所追求的是自然环境与文学艺术想象的融合：花园里雕刻的神像、诗歌意境的整体印象都凸显出自然的魅力和艺术的表现力。从文学意象上看，神像经历了时间的特殊洗礼，具有人一样的品行，渴望成为自然的一部分。从现实层面上看，这是不可能实现的，因为神像是人为的作品，自身的存在本身就意味着与自然的冲突。福克纳在表现牧神神像时，通过季节轮回让神像参与自然的循环过程，使它自觉成为人类崇拜的对象，最终被赋予了灵魂,化为神灵。不仅如此,其作品中的田园、森林、湖泊河流等这些自然个体也具有了神性,并与其他自然万物一起,展现了人类对自然权利的尊重。

对万物有灵的信仰和对自然的敬重是莫言生态伦理思想中的重要组成部分,也是在作品中他坚持遵循的创作理念。他的早期作品有关自然生态的描述都是他在家乡的亲身体验,而后期作品中出现的一些自然场景大多是从别处移植过来的。尤其是那些自然神话,经过他在"高密东北乡"的扩展、加工、变换,已经适应了高密的文化土壤,成了地地道道的高密文化的组成部分。"在高密的民间思维中,万物有灵,树会说话,狐狸会附人——狐狸用他的神经指挥人的思维,让人替他说话,死了的人能够现形跟活着的人说话。"① 在齐文化中,人们敬畏许多动植物,在高密大街小巷中随时都可以听到关于狐仙鬼怪的闲谈。这里的人们相信,诸如狐狸、猫头鹰、黄鼠狼、乌鸦、蛇、蝗虫和一些树木等都是有灵性的,能够给人类带来祸与福。以狐狸与黄鼠狼为例。这两种动物在高密老百姓眼里尤其拥有超自然的神秘力量,常常给人们带来麻烦和灾祸;人们要敬仰它们,要烧香跪拜。老百姓受到惊吓,或者因病走投无路时,通常都会请来神婆或神汉,以狐仙附体的形式驱除病魔。莫言作品中多处描写了神婆请"胡黄二仙"附身来驱邪的故事,展现了齐文化中万物有灵的民间传说。再以树木为例。桃树是原产于中国北方的树木之一,在中华民族繁衍的过程中逐渐被赋予了特定的神性和灵性,尤其是具有避邪、净化灵魂的功能,在莫言的作品中多次被描写。此外,猫头鹰被误认为是"恶"的象征,它的出现往往给人们带来死亡的征兆。这是一种偏见,但反映了人们崇尚自然、敬畏自然的情感和态度。

自然生态系统中的每一种物种在作用或价值上都是相等的,如山脉与河流、森林与旷野、动物与植物等。人与自然万物共同维持着自然生态系统的有序发展,人类敬重自然,实质上也是人类尊重自身。福克纳与莫言的生态伦理所追求的人与自然和谐发展,目的是人类自身的生存和发展。当然,为了生存和发展,人类需要从自然界中获取生活资料和生产资料,这是无可非议的,也是生存所必要的。然而,如果人类为了自身的生存,无限制地消费自然资源,使所消耗的自然资源超出了自然生态系统的承受能力,就会导致生存环境的恶化,最终会导致人类自身的毁灭。换句话说,人自身要生存,同时也必须让其他自然万物生存;人要关爱自身,也必须关

---

① 莫言研究会. 莫言与高密[M]. 北京:中国青年出版社, 2011: 110.

爱其他自然万物。这种平等、仁爱自然、敬重自然的思想与中西方文化中敬畏生命、关爱自然的精神都是一脉相承的，都具有很大的现实意义和理论价值。

美国南方由于内战的失败和经济落后的社会问题，迫使战后南方人选择逃避现实问题，寻求自然庇护的浪漫主义思潮得到极大发展。南方殖民者对自然的崇拜最初是为了祈求神灵福佑自身，但随着社会经济的发展，这种意识并没有消除，反而作为一种集体无意识传承下来，用来规范南方人的信仰和理念，进而指导其现实生活和日常行为。福克纳对自然的诉求表现为热爱自然，构建人与自然和谐关系，其笔下以森林为代表的自然生态系统充满了人性化的生机和价值："夏季、秋季、下雪的冬季、滋润的充斥汁液的春季，一年四季周而复始永恒地循环着，这是大自然母亲那些不会死亡的古老得无法追忆的阶段，她使他几乎变为一个成年人，如果有谁真的使他成长的话。"[1] 在他看来，自然就像母亲一样滋养了南方人的肉体和灵魂，庇护、监督和引领着战后南方的道德伦理规范。南方人尊敬自然，自然就会赐予南方人所需要的一切；反之，大自然就会惩罚和报复南方人。

莫言对自然的诉求更为明显和单一。他曾说过："在我的写作过程中并没有刻意要表达它们的灵性，那为什么在我的作品中仿佛能够通灵呢？我想这还是和我的童年有关……一个认点字的孩子，对外界有点认知能力，也听说过一些神话传说故事，也有美好的幻想，这时候无法与人交流，只能跟牛、天上的鸟、地上的草、蚂蚱等动植物交流。"[2] 他从来没有动摇过自己对人与自然万物平等的认识，总是一如既往地展现自然万物比人聪明的创作理念。《红蝗》是一部人与动物较量的代表作品。正是在这场人蝗大战中，铺天盖地的红蝗所到之处，庄稼和植物片甲不留，农作物绝收，引起了大面积的饥荒和人心恐惧，直接威胁到人们的生存和安全。面对这样的对手，人类却无能为力，只能甘拜下风，虽然想尽各种办法，从五十年前祭祀蝗虫，到五十年后请来所谓的治虫专家等，都无法从这场大自然的灾难中摆脱出来："灾难突然降临，地球反向运转。也许几百年后，这世界就是蝗虫的世界。人不如蝗虫。"[3] 自然万物与人是相通的，人与动植物相互交织，构成了自然生态系统的有序发展。莫言所表达的是自然万物在自然生态系统中与人的作用和价值一样，都是同等重要的。

生存的需求是人最基本的需求，自然给人类提供了生存和发展的基本

---

① 福克纳. 去吧，摩西 [M]. 李文俊，译. 上海：上海译文出版社，2004：307.

② 莫言. 莫言对话新录 [M]. 北京：文化艺术出版社，2012：480.

③ 莫言. 食草家族 [M]. 杭州：浙江文艺出版社，2018：88.

条件，人类离不开自然。哲学意义上的生存需求，包含了人类最为本质、最深刻的内涵，即人对自身生存需求对象的占有。当人类的生存需求作为一种整体需求，个体欲望是要实现对物、人类自身的占有。这是由于人的本性决定的。人类对自身欲望的限制和道德伦理的约束就显得尤为重要。福克纳与莫言倡导尊重和善待自然、保护和拯救自然，以及遵循自然之道的理念，以此实现人与自然和谐共生的价值目标。两位作家表达了敬重自然不是盲目崇拜自然，在自然面前无所作为，而是对自然权利的尊重的观点。从这个意义上说，敬重自然既是一种人类对待自然的态度，又是人类对自身的约束；人类要善待自然，因为善待自然，就是善待为人类提供食物、住所、引发人类丰富情感、锻造人类理性能力的自然生态系统。

福克纳认为北方工商业文明摧毁了南方传统的生态伦理观念，并在强烈占有欲和消费欲望的支配下追求个人利益，导致了南方人对森林的无节制砍伐、对野生动物的乱捕滥杀、对土地和荒野的野蛮开发，严重地影响到南方人的生活方式。对于内战后出现的现代工商业文明，他在情感上持有一种本能的反感和抵触，因而将目光投向自然，希望在自然生态系统中找到拯救南方人道德和伦理堕落的方式，使他们重新回到南方传统生活方式之中。而回归南方传统正是回归南方自然的具体体现，也是他所追求的自然生态伦理标准和理想道德境界。对此，他在《大理石牧神》中进行了详细的阐释。这部作品是其早期作品，体现了他心目中所向往的原始田园生活，同时这种生活与南方现代文明带来的浮华现象形成鲜明的对比，使人们感受到自然的价值和意义。

莫言对自然的敬重主要表现在他竭尽所能地张扬自然界的原始生命力，并试图通过动植物的原始野性不断反思现实世界问题，把心灵的原始冲动作为呼唤人类生命力的象征，唤醒沉淀在现代人心中的"原始意象"，期待人类原始生命力的回归。这是莫言所追求的自然生态伦理标准和理想道德境界。在他看来，自然万物与人类一样，在生存、发展和地位上都是平等的，且无论是动植物还是人都有着自己的规则与本性，都按照自己的发展规律发展。这是自然界的规律，也是人类的生存规律。他的作品极力张扬自然的生命力，体现了自然万物与人类发展的互补性和依赖性。《岛上的风》不仅描写了海风横扫一切的狂野，还隐含了自然生态系统中人与自然的价值。作品中，在一个小海岛上驻扎了四位士兵，他们为了缓解吃饭的紧张，引进了一些鸡和兔子，希望任其生长和繁殖，使这个小岛成为"天然鸡兔场"；但没想到的是这个岛上还生活着一种特大型老鼠，这些老鼠像海盗一样吃掉这些幼小的生命，于是战士们又设法引进了猫，没想到猫却被岛上的大老鼠吓到了，反而转行去偷吃幼小的海鸟。此外，在这个海岛上还有蛇与海鸟等其他动物，这些动物与战士们一起守卫着面积只有"零点三平方公里""荒草没膝、杂树丛生，树上海鸟成群"的海岛①。自然个体的相依相对考量着人类的智商和能力，改变着人们对自然的认识。这部作品展现了莫言的自然生态伦理思想，因为他认为自然生态系统拥有自发调节生态平衡的能力，人类干预自然生态的愿望是合理的，但要彻底改变自然确实十分困难；即使在物质文明高度发达的当今社会，人类依然要保持对自然万物的敬重和对生态伦理道德的坚守。

人类作为自然生态系统中最具能动作用的成员，在追求自身生存和发展的同时，应充分考虑到自身消费行为可能给自然生态系统所造成的影响及后果，有所节制地控制自身的消费，确保人与自然和谐发展。人类要生存，需要改造自然，并从自然界中获取自身生存所需要的生活和生产资料，而改造自然就不可避免地与自然发生冲突和对立，其中对动植物的消费以牺牲动植物的生命为代价。这是人类生存和发展的处境困境。两位作家并没有要求人类放弃自身的生存和发展权利，而是要求人们在改造自然并让其服务于自身时，必须充分考虑自然生态发展的规律，合理利用自然资源，从而达到生态和谐发展的理想状态。

二、万物共生与生命展现

"共生"是自然生态系统中最普遍的现象，也是自然个体存在和发展的基本。"共生"主要指"两个不相同的有机体生存在一起。一般用来指两个不同而又相互影响的物种之间各种不同类型的关系，包括寄生、互惠共生、共栖和客居等。共生有时也专指互惠共生关系，从这种关系中每个相互影响的物种都可以得到益处"②。无论是人类的共生还是其他生物的共生，都是"一定区域内生命体之间为求生存而相互依赖的关系"③。在万物有灵理念的指导下，人与其他自然个体同根同宗，有"万物同宗"之说，灵魂可以在人与动植物、无生命事物之间游荡，各自然个体之间可以相互转化。福克纳与莫言接受和认同这种观念，并在作品中强调了人与其他自然个体之间的和谐相处、共存共荣，为平庸琐碎的现实生活赋予了神话般的场景和感染力，并将人与自然的关系升华为一部展现人类命运的寓言史诗。

---

① 莫言. 岛上的风[M]// 白狗秋千架. 杭州：浙江文艺出版社，2018：74.
② 克里斯特尔. 剑桥百科全书[M]. 北京：中国友谊出版公司，1990：1161.
③ 中国大百科全书出版社编辑部. 中国大百科全书[M]. 北京：中国大百科全书出版社，1991：76.

在美国南方传统文化中，人和自然万物都是自然界的产物，共同构成了地球上同根同源的生命整体。这种观念对福克纳产生了重要影响。他借作品中人物之口发出这样的感慨："天气也好，别的也好……像我们的河流，也像我们的土地，浑浊、缓慢、神秘、骚动，这使得南方人的生活也那么不能平静，郁郁寡欢。"[①] 他对自然的描写不仅是因为自然本身所具有的魅力，而且还是因为他对南方传统文化和自身家族"荣耀"历史的缅怀。这是一种文化情感取向的自觉性和作家创作的内心冲突所导致的。"战败者的记忆是难以抹除的，不管是在爱尔兰还是在南方各州，都是如此。"[②] 南方社会是以家庭为中心的种植园经济社会，南方人植根于土地从事农业生产，过着一种相对简单而固定的自然生活，在长期的发展过程中始终与自然保持着密切联系，形成了与自然共生共荣的生活方式。内战带来的后果是蓄奴制种植园经济的瓦解，社会结构发生了变化，南方人的精神信仰变得空虚，引起了包括福克纳在内的南方人对南方未来的担忧，激发他们对社会问题进行深刻思考并积极寻找解决这些问题的途径。

任何作家都属于时代的产物，都受到其生活时代的道德观、政治环境和文化传统的影响，同时反映出所处时代的精神内涵和社会需求。莫言的短篇小说《秋水》中第一次出现"高密东北乡"这个地理概念，由此开启了这个文学王国的繁荣时期："那时候，高密东北乡还是蛮荒之地，方圆数十里，一片大涝洼，荒草没膝，水汪子相连，棕兔子红狐狸，斑鸭子白鹭鸶，还有诸多不识名的动物充斥洼地，寻常难有人来。"[③] 这部作品以洪水为背景，属于"高密东北乡"最早开发的创世神话，讲述的是那时的人们在荒野生活的艰苦日子以及人与自然之间相互依赖的关系。在《丰乳肥臀》中，莫言依然强调"高密东北乡"与大自然结成了密切关系。这里的自然环境给人们提供了充足的物质生活条件：秋季，有人来捕鱼、采药、放蜂、牧牛羊，到冬天则有人来打狐狸等。在此最早定居的居民是以渔猎为生的司马大牙，他在河边搭了个草棚，与作品中"我"爷爷奶奶在小山上搭起的草棚遥相呼应，非常类似于原始社会的人们从采集、渔猎到农耕的发展过程。后来，这里的居民越来越多，居住面积也变得越来越大，一步步地从荒蛮而富饶的大水洼发展到后来的村庄密布、干旱少雨的贫瘠乡村的集中居住地。乡村居民的变化往往随着自然环境的变化而变化，而环境的变化又逐渐建立起不同的文化习俗。通过这种方式，"高密东北乡"成为世界文坛中的耀

---

① 李文俊. 福克纳评论集[C]. 北京：中国社会科学出版社，1980：47.

② Brooks, Cleanth. Faulkner and the Muse of History[J]. *Mississippi Quarterly*, 1975(3): 266-267.

③ 莫言. 秋水[M]// 白狗秋千架. 杭州：浙江文艺出版社，2018：190.

眼标志，与"约克纳帕塔法"文学王国遥相呼应。莫言对地理环境的创建体现出他的生态伦理思想，展示了人与自然相互联系、相互依存的关系，最终成为和谐发展的生态伦理共同体。

人与自然除了共享生存权、达到共生的目的外，也享有进一步发展的权利；也就是说，人与自然都可以从对方获得有利于自身发展的条件，在帮助对方改善生存质量的同时，自身的生存质量也得到一步的提高，最终形成人与自然的共荣状态。在自然生态系统中，个体之间保持着紧密无间的共生关系，物种之间相互交换能量、信息和一切可利用的资源，从而形成高效利用有限资源来获取生存和壮大自身的共生系统。万物有灵、敬畏自然和生命的思想形成指导人们生产生活的道德伦理，共同维持着人与自然的和谐发展。福克纳与莫言的生态伦理思想以人与自然和谐共生为基础，给人们指明了生存的方向和精神寄托：人的生命来源于自然，人还要从自然界获得自身生存和发展所需要的物质与精神资源，人类离不开自然界。"我们连同我们的血、肉和头脑都是属于自然界和存在于自然界之中。"① 人类与自然界相依相生，休戚与共；然而人类又必须从人与自然界的关系中升华出来，才能找到自身的本真存在和人与自然界其他生物之间的本真区别。福克纳与莫言提倡人类在敬重自然的基础上发展自然，并借助自然界的神性和灵性，把人和自然的关系上升到道德伦理的层面，从根本上改变了人与自然的权利义务的关系，引发人类对自然界生存的责任意识，提高人类对维护自然权利的重要性认识。

美国南方在长期的发展过程中对自然的情感表现为一种敬仰之情，更多的是从自然界中获得一种神圣的力量来净化自我心灵。自然万物像人类一样具有思维能力，享受着四季轮回、昼夜交替的愉快生活，给人类带来灵魂上的净化与视野上的提升。这种田园般的和谐自然生态实质上是福克纳对战前南方传统生活方式的记忆和反馈。他以神像叙事的方式，借助于潜意识中所构成的南方传统文化的沉淀，在自然生态描述中展现出自己的生态伦理思想。在南方形成和发展的历史上，南方人经历了殖民入侵、生态破坏、奴隶制经济、内战以及南方没落和重建的发展过程，感受到人与自然关系的融合、恶化、危机等不同的生活状况。对此，福克纳十分清楚，并恰好利用这一特点，通过人与自然之间的关系重建与复归，给南方人以精神上的寄托，满足战后南方人的心理需求，实现重新建构南方自然神话的创作目的。他笔下的自然万物大多带有南方传统自然观中的泛神论色

---

① 马克思, 恩格斯. 马克思恩格斯文集：第9卷[M]. 北京：人民出版社, 2009: 560.

彩，是为了让南方人相信自然界与人类的共生关系。他作品的很多人物总是渴望回归自然，期望得到自然界的净化与锤炼，突出反映了他对自然的浓厚情感以及难以割舍的精神依赖关系。

莫言在构建"高密东北乡"之前，还写过青草湖系列和马桑镇系列作品，其中前者是关于淳朴的农村生活故事，而后者是有关中国社会转型时期商业化环境中的城镇生活。青草湖系列，顾名思义，有草有水，自然景色优美，人们安居乐业，自然风调雨顺；而在马桑镇系列中，工业化生产破坏了自然生态平衡，生活节奏加快，人们疲于应付，身心疲惫，展现出心灵的极端痛苦与无奈。这两个系列的作品真实记录了中国改革开放之初，人与自然关系的变化过程，标志着人与自然关系分裂的开始。谈起自己的创作，莫言曾说过："我觉得小说作给人看，而只要传达了真情实感的就具有相当充分的美的因素。"[1]他对自然的偏爱促使他更倾向于对人与自然关系的探讨，从青草湖系列中的人与自然的和谐，到马桑镇初期人与自然关系的裂变，再到《三匹马》中人对自然的极端摧残与所带来的绝望等，显现出莫言对人与自然关系的探索过程，完成了他从自然，到社会，到精神，最后又回到自然生态系统中的生态伦理思想的建构过程。他以感性的视角看待自然万物，以理性的思维透视自然万物的生存环境和生存条件，以批判的角度通过自然有灵的形式衬托出人类的丑恶形象，反映现实世界中的问题或弊端，并进行了深刻的揭露与谴责。

生命意识是指"具有了意识活动能力的人类，对自我生命存在的感知与体悟，以及在此基础上产生的对人的生命意义的关切与探寻"[2]。简而言之，生命意识就是对生命的存在方式及其价值意义的看法。自然生态系统是一个开放的系统，无论是动植物还是人类都必须在这个开放的系统中生存和发展，都要在这个系统中与其他自然个体相互关联，相互制约，构成共生共荣、和谐发展的命运共同体。人与自然的万物共存共荣以及和谐发展构成了生态系统中一个完整的生命共同体，即生态伦理共同体。"自然共同体中的每一个物种，都以自己这个种的生存和繁衍作为唯一的目的，任何一个种都不可能为了其他物种的生存利益而去牺牲自己这个种的利益。人作为一个物种也是如此。"[3]万物共生的要求就是人与自然万物和谐相处、共生共荣，从而构建成具有强大生命力的生态系统，确保人与自然的生存和发展。福克纳与莫言尊重自然，尊重生命，把人类伦理道德扩展到自

---

① 莫言. 我与加西亚·马尔克斯[M]. 北京：华文出版社，2016: 3.
② 杨守森. 生命意识与文艺创作[J]. 文史哲，2014(6): 98.
③ 郑慧子. 走向自然的伦理[M]. 北京：人民出版社，2006: 135.

然界生态系统之中，展现了对自然生命的敬畏，也促使人们理性地思考自身作为生态系统主体的责任与使命。这正是人类生存的普遍意义或根本价值。

对生命意识的展现和关怀是福克纳创作中突出表现的主题，因为他的生态伦理思想寓于对人与自然生存和发展的考察，从人类拓展到自然万物，从理性世界延伸至非理性世界。他的作品中，森林、荒野、动物、河流等往往不受人类的约束，而是按照自身的生存条件进行发展。如《去吧，摩西》中的大熊"老班"，还有《卖马》《我弥留之际》中的马匹等。当战后南方随着其神话破灭一步步地走出梦境，回到现实社会中，人们对自然价值的理解就变得更加清晰了。"艺术家们不倦地努力回溯于无意识的原始意象，这恰恰为现代的畸形化和片面化提供了最好的补偿。艺术家把握住这些意象，把它们从无意识的深渊中发掘出来，赋以意识的价值，并经过转化使之能为他的同时代人的心灵所理解和接受。"① 福克纳的作品通过自然万物所具有的最简单明了的生存方式，激发南方人的伦理感和道德感，潜移默化地影响着人们的日常行为和道德价值观取向。

莫言的作品同样也充满了显而易见的生命意识。这是一种自然生态系统中最原始、最强劲的生命力量，也是他对人类未来命运的信仰或理念。人与其他组成自然生态系统的个体在生命意识和生命感觉上都是相通的，也是可以相互转化、相互影响的。这种生命意蕴充满着勃勃生机，体现出生生不息的生命力量。《红高粱》中的高粱犹如青纱帐一般，孕育了无数的生命，见证着生与死的较量。《食草家族》中红蝗铺天盖地，看似脆弱微小的生命却呈现出一幅滚动的生命画卷，能够摧毁世界上任何阻挡其进程的东西。《丰乳肥臀》将困境中的旺盛生命力和强悍生殖能力展现得淋漓尽致，让人为之动情和感慨。《蛙》中震耳欲聋的蛙鸣声，犹如无数婴孩的啼哭声，穿透了阻碍其生命力爆发的黑夜与空间。正如莫言所说："写作时就要调动全部的感受，嗅觉、触觉、听觉、视觉，再加上你的超感的东西，即联想的功能。"② 他对自然生命的描写正是其亲身所闻、亲眼所见，他深刻感受到大自然生命的震撼，向人们传达了这样一种信念，即人类的生存环境都以人与自然的和谐共生，必须从整体上协调人与自然的关系，规范与限制以人类为中心的错误行为和错误思想等。这种生态伦理观念生态危机和生存危机愈加严重的今天，具有十分积极而深刻的现实意义。

自然生态系统中的生命意识还体现在对生命精神上的追求。"有一种

① 叶舒宪. 神话：原型批评[M]. 西安：陕西师范大学出版社，1987：8.
② 莫言. 莫言对话新录[M]. 北京：文化艺术出版社，2012：341.

比文明史更缓慢的、几乎原地不动的历史。这就是人类与养育人类之地球的亲密关系的历史。这是一种无休止地自我重复的对话。它只有自我重复才得以延续。"①自然界的产生或存在并不是为了创造和维持高级生命，而是本分地遵循自身发展的规律，为自然万物提供生存所需的生存环境。人类对自然资源的过度掠夺与占有必然导致生态系统的失衡，继而出现了生态困境，乃至生态危机，人类的生存也会遭遇威胁。福克纳与莫言都强调自然界中的每一物种都是相互依存、相互作用而存在，而这种存在既是物种自身存在的目的，又是其他物种生存的手段。人类源于自然，并作为自然的一部分必须重新回到与自然平等的位置上，建立与自然和平相处的共生关系，如此才能确保人类的永久生存。

作为一种生命的存在形式，人的生命是物质性的，而这个物质形态存在的生命就是人类生命意识的本体。人类生命意识的存在是与自然个体的存在分不开的，因为共生与竞争都是相对的，共生双方或多方都通过共生关系共同确保了自然生态系统的正常运行。这就要求每个生命体只有保证、维护了共生系统中他者的生存和发展，自身才能存在，整个共生系统才能平衡协调。对于人与自然的共生方式，福克纳为现代人指出了一条救赎之路，即重新回归到自然之中。以《八月之光》的题目为例。福克纳最初给这部作品命名为"黑暗之屋"，应该说这个题目也算是符合海托华、乔·克里斯默斯等人的命运结局，但缺少了主动以及命运诉求；后来，他修改为"八月之光"。这一改动，特别是"光"所带来的命运意象，达到了一种至高无上的文学创意。他在1957年弗吉尼亚大学的演讲时说过："在密西西比州，八月中旬会有几天突然出现秋天即至的迹象。"②这是铺垫和表层含义。他接着进一步解释："对我说来，它是一个令人怡悦和唤起遐想的标题，因为它让我回忆起那段时间，领略到那比我们的基督教文明更古老的透明光泽。"③这里表明了"光"是一种更古老的文明，也就是福克纳对大自然的感受，对生命的启迪和心灵家园的向往。

人类生命意识的强大在于始终凭借自身的理性思维和劳动能力，并通过人与自然之间关系的反思和经验的积累不断加强与强调。人类为了自身利益肆意践踏自然生态系统中其他自然个体权利的行为和观念，最终必将受到自然的惩罚，导致人类的生存危机。莫言强调了人与自然之间的整体性和有机性，认为自然万物的本性及其变化都会影响到人的生命存在，人类发展必须同自然的发展保持一致。"我感到这个杂种身上有一种蓬蓬

① 布罗代尔.论历史[M].刘北成，等译.北京：北京大学出版社，2012：13.
②③ 福克纳.八月之光（代译序）[M].李文俊，译.上海：上海译文出版社，2008：5-6.

勃勃的野精神，这野精神来自山林，来自大地，就像远古的壁画和口头流传的英雄史诗一样，洋溢着一种原始的艺术气息，而这一切，正是那个过分浮夸时代所缺少的，当然也是目前这个矫揉造作、扮嫩伪酷的时代所缺乏的。"[①] 他所推崇的"物竞天择，适者生存"生命进化观，在作品中体现为矢志不渝地追求自然界中那种蓬勃向上的原始生命力。如在《生死疲劳》中，他让主人公西门闹不断转成驴、牛、猪、狗、猴等各种动物形象，在不同的形象中呈现出旺盛的生命力，作为贯穿这种动物形象的灵魂和精神。做驴时，西门闹有勇有谋，敢于踢死侵犯自己的恶狼；做牛时，任劳任怨，不屈不挠；做猪时，成为山林里群猪的领袖，一呼百应；做狗时，是一条富有正义感、忠心保护主人的狗王。在经历一次次变换后，他的复仇心理和怨恨情结一点点地减弱了，生命意识也在慢慢消退，以至于在第五次变成猴子时，其身上几乎就没有了仇恨；到第六次变形后，那个血性男儿西门闹变成了一个患有血友病的大头婴儿蓝千岁。这一形象与先前那个生命充满野性、信心满满的西门闹相比，形成了强烈的对比，表达了对人"种的退化"现象的担忧。

人类生存发展离不开自然界为人们提供的生产资料和生活资料，而自然界提供的资源不是由人类任意决定的，超过自然承载力的消费必然摧毁自然生态系统，引发生态危机和人类生存危机。自然万物的价值不仅仅在于人类需要和利益的满足，而且包括对自身或其他生物的需要和利益上的满足。解决自然生态危机和保护自然生态环境，争取认识和处理人与自然之间的关系，反思人类自身在自然界中的行为和活动等，都是福克纳和莫言作为现代作家需要直接面对并尽快提供建议的重要问题。两位作家强调了人与自然和谐发展的整体统一性，借助于人与自然共生共荣的关系，超越了人类自身利益的价值追求，构建出人与自然和谐发展的思路和途径。人类与自然的共生关系决定了人类在维持自身发展的同时，也要尊重自然生存和发展权利，肩负起保护自然生态系统的道德义务。

三、心灵家园与命运诉求

文学作品的价值在于揭示社会现实问题，创造人类心灵的家园，营造精神栖息之地，追求人类生存的终极意义。人类生活在自然环境之中，且把自然环境作为自己的生活家园；自然环境带给人们物质生活和生产资料的同时，也为人们提供了精神家园。心灵是人类对客观世界的主观反映或

---

① 莫言. 生死疲劳[M]. 杭州：浙江文艺出版社，2018：235.

映像,包含情感、意志和思维等有意识层面,以及一般心理活动中的无意识层面。文学的价值就是立足于人的生存与发展,对社会问题或人的问题进行探索,获得一种形而上意义的命运诉求。福克纳与莫言的生态伦理思想展示了对人与自然关系的追寻与构建,目的是保护自然,关爱自然,在利用自然资源的同时尊重自然的自身规律,使自然成为人类的美好家园和精神栖息地,以建成人与自然和谐发展的自然生态共同体。

自然界是一个相互依存的整体,人作为自然界的一部分,与其他自然个体一样,都在自然生态系统发挥着各自的作用,缺一不可。人的生存不仅需要物质生活资料,而且还需要精神心灵诉求。"我们承认和尊重自然界的价值和权利,与其他生物和平相处,一方面是为了期盼和建设一个更适于人类生存的自然环境;另一方面也满足人类对道德、精神领域的拓展,满足于人们对生存之'根'的精神探寻。"① 福克纳所生活的时代正是美国南方从以种植园经济为基础的农业文明转型为工业文明的时期,社会问题繁多且动荡不堪。以《八月之光》中的"光"为例。这种"光"体现在莉娜·格罗夫娜身上,即在美国南方普通人身上,所代表的是宽容忍耐以及在困难时坚韧不拔和乐观向上的生命意识,或者说指代一种超越时空的普遍意义上的人性之光,预示着人类美好心灵的重新唤醒。通过这部作品中的人与自然关系,福克纳在展现南方社会问题的同时,集中探讨了南方人心灵家园的缺失,所追求的是以原始生命力为表征的生命价值。这是对生命意识的肯定,也是对南方命运的心灵诉求。

莫言家乡——高密"东北乡"的神秘性、浪漫性和生命的原始野性培养了其奇幻荒诞的文学创作思维,而丰富多彩的高密民间传说故事、民间传统艺术形式和独具风情的民风民俗,则给他的文学创作提供了丰富的素材,促使他更加注重人与自然的关系,并对自然赋予了神性和人性特征。在他看来,自然万物都具有灵气,都有生命意识。如《透明的红萝卜》的创作就是源自莫言对太阳的梦境:"梦到一片辽阔的萝卜地,萝卜地中央有一个草棚,从那草棚里走出了一个身穿红衣的丰满姑娘。她手持一柄鱼叉,从地里叉起一个红萝卜,高举着,迎着初升的红太阳,对着我走来。……这不仅仅是指这篇作品是在一个梦境的基础上构思,而且更重要的是,这篇作品第一次调动了我的亲身经历,毫无顾忌地表现了我对社会、人生的看法,写出了我童年记忆中的对自然界的感知方式。"② 他作品中的自然生态主要分为两类,一类是写实的自然生态,这部分自然生态源自他的亲身体

---

① 徐小泉.自然伦理观念的提出及相关文艺思考[J].当代文坛,2003(4):9.
② 莫言.恐惧与希望:演讲创作集[M].深圳:海天出版社,2007:358.

验；另一类是虚构的自然生态，这是与人物内心冲突联系起来的环境。由于他的成长经历给他留下了深刻的痛苦，致使他作品中的自然生态意象几乎都是残缺的，主人公的心灵处于迷茫的困境之中。这些人往往在现实生活中漂泊流离，心灵受到创伤，表达了莫言对现实生活的深刻反思和对心灵家园的诉求。

自然神话的形成和发展是以人对自然的崇拜为起点，但最终回到了人类关照自身的生存和发展问题。福克纳与莫言用自然生态伦理准则引导人们认识自然，强调人与自然的共生依存关系，目的是说明自然是人类的心灵家园。谈到人类的心灵家园，美国"新批评"派的代表人物约翰·兰色姆曾说过："当向着某种沉重的命运前行的我们决定了是时候去抛弃故园、古老而狭隘的场景，或习以为然的陈旧生活方式时，怀旧便出现在我们的痛楚之中。"① 在人类生存和发展的过程中，求真求善的愿望与丑陋黑暗的现实产生冲突和对立，这是人类始终无法摆脱的精神宿命和心灵痛苦。中西方文化都把自然当作心灵的家园，保持内心的平衡，才能找到心灵的慰藉。福克纳与莫言激励人们与自然充分接触，倡导回归自然，强调人与自然和谐相处，建立共荣共存的生态伦理关系，目的是摆脱日益严峻的自然生态危机，表达了对人与自然和谐发展的期盼。

美国内战把南方变成了美国最贫穷和最落后的区域，也把南方人的心灵变成精神上的沙漠。战争的失败，重建时期的环境破坏、资源枯竭等行为和现象进一步把南方变成了落后、贫穷和暴力的代名词。"在这个堪称全世界最富有的国家，南方是最贫困的地方"②，正经历着一场前所未有的社会变革，沉重的失落感和悲凉感紧紧笼罩在战后南方每个人的心头上。福克纳作品中一些人物出现信仰丧失和心灵上的痛苦等现象，并非仅仅属个人现象，而是普遍反映了战后南方人的焦虑与无奈。为了重现南方人所崇尚的战前传统荣耀，追寻其祖先创造的魅力神话，他通过南方英雄神话和自然神话模式，把早期殖民时期的英雄人物，如康普生上校、萨德本上校、沙多里斯上校等融入南方现实生活中，成为其创作素材。这种创作方式既可以对南方现实社会进行反衬和批判，又可以让战后南方人重新回归到过去，起到了慰藉南方人创伤心灵的作用。

莫言的童年正处于中国农村的特殊时期，也是自然受到重大摧残的时期。虽然国内政治稳定，没有战祸匪患的困扰，但无法果腹的窘迫生活严重束缚了人的自由和想象力。"文革"导致了国内经济停滞，中国城市和广

---

① Ransom, J. C. The South Defends Its Heritage[J]. *Harper's Monthly Magazine*, 1929(1): 110.
② 李公昭. 20 世纪美国文学导论[M]. 西安：西安交通大学出版社，2000：149.

大农村为了生存不得不想尽一切办法。在时代环境影响下，人与自然的和谐关系被打破，人性面临诸多挑战，这对莫言的心灵产生了严重影响。他的创作动机在很大程度上来源于所受到的生活重压与深层的心灵创伤，作品或直接或间接表现了曾经遭受的精神创伤与情感压抑，表达了对那些受到心灵创伤的人的同情与慰藉。

自然生态系统是一个人与自然万物有机联系的整体，人类与其他生命形式一样都从属于这个整体，任何个体都没有特殊的地位和特殊的生命权利。福克纳与莫言认为自然界具有人类一样的灵魂，具有辨别善恶的伦理道德标准、价值判断能力，并且能像人类一样具有为自己的生存和发展进行殊死搏斗的生命意识。为此，人类要运用自身的伦理道德来观察思考自然生态系统中的每一个生命个体，思考它们的生存方式和情感欲求，尤其是反思人类的错误理念和错误行为；在这一过程中，人类也会受到自然万物相互依存、共同发展精神的感染，从而进一步加强人类自身的伦理和道德自律，给人类的心灵带来了强有力的震撼和极大的慰藉。

福克纳描写的森林、树木、河流、荒野和湖泊等，无不涉及南方社会的兴衰和南方人的道德沦丧；他通过自然物象、社会物象或生活事件的具象化描绘，使自然的象征隐喻指向战后南方社会存在的信仰危机和精神空虚问题。《八月之光》的乔·克里斯默斯疑是一个混血儿，在成长过程中受到了种族歧视和生活磨难，导致其心灵发生了扭曲，如作品中提到他虐待马儿的事例：当他牵着马逃走的时候，尽管这匹老马已经筋疲力尽，但他还是用一根粗大的树枝不断地鞭打着它；马行进的速度越慢，他敲打得就越狠；即使这匹马不堪重负趴倒在地，他依然敲打马的头部，直到他感到自己的行为的确无聊后才停下了手。另一个人物形象是盖尔·海托华。这是一个离群索居、沉湎于虚构的其祖父内战中"辉煌事迹"的牧师，他"面孔瘦削而又松弛……肌肉松垮垮的；他露在桌面以上的躯体不成个体型，近乎畸形"[①]，呈现出一个濒临衰老枯竭的怪诞形象。通过这些事例和形象，福克纳展现了南方社会新旧关系之间的矛盾与冲突，表达了他对以美国南方为代表的原始自然生态文明的深深眷恋之情以及对现代文明的批判和谴责。他渴望自然万物和谐相处与共同发展，在作品中寄寓了人类重建自然生态家园的美好理想，同时也警告人们如果不能反省自身问题并采取切实有效的应对措施，自然生态危机必然会引发更多的社会问题，从而对人类及其所赖以生存的生态系统造成更为严重的影响。

---

① 福克纳.八月之光[M].蓝仁哲,译.上海：上海译文出版社,2004:63.

　　莫言强调人对自然万物尊重的同时，凸显了自然万物作为自然生态系统的主体给人类生存带来的影响。人与自然关系的好坏体现了自然天性的善与恶，也是人类伦理道德中善与恶的标准。《枯河》写的他家乡的一条自然小河，虽然这条河上现在是乱木丛生，无比丑陋，但却是莫言那个年代的人们心灵和情感上的寄托。这部作品讲述了主人公小虎，在小伙伴小珍的要求下爬上了一棵树，最终压垮了树枝，掉了下来砸伤了后者。这是一个情节并不复杂的故事，但莫言以独特的创作方式表现了人与自然的冲突以及由此带来的心灵失落。他这样写道："他沿着村后的河堤舒缓地漂动着，河堤下枯萎的衰草和焦黄的杨柳落叶喘息般响着。他走得很慢，在枯草折腰枯叶破裂的细微声响中，一跳一跳地上了河堤。"① 原本给人们带来快乐的河流已经失去了往日的灵气，留下的只是寂寞与无聊，甚至连猫和狗也没有了生气，一片死气沉沉的景象。"枯河"正如其名字一样，已经没有了河水的流动，三年的大旱让河中没有了自然生命的痕迹。与枯河相对应的是村民的心灵和人性的枯竭。由于砸伤了他人，小虎受到村支书、父母及哥哥等人的轮番毒打，逃到了枯河边，心里"充满了报仇雪恨后的欢娱"，掉进了冰窟窿里："鲜红的太阳即将升起的那一刹那，他被一阵沉重野蛮的歌声吵醒了。这歌声如太古森林中呼啸的狂风，挟带着枯枝败叶污泥浊水从干涸的河道中滚滚而过。"② 这种意象带有人类返璞归真的色彩，展现了生命回归到自然的原初状态，只是缺少了母亲子宫中抚慰他的羊水，取而代之的是被寒冷固定在冰块之中，使他失去了生命。无论是小虎的亲人或是其他旁观者，事实上都失去了人性，才使他感觉到心灵和肉体的极度冰冷，只能选择死亡。

　　人类的心灵家园是一个能为人们提供精神栖息场所和情感寄托的地方。福克纳与莫言将回归自然作为一种与现实抗争的途径与方式。城市化进程的加快、消费观念的变化和生活方式的断裂等引起的信仰衰退和文化失根，极大冲击着人们急躁的心灵；而人性的贪欲与无限制的追求导致人们不断占有自然资源，特别是为了满足自身的猎奇心理，或显示自身权力地位，摧残和剥夺自然界其他生命的生存权利，形成了威胁人类生存的生态灾难。对于如何回归理性，回到原初生命的心灵家园，两位作家为现代人提供了心灵守望的终极归宿：人类需要建立自身与自然各物种之间在生命上是平等的全新认识，维持人与自然和谐发展的前提和基础，才能确保人类的生存；只有把寻找心灵家园的途径融入具有必然性的自然生态系

---

①② 莫言. 枯河 [M] // 白狗秋千架. 杭州：浙江文艺出版社，2017: 178, 189.

统之中,把人与自然和谐发展的趋势融入人类道德伦理的构建之中,把自我伦理的约束融入自然生态整体之中,最终才能分享人与自然和谐发展所带来的永恒与宁静。这就是一个超越人类自我私利并与其他自然个体共生共荣的境界,也是为在困惑之境的人们寻到心灵家园的皈依之路。

福克纳秉承了南方传统自然观并将其有机地融入作品之中。他在作品中展现了许多违反自然发展的错误行为,并通过这些行为揭示了人与自然和谐关系的意义和价值。如《去吧,摩西》中的猎人布恩·霍根贝克在猎捕老熊时表现得非常勇敢,不顾生命危险,提刀冲向老熊并一刀结果了其性命。按理说,他本该为此而永远感到自豪,然而现实却恰恰相反:由于深感杀死了自然之子的罪恶,他内心受到谴责,最终精神彻底崩溃,成了一个疯子。白亚德·沙多里斯喜欢冒险,充满激情,热衷于寻求刺激,在闲暇之余发现自己在短时间种植与照看庄稼的活动中,感到自己的心脏跳动与土地呼吸的节奏是一致的;对他来说,仅仅是接近土地本身来恢复他和自然的和谐显然是不够的,他感到自己应该融进自然之中。《野棕榈》中的哈里·威尔伯恩虽然为得到爱情失去了一切,但获得爱情以后由于没有全力保护它,最终还是把爱情丢失了。究其原因在于他在与自然的接触中并没有变得强大,而只是一味地逃避自然,甚至为躲避自然甘愿重新入狱,在监狱中被动麻木地活着。《村子》中的亨利·阿姆斯特德变得过于活跃,他因为喜爱马,固执地将妻子熬夜赚来的家里唯一的 5 美元拿去买一匹野马,不论妻子怎么哀求和诅咒都不能使他回心转意,而且因为整夜在烛光下挖掘埋藏在地下的黄金而违反了南方土地原则,破坏了使用土地的规定。舒缓安逸的乡村自然衬托出内战后南方人的精神失落,构成了福克纳作品中南方人对自然的神圣化和归依感。

莫言主张回到大自然怀抱,其作品中的众多人物都代表了一种返璞归真、返回自然的生存态度和生存方式。在他看来,与自然融合能够赋予人以信心和力量,能够治愈人的精神创伤,达到心灵的和谐和精神的净化。如《透明的红萝卜》中饱受生活折磨的黑孩具备了超越常人的视听能力,躲进大自然并与大自然融为一体,息息相通,用心灵与自然进行交流,捕捉自然奇特的乐声,如"听到黄麻地里响着鸟叫般的音乐和音乐般的秋虫鸣唱。逃逸的雾气碰撞着黄麻叶子和深红或是淡绿的茎秆,发出震耳欲聋的声响。蚂蚱剪动翅羽的声音像火车过铁桥"[①]。他甚至能够看到或听到躲藏在河上发亮的气体中的声音。这种超常态感受世界的方式方法一方面显

---

① 莫言. 莫言精选集:世纪文学 60 家[M]. 北京:北京燕山出版社,2006:53-54.

示了莫言对大自然的熟悉程度和高超的表现自然的能力，另一方面也揭示了自然界生态系统的神奇与魅力。植物也是有生命的，这是无可争议的事实。红高粱是莫言小说中塑造得最成功，也是形象最饱满的植物。在《红高粱家族》中，那无边无际、像血海一样的红高粱深植于高密肥沃的土地上，体现了中华民族坚强不屈、敢爱敢恨、淳朴善良、豪放直爽、优秀而强悍的民族精神。红高粱无处不在，代表着生命和灵魂的精神，有着惊心动魄的智慧与力量，洗涤着人们的心灵，把作品中的一切人物、事件、环境都整合起来，构成一个有机的生态伦理整体，支撑着民族生生不息地生存。莫言在作品中尽情言说心灵的需求与命运的诉求，以人与自然之间的关系作为描写和阐释的主要目标，通过对人对自然界的态度和人类职责的描写，重构了人类的生存境遇和自然生态系统的价值，提出人与自然关系的哲理性思考，给人们留下了强大的冲击力。

人类为了自身的生存，必须依赖并充分利用自然；同样，自然界的权利也必须得到人类的保护。人类和其他自然个体的生命本质就是通过与外界进行不断的物质、能量的交换，不断进行新陈代谢而延续自身。万物共生的理念作为人类社会文化的集体无意识存在于人类社会与个体的精神世界中，福克纳与莫言为这种集体无意识的呈现提供了在现实世界实现的可能性，在填补现代人类社会精神世界的空虚与荒芜的同时，满足了人们对自然神话的集体无意识体验的现实化需求，实现了自然神话的集体无意识在人类社会文化中的传承。自然构成人类的生存条件，是人与自然万物在自然界中平衡互补，相互影响，互为存在的前提与条件。人在利用自然的同时，也有责任维护自然，也就是维护自身的生存条件与家园。两位作家把自然的神性同现代社会的实质、人的生活、人的本质和人类文明的普遍意义有机地结合起来，通过对人类与自然关系的描写，传达了某种带有普遍性的人类生存状况，将一般自然景观描写转化为对人的生存的领悟和发现，从一个特定的地方、特定的时代的特定生活切入，揭示生活的本质，反映人性的普遍内容，从而使他们的作品能够出自然而超越自然，构建出充满生命力的生态伦理共同体，反映了其生态伦理思想的精神价值。

第三章　社会生态伦理思想：
人与社会融合的生命共同体

　　与人类所处的自然生态系统一样，人类生活和生存的环境也是一种相对独立的生态系统，这个系统被称为"社会生态系统"，或"社会生态环境"。社会生态伦理通过人与自然的关系构建了人与自然融合的生命共同体，反映了社会生态现状，成为社会成员的行为和思想的规范准则。"几乎所有当代生态问题，都有深层次的社会问题根源。如果不彻底解决社会问题，生态问题就不可能被正确认识，更不可能解决。"[①] 人类作为自然生态中最活跃、最具能动性的成员，在社会生态系统中必须尊重和保护自然界中其他生物的生存权和发展权，尊重自然规律，创建人与人平等的社会生态体系，关爱人性。福克纳与莫言从人与自然、人与社会之间的关系入手，凸显自然生态、社会生态的本质与重要价值，揭示了人、自然、社会之间协调发展的趋势与要求，并以独特的生态伦理思想构建人与社会融合的生命共同体，引导人们关注社会现实问题，参与到社会发展进程之中。

第一节　权利共享的生态伦理意蕴

　　自然生态系统结成了最为复杂的网络格局，每一个生态个体都是这个网络格局中不可或缺的成员，分别担负着不同的职责与任务，任何环节上生态系统组成部分的缺失都会导致该系统无法正常运行。尊重生命是人与自然关系和谐的前提条件，也是福克纳与莫言社会生态伦理思想的重要组成部分。"人类是一种动物，和其他动物一样，必须与环境维持适应的关系才能生存。虽然人类是以文化为媒介而达到这种适应的，但其过程仍然跟生物性适应一样受自然法则的支配。"[②] 两位作家的社会生态伦理思想体现了尊重生命的生态伦理意蕴，借助人与自然、人与社会之间的关系，强调社会生态伦理平衡、生命权利和义务、生命守望与回归自然等具体要求，为人类社会的和谐与发展指明了出路。

---

① 余谋昌. 生态哲学 [M]. 西安：陕西人民教育出版社，2000：137.
② 基辛. 文化·社会·个人 [M]. 甘华鸣，等译. 沈阳：辽宁人民出版社，1988：151.

一、社会生态与环境伦理

生态系统是生命系统和环境系统的有机复合体，也是人类或其他自然生命生存和发展必不可缺的条件。"人及其栖息环境，包括物理环境、生物环境和社会环境，组成了一个完整的整体。研究这个系统的结构与功能，研究它的组织机制和稳定机制，才能够回答人类所遇到的生态问题，才能够弄清人与环境的相互关系问题。这是研究社会生态系统的重大课题。"[①] 社会在不断发展变化，人与人之间的沟通方式也在不断变化。福克纳与莫言强调了对人类自身生态环境的维护，构建公平正义的社会生态，尊重社会环境伦理，改善社会底层人民的生存和生活条件，从而指导人们提升道德伦理素养与行为的规范化程度。

"环境"这个词是福克纳常常使用的一个术语，所指的是人类社会中用于社会生态的概念。他常说自己的创作"不完全是描写环境"，"只是从环境的角度简单地讲述人"[②]。这里的含义是社会生态系统，包括作品、创作素材和想象力等，其中人与社会之间的关系是其尤为关注的主题。当有人问起他的创作是不是基于，或者源于对社会不满时，他回答说："是的，因为环境状况。"当问到他对社会的批评时，他解释说，"作家利用其环境——我们知道"[③]。在解释《修女安魂曲》中南希·曼尼格（Nancy Mannigoe）所引发的激进的侵害性行为时，他认为"她是被其环境所驱使，杀死了谭波儿的孩子"[④]。他对自然描写，或对自然环境的书写也透露出类似的看法，认为人类需要遵守社会环境伦理，这里的环境指的也是在特定历史时期形成的人与人之间的行为规范和善恶判断的准则。

任何作家的创作都离不开其所生活的自然环境和社会环境。从影响的区域来说，可以分为社会环境和个人环境等，其中前者是指作家所处的国家、地区、民族和社会等大的环境；后者是指作家本人直接经历的工作和生活环境，包括家庭、学校及工作场所等小的环境。莫言的作品从《透明的红萝卜》到《红高粱》，再到《丰乳肥臀》《生死疲劳》《檀香刑》等，都发生在上述两种不同的环境中，展现了中国社会生态伦理现状。以家庭和社会环境为例，这是莫言感受世界的环境空间，也是作品中叙事和人物塑造的时间空间。他出身于一个上中农家庭，这样的家庭出身在当时的历史年代虽然不属于阶级敌人，但是是需要接受教育的批判对象，这意味着这个

---

① 丁鸿富，等. 社会生态学[M]. 杭州：浙江教育出版社，1987: 28.
②③④ Urgo, Joseph R. & Ann J. Abadie. Eds. *Faulkner and the Ecology of the South: Faulkner and Yoknapatawpha*[M]. Oxford, Mississippi: University Press of Mississippi, 2005: xi.

家庭没有任何政治上的优势特权。他的童年时期又恰逢反右派斗争、"大跃进"、"文化大革命"等政治运动，使他过早地体会了生活的困苦，体验到社会生态环境中受人排斥的不安与耻辱，感悟到历史错误给中国农民所造成的痛苦和灾难。正是在这种社会生态环境中，莫言意识到人与人平等的重要性及其所产生的价值和意义。

社会生态伦理涵盖了人类社会与生活的各个领域，通常分为个体生态伦理和国家生态伦理。前者是指人类个体在日常生活、经济活动和政治活动中所表现出的道德观、价值观和行为准则；后者是指国家或政府通过的法律、政策和法规，要求人们所遵守的道德原则、规范和观念等。个体生态伦理是社会环境对人类个体行为和思想的具体要求，反映了人类整体的意志和需求；国家生态伦理是国家机器的代表，反映了国家的意志和需求。二者相辅相成，缺一不可。福克纳出身于南方传统贵族世家，在情感和思想上与南方传统文化保持着天然的联系。他笔下的一些人物，如艾萨克·麦卡斯林、莉娜·格罗夫等都体现了他的这种态度。以艾萨克为例，这个人物被称为"第一个理解美国历史的人"①。对于祖先所犯下的罪恶，他感到深深内疚，并千方百计地进行弥补，对其祖先所犯罪行进行"赎罪"。莉娜作为一个农村出身的女性，为了给尚未出生的孩子一个名分，只身来到城里，虽然遭遇了各种危险与挫折，但依然体现了福克纳所推崇的勤劳、善良、忍耐和牺牲精神。当然，还有一些人物，如杰生·康普生、托马斯·萨德本、弗莱姆·斯诺普斯等人，他们虽然对社会和生活有过美好的追求，但由于南方社会制度的残酷和邪恶，其人性发生了扭曲，导致了命运的悲剧，反映了社会生态伦理的缺陷与失衡。

社会生态意识作为社会存在的反映，体现了人类对社会的观点和看法，也是人们对社会发展的具体需求体现。"我们对自然界的整个统治，是在于我们比其他一切动物强，能够认识和正确运用自然规律。"②人类在现代社会中所面临的生态问题主要是人类的自然属性与社会属性发生冲突的具体体现，也是人类片面掠夺或过度开发自然资源而导致的恶果，人类必须从社会生态系统中寻找其产生的根源和治理方式。莫言童年的亲身经历、家庭出身和社会环境等因素给其带来了丰富的创作素材和深刻的社会感悟。他的祖辈、父辈等仿佛都是"高密东北乡"的英勇豪爽、富有传奇色彩的神话人物，尽管这样的印象和说法是出于后人对前人的想象而形成

---

① Utley, Francis L. *Bear, Man, and God: Seven Approaches to William Faulkner's The Bear*[M]. New York: Random House, 1964: 325.

② 马克思，恩格斯. 马克思恩格斯选集：第 3 卷[M]. 北京：人民出版社，1995: 617-618.

的，但这种祖先崇拜的意识以及前辈留下的辉煌精神却深深地激励了他，成为萦绕在其脑海中永不磨灭的精神意象。他以自己的苦难体验和生命悲悯，传递出普通百姓对社会公平与正义的渴望，表现了对受难者和不幸人们的深切同情和关怀。"作家应该关注的，始终都是人的命运和遭际，以及在动荡的社会中人类感情的变异和人类理性的迷失。"① 这是他在哥伦比亚大学演讲中对自己作品主题的阐释，也是他对社会底层民众困苦生活的悲悯情怀，特别是对人性在过度追求欲望的满足中的堕落和异化等方面进行的深刻剖析和批判。

社会生态伦理不仅能满足社会秩序和社会发展过程所需的道德诉求，调节人与人之间的关系等，还以社会法律形式和法治手段，强制人们遵循生态规律，规范人们控制和改造自然的行为，协调或缓解人们在经济发展与环境保护过程中出现的各种矛盾，达到权利共享的社会生态和谐发展目标。福克纳重视社会环境伦理的构建，期望人们处理好人与人之间的关系，实现人与人平等的发展目标。以加尔文主义为核心的基督教思想主宰着南方的政治、社会和文化，维持着奴隶制和种族主义制度，控制着南方人的思想和行为。在这种思想和文化传统的压制下，南方人机械地信奉原罪教义，认为每一个人生下来就是有罪的，必须以辛勤的劳动来为自己赎罪，而且要压制自我的欲望。福克纳的作品探讨了南方的社会问题，无情揭露了蓄奴制和种族制、加尔文主义妇道观以及资本主义的消费观等的罪恶。由于种族制度的存在，南方社会不平等现象以及黑人对此的抗争等不断出现，打破了南方社会的稳定与有序发展。不仅如此，南方上层社会通过剥削黑人劳动，养成了不劳而获的生活方式，并且无限制地追求超出现实消费水平的宽敞名贵的豪宅、奢侈豪华的宴会、汽车以及华丽招展的服饰，永远无法满足对物质的欲望，最终使南方生态系统的完整性、稳定性和平衡性遭到严重的摧残与破坏，南方社会陷入毁灭的边缘。可以说，南方种族主义的存在体现了人性伦理道德的沦丧，反映了内战后南方社会生态的恶劣以及下层人们的生活困境。

人类作为自然界中生命的最高形态，具有其他生命所不具有的社会属性；也就是说，人类不会像其他自然物种那样被动地适应自然，以维持自身的生存和发展，而是通过社会实践获取自身生活所需的条件与物质保障。莫言在高密度过了自己的童年和青年时代，他的多次演讲和谈话都提到这一时期的感受。"我们应该具有一种更博大的胸怀，我们应该具备一

---

① 莫言.恐惧与希望：演讲创作集[M].深圳：海天出版社，2007：42.

种更广阔的眼光,应该站到人的高度上,站在全人类的广度上,来进行我们的文学创作。"① 他所经历的痛苦与自然生态现象和社会生态状况融合在一起,相互映照,彰显出人性的悲哀。如《红蝗》中的蝗虫把庄稼吃了个精光,导致了老百姓的食物紧缺,出现了饿死人的现象。《秋水》中爷爷奶奶辛苦劳作了一年,高粱玉米却在成熟的时候被洪水瞬间淹没;没有了收成,全家人就会面临着挨饿的结局。《大风》里的爷爷和"我"花了整整一天的时间,刚刚打好满满一车的茅草,却被一阵大风吹得一无所有,体现了人类的悲哀与艰辛。《白狗秋千架》中的暖姑在荡秋千时意外跌入荆棘丛,弄瞎了一只眼,无奈嫁给一个哑巴,婚后又生了一窝小哑巴,生活十分痛苦。这些天灾人祸虽然都是人们无法摆脱的沉重苦难,但并没有使人们失去活下去的毅力和勇气。他对残酷现实的描写和对人性黑暗的深刻揭示都是源自其内心深处对人性的尊重以及作为作家的使命担当。

社会生态关注社会现实问题,总是与社会环境伦理联系在一起。人类通过实践活动把人与自然联系在一起,担负起保护自然,维持自然权利的使命和责任,同时满足了自身发展的需求,实现了人类生存和发展的目的。内战后的北方工业文明一步步吞噬了南方传统道德伦理,也带来了严重的现实问题和生存危机,使南方出现了诸多社会问题。在《圣殿》中,福克纳精心选择了三个特殊的社会环境,其一是杰弗生镇,这是富人的居住地,这里的人们信奉历史虚无主义,精神颓废、怨天尤人、无所事事;其二是"老法国人湾",属于相对闭塞的乡村聚居地,通常是一些贫民、黑帮、卖私酒者等生活的地方,属于社会边缘区域,也是社会下层居住的地方;其三是孟菲斯,这里是社会罪恶的集散地,充满了仇杀与暴力等。上述三块区域反映了南方社会繁华的背后所隐藏的各种罪恶,而代表社会公平正义的警察却对在黑帮控制的妓院、夜总会等地为非作歹的犯罪分子视而不见,不仅对弱势群体毫无怜悯之心,而且有恃强凌弱之意;他们不问青红皂白地把无辜的人抓进监狱,而让真正的罪犯逍遥法外。这些看似荒诞的故事,实际上是福克纳对南方社会生态的真实展示与深刻揭露,体现了他对社会生态的关注与担忧。

人类的生存与发展依赖于自然生态系统的多样性和生态平衡,由自然生态引申到社会生态同样包含了类似的哲理。只要社会生态中的政治、精神、道德伦理保持和谐有序,人们就能健康快乐地生活;而社会生态的恶化所影响的是整个社会,没有哪个群体可以置之度外。莫言关爱人类,将

---

① 莫言. 用耳朵阅读[M]. 北京:作家出版社,2012:202.

守望生命价值升华到尊重生命，体现出关爱弱者的仁爱精神与悲悯情怀。在《丰乳肥臀》中，他塑造的很多人物都是政治性苦难的牺牲品。如七姐乔其莎虽然是一个受过高等教育的大学生，但为了填饱肚子，不得不出卖自己的身体给食堂管理员，最后被豆饼活活撑死；为了养活家人，四姐上官想弟被迫卖淫，而她的卖身钱却被公社干部无耻地抢走了，最后在"文革"中含泪死去；五姐上官盼弟虽然参加了抗日战争和解放战争，成为新中国的功臣，但在"文革"中，由于自己的家庭成员或当过日伪军，或做过卖淫女，或嫁给国民党高官，社会背景复杂，最终被批斗致死。莫言把上官家的多个女性成员置入中国那段特殊历史政治环境中，展现了她们的命运悲剧，体现了他对贫苦人民的同情，希望人们警醒起来，引以为戒，杜绝今后再发生此类事件。

社会生态意识的产生和发展是人类生存和发展史上一个新的飞跃，而环境伦理是实现人类全面发展和多种需求的必要条件和前提。自然界的生存状况直接制约和影响到人类社会的生存与发展，而人类社会的发展又反过来影响和制约自然界的生存。为了自身的生存与发展，人类必须控制自身对自然界的占有欲望，只有维护好自然生态环境的平衡发展，才能确保社会生态的健康发展。福克纳与莫言把人类社会的发展与自然环境的保护密切联系在一起，表明了人与自然之间的关系事实上取决于人类实践活动对自然的介入程度，同时也说明了生态环境问题对人类生存与发展所起的影响作用。两位作家都强调了人与人的和谐，展现了人类社会和谐发展的规律，最大限度地表现了人的理性和情感潜力，引发了人类的理性思考，对于提高人类整体生态素养发挥了重要作用。

二、生命权利与生态义务

权利从传统意义来说是指人类所独有的权利，这是颇具争议且又十分关键的概念。在现代生态学中，权利的概念可以扩展到任何生命体，甚至无生命体身上。由于权利意味着必须承担法定义务，因此，对个人权利的确认与保护同时也意味着对个人义务的确认。福克纳与莫言将人类权利与自然万物的权利置于同等重要的位置，所关注的不仅仅是人与人之间是否实现了传统道德观念所认同的尊重、平等、友善等权利，而且清楚表明了自然万物具有人类同等重要的生存权和发展权，并围绕以人与人关系为基础的社会生态伦理，展现出人与自然界的内在联系以及各自所具有的权利和义务。

自然万物都具有自身的生存权和发展权，其中生命权利是生物体拥有自身生存必需条件的权利；如果剥夺了其生存条件，也就是剥夺了其存在的权利。美国南方新兴商人为了经济利益毁灭了南方大片森林，使之变成一望无际的棉田，这实际上是剥夺了树木的生存权；改变了南方的生态环境，必然给生活在这片土地上的自然生命，如动植物等，带来严重的灾难。不仅如此，森林面积的急剧缩小给南方人带来了严重的担忧，南方传统信仰和价值观念随之改变，南方人感觉好似失去了精神家园，甚至对未来产生了绝望。如《熊》中的布恩·霍根贝克作为一位勇敢的猎人，从不畏惧任何危险和苦难，但他在森林被毁后却变得迷惘沮丧，不知所措，只能沉湎于深深的悔恨之中。福克纳通过描写南方人因为自然生态的改变而精神失常的故事，表达了战后南方人对失去自然家园的惋惜，以及对践踏生命的痛恨。又如德·斯班少校把大块地皮卖给了木材公司，运输木材的火车日益频繁地穿梭于森林之中，最终导致大片森林伴随着火车的汽笛声而消失。过度采伐后的南方一派破败景象，有的人不得不背井离乡。这种悲惨的生活环境反映了现代工商业对自然生态、社会生态和精神生态的破坏，反映了人类对生命的践踏与藐视。如果不加以制止的话，人类最终将会失去赖以生存的家园。福克纳通过这种方式提醒南方人务必注意对自然生态系统权利的尊重与保护。

对人类个体来讲，生命权利意味着生存权利和发展权利；而对人类整体来说，生命权利可以理解为生态系统的发展权利，即多个自然子系统相互依存、和谐发展，共同维持自然生命共同体的存在与发展。"一个写作者观察事物的视角，应该是不同于他人的独特视角，从某种意义上说，牛的视角，也许比人的视角更加逼近文学。个性不是流行和时髦，而是一种发自内心的需要，是一种对于人生和社会的独特理解。"[1] 莫言以自然个体的生命权利，展现了人与自然之间的关系以及所体现出的社会生态伦理现状。如在他的《生死疲劳》中，主人公西门闹通过轮回转世的方式以各种动物的视角描写了从土地改革到改革开放等历史发展时期中国乡村所经历的各种政治运动，展现了包括人与自然在内的所有生命个体所经历的各种苦难、乡村的历史变迁和人间万象百态。他以悲悯的目光、平民的姿态注视着这些生命个体所经历的艰苦条件以及近乎绝望的生存境地，体现了对生命个体的怜悯和赞扬。

生命义务同生命权利相比，前者属于最基本的层面，因为个体生命权

---

① 莫言. 用耳朵阅读[M]. 北京：作家出版社，2012：101.

利的神圣性和不可侵犯性，都是建立在义务的基础上和前提下；如果没有生命个体的义务和职责的保障，个体生命权利就无法得到实施。在"大森林三部曲"中，福克纳描述了南方荒野与森林在人类侵袭前后的变化，体现了对生命权利和义务采取的不同方式。在原始大森林中，虽然也有残杀与死亡，但基本遵循了公平和正直的原则；只是到了战后工业文明社会中，人们把经济利益和个人欲望摆在首位，不再把自然界视为平等共存的伙伴，而是狂妄自大，任意剥夺自然生命个体的生存权和发展权，侵害和破坏大自然发展规律，最终受到了大自然的报应。如杀死大熊"老班"的猎人布恩·霍根贝克，由于无法忍受森林消失而导致的传统生活方式的改变带来的痛苦，最后发疯了。事实上，布恩的欲望和行为代表了人类对自然生命个体权利的侵犯，他的命运悲剧体现了基督教神话中人类被逐出伊甸园后依然继续从事罪恶的活动，必然要招致上帝的愤怒，像引发一场大水惩罚人类一样，给人类以警示。

生态义务是基于人类个体权利而言的，是对人类伦理道德修养和行为的约束性规定。义务作为权利的保障和调整的目标，本身是一个权利体系。正如莫言的《酒国》中主人公丁钩儿的墓志铭所写的一样，"在混乱和腐败的年代里，弟兄们，不要审判自己的亲兄弟"①。在这部作品中，现代社会中的每个人都无法抵抗物质利益的诱惑，最终都会成为罪恶的帮凶，因为纵欲主义成为现代工商文明的标志，每个人都不可避免地卷入这种潮流之中，从而沦丧了理性和人性。酒国市的"红烧婴儿"成为一种受人欢迎的菜品，原因在于科研人员、商家和消费者之间的利益关系，使剥夺生存权利的罪行合法化了。牙科医院的科技攻关小组制作的特殊补牙材料，满足了人们的饮食需求；酒店厨师提高厨技，精心制作料理；食客蜂拥而至，赞不绝口，助长了消费热情。"时至今日，我感到人类面临着的最大危险，就是日益先进的科技与日益膨胀的人类贪欲的结合。"②莫言这里强调的是，道德作为人类之间利益关系的反映，在满足人类自身个体或群体生存或繁衍的同时，也要求人类整体不断提升自身素养，规范自身行为和思想，从而维护好自然万物的权利，实现人与自然的和谐发展。

人类与其他自然生命所具有的权利都是平等的，都有义务和职责保障自身和其他自然生命的生存权和发展权。人类行使自身的权利并不意味着与自然权利的抗衡，或对自然法则的突破；相反，是更加严格地限制自身的行为，做到尊重自然法则，维持自然生命的权利。在内战之后的美国

① 莫言.酒国[M].杭州：浙江文艺出版社，2018：扉页.
② 莫言.哪些人是有罪的[J].理论与当代，2014(3)：59.

南方,赚更多的钱,占有更多物质条件以便纵情地享受人生,被许多新兴贵族视为生活的目标和个人欲望的象征。对此,福克纳给予了严厉的谴责与批判。他提出了对生命权利的尊重,目的是让南方人养成适度、节制的生活方式,摆脱肉体上的贪欲和践踏生命权利的恶习。这不是说,他不允许南方人获取自身生存所需要的物质资料,而是要求人们节制欲望。以狩猎为例,这是一项南方人十分喜爱的传统项目,体现了人与自然和谐发展。对此,福克纳解释说,通过狩猎,男孩"学会不仅要追逐而且要超越,然后有不去毁灭、抓捕、干扰的爱心,然后放生,目的是明天可以再次追逐。如果你毁了它,毁了你所猎到的猎物,它就消失了,你的追逐和超越的游戏也就结束了。对于我来说有时勇气更重要些,但是自始至终乐趣更重要些,不要毁掉你所追逐的猎物"[①]。猎人的最高境界不是对自然生命权利的剥夺,而是养成人、自然生命与自然生态之间的尊重意识和平衡意识,在平等、公正和公平的道德伦理准则下,达到人与自然的和谐发展。这不是说福克纳鼓励南方人猎杀自然生命,相反,他对南方人无所顾忌地摧残、掠夺自然的行为,表达了强烈的谴责,并对威胁人类生存的后果表达了深深的担忧。

无论是权利,还是义务,最终都是为了人与自然、人与社会的关系问题。这是社会伦理的基本问题。在现代伦理阐释中,权利与义务是其主要内涵。只有在正确界定人类的权利和义务后,才能真正维护人类的长远利益和暂时利益。莫言的多部作品充斥着关于人类残杀动物的残酷场面,这是对现实社会的真实反映,也是作家本人对人类剥夺动植物生存权利和践踏生命的行为的揭露与拷问。他透视了当代社会一味追求食欲放纵、物欲横流的消费现象和当代社会对生命的蔑视,这是作家生态伦理思想的具体表现。饮食伦理是生态伦理学范畴中的一个重要部分。人类的饮食对象选择直接关系到自然以及社会的整体利益,片面追求以虐食动物为欲求的消费理念显然与饮食伦理、生态伦理等相违背。如在《蝗虫奇谈》《红蝗》中,大批蝗虫出土、转移及卷土重来的突然性、偶然性被莫言内化为作品中人物的感觉和体验,客观现实被延伸至主观世界,造成了一种在场的幻化效果,体现了人与自然、人与人之间矛盾的迅速激化,预示了人类正面临的生存灾难。人类对动植物生命的剥夺表明了人性的堕落与泯灭,这是莫言对人类漠视动物权益的顽固性行为所进行的谴责。

---

① Gwynn, Frederick L. and Joseph L. Blotner. Faulkner's Commentary on *Go Down, Moses*[M] // *Bear, Man, and God: Eight Approaches to William Faulkner's The Bear*. Eds. Francis Lee Utley et al. New York: Random House, 1971: 112-118.

个体生命不仅具有生存权利和发展权利，而且还必须承担起自身需要承担的生态义务。这意味着任何生命个体虽然享有自身的权利与自由，但不能侵犯其他生命个体的权利与自由。福克纳与莫言将社会生态和伦理义务作为社会生态系统中的行为准则和伦理道德，蕴含了人和自然和谐发展的内涵与目标。两位作家在充分认识社会生态伦理重要性的基础上，感悟到现代社会生态中人与人关系的疏远、道德伦理的丧失、纵欲主义的严重性，展现出个体生命的生存权和发展权的重要性，深化了自然生命存在和发展的伦理准则，为现代社会探寻人性问题提供了新的理念和新的思路。

三、命运坚守与回归自然

自然生态危机根源于人类社会不合理的制度、追求欲望的社会生活模式、统治与被统治的社会结构等，由此产生并强化了人对自然的主宰地位、霸道的思考方式和生活方式，引起了人对自然生命的统治与掠夺。社会生态中人与人之间尔虞我诈的斗争、贫富差距的悬殊、种族歧视、女性问题等引发的社会矛盾，造成了人际关系的疏离和人们心理上的隔膜等问题，引发了自然生态系统的危机。福克纳与莫言抨击了人类无限制地掠夺自然资源的行为，展现了人与自然和谐发展的权利共享态势和生态伦理意蕴，提出了命运坚守和回归自然的倡议。

命运坚守实际上就是坚持人的本性。如同自然生态的完整性一样，人的本性也具有完整性，且这种完整性是通过人的意识和行为融合而形成的。命运坚守是对生命终极的关怀，也是人类的精神与信仰；而对生命坚守的承诺是一种无限的责任和义务，是人的伦理性与道德性的必然要求。在福克纳看来，自然万物都有生命意识，都有自己的存在感以及维持自身生存的欲求。他的作品始终坚持生命至上、生命神圣的道德伦理理念，突出自然万物与人类一样的生存权和生命权。人类同自然万物之间的关系既是平等互惠的关系，也是一种相互依赖与和谐共生的关系。为保护自然万物的生存权和发展权，人类必须限制和约束侵犯自然权利的行为和欲求。他在作品中表达了自身对自然生命的坚持和回归自然的期盼，因为在他看来大自然比人类更伟大、更高贵："如果说山姆·法泽斯是他的老师，有兔子和松鼠的后院是他的幼儿园，那么，老熊奔驰的荒野就是他的大学，而老公熊本身，这只长期以来没有配偶、没有子女以致自己成为自己的无性祖先的老熊，就是他的养母了。"① 福克纳的社会生态伦理思想体现了人与自然生命的平等性与和谐性，表达了对自然命运的坚守。

生命至上的观念始终受到中华先民的推崇。同样，在莫言看来，自然万物的生命是宝贵的，其价值也是不可估量的；人类只有把坚守生命作为道德伦理准则，才能确保人类自身的生存和发展。他对自己童年的痛苦经历有着深刻的印象："那时候我们身上几乎没有多少肌肉，我们的胳膊和腿细得像木棍一样，但我们的肚子却大得像一个大水罐子。我们的肚皮仿佛是透明的，隔着肚皮，可以看到里边的肠子在蠢蠢欲动。我们的脖子细长，似乎挑不住我们沉重的头颅。"② 他曾说自己创作的初始动机是为了吃饱肚子，尤其是可以"每天吃三顿饺子，而且还是肥肉馅的，咬一口，那些肥油就唧唧地往外冒"③，这对他吸引力特别大。其作品中的动物、植物和人相互融合，互为转化、相互照应，在大多数场合中都充满了强烈的生命意识和一种蓬勃向上的坚强生命力。《红蝗》里的飞蝗遮天蔽日，争相掠夺食物，散去后寸草不留；《狗道》里蛮横凶狠的狗群咆哮不止，敢于挑战任何与之抗争的势力，甚至都不把人放在眼里；《蛙》中齐声呐喊的蛙和生机勃勃的蝌蚪彰显了人类命运的神圣与活力，带给读者的印象是无穷尽的旺盛精力；《生死疲劳》中的人们对食物的欲望与崇拜，超越一切的追寻与痴狂，给人留下了无限的遐想，代表着人类的生存欲望和生存行为的意志和决心。

回归自然强调的是以人的本性对待自然，承认人与自然的关系是平等的，这是生态伦理道德的要求，也是人类自身发展的需求。任何自然生态系统中物种的生存都依赖于所处环境的自然条件和与其相关的其他生物之间的关系；每一种生命的变化都会对其他生命，乃至整个自然生态系统产生影响。美国内战后北方消费文化的入侵彻底改变了南方人与自然之间的关系，一些新兴的商人为了眼前的物质利益，肆意破坏原始生态，极力掠夺与摧残南方生态系统；而人与自然的矛盾冲突又导致了社会伦理道德的沦丧，严重败坏了社会生态环境。如莉娜·格罗夫家乡附近小山上原先郁郁葱葱的松树林，到战后已基本砍伐完毕，只留下了遍地的树桩和荒凉的田野，没有任何生命迹象。面对疯狂砍伐森林导致的南方自然环境被破坏的惨景，艾萨克·麦卡斯林感到无比孤独与痛心，然而他对此无能为力，只能选择遁入森林与世隔绝。艾萨克的这种孤独感不仅仅属于其个人，而是代表了全体南方人的烦躁心态，反映了南方社会生态伦理的失衡。《八

① 福克纳.去吧，摩西[M].李文俊，译.上海：上海译文出版社，2004：193-194.
②③ 莫言.恐惧与希望：演讲创作集[M].深圳：海天出版社，2007：45，47.

月之光》中的海因斯医生和太太住在漏水的、与人隔离的地带，好像是远离北极的两只麝牛，或两个来自冰河时期无家可归的懒散动物。他们命运的悲惨无不反映了自然对人类的报复和惩罚，体现了福克纳对南方社会生态的担忧与对问题根源的谴责。①

命运坚守是社会生态对个体生命的需求，也是生命权利赋予生态系统中一切事物存在的意义和价值。莫言以平民的感受体验、命运坚守的创作姿态叙述老百姓的故事，进而展示社会生态现状。他曾说过："我就要达到这个目的，反映人类的某种生存状态，哪怕是地球上过去和现在从来没有人那样生存过，那更好，那才是创造，才是贡献。"② 对普通民众的命运同情与关注，使他自觉地站在老百姓的角度上来审视和关注现代社会。如《幽默与趣味》中的大学教师王三在城市文明的恐惧中变成了猴子，这种变形艺术显然受了卡夫卡《变形记》的启发或影响，但却具有莫言创作的艺术性特征。人变猴的创作设计体现了莫言的社会生态意识，因为人类的始祖从猿变成人是文明进化的结果，而以王三为代表的人返祖回猿也是工业文明的发展所导致的。中国改革开放以来，曾因片面追求经济发展而引发的严重生态环境危机，破坏了人与人之间的关系，恶化了社会风气。莫言关注了当下中国发生的人与自然、人与人之间的冲突，揭示了中国现代化进程中所面临的严峻社会生态现实问题，呼唤人们要养成尊重生命的生态伦理理念，同时表达了对人类生存境遇及人类命运的深切关注。

自然生态问题属于社会问题，根源在于人与人之间的冲突，因为良好的社会生态可以为自然生态提供有序的保障，而不良的社会生态则造成对自然生态的破坏。福克纳从社会地位和人的身份入手，强调要实现人与自然的和谐发展，单纯道德层面的要求还远远不够，还必须依靠人们的社会生态意识的培养，使人类的道德伦理转化为客观物质力量和人的外在行为，促进生态问题、环境问题和社会问题的解决。种族问题一直是美国南方最敏感、最复杂的问题，也是历史和现实社会中都无法回避的问题，且涉及美国南方社会的方方面面。福克纳认为他的作品写的"更多的是黑人与白人的关系，前提尤其是，或者更可以说是，南方的白人，比北方，比政府，比任何人都多欠黑人一份债，都必须对黑人承担一份责任"③。他通过奴隶制及其所带来的影响反映了南方社会人间万象和人类的生存境况。如在《押沙龙，押沙龙！》中黑奴们被当作猎狗来捕获野兽，为取悦主人；《去吧，

① 司徒博.环境与发展：一种社会伦理学的考量 [M].邓安庆，译.北京：人民出版社，2008：62.
② 孔范今，施战军.莫言研究资料 [M].济南：山东文艺出版社，2012：21.
③ 福克纳.译本序 [M] // 坟墓的闯入者.陶洁，译.上海：上海译文出版社，2004：3.

摩西》中的黑奴被一群猎狗当作猎物来追捕。《八月之光》《干旱的九月》《去吧，摩西》《坟墓的闯入者》中黑人被当作牲口一样买卖，或在私刑中被肢解或活活地烧死。黑人女性更为悲惨，她们是白人主人的玩物，随时要满足奴隶主的欲望，从精神到肉体都受到奴隶主的残酷蹂躏和痛苦折磨，甚至没有人考虑这名女奴与他是否有血缘关系。《去吧，摩西》中的艾萨克・麦卡斯林的祖父老麦卡斯林就强奸了自己的黑人女儿，而且毫无羞耻和怜悯之心。托马斯・萨德本、约翰・沙多里斯等都有蹂躏女奴并使她们生下混血儿的罪行。白人对黑人妇女的蹂躏使南方混血儿人数急剧增长，使很多混血儿生活在身份迷茫之中，给南方社会生态带来了极大的破坏，最终导致南方的生存危机。

莫言在几乎每一部作品中都对人性表达了清醒而深刻的认识。读者通过对他的访谈和作品主题的透析，可以看出他以命运坚守的视角，对人性进行了真实的描写，展现了不同生存状态下人性的表现方式。莫言童年时期正处于物质极度缺乏的年代，他的家乡甚至出现了饿死人的现象，为此，他对命运的坚守极为重视。如《粮食》中的"伊"一家人漫山遍野地挖野菜，把野菜当成一种奢侈品并与观音土掺和在一起吃，给人们留下了深刻的记忆；《铁孩》中铁孩以吃铁为生，在他看来铁是人间最美味的食物；《牛》中麻叔为了几个牛蛋想尽一切办法，目的是满足口福或填饱肚子；《丰乳肥臀》中母亲在磨面时偷偷地把豆子吞到肚子里，回家后再吐到盆里，以此养活儿女。这些看似难以置信的行为实质上都是那个时代中国农村的真实存在，反映了生命意识的坚强和社会生态的困苦。

命运坚守具有生态本性，也是生存意义上的善。命运坚守的最高使命不只是呈现出人类与自然的和谐相处，而是说服人们合理约束自己的欲望和行为，回归到自然的本真状态。福克纳将人性作为考察南方社会生态的标准，通过人性现状展现出战后南方人的道德伦理观念和对自然的态度，这是对南方人命运坚守的认同。美国内战结束后，南方人获得了一定程度上的物质满足感，但他们在享受工业文明的同时，不可避免地陷入消费主义的陷阱而无力自拔。对物质占有欲最好的例证是"斯诺普斯三部曲"中的斯诺普斯家族。对于这个家族，人们最熟悉的是弗莱姆・斯诺普斯不顾一切攫取财富，代表了狡诈精明、冷酷无情、唯利是图和人性泯灭的南方人的形象。"人的欲望是在他人的欲望里得到其意义。这不是因为他人控制着他想要的东西，而是因为它的首要目的是让他人承认他。"[①] 福克纳以这

---

① 拉康.拉康选集[M].褚孝泉，译.上海：上海三联书店，2001：278.

个家族为基础，讲述了南方社会一幅幅充满暴力、凶杀和乱伦的丑恶画面，从而唤起南方人对伦理道德的渴望，希望人们走出敌视、隔膜和互相残害的痛苦深渊。福克纳对南方人所表现出的命运坚守行为进行了赞扬。《我弥留之际》描写了本德仑一家在经过水、火、雷、电等自然神力的考验后完成了女主人的嘱托，种种磨炼是作家尊重生命的真实写照，也是美国南方平凡家庭的精神体现。在自然见证下，福克纳以南方社会真实生态现状，展现了生命坚守的意义和南方人的牺牲精神。

命运坚守以生生不息、不断向前发展的样态，展示了人类自身的生命状态和生存本性，完美地诠释了人在自然生态系统、社会生态系统中的职责和义务。在 20 世纪后半期，中国社会在相当长的一段时间内以阶级斗争和路线斗争作为社会生态表象，现实生活中人与人之间的关系十分紧张。如在《生死疲劳》中，围绕着集体化还是单干的问题，莫言展现了命运坚守的焦虑和时代的隐忧，透露出一种悲凉的命运气氛。土改运动中的地主西门闹认为自己虽然占有很多土地，但都是通过自己辛苦劳作获得的，从来没有剥夺过别人的劳动；而且自己在村子里做了许多好事，并非罪大恶极或为富不仁，更够不上枪毙的罪行。他感到自己十分冤屈，到了地狱，见到阎王后依然不停地抱怨自己的命运不济。阎王无奈，只是劝他喝下孟婆汤，放下恩怨，以便重新投胎做人。他无法忘却自己的经历，始终不接受阎王的建议，阎王只好让他在地狱中经受酷刑，希望他能接受命运的安排。西门闹绝不屈服，阎王为此判他经历六道轮回，方可重新做人。西门闹历时半个世纪，经历了驴、牛、猪、狗、猴，最后转胎为患有先天性疾病的大头婴儿，目睹了五十多年来中国乡村社会的嘈杂喧嚣、充满苦难的蜕变的历史，见证了"高密东北乡"的兴衰和当代中国乡村历史的变迁。西门闹的命运悲剧既体现了人性与动物性的共通性，如人与动物的变形与转化、人与动物共同的本性与劣根性；又体现了中国农民对土地、家族的情感与忠心。最终，西门闹在经历了多种社会磨难后逐渐放弃了怨恨的心态，变得宽容与平和，愉快地接受了社会生态中的是非曲直的观念。借此，作品表达了强烈的现实意义和象征意义。

社会生态伦理的宗旨是平衡社会成员之间的关系，解决人类社会与自然生态环境或自然界之间的矛盾。人类为了自身的长远生存和发展，需要与自然界相互依存、相互制约，这样才能和谐共生。以伦理道德的形式，约束人类的欲望和纠正错误行为，是社会生态伦理的基础和保障。福克纳与莫言经历了所处社会的各种生态环境，感悟到社会生态的艰难与痛苦，展现了现代人性的善与恶，期望对命运的坚守，回归自然。这是两位作家创作的终极目标,也是他们作品中生命意识的强化与延续。无序的社会生态环境往往会破坏正常的自然生态,而良好的社会生态通常会促进自然生态的良性发展。两位作家在关注社会生态的同时,将自然生态危机与社会生态的恶化联系在一起,通过呼唤伦理道德的方式,推动人与自然和谐发展;而回归自然则是他们所推崇的现代人生活的必由之路,也是人们寻求精神家园的终极目标。

第二节　关爱人性的生态伦理文学展现

人性,又称人的本性,是在意识与无意识、直觉和思维、理性与感性等因素相互影响、相互融合下形成的。"人是自然、社会、精神三位一体的存在物,同时具有自然、社会、精神三种属性。在人身上,自然、社会、精神这三种属性是彼此依存、相互渗透、相互作用的。其中,自然属性是人的存在的基础,精神属性是人的存在的灵魂,社会属性是人的存在的本质。"[①] 人性是由人的自然属性决定的,同时又受到人的社会属性和精神性等因素的影响。福克纳和莫言在自然生态中平衡了人与自然的利益关系,同时在社会生态中平衡了个体与整体、自我与他人之间的利益分配,揭示了人与自然、人与社会之间存在的隔膜、疏离和怨恨等问题,展现了其所处时代的社会生态环境,以及由此导致的对人性的忽视而引发的命运悲剧,反映了他们关爱人性的生态伦理思想。

一、社会关爱与个性自由

社会生态中的基本问题是人与自然的关系问题,而自然问题的解决归根结底是为了更好地解决人的生存问题,其中最根本的是人的全面发展问题。人是由自然属性和社会属性组成的,其中自然属性是人类个体存在的生物特性,而人的社会属性是其区别于其他动物的本质特征,也是人类特有的属性。"人的本质不是单个人所固有的抽象物。在其现实性上,它是一切社会关系的总和。"[②] 福克纳与莫言生活的时代出现了人与自然、人与社会之间的矛盾与冲突,引起了诸多社会问题。两位作家抓住了社会生态这一核心问题,通过对社会关爱和个性自由的文学呈现,反映了人与社会和谐统一的重要性和必要性,提出了人的全面发展思路,为实现人与自然的和谐发展提供了参照与借鉴。

① 王双桥.人的自然、社会、精神三位一体的存在论[J].邵阳学院学报(社会科学版),2003(4): 10.
② 马克思,恩格斯.马克思恩格斯文集:第 1 卷[M].北京:人民出版社,2009: 505.

社会生态和谐主要是指各种社会关系与其存在的环境系统和谐运作，社会各成员之间相处融洽，相互尊重，相互关爱，人与自然之间的关系平等而愉快。美国内战后的南方社会发生了巨大变化，新兴的资本主义文明为了追逐更高的物质利益和经济效益，抛弃了南方传统的伦理道德，致使社会生态出现了问题。在《我弥留之际》中，福克纳揭示了南方社会转型时期的社会生活状况，以及所引发的社会生态失衡等问题。这部作品讲述的是南方下层白人家庭本德伦一家的生存状况及其所受到的磨难，围绕着濒临死亡的家庭主妇艾迪·本德伦及其死后送葬过程中发生的故事展开。对于内战后的美国南方贫穷白人来说，生活本来就十分拮据；他们虽然辛勤劳动，但依然生活在贫困线上。为了把艾迪的尸体送到娘家墓地安葬，这个家庭的其他成员不得不聚在一起。他们的邻居很难理解艾迪为什么要葬在杰弗生镇："既然是女人，就该死活都和丈夫、孩子守在一起，这是女人的本分。"[①] 事实上，这个家庭的遭遇真实反映出重建时期南方社会生态现状，彰显了南方人对爱的渴望和对个性自由的需求。

莫言的作品主要是以农村社会为中心，所表达的社会关爱与自由个性通常都是以农村生活中的矛盾与冲突作为呈现主题："我崇尚作为老百姓写作，而不是为老百姓写作。我对自己的胡乱写作的解释是：所谓胡乱的写作就是直面自己灵魂的写作，就是不向流行的道德观念、价值观念妥协的写作。这样的写作，我认为是有价值的。如果说我有什么文学观的话，这些就是我的基本想法。"[②] 他对人与人之间的关系书写饱含了极大的同情和惋惜之情，蕴含了对社会生态的批判性审视。"高密东北乡"实际上是中国现代社会生态的缩影。这里的人们大多属于文化程度不高的农民，也是中国社会弱势群体的典型代表。莫言塑造了农民阶层的勤劳、淳朴和善良等性格特征，同时还表现出农民的性格缺陷，展现了农民的普遍性格特征，揭示了他们在社会发展过程中所起到的推动作用，因而具有人类发展的普遍性价值意义。

社会关爱体现了人的社会性，蕴含了人的生态思维和社会道德伦理，属于道德规则和行为准则。借助于社会关爱，人类个体把社会生态系统中的各种关系，上升为一种道德哲学，以此指导自身的道德修养和伦理准则，更好地维护人类自身的生存和发展。福克纳怀着浓厚的关爱意识，巧妙地运用南方历史神话原型与基督教宗教神话，将美国内战与南方传统文化结

---

① 福克纳. 我弥留之际[M]. 李文俊，译. 上海：上海译文出版社，2004：18.
② 林建法，徐连源. 中国当代作家面面观：寻找文学的魂灵[M]. 长春：春风文艺出版社，2003：序1.

合起来，融入了人的神圣属性、自然属性与社会属性等诸多维度，在作品中展现了美与善的伦理道德标准，体现了社会关爱和个性自由的特征。如《八月之光》中的乔·克里斯默斯就是一个种族问题导致的人性异化的典型。由于种族歧视和清教主义思想的影响，他变成一个冷漠无情、缺少爱意和友情的社会边缘人，可以忍受养父对他的惩罚，却无法理解养母对他的慈爱；后来，他离开了养父母，开始走南闯北、四处漂泊，故意用黑人身份去挑起与白人的纷争，却反过来殴打那些把他视为白人的黑人。由此，他的身份危机引起了他极大的焦虑，使其人性失去了平衡，最终只能走向反叛社会的命运结局。

农民形象一直是中国现代作家所关注的重点，因为农民生活在社会的底层，最能直接反映社会的善与恶。莫言塑造了纯朴善良、遭受磨难的农民形象，向不合理的管理制度提出了抗议，并通过农民的贫穷、狡诈和残暴，解构或颠覆了新中国文学传统中农民的美好形象。中国农民主要面临经济方面的负担，如他们需要缴纳各种各样的税收费用等。莫言在《天堂蒜薹之歌》中展现出了中国农民面临的社会现实。在 20 世纪 80 年代，山东临沂爆发"蒜薹事件"，农民在政府的号召下大量种植了大蒜，但到收获的时候，由于政府决策失误，蒜薹积压在农民手里卖不出去。心急如焚的农民在绝望之际围住了县政府，砸坏了办公设备，该事件轰动了全国。在这样重重的困难之下，农民的生活失去保障，道德伦理受到了挑战，因而发生了人与政府的对抗，显现出社会生态的不和谐性。莫言所描写的中国农民属于一群受人欺负，无法保护自身权益或利益的弱者，他们的愤怒与抗争赢得了读者的同情，让人们认识到社会生态的混乱。

社会关爱要求人们履行自己的责任和义务，这是对社会道德必然性和应然性的理解，也是社会关爱的前提。然而，责任感和义务感的形成并不完全意味着对社会成员的束缚或限制，因为人类有权追求自身的自由与权利，这是人自身发展的需要。人的个性发展就是要解放人自身，让人从束缚其自身的社会关系中解放出来，成为独立的个体，并最大限度发挥自身的潜能。福克纳的作品促使战后南方人思考自身的生存与发展方式，改变传统社会中人与人、人与社会关系上的思维方式与实践方式，从而寻找到南方社会和谐发展的途径。以"斯诺普斯三部曲"为例，这个家族的代表人物是弗莱姆·斯诺普斯。在他童年时期，举家迁往杰弗生镇。当时美国内战已经结束了四十余年，南方经过了长期的停滞和萧条后，经济逐渐得到恢复和发展，人们追求个性自由的动力与欲望也开始变得强烈。不仅如此，北方工商文明深刻改变着南方传统文化观念，消费主义、自由主义等思想占据了南方人的头脑。弗莱姆抓住时机，通过各种手段，从一个外来的穷白人一跃成为南方社会的上流人物，成为雄霸一方的贵族领导者。福克纳对弗莱姆这个人物形象的塑造凸显了他对工商业文明的厌恶与反感。如弗莱姆的英文"flem"暗指"flam"，含义是"哄骗"和"欺诈"，其行为举止更是令人厌恶：他不管在什么地方总习惯性地吐痰，死水般的眼睛中缺少灵魂，是一个十足的冷酷无情、铁石心肠和唯利是图的资产阶级典型代表。在弗莱姆的带动下，他的同族成员就像老鼠和蛇一样，蜂拥来到"老法国人湾"，引起了社区道德败坏和社会风气恶化。福克纳把斯诺普斯家族作为贪婪、卑鄙和冷酷的化身，表明了这个家族缺少了社会关爱，破坏了南方传统文化，打破了南方社会生态系统的和谐发展。

莫言多次说过自己从事文学创作的目的在于写人，主要是写人的灵魂、命运和情感等，而这一目的是通过自然生态系统展现人的欲望和需求，再通过社会生态表现出来，彰显了人的个性与道德伦理。他通过描写社会底层劳动人民的生活状况、人与人之间的关系等，揭示了中国社会生态状况和普通人的人性、价值观和道德观。如在《民间音乐》中，莫言讲述了马桑镇商业中心的活动，围绕着一个演奏二胡的小瞎子身上发生的故事，宣扬了民间音乐对人心的净化，体现了人们对美的不同追求。起初马桑镇上的居民被小瞎子的二胡声所吸引，他们之间的关系属于平等的关系；但随着利益和商机的不断渗透，单纯的平等关系已成了商人眼中的吸金石，民间艺人小瞎子成了他们争相邀请的摇钱树，进而完全改变了人与人之间的关系，使之成为雇佣与剥削的关系，出现了对个性自由的压制和社会关爱的缺失。莫言通过社会对待民间艺人的态度，展现了中国现代转型时期的社会生态和伦理道德状况，表达了他对社会生态中人性冷漠的蔑视与嘲笑。

人类社会生态和谐主要体现在人的全面发展方面，无论是以物质生产为基础的社会活动的发展过程，还是社会文明的发展过程，实质上都是人的个性、能力和素质等不断提升的过程。社会关爱是人们在一定关爱意识支配下表现出来的一种行为，既有对自身与社会、自然等的情感付出，又有对社会的认知、信念和信心的表达与体现。每个人都有自身存在的权利，都享有自由思考和表达思想的权利，但生态文明的发展要求社会成员在充分发挥个性自由的基础上，以社会伦理道德准则对自身欲望进行束缚与限制。和谐社会生态要求人们既要保持人与自然的和谐发展，又要维持人类自身发展的平衡，这样才能使人的能力、性格、道德伦理等得到充分的提升和发展，担负起人与自然和谐发展的历史使命。

二、社会危机与人性扭曲

自然生态关乎生命有机体及其所处环境之间的关系,而社会生态则关注人及其所处环境之间的关系。"植物的存在是为了给动物提供食物,而动物的存在是为了给人提供食物——家畜为他们所用并提供食物,而大多数野生动物则为他们提供食物和其他方便,诸如衣服和各种工具。由于大自然不可能毫无目的、毫无作用地创造任何事物,因此,所有的动物肯定都是大自然为了人类而创造的。"[1] 亚里士多德的话说明了生态系统中万物相互依存、相互进行利益交流的关系,同时表明了各种关系之间平衡的重要性。福克纳与莫言在作品中展现了各自所处世界中的社会生态失衡现象,通过人与自然的关系刻画了现代人的孤独人生和悲惨命运,讲述了人与人之间以及人与社会之间的疏离困境以及由此而引发的人性扭曲,给现代人指出了前进的方向与实施社会平等的途径。

社会生态伦理的基础是人与自然的关系,而人性、人的本质与人对待外部世界的方式有着逻辑的一致性。社会生态危机是人与人关系的危机:"人类的最大局限不在外部,而在内部。不是地球的有限,而是人类意志和悟性的局限,阻碍着我们向更好的未来进化。"[2] 人类急功近利的经济行为必然忽视社会生态的平衡和子孙后代的长远利益,不可持续的生产方式和消费方式必然导致社会生态危机。以《圣殿》中的"金鱼眼"这个形象为例,福克纳展现了南方社会生态现状。"金鱼眼"身上带有现代社会诸如暴力、邪恶、肮脏和狡诈等的一切罪恶特征,他在成长过程中发生了心理扭曲或变态,残忍地杀害小鸟、小猫等,毫无道德观念,也不遵守社会法律和制度;成年后随意杀人,用玉米棒强奸谭波儿,并将她挟持到孟菲斯的妓院来满足自己的变态心理。他杀人后虽然逃脱了法律惩罚,但后来却又莫名其妙地陷入一个与自己毫无关系的案子中,最后被处以绞刑。死前,他拒绝为自己辩护,因为在他看来自己是不是凶手无关紧要,关键是生活毫无意义,活着和死去没区别。通过"金鱼眼"这一形象,福克纳引导读者反思南方社会生态,重新评估南方社会生态中的思想、行为及其结果,不断探索和优化南方社会和谐发展的重要途径,不断解决现实社会中的诸多问题,如此才能符合人类社会发展的规律和持续发展的要求。

社会危机通常是由生态危机引起的,主要表现为人与人关系的恶化与

---

① 亚里士多德. 政治学[M]. 吴寿彭, 译. 北京: 商务印书馆, 1997: 23.

② 拉兹洛. 人类的内在限度: 对当今价值、文化和政治的异端反思[M]. 黄觉, 闵家胤, 译. 北京: 社会科学文献出版社, 2004: 15.

人性的扭曲。莫言出身农村，成长于频繁进行政治运动的动荡岁月，有着一颗关注社会生态的敏感和善良的人性之心。如他在《蛙》中塑造了姑姑万心这个人物形象。作为公社卫生院的妇产科主任和国家公职人员，姑姑坚决支持国家"计划生育"的政策，带领一帮人，不顾一切地威逼超生妇女进行结扎或流产，被称为"活阎王"，扼杀了2800多名超生婴儿，做过一尸两命的"杀人魔"和"刽子手"。当遭受一系列打击后，她陷入深深的恐惧和愧疚之中，第一次从人性的角度思考了自己的所作所为，陷入伦理迷惘的状态。她的内心困境使她几近崩溃，但在现实世界中她又无法找到解决这种困境的方法，一直遭受良心的折磨。最终，她嫁给民间泥塑大师郝大手，通过捏制和供奉那些死去的超生婴儿，最终找到了自我赎罪的方式。莫言通过这种人与自然的对立与冲突，反映出人类社会生态关系的恶化以及人与人之间的仇恨与折磨，为人性的提升和完善找到一个出路。

社会生态危机既是人类社会内部关系的危机，又是人与自然关系危机的具体反映。人类整体利益与自然界演化规律在本质上都是一致的，有时局部利益与整体利益发生冲突，导致某种局部利益伤害了人类整体利益，进而引发社会生态危机。福克纳曾说过："人的人性，这正是艺术家生命的血液呀。"[①] 他在自己的作品中鞭挞了人性的恶，如自私自利、冷酷无情、阴险狡诈、唯利是图等，同时歌颂了人性的善良与美好，激励人们走向道德完善的境界。其笔下曾经平衡、融洽的南方社会生态在北方工商业势力的入侵下变成了冷淡的人际关系，因为冷漠和无聊，南方逐渐失去战前的和谐与平静，成为滋生贫富分化、种族歧视等典型社会问题的区域。在"斯诺普斯三部曲"中，他甚至探讨了南方社会生态系统问题的根源，把想象的基因突变运用到社会生态环境上加以分析，认为这个新兴家族成功繁衍是因为携带了外族的基因，破坏了"老法国人湾"的社会生态稳定性。具体来说，这个家族的男性成员天性贪婪，以一种寄生式的生活方式在南方蔓延，致使整个南方社会"如同斯诺普斯人，棉铃象鼻虫已经在这片土地生存，并占据了这片南部土地"[②]，摧毁了战后南方人的希望和精神。斯诺普斯家族成员的异化性格是由生活的自然环境突变造成的，他们的道德、精神、追求和理念都在生态环境的恶化下发生了质的变化，进而影响到其精神领域，导致在很多战后南方人看来，欺骗、谎言和操纵等恶习控制着这个家族，

---

① 福克纳. 福克纳随笔[M]. 李文俊，译. 上海：上海译文出版社，2008：169.
② Urgo, Joseph R. & Ann J. Abadie. Eds. *Faulkner and the Ecology of the South: Faulkner and Yoknapatawpha*[M]. Oxford, Mississippi: University Press of Mississippi, 2005: 67.

恶化了南方社会的生态伦理。对此，福克纳进行了深刻的揭露与无情的谴责。

现代工业化生活蕴含着对生命的压抑与束缚，如工业化、时间化和物质化剥夺了现代人的情感并使他们失去了自由或生活情趣。对那些由乡村生活突然转型为城市生活的农民来说，他们的生活更加痛苦。莫言始终关注着中国的社会生态环境，在多部作品中表现了这种文化上的冲突与对立。《蛙》中的"代孕妈妈"陈眉一开始就知道自己的"代孕"身份，但却认同了这种违背社会伦理和道德伦理的代孕行为，将肚中的孩子当作商品出售，而母爱使她不愿放弃自己的骨肉，陷入挣扎与困扰之中。这种违背人伦的做法似乎难以找到救赎之路，最终她只能吞下自酿的苦果。同样，作为女人的小狮子由于自身不能生育，于是请人代孕，从一开始的反对到后来的认同，表明了她思想中的传统伦理观念。陈眉为钱替人代孕的行为违背常理，为了获得对亲生孩子的抚养权走上公堂，则代表了人性的复归。"代孕"事件表明了中国转型时期人与人之间关系的疏远以及传统诚信伦理面临挑战。又如《筑路》描绘了当代中国一群被划为另类的农民筑路工的社会生态环境，这些人不知道自己所修的道路通向何处，也不知道什么时候能修好，更无从知道修这条路的目的是什么。对他们而言，生活既没有方向，又没有目的，他们修路只是为了养家糊口，为了填饱肚子，对其他事情一无所知；一切都显得毫无生机，也没有任何意义，以此说明了当时社会生态缺乏生命的活力与信仰的发展动力。

人与自然界的关系决定着人与人的关系，而人与人关系影响到人与自然的关系。社会生态危机的根源在于人类与自然关系的失衡，表现为人对自然资源掠夺式的利用，对自然环境的严重污染，以及对自身消费欲望的无限制追求等。福克纳放弃了非善即恶的道德伦理观，客观地对待作品中的每一个人物。他对美国南方传统生活方式的怀念以及对人性的追求，揭示了南方社会经济发展潮流下被忽视的传统价值和人性需求。虽然其作品中很少有人在面对南方社会发生变化时，主动积极改变或适应社会的需求，但南方人对公平、善良、勤劳、宽容等道德伦理的追求并没有发生改变，相反，却表现得更加强烈。他把南方社会冲突以及人与人之间的冲突作为作品主题，体现了他创作的独立性和创造性，也展现了他面对南方社会问题所表达的社会生态伦理是"持续的，由社会、生活价值观以及共同的道德准则所认可的"[①]。《我弥留之际》中的艾迪即使是死后依然具有强有

---

①   Urgo, Joseph R. & Ann J. Abadie. Eds. *Faulkner and the Ecology of the South : Faulkner and Yoknapatawpha*[M]. Oxford, Mississippi: University Press of Mississippi, 2005: 13.

力的影响力：多年来与她发生冲突、不听建议的丈夫安斯居然答应了她把自己的尸体葬在娘家墓地的要求；她的大儿子卡什为其精心打造棺材，把制作棺材作为一项神圣的使命来完成；另一个儿子朱厄尔勇敢保护着她的遗体与棺材，使其免遭洪水与火灾的破坏。其他子女都通过各自的行为和想法为她的送葬旅途提供力所能及的支持。这也是现代人对待生活的态度，同时也给内战后的南方人处理社会问题提供了参照。

莫言出生和成长的时期正好处在人们政治热情高涨的时期，虽然物质缺乏且品种单一，但并没有影响到人们的政治热情。为此，莫言不仅书写了人性的美好和善良，而且呈现了人性的丑陋和邪恶，表达了对自然万物的悲悯之心以及对摧残人性行为的强烈谴责。"世界上确实有被虎狼伤害的人，也确实有关于鬼怪伤人的传说，但造成成千上万的人死于非命的是人，使成千上万人受到虐待的也是人。"①莫言关注生活在中国社会最底层中的弱小群体，把中华民族不屈的斗争精神作为作品的灵魂和信仰，置身于历史交替中，展现了饥寒交迫、战争风暴、政治冲突等社会生态状况，并站在劳苦大众的立场，挖掘人与人之间的关系，唤起民众的觉醒与奋起。《蛙》中的万足，原名蝌蚪，是一位军人，为响应国家"计划生育"政策，动员怀胎六月的妻子走上了手术台流产，间接导致了母子二人的死亡。万足作为一名连职军官，出于对国家政策的支持和个人前途的考虑，作出这种选择也是无奈之举。他对下一任妻子小狮子"借腹生子"行为的宽容、默许，甚至感到喜悦，展现了他对现代社会人与人之间关系的迷茫和对中国传统的迷恋，因为在他看来，自己第一个妻子与婴孩的生命在这个代孕生下的儿子身上得到了延续，这让他那负罪的灵魂在一定程度上得到了解脱。莫言通过亲身经历和生活体验，感受到农民所生活的社会环境以及遭受的各种磨难与痛苦，揭露与讽刺了愚昧的社会传统观念的压制与社会体制问题的束缚。

社会生态危机引发了人性扭曲，体现了人的生存发展必须遵循自然生态发展规律，才能维护生态系统的和谐发展。福克纳强调了社会生态系统中的各种伦理关系、社会制度等对人类社会发展所起的作用，展现了南方工业化进程中社会生态的失衡以及传统价值观的丧失等社会问题。如《去吧，摩西》中的艾萨克·麦卡斯林对土地私有制所引起的社会不公产生了深刻的认识，认为土地私有是南方社会万恶之源，是导致种族主义等社会问题的土壤；南方白人凭借着土地私有制度，拥有黑人并把黑人当作商品

---

① 莫言.恐惧与希望：演讲创作集[M].深圳：海天出版社，2007：159-160.

一样在市场上买卖,视他们为财产和享乐的工具,无视其人格和尊严。他最终放弃了作为遗产继承下来的土地,以期弥补祖先的罪恶,又尽可能地给其黑人后代一些补偿,以实际行动为祖先赎罪。然而,他的外甥爱德蒙兹·麦卡斯林并不这么认为;在他看来,土地私有制和种族制度是南方社会的基础,也是南方社会生存和发展的前提。在这种观念的影响下,爱德蒙兹不仅违反了南方人的狩猎原则,打死了哺乳期的母鹿,而且玩弄并遗弃黑人女子,抛弃了自己的子女。这些行为与艾萨克的行为形成了强烈的对比,体现了福克纳对南方社会生态伦理的谴责与批判态度。

作为构成社会生态系统的主要基石,人与人结成的社会关系时刻影响着现代人的生活,也是构成人自身生存所需的各种关系的基础。莫言在作品中对这些关系进行了真实的展现,将现代人的生存境遇和人性现状进行了对比与文学阐释。他的《檀香刑》就是这种典型的作品,叙述了中国社会结构以及各组成部分的不同地位和权利,探讨了人性的丑恶与善美。莫言把社会"坏人"以阶级的标准进行简单化处理,展现了人性的丑恶面目;但他的作品对人性的剖析和揭示,不仅聚焦在孙丙、孙眉娘、钱丁这样能够予以正面肯定的人物身上,而且对于冷酷的刽子手赵甲,也给予了他自我辩解的权利,使得常人眼中的杀人狂,能够理性地解释自己行为的某些合理性。为了更真实地再现当时的时代环境,莫言将孙丙塑造为猫腔演员,并以戏剧化的叙事方式和戏剧舞台式的情境,让每个人都把自己心里的想法说出来,让读者来评判。"只有正视人类之恶,只有正视自我之丑,只有描写了人类不可克服的弱点和病态人格导致的悲惨命运,才是真正的悲剧,才可能具有'拷问灵魂'的深度和力度,才是真正的大悲悯。"① 莫言之所以能对赵甲的心理畸变进行细致准确的刻画,将嗜血残忍和极端的冷漠写到了极致,与他的经历是分不开的。他目睹了农村中的暴力,并把这些发生在他人身上与发生在自己身上的暴力结合在一起,以自己的内心恐惧映衬他人的恐惧,并使之成为心中永远的伤痛。这种文学创作方式恰好成为中国转型时期社会生态的真实写照。

自然生态伦理的问题本质上是人与自然能否和谐发展的问题,而社会生态危机的出现反映了人与自然关系的失衡,表明了人与自然之间的道德关系的确立在于人们认识到人在自然界中的地位与价值,以正确的行为和观念保持社会生态的稳固发展。社会生态和谐要求人们在与自然相处的过程中以公平、合理和相互理解的方式对待自然,处理好人与人之间的关

① 莫言. 捍卫长篇小说的尊严[J]. 当代作家评论, 2006(1): 26.

系。福克纳与莫言站在超越历史与时代的立场，对传统观念进行了反思与批判，进而在传统文化与现代文明融合中找到了社会和谐发展和人的个性自由发展的途径，在作品中倡导了尊重自然、树立人与人平等关系的社会生态理念，更好地维持了人与社会的友好关系，推动了人与自然的和谐发展。

三、社会正义与文学慰藉

正义作为一种理念，属于人类道德最高层面的评判标准，在道德伦理引领方面具有重要作用。马克思主义把社会正义目标定为实现人的全面和自由发展，明确把未来社会描绘成基于个人全面发展和个性自由之上的社会；而实现社会正义就是发挥人的手段作用，使人类不是消极适应社会生态环境，而是积极地参与社会生态系统的发展，并以其意志和行为作用于他人与社会，从而更好地促进社会和谐发展。社会正义是现代社会生活所追求的价值目标，也是福克纳与莫言文学创作的动力与精神慰藉。两位作家借助于作品中人与自然的关系，展现了各自所处社会的生态状况和人们的生活生产困境，体现了社会正义的引领性和文学所发挥的慰藉性作用。

无论是在美国南方社会还是在中国传统社会中，以父权制为代表的社会组织结构，通过父权制度维护父权体系、确定父权地位，成为社会生态的主要组织形式，并作为一种社会制度维护社会生态的运行。虽然这一制度的形成与特定的历史环境有关，对人类社会的发展起了一定的稳定和推动作用，但随着人们认识水平的提高，批判与反抗父权制已成为社会的热点问题。如以男性为中心的父权制无形之中要求女性依据男性的权威规定来规范和约束自己的行为。这样，女性成为父权制度下男性的附属品，人性无法得到正常的彰显。在福克纳与莫言生活的社会环境中，男性拥有至高无上的权力，享受着优势显著的社会和家庭地位，被认为是力量的化身、智慧的拥有者和财富的创造者；女性则因为经济上的依赖性处于从属地位，只能在男性制定的社会伦理中进行活动。这种以男性为中心的社会制度严重破坏了两性的和谐，妨碍了人类社会的正常发展，成为众多女性活动家抨击的对象，也是福克纳与莫言作品所展现的重要主题。

美国南方女性的不幸似乎在基督教的创世纪中就注定了。《圣经·创世纪》认为，女性的始祖夏娃是用男人的一根肋骨造出来的，但偷食禁果的罪过却落在她身上，使女性永久承受着原罪的偏见。《新约》还警示女性："你们作为妻子，当顺服自己的丈夫，如同顺服主。因为丈夫是妻子的头，如同基督是教会的头……教会怎样顺服基督，妻子也要怎样凡事顺服丈夫。"① 深受英国维多利亚时代男权思想的影响，美国南方"比清教徒的新英格兰更为清教化"②。南方女性受到不合理的伦理制约，被迫放弃拥有和男人一样平等参与社会生活的权利与机会。福克纳展现了不平等的南方社会生态伦理，其笔下的很多妇女都以自我毁灭的方式结束了自己的生命，如《喧哗与骚动》中凯蒂堕落放荡，做了纳粹的情妇；《圣殿》中谭波儿自我放纵、甘愿沦落，成为杀人犯的帮凶；《押沙龙，押沙龙！》中的罗沙自我消亡，与世隔绝，四十多年的时间里像幽灵一样生活；《八月之光》中的乔安娜自我沉沦，放荡不羁，成为一个歇斯底里的种族殉葬品；《献给爱米丽的一朵玫瑰花》中的爱米丽自我禁锢、思想僵化，最终成为一个凶手等。她们都以"飞蛾扑火"的悲壮行为，述说着南方妇女悲惨的人生命运，使读者感悟到南方社会生态伦理荒诞的同时，不免对这些南方女性产生一种难以言表的同情。福克纳这种社会生态伦理思想表明了南方女性希望能同男人一起平等地参与社会生活的各个层面，发挥其天赋中的自然本性，彻底消除历史沉积在她们身上的重负和偏见，使其个性得到发挥与尊重。这种思想具有十分重要的时代价值和社会意义。

莫言"高密东北乡"的妇女身处变革时期农村社会的最底层，属于文化水平相对较低的农民代表，其命运和遭遇展现了中国当时的社会生态现状，但反映出莫言对中国妇女的敬佩和同情。如《姑妈的宝刀》中的爱恨分明的孙姑妈、《红高粱家族》中率直大胆的"我奶奶"、《食草家族》中和蔼可亲的二姑、《司令的女人》中善良贤惠的大婶们、《檀香刑》中慈爱充满善意的孙眉娘、《粮食》中爱子如命的梅生娘和《野骡子》中母爱如山的母亲等，在严重的社会生态危机环境中遭受了非人性的待遇，但生存的欲望却迸发出强烈的反抗精神和勇往直前的斗争行为，促使她们敢于挑战世俗，在生存的极端困境中寻找到一条维护生命尊严的自我解放之路。莫言对这些女性生命意识和命运悲剧的展现，触碰到社会生态的各个层面，彰显了社会公正的缺失，起到了重要的心灵慰藉和艺术借鉴作用。

正义作为人生的追求和社会的追求，体现了社会生态的需求与人性的需求。社会正义涉及社会政治、经济和文化等多个层面，成为判断人类的行为是否具有正当性，或者是否符合道义的标准和尺度。美国内战之后，

---

① 《圣经·以弗所书》，5: 22~24。

② Billington, Monroe. *The American South: A Brief History*[M]. New York: Charles Scribner's Sons, 1971: 304.

南方传统价值观受到了严重的冲击，人与人之间的关系发生了彻底的改变，即便是家也不再是一个避风的港湾，缺少了温暖和关怀，取而代之的是自私和冷漠，并致使亲情转化为仇恨。如在《喧哗与骚动》中，福克纳呈现了南方道德伦理的坍塌以及家庭关系的冷漠。在康普生这个南方传统贵族世家中，社会正义消失了，人性的丑恶淋漓尽致地表现出来：父母与子女的关系冷淡，兄弟姐妹之间相互仇视，缺乏亲情和关爱。康普生先生陷入历史虚无主义，酗酒成性，在缅怀祖先的荣耀中虚度生命时光；康普生太太牢骚满腹、自私冷酷、自顾自怜，不仅没有担负起母亲的职责，而且还把家庭负担留给子女，让他们自相残杀。作为家庭长子的昆丁受到传统观念的影响，无力拯救家族衰落的命运，只能选择了自杀；唯一的女儿凯蒂无法忍受南方清教主义的束缚，坚持个性自由，放纵自己的情欲，最后堕落，成了纳粹军官的情妇；小儿子杰生冷酷、自私，以亲情为筹码要挟姐姐，骗取母亲的钱财，克扣姐姐孩子的抚养费，将白痴弟弟阉割并送到精神病院等，完全失去了人性。福克纳通过表现这个家庭的道德沦丧和家庭情感的缺失，展现了南方社会正义的失衡，表达了他对南方社会正义的渴望与希望重建南方传统社会关系的迫切心情。

社会正义是社会发展的支撑力量，既解决了社会发展中的诸多问题，又整合了社会发展的目标，确保人与自然之间的和谐发展。自然界为人类的生存发展提供物质保障，维系着人与人之间的友好关系，也给社会正义提供了前提与条件。莫言曾经说过："要把自己当成罪人来写，他们有罪，我也有罪。当某种社会灾难或浩劫出现的时候，不能把所有责任都推到别人身上，必须检讨一下自己是不是做了需要批评的事情。"[1] 这正是莫言在自己作品中想要表达的社会正义。以《蛙》中的"生育"问题为例。这一主题涉及国家的"计划生育"政策，触及人类的伦理道德底线，是一个敏感而棘手的话题。莫言通过这场全国范围内波澜壮阔的运动给人带来的伦理冲击，展现了人类发展需求与国家政策之间的冲突与碰撞，彰显了社会正义与传统伦理道德的不同影响。以不惜违背伦理道德找人"代孕"的小狮子为例。这个女性人物在中国传统道德观念的影响下成长起来，盼望拥有自己的亲生骨肉，给丈夫传宗接代的意识是合乎情理的。然而，命运偏偏与其作对，使她没有生育能力，出现了社会、家庭和生存地位的危机。用其婆婆对女人生子的理解就可以清楚地表达出女性生育的社会伦理观念："女人生来是干什么的？女人归根结底是为了生孩子而来

---

① 杨桂青. 莫言：写作时把自己当罪人[N]. 中国教育报，2011-8-27(4).

的。女人的地位是生孩子生出来的，女人的尊严也是生孩子生出来的，女人的幸福和荣耀也都是生孩子生出来的。一个女人不生孩子是最大的痛苦，一个女人不生孩子算不上一个完整的女人，而且，女人不生孩子，心就变硬了，女人不生孩子，老得格外快。"① 小狮子本身从事"计划生育"工作，在她手下因流产死去的婴儿不计其数，其自我内心的谴责与"因果报应"的潜意识使她极端恐惧与焦躁不安，迫切想拥有一个自己的孩子，不得已她只能找人代孕。这是母性回归的具体体现，也是为自己赎罪的一种表达方式。莫言通过这种社会现象的"巧合"展现了社会正义的内涵，加深了现代人对社会正义的认识与理解，表达了他对社会正义的看法与态度。

社会正义是人类社会普遍认同的社会和谐标准，表达了一种合理的社会状态，反映了社会有序发展的进程以及人们对现实社会权利关系的道义追求，也是对社会整体发展的综合评价。换句话说，正义代表了"除恶"和"扶正"。福克纳以社会正义为手段，对人类的错误行为或理念进行反思与批判，以践行人与自然和谐发展的创作理念。如"斯诺普斯三部曲"系列作品中的"老法国人湾"是一个美国南方的小乡村，在那里住着几十户人家，其中威尔·凡纳是村子里的首富。他在创业伊始是一个贫穷白人，后来经过数十年的经营，成为这个地区最有影响力的人物。弗莱姆·斯诺普斯是一个外来的贫穷白人，没有可以继承的家产，也没有家庭背景让他出人头地，只能小心翼翼地抓住每一个机会来改变自己的命运：利用各种机会展现自己的聪明才智，获得了凡纳的信任，并娶了其女儿尤拉；而在得知妻子与银行行长关系暧昧后，就要挟行长，迫使对方屈服，由此先后攫取了发电厂督办以及镇银行副总裁等位置，爬上了南方上层社会。福克纳在作品中把弗莱姆作为南方新兴工商势力的代表，他虽然具有为人处世经验和商业经营策略，但福克纳却清晰地表达了对他的厌恶和反感，体现了南方人在社会转型时期对工业文明的排斥与反感。

衡量正义的标准虽然在不同时代或不同时期不尽相同，但基本上都是依据人们的观点、行为和思想是否促进社会进步，是否符合社会发展规律，是否满足社会中绝大多数人的利益等。在 20 世纪 80 年代，中国经济在改革开放大潮的冲击下，仿佛一切产品都成了商品，且可以明码标价。如《蛙》中牛蛙养殖场的名义下开展的"代孕业务"，在合法企业的外衣下那些"代孕"妈妈的交易似乎也就合法了；她们腹中孕育的不是宝贵的生命，

---

① 莫言. 蛙[M]. 杭州：浙江文艺出版社，2018：173.

而是被异化了的商品符号，可以换取高额的利润。然而，生命毕竟不是商品，母亲十月怀胎生育出的孩子也不是物质财富，更不能作为获利的工具。代孕女子陈眉虽然一开始就清楚知道自己的身份和职责，但在生下儿子后，却被情感征服，甘愿放弃一切也必须争取到孩子的抚养权，但孩子最终还是被判给更有经济能力、更能给孩子提供生活保障的父亲；因为在法官看来，这种判决最符合社会伦理，可以更好地保障孩子的生活与教育。从社会正义上看，保障孩子的权益是正确的选择，但从生命伦理的角度看，这样的判决剥夺了母子自然关系，失去了人间伦理情感，最终还会带来一系列相应的社会问题。

社会正义要求人们履行权利与义务、行为与责任的伦理准则，因为"责任能遏制扭曲的权利、膨胀的物质欲望，实现人类真正的幸福，责任既能为社会和人类的永存与发展提供不竭的精神动力，又能对人类文明进步与社会化程度作质量上的规定"①。美国内战后南方社会问题的出现促使福克纳把自己的创作视野聚焦于自然或环境危机的同时，也把南方种族问题、父权制度等社会问题联系在一起，真实反映了南方社会生态现状。种族主义在美国南方通常表现为不同种族的社会成员享受不同的社会地位。作为社会成员的黑人基本个人权利得不到保障，他们始终处在社会的最底层，受到贫穷、失业和白人侮辱的威胁。在内战爆发之前，他们作为白人私有财产，没有任何属于自己的财产，创造的价值也都属于奴隶主；战争结束后，虽然奴隶制被废除了，黑人拥有了名誉上的自由，但经济地位并没有太大的改善；再加上黑人没有受到良好的教育，依然无法找到体面的工作或根本找不到工作，更加恶化了其自身的经济状况。贫穷、失业和缺少应有的社会尊重都是黑人在战后遇到的司空见惯的社会现象。黑人经济地位低下，无论是作为种植园的主要劳动力，还是作为种植园主家中的佣人，都从事社会上最脏、最累和报酬最低的服务性工作，且经常受到挨饿、打骂和侮辱等不公平待遇，生活极其凄惨。福克纳对黑人遭受的痛苦表现了特别关注，对导致这种痛苦的根源表达了强烈的谴责。

社会正义是以利益平等、人人平等为基础的社会伦理需求，本身要求人们在人与自然、人与社会的生活实践中，体现出社会的平等性和公平性。中国在历史上没有出现美国南方社会中那样的种族问题，但数千年的农耕经济强化了中国农民对土地的依赖性和深厚情感，形成了以农民和土地之间关系为主要内容的生态文化。莫言关注中国农民的生存问题，把农民与

① 马志尼. 论人的责任[M]. 吕志士，译. 北京：商务印书馆，1995：42.

土地之间的关系作为作品中的主要表现对象真实地表现出来。生态文明的建立基于整个地球的生态平衡,要求尊重每个人、每个民族,感恩生命的获得和自然的养育。在中国农民心中,土地意味着生存的保障和生命的依赖,是可以以生命为代价去换取的自然存在物。莫言在《生死疲劳》中描写了中国农民对土地的情感,以及在极端环境中农民的生活经历和生存环境。这部文学作品浓缩了农村土地改革、三年严重困难时期、反右派斗争、"文化大革命"以及改革开放等历史时期,反映了农民的生活境遇和社会生态系统的运行轨迹,体现了作为社会稳定力量的农民遭遇到的不平等、不公正对待,他们的自由和生存权受到影响,成为社会发展的障碍。莫言采取这种创作态度的目的是通过自己的文学想象,还原出中国这段历史的真实状况,给人们呈现出历史上那些令人难忘的社会发展历程,引导人们关注农民的生活现状。

　　社会正义要求人们在交往中保持彼此互不伤害的原则,是人人遵守的普遍正义行为,为社会发展提供支撑的力量,同时还以解决社会发展中的问题以及整合社会发展为目标。"一个社会对于道德的引导,最重要的不是在于它宣传什么样的道德准则,而是在于它实施什么样的奖惩方案。"①人们在道德选择中往往倾向于产生最大酬赏的刺激,或选择那些带来最小惩罚的行为,这是道德选择的根本的心理基础和行为动因,也从另一个方面表明了人类道德选择的随意性。为此,社会正义通常是通过一定的社会制度来实施和保证的,如统治阶级为了维护其统治地位,往往通过变革体制、调整法律、修订政策等方法,来缓和社会矛盾,显示社会的优越性和正义性。内战之前的美国南方由于地理位置和历史原因,在自然、经济、历史和文化等方面形成了独特的生活方式与社会正义法则。以种族制和蓄奴制为基础的社会组织结构和管理制度严重地危害了南方社会生态体系,扭曲了南方人的灵魂与人性。如《八月之光》中的乔·克里斯默斯疑似带有黑人血统,就像社会局外人一样,生活在黑白文化的夹缝中,毕生都在与命运进行抗争。他越是追寻自己的身份,越是受到社会的排斥,就越痛恨南方社会制度,最终走向了报复社会的道路。从乔的悲惨命运来看,南方种族主义制度改变了人与人之间的关系,使人们互相仇视、产生隔膜和互相残害,引发了各种社会矛盾。福克纳通过这个种族主义案例,表达了南方社会正义的缺失,寄托了对依据平等、正义等普适性原则处理好人与人之间的关系的渴望。

---

① 王一多.人性与道德的思考[M].重庆:重庆出版社,2000:6.

社会正义引领社会发展的方向，在终极价值层面和具体价值层面引领作用尤为明显，因为正义代表着人类对求真、向善、审美的追求，也是作为一种无形的力量推动着人类社会和谐发展。莫言对中国现实社会中人与人之间的关系进行了深刻的反思，认为城市化过程带给人们的未必是幸福和快乐。中国出现的社会生态危机涉及社会的各个方面，尤其是在道德、宗教、政治、经济、哲学等领域影响更深。理性的沦丧、道德的滑坡、人性的迷失、伦理价值的淡化等社会现象都会导致拜金主义、功利主义、消费主义兴起，都是社会正义缺失的标志。《酒国》是其所写的为数不多的描写城市生活的作品。对于这部作品，他这样写道，"原想远避政治，只写酒，写这奇妙的液体与人类生活的关系。写起来才知晓这是不可能的。当今社会，喝酒已变成斗争，酒场变成了交易场，许多事情决定于觥筹交错之时。由酒场深入进去，便可发现这社会的全部奥秘"①。莫言在这部作品中并没有表达出对自然环境和乡村百姓的眷恋，取而代之的是对城市生活中某些肮脏、混乱、令人发指、残忍的侧面的描写，展现了以金钱至上、权势崇拜、物质欲望横流为特征的现代社会的生态图景。他对乡村的未来前途的焦虑和担忧，也侧面表达了对城市及现代工业文明的讽刺与谴责。

社会生态危机意味着人与自然界生态系统循环出现了问题，生态系统中的个体生命无法从环境中补充、转换和积累能量，由此导致了各种社会问题的出现，严重地影响到人们的生活。社会正义围绕尊重和实现现代社会中个体生存和发展的权利，要求任何个体都享有权利公平、机会公平等社会条件。其中权利公平是社会正义的核心，因为社会关系说到底是人与人之间的权利关系；机会公平，即起点公平，也就是说每个社会成员都具有均等的生存和发展机会。福克纳与莫言以社会正义为主要目标，试图唤醒人类的理性与良知，并通过伦理道德的协调、情感要素的规范和实践的引领等方式，以社会关爱、生态危机和社会正义的视角将人与自然、人与人之间的关系推向新的高度，改变人们的传统观念，使人们提升自我道德修养。这种社会生态伦理思想对有效应对社会生态危机，分析社会生态危机的思想和根源，唤起大众社会生态意识，更好推动社会生态的和谐发展，具有重要的社会价值和实践意义。

---

① 莫言. 酒国[M]. 杭州：浙江文艺出版社，2018：365.

第三节　和谐发展的生态伦理社会构建

社会生态系统是指由经济基础和上层建筑构成的整体系统，包括政治、经济、法律、宗教和文化等方面；人类各种活动与环境要素之间相互依存、相互影响、相互制约，共同推动社会生态系统和人类自身的发展。由于人类社会发展进程中出现的种种问题以及所面临的生态危机，对社会生态系统中人与人关系的研究愈来愈受到人们的关注，从而实现"社会化的人，联合起来的生产者，将合理地调节他们和自然之间的物质变换，把它置于它们的共同控制之下，而不让它作为盲目的力量来统治自己；靠消耗小的力量，在最无愧于和适于他们的人类本性的条件下来进行这种物质变换"这一目标。① 人类所经历的生态危机不仅仅是某种文化或某个区域的人们面临的现实问题，也是人类社会共同面对的问题。为此，福克纳与莫言倡导社会均衡发展、人与人平等，目的是构建社会和谐发展的命运共同体。

一、社会平等与整体和谐

平等作为人与人关系的描述概念，影响到社会生态的各个层面，真实反映了社会问题的实质以及产生的根源。社会是否平等，主要是指人与人的地位和关系的状况如何，并通过事实描述，或客观事实依据等，对社会进行某种量化分析，看是否符合社会发展过程中整体和谐的需求。平等属于社会关系的范畴，表明了社会关系中人对某一对象具有均等的机会，同时体现了所具有的均等的权利和义务等。福克纳与莫言提出了社会平等与整体和谐的思想，引导人们处理好人与人之间的关系，构建平等的社会生态系统，推动人类整体和谐发展。

社会平等的突出特征就是强调人与人、人与社会等之间关系的均衡，体现了社会成员权利与义务的均衡性。福克纳目睹了战后南方社会问题以及南方人受到的不平等待遇，因而真正深入到南方内部，深入到南方人的心灵深处。以他的短篇小说《沃许》为例。这部作品描绘了一个处于南方社会最底层的贫穷白人形象，围绕着他与种植园主托马斯·萨德本之间的情感纠葛展开。二十多年来，他始终对萨德本唯命是从：内战爆发前，他照顾萨德本的家园；战争期间，照顾他的女儿；战争之后，意识到萨德本需要一个继承人，就把自己年仅 15 岁的外孙女送给了他，对他忠心耿耿。

---

① 　马克思, 恩格斯. 马克思恩格斯全集: 第 25 卷[M]. 北京: 人民出版社, 1974: 926.

在外孙女生下女儿，萨德本十分冷淡并残忍地将她比作一匹母马时，沃许感到自己受了奇耻大辱。在极度悲伤与失望之际，他用镰刀杀死了自己崇拜的"英雄人物"，然后又杀死了外孙女母女，平静地放火烧掉自家房子，最后举着大刀迎着前来逮捕他的人冲杀过去。在美国南方等级社会中，每个人都千方百计地改变自己的生活处境，作为穷白人的沃许也不例外。他依赖萨德本，目的是借助后者的势力获取更有利的社会地位，希望自己的外孙女有一个好的归宿。然而，南方社会的等级制度将一个忠心耿耿、唯唯诺诺的穷白人逼上了抗争的绝路，这不能不令人痛恨或惋惜。福克纳塑造沃许这样的形象表明了他对生活在下层的人们的深切同情，也提醒南方人要获得真正意义上的平等，必须依靠自身力量同上层社会进行斗争，这样才能争取到自己应该享有的权利与自由。

莫言善于发掘社会底层人的生存境遇与命运悲凉，这与他作为老百姓写作的理念是密切联系在一起的。他对人与人之间关系的关注与思考，在很大程度上体现了社会责任感和历史使命感。他说过："一个作者的创作，往往是身不由己的。在他向一个设定的目标前进时，常常会走到与设定的目标背道而驰的地方。这可以理解成作家的职业性悲剧，也可以看成宿命。当然有一些意志如铁的作家能够战胜情感的驱使，目不斜视地奔向既定目标，可惜我做不到。在艺术的道路上，我甘愿受各种诱惑，到许多暗藏杀机的斜路上探险。"[1] 他怀着巨大的悲悯之心对中国女性，尤其是有着特殊遭遇的女性给予极大的关注，展示了这些女性充满痛苦、反抗、挣扎的悲苦人生。如《丰乳肥臀》中的上官玉女虽然走向了死亡，但她的离世并非对苦难的逃避，而是以一颗敏感而善良、纯洁而高尚的心灵抗拒着纷乱的社会。《白狗秋千架》中的暖在历经生活的艰辛后，终于清清楚楚地表达了自己的渴望与痛苦："我要个会说话的孩子……你答应了就是救了我了，你不答应就是害死我了。有一千条理由，有一万个借口，你都不要对我说。"[2] 由于生活中的不幸遭遇，她接受了命运的安排，嫁给了哑巴丈夫，遭受了丈夫的欺凌，所生下的孩子都不会说话。为了改变自己的命运，她希望抓住机会，但最终还是绝望了。正是在这样的社会环境中，人们感受到了中国女性的生活艰辛、人性的冷酷和生存的艰难，社会生态中的许多不平等现象被展现了出来。

社会平等最基本的要求是对政治地位和社会地位平等的要求，每个社会成员都具有自身发展的同等机会，拥有平等的权利以获得生存所需的条

① 莫言. 新版后记[M] // 天堂蒜薹之歌. 杭州：浙江文艺出版社，2018：383.
② 莫言. 白狗秋千架[M]. 杭州：浙江文艺出版社，2018：220.

件与环境。"平等是人在实践领域中对自身的意识，也就是人意识到别人是和自己平等的人，人把别人当作和自己平等的人来对待。……也就是说，它表明人对人的社会关系或人的关系。"① 只有给予每个人自由全面发展的机会，才能调动其积极性、主动性和创造性，从而更好地推动社会的和谐发展。福克纳在《去吧，摩西》中，揭示了南方社会中存在的种族不平等和歧视的现象，认为这是南方社会问题的根源，阻碍了南方社会的和谐发展。在南方蓄奴主义制度下，南方黑人被视为私有财产，遭受白人的肆意蹂躏或杀戮，无法享有平等的权利和自由；白人奴隶主对黑人女性的摧残与侮辱，甚至连自己的子孙都不放过。《八月之光》中对黑人的敌视、排挤、折磨等，使黑人失去了生活的勇气与环境，最终走向了对抗社会的道路。《押沙龙，押沙龙！》中混血儿查尔斯·邦恩被父亲排斥在家族之外，父亲甚至连一点父爱都没有表示出来，最终促使他固执地走向死亡。福克纳将作品人物与事件置于南方社会大背景下加以展现，通过善与恶、美与丑、真与假的对比，揭示了南方社会生态中人与人之间的关系以及存在的社会问题等，向人们展现了种族主义歧视下南方社会生态现状以及所带来的危害。

社会平等的实质是人与人之间获得的受到同等对待的关系和平等的社会地位，其中前者预示着人类以平等的态度和思维来审视社会关系，后者标志着人类在社会中享有的各种平等的权利与平等地位。莫言的作品展现了对中国转型时期的社会平等的理解，也是他对社会平等不断追求的具体体现。《儿子的敌人》是他创作的一部短篇小说，讲述的是一位母亲在战争中相继失去两个儿子的故事。作为母亲的孙寡妇，在得知大儿子牺牲在战场上后又把小儿子送到了战场，每天都在恐惧之中祈祷儿子平安归来，但不幸的是小儿子也牺牲了。当她看到部队战士误把敌方士兵的尸体当作自己小儿子的尸体送到自己面前时，她由一开始的惊诧到最后作出了一个大胆的决定，毅然决然地认下了这个敌方士兵的尸体，并且亲自为他换上了干净的衣服，隆重地对他进行了安葬。她之所以这样做，是因为她想到如果自己不接受这个敌方士兵的尸体，那么，这具尸体就会被抛弃，或被野狗吃掉，成为孤魂野鬼，其灵魂无法得到安息。在一个母亲的眼里，没有敌我之分，只有母亲和儿子的情感。将心比心，她理解这个敌方士兵母亲的痛苦，坦然地认下了这个敌方士兵的尸体。这就是莫言作品中的母亲对待战争的态度，显示出母爱的伟大与宽容。同样，《丰乳肥臀》中的上官

---

① 马克思，恩格斯. 马克思恩格斯全集：第 2 卷[M]. 北京：人民出版社，1957：48.

鲁氏作为女人，在自己的丈夫被杀的时候沉着冷静；作为母亲，只要涉及自己孩子的安危，不论在任何情况下都奋不顾身地为孩子挡风避雨，化解危险。当唯一的儿子上官金童被围困时，她为了孩子的安全，勇敢地闯过士兵的阻拦，大胆地要求放人，使儿子获救。莫言将这些母亲置于社会中的勇敢者地位之上，展现了母亲胸怀的博大与宽广，表明了正是这些母亲的奉献与伟大，维持了中国社会生态的和谐与不断发展。

社会平等是以共同的价值观为基础，在平等和公正的制度、政策和规则下，人人享有同等的生存、发展机会和权利，既包括人们经济上的平等，又包括政治权利和文化权利方面的平等。人的权利与义务孕育了人的道德品质，促进了人的道德品质的形成，成为社会生态平衡系统的重要组成部分。美国南方黑人不但面临着失业、贫困、犯罪的威胁，而且还遭遇到多种不公平的社会待遇，如人格辱骂、身份缺失等。导致这种种族歧视和压迫的原因一方面是社会偏见，另一方面则是美国政府制定的歧视性种族政策。印第安人的命运同样如此。这个民族在美国南方社会生态中扮演着十分重要的角色，他们与白人和黑人一道构成南方社会的基础和发展动力，但却受到了不平等的待遇。以《去吧，摩西》中的山姆·法则斯为例。这是一个印第安人酋长与黑人妇女所生的混血儿，表现出了高尚品质。福克纳忠实叙述了他的血缘身份，同时体现出他人格的伟大与道德的高尚。然而，《红叶》中的印第安人杜姆一家三代作为酋长的故事却展现了南方印第安人的命运悲剧。原因在于这个家族盲目效仿白人文化，完全抛弃了自己的本族文化，引发了福克纳的强烈反感，并在作品中对其进行了谴责。

社会平等建立在社会生产力和经济关系所产生的平等基础之上，是由生产过程和受其影响的社会交往过程等构建起来的社会平等认识与平等定位，也可以说，是在平等基础上产生的整体和谐的结果。莫言曾说过："我能不断地写作，没有枯竭之感，农村生活二十年给我打下了坚实的基础。在那二十年里，我就是一个地地道道的农民，做梦也没有想到以后能以写作为业。"① 他在《白狗秋千架》《透明的红萝卜》《红蝗》等作品中，以乡村生活中的苦难现状作为主题，展现了对社会底层劳动者的关注以及对他们苦难命运的同情，同时，还对乡村黑暗和丑恶现象进行了深刻的批判和谴责，体现了他所具有的社会责任感和历史使命感。"许多年轻作家以谈政治为耻，以自己的作品远离政治为荣，这种想法实际上是不对的。我想社会生活、政治问题始终是一个有责任感的作家不可不关心的重大问

---

① 莫言，王尧. 从《红高粱》到《檀香刑》[J]. 当代作家评论，2002(1): 19-20.

题。政治问题、历史问题、社会问题也永远是一个作家所要描写的最主要的一个题材。"① 正因为如此，他在《酒国》中描述了红烧婴儿和全驴宴，《红树林》中描写了人体宴，《蛙》中介绍了全蛙宴等令人恐惧的社会消费现象，挖掘了人性之中的黑暗面，并以一个普通人的心态叙述了现代社会中人性的变异，如发生在《檀香刑》中赵甲、《蛙》中姑姑身上的心理畸变等，展现了现代社会权力和制度规训下人性的消失或退化现象，给人们提供了心灵警戒与道德伦理底线。

社会平等和社会整体和谐是在一定制度的规范下正常运行的，缺少了制度的保障，社会平等与和谐是无法保证的。然而，很多制度在保障人们平等关系的同时，造成了人们之间的不平等关系和社会关系不和谐的现象。这样，人们在对制度的服从过程中必然会出现社会不平等的矛盾关系。福克纳作品中的一些人物身陷不同的社会伦理困境之中，他们中有些人选择逃避，甚至死亡；有些人选择面对命运挑战并进行积极抗争。然而，对于大多数黑人来说，他们无法获得白人一样的平等权利，依然遭受着歧视与不公平待遇。如《去吧，摩西》包含了多个短篇故事，这些故事大多都是以黑人或混血儿作为叙事主体来叙述黑人的不幸，塑造了他们善良的个性、自强的人格、对平等的追求等。《灶火与炉床》中的路喀斯·布香是"福克纳迄今为止所塑造的最为复杂的黑人形象。他具有多重性格又具有完整的自我价值"②。作为一个黑人混血儿，他自立自强，身体力行地从事着农业生产养活自己，靠自己的勤奋劳动获得一些钱存在银行以供老年使用，体现了他对未来的整体安排；同时，作为老麦卡斯林与黑人女奴所生的混血儿，他并没有因为这一特殊身份而丧失自我，而是始终保持黑人的尊严，既不谄媚奉承又不奴颜婢膝。为了维护自己独立的人格，他敢于对抗白人权威，也不畏惧社会不公。当妻子莫莉被老庄园主扎克强行带走时，他手执剃刀与老庄园主对峙并表达出自己的强烈抗议，且句句在理："'我是个黑鬼，'路喀斯说，'不过我也是一个人。'"③ 这种对种族尊严的坚持反倒让他"拥有种族身份的平衡感"④，在南方社会中获得了平等地位。福克纳通过这些黑人形象，表达了对黑人的坚毅、自尊、自立和自强等美好品德的赞扬，也显示出对南方社会存在的不平等现象的抗议。

① 莫言.莫言作品精选[M].武汉：长江文艺出版社，2012：310.
② 肖明翰.威廉·福克纳研究[M].北京：外语教学与研究出版社，1997：409.
③ 福克纳.去吧，摩西[M].李文俊，译.上海：上海译文出版社，2004：44.
④ 辛格.威廉·福克纳：成为一个现代主义者[M].王东兴，译.哈尔滨：黑龙江教育出版社，2016：435.

属于社会关系范畴的平等是指人们全方位地具有均等的权利和义务的社会关系状态，通常是以社会问题的展现与消解具体体现出来。莫言童年的创伤性经历，尤其是因饥饿、孤独和暴力等所留下的深刻记忆，促使他不断挖掘社会中的不平等和不和谐现象。虽然有些事情发生在他人身上，但却成为他心中永远的伤痛。如在《檀香刑》中，他对赵甲的嗜血残忍的性格和极端的冷漠表情描写到了极致。在《酒国》中对那些虐杀动物的行为进行了细节描写，如两名女厨师在小骡子还活着的时候就割下了它的蹄子，手段极其残忍。正如他本人所说，"我的小说里之所以有那么多严酷的现实描写和对人性的黑暗毫不留情的剖析，是与过去的生活经验密不可分的"①。人类对自然生态的暴力行为让他产生了恐惧感，使他对社会不平等现象有了更深刻的认识和透彻的理解，并在作品中表现得真实和具体，从而彰显了他的平等观与社会和谐观。

社会生态系统各成员之间相互依赖、共同发展，任何个体都不能过度强调自身优势而使其他个体的权利受到侵犯。人类社会问题，特别是不合理的社会体制、道德观念和价值观念等引起生态理念、生产方式、生活方式与思维方式的异化，使人们对自然资源的贪欲越发膨胀，越发追逐既得利益，引起了自然和社会生态危机。然而，无论是自然界还是人类社会都是以平等发展为基础的，即自然万物遵循生态平衡，人类社会遵循社会平等原则，实现了社会整体和谐，才能调动人们的积极性、主动性和创造性。文学作品反映了社会平等的需求，注入了作家本人对社会平等的理解与观念，引导人们通过文学体验与社会生态体验，对自己的行为和思想进行反思与评判。福克纳与莫言强调了人与自然和谐发展是人类整体和谐发展的基础与前提，揭示了社会生态中不合理的现象并给予深刻的批判与谴责，倡导人类个体参与到社会整体和谐发展进程之中，最终实现人人平等的社会发展目标，为人类未来的发展指明了前进的方向或出路。

二、社会文明与发展均衡

社会文明是指社会所赖以运行的基本发展模式、制度和价值理念等构成的体系，展现了社会发展的基调、内涵和趋向。不同的社会形态具有不同的文明程度，通常以经济发展模式、政治理念、价值观念和文化传统的形式表现出来。"时代的变迁和社会的发展，强烈呼唤我们对人类社会文明及其价值进行理性反思与重新审视，迫切要求构建社会文明学的理论体

---

① 莫言.恐惧与希望：演讲创作集[M].深圳：海天出版社，2007：226.

系,加强社会文明学的基础理论研究,揭示社会文明发展的规律,把握社会文明发展的命运,指导社会文明的实践,实现社会文明的全面协调和可持续发展。"[1] 福克纳与莫言提出了社会文明和均衡发展的生态伦理思想,为社会文明和均衡发展提供了思路和实施途径。

社会文明强调人类经济社会的发展不应建立在侵犯自然权利的基础上,而应在满足人类需求的同时,实现人与自然互利共存即和谐发展。人类既有自然属性又有社会属性,正是这种双重性的存在,才使自然生态文明与社会生态文明相依相存,共同发展。美国内战后的南方生活方式、思想观念及道德伦理等受到了北方工业文明的影响,社会平等关系与和谐发展的秩序被打破。福克纳对这些问题进行审视,反思了导致这些问题的根源。他的《八月之光》集中体现了社会生态文明的创作意图。这部作品以"八月之光"的形式和寓意,反映了杰弗生镇中社会生态的至真、至善的人性之光,展现了社会文明中的丑恶与黑暗。对于他来说,作品中女性人物莉娜·格罗夫并不是尽善尽美的,但这个形象的塑造是根据美国南方,或西方社会文明的标准,对原始生存状态进行的一次真实探索,借以表明了内战后南方社会生态文明所遭遇的困境。这样,以原始环境中的人性伦理,福克纳反衬出南方社会存在的加尔文清教主义、种族主义和白人淑女制度等所导致的人性扭曲与异化,给社会文明发展提供了反思与借鉴的对象。

自然生态文明强调了自然作为主体的作用,将人类的需求融入自然生态系统之中,促使人类在满足自身生存发展需要的同时,限制和束缚人类个体的不合理要求,从而保障了自然生态文明的存在和发展。莫言对自然生态文明有一种近似崇拜的情感,并把自然生态文明与社会生态文明融合在一起,凸显了二者相互依赖的关系。中国北方许多乡村对青蛙有着强烈的敬畏和崇拜之意,甚至有人说,人类的祖先原来是一只大母蛙,这只母蛙后来繁殖了人类。为此,一些家族将青蛙供奉为家族图腾,认为蛙是其宗族的祖先。莫言有着同样的看法,他在《蛙》中这样评论:"女娲造人,蛙是多子的象征,蛙是咱们高密东北乡的图腾"[2];"蝌蚪和人的精子形状相当,人的卵子与蛙的卵子也没有什么区别;还有,你看没看过三个月内的婴儿标本?拖着一条长长的尾巴,与变态期的蛙类几乎一模一样啊"[3]。在高密的泥塑和年画中都有"蛙"的画像,以供人们供奉和祈祷。从遗传学角度

① 罗浩波. 构建社会文明学的思考[J]. 浙江社会科学, 2006(1): 153.
② 莫言. 蛙[M]. 杭州: 浙江文艺出版社, 2018: 223.
③ 莫言. 蛙[M]. 杭州: 浙江文艺出版社, 2018: 308.

看，蛙与人类有很多相似之处，它的周期性变形使人们很容易把蛙的创造、再生等方面与人的诞生联系起来：蛙具有超强的生育能力，蛙的叫声酷似婴儿的哭声，蛙的繁殖力与女性的生育相似。这种现象实质上反映了自然生态文明与社会生态文明的联系，表明了社会生态文明要以是否有利于维持和保护自然生态系统的和谐和平衡，作为评判人类的生活和生产方式是否文明的标准。

均衡发展是社会生态文明的核心原则，而社会发展均衡是在历史变迁过程中形成的总体状态。长期以来，人类在社会发展方面陷入了误区，如不顾自然生态系统的承载力，单向度地获取经济利润；缺乏社会整体协调能力，将经济效率作为发展的唯一尺度等。为此，人类必须对自身的行为进行重新认识，把对社会发展的认知、自然生态系统发展、人类生存环境保护等有机地结合在一起，构筑平等、和谐、稳定的社会生态文明。种族问题始终是美国南方社会一个根本性的问题，对社会文明程度有很大的影响。对此，福克纳进行了充分的关注与展示。如《去吧，摩西》中种植园主布克和布蒂大叔给予了黑奴托梅的图尔所希望的自由权利，促成了他与自己心爱之人的姻缘，代表了南方社会白人对黑人的关心与爱护；《灶火与炉床》中的白人主人与黑奴路喀斯平等相处，相互尊重，体现出人与人之间的平等关系，是南方白人学习的典范；《黑大傻子》中黑人情侣的爱情故事以及白人为黑人情侣提供的照顾体现出了种族融合的社会特征，给南方人展现了社会均衡发展的希望。这些事例表明了具有强势社会利益的群体与下层社会群体的平等与融合，是推动南方社会文明的有效方式和途径。

社会发展均衡使社会各系统之间达到最好的生态平衡，实现生态体系之间的良性运行和稳定的发展趋势，促进人的全面发展；其中良好的社会制度、高度的社会文明以及人们对道德伦理的坚守等，都是社会发展均衡的基础与保障。无论是中国农村的伦理道德，还是社会风气，都时刻拷问着莫言的良知，激发着他对社会文明的反思，坚定了他对生命存在的尊重，并作为社会文明的评价依据给社会带来启迪与警示。如《枯河》中的男孩小虎，终因不堪忍受社会和家庭的粗暴对待而选择了自杀，以这种反叛式命运证明自己生命的意义，给社会敲响了警钟，引起了社会的重视："那个《枯河》里的男孩儿死了，以死使人震惊，以死证明了他并不弱小可欺。死使他升华，死使他升腾，死使他如精神的幽灵压迫在人类和宇宙之上，死使他成为一种不容忽视的存在。"[①]《欢乐》中的齐文栋因无法承受高考的压

① 杨守森,贺立华.莫言研究三十年：上[M].济南：山东大学出版社,2013：30.

力和众人的冷嘲热讽，以自杀的方式结束了自己的生命，默默地述说了现代社会的冷漠以及高考制度给青年人带来的巨大压力，表明了现代社会对人的自由和个性的剥夺；《老枪》中的"爹"，在反抗凌辱自己的公安后，为摆脱后者的报复或迫害，用家传的老枪自杀身亡，表明了尊严的伟大和社会基层政治生态的现实矛盾。这些事例反映了莫言的亲身经历以及对社会现实的认知，体现了社会各种关系和抗争力量的矛盾关系，也反映了中国社会的生态状况。

社会生态属于人类精神文明和物质文明发展的标志，同时又随着人类文明的演进而不断地丰富和发展。社会发展均衡强调人的全面发展，同时鼓励人的个性发展，而个人的内蕴反省与自我控制意识、个体生命意识及生存本性等都体现了社会责任意识与个体需求的自由化特征。以福克纳《八月之光》中的莉娜·格罗夫为例。她本来是一个天真幼稚的乡村女子，为了使自己未出生的孩子有个父亲，凭着母爱精神只身来到城里寻找自己的未婚夫。人的道德伦理程度所显示的人类文明，体现在人类对自身行为的批判、质疑和反思之中。她遭遇到各种挑战与挫折，最终克服了所有的困难，其积极向上的精神感染了许多南方受到创伤的心灵，如阿姆斯特德夫妇、拜伦·邦奇、盖尔·海托华等，这些人在她人性光辉的感召下发生了质的改变：海托华从沉湎于祖父"高大形象"的幻觉中走出来，甚至冒着损害名誉的风险积极主动地来挽救黑人的生命；拜伦不再犹豫不决，而是积极主动地承担起社会正义的责任。福克纳通过莉娜所带来的变化表明了人性的复苏，南方未来似乎出现了希望。这些明显变化为生态失衡的南方提供了个性发展与社会文明的标志，给南方人带来了心理慰藉。

随着中国现代化发展水平的不断提高，社会文明程度的不断提升，社会个体权利意识不断增强，以全面、深入推进市场经济为核心的社会转型发展，在创造社会财富的同时，也导致了社会发展的失衡等问题。莫言作品普遍存在着一种浓厚的压制生命的氛围，即生命在何种环境中都以一种原始而强劲的生命力量展现出来，但始终摆脱不了艰辛与痛苦。如《透明的红萝卜》中黑孩经历了生活的苦难，失去了感受痛苦的能力：在深秋寒冷季节中其赤裸着上身、光着脚却依然感受不到寒冷；在手握烧红的铁砧时手上皮肉被烫得滋滋作响却感受不到疼痛；后娘打他，他感受到打击的声音好像和在很远的地方用棍子抽打一袋棉花发出的声音一样。这种失去痛苦的直觉感受似乎表明了对社会的极端冷漠和对生命的极端压制。《罪过》中的男孩儿对弟弟疏于照看，导致弟弟落水而死，因此受到父母虐待和周围人的歧视，不得不远走他乡寻求自己的生路。《怀抱鲜花的女人》

中的海军上尉王四是被幽灵一样的洋装女人的诱惑所困，陷入家破人亡的命运悲剧之中。《杂种与梦境》中的混血孤女树叶被奸污怀孕后，绝望地投水自杀。在这些故事中，每个生命个体都具有极强的生命欲望，但在社会压制和束缚下走向了命运的悲剧。他们的死说明了社会生态伦理的缺失或失衡，反映了社会生态系统中出现的诸多问题。

社会文明离不开生态文明，二者都是以尊重和维护生态环境为宗旨，以人类社会的和谐发展为目标。生态文明要求人们在发展经济的同时，有效解决经济社会活动的需求与自然生态环境系统供给之间的矛盾，实现人类与自然的协调发展；社会文明则要求人们树立经济、社会与生态环境协调发展的观念，维持社会的全面发展，共同提升人类社会的文明程度。而要做到这一切，就必须实现社会的均衡发展和提升社会生态文明。福克纳与莫言通过改善或创造合理的社会生活和道德伦理准则，促使人们达成共识，采取共同的行动，有效促进或维持人类社会的均衡发展。两位作家在作品中对现代工业文明进行反思，以具体的事例或人物形象塑造引发人们对生存环境、社会问题和道德伦理等的忧虑与关注，促使人们不断调整自身行为与观念，构建人与社会融合的命运共同体。

三、社会和谐与命运共同体

社会和谐与社会文明有着密切的联系，都是以人与自然的平等关系作为基础，以人的全面发展为目标，而这一切又与人类命运共同体结合在一起，体现了人类的发展趋势。福克纳和莫言社会生态伦理思想中的社会和谐实际上是社会系统各组成部分之间的相互协调状态，也是以人对自然的自觉关怀和强烈道德感、使命感为约束机制，以合理的生产方式和先进的社会制度作为物质基础和制度保障，最终形成的是社会和谐的人类命运共同体。

只有将自然生态文明和社会生态文明有机地结合在一起，才能最终达到人类社会和谐发展的目标。"作为哲学层面的共生指事物之间形成的一种和谐统一、相互促进、共生共荣的命运关系，是宇宙万物的存在方式。"[①]正如个人生活在人类群体之中，以群体的方式更容易应对自然灾害，命运共同体的构建能够解决社会现实问题。"无可争辩的事实是，今天有越来越多的社会成为包含不止一个文化共同体的多元文化社会，这些共同体全

---

① 张永缙. 共生的论域[M]. 北京：中国社会科学出版社，2016: 2.

都要求保存其自身的特性。"[①] 以南方女性为例，战前南方实施的种族制度孕育了畸形的"白人淑女制度"，给白人妇女戴上了沉重的道德枷锁。福克纳借助于《献给爱米丽的一朵玫瑰花》中南方淑女的悲惨命运，揭示了南方道德沦丧和人性沉沦的现象。爱米丽小姐的父亲在世时，支配着她的生活，赶走了向她求婚的青年男子；而死后其幽灵依然统治着她的一切，使她失去了与外界的联系；最终在外界的干预与压制下，爱米丽小姐切断了与外界的一切联系，将自己封闭在家中，同时也宣告了南方贵族家族的消亡与南方种植园经济的崩溃。福克纳将死亡与生命、绝望与希望、保守与进步等冲突与融合表现出来，暗示了不同的社会形态下南方人的社会关系、道德伦理和对未来的不同态度，展示出人类个体与整体的对立与联系，表达了他对南方未来命运的担忧。

构建社会文明、实现社会和谐始终是人类追求的社会目标。这些目标的实现离不开社会各种原则和制度的保障。如果没有有效的社会道德伦理准则，社会就不可能有序和谐地发展。莫言早年生活和创作时期正值中国改革发展的初期，而在这一时期内，出现了各种社会矛盾。面对这样的社会环境，他没有遵从主流意识和世俗话语，而是将人性置于社会文明均衡发展的环境中，透视了社会伦理与道德准则的重要性。《天堂蒜薹之歌》《酒国》《四十一炮》等作品对此进行了深刻的阐释。以《四十一炮》为例，这部作品对 20 世纪 90 年代中国农村的城镇化、市场经济的蔓延、个体私营经济和乡镇企业的发展、物欲横流的城乡社会进行了如实展现；对丧葬仪式、四十一发炮弹的发射、狐狸和猫等动物的描写赋予了时代的特征和历史特征。屠宰村卖注水肉，赚黑心钱，丧失了良知与道德，说明了中国农村在经济转型时期受到物质欲望的驱使，在追逐物质利益过程中的伦理道德缺失。不仅如此，城镇化和商业化过程吸引了大批的农民工来到城里，形成农村与城市文化融合与对立的局面和困境，反映了社会生态因制度不同而带来的各种问题，造成了农民工心理上的压力与生活上的困境。

人类结成命运共同体的目的是追求社会的和谐发展；或者说，只有在相互结成的命运共同体中，人类才能获得所需的生产生活资料，维持自身的生存和发展："人们在生产中不仅仅影响自然界，而且也相互影响。他们只有以一定的方式共同活动和互相交换其活动，才能进行生产。为了进行生产，人们相互之间便发生一定的联系和关系；只有在这些社会联系和社

---

① 泰勒. 承认的政治[M] // 汪晖，陈燕谷. 文化与公共性. 北京：生活·读书·新知三联书店，1998：320.

会关系的范围内，才会有他们对自然界的影响，才会有生产。"① 人与人之间的关系反映了人与自然的关系，同时推动了人与自然和谐发展的命运共同体的构建。福克纳强调人与人之间的关系，认为南方人必须通过命运共同体这一形式，才能化解南方转型时期出现的各种社会问题，其中最主要的任务和使命就是社会和谐与人性的关爱。以《我弥留之际》为例，这部作品描写本德仑一家为家庭女主人艾迪送葬的过程，实际上反映了美国南方所有家庭的伦理道德状况。福克纳想表达的是这个家族成员最终完成了家庭使命，让读者在震惊中对家庭命运进行反思与醒悟，体现了战后南方社会的生态伦理缺失以及由此而造成的家庭悲剧。

人类的社会属性是在自然生态的实体中诞生与发展的，人类个体相互依赖、相互关照，展现出命运共同体的安全感和归属感，找到了生存和发展的途径。莫言的命运共同体是其本人对中国现实社会的文学重构，反映了他对人类整体生存危机的担忧。在 20 世纪中国的农村转型时期，城乡之间的矛盾与冲突，加剧了人与人之间的不平等关系。《麻风的儿子》中的割麦能手张大力由于母亲患麻风病，没人愿意和他在一起，生怕被传染，由此造成了他性格的孤僻。《地主的眼神》中的孙敬贤出身地主，身份卑贱，贫协主席随意呵斥他，他也不进行分辩，只是默默地展现自己高超的农活技艺。《三十年前的一次长跑》中的朱总人出身富农，又是一个右派，其貌不扬，还有些驼背，但他竟然成为背跃式跳高的第一人，赢得了人们的尊重。正是在这样的社会生态系统之中，每个人被贴上了身份的标签，或出于政治、经济和生理因素等，受到了不同程度上的摧残与伤害，导致了社会生态环境的恶化，体现了人类个体脱离共同体后的孤独感与疏离感。

人类命运共同体的特性可以视为"共同的善"，或者说是公共利益，或整体利益的具体体现，而这种"共同的善"是建立在共同体成员都认同的基础之上，反映了这个共同体成员共同的需求。对福克纳来说，呼唤人与自然的和谐发展、人与人之间的和谐相处，追求人类的共同利益，才能维持和保障人类的永久生存。无论是男人还是女人，白人还是黑人，动物还是植物，应该和平共处、相互尊重、相互依赖。福克纳及其作品对美国南方工业化文明进行了真实的展现和深刻的揭露，表现了他对南方人的命运，乃至人类自身的生存环境、现实处境和道德伦理的忧思与关切。福克纳认为，南方人应尊重自然规律，在自然生态允许的范围内实现自身的价值或满足自我需求。不仅如此，其笔下的其他一些人物，如杰生·康普生、托马

---

① 马克思，恩格斯. 马克思恩格斯选集：第 1 卷[M]. 北京：人民出版社，1995：344.

斯·萨德本、弗莱姆·斯诺普斯等人,在大多数人看来都是福克纳作品中的"恶人"化身,但仔细分析这些人物就可以看出,他们都不是天生的"恶人",其"恶"的思想或错误行为都是在社会不良制度影响下形成的,反映了南方社会生态的复杂性和严重性。如杰生出身南方传统贵族世家,但他敢于挑战新兴资本势力,为自己谋求生存和发展的空间,表现出极强的创新意识和发展意识。萨德本和弗莱姆都是白手起家的代表,他们出身社会底层,不畏社会艰难险阻,执着地实现了自己的理想,这种蓬勃向上的精神是值得现代人学习的。

社会和谐要求能够让社会成员公平享受社会赋予的权利和自由,也表现为一种针对社会成员的均等的社会机遇;只有社会成员享受到真正意义上的平等和公平,并为之付出自己的努力,才能激发各个社会阶层、社会群体以及每个人的创造活力,实现社会的和谐发展。中国社会在"文革"时期出现的阶级关系严重地影响到人们的传统价值观和道德观,莫言的作品不可避免地受到这一时期社会变革的影响,因而充满了苦难与痛苦。以他笔下的农民为例。作为社会弱势群体,中国农民既有悲苦受难者的善良和朴实,也存在性格中的软弱与糊涂,更有恶劣生存环境下受害者的愚昧与野蛮。在表现这些人物时,莫言凸显了对农民个体生命和价值意义的高度重视,目的是将农民原始的生命活力从生命理性的束缚下解放出来,从而实现生命的自由发展和人性的尽情释放。其笔下的农民很少属于能让人崇敬和喜爱的人物形象,大多带有这样或那样的弱点。这对文学作品人物的塑造是可以理解的,因为特定的社会生态环境迫使农民为了自身的生存不得不想尽一切办法,包括正当和不正当的方式,来维持自身的生存。如在《马驹横穿沼泽》《生蹼的祖先们》中,莫言叙述了"高密东北乡"中的手脚生蹼的食草家族。这个家族在经历辉煌岁月后日趋败落,家族成员像动物一样吃草来净化自己的灵魂。正是这部作品,"深刻地揭示了人类共同的优点和弱点,深刻展示了人类灵魂的复杂性和善恶美丑之间的朦胧地带并在这朦胧地带投射进一线光明"[①]。莫言这里的"一线光明"可以理解为对善的追逐,以及对善的道德责任的自觉承担。

社会文明体现了社会的和谐,尤其是包含人与自然万物的和谐,强调了系统整体性的同时,反映了自然生命或生态系统的生存与发展;只有把这两个方面有机结合在一起,才能保持社会生态系统的稳定与繁荣。共同体的利益是共同体成员的整体利益,共同体成员的个人利益必须与共同体

---

① 莫言. 莫言自选集[M]. 海口:海南出版社,2009:3.

的整体利益结合在一起。正如萨特所说："人在为自己作出选择时，也为所有的人作出选择。"① 生命共同体是社会根本利益所在，目的是解决社会最关心、最直接、最现实的利益问题，有利于增强社会凝聚力和稳定性。福克纳与莫言把维护社会平等公平作为作品主题，凸显了社会均衡发展的重要性，展现了人与人、人与社会等和谐发展的过程，最终构建了人与社会和谐发展的命运共同体，体现了社会文明的伦理本质和均衡发展的重要意义，在思想和实践上都起到了文化与政治引领的作用。

① 萨特. 存在主义是一种人道主义 [M]. 周煦良，汤永宽，译. 上海：上海译文出版社，1988：9.

第四章　精神生态伦理思想：
人与自我和谐的命运共同体

　　"精神生态"作为人类精神领域中的概念，关注的是作为精神性主体的人类个体与自然、社会和自我之间的关系，其所倡导的价值观对生态系统的动态平衡与社会和谐发展都具有重要的意义和价值。人类精神生态系统是人类文明或文化的有机组成部分，代表着自然生态系统与人的社会生态系统有机地融合在一起，共同构成了人与自然、社会和自我和谐发展的命运共同体。自然生态和社会生态讲述的是自然的外在条件反映，是显性的；而精神生态则描述的是自然的内部环境，属于隐性的。福克纳与莫言基于自然生态伦理，通过社会生态现象，深入探讨了人的精神生态的内涵与价值，旨在促进人类个体的道德伦理修养的提升和社会公平公正的实现，构建人与自我和谐发展的命运共同体。这是生态伦理的终极目标，也是两位作家追求的生态伦理思想精华所在。

第一节　平等公正的生态伦理信仰

　　"精神生态"从概念上来看具有多重含义，如精神界的生态、人类的精神世界、精神现象、人类价值系统等。作为一种生态系统，精神生态是由各种精神要素相互依存而实现的循环系统，自然、社会和人类自我个体等都是这个系统不可或缺的要素，通过某种形式的互动而成为彼此包容、良性循环与和谐共生的关系。福克纳与莫言将精神生态引入生态系统之中，改善了人类自身问题与环境因素有机结合的形式，强化了人类平等公正的生态伦理信仰，提升了人类内在素质，缓解了外在环境压力，构建出人与自我和谐发展的生命共同体。

一、精神伦理与平等公正

　　"精神生态"关注的是人类精神领域的发展现状与存在的问题。人类所依附的生态伦理中的基本概念和范畴，如"自然生态""社会生态"等，为人们认识人与自然，解决人与人之间的关系问题提供了指导和评价尺度，而精神生态的出现体现了人类对生态系统认识的完整性。福克纳与莫言通过自然生态、社会生态和精神生态等层面，展现了对自然、社会与人类自身的认识过程，在人与自然、人与社会、人与自我等关系上表达了人类所担负的责任与义务，构建了人类命运共同体，为人类未来的生存及发展提供了思路与途径。

精神伦理建立在自然生态和社会生态伦理平衡的基础上，反映了人与自然的和谐发展以及人与人平等的道德伦理要求。美国内战后，南方工商业文明在北方文化的影响下迅猛发展，但并没有给南方人带来享用不尽的荣华富贵，相反却是对自然资源和社会环境的破坏，并形成了以征服自然和掠夺自然为特征的高消费的生产生活方式，引发一系列社会生态问题和精神生态伦理危机，造成了南方人心理上的恐惧、愤怒和精神压抑。消费的用途本来是满足人们生活的需要，在战后南方社会中却成了身份与欲望的象征，出手阔绰成了社会地位的象征，时髦穿着成为诱惑异性的资本。如《圣殿》中的"金鱼眼"通过贩卖私酒牟取了暴利，使他可以花钱如流水，购买不同式样的西服，佩戴白金链条，头发抹着发蜡，出入妓院、舞会等娱乐场，大肆挥霍金钱，成为孟菲斯妓女们心中的"财神"。谭波儿穿着最新流行时装，化着浓妆，乘坐豪华汽车，俨然一个水性杨花的轻浮女子，等待青年男子对她的搭讪与邀请。这些超出日常生活需求的消费活动显现出南方人的精神颓废以及人们精神上的无聊与虚无。

精神伦理是一种社会意识，也是社会存在的真实反映，包含了观念、信仰、意志和道德观念等内容。莫言的成长过程正值中国社会急剧变化的转型期，政治、经济和文化的改革所带来的社会问题给人们带来极端的压制和束缚，使人们心里充满了生存的焦虑和时代的压力。不仅如此，随着工业化和城镇化进程的加快，中国民众的精神生态，尤其是农民的精神生态，发生了极大变化。无论是在家种地还是外出打工，都面临着更大的痛苦与精神压力，使他们感受到社会环境的艰辛与社会的排斥。对此，莫言曾在《天堂蒜薹之歌》的后记中这样说道："如果谁还妄图用作家的身份干预政治，幻想着用文学作品治疗社会的弊病，大概会成为被嘲笑的对象。但就在这样的情况下，我还是写了这部为农民鸣不平的急就章。"[①] 他关注社会政治、道德伦理和精神信仰，其笔下的世界反映了人们的精神需求与道德追求，因为在中国当下环境中，任何政治、道德和文化上的冲突都会触动人们的敏感神经，引发群体性不满和激愤。为此，他只能用虚幻与想象的艺

---

① 莫言.新版后记[M]//天堂蒜薹之歌.杭州：浙江文艺出版社，2018：382.

术反映社会问题，伸张社会正义，主张自由和权利。

精神生态通常看不见、摸不着，属于意识的世界，其中精神生态与自然生态、社会生态等构成了双向反馈，共同维持着人类生态系统的平衡。在人类发展过程中，能够记载人类文明的载体几乎都是人类精神物化的具体体现。这些物化载体凝聚了人类的聪明与智慧，传达了人类的思想与情感。福克纳出身美国南方传统贵族世家，对南方精神物化载体有着丰富的体验和深刻的理解，南方种族、女性、家族、传统文化等都构成了现代社会形态的基础，成为人们追寻自我身份认同和人类灵魂归宿的动力。他的作品表达了人与自然、人与社会、人与自我的疏离与冲突，说明了南方人的精神虚无和生存困境。以《八月之光》之中的人物形象为例，无论是牧师盖尔·海托华，还是无法获得身份认同的乔·克里斯默斯，他们的精神生态都出现了严重的问题，主要表现为对身份的极端追求和对信仰的迷茫。这种现象的出现是与南方社会的精神生态系统分不开的，是南方社会精神生态系统的失衡造成的。借助这部作品中的种族主义思想的腐朽性、宗教的欺骗性、社会的不平等性，以及对人性的不懈追求等文学表现方式，福克纳警示南方人要关注人的精神生态问题，承担人类的职责与义务。

人类在数千年来的生产、交往和生活中形成了自身特有的风俗习惯、社会伦理、道德准则，其中道德修养、婚姻嫁娶、丧葬禁忌等，都是历史流传下来的文化基因，常常居于人们的心灵深处，影响人们的日常行为与精神形成。莫言作品塑造了中国社会底层劳动者最高尚、最美好的品德，如热爱自然、不甘于在物质世界中沉沦和追求精神上的超越等；同时他们又带有性格上的某些缺陷，如粗野、彪悍、霸道、缺乏人性的灵光等，让人感到这些英雄人物并不是十分高大英勇，而是与自己生活中遇到的常人一样。正是这种看似普通，但在现实生活中却真实存在的人物形象，令读者深感敬畏，似乎感悟到神灵的召唤，促使自己遵守人与人平等的道德伦理准则。他的精神生态伦理思想构造了一个充满创造力和真实性的精神生态世界，巧妙规避了一些敏感的政治话题，破解了农民在社会转型时期的精神困境，成为现代社会认知的基本观点和行动指南。

平等公正是指人们在经济、政治和文化等方面处于同等的地位，享有同等的权利。这一概念既属于社会生态范畴，又可以在精神生态中表现出来，因为平等公正是在历史发展过程中形成的，不同时期的人们对平等公正的认识也不同，并赋予了它不同的内涵与价值。精神生态伦理的失衡加剧了人们对自身生存的担忧，进一步引发了对生命的不确定感和虚无主义思想的蔓延，导致了人类精神上的孤单以及与他人情感上的疏离。福克纳与莫言在各自成长过程中感悟到人与自然的关系，见证了人与人之间的不平等性，他们精神上所追求的并不是一般意义上的生态关系，而是人类道德伦理的提升和精神生态的净化；也就是说，人类要对自身在生态系统中的地位重新定位，确保人与自然的平等、社会的公平正义等，才能真正解决人类生存所面临的一系列问题。

个人的生活阅历越丰富，接受外界事物刺激也就越大，这种现象一方面增加了个体精神生态的体验，另一方面则通过不间断的大脑思维，产生更深层次的精神思考。《喧哗与骚动》中的昆丁·康普生就是其中的一个代表人物，他的精神状况体现了南方传统道德价值在新南方现实中所遭遇的困境。他出身于南方传统贵族家族，这个家族曾经出过州长和将军，黑奴成群、庄园宏伟、良田千顷，但到内战后却穷困潦倒，不得不依靠祖先留下的家产勉强为生。作为长孙的昆丁性格敏感，对家族怀有深厚的情感，常常期望重振家业，然而在理想和现实的冲突中他多次陷入能力与伦理的两难困境。通过昆丁的命运悲剧，福克纳描述了美国内战后南方人精神世界崩溃的现象，同时哀悼了传统道德伦理的失落。

人类"存在的疏离化"现象是精神生态中的外在表现，也是人与人关系的一种变异，这种变异是因为精神生态系统中个体内部需求与外部环境之间的关系失衡，给人类个体带来了痛苦与折磨。在莫言的生活经历中，精神上的痛苦主要表现为人与自然、人与社会，以及人与自我之间的情感疏离，他在创作中对精神生态的书写大多都是通过情感异化表现出来的。如在短篇小说《倒立》中，他对中国传统文化中存在的官本位思想进行了批判。作品描述的是一个极其普通的同学聚会，从传统伦理上说，同学之间是一种友好平等的关系，没有尊卑之分，但由于同学中有一位省委组织部副部长，传统意义上的同学集会就变成了一种以官为主、以官为尊的讽刺场面。在场的同学都把这位出席宴会的副部长作为尊敬和讨好的对象，无论是言语还是举止上，都将这位领导视为高高在上的当权者，以卑躬屈膝的"奴才"身份献媚讨好他，甚至不惜出卖自己妻子的色相以换取同学领导的青睐或重视。事实上，这种聚会反映了中国传统文化中的官本位思想，异化了平等高尚的同学关系，表明了人与人之间出现的"存在的疏离化"现象，既是社会官场的生态状况，又是人与人之间的生存图景，体现了官员、商人和平民等不同阶层的人们在现实生活中的精神面貌和心理状态。

精神生态的平等与公正是社会发展目标。现代社会工业化与城市化的生活生产方式改变了人类传统的居住环境、生活方式和道德观念，使人们形成了前所未有的软弱感、孤独感和空虚感，导致精神伦理的失衡和人性的沉沦。只有实现自然生态、社会生态和精神生态的和谐统一，人类才会拥有和谐幸福的生活。美国战后南方社会面临着诸多问题，如种族问题、女性问题、道德伦理问题和家族问题等，这些问题的形成既有人与社会的冲突，又有人与自然、人与自我的矛盾与对立。在《野棕榈》中，以芝加哥为代表的北方工业文明新兴城市的生活和机器化大生产把人类视为大机器上的零件，始终不停地随着城市的发展而发展。威尔伯恩每天与大机器在一起，身心俱疲，肉体与精神都受到了严重的摧残："那境地甚至比死亡、比分离更糟：那是爱的坟墓，那是死尸的臭气熏天的灵柩车，支架在古往今来麻木不仁的行尸走肉的阴影之上。"①这里的人们从来没有感受过生活的快乐，因为在他们看来，人类创造的技术文明支配了自身的行为，甚至将人类自身变成了机器。福克纳在展现南方传统文明衰退和揭露现代人性异化根源的同时，展现了南方世界的精神危机，体现了他对南方精神生态的担心与忧虑。

精神伦理与平等公正是密切联系在一起的，其中前者是条件，后者是基础。20世纪后期的中国，由于物质匮乏，生活的目标就是填饱肚子，维持生命的存活，根本没有什么精神信仰。莫言看到了人与人之间的冷漠与相残、人自身精神的空虚与人性的变异等精神问题。如在《四十一炮》中，他以一个孩子的视角，展现了祖祖辈辈以土地为生的农村人，在金钱和物欲势力中沦落或扭曲了人性的历程，给人们提供了反思与感悟的参照环境。老兰是一个时代的"弄潮儿"，在改革开放的初期钻了法律法规的漏洞，"发明了"以高压水泵向屠宰后的动物肺动脉里强力注水的"科学方法"，以不诚信的手段跻身村里最先富起来的一部分人。他有钱有权，得到了上级领导信任，获得了乡亲们的羡慕，但却干着肮脏卑鄙的事情：不讲道义，能睡的女人他都睡了。杨玉珍，也就是作品中"我"的母亲，本是一个善良的农村传统女性，但发现老兰的"聪明"和"能力"后，就与老兰合伙开了一家肉食品加工厂，在获得丰厚物质财富的同时也失去了一位母亲所具有的道德底线和伦理贞操。通过这部作品，莫言表明了在现代消费主义驱使下，人们对物质利益的追求已经失去了人性，精神生态出现了危机，已经严重威胁到人类的生存。

作为人类对精神伦理的诉求体现，平等公正一直都是精神生态关注的热点，而从平等的基本概念到具体的内涵体现等都属于精神伦理的范畴。

---

① 福克纳.野棕榈[M].蓝仁哲，译.上海：上海译文出版社，2009：119-120.

判断物种是否公平的主要标准是环境正义，即自然生态规律。人类必须限制自己对自然的开发与利用，不能影响自然生态系统的良性运行，否则将会破坏自然生态平衡。当然，保护自然生态环境也是为了人类的长期发展和利益，更好地改善人们的社会生态和精神生态环境，提升人类的生活质量。两位作家通过精神伦理的展现，阐释了各自对自然、社会和自我的深刻体会和丰富想象，将人性的丑恶、精神苦难与空虚真实地展现在读者面前，使人们陷入深刻的反思之中，并认真思索人类的未来。

二、精神信仰与道德追求

精神信仰是人们精神世界的道德追求，也是人们行为选择的发展理念。精神信仰作为精神生态的组成部分，是由一系列主观评价构成的，包含了诸如道德观念、伦理信仰和理想信念等价值观念。正是这些价值观念决定了人们行为的选择和道德追求。福克纳与莫言意识到人类生存问题的解决与否完全取决于人类是否能在自然生态系统中尊重自然生命，是否能在社会生态系统中确保人与人之间的平等，是否能在精神生态中以平等公正的态度处理自我问题。两位作家展现了重建精神信仰的信念和不懈追求，并在作品人物形象身上彰显了精神信仰和道德追求的创作理念和精神取向。

信仰是人类精神层面上的最高体现，不仅影响人们的价值观、世界观和人生观，而且对人类的道德观和道德追求等产生重要影响。对福克纳来说，美国内战摧毁了南方赖以生存的物质和文化基础，而北方工业文明的入侵导致了南方精神世界的失衡，使南方人陷入信仰迷茫的境地。为此，他充分意识到战后南方社会在发展的同时也产生了人们欲望膨胀与精神失衡的灾难性后果，因而在作品中以精神生态的失衡为抓手，以南方社会问题为对象，表现了人性扭曲、道德低下、种族歧视、女性失语的社会特征与时代特征，展现了南方社会在信仰崩塌、道德溃败的环境下日益加剧的精神生态危机，并把精神生态作为南方社会道德的引领者，展现了他对南方精神信仰的期待与渴望。

精神信仰作为在一定时期占主导地位的权威而重要的观念，包括了信仰对象、信仰态度和信仰行为。在中国社会转型时期的环境下，大多数农民失去了传统生活方式和精神家园，被迫迁移到新的陌生环境中生存，由此感受到了艰辛与不愉快，导致了精神上的空虚。莫言的《月光斩》就是以这种环境为背景，书写了现代农民的精神痛苦。这部作品围绕着"大跃进"、"文革"和当代社会三个时期,展现了人类行为的荒诞与精神信仰的缺失,以及由此而引发的悲剧与深思。这个故事告诉人们,任何事情都包含了困难与情感,只要人们在精神上具有战胜一切、压倒一切的毅力和思想,就一定会获得成功,达到自己的目标要求。同样,《五个饽饽》作为一部描写自然灾害时期的作品,最终以小主人公的梦境结束了痛苦的感悟。儿童天真单纯的愿望、叫花子艰难的生存状况、"我"母亲维持生活的艰辛等,都在人们心灵上产生了碰撞,引发了共鸣。《透明的红萝卜》中的黑孩在残酷现实中失去自我价值和生命意义,他的死亡是对现实世界的暂时逃避,也是他对现实世界的抗争和无声呐喊。莫言在真实与幻想艺术中,凭借对世界的理解与对苦难的体验,展现了中国弱势群体的精神痛苦与根源,表达了其精神上的苦闷与哀愁。

精神信仰具有道德伦理规范的力量,是自然生态和社会生态和谐发展的基础和依靠。精神信仰是人类精神生态系统演化变迁与发展的基石,道德追求是精神生态系统的前提和基础。"在历史上没有任何一个时代像当前这样,人对于自身如此地困惑不解。在意义沉沦和形式破裂之后,留下的只是虚无。"[1] 两次世界大战极大地破坏了人类的自然生态环境和社会生态环境,导致许多饱受战争创伤的人感受到精神支柱的坍塌和人类精神信仰的失衡,给世界带来末日的气氛。福克纳意识到内战给南方人带来了诸多问题,体会到内战后南方社会由于生态失衡而引发人的精神异化。以《村子》为例。这部作品叙述了一个叫"老法国人湾"的典型村子的沦丧过程,通过贫穷白人弗莱姆·斯诺普斯的兴衰历程,展现了南方人精神生态中的冷酷无情、道德沦丧和奸诈狡猾。内战后南方新兴资产阶级代表人物的灵魂早已丧失殆尽,他们缺乏人性,最终败坏了传统伦理道德。福克纳把斯诺普斯家族作为贪婪、卑鄙和冷酷的化身,表现了强烈的义愤和轻蔑,反衬了整个南方社区精神生态的失落,给战后南方人带来了警示与反思。

精神信仰危机是严重的精神生态伦理失衡问题,往往导致人们片面追求物质利益,一味满足个人欲望,引发社会的道德伦理问题,使人们失去生活下去的希望和信心。莫言作品中的人物无论是在精神状态下自我迷失,还是在心灵拜物化下城市环境中人性异化,都导致了他们个体归属感的丧失和因漂泊不定而产生的精神痛苦。他的《地主的眼神》叙说了传统乡村生活变化和文化传统观念更迭所产生的精神信仰问题,展现了农民精神生态的变迁过程。老地主孙敬贤与其后代虽然都对土地怀有强烈的情感,但

---

① 李文波.大地诗学:生态文学研究绪论[M].西安:陕西人民出版社,2000:9.

他们在传统观念上还是有很多差异，不仅表现在农耕工具使用方面，而且还在对待生活的态度方面，如爷爷遭受了不公平的待遇，却感到合情合理；儿子对此无法忘怀；孙辈这一代似乎可以放下历史的包袱，愿意以更加宽阔的胸怀对待历史问题。这样，祖孙三代的命运发生了截然不同的变化：爷爷始终生活在冤屈和精神痛苦之中；父亲立志伸张冤屈，陷入精神错乱之中；只有年轻的孙子能够按照自己的意愿过着自己喜欢的生活。通过这个故事莫言告诉人们，当现代人的欲求无法得到满足时，通常会通过极端的方式来表现，如出现种族歧视、性别偏见和暴力犯罪等社会问题；而这些问题的解决必须通过人们的思想或精神的完善与调整。

精神信仰体现着一种道德追求和道德向往，表现为对现实社会的超越性。虽然精神信仰具有一定的社会与时代的超越性，但并不是说精神信仰完全不会受到社会和时代因素的限制或束缚，相反，任何精神信仰的形成和构建都必须与历史文化和社会环境等相适应，符合社会和时代发展需求，并在多种因素共同作用下构建起来。福克纳和莫言捕捉到现代人失去精神家园的茫然与不安，将现代人的生命放置在一个开放性的生存时空内，无论在城市还是农村，繁华还是古朴，物质化还是自然化，都能唤起人们对自然化时空的追寻向往与情感冲动，进而通过精神生态危机所导致的个体生命的逼迫感、困惑感与不适感，形成生存压力，以悲惨的结局引起人们的同情与怜悯，以此产生强烈的艺术冲击力。两位作家的作品时刻激发着人们的道德责任感和义务感，推动人与自然和谐发展，从而实现人与自然、人与社会、人与自我之间的和谐发展，构建人与自然之间和谐发展的命运共同体。

精神信仰建立在现实批判的基础之上，本身就有引领与规范的作用，且精神信仰一旦形成，往往又会成为评判各种社会问题与人们道德伦理标准的依据，使人感悟到现实与理想之间的差距，进而寻找解决现实问题的途径与方法。福克纳的作品没有美化其生活过的南方，而是利用亲身经历反映南方人的不幸与困境，有时甚至把战后南方人的生活描述得十分悲惨，目的是揭示南方人的精神痛苦与迷茫。以《喧哗与骚动》中的昆丁·康普生为例。作为南方传统贵族家族的继承人，其悲剧是命中注定的，因为南方经济落后和道德沦丧的社会现实环境导致了传统价值观和荣誉观不断失去影响力，成为其精神上的枷锁和生存的负担。他视保护妹妹凯蒂的贞洁为使命，而凯蒂我行我素，随性发展。这种矛盾冲突从根本上动摇了他重振家族荣誉的精神伦理和道德追求，导致他精神上的没落和绝望，引起了南方人对传统道德观的深刻反思。

道德追求与精神信仰之间的辩证关系实际上反映了人的精神生态伦理构建与实施动机之间的辩证关系。道德追求具有一种精神激励和引导的作用，促使人们反思社会道德的缺陷与不足，避免道德停滞和道德冷漠，激发人们的道德责任感。莫言的文学创作把中国社会转型时期人们生活和精神上的变化作为对象，意在展示社会环境中人们的精神伦理与道德追求，彰显出传统道德的优势与缺陷。作为经历过生活艰辛的农民作家，他对故乡这片土地充满了仇恨之情；然而，作为城市中的居住者，他无法排斥或忘怀故乡在其精神上留下的痕迹或影响。他通过对农民、土地和城市生态的描写与塑造，揭示现代人的生存现状、精神伦理和道德追求，反映了城乡环境中人性的真实写照。莫言的作品展现了中国劳苦大众的高尚正义、善良无畏的精神，以及自私怯懦、狡诈卑鄙和低级邪恶的道德问题。这种将人性之善和人性之恶真实呈现给读者的文学展现方式，让现代人看到自身无法根除的道德缺陷和精神问题，激励人们努力挖掘和弘扬人性之善，遏制体现人性之恶的思想和行为，为精神伦理和道德追求提供了发展动力和发展方向。

以精神信仰推动道德追求、维护社会的平等公正，是保持人与自然、人与社会、人与自我和谐发展的根本途径与有效方式。当人们长期受到不公平待遇时，必然会产生不满的情绪，甚至仇视社会，导致个人精神失衡，直接危害到人类社会稳定与和平发展；而道德追求激励人们为实现自身的精神信仰不断努力和发展，共同推动社会的发展和人与自然之间关系的和谐。福克纳与莫言从自然生态和社会生态入手，展现了现代人的精神生态，尤其对社会生态伦理挤压下违背精神生态伦理的行为进行了批判，对远离自然生态的人类表现出的精神萎靡倍感焦急，并以道德追求的形式提高社会道德规范，重塑人类精神生态伦理内涵，为人类未来的发展指明了具体的道路或方向。

三、精神和谐与共同命运

和谐是事物本质中各种差异与矛盾的对立与统一，也是事物存在和发展的辩证统一。精神和谐传承着时代特色和民族文化精髓，在历史发展与时代绵延中构成了某一区域或民族的共同性格、道德信仰以及理想信念等，成为该民族所具有的共同价值观和道德观。共同命运就是人精神活动的相对协调、平衡、稳定和有序发展，体现出人类最佳道德伦理状态和共同道德伦理追求。福克纳与莫言强调了人类精神和谐的重要性，表达了对人与自然和谐发展的命运共同体的期望。

精神和谐是人类个体在心理健康基础之上，对自身作出合理的评价，充分发挥自身的内在潜能，妥善处理社会各种关系，达到内外和谐的精神状态。人是构成社会的细胞，人与人之间的和谐构成了社会的和谐，体现了社会成员个体精神的和谐。如美国南方"妇道观"是一个建立在种族主义制度上对女性思想和行为进行规范的制度，在内战之前对社会的稳定与发展起到一定作用，但随着蓄奴制的瓦解，这种制度压制了南方女性的思想，制约了其精神和行为。福克纳的作品隐含着一条南方女性命运悲剧的创作主线，包含了南方女性家庭、宗教、婚姻、个性等因素，展现了南方女性的命运坎坷，以及为获得社会平等权利而进行的不懈努力。在"斯诺普斯三部曲"中，尤拉和琳达属于南方上层社会家族成员，遭受的困境更加深重。福克纳将南方女性面临的问题上升到人类的整体生存问题，具有重要的现实意义。

精神和谐体现了人与人之间在互助、互爱和互敬基础上形成的自我价值和社会价值的观念以及和睦相处的精神状态，是构建和谐社会和人类命运共同体的基础和前提。莫言回忆自己的创作经历时说过："1978 年，在枯燥的军营生活中，我拿起了创作的笔，本来想写一篇以海岛为背景的军营小说，但涌到我脑海里的，却都是故乡的情景。故乡的土地、故乡的河流、故乡的植物，包括大豆，包括棉花，包括高粱，红的白的黄的，一片一片的，海市蜃楼般的，从我面前的层层海浪里涌现出来。故乡的方言土语，从喧哗的海洋的深处传来，在我耳边缭绕。"[①] 他对农民生存问题的观照体现了人类精神生态的自我反省意识。他积极调整人与自然之间关系，忧心忡忡地书写了人对精神伦理的背离所带来的后果，展现了自然生命力的强大和人类"种"的衰退。莫言以敬畏和崇拜的心情在作品中寄托了与自然和睦相处的美好愿望，表达了中华民族蓬勃向上、英勇不屈的民族精神，时刻提醒人们要保持精神生态中的斗志和顽强拼搏精神。

精神和谐具有十分重要的整合功能和凝聚功能，尤其是它能将自然生态、社会生态、精神生态等系统中的生命个体凝聚在一起，共同构成人类活动及社会发展的推动力量，即一种精神向上的动力。通常情况下，精神信仰与人类的命运相辅相成，互为依赖，推动了精神伦理和精神文明的发展。精神信仰发生动摇或改变，就会影响到人们的精神追求，进而使人们失去构建人类共同命运的动力和信心。人们通过精神信仰，追求精神和谐，形

---

① 莫言.超越故乡 [M] // 莫言散文新编.北京：文化艺术出版社，2012：5.

成人类自我运行的复杂的命运共同体,共同维护人类的命运。福克纳与莫言通过公平地对待自然生态系统中生物的多样性、社会生态系统中生命个体,获得精神生态系统中平等公平的生态环境和精神信仰的支撑。

精神和谐具有意识,使个体成员团结一心,增强了人类生存和发展的精神动力,因为人类群体价值观念和发展目标得到了群体成员的赞同或支持后,被积极付诸现实问题的解决与落实中,形成良好的行为规范,产生统一的意志行动。美国内战后南方人共同的命运和文化背景,很容易使他们产生群体情感、精神氛围和统一的意志行动,这些因素对南方人起到了有效的组织、凝聚的驱动作用,促进了南方精神生态的整合与提升。福克纳"约克纳帕塔法"系列作品大多围绕南方精神和谐与普遍意义的对立与冲突的主题而展开,反映了南方社会中精神和信仰层面上的伦理失衡,并在此基础上进一步探索处在历史性变革时期南方人普遍存在的精神危机。在《喧哗与骚动》中,他将这场冲突以及由此引发的人的精神危机表现得尤为突出。有着辉煌历史背景的康普生家族在战后新的环境中不可避免地走向了没落的命运结局,导致了以昆丁和杰生为代表的家族子孙在社会转型的大趋势下,为了不同的目的选择了不同的生活和生存方式。最能体现福克纳精神和谐创作理念的是黑人女仆迪尔西。这是一位饱经风霜、忍耐谦卑、极具爱心的仁爱之母,在她身上体现了人类永恒的精神价值和希望之光,是人类精神和谐的具体体现。

精神和谐具有强大的推动作用,这种作用体现在个体精神动力和群体精神动力道德对人类的影响与促进方面,并作为最高层次的精神动力成为自然生态系统、社会生态系统和精神生态系统中最具普遍性、全面性和根本性的发展动力。莫言的作品表现了最具有普遍性的主题,即寻找中华原初文化中的精神动力和现代人的精神归依:"所谓'写小说是带着淡淡的乡愁寻找失落的家园或精神故乡'之说,并不是我的发明,好像一个哲学家说哲学如是。我不过挺受感触,便'移植'过来了。此种说法貌似深刻,但含义其实十分模糊,说穿了,文学是一种情绪,一种忧伤的情绪,向过去看,到童年里去寻找,这种忧伤就更美更有神秘色彩。"[①] 他的"高密东北乡"提供了一个能够表达精神和谐的生态环境,是高密人的精神"伊甸园"。在他看来,社会对生命、人权、自由和尊严的践踏犹如沉重的枷锁,让高密人感到生活的艰辛,而在这样恶劣的环境下生存的高密人依然表现出向上的精神,时刻提醒着人们不忘人类的共同命运:"人们回到的永远

---

① 张志忠. 莫言论[M]. 北京:北京联合出版公司,2012:31.

只是心灵上的家园和想像中的乡土，现实中的家园和乡土被现代性碾压之后，已发生了根本性的变化，乡土也许承担不起现代人对它赋予的心灵停泊地这一厚望。"① 红色高粱地里演绎的原始生态中精神和谐和共同命运的追求展现了莫言父辈们狂野的原始生命力，既是对民族精神的召唤，又体现出他对精神家园的渴望。

精神和谐是人类道德伦理的拓展和深化，主要"关心人的发展的目的与意义，它的对象是人，是在对人的存在的价值、合理性、人类前途等进行理性探询的过程中产生的。它追求对人的本质、潜能的发掘以及个性的张扬，追求个人的全面发展和自由，展现人的丰富的内心世界，求善求美是其核心"②。正是在这种道德伦理的引导下，人类命运共同体在充分发挥个体生命效力的基础上，也为个体的生存提供最稳固、最和谐以及以合力呈现的最优化的生存环境。命运共同体是"命运"与"共同体"紧密地结合在一起，意味着每一个成员需要自觉地把自己的命运与共同体的命运联系在一起。福克纳与莫言目睹了自然生态和社会生态危机带来的多种灾难，了解了生活在社会底层的劳动人民的困苦生活，在表达深切同情和关注的同时，不遗余力地批判了那些现实中丑和恶的行为和思想，期盼人们在精神上和谐，在人与自然和谐发展的命运共同体中找到自身的位置，积极提出自己的建议与解决方式。

人类共同命运的本质特征决定人类能够凝聚共识，走向命运的自由联合体。人类自身存在的多样性和丰富性决定了人类个体存在的现实性既需要发挥人类个体存在的自由性，同时又要凝聚个体存在的合力，组成整体力量以应对出现的各种问题，如此才能更好地实现人与自然的和谐发展。福克纳强烈感受到南方传统社会所建立的公正和秩序受到了严重的威胁，一些南方人为物质金钱利益所迷惑，陷入拜金主义、享乐主义和极端个人主义陷阱中，产生了道德伦理的空虚感和历史主义的虚无感。他在《我弥留之际》中展现了这种担心与忧虑。最能体现南方忍耐精神的本德仑家的长子卡什·本德仑，具有福克纳对人性和自我牺牲精神的概念所界定的内涵。他诚实、善良、吃苦耐劳，以极大耐心为母亲艾迪打造棺材，尽心尽力地护送母亲的遗体回家乡安葬；当送葬队伍路过发大水的河流时，他沉稳地发挥着带头作用，特别是在危急关头挺身而出，抓住了落入水中的棺材，阻止了棺材被大水冲走。尽管他的一条腿被大车碾断了，但他清醒后，关心的是母亲遗体的安全和他们送葬的日程。正是在他的引导下全家

---

① 禹建湘. 乡土想像：现代性与文学表意的焦虑[M]. 长沙：湖南人民出版社，2008：330.
② 蔡贤军. 论创新的科学精神和人文精神[J]. 理论月刊，2005(7)：34-35.

人将母亲的遗体顺利下葬，完成了母亲的遗愿。应该说，给艾迪的送葬是本德仑家庭人员的共同使命，虽然家庭的每个成员都有自己的想法，但为了共同的使命，还是经受住了大火、洪水、酷暑等恶劣环境的考验，发挥了每个人的才智，顺利地到达了目的地。这个家庭的送葬使命不应该简单地视为一次送葬历程，而应视为福克纳创设的一个特殊环境，是人类受苦受难的磨难经历，体现了家庭命运共同体的价值和意义。

精神和谐的凝聚力可以把分散的、不同的，甚至相互排斥的精神力量凝聚在一起，形成集中和统一的精神力量，成为个体发展、群体提升、社会进步的强大推动力。莫言笔下的"高密东北乡"具有极强的精神震撼力，那里的人们在粗犷的生存环境中显露出率真的个性和蓬勃向上的强大生命力，拥有着人类社会中美好的思想和精神追求。如《铁孩》中在孤单和饥饿中挣扎的打铁孩子，有着惊人的咀嚼功能，能够咬断钢筋并以铁为食物。这种咀嚼功能的变异正是莫言童年亲身经历的再现。在我国漫长的近现代历史进程中，农民往往承受着来自各方的压力与精神桎梏，如与官兵、土匪、强盗、天灾等进行抗争，陷入深深的苦难境地。莫言之所以执着书写乡村农民的苦难与艰辛，展现农民坚强的忍耐力和牺牲精神，是因为这些人经历的苦难正是他亲身经历的具体体现，他们承受的磨难也是他精神上挥之不去的负担。

精神生态的和谐是自然生态和谐的思想基础，也是构建社会生态和谐的内在动力。人们在致力消除自然生态危机和社会生态危机的同时，着重考虑的是消除人的精神生态危机。福克纳与莫言对命运的书写既不属于宿命论的命运观，也不属于荒谬的人生命运，而是指共同体成员之间存在的一种生死相依、荣辱与共、休戚相关的联系或命运依托。两位作家意识到人类命运共同体既是现实生活的综合化体现，代表了人与自然不可分割的关系，同时说明了人与自然相互依存、共生共荣的关系；只有这样，人类才能克服自身生存所遇到的各种问题，掌握好自己的命运，维持人与自然和谐发展。他们展现了人与自然和谐共处的理想境界，提出了促进自然生态、社会生态和精神生态和谐发展的思想，阐明了人类命运共同体的内涵与要求。

人类命运共同体理念强调的是人与自然环境的相互依存、共存共荣，这就给人类提出了十分迫切的要求与任务。美国南方内战后建立的数不清的伐木场对自然生态进行了严重的侵犯，使密西西比茂密的原始森林化为一片片死亡之地，除了一堆堆锯木屑外一无所有。在密西西比河谷和一些南方山脉中，原本许多重要树木已基本无处可寻；没有森林保护的土地受到了侵蚀，自然界的弱小动物，如兔子和鹌鹑等失去了自由生存的庇护地。南方人引以自豪的传统生活方式和文化传统失去了根基，由此南方人产生了精神上的空虚。福克纳以人类对自身生存环境进行破坏的残暴性，反衬人的贪欲，揭示人性的丑恶，表现了人的精神世界中始终渴望着慰藉与救助；同时，说明了人类在生态伦理共同体中作为不可分割的共同利益的追求主体，必须基于共同体利益而采取协同行动，并且作为无可替代的自然生态系统的维护主体，必须维护好自然生态系统并对自身行为进行约束。人类要想从根本上解决自身所面临的生态危机，必须改变传统价值观念，重新构建人与自然和谐发展的命运共同体。

人与自然的命运共同体是对历史和现实生活中诸种共同体精神的全面提升和价值整体建构。莫言的生态伦理思想从自然生态伦理，到社会生态伦理，最终触及精神生态伦理的过程，实际上是他对人在自然界的位置和作用进一步明确与深化的过程，使他的创作进入文学艺术最高的精神境界，成为具有普遍意义的人类关注对象和精神价值的凝聚点。中国经济的高速发展与西方消费主义思潮的入侵，导致了部分从对物质利益的崇拜，造就了他们对精神价值追求的误区，使他们忽视了对自然生命与价值的关注与重视，不可避免地出现人与物的异化现象，使人成了物的奴隶。在《师傅越来越幽默》中，莫言描写了一个获得先进工作者，和劳动模范称号的下岗工人。他原本是市农机修造厂的工人，但由于效益差，企业在他离国家规定的退休年龄还差一个月的时候倒闭了。他一下岗就摔断了腿，在医院住了两个月，花光了所有存款。为了生存下去，他建造了一个房子，本想维修家电来维持生活，但生意不佳，却出乎意料地成为青年男女谈恋爱的场所，后来发展成非法为男女提供性交易的地方。这个工人在金钱诱惑下一步步踏进陷阱，且越陷越深，失去了道德伦理，最终受到法律的惩处。在这部作品中，莫言展现了年迈的劳动模范人性堕落的过程，揭示了人生的无奈和人遭受的精神与心灵苦难。这不能不说是一场真正的精神磨难，也是对中国传统人性的彻底颠覆。

人类社会是否能够和谐发展，或者说，一个国家能否保持长久稳定与和平，在很大程度上取决于社会成员的思想道德素质和精神伦理品质是否提升。福克纳与莫言以公平的方式对待自然生态和社会生态中出现的问题，通过观念、信仰和道德与亲身体验，调控人与自然的矛盾与冲突，慰藉人类焦躁不安的情绪与精神失衡的心理恐惧。人与自然、人与社会、人与自我之间关系的和谐是人类社会存在发展的基础，而这些问题的解决不仅需要道德规范和精神伦理的引导，还要发挥道德的激励和鞭策作用，因为道德伦理是道德追求的具体化和形象化，也是大众理解和把握道德规范的基本方式。两位作家寻求并确立这一体系的生态伦理理想，主张加大精神和谐建设的力度，重视并确立道德伦理的实施方案和实施计划，创建人与自然和谐发展的命运共同体。这种思想或观念在现阶段人们追求和实施精神生态文明中是非常重要的，也是两位作家生态伦理思想中对生命意义不断探求的具体体现。

第二节　以善待物的生态伦理文学希冀

精神生态蕴含在自然生态和社会生态之中，根植于自然、社会和自我组成的生态系统中，所追求的是人与自然的和谐发展和自然万物共生共荣的命运，必然成为世俗、商业、纯理性，乃至技术至上等理念的对立面。社会生产力高速发展提升了人类的物质和文化生活水平，但随着物质财富的累积、市场化的推进和人类消费行为的异化，人与自然的关系发生了扭曲，造成了自然生态危机和社会生态危机，导致了人类精神生态中的诸多问题，出现了精神生态危机。自然生态危机的根源在于社会危机，而社会危机的关键是人类的道德观和价值观出现了问题，从而引起精神生态危机。现代社会呼唤人类生态意识的觉醒，而精神生态问题已成为当代人普遍感到担忧和共同关注的焦点，促使福克纳与莫言从以善待物的视角思考与分析人类在精神生态领域的问题，构建和谐的精神生态伦理秩序。这对人类生态文明的建设有着重要的参照意义。

一、以善待物与生存原则

现代生态理论对精神生态的关注见证了从回归自然走向社会生态和精神生态和谐的过程，加强了人类对自身价值观和道德观的审视。只有保持人类精神世界的平衡状态，才能正确认识世界和改造世界，善待自然万物，处理各种问题，达到人性自由和全面健康发展。福克纳与莫言通过以善待物的创作理念，探究人类的生存环境和生存原则。这对于人性饱受压抑和束缚的现代人来说，不仅可以唤起他们心中被压抑已久的善的天性，从精神上达到"仁"的境界，还能以仁慈宽容和道德情怀，体现对生命的觉醒和对精神生态的全面观照，展现人与自然和谐发展的精神生态伦理追求与生存希冀。

"以善待物"是伦理学中"善"理念的一种认识论表述，意为要以善心对待自然万物，以宽厚为怀，意义在于指导人类通过对友善和至善价值的实践，谋求人类的生存和幸福。福克纳和莫言提出了敬畏自然、尊重生命和善待自然万物的生态伦理思想。这是现代生态学的核心命题。福克纳主张尊重自然，反对现代机械文明对自然所采取的疏离、掠夺行为，认为正是这些行为导致了人性的异化；他呼吁建立一种体现诸如"勇气、荣誉、希望、自豪、同情、怜悯"等的自然法则的行为规范。莫言提出以人与自然和谐相处为目标，将以善待物作为立足点，构建人类生态伦理共同体。两位作家在作品中都表现了物无贵贱、顺应自然、自我约束、与天地万物融洽相处的生态伦理情怀，体现了人类的道德准则，为人与自然的关系赋予了公正、公平的道德意义和道德标准。

以善待物中"善"的终极意义是"至善"，而"至善"是人类保存、发展和完善自身的一种理想和追求。从这个意义上说，"至善"的意义不仅仅是对"善"的追求和对"恶"的完全消除，还是对"善"的弘扬和对"恶"在精神上的超越。良好的精神生态环境是人类生存与和谐发展的基础与保障，也是人类在道德伦理上对自身欲望和行为进行规范与限制的成果。福克纳在成长过程中目睹了家乡自然生态遭受的大规模破坏，亲身体会到因自然生态危机而引发的南方社会生态和精神生态等方面的问题，引起了他对人类命运的极度担忧。他在《野棕榈》中塑造了不同环境中生存的人物形象，挖掘了这些人物身上的"善"的人性光辉。威尔伯恩是这部作品中的男主人公，他是一家医学院的实习生，在一次聚会上遇到了已婚的夏洛特，二人一见钟情并私奔。后来威尔伯恩为夏洛特实施堕胎手术，因手术失败导致后者失血过多而死亡，自己也被关进了监狱。这个悲剧作品中，人性的善良和人的完美品德表现得淋漓尽致。如"高个子"犯人由于抢劫火车未遂也在这家监狱服刑，在一次逃离洪水的过程中被指派营救一名困在树上的妇女。由于被洪水冲散，他也没有找到这名妇女，最后历尽千难万险回到监狱，仍被以逃跑的罪名加判十年，继续在这个监狱劳教。虽然没有达到营救的目的，但为了这次营救，"高个子"犯人克服了种种困难，展现了善良的本性。这部作品中的大多数人物都生活在社会边缘环境中，丧失了作为个体的独立性，在精神上受到很大摧残，对社会难免产生怨恨和不满，但他们在紧要关口却显现了精神伦理的高尚。这种品德在福克纳以善待物的创作取向中达到了道德伦理和行为准则的标准，属于精神上的完美展现。

中国先贤提出的"以道观之，物无贵贱"的思想也体现了以善待物的内涵。大凡涉及人的生存利益的事情，都存在以善待物的问题，也都需要通过以善待物的方式来调节人类个体之间的矛盾冲突。以善待物与生存原则之间有着密切的辩证互动关系，表现为"应有"与"现有"的冲突与对立。以善待物是为了强化生存原则及其实施过程；或者说，是为了打破生存原则的限制，努力完善"现有"体系，创造"应有"条件，向理想的道德标准目标靠近。可以说，以善待物具有一种精神激励和精神引导作用，促使人们不断反思传统生存原则的缺陷与不足，以避免出现道德停滞和道德冷漠问题。人类不应贵己贱物，更不应把自然或他人视作统治和征服的对象，而应该尊重自然、社会和他人。莫言的文学创作沿袭了中国传统文化思想和道德伦理需求，展现了现代社会信仰空虚和精神荒芜的现象，揭示了人与人之间的冷漠以及因精神伦理失衡而导致的心理痛苦。

"恶"与"善"相对立，同时由于不同的人对"恶"的标准界定不同，人们对"恶"的认定条件也不尽相同。要消解"恶"，必须通过个人觉悟的提高，达到一种超脱的境界，以理性和智慧为基础破解"恶"的行为和方式。纯粹的个人行为本身具有道德含义上的"善"与"恶"，在影响他人生活或生命行为上更能产生道德高尚与低劣的结果。以善待物确立了人类对自我的理性约束，限制人类向自然索取太多的生态消费品，倡导人与自然万物、人与人之间的平等。《喧哗与骚动》中凯蒂·康普生无疑是福克纳塑造得最复杂的女性形象。她在童年时代热情、善良、富有爱心，真诚地爱护和关怀白痴弟弟班吉，不准任何人欺负他，甚至还当面指出母亲的虚伪。她本真的善良与其他家庭成员道德上的"恶"产生了强烈的冲突，导致了她的心灵成为爱的"荒原"。随着年龄的增长，她谈得叛逆，在怀上身孕后，为了家庭声誉匆匆嫁给一个自己并不爱的人，婚后遭到丈夫遗弃，一步步沦落成妓女和纳粹将军的情妇。凯蒂的堕落反映了美国南方清教主义思想对女性的迫害与摧残，表明了以康普生家族为代表的南方传统文化的消亡已成为不可避免的历史发展趋势。人们不仅要有"善"的爱心，而且还要有超越"恶"的能力，其中前者是人与人之间关系的基础，而后者是解决社会问题的关键。福克纳通过凯蒂身上的"善"与"恶"的对立与冲突，显露了精神生态伦理的意义和价值，展现了内战后南方人精神生态中的诸多问题。

人类的生存问题属于自然本性的范畴，因为无论是日常生活，还是特殊时期的生存机遇，只要不危及他人的生命，发挥人类个体的勇敢、坚决和聪明才智等优势，表现出追求生命的精神，就是生命的价值及以善待物的心灵展现。莫言对生存的感悟尤为深刻，这是因为他从小就经历痛苦的生存环境，感受到了人生的悲凉；同时艰辛的乡村生活与乡村的文化氛围更容易提醒他在作品中表现人性的"善"与"恶"。无论是那些匪里匪气、充满霸气与杀气的民间英雄，还是以土地为生的社会底层农民或边缘社会成员，都带有"高密东北乡"这片热土的气味与精神色彩。如食草家族祖祖辈辈所沿袭的传统饮食方式和生活方式，就带有典型的"高密东北乡"的气息。在创作这些人物时，他倾注了自己的生态伦理思想、自然界经历以及对自然的感悟，为社会底层大众赋予了大自然的品行，使他们展现出淳朴、忠厚、老实、任劳任怨的形象。《红高粱》中的人物大多都像没娘的孩子，但他们在民族大义面前都会挺身而出并坦然为民族献身。这些人物身上体现的原始生命力、伟大与高尚的民族精神令人赞叹不已。

作为一种义务原则，生命原则同时体现为道德义务；作为一种生存方式，人类必须考虑到群体的利益，这是个人利益与群体利益的关系决定的，也是道德上的意义。只有致力人类整体生存的行为，才具有客观普遍性，构成道德原则的标准。福克纳的创作将人与自然结合起来，在个人利益与群体利益的抗争中寻求精神上的平衡。《坟墓的闯入者》讲述了无论在智力、情感还是在社会地位上都貌似高人一等的白人律师加文·斯蒂文斯与外甥查尔斯·契克之间关于种族问题的争论。福克纳借此让白人担负起对黑人的责任，希望通过争论改变南方传统道德标准，带领南方社会走出种族主义的误区。加文认为，"总有一天路喀斯·布香可以从背后开枪打死白人而且跟白人一样免受私刑的绞索或煤油之苦；到了一定的时候他会跟白人一样在任何时候任何地方投票选举，把孩子送到任何白人孩子上学的学校，像白人一样到任何白人旅行的地方旅行"①。这一目标的实现在加文看来，不能靠北方人，也不能靠黑人自身，因为他们终究比优秀白人低劣，黑人的权利和自由只能由南方白人给予。加文的这种说教显然带有严重的种族主义色彩，而作为晚辈的查尔斯感受到黑人追求平等和尊严的正义性。他在黑人路喀斯家吃饭付钱遭到轻蔑拒绝的耻辱使他饱受煎熬，促使他一直想方设法还清这笔债，以平息自己心理上的痛苦，然而路喀斯始终让其无法消弭彼此身份上的高低贵贱之分。福克纳保持着种族平等的立场，促使大多数南方人逐步形成自己对种族问题的判断，以尽早解决这一制约南方精神生态发展的问题。

面对越来越功利化的现代社会，莫言把目光转向了人们的精神信仰。在上层建筑意识形态中，信仰无疑居于最高层次，对道德理想的形成起着十分重要的作用。不论人们是否承认，大多数人都有着自己的信仰，当然

---

① 福克纳.坟墓的闯入者[M].陶洁，译.上海：上海译文出版社，2004：136.

这里所说的信仰并不完全属于某种宗教信仰，而是人们在精神和观念上以深信不疑的态度所信奉和认同的准则、观念或理论等。"道德是始终如一的，道德绝不听凭人的想象、情欲和利益支配。道德应当对所有人都是不变而平等的，不因时因地而变化……必须建立在我们本性固有感情上。"①莫言《生死疲劳》中的蓝解放为了追求爱情，放弃了副县长的职位，在妻儿和父母谴责怨恨的目光下，在朋友和邻人的讥讽与嘲笑中，孤独地走上了与生命、环境抗争的道路；多年之后，蓝解放获得前妻的谅解重返故里，准备开始新生活时，其亲人一个一个地离他而去，但他并没有被压垮，相反却感悟出生命的真谛："死去的人难再活，活着的人还要活下去。哭着是活，笑着也是活。"②淳朴的话语包含着深刻哲理。蓝解放的生命足迹是对人类苦难的怜悯和坚韧生命意志的赞歌。从这个人物身上，莫言表现的是对"高密东北乡"生命意识的书写和对中华民族的原始生命力的追寻。

谋求自我生存是自爱的表现，但如果是影响他人利益的自爱，则不可避免地会发生利益的冲突，导致"恶"的行为、后果。在生存困境之中，一个人越是珍惜自己的利益就越有可能损害他人的利益，甚至威胁他人的生命，最后导致自己利益受损害，乃至搭上自己的性命。在当今生态系统中，以善待物依然发挥着积极作用。任何生命个体都是独特的、不可取代的，以自己特有的方式适应环境，在生命发展中超越自身的"恶"，实现自身的"善"："所有生物，无论是有意识的还是无意识的，都是生命目的论中心的，也就是说，每个生物都是一个由各种有目的活动构成的协调统一的有序系统，这个系统不断地力求保护和维持生物的生存。"③这是生命个体与生俱来的特征；生命个体在适合自身存在和繁衍的环境或条件下，实现自身的"善"。精神生态强调人自身系统的和谐平衡，倡导安宁稳定地生活，使心灵获得归属感，最终回归精神家园；相反，精神危机则是指人的精神的飘零感、荒芜感与非理性主义的体验，体现了人类对自然的掠夺式开发与利用，忽视了人的归属感、安全感与追求理性主义的渴望。两位作家借助以善待物的理念和生存原则，引领现代人远离现实世界的迷茫与精神失落，寻找和探索人类精神家园，以便走向幸福的彼岸。

---

① 霍尔巴赫.自然的体系：下卷[M].管士滨，译.北京：商务印书馆，1999：221.

② 莫言.生死疲劳[M].杭州：浙江文艺出版社，2018：573.

③ 泰勒.尊重自然：一种环境伦理学理论[M].雷毅，等译.北京：首都师范大学出版社，2010：77.

二、人性伦理与文化传承

人类在自然生态系统与社会生态系统中，按生命生态发展的规律要求生存，既有物质方面的需要，又有精神方面的需求，其中物质需求主要用于满足人的生理需要，而精神需求则用于满足人的心理需要。"所谓精神生活，本质上就是一系列的人与人之间和人与团体之间的交流，并在交流中得到满足，同时也改善社会。所以，精神生活也不是纯粹的个人生活。人在与他人交流过程中，既使自己的精神升华，也使社会沿着自由和公正的向度发展。"① 人类生活的世界是一个传承与发展的世界，随着社会文明不断完善，人类通过有效地运用自己的智慧与自然在长期的发展过程中建立起独特的伦理规范，成为个体、群体，乃至人类整体发展永不停息的动力和源泉。福克纳与莫言通过精神生态，参与人性伦理的构造，借助文化传承对现代社会进行了有机调控、情感滋润和道德关怀。

美国南方社会转型时期的伦理标准十分混乱，再加上加尔文宗教主义的桎梏、种族主义的罪恶、内战带来的后果、南方女性制度等问题，造成了战后南方人的精神失衡。福克纳作品中的一些人物处在严重的精神分裂状态。《押沙龙，押沙龙！》讲述的是查尔斯·邦恩，一个南方混血儿的命运悲剧故事。虽然他从外表上看不出是黑人，但从血缘关系上无法摆脱黑人的身份。他在出生后不久就被父亲抛弃，后来只身来到杰弗生镇，目的不是为了得到财产，而只是得到承认，哪怕是一点的暗示都能使他满足，但最后他却惨死在同父异母的弟弟手中。邦恩的命运悲剧表明了一个人的身份不是由自己决定的，而是需要他人的承认与认同，同时也说明了美国南方黑人的生存困境以及他们维护人格尊严和争取自由平等的艰难。对此，福克纳表示了强烈的谴责与批判。

人性伦理是一种社会组织或社会仪式，也是一种文化现象，如人性的扭曲、情感的失衡、精神的迷失等，都要受制于客观因素与相应的外部环境。在莫言作品中，他常常以崇高的人性姿态展现情感蕴藉与道德感召，在人与自然关系中以一种现代理念体现心目中人性伦理的建构。这种人性伦理本身又指向自然人性与原始人性的复归，回归到人的最原初形态的本真性存在，即真挚、淳朴、善良的原初情感："我如果不能去创造一个、开辟一个属于我自己的地区，我就永远不能具有自己的特色。"② 正是带着这

---

① 王坤庆. 论精神与精神教育：一种教育哲学视角的当代教育反思[J]. 华中师范大学学报（人文社会科学版），2002(3): 20-21.

② 孔范今，施战军. 莫言研究资料[M]. 济南：山东文艺出版社，2012: 199.

种信念和宗旨,他在文学创作中关注生命、表现生命和升华生命。《红高粱》中"我爷爷"余占鳌虽然是个土匪,但却集善恶于一身,究其行为并非草菅人命,而是源于其爱憎本能:为了爱,他杀了单家父子;为了恨,他杀死了和尚、土匪花脖子和日寇等,展现出生命伦理作为人性伦理的核心。同样,"我奶奶"的一生富于传奇色彩;她无视社会伦理道德,所做的一切都是源于自我生命的爱与恨。不仅如此,《红高粱》中的很多人物都是敢爱敢恨、敢生敢死,生命顽强坚韧的"英雄好汉",就像扎根在高密大地上的红高粱一样,体现了中华民族英勇不屈的顽强精神。

人的群体性也称为人的共同体行为,是人类文明发展的标志。如果仅从生物个体性来看,人为谋求自身利益而做出的一切行为都是合理的,没有对错之分,只是人所有的道德判断,包括凶残与仁爱、卑劣与高尚等,是以人的群体性需求为标准来界定的;从这个意义上说,"善"与"恶"的人性伦理是人的群体性对个体性行为的制约,具体体现出群体的人性和规范行为。在福克纳与莫言的作品中,人与人之间的信任危机、仇富而引发的变态心理、扭曲变形的家庭关系,以及因人情冷漠而造成的社会对立等,严重地影响了人们的精神世界。道德伦理的颠覆、人性的异化以及对物质利益的过度关注等,都成为两位作家作品中的主旋律。他们通过探寻生命中人性的深度与广度,将人性中最真实而又最冷漠的本质揭示出来,呈现给读者并促使读者陷入深深的思考之中;他们将人性伦理在精神生态中重新塑造,并作为现实社会道德标准加以展现与推广。

人类改造自然、改造社会所进行的一切斗争和努力,都是为了摆脱人性的束缚和奴役,全面地释放人性,给人性以自由和发展。生活在当下的人们面临着严重的环境危机、深刻的文化危机和精神危机,根源在于人与自然和谐关系遭到了破坏。福克纳的创作以现实生态问题和环境事件为背景,对精神生态中存在的问题进行展现与分析,旨在引起人们的关注与重视,以应对精神生态危机。《掠夺者》中的布恩·霍根贝克具有一种追求自由、勇于反抗的精神,如在卢修斯的爷爷买下汽车后,他就整天围着汽车转悠,带领身边所有人熟知这种新的交通工具;后来,他引诱卢修斯偷走其祖父的汽车并前往大城市去冒险。在旅途中与泥沼进行抗争,坚定勇敢地生活下去。虽然布恩不是作品的主要人物,但他身上反映出的美国南方精神却是福克纳极为赞赏和喜爱的。福克纳对人性伦理的评价取决于人的内心世界是否获得充分展现、人性自由是否得到保障等因素。布恩回归自然、提升精神伦理的行为重建了一种新型的人与自然、人与人、人与社会之间的关系,展现了人与自身的和谐关系,彰显了向上的精神风貌。

　　人性伦理与文化传承有着密切的关系，因为人类的需求需要通过生产来满足，其中人所掌握的生活体验与文化传统尤为重要。生活简单而充实、心态上的满足感和人际关系的和谐纯真，为人类提供了一种新的生活方式和生存方式，这是人类在经历过工业文明的痛苦思索后所追求的。莫言在作品中直接表明了自己对自然的态度：人类如果违背自然规律，就必然导致自身陷入深深的危机之中。从对自然力量的简单认识，再到辩证反思，体现了莫言对人性伦理和文化传承的关注。在《三生》中，他讲述了一个前世罪大恶极的人，死后被阎王爷在轮回转世的过程中分别转化马、狗、蛇等动物；虽为动物，但他仍然具有人的思维能力。这种人与兽、正与反等的呈现表明了莫言的创作理念，即人类在任何时候都不应过于贪婪，更不能毫无节制地掠夺自然。《翱翔》中的燕燕逃婚未成，像大鸟一样飞到了树顶，原因在于她是因爱情受挫而使自己发生了畸变，变成鸟是她渴望解脱现实苦难的一种表现。这种人与自然万物的互换是在生命欲望推动下对生命活力的张扬，也是追求生命权利的具体体现。

　　衡量社会文明水平与发达程度的标准并非仅仅是该社会的生产力与科技等的发展水平，而是社会的规范水平，以及由此所体现的文明程度。由于不同地域、民族与国家所依存的自然环境和交往环境有所不同，其文明水平也各具特色。美国南方黑人创造了自己的文化与文明，但由于蓄奴制的摧残与压制，其权利和自由受到极大的限制和束缚，命运极其悲惨。福克纳从《沙多里斯》始，先后在《八月之光》《押沙龙，押沙龙！》《去吧，摩西》和《坟墓的闯入者》等作品中都对种族压迫和种族歧视进行了揭露与评判。在他的作品中，黑人往往成为白人暴力的牺牲品，如《八月之光》中的乔·克里斯默斯，从自我怀疑走向自我毁灭；《押沙龙，押沙龙！》中的托马斯·萨德本因种族歧视在家族财产无法传承的绝望中走向了死亡，随之而去的是他的家族成员和其建立的"白人王朝"；在《坟墓的闯入者》中，福克纳通过路喀斯·布香这个人物的塑造，展现了黑人文化的独特性与丰富性。无论从外表到内心，还是从对白人的态度到对黑人的认同，都展现了南方社会存在的种族问题，反映了黑人渴望社会平等的需求。布香将查尔斯从溪水中救起，表现了善良的一面；到镇上交税时的行为方式以及与查尔斯的交谈中显现出他的自信与对查斯的关心。即便是被当作黑鬼杀人犯被捕入狱时，他依然超然、倔强而沉着，第一时间想到的是寻求白人律师加文·斯蒂文斯的帮助。路喀斯正是因为这种仁爱、自尊、自信、自我认同与对公正的追求，赢得了以查尔斯为代表的白人世界的信任和尊重，为自己赢得了被拯救的机会。福克纳的作品表明了这样一个事实，即唯有唤起黑人群体的自我拯救意识,他们才能找到通往自由的方式和方法。

作为人类文明的最高形态,人性伦理超越了以往传统道德伦理文明,反映的是人对自然生态的一种道德意识,在一定程度上影响着生态文明的发展与演进。莫言身负时代使命,作品立足熟悉的家乡本土,以关注人、现实、历史和未来等为主题,展现社会与精神生态中存在的各种问题。婴儿本来是父母生命的一种延续,父母应该善待自己的孩子,呵护其长大成人,但在《酒国》中莫言却描写了一个完全颠覆传统文化价值的故事:金元宝夫妇希望生更多的孩子,然而,他们生孩子的目的不是延续其血脉,而是将生下来的孩子卖到烹饪学院来获得好价钱。作品中有这样一段细致的心理描写:当作为父亲的元宝得知自家孩子是特级,且一公斤能卖到100元时,他的"手指哆嗦,捞过钱来,胡乱数了一下,脑子里一团模糊,他紧紧地攥住钱,带着哭腔问:这些钱归俺啦?"[①]。这位父亲带着"哭腔"不是因为将要失去自己的孩子而感到悲伤,而是因为孩子的缘故被评为特级,自己赚到二千一百四十元。金钱已使现代人失去了人性并堕落到极限,他们的精神伦理完全坍塌。

文化传承是人所具有的一种有目的、有意识和自觉的主观认知活动,也是人们对事物本质和规律的逻辑思维能力的继承和发展。人性伦理与文化传承中的欲望、价值观、人生观、情感及信念等变量,都是影响人的精神生态状况的主要因素,且这些精神变量可以相互作用、相互转化,甚至交织在一起,形成合力,促使精神生态状况发生质变。在福克纳与莫言的作品中,人性伦理最为显著的特征是人对金钱、财物的贪婪欲望已经极度地膨胀,甚至成为其生命中追求的终极目标,最终引发其精神生态失衡;而对文化传承,更多的是抛弃传统观念,在欲望和物质利益的驱使下作出错误的选择,导致严重的社会后果和悲惨的人生结局。

对于美国内战前后南方传统伦理道德,如"淑女制度"、加尔文宗教主义消费理念、家族观念等,不同的人有不同的态度。在内战之前的南方传统贵族家族成员看来,这些道德伦理规则是南方传统文化的精髓;而在战后南方人看来,这些制度已经不适应社会发展的需求,是南方女性自由和权利的桎梏。事实上,从文化传承来看,南方人性伦理的本质并没有发生明显的变化,但由于时代的变革,有些内容显然失去了存在的基础,束缚了人的思想和行为,给人们造成了严重的精神痛苦。这一点可以在福克纳多

---

① 莫言.酒国[M].杭州:浙江文艺出版社,2018:78.

部作品中看到。"骑士"文化传统是南方文化中的一个特殊形式，白人男孩卢修斯在成长过程中受到这种文化的影响，立志成为一个"骑士"。为了保护南方白人女性的名声，他发誓要弘扬"骑士精神"。然而，事实上，内战后的南方女性要求自由与独立，因而这种传统的"骑士精神"已经失去了存在的土壤和价值，变得荒诞滑稽。不仅如此，人性因金钱而异化的现象在这部作品中表现得更加清晰。另一个人物形象奥蒂斯一直在强调赚钱，甚至为了钱还偷走了黑人仆人的金牙以及勒索他人马匹等。如果说卢修斯对女性的保护反映了南方"骑士精神"之"善"，那么奥蒂斯却扮演了战前南方人在道德伦理上的"恶人"。福克纳青睐南方"骑士精神"，原因在于他的人生经历使其敏锐地注意到内战后南方传统文化的变异，尤其是人性伦理和文化传统已经无法在精神与现代物质文明之间找到一个合理的平衡点，他由此感到担忧与痛苦。

与美国南方人的精神空虚相呼应，莫言在作品中描述了人们的精神困境与信仰危机，其中"种的退化"是现代人所面临的最严重的精神危机。他虽然虚构出"高密东北乡"所经历的义和团起义、军阀混战、抗日战争、解放战争、土地改革、"大跃进"、"文革"、改革开放，乃至现代社会等百年历史，但所呈现的不同年代高密人的生存状态与精神面貌都是真实的和令人信服的。《红高粱》中以"我奶奶""我爷爷"到"我爹""我"祖孙三代人为代表的人物谱系反映了高密文化传统的传承与发展。以爷爷余占鳌为核心的第一代人，充满了原始的力量，在红高粱海洋里演绎了可歌可泣的生命传奇。在他们充满野性、坚韧、豪迈和大气的人性气氛衬托下，以"我爹"为代表的第二代高密人，其生命底色显得十分苍白，缺乏了人性的斗志。在《狗道》中，"我爹"被狗咬伤一只睾丸，虽然复原，但却暗示了父辈们生命力的衰退与萎缩，是"种的退化"的开始。第三代人以"我"为代表，作为高密文化的整理者，祖辈们的伟大与荣耀只是出现在"我"的想象之中，而"我"对生命力的感知只能依凭对过去的缅怀来实现。"我"是"种的退化"所体现的最集中、最激烈的代表，也是人性扭曲悲剧的承受者和见证者，心中淤积着巨大的痛苦，精神受到了极大的折磨。

每个人都生活在一定的伦理共同体中，并作为自然界中具有主体意识的存在物，无论在人性伦理构建与实施过程中，还是在文化传承与发展的历程中，都体现了精神的价值和作用。尤其是当人们的某一行为或思想在伦理共同体中得到认可，就会产生积极的社会效果，在文化传承中形成一定的推动作用；相反，如果某一行为或思想在伦理共同体中被制止，就会给人带来挫折或自卑，对社会可能产生一定的消极作用。决定人的思想或行为是否能被伦理共同体所接受的关键在于人是否融入伦理共同体中，成为这个共同体的引导者和推动者。福克纳与莫言意识到人类与自然纽带的疏离、断裂必然会造成人类自我断裂、精神空虚，导致人性异化。"人类的历史就是人不断发展同时又不断异化的历史。"[1] 两位作家审视现代文明，反思人与自然关系，凸显人类精神上的孤独感和焦虑感，明确指向人性伦理和文化传承，希望在精神生态中给人们提供指导及借鉴。

三、伦理关怀与情感寄托

伦理关怀的实施者是人，关怀的对象为包括人类在内的自然生态系统。由于人带有情感，总是处在某种社会关系之中，伦理关怀作为一种高级的善的行为，体现的不仅是物质关系，更是一种情感交流。福克纳与莫言无论从创作动机，还是从现实对人的影响方面，都体现出现代社会的伦理关怀与人们的情感寄托。他们把自然作为故事发生的背景进行描写，使自然参与故事情节的展开与发展，并注入一种精神方面的引领，提升了故事的意义和价值，借以观照人类生存现状。这种创作方式发掘了自然对人的精神净化，同时又从人与自然和谐发展中寻求到心灵安慰和精神寄托，为解决现代人的精神危机提供了重要参照。

伦理关怀作为一种实践诉求，必须遵循一定的原则，如尊重生命原则、公平正义原则等，同时规定了一定的价值取向。人类从最初被动适应自然，到后来主动适应自然；从敬畏、依附自然到改造和征服自然等，显示出越来越强大的力量，给自然生态带来了毁灭性的灾难。"人类将自己视为地球上所有物质的主宰，认为地球上的一切——有生命的和无生命的，动物、植物和矿物——甚至就连地球本身都是专门为人类创造的。"[2] 在这种观念的支配下，人类以一种近乎疯狂的行为掠夺自然，屠杀动物，致使自然生态系统遭到了前所未有的破坏。福克纳与莫言致力追求自然生态的平衡、人与自然的平等以及社会公平正义的生态伦理准则，更好地推动人的全面发展，为人类的生存和发展指明了道路。

伦理关怀主要集中在人与自然的关系方面，即重视生态系统的保护，遵循自然规律，消除自然生态、社会生态和精神生态危机。以森林、荒野等为主要关注对象的南方文学，始终把自然界作为人类精神的栖息场所和道

---

[1] 弗洛姆. 马克思关于人的概念[M] // 复旦大学哲学系现代西方哲学研究室. 西方学者论《一八四四年经济学-哲学手稿》. 上海：复旦大学出版社，1983：56.

[2] Carson, Rachel. *Of Man and the Stream of Time*[M]. New York: Frederick Ungar Publishing House, 1983: 120.

德伦理的理想场所。福克纳的作品将森林和荒野作为重要的描写环境，不仅是作品的主要背景，更是能净化人性的精神力量："大荒野在注视着他们离去，它如今已不那么饱含敌意了，也永远不含敌意了，因为公鹿仍然在跳而且永远在跳……公鹿、射击、山姆用来给他作标志的血，使他永远与荒野结成一体……那绝对不会弄错的、令人难忘的声音。"[①] 美国内战摧毁了南方人的心灵秩序，打破了他们精神世界的平衡状态，使原本纷繁复杂的社会变得混乱不堪，表现出精神生态的不和谐性，如夫妻感情的缺失、家庭成员缺乏宽容和理解、人与人出现疏离感等问题，让人们理解和感悟到南方人的命运悲剧都是自身的问题所导致的报复行为。福克纳告诫南方人要尊重自然、关爱自然，约束自己的欲望和行为，给自然万物更多的关怀，才能维护南方社会的发展。

人对自然生态的关怀体现为人类的行为要受到伦理道德规范约束，处理好人与自然、人与社会、人与自我之间的矛盾和冲突。自然环境受到严重污染、草场和森林面积的减少、动植物的死亡、自然灾害频发等自然生态危机的爆发，归根到底都是因为人类的贪欲，特别是对自然万物的过度索取和肆意破坏。如《球状闪电》描写了球形雷，小说一开始，便以急雨在天地间编织着巨网形容雨大，雷电中燃起了火球，穿墙破壁，炸裂了牛棚，也击飞了回村创业的女大学生和她父亲蛔蛔的梦想。作品中蛔蛔的母亲不止一次提到滚地雷劈死女妖精的故事，她对球状闪电的敬畏态度显示了齐鲁文化中农村老一辈人思想的保守性，反衬出新一代农村人思想的改变。由于这种自然现象的神秘性和危害性，很多缺乏雷电常识的人往往对其产生敬畏之心，如胶东老一辈人认为，被滚地雷劈死的都是一些作恶多端、罪有应得、遭受天谴的人。然而，在这部作品中，球形雷不单是一个自然现象，还代表了一种正义力量，因为它足以击碎人世间的一切不平等现象，确保人类精神信仰中的公平与公正。

伦理关怀是一种社会性关怀，而人的情感性与人的社会性紧密相连，人的社会性和道德情感构成了伦理关怀的内涵。人的情感通常包含两个层面：其一是自然情感，主要是关注人类整体；其二是道德情感，关注的是人类个体。无论从精神生态的内涵，还是从影响范围来看，生态伦理的实施范围都与人类的伦理关怀和情感寄托分不开。福克纳与莫言对精神共同体的塑造不仅对群体精神的和谐发挥作用，同时对个体精神的和谐与社会精神和谐的建构也发挥了重要作用。他们的精神生态在展现人与人、人

---

① 福克纳.去吧，摩西[M].李文俊，译.上海：上海译文出版社，2004：163.

与社会、人与自我之间关系的过程中，融入了个体的情感经历和人类整体的情感需求，给精神生态文明的构建提供了方向。

伦理关怀体现了自然界中所有的生命个体和谐的精神关系，而情感寄托则是精神生态系统和谐发展的目标与宗旨。福克纳把自然界的其他生命视为具有人类一样的价值和权利，提醒南方人约束自身的行为和思想，并以生态危机的危害性警示南方人，倡导回归自然，解决和整合南方社会种族、女性、生态、道德观及价值观等问题，以期达到南方社会发展所需的道德规范和社会规范的需求。《圣殿》中的霍拉斯·班鲍是一个极力追求美好品质的南方社会典型人物，他在正义被践踏、法律被嘲弄的社会中，始终没有放弃对正义和道德伦理的追求，持之以恒地维持社会的公平和正义，认为恶人应得到惩罚，法律尊严应该维护。这种精神信仰的坚持使他经历了很多磨难，从感到生活希望破灭到逐渐醒悟并参与一些社会活动，为一些下层民众的权利进行辩护等，体现了精神信仰的巨大影响力。他担任戈德温的辩护律师，为揭示案件真相、还被告以清白四处奔波，克服重重阻力收集证据。虽然最终失败了，但他明白了南方社会的罪恶与人性的恶劣。这种状况也使他对南方社会产生了新的认识，感悟到人性的丑恶与卑鄙，加深了他的挫折感和对南方精神生态危机的失望感。

构建以人与自然和谐、社会关系和谐、精神和谐等为代表的伦理关怀，是人类对自由和平等权利的追求，也是对社会生活的安定有序、和睦相处的期盼。现代社会撕裂了人与自然之间的和谐关系，但在心灵深处人类依然希望回归到自然界中，保护和修复人类的精神生态，这是人类保护自然生态环境、完善社会生态和精神生态的重要前提条件；只有与自然和谐相处，人类才能找到精神家园，情感才能找到寄托。家庭本是一个遮风避雨的港湾，家庭成员凭借伦理情感，体会到家庭的归属感。但在莫言的作品中，很多家庭都没有温暖，只有自私和冷漠，甚至是仇恨。如《爆炸》中的主人翁"我"曾对自己的家庭这样评论过："父亲挥手打我时，我的心里酝酿着毁灭一切的愤怒。新账旧账一起算！我看到在我们父子三十年的空间里，飞动着铁锈色的灰尘，没有温情，没有爱，没有欢乐，没有鲜花。"[①]这里所说的话就是莫言一些作品中父子、父女之间关系的最好概括。而《天堂蒜薹之歌》中的方老大、方老二对妹妹金菊进行辱骂、拘禁和毒打等事实，表明了家庭成员之间的冷漠与无情，以至于这些人在分家时兄弟姐妹之间互不相让，分文必争，甚至是一件棉袄都要割成两半进行平均分配，显

---

① 莫言.爆炸[M]//欢乐.杭州：浙江文艺出版社，2018：178.

现出中国传统道德伦理的丧失以及被扭曲的亲情关系，反映了社会风气的堕落与混乱。

道德追求是为了提升道德素养或追求道德目标而采取的行为方式。人类把道德目标作为社会道德准则，制定出合理的实施计划，不断提升自己的道德伦理修养。现代工业的发展改变了人们对传统道德伦理的认知，加深了人们精神生活的荒凉与空虚程度。《寓言》体现了美国南方精神生态的破坏与重建过程，展现了南方精神世界的混乱现状。作品中的三个普通人对战争的态度分别代表三种不同的道德观念和不同的情感寄托，"年轻的犹太空军少尉说：'太可怕了。我绝不答应，哪怕得掉脑袋我也不答应。'年迈的法国军需司令说：'太可怕了，我们就含着眼泪忍受吧。'那个英国营部司令传令兵则说：'太可怕了，这事我不能看着不管。'"① 借助传令兵之口，福克纳明确提出了人的责任感和伦理关怀意识，认为人应当勇敢地站起来，用自己的行动来阻止人类互相残杀的悲剧发生，唤醒人性和道德良知。这种积极向上的人性品质，正是福克纳所极力称颂和赞扬的精神生态层面，也是人类世界未来的希望。

作为人类高级情感标志的精神生态，本身就是一个内在的、自由的和始终变化着的生态系统。人类不仅要通过自然生态和社会生态来改变自身的生存环境和生存条件，还要通过人类的精神活动，如道德、教育和文化的培养等形式，摆脱单纯对物质利益的追求以及生理欲求的驱使，提升人类个体的精神素养，推动人类道德不断完善。莫言通过伦理关怀和情感寄托，唤起人类的道德良知。他的《红树林》讲述的是三个同窗好友相伴成长。随着改革开放，有些人面对各种诱惑时，选择贪赃枉法，受到法律的制裁，但大多数人仍两袖清风。美丽而又淳朴的珍珠姑娘，从"高密东北乡"闯进城市社会中，在经历多重困境后，勇敢接受了命运的挑战。通过这个故事，莫言对弱势群体表现出浓厚的伦理关怀。莫言这种对传统生命的尊重，体现了中华民族文化中人与人的平等和谐关系。

精神生态对于人和整个自然环境的作用在于构建一种良好的精神境界，保证人类在进行社会活动中，能够以最明智的方式方法指导思想和行为。作为人类精神价值的体现，道德追求在人生观、价值观和道德观等方面具有十分重要的积极意义。福克纳与莫言通过道德追求和情感寄托，提醒人们既要纠正传统文化对精神生态认识上的偏颇性和不准确性，重新确立精神生态和谐发展的途径与方式，又要对消费主义行为进行谴责与批

---

① 李文俊. 福克纳的神话[M]. 上海：上海译文出版社，2008: 319.

判。为谋求人类自身的可持续发展，人类必须对自然保持虔诚和敬畏之心，构建自由、和谐与公平的生存境界。

精神生态包含了人类个体的情感表达和情感体验。精神生态伦理失衡通常是指"身处社会之中的人的实在栖息地和精神栖息地以及与其相关的支持系统因为人的欲望的持续膨胀而发生断裂、毁损，变得荒废起来"①。这种后果的产生是因为人类对外在物化世界的欲望导致了人与自然、人与社会、人与自我之间和谐关系的破裂，引起了人性方面的扭曲与变态。美国内战后的南方社会对资源的掠夺性开发、侵犯和对荒原的破坏等都给人们带来无法挽救的损失。《坟墓里的旗帜》描写了以沙多里斯家族为代表的南方传统贵族的消亡过程，探讨了这个家族毁灭的原因。沙里多斯家族的消亡象征着南方传统伦理观和道德观的解体，福克纳对此表达了惋惜之情；《父亲亚伯拉罕》抨击了以斯诺普斯家族为代表的贫穷白人阶层对物质利益的追逐行为以及由此而引发的社会道德败坏的后果。这些新兴的工商业者在内战结束以后不择手段，掠夺自然资源、践踏生态伦理，赚取高额的消费利润，一跃成为南方新的领导阶层。不仅如此，这些人作为南方新兴资本主义工商业文明的一个代名词，从诞生之日起就以破坏自然规律、大肆掠夺自然资源、缺乏道德伦理等而被人们，也是福克纳作品中资本主义消费欲望和社会伦理错位的具体体现者。

伦理关怀体现了人与自然既对立又统一的关系，而人类在表达自己的伦理关怀时，又必须理性而严格地约束自身的欲望和行为。齐鲁文化中的很多故事劝诫人们要善良公平，否则，将会遭到神灵的惩罚与报复。莫言站在生命至上的立场上，自觉体会到中国女性的生存状况以及独特的生存意识，对女性的命运悲剧表达了无限同情。《透明的红萝卜》中的菊子姑娘、《白狗秋千架》中的暖、《秋水》中的白衣盲女以及《丰乳肥臀》中的上官玉女等，都有着善良的心理和美丽的外貌，但在不同的生活环境中，身体的残缺、家庭的出身、社会的不公等，造成了她们的命运悲剧，使她们承受了不同程度的苦难折磨。通过这些人物形象及其悲剧命运的震撼力，莫言表达了对社会世态的洞察和反思，体现了对生命意识的观照和对中国女性的伦理关怀。

人类为了生存，必须以"友善"的姿态拥抱自然；只有这样，自然才能以同样"友善"的姿态回报人类。"一个有深度的社会，是必须要拥有自己社会记忆的社会，就是要让我们的后代都能够在我们自己的文化传承里有

---

① 曹山柯．人生长恨水长东：《群鬼》的生态伦理解读[J]．外国文学研究，2010(5)：80．

尊严地生存。"[①] 人类从自觉、盲目、被动状态下走向拥有觉悟和能动的境界的过程中，道德伦理在精神生态调节下获得高度的生存自由度，因为生态伦理的存在和发展本质要求人与自然之间存在着道德关系。因此，回归自然、重建精神家园成为福克纳与莫言的诉求与渴望，也是其作品展现的主题。两位作家在反思人与自然关系的基础上，通过社会生态表象，展现了精神生态现状及存在的问题，以友善待物、人性伦理和伦理关怀的形式，构建了人类个体道德追求与情感寄托的途径和方式。

第三节　自我和谐的命运共同体构建

生态系统总是以一种共同体的形式存在，因为只有在共同体中，生命所需的条件才能得到满足。这些由人类、自然个体及其生存的环境组成的整体被称为"生态系统"，或"生态共同体"，也是人类及其后代生存和发展的基本条件和保障。随着自然生态和社会生态危机的出现，人类的道德观和价值观也发生了扭曲，引发了精神生态的失衡，出现了精神生态危机。面对这些压力与挑战，福克纳和莫言展现了现代工业文明带来的影响与危害，提醒人们要处理好人与自然的关系，协调好自身、社会和精神等需求关系，构建起人类生存和发展所需的命运共同体。无论是对人与自然关系的认知，还是构建人类命运共同体的行为上，两位作家倡导人类精神生态的平衡、稳定与和谐发展，重建了人类精神生态自我和谐的途径和方式。

一、精神和谐与共生共荣

"人的精神虽然是自然界的产物，但人的精神存在能够把自己的活动和整个世界看作是自己的对象，所以人总是能够离开自己、偏离自己的中心来理解世界，在更重要的意义上，通过改造世界的活动而肯定自己。"[②] 精神世界中出现的矛盾、冲突和失衡等问题必然给人们带来心理上的焦虑、烦恼、精神迷茫和痛苦，甚至导致人类的精神疾病。精神和谐是指人的精神活动的相对稳定和有序的良性状态，也是人的一种最佳精神生活状态。作为社会活动的产物，人的本质属性是社会性，精神需求主要是为了调节因匮乏而导致的渴求状态，如精神生活是否丰富，视野是否开阔，品德是否提升等。一般来说，人类作为个体的需要，按照内容可以分为物质需要与精神需要，其中物质需要是精神需要的基础，精神需要依附于物质

① 孙庆忠.社会记忆与村落的价值[J].广西民族大学学报（哲学社会科学版），2014(5): 34.
② 杨岚，张维真.中国当代人文精神的构建[M].北京：人民出版社，2002: 441.

需要；同时二者又有各自相对的独立性。精神需要必须保证物质需要的发展方向，发展水平体现了人的全面发展程度以及社会发展和谐程度。和谐平衡的精神生态引导人们对自然资源进行适度开发或利用，这样，自然生态系统就能保持有序地发展；精神生态失衡就会引发人们过度消耗自然资源，加剧对自然生态环境的破坏，引发生态危机。福克纳与莫言关注精神生态，注重自然生态和谐发展，其作品呈现出自然生态受到精神生态的影响，给人们留下了深刻的印象。

精神和谐作为一种自然法则，可以协调自然万物及人类生存和发展的平衡性，因为人与自然和谐的共生充分体现出自然界发展趋势和固有的规律，在保证自然界自身发展的同时，又能够满足人类发展的需求，最大程度允许人类改造和利用自然，从而达到共生共荣的目的。福克纳《熊》中的印第安人山姆·法泽斯与自然为伍，喜爱自然，尊重自然，虽然是个狩猎能手，但对自然界的生命保持着敬仰与崇拜，其身上所体现的尊严与自信、正直与善良、意志与忍耐力，以及他同大自然建立起的和谐关系等，契合了福克纳赞美的那种"高尚的野蛮人"的标准，体现了精神生态的和谐。

自然生命个体在生态系统中相互依存、相互关联，一个自然个体无法脱离其他自然个体而独立存在。一种生物的消失很可能影响到整个生态系统的平衡，最终影响到单个物种的生存状态。精神和谐在于沟通和整合不同主体之间所具有的思想、意识、目的和愿望等，并通过交流和沟通，从而达到异中求同的目的、寻求整体上的和谐。莫言作品中充满灵性的动植物以及无所不能的鬼怪奇人等，都有各自的思想和行为准则，在人与自然结成的共同体中展现出各自强烈的生存权利和生命价值。《售棉大路》是莫言塑造的一个平凡但却充满人性光辉的有关小人物的作品，描写了去棉花加工厂出售棉花和等待售棉过程中人们的精神活动状况。漫长的等待时间和炽热的骄阳折磨着每一个急切售棉的人，但这些人心地善良，热情好客，乐于助人，如善良可爱而又善解人意的杜秋妹对腊梅大嫂进行劝慰；车把式助人为乐；拖拉机手开始虽不友善，但在他的棉花起火，他和众人一起灭火后，形成了相互帮助、相互照顾的人间友爱。虽然每个人都希望尽快卖掉自己的棉花，且能卖个好价钱，或许存在这样或那样的竞争或利益冲突，但他们并没有因为个人利益而伤害其他人的权利；相反，他们相互帮助，克服困难，使最后的结局圆满顺心，闪烁着人性善良的光辉。莫言通过售棉大路上发生的故事，将作品人物置于销售棉花这一共同体中，没有刻意表现人与人之间的冷漠无情或竞争敌对，而是着力刻画了人与人之间的理解与包容。这正是莫言所设想的人与人之间关系的理想状态，也是他想要凸显的人性善良以及精神和谐。

精神和谐是一种社会法则，能够使人们从更高层次上寻找并举办一系列活动，化解各种社会利益冲突，约束人类欲望与邪恶行为，从而形成社会规范和调节机制，为评判社会进步和人类自身进步提供依据和衡量标准。现代社会出现的生态问题，如恶劣的生存环境、无尽的物质欲望和极端的精神痛苦等，实际上都是人的精神生态出现的问题，后果必然是打破生态伦理平衡，最终影响人类的生存。作为人与人之间的一种客观关系，精神和谐在现实生活中表现为复杂的制度、组织系统和礼俗伦常，体现为现实合理的社会秩序。福克纳与莫言关注人与自然和谐发展，通过对精神生态的展现，呈现出人的心灵与肉体、精神与处境、欲求与理想、信仰与现实性等存在的冲突与对立，在传统文化和现代文化的博弈中进行深刻反思，旨在提升人们的精神伦理素养和道德伦理水平。

精神生态的和谐发展促使人类个体精神与群体精神融合并提升，而群体精神与社会精神融合并提升，实质上也是人类个体、群体和社会在价值取向上不断协调和整合的过程，以最终达到和谐的目的。从这个意义上说，精神和谐离不开人类个体精神和谐和群体精神和谐的支撑，而人类个体精神与群体精神只有在个体相互协调、相互认同的共同体中，才能达到共生共荣的发展目标。福克纳作品凸显了人与自然相互依存的关系，符合战后南方社会发展的具体环境，也是南方精神生态必须克服与破解的必然过程。正如《八月之光》中的牧师盖尔·海托华一样，虽然他始终沉湎于祖父在内战中的"光辉形象"，但事实上那些故事或其祖父的形象等都是他虚构出来的，给他的精神带来了很大压力，甚至一度使他失去了工作。值得庆幸的是，他遇到莉娜·格罗夫后，勇敢地帮助她接生孩子；再加上黑人的求救唤醒了他沉睡的心灵，帮助他挣脱了过去阴影的束缚，开始了新的生活。出生在乡村中的南方女性莉娜凭着自己的执着追求，找到了属于自己的精神世界和生存环境，获得了生活的自主权。福克纳通过上述两位人物的命运结局说明了人类在面临生态危机及其背后所蕴含的精神生态危机时，必须相互依存、相互帮助，才能克服困境，获得道德关怀，达到精神和谐的人生目标。

任何形式上的精神和谐都非绝对或静态的和谐，而是一种相对、动态的和谐，是差异中的和谐。人们精神追求的不同本身就包含了矛盾和对立因素，和谐只是使矛盾得到抑制或缓解，从而在相互之间保持着一种张力，达到一种暂时平衡而已。同样，精神和谐也是抑制、调整对立与冲突，维护精神生态整体的稳定与平衡。莫言在《丑兵》中说明了这一理念，他为这部作品中的一位名叫王三社的士兵赋予了奇丑的长相，却给了他一个充满人性光辉的灵魂。这样，丑陋的外表与善良的内心世界形成了强烈对比，凸显出现代社会对精神和谐的美好追求。每个人都有追求美和渴望美的权利，无论是外在形态之美，还是人性心灵之美，都属于精神和谐的范畴，反映出人们不同的审美需求。丑兵虽然长相奇丑，且常常受人欺辱与嘲笑，但他以自身的行动完美诠释了灵魂美的男人形象：日常训练认真敬业，不怕流汗出力，热情无畏；孝敬母亲；对国家充满了热爱，立志报效祖国；在战场上英勇无畏，舍身救人，散发出耀眼的光辉。对丑兵持有偏见的"我"和戏弄丑兵的小豆子等人物，都是这一高大形象的反面教材，表达了莫言对美好心灵的颂扬。最后丑兵在战场上牺牲了，他留下的美善心灵却让人印象深刻，为世人提供了精神和谐的示范和学习的榜样。

和谐精神以人与自然的和谐发展为基础，体现了共荣共生的生态理念和文化价值。"共生"是一个生物学上的概念，通常指两个或两个以上的生命个体相互依存、和谐共生的现象。共生的基本原则为共生双方或多方以独立完整的生命体，或相互依存，或相互作用，共同发展。"共荣"是"共生"进一步的延伸，表明了人与环境双方的存在状态得到优化或改善的同时，人类生存状态的改善与环境生态质量的提高存在着互利互惠的因果关系。福克纳与莫言的精神生态理念体现了自然界中自然万物共生共荣的现象，反映了人与自然互利共生、协同发展的过程，是人类文明发展的必由之路。自然先于人而存在，而人不可以超脱自然。两位作家通过人类的生存危机，探讨现代社会精神生态伦理准则，强调在共同精神追求和价值观念引领下达到精神生态的和谐，如此才能理性地面对和解决自然和社会生态系统中诸多的矛盾和利益冲突。

精神和谐的"共荣"强调的是自然不仅可以与人共享生存的权利，还可以与人共享发展的权利。"精神生态在人的精神世界与人所生存的物质世界之间搭起了一座沟通协调的桥梁，它不但关注人的精神世界，研究如何通过外部环境的优化和文化制度的建设来改善人的精神心理问题，还关注人的精神活动对外部环境的影响，尝试通过人的精神世界的建设来规范人的观念、行为，缓解人的发展与自然和社会发展之间的矛盾冲突。"[①] 内战结束以后，南方社会过度的物质占有欲望导致了人们精神信仰的丧失，一些南方人只是一味地沉湎于物质利益带来的乐趣之中，却不知道自己精神上受到了极大的折磨。《喧哗与骚动》中昆丁被置于精神欲望的折磨之

---

① 刘文良. 范畴与方法：生态批评论[M]. 北京：人民出版社，2009：50.

中，对南方传统家族"荣誉观"和道德观产生了迷惘，最终因无法承受精神上的折磨投河而死。昆丁的悲剧在于自身没有处理好情感与理性的关系，导致了他心目中已构建的传统道德伦理准则崩塌，引发了他精神上的极端痛苦，反映了南方精神生态的失衡与恶化。

精神和谐既是个体精神的凝聚和升华，又是群体精神有力的支撑。现代工业化进程造成了自然生态危机和精神生态危机，只有确保精神生态各要素之间保持共生共荣的和谐关系，人的精神才能真正和谐；反之，则会出现人性异化现象。莫言作品中的一些人物始终生活在扭曲的精神世界里，做出一系列荒谬行为，最终导致众叛亲离的结局。在《天堂蒜薹之歌》中，莫言谴责的不仅是封建思想的愚昧落后，而且是这种毒瘤般的思想对人性带来的扭曲与伤害。在天堂县的这个小村子里，村民几乎没有受过任何教育，也不懂法律法规，封建迷信和包办婚姻现象随处可见。在社会黑暗和封建思想禁锢下，村民的人性发生了异化，自欺欺人的自我安慰、自我满足心理以及社会给他们造成的伤害使人们失去了人格和人性。以高羊为代表的村民，如同羔羊一般任人宰割和欺凌，没有任何反抗意识。为官之人必须有坚定的信仰和道德立场，才无愧于时代赋予的权利。然而，天堂县的为官者却暴露出严重的官僚主义思想和贪婪肮脏的人性本质。莫言以青年军官的身份表达了内心的愤恨与不满，述说了农民生存的艰辛与无奈，同时谴责了政府官员的昏聩无能和玩忽职守。通过这部作品，莫言直接面对社会现实问题，深刻展现当代农民心灵深处的酸苦和无奈。这部作品也是一次现代版"官逼民反"事件的再现，看似轻松，实质上隐藏着对现代人精神世界的探索以及对精神和谐的思考。

精神和谐本质上要求人类利益服从生态系统整体利益，个体利益服从共同体利益，同时以共同体利益为宗旨，建构符合社会发展的基本准则和道德伦理规范，这也是解决人类生存危机的根本途径。"在精神共同体中，人们为了共同的价值目标，相互配合、真诚合作，从而形成成员之间精神和情感的强烈依存关系，和独特的团体精神。"[①] 人类在追求自身利益的过程中，必然牵涉到共同体中他者的利益，这就要求人类要以共同体利益为重，构建自身发展的途径与方法。内战后的美国南方从保守、落后的农业社会发展成为工商资本主义社会，完成了南方文化的转型；中国经历战争、内乱、自然灾害以及轰轰烈烈的政治运动，也从单一的农业经济文化形式过渡到多元文化并存的文化局面，这些文化形式和内涵的变化给生活在这个

① 王家军.学校管理的伦理本质[J].首都师范大学学报(社会科学版),2008(3):107.

时代的人们带来了不同寻常的生活经历。福克纳与莫言致力探究人与自然的关系，注重揭示人与自然关系变得紧张、产生疏离以及冲突的社会和精神根源，力求为人类摆脱生态危机、走出生存困境寻求到一条出路。

社会精神和谐是由不同性质、不同层次、不同规模和发挥不同作用的群体精神和谐构成的，其中群体精神从不同角度、不同层面承载和反映了社会伦理和文化的需求。群体精神的和谐必然反映了社会精神的和谐。人需要自身发展，同时也需要自身所处环境的发展，这是人与自然共生共荣的最优方式。对战后美国南方人来说，现代伦理观体现了时代需求，融合了传统的精神伦理；只有将这两种伦理结合在一起，才能达到人类个体与个体、个体与群体之间精神的协调融合，实现群体精神和社会精神的和谐。沙多里斯家族是福克纳作品中一个享有很高社会声望的南方传统贵族家族，在《曾有过这样一位女王》中这个家族所居住的庄园已经有百年的历史了，此时沙多里斯家族中的男性成员基本上都已去世，仅剩下了珍妮姑婆以及娜西萨母子。珍妮姑婆结婚后不久失去了丈夫，后来回到娘家，孤独顽强地生存下来，维持着沙多里斯家族的荣誉和名声。事实上，她成了沙多里斯家族的最高统治者，虽说是女性，但并不妨碍她以父权身份管理和维护这个家族的发展，并且她所做的一切都是从家族利益出发，以传统伦理道德规范严格要求家族成员。娜西萨是一个有血有肉有欲望的年轻女性，由于她是这个家族的继承人的母亲，又是在珍妮姑婆的监管下生存，她始终从表面上恪守南方妇道伦理，而内心深处却有着强烈的反叛意识。这种二元对立的精神平衡状态直到情书事件再次出现才被打破，南方上层白人淑女的身份又不允许她成为人们茶余饭后的谈料，因此她别无选择，只有采取实质上的背叛来换取表面上的顺从，成为珍妮姑婆所代表的传统势力眼中的正派女人。

精神生态的共荣并不是对原有生存状态的简单延伸，也不是自然在原有存在状态基础上的单纯存续，而是通过优化和发展原有不适应社会和自然发展规律的制度和模式，提高人类的生存能力，保障自然的生存权利。在莫言的文学世界里，人类需要遵循社会伦理道德规范，重塑自己的精神信仰，才能保证自身实践和行为。这就要求人们在满足自身需求的同时，还要尊重自然生态发展规律，维护人与自然、人与社会、人与自我之间的平衡。中国农民必须满足自身发展的需求，调节自身的思想和行为，把自我行为规范与社会伦理道德融合起来，与其他群体共同提升人们的价值观念和道德观念。为此，莫言不得不重新深入思考人与自然的关系，并把这种关系置于人类精神生态领域之中，通过人与自然之间的对立与统一关系，提升现代人的精神生态水平；同时他也借助作品表明，一个社会能稳定地发展，必须以人与自然的和谐发展为基础，而这些秩序的维持必须依赖各种道德规范，否则将会陷入人与自我的精神困境之中。

精神和谐最终会演变为人的活动及社会发展的推动力量，即精神动力。"精神动力本质上是指导和推动人们改造客观世界和改造主观世界的精神能动作用的集中体现。"[①] 精神和谐，对个体来说，是获得发展、创造价值、自我实现、融于社会的动力基础；如果一个人的精神不和谐，就会缺乏创造性的精神动力，给个体生存和发展带来负面影响。对群体精神来说，生态系统的稳定性和整体性确保了人与自然共生共荣的命运共同体和谐发展。这是人类追求的高层次的目标，也是人类道德应顾及的最大范围。福克纳与莫言所追求的不是简单地退回到原始初民生活时代的那种人与自然和谐的关系之中，而是更深刻地反思人类对自然生态系统犯下的错误行为，引导人们重新认识自然，尊重自然规律，构建人与自然和谐发展的命运共同体，达到人与自然和谐发展的最高境界，进而实现精神和谐发展的目标。

二、理性精神与自由发展

理性是西方哲学使用范围最广、内涵最丰富的概念之一，常被看作是人类独有的、用以调节和控制人的欲望和行为的精神力量。黑格尔对理性作了明确定义，认为："哲学用以观察历史的唯一'思想'便是理性这个简单的概念。'理性'是世界的主宰，世界历史因此是一种合理的过程。"[②] 为了保证社会发展秩序，人们通过理性的方式制定一系列道德准则和行为规则，使人类个体的思想或行为受到约束。现代社会出现的精神迷惘、情感冷漠、人性沦丧等现象都是人类精神生态的失衡所导致的结果，反映了理性精神与自由发展的矛盾统一关系。

理性是人的本性，既有人类的特性，又有人类的共性，表现为自觉调节和控制人类自身行为的思维能力与思维过程。理性精神表现为一种形而上的信念与原则，往往超越自身思维的能力和伦理需求的标准。福克纳与莫言的理性精神表现为鲜明的人文精神和人性伦理追求精神，体现了对自然整体的关怀，对人类个体生存意义、生存价值，以及人文精神的关注，具有最普遍的价值和意义。两位作家把人类生存发展与自然环境作为一个有机整体，强调人与自然的和谐统一以及人类在这个生态伦理共同体中所

---

① 骆郁廷. "精神动力"范畴分析[J]. 武汉大学学报（社会科学版），2003(4): 502.

② 黑格尔. 历史哲学[M]. 王造时，译. 上海：上海书店出版社，2006: 8.

担负起的伦理道德作用；他们将自然生态和社会生态的理性思维升华为文化意识、精神意向和道德伦理观念等，形成一种形而上的哲学思考，并在精神生态领域对人类命运和精神价值进行探索，摸索出人类未来的出路和方向。

理性精神表现为追求真理、崇尚科学、提倡实事求是以及推崇自觉自立和敬业进取等个体精神本质，体现了民主法治、公平正义、诚信友爱、安定团结等群体精神内涵，是社会得以形成和发展的动力和基础。福克纳生态伦理思想中包含了深厚的理性意识，无论是在公开发表的谈话、访谈与演讲中，还是在作品中，福克纳都提出了自己的理性追求目标。这实际上体现了他对人性、对人的精神世界的深层思考。他怀着爱恨交织的心态来描摹美国南方社会，以理性的态度透视家族之间的斗争与命运悲剧，还对种族主义、清教主义思想和工商势力的唯利是图等观念和行为进行了深刻的揭露和批判，给人们展现了一个阴暗、残酷和悲惨的南方世界。以《押沙龙，押沙龙！》为例。查尔斯・邦恩是一个混血儿，原本期望得到生父的认同，但因为血统问题被同父异母的弟弟杀死。《八月之光》中的乔・克里斯默斯仅仅因被怀疑有黑人血统，自出生伊始就被家人抛弃，至死都没有弄明白自己究竟是黑人还是白人。这些事例说明了福克纳倡导理性精神，即任何人都有获得生存和发展的权利和自由，而社会平等和道德伦理实现是社会发展的基础和动力。

社会关系的扭曲就是人与人之间关系的扭曲，使人类陷入道德感沦丧、精神信仰丧失、人与人关系冷漠疏离的困境，严重影响人类个体的自由发展。莫言对中国转型时期人们的精神生态极为担心，乃至上升到忧虑中华民族"种的退化"的境地。借助自然界的神秘性和动植物的灵性，他展现了农民的生存方式，揭示了人类的生存现状。如《红蝗》中青年人在遭遇一场铺天盖地的蝗虫灾难后，终生难忘，对自然产生了惶恐和敬畏的情感；《枯河》中男孩的精神被折磨到崩溃的边缘，但他最终以异乎寻常的手段对人类社会进行了报复和控诉。莫言以这种方式展现精神生态问题，目的是表明人类精神世界的异化，特别是同情心、平等感和正义感的丧失，才是制约人类个体自由发展的根源。

理性精神为人的自由发展创造了条件，但人的自由发展并不会自动带来人性的提升。人性依赖于人类个体在自主性的实践中以理性精神的自律性进行自我提升。现代工业文明过度追求物质利益，给生态系统造成了巨大破坏，恶化了人们的生存环境，引发了严重的精神危机。每个人在社会里都扮演着不同的角色，对理性的追求也不尽相同。对美国南方人来说，有的人沉湎于过去的"辉煌"之中，丧失了对现实生活的兴趣，最终失去了生存下去的能力；有的盲目追求现代消费，虽然攫取了大量财富，但依然无法填满心中的空虚，最终家破人亡。《圣殿》中的谭波儿热衷跳舞喝酒，自甘堕落，在黑社会聚居地、妓院等场所放浪形骸，没有任何羞耻之感，其行为不仅仅对南方父权制度形成挑战，更是对南方传统道德伦理和精神信仰构成挑战。《村子》中的尤拉在年轻时几乎吸引了所有"老法国人湾"的男人们，但她最终还是屈从于命运，嫁给了唯利是图的弗莱姆。这种命运的安排凸显了福克纳对战后南方精神生态的了解，表达了他对未来的担忧，因为在他看来，内战后的南方人只对金钱和物质利益感兴趣，已经成为了现代工业文明的牺牲品。

理性精神是现代社会得以形成、发展的精神支柱，一个社会的文明程度与理性化程度联系密切，因为理性精神代表了强烈的独立自主意识、思考精神和批判精神。这种精神重视个人正当权益，同时提倡个人权益与他人权益的相辅相成：只有尊重和不损害其他生命的合法权益，人类才能保障自身的合法权益。莫言创作时期正值中国由传统社会向现代社会转型发展，提高社会生产力、发展经济是那个时代面临的最主要的任务；而与之相伴的是人类对自然界的过度开发，加剧了人与自然界之间的矛盾。"中国在经历了一连串的政治运动以后，过去道德的纯洁性和较为坦诚、真挚、友好的人际关系，遭受了极为严重的破坏，道德水准下坠，社会风气恶化，人与人之间的虚伪成分大大增加。"[1]《酒国》和《四十一炮》都有关于吃的情结，出现了各种怪异和荒诞的饮食场景。无论是酒国市，还是双城市的人们都变成了贪食的怪物，都像发疯一样寻找与众不同的饮食口味。从理性精神来看，莫言所展现的已经不再是物质上的饮食，而是现代人精神上的贪婪；并且在人类不断追求新鲜的过程中，饮食似乎变成了检验人性异化的试验场或照妖镜。

人类作为生命与精神的统一体，生命本能的自然欲望与精神理智的超越性追求存在着对立统一的关系。正是这种理性关系控制和驾驭着人的非理性欲望，推动自然共同体向更高层次发展。习近平总书记在 2017 年 1 月 20 日联合国日内瓦总部的演讲中提出，构建人类命运共同体，实现共赢共享，建设一个持久和平、普遍安全、共同繁荣、开放包容、绿色低碳的世界。[2] 其中，应对日益严峻的全球性生态环境问题，是其核心内容之一"。

---

① 曹文轩.中国八十年代文学现象研究[M].北京：北京大学出版社，1988：171.

② 习近平.共同构建人类命运共同体——在联合国日内瓦总部的演讲[N].人民日报，2017-01-20(2).

作为生命存在物，人类有着生物种族的共同需求，在此基础上形成了人类与其他自然生物的共同利益；而共同利益的存在则是福克纳与莫言生态伦理共同体的基础，也是人类与自然万物保持的共同原则、目标、制度基础与保障的有力支撑。尊重自然法则、以平等方式对待自然等伦理思想在他们各自的作品中得到了充分表现。

理性精神是在人类社会实践中获得的，也是人类共有的宝贵财富。"因为人不为本能所控制，所以人自己能够思考和发明。因此人懂得用其他的东西来换取所缺乏的某种东西。"① 人类必然要运用自己潜在的创造性和理性思维能力，积极改造世界、改造自身，从本能的需求中解放出来并获得充分的自由和发展空间。美国战前南方社会属于传统的种植园经济，内战之后由于生产规模的扩大以及南方人消费欲望的增强，自然资源逐渐耗尽，严重威胁着社会的生存。福克纳目睹了北方工业文明给南方传统带来的摧残和危害，感受到自然生态危机造成的南方精神信仰危机和生存危机，这一切加深了他的历史使命感和责任感，使他试图引导战后南方人重新认识自然，尊重自然，构建人与自然和谐发展的途径与方式，从根本上摆脱日益严峻的精神生态伦理危机。在他看来，南方人对生态系统的侵害并不只是表现为对动物、植物或树木的侵害，更严重的是对生活在南方土地上的其他人们进行驱逐、歧视、摧残和杀害。

理性思维、伦理制度和道德规范等，对人的自由发展提供了坚强的保障。人类精神的形成过程既是物质生产实践的精神化，又是精神生产实践的物质化；二者的有机结合，恰好反映了人类的理性精神。莫言笔下的自然与人类有着天然的联系和无法割裂的命运共同关系，他的许多作品都展现了理性精神的深厚内涵，提醒人们精神生态的重要性。如《枯河》中月亮与洪水、《一匹倒挂在杏树上的狼》中的狼、《断手》中的槐树和桑树、《白狗秋千架》中的白狗等，展现了人与自然的和谐发展，以及人与自然界其他生命之间的相互转换形式，诠释了万物同宗的生态理念，构建了人与自然和谐发展的命运共同体，以及人类由此承担的对共同体其他成员的责任和义务，让人们感受人类与自然万物不可分离的亲密关系。

人的自由发展过程通常具有开放性和动态生成性，这不仅体现在个体成长过程中多种能力的培养与个性需求方面，还体现在不同的种群、民族，乃至整个社会的需求，意味着人的活动方式和人的本质生成等都处在不断变化和发展之中。这也就对伦理精神和伦理准则的要求，即必须对人的自

---

① 兰德曼.哲学人类学[M].张乐天，译.上海：上海译文出版社，1988：175.

由发展呈现出开放性特征，在自由度和发展秩序上保持合理的张力。"敬畏生命的人，只是出于不可避免的必然性才伤害和毁灭生命，但从来不会由于疏忽而伤害和毁灭生命。"① 福克纳与莫言的作品来自社会现实，然而又超越了现实思维，让读者不断在现实生活中追求伦理道德，开阔思维精神，进而实现个人自由发展乃至社会综合发展。他们的理性精神是为了让人类对自然生态犯下的罪行进行反思，重新激发人们的原始激情和对本真自然生态的渴望，并以维护人与自然的和谐发展与共生共荣关系，使自然生态、社会生态和精神生态达到高度的协调与统一。

人的自由发展需要内在动力、现实依据和制度保障，特别是需要通过具体的实践才能实现。理性精神的存在对于人类肉体来说，具有不可比拟的优先性和至上性，因为理性是人和人的存在的内在动力。人和自然的关系是最基本的关系，而人与人之间的社会关系、人与意识之间的精神关系都是建立在人和自然关系的基础之上，这也是福克纳理性精神的立足点和出发点。《熊》中的印第安老猎人山姆·法泽斯培养了年轻的艾萨克·麦卡斯林，使其成为一名真正的南方猎手，并且让他懂得了一个真正的猎手应具备忍耐精神、对自然万物的尊重以及公平对待他人的精神与品德。当大熊"老班"被人类杀死后，山姆选择了离开人世，这既是对自然的崇尚，又是对人类行为的抗议。他的死可以视为人类向自然的最终朝拜和祭祀，大熊代表了自然，体现了南方古老而淳朴的理性精神和人格魅力；没有自然的陪伴，人类的命运必将走向消亡。正如《喧哗与骚动》的康普生家族一样，这个家族的消亡是由于美国南方蓄奴制度的消亡，同时也是因为这个家庭中的成员缺乏真情与相互关爱，没有体现出理性的需求或付出。福克纳表现的悲苦以及流露出来的悲悯情绪，既是其个人的悲哀，又是南方社会现实和时代的悲哀，代表了南方人无法融入自然，从而导致精神与自然相背离。

人的自由发展过程同时也是人在实践中不断克服和摆脱各种依赖关系，实现独立和享有自主发展的权利过程。莫言作品中的精神理性更多地体现出对现实生活的关注、思考和引导，总是不断地通过作品的力量改变人们的生存环境，激发人们生存的勇气和毅力。他以动物性的特征塑造了《丰乳肥臀》中的鸟儿韩、《人与兽》中的"我爷爷"等；展现了《丰乳肥臀》中的鲁漩儿、乔其莎等人在饥饿环境中的强大的存能力；以动物的狂野张扬刻画了《红高粱》中战争环境下的戴凤莲、余占鳌等人。《丰乳肥臀》的

---

① 施韦泽．敬畏生命[M]．陈泽环，译．上海：上海人民出版社，2017：7．

鸟儿韩是一个颇具传奇色彩的人物,他被侵华日军作为劳工抓到日本,从工地上逃了出去,躲入深山密林达 15 年之久。在没有人烟的日本北方山林里,他与自然环境进行了搏斗,凭借强有力的生命力顽强生存下来。这部作品中的自然界已被莫言描述为一个足以与人类相抗衡的对手:自然万物具有和人类平等的伦理道德和生命尊严,也积极参与了人类的活动,成为人类忠诚的伴侣和强有力的对手。人与自然万物的斗争与和谐关系,引发了人们对自然万物的理性思考。

人的理性思维决定了人的自由发展,因为"所谓自由发展,是指人自觉自愿地、不受阻碍地施展自己的才能,发挥自己的力量。也就是说,每个人的发展不是出于外力的强迫,而是出于人的内在的需要和自主的选择"[①]。从这个意义上看,人的自由发展不但成为人类的最高理想标准,而且贯穿了自然生态、社会生态和精神生态的整个过程,成为人与自然和谐发展的前提和目标;其中人的需要是人的自由发展的内在动力,人的实践是人的自由发展的现实依据,社会制度是实现人的自由发展的根本保障。福克纳与莫言的创作客观真实地描写了人在生态系统中的作用,并通过人的真实性和人性特点,以文学艺术形式影响人们的道德观和价值观。事实也是如此。人与自然之间的矛盾冲突促使两位作家对人与自然、人与社会和人与自我之间的关系进行了清醒的定位,引导人们以理性精神观照和反思自然问题、社会问题和精神问题。由此,两位作家用自身的理性思维,将理性思考与作品透露出的理性启示融为一体,显示了理性在自然生态、社会生态和精神生态中的价值和意义,给人类的未来发展指明了方向。

三、精神生态价值与命运共同体

精神生态是人类道德秩序中的一个重要环节,也是构成道德价值体系的重要层面。无论是精神困惑、道德失范,还是信仰危机,归根结底是精神生态价值方向的迷失、价值观的失衡和错位等造成的。这些精神生态价值的错位必然伴随着人们精神困惑、信仰缺失及行为失范等问题,严重影响人类个体的发展。要化解人类精神的不和谐因素,迫切需要社会价值领域的多元整合与并行发展,在尊重差异、包容多样的前提下扩大社会认同,增进思想共识,构建命运共同体,从而获得精神生态的和谐发展。

命运共同体是标志人类作为主体和客体关系的一个哲学范畴,在精神价值体系中,人们命运共同体中的主体需要和客体需求是两个不可缺少的

---

① 舒远招. 马克思主义哲学原理[M]. 长沙: 湖南师范大学出版社, 2000: 257.

前提与基础。作为价值主体的命运共同体，人类通过自身的各种行为规范，如善恶、正义和道德等伦理标准进行自我评判，并依据道德伦理规范把一些伦理意识转变成社会所需的规则。这样，社会发展需求与精神生态价值形成了人类生存和发展的道德伦理标准。福克纳作品恰如一个洞察南方社会的视窗，完整准确地透视了20世纪初期南方社会所经历的历史变革以及战后南方人对自然的态度。这个时期正值南方经济从战争中逐渐恢复，也是福克纳清醒地认识到传统文化走向衰落的时候。以斯诺普斯三部曲中的《村子》为例，这部作品涉及的时间就是从1902年到1908年，美国内战已结束40年，经过长期的停滞和萧条之后，南方经济逐渐得到恢复和发展。在这一时期，北方工商势力及其价值观的蔓延对南方传统文化的入侵，从根本上改变了南方道德观和价值观，导致南方传统文化的丧失以及南方人的信仰危机。如同"老法国人湾"落入弗莱姆·斯诺普斯手中一样，南方传统文化在工商主义和资产阶级的侵蚀下不断走向败落，这是一种无法挽回的趋势。福克纳清楚地意识到南方资本主义势力对自然生态系统的摧残和掠夺是一种不可避免的结局，并把精神生态价值作为人类命运共同体的重要内容展现出来，在充分阐释和积极观照南方精神生态的前提下，构建人类命运共同体的精神内涵和实践价值。

命运共同体作为社会的基本组织，通过特定的伦理关系承载了精神生态价值，构成了社会道德价值体系的主要内容以及人全面发展的具体要求。如同生态系统一样，人类命运共同体中的各个组成部分互相合作、相互竞争，在矛盾统一关系中不断得到发展。人类命运共同体是建立在具有共同的信仰、共同的价值目标和行为准则的社区群体基础之上的，其主要特性包括了共同体的主体形态、认同方式和利益机制。福克纳和莫言在构建人类命运共同体的过程中，以道德伦理价值体系引领共同体价值，在尊重人性差异的基础上扩大社会和精神伦理认同，促进命运共同体精神上的和谐，体现了两位作家对人类整体命运的关注，表达了他们对自然生态系统的担忧。

精神生态价值包括明确的共同体意识、正确的价值观念、良好的行为规范、浓厚的共同体情感等方面，且每一个层面都是其独特的价值和意义。共同体意识并不是自然而然地形成的，而是在群体生活中自觉、主动地进行培养和熏陶才能形成，是共同体成员在长期共同实践中不断感受群体价值，通过精神和情感互动等活动形成并确立下来的。以蓄奴制为基础的奴隶制度是美国南方最为明显的社会和文化特征，由蓄奴制而引发的内战不但改变了美国历史的进程，而且改变了南方的社会历史和社会结构。以福克纳为代表的美国南方作家以精神生态价值为基础，不断揭示美国南方种族主义思想中人性的缺失以及由此所带来的各种社会问题，揭露和谴责了种族主义的罪恶。正是从黑人身上，福克纳感受到人类的生机与淳朴的伦理价值，获得了心灵上的震撼与精神上的共鸣。如《去吧，摩西》中在对待祖先罪行的问题上，艾萨克·麦卡斯林与其外甥麦卡斯林·爱德蒙兹进行了多次的探讨与争论，起因在于两人是否应该接受祖先的遗产。他们之间的争论反映了南方传统伦理观和现代伦理观之间的冲突，体现了二者所具有的不同的道德伦理标准。艾萨克放弃土地的决定是依据其童年在荒原的经历，特别是对过去的情感促使他不愿接受这种染有祖先罪恶的土地，代表了南方现代伦理观；相反，爱德蒙兹的观点却揭示了他对传统价值观的认同，因为在他看来，承继祖先的财产是天经地义的事情，他的伦理观依然属于南方传统伦理观。对此，福克纳给予了谴责和批驳；而对艾萨克的行为，他给予了同情与赞扬。这种不同的态度彰显了福克纳对南方精神生态的关注程度，以及　　　　　　　　　　。

精神生态价值体现了人与自然、人与社会、人与自我之间的关系。人类需要与他人保持密切的关系，相互理解，相互支持，从而产生特殊的精神生态价值。莫言生活的"高密东北乡"具有独特的地理环境和独特的文化传统，这对民间信仰的相对完整保留和长期延续的生态价值的形成产生了重要影响。中国农民身处社会的最底层，作为社会劳动群体的代表，在面临严重环境危机、深刻的社会危机和精神危机时由于力量薄弱，无法创造性地发挥自身的作用，只能随波逐流，屈从于权力。如《老枪》中大锁的父亲无法忍受柳公安员的肆意凌辱，愤怒之下将他踢进水沟，但在发泄内心愤怒后又担心被报复，最终选择自我了断，饮弹而死，体现了莫言对弱小生命欲望遭到压迫和剥夺的社会现象进行的强烈批判。对中国社会底层的人民来说，如何彻底摆脱生存危机、摆脱精神迷惘与痛苦，重建人与自然和谐发展的命运共同体，是一个亟待解决的根本问题，也是现代人从莫言作品中获得的警示。

命运共同体是由共同利益结合在一起的整体。人与自然都是为了共同的生存目标，相互依存、共生共荣。这种共同体与一般群体和团体不同，不再单纯地表示一个范畴，而强调成员之间的协调和整合关系，其中共同体精神实质属于公共精神，担负起遵守社会公德、履行社会责任、坚持法律约束和尊重道德伦理准则等职责和使命。人类与自然万物融洽相处，协调发展；人生存于自然之中，为生存必须法天则地，与自然和谐相处。福克纳与莫言强调精神或心灵的回归，所建构的命运共同体与当下经济、政治和文化环境相联系，体现了以善待物的生态伦理价值，反映了人性的回归和关爱人类精神家园的创作理念。

自然生态问题实质上是自然价值问题，而生态平衡的破坏是对自然价值的否定。精神生态价值的出现顺应了时代的要求，揭示了人与自然的严重冲突及其背后政治、经济、文化等深层次精神危机，引起人类深刻的反思。福克纳关注了南方社会和文化的变迁，将历史与现代结合在一起，给读者提供了宏观视角来回溯南方社会发展的历程，同时为读者提供了广泛的思考空间，以审视当下社会现实问题与未来的命运结局。加文·斯蒂文斯是"斯诺普斯三部曲"中人性表现最为复杂的人物之一，被塑造为拯救南方命运的英雄，如帮助琳达和尤拉摆脱弗莱姆的侵扰，和拉特利夫一起谴责以弗莱姆为代表的斯诺普斯家族等。然而，他对种族主义既认同又排斥，表现出十分矛盾的心态。他参与、代理了杰弗生镇很多案件的审理，包括《圣殿》中谭波儿被强奸的案子、《坟墓的闯入者》中牵涉到黑人等的谋杀案，发表了一些相互矛盾的种族主义观点。从精神生态上看，他憎恨白人种族主义者的行为，同情和怜悯黑人所遭受的磨难，积极参与为争夺黑人权利的公益活动；但他骨子里是一个种族主义者，不相信黑人具有白人一样的能力，只是主张白人照顾黑人，黑人尊重白人，说到底是一个温和的、有良知的白人知识分子。这种形象恰好反映了福克纳的种族主义思想和创作理念。

精神生态价值与命运共同体以强烈的道德凝聚力为基础，有效地将价值要求与情感力量结合在一起，不仅有利于个体潜能的开发与创造，而且大大提高了人类群体的自觉组织、自觉控制的能力，提高了人类精神品位，激发了人类文化诉求。精神生态价值不仅体现出人们对周围客观事物意义、重要性的评价与总体的看法，还展现了人们命运共同体发展所需的一系列崇尚正义、公平、自由和善良的道德规范和行为规范。"人不再能仅仅只为自己活着。我们意识到，任何生命都有价值，我们和它不可分割。出于这种认识，产生了我们与宇宙的亲和关系。"[①] 莫言作品中的很多人物拥有强悍不屈的性格特征，尽管他们承受了外界不公平的待遇和惨烈的命运的打击，却依然爆发出顽强的生命力。如《丰乳肥臀》中人们粮食短缺的痛苦经历，《蛙》中孩子吞吃煤块的情景，《透明的红萝卜》中黑孩的饥饿幻觉，以及《父亲在民兵连里》偷吃庄稼的人被殴打的惨状等，都在读者脑海中留下痛苦的印象。土地与人终极关系的思考始终贯穿着《生死疲劳》，反

---

① 陈泽环，朱林. 天才博士与非洲丛林：诺贝尔和平奖获得者阿尔贝特·施韦泽传 [M]. 南昌：江西人民出版社，1995：156.

映了中国进入改革开放后,大批农民纷纷离开家乡到大城市打工,即"离土现象"。这是一种经济现象,同时也是一种中国农民自强不息的精神象征,一方面促使农民抛弃陈腐的价值观念和落后的生产生活方式,另一方面也反映了中国农民通过自己的力量改变贫穷落后的地位所付出的艰辛与经历的困苦。莫言对农民这种行为的看法是极其复杂的,虽然他痛惜土地的价值与作用被削弱的社会现象,但他又对历史所造成的人与土地的分离,乃至现代社会物化关系无可奈何或无能为力,只能如实展现农民逃离或背离土地的凄惨景象,希望引起世人的警戒。对农民来说,土地是农村传统文明的起点和归宿,然而,在现代城市文明不断冲击下农民失去土地的客观事实给他们带来了空虚与恐惧,因为土地作为千年以来农民心中的大厦轰然倒塌,产生的影响十分巨大。莫言的创作目的是展现中国农民自强不息的坚强精神和顽强的意志,以及通过回归土地、重建人与土地的和谐关系,阐释"高密东北乡"中那些英雄人物的精神追求,最终引起人们对精神生态价值的重视。

人类命运共同体实质上是强调一种共同体意识,也就是对精神生态价值的认同问题。这种对精神生态价值的认同并不是指共同体中所有成员接受某种或某些思想而已,因为真正的人类命运共同体意识是在人与自然和谐发展的历史进程中所形成的文化认同和价值认同,是人类命运共同体长期稳定发展的凝聚力和保障条件,也是命运共同体的灵魂所在。人类对自然界的认识经历了一个漫长的历史过程,确立了自然在人类社会发展中的重要地位。自然生态、社会生态和精神生态等伦理共同体的构建,不仅认同了人类整体利益和终极利益的欲求,而且承认自然的权利及其内在价值,强调了人类社会发展与自然界生态系统发展的有机统一。福克纳与莫言的作品展现了人与自然的关系,特别是人类精神危机和生存危机所带来的压力与动力,向人们警示了人类生存的诸多问题。两位作家以自然生态、社会生态和精神生态伦理为基础,强化人类精神生态的意义和价值,完善人类的道德伦理修养和人性完美。对于生活在消费文化中的人们来说,怀念自然并力图回归到自然,或寻求心灵上的自由与宁静,或追求精神上的升华等,都体现了人类对未来的期望和希冀,也是对人类生存现状的深入思考后的重要选择。两位作家倡导人与自然的和谐,期望人类与自然界能融合,反映了人与自然和谐发展的人类命运共同体的构建前景与未来目标,给现代人指明了发展方向和具体的实施措施,因而具有重要的现实意义。

第五章　福克纳与莫言
生态伦理思想的差异性

保护人类生存的环境不仅涉及到人对自然的态度，更重要的是制定和实施保护环境的具体措施。生态伦理学强调人与自然的平等，要求人类尊重自然个体生命，维持生态平衡。福克纳与莫言认为自然万物组成了有机的生态整体，同时又与人类一起构成了自然生态、社会生态和精神生态等系统，形成以自然为核心的自然生态共同体和以人类为核心的社会共同体，最终逐渐形成人与自然和谐发展的生命共同体。这些生态伦理思想或观念反映了人类与自然和谐发展的需求和趋势，为当代生态伦理研究提供了思路和方法。两位作家的生态伦理思想集中体现了人类对待自然的态度，尤其体现在他们就保护生态环境提出的具体的举措中。这是两位作家生态伦理思想的共性。事实上，他们的生态伦理思想在内容或程度上还存在一些差异，主要表现在对人与自然在生态系统中的位置、人与自然的关系、自然价值等问题的看法上。本章拟从两位作家的生存环境、对待自然的态度或方式、人与自然未来的关系等方面，分析两位作家生态伦理思想的差异性，目的是清楚展现他们对自然的态度，理解他们作品的艺术表现形式。

第一节　人类中心主义与非人类中心主义之差异

人与自然的关系问题是生态伦理研究最基本的问题。对这个问题的看法成为生态伦理派别分类的依据或标准。有些人强调人的自然属性，认为自然是生态系统的主体，而人是自然界的组成部分，人类社会的历史属于自然生命史的一部分；还有的人强调了人的社会属性，认为人是生态系统的主体，人类社会的历史与自然生命史相互统一、相互融合，共同构成了社会的发展历史。这些观点虽然存在着一些差别，但目标却是一致的，都是处理好人与自然、人与社会和人与自我之间的关系，实现人类社会的可持续发展和人与自然的和谐共生。本节基于"人类中心主义"和"非人类中心主义"的主张或观念，阐释福克纳和莫言的生态伦理思想的差异性，使读者更好地理解两位作家对人与自然关系的看法或态度。

一、人类中心和自然中心

"人类中心主义",有时也称为"人类中心论",强调的是人类是自然界的中心、主人或主宰者,而其他自然存在物仅仅是人类生存的工具而已,改造自然、征服自然和统治自然成为人类的使命与发展目标。这种思想或观念主张人类作为自然生态的主体,对作为客体的自然界具有至高无上的权力,这种权力满足了人类的征服欲望以及达到人类利益的最大化的观念和行为。"非人类中心主义",或称"自然中心主义",认为人类是自然界的一部分,与其他自然存在物一起共同构成自然生态系统;人类只有与自然生态系统中其他组成部分相互依赖、平等共处,才能维持自然生态系统的有序发展,人类才能获得永久生存。上述两种观念分别代表了福克纳与莫言的生态伦理思想,体现了他们对待自然的不同态度。正是"人类中心主义"和"非人类中心主义"思想的对立与融合的统一,构建了两位作家作品中人与自然之间的不同关系。

人类是自然生态系统的核心,这是"人类中心主义"的基本观点,强调的是从人类的需要和利益出发,将自然视为可以随意处置的附属物。福克纳在不同的场合中表明了这一思想,暗示了人类是自然的开发者和享受者,人与自然的关系体现了改造与被改造、征服与被征服的关系。从美国南方历史进程来看,随着欧洲早期移民漂洋过海来到北美新大陆,"以加尔文主义为核心的新教……支撑着南方的社会、政治、文化,支持奴隶制和种族主义,控制着人们的思想和生活,规定人们之间的关系和行为准则。所以美国南方被称为'圣经地带'"[①]。福克纳在成长过程中潜移默化地受到了基督教教义的影响,在其作品中反复表现了基督教主题和教义,如《押沙龙,押沙龙!》作为作品题目、《喧哗与骚动》中的叙事对仗结构、《八月之光》中的情节和人物等,都显示出基督教的影响。虽然他不断强调自然的重要性,但始终没有摆脱自然为人类服务的观念。以《去吧,摩西》为例。这部作品中三篇文章,即《古老的部族》《熊》《三角洲之秋》,侧重描写了打猎活动。虽然福克纳多次谈到打猎活动对人的灵魂与心理的净化作用,但它毕竟是以剥夺野生动物的生命为代价,实际上也是对生命的扼杀与剥夺。以福克纳本人对资源的消费来说,他十分热衷于追逐南方消费主义潮流,如购买汽车、豪华住宅、飞机等高端消费品,借以提升自身的声望。当

---

① 肖明翰. 威廉·福克纳研究 [M]. 北京: 外语教学与研究出版社, 1997: 114.

然，人们不能苛责福克纳的这些做法，但他的行为却显露出自然为人类所用的观点。

自然是自然生态系统的主体，这是"非人类中心主义"的基本观点。人具有自然和社会两种属性，其中前者是人类生存的前提和基础，在人类发展历程中起着重要的保障作用；后者是人类生存的核心和灵魂，在人类发展过程中居于主导地位。二者之间保持着相互融合与辩证统一的关系，共同维系着人类的生存和发展。莫言认为自然界的一切生命都拥有自身的生存权和发展权，都应该受到人类的尊重和保护；人类若做不到这点，则会受到自然的报复。如在他的《红高粱家族》中荒芜的土地上疯狂地生长着一些奇形怪状的植物、《野种》中荒村路边饿死的尸骨与狐鼠扑人的景象、《秋水》中的黑衣人枪杀动物的快意以及《三匹马》中刘起一鞭子抽掉麻雀头等，都是人类不尊重和保护生命的体现，最终导致了人类的悲剧。在自然生态文明中，任何生命都是神圣的。莫言对自然万物的敬畏，构成了其"非人类中心主义"思想的重要组成部分。

自然生态的发展和人类社会的进步实质上都是人与自然进行实践活动的结果，也是人类在生存和发展中不断适应和改造自然生态系统的过程。人类中心主义认为人是自然生态的主体，在人与自然的关系中发挥着主导作用；而自然生态系统则居于从属地位，受到人类的支配和影响。在处理环境问题和环境危机问题上，人类中心主义者认为，只有人类才能寻找到一种普遍的适合社会发展的道德价值和道德规范，从而指导人类自身解决各种问题。福克纳接受这种思想，在《野棕榈》中展现了人类中心主义的生态伦理观念。这部作品由《野棕榈》和《老人河》中的两个故事组成并互为背景、相互映衬，明显受到了基督教教义的影响。在福克纳看来，自然个体生命的生与死都由上帝注定，而人类与自然、心灵和社会的斗争都是按照上帝的安排进行的，且永无止境地进行下去，人类都是自身命运悲剧的承受者，因为无法改变上帝对自然命运的安排。福克纳的伟大之处在于他正是通过这些纯朴的普通人所具备的人性思想和道德力量，展现了人类的希望和未来。在洪水中被高个子囚犯救助的孕妇产下了一个新生儿，这一行为和过程体现了耶稣无畏、忘我、富有强烈责任心的宗教信仰，而帮助过这个孕妇的人都如圣人一样，虽然敬畏生命，但为了他人的生命，可以将自己的生命抛之脑后，完全体现出耶稣为人类幸福而牺牲自身的宗教壮举。福克纳对平民命运的塑造表达了他对人与自然关系的看法，即人类处在人与自然关系的中心地位或主宰地位，因为人类可以战胜来自自然界的一切挑战。

　　自然中心主义思想包括动物解放权利论、生物中心论、生态中心论等观念。其中动物解放权利论认为，动物和人一样都享有不可侵犯的权利；生物中心论指出，所有的生命个体都具有内在价值，都必须受到尊重；生态中心主义则认为整个自然界是一个有机、系统、自行组织的存在体，本身就具有不以人类意志为转移的内在价值，人类只能尊重和顺从自然，听从自然的安排。"人们对自然的了解越多，就越难以接受那种认为宇宙甚至那些不适宜人类居住的空地是为人类而存在的观点。与其说人类是自然的主人，不如说他是自然共同体的一个成员。"① 在莫言看来，人和自然万物在整个生态系统内是平等的，都在发挥各自的作用，维护生态系统的平衡。如在《生蹼的祖先们》中，他将食草家族生活的生态环境设计为介于荒蛮与文明交界处，通过这个家族的历史表达了对人类的原始人性的恐惧与担忧，探索了生命初始的景象，具有强烈的荒诞性和寓言性色彩。作品中对红树林的描写极为特殊，它如同创世纪时期的伊甸园，是一个给人们留下希望和梦想的精神寄托场所。这个地方位于沼泽之侧，与洪荒共存，是食草家族精神上的渴望。作品中的皮团长、"我爷爷"、女考察队员以及"我"等都以各种方式试图进入其中，但都没有成功，表现了自然界生命力的强悍，甚至被提升到人性的哲学高度，以中华民族原始艺术展现了对原始生命力的探讨，在精神上给读者带来了极大震撼。

　　人类中心主义把人类作为宇宙的中心，以人类可持续发展为尺度，突出的是认识自然和改造自然的能力，强调的是人对自然生态系统的主观能动性，即人不再像原始先人那样被束缚在自然力之下，标志着人类从顺从自然的原始意识形态进入了人类作为主体的状态，体现了人与自然关系的质的变化。由于人类需要从自然界获取生活和生产资料，所以，无法避免为了保存某一自然生命的存在而牺牲其他个体生命的事实。这并不意味着人类的罪恶，因为人类社会的发展和人类的生存都与生态环境密切相关，需要从自然界中获得生存和发展的条件。同自然的生存权相比，人类的生命权具有优先权，但这并不代表着人类可以无限制地剥夺自然界其他生命的权利。为此，福克纳常常通过强调人类的主体地位或对自然界的支配作用，来展现南方人忽视生态系统生存发展的行为。如他在 1932 年出版的《八月之光》中描述了南方经济飞速发展的 20 世纪 20 年代，反映了南方社会虽然物质财富得到极大增长，但却给南方自然生态带来了毁灭性的报复。莉娜・格罗夫的所见所闻反映了城市与乡村自然环境的差异，尤

① 纳什.大自然的权利[M].杨通进,译.青岛:青岛出版社,1999:23.

其是在转型时期人与自然之间出现的对立与冲突。面对这样的生态环境，南方人不得不考虑自己的未来前途，为了生存他们必须进行不断的斗争。

自然中心主义者提倡尊重自然，而尊重自然就是尊重作为整体的生物共同体，承认共同体的每个生命个体都具有其内在价值。人的生命价值并不高于自然界其他生命，所有生命都与人类一样具有相同的内在价值，都享有相同的生存权利和发展权利。莫言在农村生活了二十多年，经常处在饥饿和贫困之中，对底层农民和自然生命个体的生活有着深切的体验。这些经历与感受表现在他对自然的敬畏和崇拜，对乡村底层农民遭受灾难的同情和自然万物的尊重，如对《红蝗》《蝗虫奇谈》《食草家族》等作品中的蝗灾、动物灵性等的敬畏，在《枯河》《白狗秋千架》《拇指铐》《牛》和《四十一炮》等作品中对人类命运的担忧。莫言并没有以好坏、正邪作为评判作品中的人物的依据，只是从敬畏生命的立场来展现自然生命个体命运的沉重与困苦。在《红蝗》中，他讲述了一个从农村到城市，并对城市深感厌恶的青年人的生活经历。每当半夜时分，他就听到响亮的马蹄声，使他胆战心惊；而高跟鞋敲击地面发出的声音又常常引起其无限的幻想，使他失去自我控制。莫言在此借助女性始祖的传说，通过马与女性的契合，反映了人与自然的关系，凸显出自然在生态系统的核心地位，而人只是自然生态系统中的组成部分。他通过人与自然的关系，说明了人类深受自然影响，应当融入自然，在与自然的相处交流中体验和感悟人生的意义和价值，而不是把征服自然视为现代化和人类文明的标志。这是对工业现代化社会人类中心主义思想的背离，也是自然生态中心主义理念在文学作品中的具体体现。

文学作品始终以自身独特的方式参与到生态文明建设之中，并以文学审美魅力感染着每一位读者，促使读者参与到生态文明的建设中来。福克纳与莫言的生态伦理思想虽然在人与自然的关系方面偏重的视角有所不同，但两位作家都没有否认自然在生态系统中的不可替代的作用。福克纳的人类中心主义思想虽然倾向人类发展权利的优先性，但并没有否定自然的生存权和发展权，相反，它突出强调了人和自然和谐发展的重要性，认为人类只有尊重自然才能确保人类的永久生存。莫言的自然主义中心思想倾向人与自然万物权利的平等性，没有否定人类在自然生态系统发展中的主动性，也没有否认人类道德伦理在促进对自然生态系统的保护与维持上所发挥的重要作用。可以说，两位作家生态伦理思想的关注点都是放在人与自然的关系方面，他们借助各自的文学作品反映了人类普遍性的生态问题和解决这个问题的方式与途径，为人们认识人与自然的关系提供了不同的视角或途径。

二、人类需求与自然权利

人是社会的主体，无论属于哪一种族、民族和国家，都具有共同的自然属性，且积累了很多相似的认识、经验和体验，对自然万物产生了一些影响。人类是沟通人与自然之间关系的桥梁，然而，人与自然之间不存在直接的道德关系，因为自然界的生物没有道德伦理标准或界限；人类对自然环境的保护是为了满足自身或其后代的利益，维持人类自身的发展。自然权利是指自然界万物普遍具有的权利，也是自然存在物天生具有的权利。人类作为自然生态系统中最具有理性和道德伦理感悟的生态个体，对自然生态的发展起着重要的引导与推动作用，但如果把人类的道德关怀仅仅施加于人类自身，却剥夺其他生命个体的权利和自由，这就是典型的利己主义者，或者说是物种歧视主义的表现形式，最终会影响到人类的生存和发展。福克纳和莫言虽然都关注了人类的需求和自然万物的权利，期望人类尊重自然，规范自己的行为，但相比较而言，福克纳偏重强调人类的需求，而莫言偏重强调自然万物的权利。

人类的需求分为基本需求和高层次需求，前者是人类生存的需求，后者是人类对精神和文明的追求。人类的基本需求以人类利益为评价标准，凸显人在生态系统中所具有的特殊性和优越性，目的是说明人类作为世界的中心，有权选择自身发展所需的任何条件。这种思想如果使用不当，很容易引起误解，导致人对自然的偏见，激发人类过度开发、改造和征服自然的行为，加剧人和自然之间的矛盾和冲突，引发一系列的自然生态、社会生态和精神生态等方面的伦理问题。福克纳渴望田园生活，期望人性返璞归真，崇尚大自然的生命活力与传统的生态伦理，然而在人与自然的关系上，他表现对自然的尊重的同时，在某种程度上又显露出人类中心主义思想。他关心自然，是因为自然确保了人类生存、社会发展和子孙后代的利益，但归根结底是为了保护人类自身。这样，他的生态伦理思想中存在着一个矛盾观念，即保护自然权利的目的是更好地满足人类的需求，因为人类是自然生态系统中一个具有独特意识的物种，同时也是这个系统中享有最大权力和重大责任的成员。要缓解乃至消除人类发展过程中出现的生态危机，必然要消除人类自身对生态系统利益的盲目追求和无限占有的观念。

自然权利是指自然界生命存在和发展的权利，这里的自然生命是指处在自然生态系统中的生物物种整体，并不是指某一自然生物个体的生命权利。人类与其他生命共享自然界，但人类并不是自然的主宰者，人与自然的和谐必须成为人类一切思想和行为的价值标准。莫言始终认为，自然界其他生命个体具有和人类一样的生存权利，人类必须自觉担负起自身在生态系统中的道德义务。为此，他充分发挥想象力，把动物当作人来写。如《蛙》中的老母牛难产，姑姑为牛接生，母牛看到姑姑后，两条前腿就跪下了。这是母牛对姑姑的乞求。《白狗秋千架》开篇就是追溯白狗的身世，描写白狗的样貌、动作和眼神，代表了故乡对游子归来的守望和等候，是故乡人对幸福生活的守望与等候。

人类的高层次需求体现在人与自然、人与社会、人与自我之间的关系方面，表明了人类作为生态系统主体和以自然为代表的生态系统客体之间存在的一种价值关系。如果说自然权利是价值的客观基础，那么人类的高层次需求是能够理解或接受自然权利的并具有对自然权利评价的能力。人类中心主义肯定了人类高层次需求，认为人类在自然界生态系统中起到了主导或平衡的作用，但同时也对人类的行为或欲望提出了限制和条件。福克纳与莫言虽然都从维护生态系统平衡出发，表达了人类不能否认或剥夺自然生态个体的生存和发展权利，然而，他们的思想和程度还是有所差别，其中前者偏重以人类的视角看自然万物；而后者偏重以自然万物审视世界。由此，福克纳生态伦理思想中的人类占有自然，导致了生存世界的虚幻和痛苦；而莫言生态伦理思想中的世界则是依赖自然万物，自然万物征服了人类。两种不同的观念导致了两位作家各自作品中人物不同的形象，预示了"人类中心主义"与"自然中心主义"理念下人物不同的命运结局。

人类在漫长的生活和生产过程中逐渐形成了一些行为规则和自然的伦理规范，包括人类所具有的价值观和权利观。这些规则或伦理成为人与自然和谐发展的前提与基础。福克纳极力挖掘在社会危机中南方人的优良品德，同时对南方社会表现出的恶的思想或行为给予了强烈谴责。为此，他赋予自然万物众多的美德，把人与自然的关系提升到人与神的关系。如对艾萨克来说，自然界是一种宗教，他像虔诚的信徒朝见神灵一样期盼遇到魂牵梦绕的自然"神"大熊，以对神灵膜拜的仪式膜拜自然。福克纳所塑造的大熊"老班"已不是普通的动物，而是一种神奇的力量和圣灵的象征，受到猎人们的崇敬和敬仰：狩猎是"去参加一年一度的向这顽强的、不死的老熊表示敬意的庄严仪式"[①]。猎人们"并不想真的把它杀死，这并

---

① 福克纳.去吧，摩西[M].李文俊，译.上海：上海译文出版社，2004：178.

不是因为它杀不死,而是因为直到目前为止他们还不真的希望自己能杀死它[①]。艾萨克和山姆都有机会杀死大熊,但他们都放弃了,因为在他俩看来,"老班"不再是一头普通的熊,而是南方原始荒原及大森林的象征,是南方精神、美德和原始本真与天性的具体体现。福克纳对自然生态文明的展现表明了他对生命的敬畏和对人类生存的关注。如果人类不遵守自然规律,必然导致环境恶化,最终威胁到人类自身的生存。

权利是人类社会发展的产物,起源于人类社会生活,然而,人们对权利的看法存在一个传统误区,认为权利都是人的权利,离开了人类也就无从谈起。事实上,在自然生态系统中,自然万物都是客观存在的,都在维护生态平衡过程中发挥着自身的作用,因而都有各自的价值和应该享有的权利。这是生态系统中各个组成部分正常发挥作用的前提和基础。人类作为生态系统中最具有能动性的存在物,有责任保护其他自然个体的存在和发展。在莫言的生态伦理思想中,人类的道德伦理既是对人类自身的一种约束,又是解决生态危机的重要因素。以《蛙》中的"姑姑"为例。这个女性人物在青年时期背着药箱,尊重生命,以"女娲造娃"的行为赢得了人们的尊重。这是中国女性母亲形象的体现。中年时期的"姑姑"满面愁容,衣衫不整,烟不离口,成了扼杀新生命的刽子手。这是中国传统文学中的巫婆或恶人形象的体现。老年时期的"姑姑",特别是她退休的那个晚上遭遇成千上万只青蛙的包围、袭击,将她的衣服撕扯得破烂不堪,使她全身留下疤痕,无奈之下嫁给了郝大手,并与后者一起捏了两千八百个有名有姓的泥娃娃。这是她改过自新的体现。"姑姑"在计划生育政策下,改变了自然规律,最终导致了命运悲剧。这种违反自然规律,试图强化人在自然生态系统中主导权和价值意义的做法,虽然体现出女性心理与自然之间的天然联系,但在某种程度上剥夺了自然的生存权和发展权,当然要受到自然规律的报复或惩罚。

人类的需求不能离开自身的自然属性和社会属性,更不能剥夺其他生命个体生存和发展的权利。只有将道德伦理纳入人与自然和谐发展的范围内,人类才能满足自身的需求。人类作为自然界中最理性的生命,担负着维持生态系统有序发展的使命和职责,必须充分发挥自身的社会性特征,更好地维持好自然生态的和谐发展。福克纳的作品揭露了人类的自私和冷酷,表达了现代工业文明对自然生态带来的严重后果。《我弥留之际》中的本德仑家庭原本属于美国南方社会的贫穷白人家庭,或者说,自

---

① 福克纳.去吧,摩西[M].李文俊,译.上海:上海译文出版社,2004:184-185.

耕农家庭，本身并没有过多的奢望或追逐利益的欲望。在 20 世纪早期的美国南方，由于社会阶层分化严重，对贫穷白人来说生活和生存都极为困难，获取更多的利益和好处依然是这个家庭的期望和追求。为了实现母亲艾迪希望自己遗体能被送回娘家墓地安葬的遗愿，家庭成员经历各种艰辛苦难，最后实现了这一目的。作为父亲的安斯·本德伦热衷于把妻子艾迪的遗体送回杰弗生镇安葬，因为他要利用这样一个借口去镇上装一副假牙并迎娶一个新老婆。其他家庭成员各有各的想法，显示了人类的贪婪与自私。即便是他们暴露出各种问题，但他们最终实现了艾迪安葬在娘家墓地的愿望。这一点是值得肯定和赞扬的。如同人类中心主义主张人类整体的发展，福克纳的生态伦理思想也是正义的化身，具有积极的作用和价值。

自然权利的问题依然是当今社会普遍关心的问题，现代人意识到对自然权利的侵蚀和对生态系统的破坏，严重地威胁到人类自身的生存。莫言强调对自然生态的保护与尊重必须以对生态规律的认识为前提，如此才能为生态系统的稳定和平衡发展提供保障。在《丰乳肥臀》中，刚出狱的上官金童为打死一只兔子深深自责，她的母亲上官鲁氏说："世界上千千万万样的飞禽和走兽，都是耶和华造出来供人享用的，人是万物之主，人是万物之灵。"[①] 这段话概括了传统生态伦理中人与自然之间的关系，即自然界中动植物都是人类的附属品，人具有绝对的优越性。然而，在莫言看来，这种思想是错误的，因为这种观点实质上把人看成凌驾于自然之上的主宰者，从而使人类与自然界物质、能量和信息的交流由自然方式转变为以人的价值需求为标准，最终必然会导致生态危机，进而威胁到人类的生存。为此，他在向往美好生活的同时，对大自然遭受的破坏深感焦虑与担忧，对人类破坏自然的行为进行强烈的讽刺与嘲笑。如《狗道》中的五彩斑斓的狗、《红蝗》中铺天盖地的蝗虫、《秋水》中的滔滔洪流等，构成了"高密东北乡"生态系统中的生命之网，也表明了生态失衡所带来的自然异化以及人文关系的对应。

人与自然和谐的破裂展现了人类生存所面临的困境，警示人类不应过度干预自然，同时又必须解决现实世界中的生态危机问题；只有这样，人类需求才能最终满足，人类才能过上美好的幸福生活。福克纳将生态伦理扩展到自然万物身上，真实反映了南方人在其特定的历史发展时期对自然生态、社会生态和精神生态的认知状况，总体上满足了南方人对生存和发展提出的要求与条件。这也是一种生态系统中合乎物种发展意义的生存

---

① 莫言. 丰乳肥臀[M]. 杭州：浙江文艺出版社，2018：483.

法则。或者说，在人与自然关系上要以人为中心，才能真正体现出自然生态系统所发挥的决定性作用。在他的《喧哗与骚动》《八月之光》等作品中，自然带给南方人无限的幸福和快乐，如童年时期的凯蒂和昆丁在自然中玩耍和嬉闹，彰显了他们的淳朴与对自然的厚爱；走在乡间小路上的莉娜·格罗夫呼吸着新鲜空气，感到无比的惬意和幸福。乔·克里斯默斯和海托华等人对自然的崇拜，把自然看成人类自身的避难所和净化心灵的场所等，都体现了自然的价值和意义。然而，烘托和体现自然价值和意义的都是人的遭遇或命运，这是福克纳作品中最根本的主题，也是最吸引读者和感动读者的地方。福克纳在揭露南方社会问题、谴责人性之恶的同时，始终不断地吟唱和赞美南方的自然生态，表达了对自然的眷恋和期盼，这充分体现了他的生态伦理思想中自然生态所具有的价值。

自然权利是自然本身所固有的权利，自然权利所面临的主要困境在于人与自然的冲突问题。在人类社会的发展过程中，人类从早期对自然较少损害和干涉，发展到今天具有极大干涉自然的能力和范围，激化了人与自然的冲突，危及人类与自然的生存安全。莫言对自然权利的重视表现在对自然的态度，尤其是对现实问题的拷问批判、对文化文明的忧虑反思、对失落家园的终极追寻等，开启了他对人类自我行为或错误意识的解剖和救赎过程，从而使他完成自然权利至上的创作过程。从《红高粱》开始，莫言的一些作品以不同方式对社会政治进行了批判或讽刺，当然这种批评表现得比较委婉或隐蔽，但还是直接或间接地涉及自然生态、社会生态和精神生态出现的问题和矛盾，引起人们的关注和思考。如《红蝗》中的人与自然的矛盾冲突，很容易使人们联想到"文革"中政治造神活动的可笑及荒诞。《天堂蒜薹之歌》直接抨击了政府管理腐败、法律不公平性、政府工作人员的贪婪与残暴等社会问题。即使在一些与政治无关的作品里，他依然表现出浓厚的仁爱关怀意识，如在《弃婴》中，他揭露了中国农村对女婴的歧视和不公正态度，展现了对人性的思索和看法，强调社会伦理道德的重要性，提倡社会的良性互动，提出人类应担负起尊重生态系统生存和发展权利的职责和使命。

任何思想或观念必须建立在与之相适应的物质与生活的基础之上，同样，福克纳与莫言的生态伦理思想也是他们在各自生产生活中形成的，反映了时代的需求和社会环境的需要。人类始终要受自身本质和道德伦理的制约。在人类中心主义者看来，人类为了满足自身的需求可以征服自然，但必然尊重自然权利；同样，在自然中心主义者眼里，人类不过是自然万物中的一个种类，是生态系统中的组成部分，其需求不能剥夺自然万物的生存权利。因此，无论是福克纳的人类中心主义思想还是莫言的非人类中心主义思想，实质上都是一种有意识或无意识的对自然的态度或看法，也是两位作家对人与自然关系思考的视角和作品关注的内容。"环境伦理是绿色价值观的核心内容之一。它的根本精神，就是扩展伦理关怀的范围，使人与自然的关系建立在一种新的伦理原则的基础之上。"[①] 两位作家秉持人与自然之间的平等关系，力图主张从自然本身来理解自然，最终回归或融入自然。为此，人类必须肩负起自身所应承担的生态伦理责任和历史使命，只有这样，才能确保人与自然的和谐发展，确保人类的永久存在。

三、人性向善与自然价值

人性，也称为"道德伦理"，有善与恶、好与坏之区别。从善或好的标准看，人类进行的一切活动除了满足自身生存和发展需求外，还需要关照其他生命的存在。人类中心主义者认为一切道德上的善恶只能以人类利益为依据，自然界其他生命都与道德诉求和标准无关，也就谈不上是否符合道德标准的问题。自然中心主义者认为，自然界其他生命像人类一样，具有自身的生存和发展权利。相比较而言，福克纳的生态伦理思想偏重前者，作品强调的是人性向善的道德规范，要求人们限制自身的欲望；莫言的生态伦理思想偏重后者，作品凸显的是人性向恶的趋势，强调了自然价值或自然权利。

人性向善属于关系的范畴。人类的道德意识包含了对自然价值的确认，因为道德范畴中的善与恶、好与坏等标准，规定和影响着人类对自然万物的态度，必然会影响人类道德意识的形成和构成内容。福克纳以人类的生存和发展为标准来判断自然生态系统中的善恶行为，认为自然万物的存在若对人类社会的存在与发展起到推动作用，就属于善的行为；反之，则是恶的行为。在福克纳看来，人类既具有自然属性，又有精神属性，而这两种属性的对立统一关系构成了人的双重职责和历史使命，即人既要维持自身生存和发展，又必须维护好其他自然生命个体的权利和自由。他对生态伦理问题的关注，在很大程度上是由于对人类整体利益的关注和忧思。同时他又把弘扬人类的整体利益作为其生态伦理思想的出发点和归宿，在关注人类整体利益的同时，关注了自然万物的权利和价值。

自然价值与自然权利往往紧密联系在一起，二者在本质上是相同的，自然权利的前提是自身拥有价值。"自然世界的利益与人类自己最重要的

---

① 杨通进. 走向深层的环保[M]. 成都：四川人民出版社，2000：6.

利益是一致的。"① 自然价值是不以人类的意志为转移的,这决定了自然界其他生命与人类享有同样的权利和价值,人类必须给予自然存在物以道德关怀。莫言深信自然生态系统中的自然个体都以独特方式与其他自然个体进行能量交换,维持自然生态的存在和发展;人类作为生态系统中的一分子,必须尊重自然价值或自然权利。他的《红高粱家族》细致地描述了自然个体之间的价值和权利转化,如狗群内部发生过争夺领袖地位的争斗,还有着严密的组织和勾心斗角的心理战争等,如同人类社会一样,喻指了人与动物的共同性。《一匹倒挂在杏树上的狼》描写了一匹千里寻仇的狼,这匹狼自知活不长了,发誓要报十多年前自己失去尾巴的仇恨,应了人类"君子报仇十年不晚"的谚语,但最后阴差阳错选错了对手,命丧于烟熏火燎的报复战争中,还被挂一棵杏树上,遭受了人类一样的命运悲剧,引起了读者内心深处的悲凉感。这部作品的独特之处在于这匹狼时刻不忘复仇,会设计计谋,拥有自己的团队和军师,统一听指挥,纪律严明,彼此间团结互助,体现出一种高度人类化的团体作战的特征。这种人与动物身份的互换展现了莫言的生态伦理思想,阐释了他对自然价值或权利的深刻感悟。

人性向善提倡公平、公正的道德原则,倡导对他人、对社会要善于克制自身欲望、乐于奉献,推动人和自然的和谐发展。人性向善并不一定是一般意义上的追求善良的含义,有时也可以指一些错误或罪行而导致的恶的警示,提醒人们人性向恶所带来的惩罚或报复,如纵欲的行为方式等。现代工业文明下的人性本身并不是真正的对自然生态的"善",而是对自然生态的"恶",因为这种文明是建立在大量消耗自然资源的基础上的。福克纳的生态伦理思想强调了人类的整体利益,体现了人性美丑善恶以及人类的道德素养。《去吧,摩西》中的自然个体具有超乎人类的意志,是大自然原始生命力的象征和值得人尊敬的高贵的对手。大熊"老班"、山姆、猎狗"狮子"和原始荒野等都是南方原始精神的完美体现者,展现了和谐的人性和现代社会匮缺的神话精神。福克纳多次赋予大熊"老班"人的形象,如在艾萨克第一次舍弃枪时,它就像显灵一般地出现在艾萨克面前;而它具有顽强的毅力和灵性,属于生命的强者,有着超强的生命力和高超的智慧,在具备自身动物特性的同时又闪现着人性的光辉。福克纳在作品中反复提及勇气、荣誉、希望、自豪、同情、怜悯之心和牺牲精神等人类的优秀品质,期盼唤起南方人性向善的传统美德,实现人与自然的和谐发展。

---

① 纳什. 大自然的权利[M]. 杨通进, 译. 青岛: 青岛出版社, 1999: 92.

　　自然价值反映了人与自然之间存在的主客体关系，也是人类对自然进行评价的依据，反映了人类发展的需求和目标。莫言的作品唤醒了齐鲁文化中人与自然的和谐关系，无论是对自然界各种动物的描写，还是对中国社会转型时期社会底层人们生活的展现，他都把自然价值转化成人与人、人与社会、人与自我之间的关系，通过生态伦理准则或规范来协调人与自然的关系，体现了人类无法脱离自然而生存的理念。从《红高粱》崇拜仪式外在粗犷的物象勾勒，到《生死疲劳》深层次敬畏生命的意义解读，均体现出诸如天人合一、万物同宗、自然平等的生态伦理表象，契合了中国历史长河中所包含的生态理念和人性价值观。现代工业文明扭曲了人的灵魂，促使人性向恶的境地堕落。如在《生死疲劳》中，莫言围绕着主人公西门闹一生的命运悲剧展现了人性向恶的历程。在全国轰轰烈烈的土地改革中，自喻为"善人"的西门闹却被划成地主，一声枪响后生命走到了尽头。他家虽然拥有一定的财富，但这些财富都是通过祖辈和自己辛勤劳作一点点积攒下来的，从没有压榨或盘剥过其他人；同时，他又信奉与人为善的原则，从未跟人红过脸、交过恶，而开枪的人正是与自己交情甚好的佃户的儿子，为了这个孩子，他还付出了很多心血。这些看似荒诞的故事情节展现出现代社会的生态乱象，反映了莫言的生态伦理思想对人性向恶的认同。

　　人性向善认同了自然万物之间的普遍联系，肯定自然存在物自身固有的价值，从一种自然价值观和利益观出发，将以人为中心的道德伦理向外延伸，在强调人类自身价值以及自然界中其他存在物的价值的同时，将道德关怀扩展到自然中其他生命身上。美国内战前南方贵族家族通过对土地的占有，剥削和压迫黑人与贫穷白人，所获得的财富与地位成为南方世代相传的家族荣耀。从这个意义上看，土地的意象就是南方贵族的荣耀，也是黑人和贫穷白人的痛苦或耻辱。当艾萨克放弃家族遗产后，感觉到自己得到了解脱，因而选择了到大自然中去，向大自然学习，接受大自然的陶冶。他的转变寄托了福克纳的自然伦理观，一方面是因为自然神奇、伟大，是人类净化心灵的唯一场所；另一方面是由以土地为标志的自然生态所产生的意象而完成的。这种结局不仅象征着南方人伦理道德的复归，而且是对种族主义的否定和对南方传统文化的控诉。艾萨克的道德伦理选择以及为此而表现出的巨大勇气，为罪恶深重的南方带来了希望曙光，显示了南方神话对自然意象和自然美德的追求。

　　自然价值本质上也属于关系范畴，这就意味着自然价值只能存在于人和自然之间的关系之中。人类过度侵害自然的行为破坏了自身赖以生存的生态环境，使整个生态系统陷入了资源枯竭和环境污染的危机之中，严重影响到人类的生存。莫言的作品将现代工业文明导致的"种"的退化现象展现出来，给人性向恶的趋势提出了警示与思考。在《檀香刑》中，工业文明以铁路的方式入侵农业文明，孙丙因为老婆被调戏而杀死了德国技师，在走投无路之下参加义和团，成为驱逐入侵者的抗击分子。尽管如此，孙丙在骨子里还是一个农民，不仅相信神的庇护，而且也分不清敌人和朋友，最终导致起义的彻底失败。《四十一炮》中的老兰使用先进的生产技术赚了一些钱，成了村里的大人物，但他摆脱不了几千年来中国农业文明中的消极成分，如贿赂、造假卖假、不顾道德伦理，显示了部分传统文化和传统思维的滞后性和腐朽性。莫言在对人及自然万物生存权利和发展权利的追寻中，流露出浓厚的人性救赎意识。这种救赎并非宗教意义上的救赎，而是就人性向恶以及自然所遭受的摧残而发出的人性警示。

人性向善通常以不同的表现形式存在着，如风俗、法律、制度和道德等，都是社会规范中最常见、最基本的形式。人类社会发展离不开自然价值，更离不开维持社会运行的各种道德原则和社会规范。福克纳的生态伦理观念体现了美国南方人对自然的态度，也是他所认为的解决战后南方社会生态危机的方式方法。他以人类中心主义思想为基础，强调了人类的长远利益，提出既要满足当代人的生存和发展需要，又不损害后代人自身生存和发展需要的能力，并将自己的生态伦理思想上升为行为准则和道德标准，提出善待自然万物的观点以及确保南方人与自然生态和谐发展的途径与方式。他的作品始终强调人与自然的密切关系，借助自然万物在不同时间、不同季节中所呈现出不同的柔情与风姿，给人提供了心理和精神的慰藉、无限的想象与深刻的启迪。《村子》中有一段描写母牛在草地里悠闲吃草的片段，给读者留下了深刻的印象。《野棕榈》中"老人"故事里的河流爆发出惊人的力量，仿佛将要吞噬世界上的一切罪恶，给人提供公平和正义。《熊》中的森林给人以灵魂上的净化与震颤，提升了人们的精神修养。人性向善作为人性道德系统中维持社会有序发展的一个重要力量，不仅指导着人们的行为，并且完善了人性的环境与条件。

当人性向善与自然价值发生冲突时，以人类和自然万物的共同利益作为解决冲突的终极标准，必定会导致人类利益受限。在莫言看来，人类必须走出动物式的生存方式，以文化自觉方式发现和克服人类道德体系中的自私性，保护自然万物的生存权利和发展权利。人性向善是人类自我发展和完善的方式，道德选择也是人类自觉的行为和意义。人在自然生态系统中可以获得更多发展机会，弥补为实现自身利益而造成的伤害；而自然万物在生态系统中始终处于被动的地位，只能依赖人类的道德伦理来确保自身的生存和发展。人和自然在面临利益选择时，并不是处在平等的位置上，因此人类必须不断克服自身问题，摆脱人性向恶的束缚，将权利和道德伦理施展到自然万物身上。莫言的多部作品都涉及了人类与自然万物轮回再生的情节，反映了当今人性与自然万物的价值状况。如劳累终身的驴被饥饿的乡民残忍地砍死并被分而食之，勤劳的老牛被西门金龙活活烧死，猪在复仇之际为了救孩子而失去了生命，狗在看尽人生浮华后自绝而死，猴被人们一枪毙命等。在莫言看来，人与动物之间并没有严格界限，人类身上都有其他自然存在物的某些特征：《生蹼的祖先们》中有的人物手脚都长了和动物一样的蹼膜，《马驹横穿沼泽》中的马变成人，《翱翔》和《丰乳肥臀》中有的人会像鸟一样飞翔等。他的作品中还有一些人物具有动物一样的奇异功能，如黑孩有着敏锐的听觉视觉功能，罗小通能够与肉对话，大头畸形儿一出生就能说话等，这些奇异功能以及人与动物的转化方式表明了莫言的生态伦理思想，即自然存在物在生态系统中都其独特的作用，每一个生命个体都在实现自身价值的同时满足了其他物种的需求，确保了其他物种的存在。

人类中心主义和非人类中心主义在人与自然关系问题上的持续争论，引领人们走进一个新的领域，审慎思考人与自然的关系，界定人类在生态系统中的位置和作为何种性质的生物体而存在。福克纳的人类中心主义生态伦理思想和莫言的非人类中心主义生态伦理思想，共同表明了自然界不仅为人类提供了维持其生存的经济价值，还为人类提供了伦理道德、情感表现和审美体验等精神价值，为人类的生存和发展打下了坚实的物质基础和精神保证。两位作家通过现代社会出现的生态危机，揭示了其背后隐藏的人与自然、人与社会和人与自我之间，因疏远和分裂而产生的自然生态危机、社会生态危机和精神生态危机，以及由此而产生的忧虑与痛苦，升华了各自作品的主题，为现代人提出了警示和参照。所不同的是，福克纳的人类中心主义思想解构了美国南方工业文明下的自然价值观和人性道德伦理，看到了现代人性向善的方面；莫言的非人类中心思想强化了人与自然的联系，表达了人在脱离自然后必将灭亡的情感取向。两位作家的生态伦理思想属于共性和差异性的统一，即在整体上要求人们尊重自然权利，同时又要满足人类自我生存和发展的需求。福克纳提出了改造人性，但要求具有人性之恶的南方资本主义利己者对自然行善，这样会产生更多的问题，因为如果这些人确实做到了与自然为善，那就意味着他们改变了自己的本性，显然，这是不可能的。莫言的非人类中心主义思想表明了现代生态危机本身就是人性危机，是现代工业文明引起的消费欲望膨胀、伦理道德失控和精神信仰丧失。对于解决这一问题的办法，莫言认为自然界万物都为人类所掌控，人类在享用自然馈赠的同时，必须保护自然，维护生态平衡，才能真正解决生态问题。这是两位作家生态伦理思想的共性和差异性之所在。

第二节　善待自然与顺服自然之差异

福克纳与莫言从人与自然的关系入手，探究了人与社会、人与自我之间的关系，并通过对自然生态、社会生态和精神生态的描绘与探索，从不同侧面、不同层次反映了人与自然的平等和相互尊重。但是从对自然的认识和在作品中的表现程度来看，福克纳更多表现了善待自然的态度，如崇尚自然、人化自然和尊重自然的生态伦理思想；而莫言表现的是顺服自然的态度，如崇拜自然、神化自然和敬畏自然等。当然，这种分类并不意味着两位作家的生态伦理思想有着质的区别，而是相比较而言有所偏重而已。两位作家对自然的态度有时相互交融在一起，很难将其截然分开。然而，正是从这些细微差异中，人们可以看出两位作家对自然的关注程度，体会到其不同的社会经历、对待传统文化的态度，以及为解决现代社会面临的自然生态、社会生态和精神生态等问题所作出的各种尝试，能够更清楚地理解两位作家生态伦理思想的差异性。

一、尊重自然与崇拜自然

尊重自然是福克纳与莫言生态伦理思想的基础和出发点，强调的是人类对自然的尊敬和重视。虽然两位作家生活在不同时代、不同国度，社会背景、家庭背景和文化渊源等方面存在很多差异，但都具有尊重自然的理念，表达了提升人类道德伦理水平、实现人与自然的和谐发展的愿望。两位作家在对维持自然生态平衡的认识和采取的措施方面有许多共识，但也有一些细微的区别，具体来说，福克纳表现了尊重自然的态度，而莫言表现为崇拜自然的倾向。

尊重自然即遵循自然规律，保护自然的生存权和发展权，从而维持自然生态系统的有序发展。福克纳对自然的尊重表现在他对自然权利和价值的尊重，意味着他期盼回归自然，接受自然的物质馈赠和心理净化。人类来源于自然，把自然界作为人类精神的皈依和寄托场所，保持与自然的密切联系。这是福克纳作品所展现的一个重要主题。他的大部分时间都在密西西比州北部丘陵地带的三角洲度过，这里的自然环境十分优美，动植物资源十分丰富。他在这里骑马和打猎，对大自然充满情感，获得了丰富的创作素材和生活感悟。谈到福克纳作品中对自然的崇尚，罗伯特·潘·沃伦曾有这样的评价："任何小说的世界在物质形象上都比不上这个神话般的县那么生机盎然。"[①] 在福克纳成年以后，他经历了社会的坎坷曲折，获悉了南方人的生活和精神痛苦，这让他更加热爱孕育南方传统文化的大自然。他在创作中对大自然表现出更多谦卑和虔诚，并将自然界视为自己精神上的最高境界，渴望融入自然与自然万物共生共存。

崇拜自然是对自然的尊重和推崇。莫言对自然顶礼膜拜，将自己的生活和命运完全寄托在自然的庇护与保佑上面。这种对自然的崇拜是中国传统文化的一个缩影，体现了中华民族对自然的深厚情感。一般说来，自然崇拜有两种形式：其一是人崇拜自然万物，但还没有将自然万物上升为神灵的境界；其二是人在崇拜自然万物的同时，将自然个体视为神灵，它们可以给人类提供庇护。莫言作品中的自然崇拜属于第二种类型，体现了神灵、神话创造和祭祀等敬神形式。不仅如此，自然崇拜在中国传统文化中又往往与祖先崇拜联系在一起，形成自然与人于一体的自然综合崇拜。如同自然神灵一样，祖先崇拜往往将先祖的成就极度夸大，将它们视为自然神灵，庇护其子孙后代的平安与幸福。在莫言生活的齐文化中，祖先崇拜除了缅怀或追思祖先的"丰功伟绩"外，最重要的在于相信祖先具有神灵的能力和超越后人的神奇魅力，能给后人以祈福与救助的力量。莫言极大地受到这种自然崇拜文化的熏陶，他在《过去的年》中这样写道："男人们带着男孩子去给祖先上坟。而这上坟，其实就是去邀请祖先回家过年。上坟回来，家里的堂屋墙上，已经挂起了家堂轴子，轴子上画着一些冠冕堂皇的古人，还有几个像我们在忆苦戏里见到过的那些财主家的带着瓜皮小帽的小崽子模样的孩子，正在那里放鞭炮。轴子上还用墨线起好了许多的格子，里边填写着祖宗的名讳。"[②] 莫言对自然的崇拜体现为完全折服于自然的庇护力量，因为自然万物依据其自身固有的规律而变化，不需要借助任何外在的条件或力量就能够维持自身的发展，人类要做的事情就是崇拜和感激自然。

尊重自然就是顺应自然，强调人与自然和谐统一以及人与自然万物共荣共存，体现出人类与自然万物的平等性特征。福克纳的"约克纳帕塔法

① 李文俊.福克纳评论集[C].北京：中国社会科学出版社，1980：51.
② 莫言.过去的年[M]// 我的高密.北京：中国青年出版社，2011：71.

县"与莫言的"高密东北乡"虽然都不是两位作家真实的故乡，但都有其原型背景或与真实故乡在地理环境上的大体相似之处。福克纳在自己的文学王国中表达了对自然的崇尚，期盼人与自然的和谐共生，详细展现了南方社会、经济、文化传统，将人与自然关系融入作品之中，反映了人与自然、人与社会、人与自我之间的现实状况，尤其揭示了美国内战之后南方在北方资本主义工业文明入侵下所产生的人类欲望的膨胀、矛盾冲突和社会关系的恶化等现象。在内战之前，南方人从自然环境中获得生产生活所需要的资源，并随着天气、季节等自然现象的变化规律，形成了自己独特的文化传统与生活方式；然而，内战结束以后，南方资产阶级新兴势力却认为人是自然界的主人，是自然资源的占有者，不断加大对自然索取和掠夺的程度，导致南方自然环境日益遭到严重破坏。福克纳在多部作品中描写了大森林和荒野特有的灵性，认为它们的"生命虽有千千万万，但每一个都密切相关，不可分离……周而复始"①。其笔下古老神秘的森林为南方人提供了庇护所，净化了他们的内心世界。同时，对于内战后南方人对自然规律的践踏危及自身生存的行为，福克纳给予强烈的谴责，提醒南方人不能为了满足当前利益而忽视自身的长远发展需求。

自然崇拜，就是对自然神灵的崇拜，包括了天体、自然力和自然存在物等方面，这是人类依赖于自然的一种情感表现。对人类原始初民来说，自然界的力量看起来十分强大，可以肆意地操控人类的命运，如刮风下雨、雷鸣电闪、山崩地裂等自然现象，都会给人类带来一种神秘感和恐惧感，从而引起人类对神灵的想象。中国经历了漫长的农业社会，农村传统生态文化有着深厚的思想基础和实践经验，"天人合一"的理念是人们思想和行为的基础，这就引导中国先民以崇拜和敬畏的心情去感悟自然现象，因而出现了包含神灵和自然崇拜的神话传统。齐鲁文化中的图腾崇拜体现了敬畏自然、珍爱生命的理念或思想，人们把狗、刺猬、熊、蛇、狐狸、柳树等视为神灵并加以崇拜，规定了很多禁止随意猎杀或砍伐的动物或植物作为图腾禁忌，因为这些动植物是自己家族祖先灵魂的象征。如《马驹横穿沼泽》中那匹火红的小马孕育出了整个食草家族，《红蝗》中蝗虫被人们视为神虫下凡，人们为之修建了庙宇并定期举行祭典仪式，对其顶礼膜拜。这些仪式彰显了高密先民对神灵的崇拜，体现出莫言对自然神灵的崇拜。

尊重自然体现了人与自然之间的理性关系。人类来源于自然，又依存于自然，依靠自然环境获得生存和发展的物质与能量。福克纳在作品中表

---

① 福克纳.去吧，摩西[M].李文俊，译.上海：上海译文出版社，2004：309.

达了对自然的尊重，强调了人类要融于自然，与自然生态系统中的其他生命个体相互适应、相互协调、相互依赖，从而维持生态系统的稳定，实现生态系统的健康有序发展。梭罗在《瓦尔登湖》中将渔猎看作一种亲近自然、与自然融合的最佳方式，因为他认为，"渔夫，猎人，伐木工等类似的人，他们终生生活在田野上和森林里，他们感觉自己就是大自然的一部分；在他们劳作后歇息的时候，他们会观察大自然，他们此时的心情，比起哲学家或者诗人来，要更适合观察大自然，因为他们心中没有任何的期待"[1]。同样，在福克纳看来，狩猎所起的教育作用在于向狩猎者传授人类的生存技能和文明知识，同时狩猎也是对爱心和勇气的一种考验与提升。《去吧，摩西》中的艾萨克喜欢到森林中接受自然的洗礼和净化，最终实现了见到自然神灵老熊的梦想。南方荒野与森林孕育了人的正直、谦恭和善良的品格，这些品格成为南方文化和传统价值观的基础，也是每一个南方人都不应该忘记的文化传统与习俗，反映了人与自然的亲密关系。

崇拜自然体现了人类对自然的敬仰和膜拜。万物同宗同根是道家对自然的一个基本看法，也是莫言自然崇拜思想中最具特色的生态伦理观念。对人类原始先民来说，自然界中每一个存在物都有生命，都拥有自己的灵魂，例如，河有河神，山有山神，树木有树神等。人类早期的生活方式主要以狩猎和采集为主，生活资料完全依靠大自然的恩赐，人类由此产生了对大自然依赖和恐惧的双重情感。由于万物同根同源，人与自然万物之间血脉相连，相互转化。如在齐文化中树木具有灵性，有些家族还自称是某种树木的传人，在重大节日或者纪念日里，家族成员聚集树下，举行隆重的祭祀活动；家族成员生日的时候，也会在树下祭祀，还要在树上系一条红布条或红线等作为祈福的象征。人们不能随便砍伐这种树木，任何人如果违反了这一规定，就必将受到神灵的惩罚，同时也会给家族带来灾难。莫言关注人与自然的关系，表达了对自然的崇拜，并寄希望于自然，把自然视为人性复归的精神场所。他常常借助动植物的力量和精神来表达人类对美好生活的希冀："对于自然万物的由衷喜爱，对于创造生命的活动的崇拜，人与自然间的息息相关、祸福与共，经过长期的凝聚和积淀，化为民族关于生命一体化的集体潜意识，并形成莫言作品的主要特征之一。"[2]他在20世纪80年代所写的一系列作品，如《透明的红萝卜》《红高粱》系列、《红蝗》《生蹼的祖先》及短篇《马驹横穿沼泽》等，都表达了对自然生命力的崇拜。这些自然生命赢得了人们的崇拜，非凡地呈现出超越人类情感

---

① 梭罗.瓦尔登湖[M].杨家盛，译.天津：天津教育出版社，2004：301.
② 张志忠.莫言论[M].北京：北京联合出版公司，2012：50.

的神奇特征,表达了莫言对自然的情感与信服。

尊重自然规范了人与人、人与社会和人与自我之间的关系。人们生产生活中的许多祭祀、宗教仪式、礼仪等,从表面上看是人和神之间的交流或人对神灵的祈求,实际上则是人在表达对自然力量的认识和感激之情,培养的是以德报恩的生态伦理观念。福克纳在表现美国南方生态伦理传统时,着重表现了对自然的开发与利用。他尊重自然,对自然万物十分熟悉,经常参与狩猎,并把狩猎经验写进了多部作品中,从而使他所追求的人与自然和谐共生的生态伦理思想在生活和实践上都得到了进一步的升华,体现了他对自然的情感和对人类工业文明的反思。他的多部作品都展现了美国南方人的生活生产方式和传统文化观念。然而,对过度砍伐树木、开发荒野、猎杀野生动物等行为方式的描写集中体现了他对生态环境恶化的严重忧虑和对人类生存危机的担忧。《熊》中的印第安老人和贵族子孙艾萨克·麦卡斯林在森林狩猎中的故事既是南方人精神生态的真实写照,又是福克纳本人对自然的崇尚和对南方传统文化消失的哀叹的体现。南方人为了眼前的利益,把自然当作征服甚至奴役的对象,过度开发自然资源,污染了环境,摧毁了精神家园,导致南方人出现精神危机,最终危及人们的生存。

崇拜自然体现了人把自然万物置于神灵的位置上,以遵循自然规律为前提,以尊重自然万物权利为宗旨,敬畏自然和保护自然。民间禁忌、习俗和祈祷仪式虽然属于非理性、不自觉的原始宗教产物,但用现代科学的眼光加以审视,就会发现这些仪式中的很多现象都表达了对自然的崇拜,在客观上有着协调、规范、监督人对自然的态度和行为等功能。在齐鲁文化中,动物能够表达人类的意识与情感,动物的世界实际上就是人的世界,这也是人类对动物崇拜的具体反映。"大凡是被人驯化了的动物,都有诉不尽的冤枉,其中尤以狗的冤枉为最。"[1]莫言专门写了《狗道》,讲述了一群狗的生活行为。这些狗简直是人类的化身,甚至具有超越人类的思维与智慧,会争权夺利、争风吃醋,整天思考着如何铲除异己等。事实上,这种自然崇拜在很大程度上反映了人类对自然的敬畏,表达了人类希望借助自然力量战胜困难,实现人类继续生存下去的美好愿望。

福克纳和莫言所处的时代和社会环境中都有丰富的有关自然神灵的神话故事,他们的作品既有对自然表达的尊重之意,又有对自然界万物展现的感激之情。两位作家以自然为主题,以人与自然的关系为出发点和立

---

① 莫言. 莫言散文新编[M]. 北京:文化艺术出版社, 2012: 136.

足点,表达了对人类生存问题的关注。无论是其尊重自然还是崇拜自然的思想和行为,都体现了人类在利用自然资源的过程中必须给自然万物必要的道德伦理关怀,必须尊重和保护自然万物的生存和发展。福克纳的尊重自然,莫言的崇拜自然在不同程度上展现了人类在利用自然万物的过程中,给自然生态带来的摧残与破坏,以及由此给人类生存带来的困境。两位作家对自然的态度向现代人警示了自然生态危机的危害性,为人类寻找精神家园指明了前进方向或出路。

二、人化自然与神化自然

生态伦理作为社会生态文明的标志,包含了人与自然和谐发展的价值体系和人类行为的道德规范。人类和其他自然个体一样,都是自然生态系统中的组成部分,并与其他组成部分共同维持生态系统的生存和发展。福克纳与莫言都将道德伦理延伸到自然界,强调人类与自然万物都是平等的,不能因为自身的存在而剥夺其他生命个体的生存权利。所不同的是,福克纳采取人化自然的方式,即自然除具有自身本质属性外,还要受到人类社会关系的制约,且这种制约所带来的后果虽然是未知的,但具有和人性一样的本质特征;莫言采用神化自然的方式,即把自然视为神灵,认为自然具有超人的能力,能够左右人类的命运。

"人化自然"是指人对自然界进行实践改造而形成的结果。人在改造自然的过程中,人和自然的结构发生根本性变化,产生了"美"与"善"的特性,这是人类价值所在。同时,自然作为一种外在力量被人类所熟悉或亲近,成为人化自然的结果,进而产生美与善的道德伦理行为。当然,这里所说的人化自然是指人在改造自然的基础上掌握和运用了自然界本身存在的规律、法则和原则,从而使人在心理和情感上对自然不再感到陌生和恐惧,而转为依赖与亲近关系。马克思曾指出人能够创造历史并且不断改变自身和自然,并通过劳动实践活动为自身创造财富,丰富自身精神活动并逐步扩大自己的活动范围:"整个所谓世界历史不外是人通过人的劳动而诞生的过程,是自然界对人来说的生成过程。"[①] 福克纳在人化自然的过程中重塑了南方精神,构建了人与自然作为命运共同体和谐发展的生态伦理思想。其笔下的自然万物都像人类一样,具有独立的思维方式和特有的审美意识,是人化的自然生命象征,如森林、荒野、湖泊、野生动物等,都体现了人类所具有的崇高、伟大、真诚、质朴和包容的审美特性,也是帮助南

---

① 马克思,恩格斯.马克思恩格斯全集:第 42 卷[M].北京:人民出版社,1979:131.

方人实现和谐发展的动力和目标。

"神化自然"是指以祭祀、风俗、神灵和神话等方式对待自然万物。人们创造自然神话，赋予自然万物以非凡的能力为人类提供庇护与幸福。"任何神话都是用想象和借助想象以征服自然力，支配自然力，把自然力加以形象化。"[①] 神化自然在莫言作品中占有十分重要的位置，他以自然为出发点，对人与自然、人与社会、人与自我的关系进行艺术加工，凸显自然的神性特征和超人类能力，反映出自然的巨大影响力。这种创作方式展现了莫言对自然的强烈情感和近乎宗教信仰式的虔诚，同时也凸显出他感到人类十分渺小的观点，甚至产生了"种"的退化的感悟。他怀着崇拜的心态来神化自然，认为人与自然万物都拥有自身价值，共同栖居于自然界之中；人类没有理由把其他生命作为工具或奴仆，而是应该尊重和保护自然，自觉维护自然的权利，保持人与自然的和谐发展。这是其神化自然的前提和基础，也是其文学创作的宗旨和目标。

"人化自然"是人类通过劳动实践不断改造自然的过程，使人在自然界的活动范围更为广泛，同时使人与动物的界限更为明显，从而实现人的自由而全面的发展。这种人的发展与自然的发展的辩证统一关系就是历史唯物主义的核心问题。福克纳对内战后南方日益恶化的生态环境进行深刻思考，分析了人与自然的关系以及南方出现生态危机的原因，其作品中的自然净化了人的情感和灵魂，培养了人的社会责任感和历史使命感。因为南方工业化过程抹杀了人的正常情感，促使其越来越满足于科学技术进步和工业文明所带来的便利，由此，对自然的背离也就越来越多，最终导致南方人的精神空虚和对未来的迷茫。福克纳意识到这种现象所带来的严重后果，始终不断地呼唤南方人的人性回归，倡导敬畏自然、善待自然，感悟自然的博大、宽广和无穷的魅力；同时，告诫人们只有在与自然和谐共生中找回过去的尊严和自信，才能与压抑人性的工业化和消费主义进行抗争，实现南方人的自由和全面发展目标。

"神化自然"的过程是给自然万物赋予灵性的过程，也是人类逐渐认识自然和熟知自然规律的过程。自然界对早期的人类来说具有极大的神秘性，而这种神秘性又常常引发人们对自然现象和生命的敬畏感，从而促使人们通过想象对自然进行了神化活动，形成了神化自然现象。莫言神化自然的创作方式让读者从根本上领悟到其敬畏自然的创作意图，懂得了人与自然和谐发展的前提是人与自然的平等，自然界中的动植物甚至比人类还

---

① 马克思，恩格斯. 马克思恩格斯选集：第 2 卷[M]. 北京：人民出版社，1995: 113.

聪明。这种创作方式体现了人类在生存危机中的自我拯救和自我完善的方式就是与自然结成生命共同体。莫言的文学创作不仅传承了蒲松龄式的叙事模式，而且还吸取了齐文化民间信仰中的丰富营养，其作品中许多动植物都被赋予了神性的灵魂，能左右和改变人类命运。他把自然生态、社会生态和精神生态进行了统一的观照和分析，为读者提供了一个新的视角观察自然和人类社会，强调人类必须重新回到自然怀抱，方能获得生存和发展的能力与机会。

"人化自然"经历了人性与神性对立与融合的过程，而人神共存是人类社会处于发展初期、生产力水平相对较低时的一种人与自然关系。无论神灵以何种形象出现在现实社会中，始终是人类凭借想象而建构出来的内心愿望的外在形象。福克纳人化自然的方式既是其本人重构人与自然的和谐关系、重构生态伦理的创作取向，又是他发自内心，深切体验和感悟自然生命力，唤起南方人对自然的尊重，以达到心灵上的净化与提升的美好期盼。汽车作为现代文明的象征，代表了人类能够摆脱自然在生活空间上的束缚，是人化自然的一个突出例子。20世纪初美国汽车工业刚刚起步，《坟墓的闯入者》中加文·斯蒂文斯对此并不欢迎，因为在他看来汽车霸占了南方人的生活空间，使人们疯狂追求自我放纵、自我享乐，最终进入毁灭的境界。很多学者认为加文就是福克纳的化身，或者说是代言人，因为他的生态伦理观念与福克纳的观念极为相似。福克纳认为南方生态危机涉及自然环境，渗透到南方人的道德观念、价值观和信仰灵魂的层面之中，导致了人性异化、价值观扭曲、信仰危机等严重的精神问题。他对人与自然关系的认识从迷茫到不断深化与提升，最终确立了人与自然之间道德关系的基本原则和人类的行为规范，并以文学艺术表现方式构建起人与自然和谐发展的命运共同体。

人类之所以相信自然万物皆有灵魂，是因为人类对自然的依赖和信任，同时体现了人们渴望返回自然，找回人类个体甚至集体生命的自然和自在状态，还原人性中最真实的本质。"每个作家都有自身与大自然交流的方式。就我个人而言，作为一个孤独的少年，与牛羊、树木在一起伴随那么长时间，在和外界几乎没有交流的情况下，我一年有六个月时间都在一片荒凉的草地上，与鸟、草木、牲畜相处，因而对我想象力的培养、对纯粹自然物的感受与一般作家不太一样，这可能是我的小说里有青草、水的气味的原因吧。"[1] 正是这片土地培育了莫言的生态伦理思想，给他提供了

---

[1] 莫言.小说的气味[M].沈阳：春风文艺出版社，2003：166.

丰富的创作素材。其作品中的自然万物都有自己的思想和探索意识，也像人类一样向往自由，有着强烈的正义感，敢于与恶势力做斗争。《白狗秋千架》中的白狗对人类怀有既忠诚又敌对的矛盾心态：它在面对人类的友爱行为时，表现出忠诚和善良；面对人类的敌对行为时，表现出对人类的惩罚与报复。莫言神化自然的创作模式并不意味着降低了人的价值，更不意味着人只能被动地服从和适应自然界，而是体现了人与自然万物和谐共生的运行机制，展现了自然生态系统中万物自由发展、互相依存的生态发展规律。

"人化自然"反映了自然的复杂性，体现了人性的善与恶。人类作为自然界的一个组成部分从属于自然，人的本质就必须与自然的本质相协调；人只有在顺应自然规律的前提下，才能真正实现自身的自由和全面发展。生态危机使自然失去了自身的本质和存在的基础，使自然不再单纯作为一个自在的客观存在物，而是作为人的对象化劳动产品，改变了自然的本性。在福克纳构筑的自然生态世界中，人们看到的是一幅幅人与自然日益疏离对立、人性沦落异化和生命力萎缩的生态失衡景象。艾萨克·麦卡斯林一生中境遇的转变和人生道路的抉择，归根到底是由于他在成长过程中接受了南方淳朴的自然教育，使他敢于冲破南方社会种族制度的偏见，反思南方黑人所处的地位和境遇，并对自己的贵族身份和家族财富进行了质疑和痛苦的忏悔。这个家族的创始人老卡罗瑟斯起家获得的土地，是从印第安人那里骗取来的，且这个家族的经济收益都是通过压榨黑奴和牟取暴利而来；不仅如此，他还强奸了自己的黑人女儿，使她生下多个黑人孩子。可以说，福克纳作品中的人化自然过程实际上指的是人类自身的道德伦理性化过程。人类对自身所犯错误必须重新审视，杜绝重犯掠夺与侵犯自然界其他生命个体权利的错误，这样才能确保自身的生存和发展。

"神化自然"可以理解为自然的人性化过程，即自然具备人类社会属性的过程。人与自然通过实践活动进行物质之间的转换，在实践活动中形成了人与自然以及人与人之间的联系，促进了人与自然的和谐发展。自然神话反映了人们对待自然万物的态度，体现出自然与人类之间的紧密联系。人类无论是对待自然物体，还是对动植物的保护，都包含了人类神化自然的情感，反映出人类的人性化过程。莫言作品中的很多原型都能够在人与神之间相互转化，体现出人类对自然的善意与敬仰。这是一种集体崇拜意识和以善待物生态伦理的具体表现，说明了自然生态系统在莫言心中的地位和作用。莫言注重描写中国农民的生活生产活动，以特有的情感和道德责任，唤醒中国农民对自然的天然情感，从而解决在转型时期内社会出现的自然生态、社会生态和精神生态等的问题。为此，他模糊了人与动物之间的界线，在人和动物的转化过程中完成了对人性的表现。如他在《生死疲劳》《酒国》等作品中通过人与动物以极端方式完成的转化，说明了人与动物同宗同源的本性，直接挖掘了人体内的动物本性，并将这种人性中的诸多弊端呈现出来，引起读者深入思考与强烈批判。正是由于自然万物所包含的物质文化与精神文化内涵不断地交融与延伸，和谐发展的自然环境成了人类社会发展的动力和人们精神环境净化的理想场所。

任何一种生态伦理思想都必须反映作家所处的社会和时代环境，满足社会和时代的需求，才能得到社会的认可和接受。在人类发展历程中，人类个体总是不断地强调自身发展，毫无限制地利用自然和改造自然，或者说，只讲对自然界的索取，很少或根本不考虑对自然应该尽到的责任和义务；然而，自然界为人类提供的资源总是有限的，如果人类对自身的欲望不加以限制，最终会导致资源枯竭的后果。福克纳如实描述了南方人与自然的情感，通过作品中人物形象以及发生在他们身上的故事，反映出自然万物带给人们的心理慰藉或精神庇护，表达了他作为创作主体对自然的崇尚与敬意；莫言作品中的自然意象通常具有灵性与神性，拥有人类一样的智慧与才智，共同维护中国传统道德体系与伦理价值观念。两位作家的生态伦理思想虽然有所不同，但对认识自然、利用自然和保护自然却有着类似的理解方式，对读者认识人与自然的关系提供了重要指导。

三、崇尚自然与敬畏自然

人与自然的关系问题数千年来始终不断地引起人们的争论，争论的焦点主要集中于人类如何维持自身的生存和发展。福克纳与莫言虽然都表达了对自然的尊重，但从生态伦理思想来看，他们对自然的态度还存在一些差异：福克纳表现的是崇尚自然，而莫言表现的则是敬畏自然。"崇尚"和"敬畏"都有对自然的敬佩之情，但程度有所不同，其中前者强调的是敬仰，而后者强调的是畏惧自然。

崇尚自然就是尊重自然个体生命的生存权和发展权。任何生命个体都需要生命存在的条件和环境，缺少了必要的条件和环境，自然生命个体就会死亡。然而在现实生活中，人们往往忽视这一要求。福克纳认为自然界中一切存在物，包括最平凡、最卑微的一草一木等都有灵魂，而且这些灵魂同整个自然生态融合为一体，具有与人一样的权利和自由。如《去吧，摩西》中猎人与熊和狗的故事、《村子》里艾萨克·斯诺普斯与牛建立起的超凡爱情故事、《寓言》中通晓人性的被盗赛马、《八月之光》中人与自然的融合、《野棕榈》中人与水的故事等都反映了人类与自然的亲密关系。内战后工业文明的迅速发展导致了人对自然资源的掠夺与占有，引发了南方人的消费欲望。面对人与自然、人与社会、人与自我关系的失衡和传统文明的衰退，福克纳由衷地感到心痛和悲哀，并在作品中表达了对南方社会生态和精神生态缺失的担忧。战后南方人对自然个体生命的掠夺实际是对生命的践踏、对人生命的蔑视，也是对自然生态的破坏。他在作品中进行了深刻的反思和有力的谴责。

敬畏自然就是通过信仰崇拜的形式，将人类所能想象的灵性和力量都赋予到自然万物身上，并以想象或幻想的形式形成人们所接受和认同的传统。莫言受到儒家教育的启蒙，又受到齐文化的长期熏陶，对自然的情感和态度都是发自内心深处的，并虔诚地对自然表达了至高无上的敬仰。他在作品中描述的人与自然、人与社会和人与自我之间的关系并不完全脱离社会现实环境，而是依据现实、着眼现实的真实故事。如《食草家族》中的六个梦反映了"高密东北乡"食草家族的历史和生活，这个家族成员以吃草的方式净化自己的灵魂，展现了对自然万物的敬畏与膜拜，同时揭示出莫言对现实世界的恐惧以及他对大自然所具有的能力而发出的巨大惊叹。在《马驹横穿沼泽》中，莫言再现了高密神话故事中的远古婚制。这种婚制被称为"人兽婚"，是齐鲁文化中一个极为庞大的神话品种，反映了人类在血缘关系上与动物的同宗性和认同性。当一个氏族祖先与某种动物建立了渊源关系，该种动物，也称之为"兽"，便被提升至神圣的图腾层面，享受着该氏族成员的永久祭拜与至高无上的敬畏感。事实上，这种现象是中华文化中的一种普遍现象，如同中华民族对龙的崇尚，北方人对蛇的畏惧等，恰好说明了莫言对自然的敬畏之情。

崇尚自然就是平等地对待自然。人和自然之间的关系既不是征服与被征服的关系，又不是利用与被利用的关系，而是互相联系，互相依存以及平等互利的关系。只有尊重自然，才能形成真正的平等观。福克纳购买了猎枪，常邀请朋友到森林中打猎，并将自己的狩猎经历在作品中进行如实展现。这些行为在他看来并没有过多地伤害自然，只是南方传统生活方式的体验。狩猎在内战之前的南方十分普及，因为每个人都被灌输着一种精神，即自然为人类服务。人类征服自然和改造自然的过程就是向自然学习的过程，也是培养人类提升自我道德伦理的过程。他作品中的自然给人们提出了很多挑战，如《我弥留之际》中的水火劫难、《干旱的九月》中的炎热天气和《野棕榈》中的洪灾等都考验了人的才智、勇气、忍耐和宽容精神。当然,崇尚自然并不意味着对自然的掠夺,相反,人们在与自然的接触中认识了自然,接受了自然的净化。《熊》中的艾萨克显然受到了大自然的熏陶,一方面他认为人类必须征服自然,才能算得上是真正的英雄人物,另一方面正是在自然界中的感悟与心理净化,使他形成崇尚自然的观念,因而毅然放弃了家族遗产。福克纳反复强调人类应当尊重自然,保护自然权利;反之,将遭到大自然的报复与惩罚,危及人类生存。

敬畏自然包含着对自然的顺应、探索和利导,也是对自然生态更深层的认识。自然生命个体的生存和发展总是以其他个体生命的牺牲为代价,由此造成了生命个体之间的相互残杀和相互斗争,但这些现象和行为是自然界发展的必然规律,无法单纯地用人类的道德伦理来进行评判。莫言对原始自然万物充满了敬畏感,如那一望无际的红高粱、荒无人烟的大沼泽地等,孕育了高密先辈们除暴安良、救助弱者的英勇故事与中华民族精神,使莫言感受到巨大的生存动力和强烈的民族自豪感。为此,他在作品中塑造的各种各样的神,实际上都代表了自然界和人类社会中各种权利、制度和道德规范。在《丰乳肥臀》中,莫言讲述了一则类似希腊神话的神话故事。书中的母亲就像希腊神话中的大地母亲,拼命想生个儿子,但丈夫却没有生育能力。为了完成这个使命,作为母亲的上官鲁氏相继与他人发生关系,分别生了八个女儿,其中四个女儿又繁衍了下一代。母亲是这个大家族中最原始的根,女儿们作为下一代,又像母亲一样繁衍生息,依靠母亲这个伟大生命主体而使后代生生不息。对于自然生态发展来说,如果人类为了自我物欲,"把大自然看作是一个取之不尽、用之不竭的资源库,把掠夺自然资源当作实现人生价值的必由之路"[1],就会打破人类和自然的生存极限,引发大自然的报复。因此,《金发婴儿》中的上官鲁氏死的时候,出殡的人手费了好大周折才勉强凑够,因为这里的乡村人烟稀少,农田荒芜废弃,一片荒凉的乡村景色,根本无法找到生命力的象征。不仅如此,自然生物群的灾难还在继续:休闲的猎装官员继续枪杀着天鹅,鸟儿韩在深夜下夹子捕鹤的行为依然存在,《欢乐》与《蛙》中退休的官员以密网捕鱼。莫言通过对自然生态的敬畏揭示了社会存在的诸多问题,反映了有限的自然资源与人类无限的心理欲求之间的尖锐矛盾已经几乎是人类无法克服的突出问题。

崇尚自然是人类对大自然秉持的一种道德态度,能够让人类正确地看待人与自然之间的关系。人类作为道德伦理的主体不仅拥有自身存在和

---

[1] 曹孟勤.人性与自然:生态伦理哲学基础[M].南京:南京师范大学出版社,2006:84.

发展的权利与追求目的，还要通过其自身善的行为保护或促进自然生态的和谐发展。福克纳的生态伦理思想在强调尊重自然权利的同时，力图消除人类生活和生产中对自然的无限利用和盲目开发，最终实现人与自然的和谐发展。他作品中的荒原和大森林，由于受到工商业文明的侵蚀，最终完全消失了，南方人只能从自己的记忆中寻找过去的美好时光："……猎人们还讲关于狗、熊和鹿的事，这些动物混杂在一起，像浮雕似的出现在荒野的背景之前，它们生活在荒野里，受到荒野的驱策与支配，按照古老的毫不通融的规则（这些规则不知道什么叫惋惜也不懂得宽容）进行着一场古老的永不止息的竞争。"① 福克纳的多部作品揭示了南方传统文明衰败的原因，剖析了自然生态、社会生态和精神生态中存在的问题，并对此进行了谴责和批判。

敬畏自然是人类对自然及其规律产生的一种心理体验，表达了对自然的情感依赖。自然界是一个万物在其中相互依赖的系统，包括人类在内的每个有机体都具有各自的价值和作用，都是自然生态系统中不可缺少的组成部分。莫言受到中国儒家思想的影响，对自然的情感有着常人难以感悟到的苦痛和依赖。由此，他抓住了人与自然的关系，在更大范围内引发人们对现实社会问题的关注。如《天堂蒜薹之歌》表达了对社会底层的关注，反映了穷苦农民的生活艰辛和社会政治的不平等性；《铁孩》《生蹼的祖先》《球状闪电》等作品中充满了具有神秘色彩、亦真亦幻的鬼怪故事，反映了自然现象的强大威力和人类的弱小；《生死疲劳》中地主西门闹在经历驴、牛、猪、狗、猴等轮回后，最终投胎为人，失去了原始动物属性，变成了一个发育不良的"大头"婴儿。莫言对自然的敬畏体现了人类原始生命力和自然力量的影响，表明了人类"种"的退化以及自然神奇力量消退的原因在于人类对自然生态系统的破坏，这最终必将影响人类的生存和发展。

崇尚自然是人类终极的道德态度，因为人类的实践活动通常是一个循环往复、不断上升的过程，而每一次自然发展进程同时又为下一次发展提供了基础和前提。自然作为一个生命的有机体，具备了自我调节、自我维持、自我发展的能力，然而，人类的行为和生活方式总是不断影响自然生态系统发展的进程，干扰自然界的发展趋势。福克纳崇尚自然源自他对人类的希望，因为在他看来，人具有理性，他把理性作为人与自然万物不同的依据。这是值得肯定的，也是现代人必须遵守的伦理道德。在现实生活中，

---

① 福克纳. 去吧，摩西[M]. 李文俊，译. 上海：上海译文出版社，2004: 78.

人们提到"理性"，往往认为它与信仰、经验、精神等相比较而言，然而，事实上，理性使人有能力发现和实现自然界的价值，并自我确证存在的真实性和价值高低。人类认识和改造自然归根结底是为了满足自身的整体利益和长远利益，因而往往按照自己的需要和价值观念来判断和选择自己的生活方式。20世纪40年代后，福克纳作品中人的灵魂发生了复苏，良知被唤醒了，正义战胜了邪恶。如"斯诺普斯三部曲"中的明克·斯诺普斯表现了人的善良天性，他逐渐战胜了邪恶，获得了拯救。《修女安魂曲》中南茜为阻止谭波儿进一步堕落，自愿选择了坐牢和招人唾弃的生活方式。《掠夺者》中的卢希尔把科丽小姐从卖淫的泥沼中拯救出来，为她指明了未来的生活之路。《寓言》中的人物开始意识到自身的责任，勇敢地承担起作为人应当担负的责任。这些变化表明了福克纳对南方自然、社会、人类自身充满了希望，展现了他对美好生活的向往。

敬畏自然是自然生态系统发展的根本要求。自然界可以没有人类，但人类无法离开自然界。自然生态系统中所有的生命个体共同组成了自然生态整体系统，而所有的生命都具有各自生存的权利与要求，人们要尊重这种权利与要求，这是尊重、敬畏自然的道德伦理依据。莫言作品中的很多自然现象都被归结为鬼神的作怪，在刮风下雨、雷鸣电闪、天灾人祸、生老病死的背后都有鬼神的灵魂存在，鬼神甚至还被当作约束和惩戒人类不良行为的象征，被奉为规范人类行为的道德哲学。可以说，他对自然的敬畏体现了自然神性的光辉，表达了他对自然的顺服和敬畏之情。他作品中的故事发生于过去，体现了现代化背景下人与自然分离及生命力退化的趋势，表达了原始生命力的宣泄和他对自然野性生活的向往。《红高粱》里"我"爷爷奶奶身上迸发出了强有力的原始生命力，在他们的缠绵相爱、英勇抗击日本侵略行为的故事中，现代人重新感受到了原始的血性精神。那一片无垠的原始高粱地既是"我"爷爷奶奶这辈英雄们展现原始生命力的舞台，又是莫言本人敬畏自然价值观和伦理观的体现。人性的丑恶和道德的丧失，威胁的不仅仅是人类自身的生存，还有与人类休戚相关的自然界其他物种的生存，甚至将导致整个生态系统的瘫痪和毁灭。莫言的生态伦理思想将人与自然的权利和价值联系起来，从人类及全球生态系统的需求和发展入手，倡导保持和维护人与自然的权利和价值，以促进人和自然的和谐发展。

人类对自然的认识从敬畏自然、崇尚自然，最终到尊重自然，先后经历了社会生产力由低到高、科学技术由简单到复杂、生活生产资料由匮乏到丰富的过程。然而，生活在现代社会中的人们并没有感到由衷的幸福。福克纳和莫言对待自然的态度为解决这一问题提供了方向和思路，即人类必须端正自身的态度，必须与自然万物相互依赖、和谐共生。福克纳担忧人类未来的命运，提倡人类回归自然，接受自然的洗礼；莫言表明了自然是人类心理的庇护所和精神上的栖息地，给人类带来勇气和毅力。无论是福克纳的崇尚自然，还是莫言对自然的敬畏，都表明人与自然关系的重要性，反映了他们对人和自然和谐发展的关注，同时体现了他们对构建人与自然和谐发展的命运共同体的渴望与不懈追求。

第三节　哀叹自然与讴歌自然之差异

自然界是人类物质和精神的摇篮，见证了人类一步步走到今天的现代文明过程，同时也是人们的精神王国，让人们感受着自身存在的价值。文学中的自然作为独立的审美对象，蕴含了作家对人与自然的态度和深层次情感。福克纳与莫言在赞美自然的同时，又表达出不同的态度，其中前者表达的是哀叹自然，因为面对战后南方人对自然的破坏行为，福克纳更多的是强调自然的命运悲剧；后者热情赞扬自然，表达的是对自然万物的钦佩与敬仰。两位作家全身心投入自然，无论是哀叹自然还是讴歌自然，都是对人与自然和谐关系的期望和对其构建所作出的努力，唤醒了现代人对掠夺自然资源的罪恶行为和意识的认识，为人与自然的和谐发展提供了参照与借鉴。

一、自然挽歌与自然赞歌

自然环境是由自然万物，如河流、树木、人和野生动物等，组成的环境，不仅为人类提供了生产生活资料，还成为人类情感寄托和精神慰藉的载体。挽歌和赞歌都是对自然表达的一种情感和态度，其中前者多吟唱于丧葬仪式上，是对逝者善良行为和高尚道德伦理的赞美；而后者则是情感的直接表达方式，是对自然的称颂。福克纳和莫言都表达了各自对自然的敬畏和赞美，体现了他们对自然的情感依赖和精神寄托。这种创作情怀既可以视为各自在精神上对自然的皈依与依赖，又可以视为其身心愉悦下对自然环境的有感而发。两位作家对自然的尊重促使人们关心自然的生存和发展，而对自然的赞美则表达出对自然万物终有一死的命运的同情与惋惜。

福克纳对内战后失去了神性的南方自然唱出的挽歌具有丰富的精神

内涵,折射出南方人对待自然的传统观念的改变,表达了依赖自然、信任自然的哲学思考。美国南方早期殖民者遵循自然法则,适度开垦荒野、狩猎野生动植物以及砍伐森林树木,始终保持着人与自然的和谐,因而广阔无垠的南方荒野充满了生机勃勃的自然生命气息,孕育了南方人浪漫与神秘的生活方式和文化传统。然而,内战后的北方资本主义势力凭借着强大的军事力量战胜了南方,又通过先进的工商业文明征服了南方传统农业经济发展模式;为达到利益最大化,任意掠夺自然资源,疯狂砍伐树木,无限制地开垦荒原,获得了巨大经济利益,刺激了南方人的消费欲望,使人们失去了理智与情感,导致的后果是南方动植物数量和种群以惊人的速度消亡,改变了南方人的生活方式,使他们越来越脱离自然,并产生了心理空虚和精神危机。在经历生存危机后,福克纳认识到南方人要想生存下去,就必须与自然建立和谐的关系,虔诚地对待自然。他在访谈中多次提醒南方人要保护自然环境,接受大自然的洗礼和熏陶,把对待自然的行为和思想上升到道德伦理层面。但这种愿望是不可能实现的,因为这一时期的南方人已经失去了对自然的敬畏,所追逐的只是物质利益和个人消费欲求。福克纳熟知这一切,他对自然的赞扬表达了他对现实社会的不满与担忧,但他又无法改变南方的命运结局,只能通过作品表达对传统文化的怀念,警示南方人反思自身的生存状态,在对自然、社会与精神等的观照中寄予了重建精神家园的美好期盼。他是南方最早将伦理道德赋予人与自然关系的作家之一,也是最为虔诚的自然爱好者和守卫者,他对自然的讴歌实际上是赋予自然的悲凉挽歌。

莫言对自然的赞歌是发自内心深处的讴歌,也是他在访谈与作品中对自然表现出的一往情深的情感体现和虔诚的崇拜态度。他的这种对自然的态度可以追溯到齐文化中的自然崇拜,因为在长期的生产生活实践中,齐先民形成了对自然崇拜的文化传统,并把这种崇拜自然的意识逐渐演变为一种有关自然的图腾文化。这里的先民与其他地区的人们都是为了谋求自身的生存,必须从自然界中获取生活生产所需的物质资料,如狩猎动物或采集植物,并把这些动植物作为食物保存下来;所不同的是,齐文化培育了人们对自然的特殊情感,他们对自然产生了由衷的崇拜,因而萌发了具有原始思维的神话观和自然观,形成了“万物皆有灵”的自然观念。在齐文化中,人们认为自然万物之间通过神灵进行沟通,具有控制人们的日常生活和道德伦理行为的能力。莫言在成长过程中接受了这种文化的熏陶,养成了潜意识中对自然的情感,从而在作品中不断通过自然环境透视人类灵魂的创作欲望和创作动力,并最终从生态危机中发现人与自然、人与社会、人与自我之间的关系，在一定程度上找到了消解生态危机的方法与途径。与福克纳对待自然的态度一样，他始终认为自然界不仅是人类物质财富的源泉，还是人类生存的家园和精神寄托；人类不能仅仅强调自身的权利，而应该理性地规范自身的行为和思想，正确认识人与自然的关系，尊重自然界中其他生物的价值和权利。与福克纳不同的是，他不是对逝去的自然环境表示惋惜，而是对自然的未来感到担忧，因而对自然的歌唱不是挽歌式的怀念，而是宗教信仰式的由衷赞美与讴歌。

"挽歌"表达的是一种情感想象，但展现的却是现实社会出现的困境。人们在反思、凭吊和缅怀自然的同时，对自身进行警示与心灵净化，并通过对自然生态环境和生存方式的怀念，表达了对自我救赎的希冀与渴望。福克纳对南方自然环境怀有浓厚的情感，作为传统贵族家族子孙，他无力担负起重振家族繁荣的重任，只能表达对自然万物的赞美与惋惜之情；同时，对自然生态危机引发的社会生态和精神生态危机表示哀叹和痛恨。以南方种族主义为例，这种制度剥夺了黑人的权利，违背了自然生态伦理和社会伦理道德，造成了人与人之间的自相残害。"我们的社会是一个悲剧性的神经错乱和疯狂的社会，但是它用以凌辱和压迫人的办法却无比巧妙，而受凌辱和压迫的人的唯一罪过就在于他们的肤色是黑的。"[①] 美国南方统治者为了维护自身的利益，专门制定了针对黑人的惩罚措施，其中包括私刑，即对黑人实行绞刑、乱枪射死、火烧、断肢、挂在急驰汽车或马后拖拽等各种野蛮行径。尽管战后南方在法律上废除了对黑人实施的私刑，但福克纳在《八月之光》中并没有反映出这种政策，相反，他通过文学想象再现了南方种族主义的残忍，如对乔的死亡的描写就表明了他对种族主义的态度，寄托了他对南方传统道德观和价值观挽歌式的悲伤与怀念，时刻提醒南方人不要忘记种族主义的罪恶给南方人带来的精神枷锁。

与福克纳对待自然的挽歌式情感不同，莫言对自然表达的是一种赞歌式的情怀。他在作品中不惜笔墨地描写自然的粗野与豪放，歌颂自然的伟大与神圣，目的是映衬中国农村社会在转型时期所面临的无序与混乱，从不同侧面、不同层次反映了人的生存状况。其笔下的那些潜伏于夜幕中的动物总是保持着警戒，在夜幕下本能地奔跑、飞翔、歌唱与舞蹈；它们白天里被束缚、被驱使或被鞭打，但到了晚上却成了黑夜的精灵，具有人类一样的生存能力和抗争本领。这种灵性其实就是人类对于生命崇拜的感性力量的体现或升华，也是中华民族"种"的代表。

---

① 霍夫曼. 美国当代文学[M]. 世界文学编辑部，译. 北京：中国文联出版公司，1985：420.

挽歌除了表达对逝者的怀念与歌颂外，还表达了对逝者的惋惜之情，期望活着的人们铭记逝者。美国内战给南方人带来无穷的精神创伤："一提到南方，我们首先想到失败和挫折。"① 因为在南方人看来，南方传统文化的根源出自人与荒野、森林的融合，而当后者消亡，南方传统文化逐渐走向衰落时，人们无法改变其命运，只能对自然发出哀叹或为之献上挽歌。以福克纳本人的家族为例，这个家族经历了南方的殖民时期、内战时期以及重建时期，世代生活在这里的家族成员对自然环境充满了深厚的感情；然而，北方工商业文明所带来的极大冲击和影响，使福克纳明显感受到价值观念和生活方式的改变，感受到生存的危机，因而，他对南方自然环境，如森林、荒野和土地，表现出强烈的坚守与依恋情感。即使他像《喧哗与骚动》中的昆丁那样誓死捍卫家族唯一的一块土地，仍然挡不住南方传统的蓄奴制种植园经济和文化消失的大趋势，最终只能沉湎于对南方传统文化的回忆之中，但他在内心充满无可奈何的悲哀与叹息时，还是表现出对自然深深的眷恋之情。无论是《八月之光》中的莉娜·格罗夫离开家乡为自己尚未出生的孩子寻找父亲时遇到的自然变迁，还是《去吧，摩西》中艾萨克对森林、荒野消失等感受到的悲凉和忧伤，都体现了南方人对自然的情感寄托和失去传统文化的惋惜之情。

莫言对自然的赞歌寄予了他的复杂情感和深刻的哲学思考。生活在齐鲁大地上的中国先民对人与自然关系有着深层次的理解与认识，通过赋予自然万物灵魂的方式，将人与自然界的关系视为同宗亲缘关系，于是才有了中国文化中的"万物同宗""万物同源"哲理思想。转型时期的中国社会道德伦理及人性的退化、自然界秩序的混乱与颠倒等，强烈呼唤充满激情的生命精神，呼唤人类与自然和平共处、相濡以沫的美好年代。为此，莫言大多数作品都带有鲜明的讴歌自然和赞美自然的特征，如《春夜雨霏霏》《岛上的风》《雨中的河》《黑沙滩》《石磨》等作品，不仅反映了人与自然的对立与统一关系，凸显了自然万物的人性化特征，还谱写了一曲赞美自然、讴歌自然的赞歌。从"高密东北乡"的构成来看，这个文学王国以独具特色的中国农村环境为背景，本身也是一个相对独立的生态共同体，展现了多姿多彩的自然环境，体现了自然的人性化和人类的自然化现象，即人的本质和自然的本质相互的适应性。这种人与自然之间的互补性和融合性彰显了人与自然的亲密关系，说明了莫言从自然界中不断获取灵感，表达了他对自然的高度赞扬。

---

① Minter, David L. *A Cultural History of the American Novel: Henry James to William Faulkner*[M]. Cambridge: Cambridge University Press, 1994: 205.

从人与自然和谐发展的规律来看，自然的存在不仅为人类的生存提供了物质基础，还提供了精神依赖。福克纳与莫言对自然的情感既是各自情怀的真实展现，又是对现实社会问题不满而引发的精神救赎。对福克纳来说，先辈们创造的荣耀和辉煌渐渐离去，自己的精神支柱发生了彻底动摇，作为现代作家他所能做的是积极探寻解决南方社会问题和精神问题的途径和方法。莫言对中国农村环境充满了感情，但发现转型时期的中国在经济飞速发展的同时，面临着多种生态价值缺失的问题，而物质利益的诱导和消费主义的欲望追求使人们越来越重视物欲的满足，忽视了精神价值和生态价值的追求。对此，他在极力赞扬自然的同时，对违反自然法则的行为和观念进行批评或谴责。尽管表达形式不同，两位作家都是在对自然的赞美与歌颂的基础上，表达对人类命运的担忧，积极探求解决这一问题的途径。可以说，福克纳以挽歌的形式缅怀南方传统生活；而莫言则以赞歌的形式，讴歌了对自然的赞美。

二、生态惋惜与生态绝望

生态环境问题不仅是世人普遍关注的问题，更是人类迫切需要解决的重大问题。生命个体总是和生命生存和发展所需要的环境同时产生，这个生命个体连同其依附的环境都是人类生存和发展的环境，是人类生存和发展的基础与保证。当代社会出现的生态危机属于前所未有的危机，打乱了人们的传统生活方式，引发自然生态、社会生态和精神生态伦理的失衡，将人类置于毁灭的边缘。对此，福克纳与莫言表现了极大关注，其中前者表现的是生态惋惜，而后者表现的则是生态绝望。

"惋惜"是对别人的不幸表示痛惜或同情，对某些不如意的事感到遗憾，是人类在日常生活中经常使用的一种处事态度。当人们对自然环境的美好回忆和习惯的生活方式被打乱后，常常感到精神上的痛苦与情感上的不适，很容易产生惋惜之情。原始自然环境，有时又称"荒野"，通常是指未经开发的大自然，或是一片荒芜的土地或沼泽，大多具有艰苦、恶劣与暗藏杀机的含义，自然个体生命在这里相互猎杀，适者生存。由于原始自然环境充满了不确定性，人们在这种环境中感到十分恐怖和好奇，但这种环境不仅给人类带来肉体上的挑战，还带来精神上的净化。美国南方有着大片的森林、草原、沼泽、湖泊，构成了独具特色的自然环境。为了激发南方人的斗志，同时也为了控制野生动物的数量，内战之前的南方人常常组织狩猎活动，参与猎杀一些动物的仪式，虽然看似杀害了一些动物，但只是为了满足基本的生存和发展需要，并没有随意对自然界的动植物进行不必要的猎杀，人们没有必要对他们的行为和观念进行谴责与批判。此外，狩猎活动给南方人带来了精神上的震撼与情感上的刺激，也使他们意识到人类在与自然相处的过程中必须尊重自然，与自然万物和谐相处，否则人类就会失去自身生活环境，面临着毁灭的危险。正是在这样的生活与文化进程中，原始自然环境培养了南方人勤劳、勇敢、宽容的优良品格，孕育了传统精神，这种精神成为南方文化不可分割的重要组成部分。

自然万物以纯美的形式，为人类展现了高尚的情操与和睦相处的关系，展现了爱与被爱、施恩与报恩等共生共荣的生态顺序或规律，净化了人类的心灵与精神，医治了社会中人性缺失和沦落的"疾病"。莫言家乡的河流、大片的盐碱地、无法耕种的滩涂与长满茅草的沼泽，孕育了高密神奇的文化。这种自然环境充满了危险，使人感到恐惧，但在莫言眼中却是一个天然的自然资源宝库，为他提供了感受自然、亲近自然的生活经历以及取之不竭的创作素材，成为给他带来精神升华或心理慰藉的栖息地。然而，转型时期的人们为了满足自身的私欲和利益，对自然生命个体进行摧残与杀害。莫言对这种做法表现出不理解的态度，因为在他看来，自然万物都是人类生存不可或缺的基础和依赖物，而人类违反自然生态的错误行为已经严重威胁到人类的生存与发展，但人类依然我行我素，沉醉于满足自我欲望之中，失去了人性和道德伦理。为此，他的作品多以家乡的荒野、湖泊、森林等为背景，书写了"高密东北乡"的自然神话传奇；其中关于自然生态的书写又占了很大部分，如关于狗、狐狸、蛇和树木等神圣的故事，不仅讲述了自然万物之间的感人故事与动人情感，还叙述了自然生命与人类之间的复杂故事及情感纠葛，彰显了自然万物生命的顽强与伟大品格，同时又以动物特有的生命光彩反衬人类的残忍与卑鄙，从而唤起现代人对自然生态的重视与保护。

人类和其他自然万物构成了自然界的生命整体，形成了完整的生态系统，维持着人和自然的和谐发展。人类在自然生态衰退与毁灭的历程中，看到了生命存在的残酷性和悲剧性。福克纳与大自然的交往，真正体现出大自然的美妙与善良，使他意识到自然的伟大以及人与自然万物的平等性，见证了大自然所具有的包容精神，感受到大自然带来的精神信仰和心灵净化的力量。然而，他也清楚地意识到南方自然生态危机所带来的各种问题，因而尽自己最大可能地从正反两方面来营造适合自然个体生命生存和发展的良性生态系统。为此，他将自然环境置于南方传统道德伦理视野中，对南方现实问题进行批判，对自然环境施以道德关怀，对南方历史进行深刻反思等,并坚信只有南方"古老的美德"才能帮助战后南方人走出困境。他所表现的对自然的崇尚和尊重态度,重新确立了自然在南方传统文化中的神圣地位,并且福克纳在尊重自然法则和构建人与自然和谐的命运共同体基础上为南方人指明了未来的出路。由于战后南方人的贪欲和对自然万物的无限掠夺与肆意破坏,土地和森林面积日益减少,给自然物种带来了严重的生态伦理灾难。对此,他无能为力,只好发出深深的感慨,表达自己的惋惜之情。

精神世界中的欲望膨胀往往造成人与自然关系的极度失衡,由此引发社会生态问题和精神生态问题。面对自然生态的恶化,莫言对社会产生了深深的焦虑,乃至陷入绝望的地步。在中国人传统观念中,自然是人类征服的对象,人们认为只有在征服自然的过程中才能获得自身的迅速发展;因而到工业文明时代,为了获得更高的物质利润,人们过度使用化肥和农药,造成了环境污染,严重威胁着人类的生存和发展。莫言敏锐地捕捉到中国社会存在的诸多问题,在作品中表现自然生态失衡的同时,展现出人的精神生态问题。如《十三步》中的麻雀形象代表了人类的命运,因为它每跳一步对人类来说预示着一个好运的到来,但如果走了十三步,所有的好运都会消失,厄运就会降临到人类身上。作品中的人物命运大多都像麻雀的十三步一样,一步步由好变坏,最终走向悲剧。良性循环的自然生态为人类的生存提供了基础和保证,而恶性失衡的自然生态则会引发人类过度索取和占有自然资源,导致自然生态的破坏加剧并陷入恶性的循环之中。莫言通过麻雀的十三步跳跃将自然环境与人的命运联系在一起,体现了他对生态环境的惋惜和对人类命运的忧虑。

生态责任就是人类对自然生态整体所担负的责任,也是人类在回归自然、重返生态系统的过程之中,重新确认人类在自然生态系统中的位置以及与自然的关系,恢复或重建自然生态系统中和谐、稳定、生死与共的生存环境。在内战后的南方社会中,人们变得冷漠自私、缺乏信仰,盲目追求物质利益,根本不顾对大自然的破坏,甚至极端地猎捕珍稀动物,严重威胁到人类的生存。福克纳在作品中将这些问题作为复杂社会现象呈现出来,展开了对南方自然生态、社会生态和精神生态的审视与反思,并表现出极大的惋惜。他的这种意图在《熊》中十分明显,即认为人应像上帝一样,同自然融为一体;只有这样,人才能同自然和谐相处。不仅如此,这部作品还着重强调了人在自然面前的愚蠢行为终将遭到报复和惩罚,流露出对自然的深深眷恋以及对人与自然关系失衡的焦虑,体现了福克纳对人与自然关系失衡的惋惜之情。

道德伦理规范作为人类的行为准则，是评价人类行为善恶的标准，也是协调人与自然、人与社会、人与自我之间的矛盾冲突关系，调节人们的行为和活动，促进社会和谐发展必不可少的基本准则。莫言从道德伦理的角度认识和思考中国社会问题，而强烈的使命感和社会责任感引导他始终不断地关注中国社会底层人民的生活状况。社会生态恶化部分往往体现在社会当权者对底层民众的迫害和制约，尤其是中国农村基层干部或执法者对违反了其意旨的下层民众，或所谓的"罪犯"等实施的肉体伤害和精神摧残，严重地违反了生态伦理道德，引发了下层民众的强烈反感与激烈反抗。在《天堂蒜薹之歌》中，高羊违反国家政策偷偷地将其母亲的尸体进行了土葬，大队书记知道后派人把他抓去并进行毒打，他竟然被活活地打死。这一事件说明了在某些人眼中普通民众生命低贱，更谈不上人权或尊严的问题。又如《檀香刑》中刽子手赵甲想出了延长折磨人犯的时间的方法，极大加剧了受难者的肉体痛苦和精神折磨，而他不仅获得了物质利益的回报，还成了受人尊重的"大人物"。这些践踏生态伦理的当权者与社会邪恶势力或政权结合在一起，加剧、扩大了社会生态恶化的程度与范围，给人们带来更为严重的痛苦与创伤。面对社会转型时期中国农村的生存危机以及传统文化传承的困境，莫言通过自己的作品呼唤人与自然的和谐发展，然而，他深知自己所有的努力可能无法带来想要的结果，因而不可避免地对改善生态环境产生了绝望的看法。

伦理道德反映了人类在参与社会生活的过程中，将社会道德视为自身必须遵守的规范和约束。如果个人不能遵守相应的规则，社会就失去了实现人的全面自由发展的条件；人的生存环境就如同弱肉强食的自然世界，抹杀了人类的尊严。福克纳对自然生态的惋惜体现了他对美国南方传统文化的怀旧情感。作为一种心理慰藉的形式，怀旧的行为和思想常常出现在人们感到失望或受到伤害时，这也是一种合乎情理的救赎形式，往往与记忆并存，随时出现在现实生活中，表现为当下某种事件或意象，适时调解过去与现实之间的矛盾与对立关系。生活在北方工业化环境中的南方人总是努力留住一些已经逝去的东西，期望通过回忆与想象进入一种安全而又自由的状态，让其成为精神上的依赖和寄托。福克纳借助于怀旧在心理上维持着平衡的状态，并通过作品虚构的形式重新体验南方战前"辉煌"的美好感受，使感到惋惜、失落和无助的灵魂游离于过去和现在之间，形成对其自身心理和精神创伤的缓冲。从这个意义上说，他的怀旧心理是对战后南方人失去传统文化的一种主观反映，而他对南方生态失衡而导致的惋惜之情，表达了对南方"昔虹美好时光"的怀念与追求。

莫言关怀中国农村现实问题，敏锐地觉察出农村在改革开放进程中出现的各种问题，同时日渐浮躁、急功近利的社会风气和道德沦丧的现象也促使他陷入绝望之中。他对故乡生态环境的回忆不是单一地回顾某个事件，而是将具体的细节和意象构成一个完整系列，从历史所呈现出来的断裂、碎片或不完整的表象中进行拼接和组合，从而展现出中国农民在失去土地后其心理上的绝望与精神上的无根性。任何一种当下自觉的行为都注定指向一个将来的预设结果。中国农民的悲惨生活将会处在过去与未来的某种意向性的关联之中，引发人类生存灾难，进而导致莫言对中华民族精神的怀念和对现实生态问题的极度绝望。《红高粱家族》作为他最典型的一部反映中国农村原始生命力的作品，以家族回忆的形式，叙述了抗战环境下"我"爷爷和奶奶的爱情故事以及"我"爷爷带领民间武装力量抗击日本侵略者的英雄事迹，展现了在民族危亡时刻中华民族与自然的融合以及中国人民同仇敌忾地共同抵御外族入侵。整部作品对性爱和暴力的直接描述与自由表达展现了一种狂野不羁的生存意义，充满了原始生命力的宣泄和对自然野性生活的向往，体现了莫言对人类原始精神的怀念和对现实问题的绝望。

人类自身的伦理道德被自然生态系统激发起来，促使人类在面对困境时，能够从容以待，坚信对自然生态的丑陋行为和罪恶理念终将得到报应，而善良和真心同样会得到回报。对人类原始人性的回忆是对现实生态忧虑或绝望的真实体现，因为回忆是人类行为和心理活动的基础，也是人类文明进程无法脱离的对历史的传承。福克纳与莫言探索人与自然之间的关系、人类社会生态问题和精神生态伦理的关系，时刻提醒人们，生态环境的恶化与人性道德的缺失最终都会报应到人类身上，危及人类的生存和发展。文学作品的最终目的是服务于人，无论是福克纳对美国内战后南方生态的惋惜，还是莫言对中国农村生态的绝望，最终关注的还是人的问题。这是两位作家对人性进行的本体论的探索，也是对当代社会生态伦理问题的思考。

三、自然现代性与生态虚幻化

生态系统本身是一个不可分割的有机整体，所包含的各种子系统又相互依赖、相互影响，共同推动了生态系统的有序发展。生态危机的发生是由于人与自然和谐发展的平衡关系被打破、自然环境被肢解、工业文明异化、消费行为异常以及人类道德伦理的丧失等，给现代人带来了巨大的危机感和焦虑感，也给福克纳和莫言的文学创作提供了不同的创作主题或文学表现方式，促使他们对社会存在的问题进行深入的透视和不同的阐释，其中前者偏重于对自然现代性的展现，而后者偏重于对自然虚幻化的揭示。

自然现代性源于人们在体验与感受生命和生活时产生的反思性观念，因为当自然生态、社会生态和精神生态面临巨大挑战，甚至受到威胁时，人类有责任和义务作出合理的选择，并根据社会伦理和道德规范，应对和化解自然界所面临的生态危机和生存危机。福克纳作品中所呈现出的自然现代性是在其对自然生态危机进行反思的基础上构建起来的，因为在他看来，人与自然之间的融合与发展是自然生态、社会生态和精神生态和谐发展的基础。正是在反思南方传统文化和社会现实问题的过程中，福克纳发现了南方自然生态、社会生态和精神生态中的诸多问题，引发了他对社会现代性的思考。内战后北方工业技术突飞猛进，出现了更大范围的物欲膨胀、道德沦丧、生态危机等现代问题，使人与自然、人与社会、人与自我等生存关系发生了严重的扭曲和异化，最终成为一种无法控制的异化力量，给南方的生存和发展带来了极大的阻碍。这一切都成为以福克纳为代表的南方作家所关注的重点问题，促使他们对南方社会问题进行深刻反思和强烈批判，呈现出对自然现代化处理的文学表现方式。

虚幻化是指通过对记忆或历史进行回顾，对叙事的权威性和真实性进行质疑，进而解构，并通过对事实的渲染与修改形成对某些人物、对话和事件的虚构性，从而对现存史料中的空白进行填补，完成、实现人们期望中的历史进程和发展状态。自然虚幻化是通过自然生态对自然形象的依赖，形成自然万物的意识和行为，同时借助自然的物化功能把自然物化成人，或把人物化成自然，使人与自然的形象相互转化与相互融合，呈现出人与自然的和谐发展的虚幻进程。莫言的创作正值中国改革开放的转型时期，经济改革、外来文化入侵、社会需求变革等都展现出高度的开放性和包容性特征，因此，他通过自然的虚幻化方式把中国社会转型时期丰富多彩的传统文化、社会心理、宗教信仰、鬼魂意识等展现出来，并以不同的形式阐释着中国传统文化的内涵。事实上，他的很多作品都采用了这种自然虚幻的方式来表现由自然生态危机带来的社会现实问题。尤其是对女性人物，如戴凤莲、恋儿、孙眉娘等人的形象塑造与行为描写，展现了这些女性所具有的泼辣强悍的性格特征。她们与蒲松龄笔下的花妖狐仙十分相似，气质上自由灵动，思想上大胆叛逆，形象上具有一种超越正统规范的唯美性。正是通过这种自然虚幻化的方式，莫言批判了中国传统文化中的愚昧保守、封建落后的思想与行为，揭露某些理念和思想给中国社会带来的毒害与窒息感，期望人类从错误的生产方式和生活方式中解脱出来，在尊重自然生命的基础上获得对自身的尊重，实现人与自然发展的生态平衡，确保人类永久生存与和谐发展。

自然现代性体现了人类在现代化大生产中对自然的超需求消费行为，也展现了人与自然的对立关系。人们为了追求市场经济、民主政治和大众文化等形式，往往会忽视支配现代化社会发展的道德伦理及文化精神的实质。人类的发展过程本身就是自身主体性价值虚幻化的过程，因为对自然的过度消费必将打破人与自然和谐发展的规律，引起大自然对人类的报复与惩罚。对于这一点，福克纳在作品中作了十分清晰的阐释。在《去吧，摩西》中，南方人使用现代化"大机器"，如火车、伐树机器、现代化的锯木厂等对南方原始森林进行了无限制的砍伐，对荒野中的动物进行残酷的猎杀等，体现了南方工业文明对自然生态的侵蚀现象，以及由此而引起的南方人的精神异化。这种自然现代性的创作方式表明了福克纳对人和自然关系的反思，表达了他期望改善人类生活的自然环境，缓和社会生态矛盾，从而全面提升人类自身道德伦理修养的希冀。这是福克纳作为现代作家对自然现代性的认识以及在其作品中所展现的真实内容。

自然虚幻化最普通的形式是梦幻，这是人类正常的生理现象，也是作家惯常使用的文学创作形式。利用自然的梦幻，文学家可以不拘泥现实问题，而是通过自由和大胆的想象与创造，反映人类社会存在的各种问题。莫言的作品中既有各种身份的人们，又有自然万物，故事情节荒诞离奇，充满魔幻色彩，真实反映了中国社会的现实问题。他的自然虚幻化的创作方式大都带有鲜明的魔幻化色彩，如通过鬼魂或神灵的想象，展现了农民生活的艰辛与命运的痛苦，把现实世界中难以实现的理想，在一个虚幻的世界中加以实现。这种文学创作方式反映了中国转型时期的人们在现实社会中无法实现的强烈愿望，人们通过鬼魂或神灵的幻想才能得到心灵的慰藉，足以体现中国社会中存在的诸多问题以及人们所面临的生存压力。可以说，莫言的作品颠覆了现代生态观念下自然被奴役的状态，其笔下的自然不再是一种为我所用、受人蹂躏的形象，而是呈现出英勇顽强、聪明好斗、思维缜密的精灵形象，带有嫉恶如仇、知恩图报的情感特征。通过自然虚幻化方式，他对现代社会问题进行了深入揭示，对中国农村社会中人性扭曲、自然压抑、精神恶化的社会生态环境进行审视，展现了社会底层人生活困苦、行为荒诞、精神异常和命运悲哀的生活万象，同时也表达了对人类生态环境的悲哀与绝望。

  自然现代性的展现主要依赖高科技的发展进程。人类拥有自我生存的权利，也拥有了摧毁其他自然生命个体生存权利的能力，然而，作为整个自然生态系统中的一员，人类需要从自然界中获得自身生存所必需的物质生活资料，因而也必须保证其他自然生态成员的生存和发展权利，否则会造成人类自身的毁灭。福克纳通过集中描写资本主义尔虞我诈、消费主义盛行、利己主义蔓延的社会现象，展现了南方传统文化的毁灭和南方人的人性堕落，这直接导致了人们的精神生态危机，并由此使现代人失去了真正的自我，陷入到精神危机之中。对此，福克纳进行过深刻的思考。在他看来，即使没有内战，南方传统社会所具有的问题也会导致其崩溃与衰退，因为南方的命运同其所代表的落后腐朽制度一样，会逐渐被历史所淘汰。以"斯诺普斯三部曲"中的斯诺普斯家族为例。这个家族的兴衰过程恰好反映了内战和重建时期南方新兴资产阶级发展的过程，给人们呈现了不同的自然现代性表象和伦理道德的异化程度。弗莱姆·斯诺普斯作为贫穷白人，在南方转型过程中抓住时机，不择手段，沿着社会阶梯一步步向上爬，从一个穷光蛋逐步变成了银行家，后来还爬到了南方领导者的位置，成为战后南方社会的暴发户。福克纳通过这个家族的崛起，向人们展示了获胜的北方以其资本主义工业文明，特别是替代了南方传统种植园经济的大机器生产，给南方带来了创伤与精神上的疏离。内战后的南方社会对物质的追求已经使人们忘记了真正支撑人类生命存在的生态伦理道德，忽视了人与自然的真实关系，将人类推到了毁灭的边缘。战后很多南方人怀念过去，对现代工业文明感到压抑，但又不得不生活在这些痛苦和矛盾之中，因而感到十分苦闷与迷茫。

  自然虚幻化是文学创作过程中一个常见现象，作家通常在想象的时空环境中置入真实的人物和事件，并对这些事件进行艺术加工，形成虚幻化的自然生态环境，由此展现社会问题并提出建议，在潜移默化中将其传递给读者，影响读者的价值观和道德观。莫言以鬼魂神灵为手段，叙述或重现历史事件与现实场景，对人与自然关系的压抑与扭曲进行展现，揭示了中国转型时期孕育出的病态现象和社会问题。当然，他的这种自然虚幻化创作方式有其原因，作为在新中国建设发展初期成长起来的作家，作品难免会涉及社会和政治方面的现实矛盾，便通过虚幻的方式来委婉地呈现那些敏感的问题。如《生死疲劳》中的地主西门闹由于受冤而死，跑到阎王爷那里告状，希望投胎转世给自己报仇，然而阎王爷欺骗了他，把他变成了畜生，使他经历了六次轮回，改变了他原来的做事理念和性格特征；在他轮回成驴和牛时，他还感到异常冤屈与愤怒，但当他轮回到猪和狗时，几乎忘记了自己作为人的事情。莫言以高度的社会敏锐性，对中国社会问题，尤其是农村问题进行细致审视和大胆揭示，表达了对人与自然和谐关系的关注，以及对回归自然的期盼。

自然现代性反映了作家对社会现实和时代环境的认识程度，也是作家本人对社会发展所持态度的具体体现。福克纳将美国北方发展中的工业文明所带来的各种问题与南方自然生态危机联系在一起，致力呈现战后南方存在的生态问题、社会问题和精神问题，体现了南方人自身生存环境的恶化以及自然存在物面临的艰难困境。美国内战后的南方自然生态系统在现代工业文明的摧残下渐渐濒临毁灭，而这种悲剧的气息又渗透到南方人的社会生态和精神生态之中，给南方人带来了无奈和悲哀。他的"约克纳帕塔法"系列作品对南方传统进行了反思，对内战带来的影响、南方社会普遍存在的畸形、压抑的生存环境等进行了展示，揭示了南方自然环境破坏对人心理、情感和思想等所带来的负面影响。可以说，其作品中的自然现代性在某种程度上是他对南方工商业文明的失望以及对其产生排斥的具体反映。他对自然生态的现代性进行了颠覆，重建了具有传统色彩的人与自然的关系，起到了承前启后的作用。

人类对自然的情感不仅可以改变人们的处事态度，成为人类社会实践活动的积极动力，还可以加深人与自然、人与社会、人与自我之间的联系与融合，协调自然、社会和人类个体等之间的关系。莫言对自然生态中出现的问题进行反思，对社会真实进行解构，对精神生态进行展现，并非是对中国社会问题进行哲学或历史学上的系统探求，而是为了唤起社会下层人士的觉醒，从而保护好人类的生存环境。他的自然虚幻化艺术并不是"被眼前暂时的荣耀、暂时的光环所迷惑"，而是为了"把目光放得长远一些，做一些对人类有价值的事情"①，而"有价值的事情"就是他所认为的："作家创作的时候应该从人物出发、从感觉出发，应该写自己最熟悉、最亲切的生活，应该写引起自己心里最大感触的生活"②。如他的《蛙》就是一部充满虚幻的文学作品，虽然在这部作品中他对某些事件进行了不同程度上的虚构，但却完美地结合了文学虚构和社会事件的素材，呈现"计划生育"政策实施过程中的对与错，让人们重新审视与反思这一真实的政治和历史政策。

人类社会发展趋势是不可逆转的，也是无法阻挡的，工业化、城市化进程引发的新问题导致传统思想衰退等都是大势所趋，这也是正常的社会发

---

①② 杨守森,贺立华.莫言研究三十年:中[M].济南:山东大学出版社,2013:40-41.

展现象。福克纳与莫言对逝去的"美好过去"的留恋以及对现实问题的困惑等都是可以理解的，他们对此无能为力，只能通过文学作品再现或重塑，将这种心理保留下来，并传递给读者，以此表达对历史和传统的尊重。自然现代性是社会发展的必然结果，是人类在自身发展过程中必须依赖的基础；而自然虚幻性的产生是因为社会生态环境不允许作家直接表达出来，只能通过想象与虚构的形式把美好的愿望展现出来，形成心理或精神上的慰藉，获得生活下去的勇气与力量。两位作家对各自所处时代和社会环境进行了文学展现，完美地表现了人与自然的对立与统一关系，并根据自身经历和社会需求重新审视了人与自然的关系，积极寻找解决问题的方式方法，体现了强烈的使命感和职责权利意识。无论他们表达的是对自然悲伤的挽歌，还是对自然神性的赞歌，都是其自然情感的真实流露，是他们对自然态度的具体体现。福克纳与莫言透视自然生态、社会生态和精神生态中存在的危机和困境，期望唤起人们对自然生命权利的思考，让人们在人与自然的和谐发展过程中真实感受到自然生态系统的意义和价值。

第六章　福克纳与莫言
生态伦理困境与文学反思

　　不同的社会具有不同的伦理道德规范，作家在表现这些规范的过程中总是带有自己的道德评判标准，并对这些标准进行评判，抒发或展现自己的道德伦理情感。包括福克纳与莫言在内的很多作家对各自所处社会出现的生态危机及其产生原因进行深刻的反思与剖析，并把这种危机所导致的忧虑与思考上升到全社会高度，警示人们关注人类的生存问题，积极寻找解决这些问题的方式方法。由于福克纳与莫言所处时代、社会背景和家庭背景不同，在描写、叙述和评判社会问题的同时总是遵循着一定的伦理道德规范，传播和延续着不同的社会道德观念和道德意识，期望唤醒人们的生态意识和道德伦理意识。本章拟对两位作家生态伦理思想中存在的伦理困境从文学表现艺术视角进行反思，目的是更好地理解其生态伦理思想和作品艺术。

第一节　人与自然之生存困境：整体主义与个体利益

　　生态系统是指在一定时间和空间范围内，由某种生物群落与所处环境组成的相对独立的整体，系统内部成员相互联系、相互影响、相互依存，达到共生共存的目的。"决定人类存亡的不是外在的极限，而是内在限度；不是地球的有限性或者脆弱的物质极限，而是人和社会的内在心理、文化尤其是政治的局限。"① 当代社会存在着严重的生态危机，已经是一个得到普遍认同的事实。福克纳与莫言认为生态危机的产生是因为自然环境在人类的摧残下失去了自我修复、自我发展的能力。然而，在面对生态整体利益与人类个体利益时，他们却陷入伦理困境之中：人类个体利益与生态系统的整体利益之间既有一致性，又有矛盾性，属于辩证对立的统一关系，单纯强调任何一方面，都会影响人与自然的和谐发展。为此，两位作家在各自的作品中展现了丰富的文学反思，为人与自然的发展提供了理论参照和

---

① 拉兹洛.人类的内在限度：对当今价值、文化和政治的异端的反思[M].黄觉，闵学胤，译.北京：社会科学文献出版社，2004：5.

实践借鉴。

一、伦理道德与生存意识

伦理道德是文学创作或文学批评的重要主题。"道德属性是文学的本质属性。文学即布设的道德场所,道德是这一场所的随时在场及永久在场。因此,无论创作主体或接受主体是否自觉这种道德的本质性在场,他们都使道德在场。"①人类的日常行为要符合道德伦理的要求,但其生存和发展必须依赖自然万物。在如何处理这一矛盾问题上,福克纳与莫言陷入伦理困境之中,即都强调人类整体主义思想,凸显人类整体的生存和发展,但在某种程度上忽视了人类的个体利益,使整体主义替代了个体主义。

人类社会的发展历史既是人类整体生存发展的历史,又是不断牺牲人类个体利益的历史。福克纳生活和创作时期主要集中在 20 世纪上半叶,此时正值美国南方经济持续发展,工业化加速推进,商业经济异常繁荣,社会财富急剧增加,南方人的生活水平大幅度提高。从全国情况来看,1919至 1929 年是美国经济高速发展的十年,国家收入和财富均达到了历史上前所未有的高度,引起了世界人民的关注;美国是一个到处都是财富、处处存在发展机会的国度,"美国梦"就是在这样的环境中出现的,并且激励了好几代美国人为理想而奋斗。从那时起,美国社会进入了消费时代,开始了由产业经济社会到消费经济社会的转型。在福克纳生活的时代,南方自然生态失衡已经渗透到社会层面,引发了社会生态和精神生态伦理的失衡。他的第一部诗集《大理石牧神》洋溢着渴望自由、发展个性、冲破束缚的愿望和期盼,然而,牧神却永远被禁锢在大理石中。第一次世界大战之后,许多青年人受到压制与摧残,身上带有类似大理石牧神一样的沉重感。这部作品从自然生态延伸到社会生态,进而触及精神生态,提出人们的日常行为要受到多方面的制约,尤其是要符合南方传统道德伦理的要求。当然,这在一定程度上忽视了年轻人对自由的渴望,出现了伦理道德与自由生态意识之间的矛盾冲突。

莫言的创作时期正值中国改革开放初期,政治上由"文革"单一思想逐渐向民主政治过渡,经济上较过去有了很大改观,同时由于工业化进程的加快,西方发达国家出现的拜金主义和消费主义开始在中国大地上传播蔓延。他的大多数作品都是以其故乡"高密东北乡"为原型,反映了中国农村转型时期农民阶层的生活现状,构建了一个亦真亦幻的地理和历史生

---

① 高楠. 文学的道德在场与道德预设[J]. 文艺争鸣,2008(1): 45.

态环境。他以强烈的历史责任感和人类生存的忧患意识,对中国现实社会进行深入探索,揭示了社会转型时期道德伦理的缺失以及危及人类生存的突出问题。在现代城镇化和工业化大趋势下,中国也出现了森林面积锐减、水土流失、物种灭绝、沙漠扩张、臭氧层变薄、温室效应等生态极度恶化的表象,严重威胁着人们的生活和生存条件。莫言的生态伦理思想倾向把伦理道德与人类个体的生存意义结合起来,倡导既要满足人类自身生存和发展的需要,又要尊重自然生态系统中其他成员的生存权和发展权,不可避免地出现了人类整体主义的要求与人类个体生存自由之间的伦理冲突。

伦理道德是人类在一定环境里分辨善恶的标准和行为准则,尤其是指人的本性和品德等内在素养。稳定而高尚的伦理道德对人类社会和精神活动等具有十分重要的意义。福克纳的作品阐释了以关注生存问题作为生态伦理的核心内容,突出强调了人和自然所形成的命运共同体,在自然规律允许范围内实现自身的价值或满足自我需求。然而,传统道德准则和规范已经被破坏殆尽,人与人之间的关系出现严重的对立和紧张,引发了人们的忧愁、孤独和绝望,使人们陷入严重的生存危机之中。在如何解决这些问题上,福克纳却陷入道德伦理标准的困境之中。南方人与自然的冲突造成了南方人的身心疲惫与精神痛苦,如《士兵的报酬》中身心受到严重创伤的飞行员马洪犹如一尊石雕,多次都是以牧神的形象出现,但他的内心却十分痛苦;同样,对福克纳来说,无论是马洪驾驶飞机作战的动机,还是他作为大理石牧神的形象等,都只是内战后南方人与自然关系不和谐的象征,代表着南方人竭力想了解世界,但又背负着沉重的痛苦心态,心中对未来失去了希望。事实上,无论是人类整体利益还是个体利益,都是为了帮助人类摆脱生存困境,但在方式方法上存在着对立与冲突,福克纳没有找到摆脱这种困境的方法和途径。

人类个体的伦理道德与生存意识既是人类发展进化的基础,也是与"恶"相对应的内容与行为的根源,因为人类社会总体上在不断地发展与进步,这是社会整体共同奋斗的结果;同时人类个体的生存意识,尤其是为了追求个人利益而作出的不懈努力与奋斗,推动了人类整体的发展与进步。莫言对人类生存意识的理解和感受有着特殊的方式,其作品具有儒家所提倡的仁民爱物的道德观,表达了关爱自然/尊重生命的伦理道德思想。如《丰乳肥臀》中的母亲含辛茹苦地拉扯子女的艰辛,《红高粱家族》里面忍辱负重的生命象征,《老枪》的主人公大锁冒犯神灵而受到惩罚等,都是出于同样的创作意图。这些作品充斥着社会的腐败与黑暗、文化的萎靡与肮脏、人性的自私和残暴、道德的堕落与精神颓废等，展现了中国社会芸芸众生的悲欢离合与生老病死的过程，体现出莫言强烈的自然悲悯情怀和鲜明的普世价值。他同情遭受苦难命运的社会下层大众，将其生存困境无限叠加，使劳苦大众的苦难愈加悲凉，形成无限轮回的人生，给人们造成"种的衰退"的命运悲凉感。从表面上看，这种思想是真实与虚构之间艺术发展的需求，但实质上还是他没能解决伦理道德与生存意识之间的困境而导致的结果。

人类的生存意识如同自然界其他生命一样，都属于生命个体的本能，然而，对生存意识的审视和关注却贯穿于人类发展的全过程，体现出人类的伦理道德，也是对生命个体生存状态的反映、对生存可能性的探索和对生命意义的追问。福克纳以自己独特的生命体验，通过南方人特有的执着和坚持，把人类个体顽强的生命理念融入作品中，给南方人以鼓励和精神慰藉。然而，他在表现生态伦理思想时，总是无法摆脱二元对立的矛盾态度；也就是说，他在内心深处热衷于南方传统道德伦理，认为这是人类本真的具体体现，但又对这种伦理道德提出质疑，在作品中多次表现出其弊端或腐朽性。当然，他虽然认为现代技术和消费行为改变了南方人的传统生活方式，因而表现出一种排斥或敌对的态度，但总体上还是接受这种社会的进步和科技的发展，尤其是在自己的生活中更加热衷于追逐这种生活方式。还是以艾萨克·麦卡斯林为例，福克纳在这个人物身上寄予了南方复兴的希望，那就是要想成为一个真正的人，就必须尊重自然生命；然而，他对这个人物又不是完全满意，认为躲避生活就是懦夫，没有担负起南方社会发展的使命和职责。这本身就是一种矛盾心理，是道德伦理判断标准上的困境。

伦理道德是作家走进社会、提升文学艺术层次的基石，对作家的创作起着极其重要的作用。莫言在近20年乡村生活中真实体会到了老百姓的苦难，并从他们身上感受到深挚的生命意义以及对生态环境的迫切需求。正如他所说，"我在描写人的精神痛苦时，也总是忘不了饥饿带给人的肉体痛苦"[①]。他的作品对苦难现实和精神层面的揭示大都与现实社会密切结合在一起，总是体现了现代社会的残酷与无情。事实上，荒诞社会和苦难世界中的劳苦大众始终都面临着生存的危机，然而，造成这种局面的原因和现代人如何顺利生存下去的问题，体现了莫言生态伦理思想的困境。他尊重生命，反复对生命和精神进行思考，但始终也没有找到解决问题的方式。

---

① 莫言.恐惧与希望:演讲创作集[M].深圳:海天出版社,2007:48.

无论是象征时间和生活历程的风,还是象征生命力的阳光和炊烟,以及对生命造成伤害的雪等自然生态环境,都体现了他的道德伦理责任感与强烈的生存意识;同时,这些描写在很大程度上彰显了他完成社会责任和历史使命的决心和动力,但并没有给人们指出明确而具体的实施方法或途径。

文学与道德有着不解之缘,总是被视为提升人类精神品质最有效的手段之一。这要求文学把道德作为一种目标和动力,甚至构建出某种新的道德标准。人类伦理道德选择和生存意义往往与具体文学作品联系在一起,即通过文学作品的影响,人们在思想和行为上更容易接受道德伦理规范和伦理准则。面对自然生态环境的恶化,人类生活在工业化和城镇化的社会环境中,更要勇敢地去寻求解决自然生态、社会生态和精神生态的诸多问题。福克纳与莫言通过作品呈现的社会现实以及对此的反抗与挣扎,反映了人类在伦理道德与生存意识方面出现的对立与统一。虽然生态伦理思想还存在一些困境,但他们期望始终不断地寻找解决这些问题的方式和途径,以便达到人与自然的和谐发展。这是两位作家参与社会变革和推动人类社会进步的具体体现。

二、生态整体与人类个体

生态整体强调物种之间的相互依存关系,包含了自然生态个体、种群、群落与生态系统等类别;而道德评价通常具有人的尺度和物的尺度两种依据,并以此来协调人与自然之间的利益均衡以及和谐发展问题。作为人的尺度,主要是衡量人性的标准,区分开善良和丑恶;作为物的尺度,主要是衡量物质利益的多少,是区分需求与欲望的标准。作为生态整体的重要组成部分,人类要想生存下去,就必须处理好人与自然的关系。福克纳与莫言虽然意识到生态整体与人类个体之间的冲突和对立,但对于如何处理好二者的矛盾关系,两位作家并没有找到有效的应对策略,而是陷入人类个体职责与需求的困境之中。

生态整体和人类个体都具有生存的权利,这无疑是把道德关怀的范围从人际范畴直接扩展到所有的生命形式。人类在生态整体与自身个体生存的冲突中怎样才能做到公平、合理地尊重其他生命,依据何种标准进行判断等,都需要进行充分的选择,因为铲除一棵小草、砍伐一棵树木、杀死一只昆虫、剥夺一个人的生命等行为是否存在同等的罪过? 不可否认,人类为了自身利益,必须保护自然生态环境,但在人类是否需要保护物种的问题上,尤其是抽象的、并非真实经验实体的生态系统等,很容易陷入选择的困境之中。同样，这些问题也给两位作家带来了不同的困惑。

福克纳秉承了南方传统的乡土情感，展现了与自然万物相依共存、和谐共生的生态伦理思想。这种伦理道德的选择是他在南方重建时期的特殊环境中所导致的，体现了南方强烈的苦难意识中所隐含的一种强有力的向上精神。当自然资源成为南方人生产生活的目的与手段时，人们疯狂榨取自然资源以满足自身的消费欲望，导致了严重的生态危机。如何在作品中将这些问题展现出来，福克纳遇到了困难。《八月之光》中莉娜·格罗夫热爱自然，充满原始自然活力，始终保持孩子般的天真与欢快，是人与自然和谐相处的具体体现。她对自然的态度、情感和与自然的交流感染了周围的很多人，并给他们带来了信心与慰藉。然而，如何理解她与社会环境的冲突问题，福克纳并没有进行充分地展现，只是塑造一种单纯、幼稚、朴素的人物形象，体现了一个无法言说的南方女性人物在男性生存困境的环境中游刃有余地生活着。这种形象是否代表自然生态整体的宽容性，还是代表人类个体的生存意识？对此，很多人持有不同的看法。福克纳也没有明确地表达出自己的态度。

莫言在乡村中成长起来，自然生态环境使他养成了尊重自然、想要融入自然的生命感悟，并通过生态整体与人类个体生命之间的融合与对立展现了人类的命运悲剧与生存困境。文学的价值就是阻止人类为了自身利益而任意践踏或侵害自然生态系统中生命个体的权利与自由。莫言以土地为载体，将自然生态整体与人类个体的矛盾与对立展现出来，并通过消除二者的对立冲突寄托了人类未来的命运走向。《生死疲劳》塑造了蓝脸和蓝解放这一对父子形象，其中作为父亲的蓝脸在农业集体化的洪流中坚持单干，而蓝解放在物欲横流的现代社会中追求爱情，最后到众叛亲离、沦落他乡的地步。事实上，两代人行为上都是追求中国传统意义上的自由，但在心理上都是对土地的精神依赖。莫言借助这对父子的命运悲剧，说明了生态整体与人类个体的矛盾冲突以及解决这些问题的重要性，但如何化解这些矛盾，他并没有给出明确的答案。

生态整体系统要求人类在内的各组成部分，必须服从生物系统的整体利益，这是生态整体利益的基本要求。人类与其他生命在生态系统中既有冲突，又有对立，但相互依存，相互照应，共同维持生态系统的有序发展。虽然每一个生命个体所承担的义务和责任在原则上都是平等的，但由于对不同价值的个体所尽到的道德义务有所不同，其价值和意义也有所不同。当然，无论是单纯思考生态整体的价值，还是关照人类个体的利益，必然会引起这样的伦理困境，即当人类温饱问题尚未完全得到解决时，如何从生态整体利益的立场来考虑环境问题和其他自然生命个体的意义和价值?

美国北方工业文明推动了南方经济和社会的发展,提高了南方人的消费欲望,加剧了南方传统与现代生活方式的冲突,诱使南方人为得到物质利益而不择手段。在福克纳的短篇小说《夕阳》中,生态整体发展的道德伦理与人类个体追求欲望之间的冲突和对立尤其明显。他借助对比的手法,描述了内战前后杰弗生镇的变化:内战之前这个镇宁静、安详,街道两旁栽种刺槐、水橡、榆树和杨树,郁郁葱葱,为人们遮阴,给人一种祥和与安逸的感受;然而,内战后杰弗生镇却呈现出一派死气沉沉、缺乏生机、令人烦躁的样子。原来栽满树木的林荫街道如今被大电线杆子代替了,街道里跑的是各式各样的汽车,给人一种浮华的感觉,特别是汽车发出的像撕绸子般的声音使人躁动不安,令人烦躁的电动喇叭更是渲染了现代文明的喧嚣和无聊。现代文明取代了充满人情味的南方传统文化,福克纳对此表达了反感与不满,反映了内心的愤怒与不安。然而,在现实生活中,他又不断地斥巨资购买豪华汽车和奢华的房子,甚至还购买了飞机,这种强烈的对比似乎也能说明他的生态伦理困境。

莫言的生态伦理思想强调人类个体从自然界获得所需要的物质与精神资源的同时,必须尊重自然权利,共同推动自然生态整体的发展;然而,现实中的人们往往违背这些生态原则,片面追求个体的自我满足,这样生态整体规范与人类个体自由需求之间就出现了冲突或对立,促使人们打破传统伦理道德规范,不断地寻找属于自身的精神家园,进而陷入伦理困境之中。在《生死疲劳》中,莫言塑造了一个贪婪无度,最终自取灭亡的人物,西门金龙。作为地主西门闹之子,西门金龙具有得天独厚的优势,然而在土改之际,父亲被杀,母亲改嫁,自己又背负一个地主出身的恶名,而且生活极其艰苦;后来其地位得到改善,成为政府官员,但由于贪污受贿,被人揭发并最终死于非命。这个事例说明了生态整体与人类个体构成了动态的矛盾关系,导致了人类既要面临自然生态整体问题,又要面临自身个体问题。因此,对任何一方的重视都不能影响到另一方面的利益;否则,就会引起严重生态危机。然而,如何化解这些矛盾冲突,莫言并没有提出明确的途径和方式。

福克纳与莫言强调了生态整体与人类个体之间的关系,展现了生态整体的重要性以及人类个体的权利与需求,即人类有权利用自然提供的条件满足人自身的生存需要,但行使这种权利必须以不改变自然界的基本秩序为限度;同时,又必须尊重自然生态权利和自由,保持自然生态运行的稳定性。在处理上述问题的过程中,两位作家虽然没有提出明确的思路,但他们在作品中的思考给当代社会提出了警示,即只有当生命个体满足自身需求并和谐地服务于生态系统整体,生态伦理所规范的秩序才能得到遵守,才能真正实现人与自然的和谐发展。

三、系统利益与人类权利

系统利益是在一定时间和空间内,由生物群落与其环境组成的一个有机整体的利益,也是这个系统中各要素之间通过物质、能量和信息的交换与转化。生态系统利益是在一定科学技术条件下人类与自然生态系统之间关系的反映,体现了人类对生态系统服务的主体意识。正是基于自然资源的物质利益,人类热衷于对科学技术和人类自身权利的追求。福克纳与莫言的创作直接指向自然生态系统利益与人类权利的矛盾对立关系,展现了人类对自然的态度,在内容和范围上超出了一般意义上的生态伦理标准,出现了难以均衡的伦理困境。

系统利益涉及一个与自由限度相关的哲学命题,因为系统整体和生态个体都需要发展,都有各自的权利和义务。自然万物一旦存在,就意味着拥有了自己的生存权和发展,且这些权利如同人类的生存权一样,也是神圣不可侵犯的。美国南方历史发生的许多自然灾害都是南方人没有严格遵守人与自然平等的生态伦理准则与南方道德规范而导致的,如南方经常发生的洪涝、干旱、大火等自然灾害,实质上都是南方人忽视了生态环境的利益和价值的后果。福克纳本人对南方自然生态或南方人生存环境遭到破坏的无奈和愤慨,表明了他在处理南方人与自然之间关系时的无能为力,这种创作中的苦恼实际上反映了生态系统利益与人类权利之间的困境。福克纳所强调的人与自然的关系超越了传统意义上南方文学作家所具有的南方人性伦理,展现了现实社会中南方面临的无法阻挡的工商业经济发展趋势,因而他只能望洋兴叹,期望提升南方人的道德伦理素养,从而来追寻具有普遍意义的人类精神。

权利的主体既可以是个人又可以是共同体,但重要的是权利主体必须具有独立的利益需求,并符合所在群体规范的要求。人类在主张自身权利的同时又要保护自然生态系统的权利,如此一来往往会出现思想和行为上的矛盾,最终陷入伦理困境之中。莫言将自己的情感融入自然之中,在作品中反映了自然生态系统的利益,又表达了人类权利的诉求。如狗是中国农村常见的动物,在《枯河》中有一段对一只小狗的描写,彰显了莫言对人与自然万物悲惨命运的无奈。这只小狗在生命垂危之际顽强不屈,似乎是在藐视给其造成伤害的汽车，又似乎是在反抗伤害它的人类，最终以平静优雅的姿态展现了它的高贵。在《狗道》中，由于狗脱离了人类豢养，因而获得了另外一种生存方式，即以独立生存的方式与人类分享着自然生态世界，由此产生了狗与人的矛盾冲突。莫言展现了狗作为自然生命个体的聪明才智，在与人类的较量中以顽强的生命力和强大的战斗力同人类争夺着生存的空间，足以威胁到人类的生存，给人类带来了生存危机。这样，在消灭狗还是保护狗的问题上体现了人类在处理自然生态整体利益与人类权利问题上所面临的伦理困境。

生命物质与无生命物质共同构成了生态系统整体，为人类的生存和发展提供了不可或缺的生命动力和生存环境。自然生态整体以及生命个体的命运在很大程度上取决于人类的观念和行为，而人类的生存状态又取决于自然生态环境。福克纳出身传统贵族家族，对南方贵族家族命运深表惋惜。以沙多里斯家族为例，这个家族的男性成员最终都遭遇不幸，然而，如何处理这些问题对福克纳来说是一个巨大的挑战，体现了他对南方伦理道德的态度。有些南方传统家族伦理在新的形势下失去了其积极作用，成为束缚与压制南方人性的工具。如沙多里斯家族最后一位男性成员——小男孩班鲍受到其祖姑婆的严厉约束与管教，失去了自由和权利，极大影响到其内心发育和性格发展，他的命运还会像家族的其他男性成员一样，最终走向毁灭。福克纳陷入道德伦理的困境之中，反映了社会转型期南方人的道德状况和生存环境。对其本人来说，无论结果如何，他都无法完全抛弃这种家族传统道德伦理规范，因而只能深深地表现出他的束手无策。

中国社会经历了不同的时期，涉及个人、集体、社会、国家等多种利益关系，形成了不同时期的道德规范与伦理准则，导致了中国伦理道德的复杂性。莫言的生态伦理思想既有对自然生态整体利益的反映，又有对人类权利的态度，也表现了不同程度上的伦理困境。在《四十一炮》《透明的红萝卜》《铁孩》等作品中，他塑造了很多儿童人物形象，其中形象尤为鲜明和突出的是《透明的红萝卜》中的黑孩。这个孩子的形象源于莫言的亲身经历和深刻感悟，寄托了他对人类权利的极大关注。在《我的故乡与我的小说》中，他说过："我十三岁时曾在一个桥梁工地上当过小工，给一个打铁的师傅拉风箱生火。中篇小说《透明的红萝卜》的产生与我这段经历有密切的关系。小说中的黑孩儿虽然不是我，但与我的心是相通的。"[①] 在这里，他要表达的是黑孩对生命和尊严的渴望，黑孩身上发生的反常现象是

---

① 孔范今，施战军. 莫言研究资料[M]. 济南：山东文艺出版社，2012：26.

他在生命感受基础上形成的生命意志的体现。事实上，在中国社会从农业文明向工业文明的急剧转变中，中国传统的生活方式发生了改变，人们的价值观和道德观随之发生改变；劳苦大众的命运表明了社会世态，体现了生命意识的伦理困境。

系统利益和人类权利都是在社会规范和法律下实现的，规范和法律归根结底是由人设立的，反映了人对自然生态系统的认识程度与不同的态度；可以说，系统利益和权利取决于人的意识和需求。这本身就是一个充满伦理困境的命题。美国内战之后，南方传统伦理道德必须顺应内战后的时代和环境要求，以确保南方个体自由并充分行使自己的权利，从而实现自我发展的需求；然而，现实生活的苦难和社会的掠夺式发展导致南方社会伦理失衡，南方社会陷入生态危机之中。如《夕阳》中的现代工业文明产物，如柏油、铁杆子屋、电动喇叭和汽车等，凸显了现代社会的冷漠与挣扎。黑人与白人之间的种族冲突、黑人家庭的问题、社会的偏见等都充分说明了战后南方生态系统利益的危机严重影响到南方人的个体权利。《圣殿》中的"金鱼眼"同情心和爱心缺失，属于现代工业导致的异化现象。《烧马棚》中的阿伯纳·斯诺普斯的形象也是如此。这个人物仿佛是从一片白铁皮上剪下的薄薄一片，恰似一个冷漠的机械物体。福克纳将这些人物描绘成处于异化状态中的现代文明产物。这是生态系统利益和人类个体权利异化的体现，反衬人们对自然生态伦理的怀念与追寻，表达了人们渴望回到与自然和谐发展的状态之中的希冀与期盼。

中国传统农业生产方式和传统伦理道德培养了齐鲁人民对土地的特殊感情，但森林面积的锐减、水土流失和土地荒芜等生态危机改变了人们的道德观念、价值观念和文化观念。莫言凸显了现代社会的伦理困境，认为总有一些人不顾人类整体利益、他人利益，肆意掠夺资源、污染环境、摧残生命，使人类整体陷入生存危机。吃本是人类维持生命的基本方式，但《酒国》中人类对自然生态整体利益的破坏和对自身个体权利的侵蚀则成了其创作的一个当代寓言。这里的人们为了满足自身的嗜好，在饮食方面可以毫无怜惜地摧残动物、人类自身，乃至尚未出生的孩子，可谓残忍到了极点。通过普通意义上的饮食与人们对消费欲望的追逐，莫言表现了对苦难和悲剧的执着呈现。在这一过程中，他既没有回避自然生态伦理问题，也没有遮掩社会生态伦理和精神生态伦理上的苦难和悲剧，其作品所表现出的痛苦、所流露出来的悲悯，既是自然的悲哀，又是社会、民族和时代的悲哀，表明了他陷入生态伦理的困境之中而无法自拔。

生态整体利益的平衡性和自然资源的稀缺性导致了人与自然、人与人、人与自我之间关系的矛盾冲突，最终使人类失去生存的环境。福克纳怀着对南方故土的深情，将生态整体利益与人类权利密切联系的观念融入创作之中，构筑了以生态系统利益与人类个体权利相结合的生态伦理思路，重建南方人精神和道德的家园。他在《去吧，摩西》中展现了南方自然生态系统中的荒野生命力，凸显出人与自然万物构成的命运共同体现象，其中艾萨克的祖父老麦卡斯林违背南方传统道德伦理，给家族带来灭顶之灾；同时他让读者理解了只有像山姆·法泽斯或艾萨克·麦卡斯林那样，对自然万物，如土地、动物、植物等担负起道德义务和保护职责，才可避免人类的命运悲剧。福克纳的这种救世之法不仅缺乏深厚的现实基础，而且往往引起南方社会更大的动荡。他在作品中提出解决方法的同时，又不自觉地对这种解决方法进行了解构，因为在他的内心世界中，他既不认同现代工业文明，又深知南方传统文明的逝去无可挽回，最佳的方式只能是回归到自然。艾萨克与荒野同生同灭，宁愿独自隐居山林，也不愿在唯利是图、充满歧视和罪恶的社会中生活，就是出自这种困境的无奈选择。

相对于生态系统的整体利益，人类的欲望总是难以满足的，因为自然资源是有限的，无法满足人类无限的欲望和需求；在人类无节制的索取下，自然资源最终面临着枯竭的危险。中国社会在经济发展转型后所发生的变化引发了人们对物质利益和个人权利的追逐，导致了社会道德伦理的恶化，成为一个必然的社会发展结果。这种现象和结果本身就是因为生态整体利益和人类权利之间的冲突与对立而形成的，出现伦理困境也是一个必然的结果。《丰乳肥臀》中的上官鲁氏以中国女性柔弱的身躯支撑了庞大的家庭，虽然经历了人生中各式各样的挫折，如丈夫的凌辱、生育的痛苦、儿女的牵绊、饥饿的磨难、战争的威胁等，却以坚韧的意志和博爱的母性承担着一切，体现出中华民族永久生存的源泉所在。尤其是她在物质条件极为匮乏的社会环境中，不顾中国传统伦理道德的束缚，千方百计地寻找能吃的东西，确保一家人能够生存下去，彰显了自然环境对人类生存的重要性。莫言塑造了上官鲁氏这一形象，展现了人类个体对自身权利和自由的追求，体现了"高密东北乡"丰厚的文化底蕴和生命哲理，也显示出中国道德伦理的诸多问题以及所引发的道德伦理困境。

人类个体总是希望自己能够摆脱绝望的处境，在物质和精神上获得拯救，这是人类个体的生存本能，也是其自由和权利。然而，人类个体的生命总是有限的，因而注定了人类个体对生态系统进行抗争的徒劳性和无价值性。从生态利益整体立场看，人类利用自然资源的需要是正当的，也是合理的，但对自然生态系统中其他物种的道德关怀更能体现出人类个体的理想诉求，也更利于实现人与自然的和谐发展。福克纳与莫言的生态伦理思想观照了自然生态整体利益和人类的权利，也存在人类个体与生态整体中不同程度的伦理困境。不管如何，他们对自然万物的关爱和对人性的关注，成为解读和感悟生态系统利益和个体权利的视角与阐释目标，给读者提供了观察现实世界的理论和方法。

第二节　人与社会之发展困境：社会平等与个体自由

人类与自然的关系不是单纯的自然个体对自然生态系统的关系，而是将人类与自然、社会和精神等生态联系在一起，探讨人与自然、人与社会和人与自我之间的关系。人们总习惯于把人类社会的标准与价值观念投射到自然界之中，以人类的标准和规范来评判、思考、界定自然的价值与标准；或者以自然的价值标准评判人类的伦理道德与行为规范。福克纳与莫言的生态伦理思想创造性地阐述了人与自然、人与社会和人与自我之间所形成的自然生态、社会生态和精神生态的现状与问题，提出了人与自然和谐发展，人与自然、人与人平等的生态伦理观念。虽然两位作家都立足人类整体利益或长远利益，然而，在处理生态系统中社会平等与人类个体自由的关系方面，还存在一些伦理困境，具体表现为社会责任与个体需求、社会平等与人性展现、社会道德与个体自由等引发的矛盾对立与统一。本节对两位作家的生态伦理思想进行文学反思和道德评判，借助文学表现形式分析其存在的伦理困境，目的是更好地认识他们的社会生态伦理观念。

一、社会责任与个体需求

人类个体都生活在社会群体之中，必须承担一定的社会责任。社会责任是指在一定社会条件下，社会群体或个人为社会发展而承担的责任和义务等。个体利益服从整体利益，这是人类必须遵循的伦理道德信条，反映了人类个体的需求与社会责任的对立统一关系。福克纳与莫言的生态伦理思想强调了人类不仅要处理好与自然之间的关系，还要处理好社会责任与个体需求之间的关系。这是一个十分艰难的挑战，因为人类个体需求是为了自身生存和发展的需求，是一种短期的行为；社会责任是为了人类的生存和发展，是一种长期的目标；两者的重要性都是不言而喻的，其对立统一的关系必然导致两位作家的道德伦理困境。

社会责任遵循道德伦理和理性规范原则，要求人们规范自身的思想和行为。人类必须尊重自然生态整体利益和人类生存权利,才能确保人类社会的和谐发展;反之则会危及人类整体的生存。内战后的美国南方在经济上属于农业社会,在政治上实行蓄奴制和种族制,这种特殊的生态环境促使福克纳不断思考人类的社会责任和南方人的个体需求,也给他的创作带来了伦理困境。《圣殿》描述了处在美国南方上层社会的州长、市长、法官、律师和社会底层的人们,如妓女、流浪者、黑社会分子等,为了名誉与金钱不顾一切、尔虞我诈的社会乱象,全方位展现了南方传统价值观念解体后社会上出现的是非颠倒、黑白不分的混乱状况。这是南方人社会责任的失衡,也是人类整体上的道德失衡。谭波儿·德雷克为了追求刺激,根本不在乎约会的对象是谁,甚至缺乏正义感,曾经竭力帮助自己的人身处困境,她却无动于衷,甚至还诬陷他人,致使他人被无端枪杀。这是南方人战后精神生态危机的具体表现,也是谭波儿个体需求的真实状况,凸显了战后南方人社会责任的缺失和个人需求的异化,也反映了福克纳对南方社会生态伦理的困惑。

莫言的生态伦理思想反映了人类征服自然的欲望,从本质上来看,这是由战胜自然的愿望激发的一种心理动机,又通过精神想象转化为意志,达到对人类行为和思想的规范与约束;然而,不幸的是,这种欲望还导致了人类社会责任意识与个体需求之间的分裂与冲突,引发了一系列的社会问题。以《酒国》为例,这部作品的主线索是省人民检察院的检查员到酒国市调查一个腐败的吃婴儿案件,但遭遇了酒国市残害生灵的饮食陋习。这个故事展示了人类行为的堕落与命运悲剧的历程。丁钩儿的毁灭在很大程度上揭示了人性向恶的自然倾向。一般情况下,中国作家很少涉及这类社会问题,但莫言"敢于触及重大的社会政治问题,敢于暴露生活中的阴暗面,敢讲真话,敢吐真情"[1]。他把这部作品的主题定位在批判政府官僚腐败上,展现了他肩负的社会责任和历史使命感。对此,他有一段意味深长的感慨:"《酒国》里的象征意义还不光是指腐败现象,也描写了人类共同存在的阴暗的心理和病态的现象,对食物的需求已远远超出了身体需要的程度。人的食欲是对大自然的一种强烈的破坏力量,因此《酒国》的故事不应单从浅层去理解。"[2] 这段话实质上表明了莫言内心的痛苦,体现了他对人类贪婪本性的揭露,也反映了他对中国病态现状无能为力,深陷于伦理困境中。

社会责任是人类个体发展的必然选择,也是人类个体需求的必要条

① 於可训.中国当代文学概论[M].武汉:武汉大学出版社,1998:191.

② 莫言.我的高密[M].北京:中国青年出版社,2011:244.

件。人类个体的需求与社会责任的冲突无疑给人类个体带来困境，但个体要满足基本需求，就必须担负起社会责任。这是人类为了自身的生存必须采取的一种理性态度。福克纳将其对南方的情感融入重振南方传统道德观和价值观的使命和担当意识之中，但他的努力只是停留在对过去的回忆之中，无法在现实社会中实现。如在《献给爱米丽的一朵玫瑰花》中，读者看到爱米丽家实际上就是一个依然实施蓄奴制种植园制度的南方社会的缩影，这里依然维系着南方传统伦理体系，如父女关系、种族歧视、主仆等级制度等。福克纳为了展现爱米丽性格特征，将其置于广阔的战后背景中，揭示了南方人生存的困惑，颂扬了个体在与命运抗争中所表现的非凡的忍耐力。这种文学展现手法看似荒诞，但却包含了深刻的生态哲学思想，展现了他在社会责任与个体需求的认识上存在的困境，因为他在一定程度上揭示了爱米丽的命运悲剧，但并没有明确指出这种悲剧的根本原因，只能让读者从南方人的个体需求或社会发展状况分析南方女性的命运悲剧，导致对南方社会本质认识上的困惑。

社会责任反映的是社会与人类个体之间的关系，体现了社会整体利益和人类个体的价值追求。然而，一旦个体的追求超出了生命本身的需求，就会造成人性的贪婪与无知，加剧人与社会之间关系的紧张与危机。莫言的作品描绘了中国农村在转型时期存在的矛盾与问题，展现了中国社会的生态状况。《弃婴》讲述"我"从部队退伍后捡到了被人遗弃的女婴，家人冷淡对待，希望"我"把婴儿送出去，但最终均告失败的故事，抨击了中国社会存在的"重男轻女"思想，揭露了人性的丑恶。莫言借叙述者之口说明了"人类进化至如今，离开兽的世界只有一张白纸那么薄；人性，其实也像一张白纸那样单薄脆弱，稍稍一捅就破了"[①]。对家乡弃婴的陋俗，莫言感到无能为力，因为他感到改变人们重男轻女的观念是一项十分艰巨的任务，非其个人能力所能完成。解决中国男尊女卑的传统观念需要全社会的共同努力，这是他的亲身感悟，也是中国社会生态现状的真实反映。

人类要想摆脱生存危机，就必须实现全面自由的发展，尤其是协调人与自然、人与社会之间的关系，处理好社会责任与人类个体需求之间的矛盾冲突。然而，对于这一问题的认识，福克纳表现出模糊的态度。不可否认，他对美国北方工业化趋势所引发的物质欲望的膨胀以及由此带来的对人精神与心灵的蚕食，要比其他同时代作家表现得更为强烈，因为他更加看重解决这些问题的方式方法，如对生态伦理危机的根源进行反思与批

---

① 莫言. 弃婴[M] // 白狗秋千架. 杭州：浙江文艺出版社，2018：288.

判,从而揭示内战后南方人因追求物质利益而人性堕落的现象,以及人与自然关系恶化的根本动因。具体到南方人的社会责任方面,他明显因为肤色不同而表现出不同的态度。印第安人是美国的土著居民,代表了南方传统文化中的原始人性与自由野性。福克纳借由他们来呈现体现了现代社会中的社会责任与人类个体需求之间的矛盾与冲突。福克纳塑造了众多的印第安人形象,但有些印第安人只考虑自己的利益和权利,结果给自己的部落带来了命运悲剧。《殉葬》中的数位印第安人酋长违反了人类基本的道德伦理原则,他们在政治和生活上的腐朽与堕落加速了这个勤劳、伟大的民族灭亡的趋势。福克纳的这种表现形式虽然带有其个人的某种偏见,但在一定程度上反映了印第安人的社会现状。尤其是到莫克土贝做酋长时,他已经像一条贪婪懒惰、随时可能死掉的寄生虫:"身高大约只有五英尺多一英寸,体重足有两百五十磅……裤腰上边像个铜色的气球似的,鼓起了那又光又圆的肚子。"① 他之后,这个神秘的印第安部落就不复存在了。作品中所描写的锈迹斑斑的酋长府、描金大床、闲置的酒桶、大烛台、被当成权杖的红跟轻便鞋等,都在述说着这个印第安原始部落毁灭的原因。

人类个体为了社会或他人的利益,就必须牺牲一部分自身的利益,甚至包括自己的生命,这是人类作为社会性群体的本能和社会对个人教育的必然选择。然而,在中国经济发展的转型时期,市场的诱惑和传统价值的丧失使人们越来越重视物质欲望的满足,忽视了社会责任的追求。莫言的创作从人类群体性利益出发,平等地对待自然界中所有生命物种的利益与价值,积极构建人与自然和谐发展的命运共同体,维持自然生态系统整体利益和人类群体权利。《爆炸》中描绘的父亲形象实际上是中国农民形象的缩影,也是"我"未来命运的预示和体现。作品中的"我"发誓一定要摆脱当农民的命运,因而下狠心让妻子堕胎。莫言详细地描写了这个家的家庭成员因堕胎事件而出现的情感波动,以及堕胎事件导致的家庭成员之间的疏远、隔膜和互相仇恨等问题,体现了社会责任与个人需求之间的矛盾与冲突。中国传统伦理有"不孝有三,无后为大"的观念,然而人们最终发现,在一个具有浓厚的男权情结的国度里,满足自身需求的多是发自普通的平民大众,虽然他们不知道自己是否能真正受到子孙的回报,但普通大众期望在担负种族繁衍这一社会责任的同时,渴望获得满足自身对继承人的需求。这种文学展现方式反映了莫言对现代伦理道德的迷茫或困惑。

---

① 福克纳. 福克纳短篇小说集 [M]. 陶洁, 编. 南京: 译林出版社, 2001: 95.

承担社会责任是一种内在的稳定的品质，而品质要通过具体的行为展现出来；社会责任转化为品质的方式是个体行为，且只有通过一定的社会责任才能显现出人类个体的品行并体现在个体行为之中。社会责任不只是对人类个体行为的约束，还是对人类主体品质的塑造和培养。福克纳的《烧马棚》可以解读为个人对抗社会的故事，也可以解释为个人利益服从整体利益的事例。这部作品描写了美国内战后白人佃农阿伯纳·斯诺普斯一家人遭遇的困难，作为父亲的阿伯纳感到自己处处不如意，生活中遇到了很多问题，但他不是积极主动地解决困难，而是通过烧别人家马棚的方式来发泄自己的愤恨。在经历几次相同的事件后，他再一次与邻居发生冲突，又偷偷计划烧毁邻居家的马棚。他的小儿子沙多里斯·斯诺普斯虽然还是十多岁的孩子，但他本能地感觉到父亲的做法违反南方传统的道德伦理，于是在痛苦中作出了自己的选择，跑到邻居家去报信，制止了父亲的不法行为。沙多里斯·斯诺普斯忠实于自己家族的荣耀，但具有强烈的正义感，因而克服了个体情感的局限性，自愿维护社会的公平与道义，给读者呈现出南方穷苦白人的社会责任与个体需求之间的对立与统一关系，在一定程度上也展现了南方道德伦理的困境，表明了福克纳在这个问题上的矛盾心理。

现代社会的飞速发展给人类个体带来了越来越多的诱惑，人类个体的自由和独立意识也在不断增强，然而，如何处理好人类的社会责任与个体需求之间的矛盾与冲突的确是现代作家必须面对的一个棘手问题。作为自然生态系统的主体，人类要承担起其使命和责任。莫言固守着"高密东北乡"的传统道德理念，在承担社会责任和满足个体需求之间寻找着合适的平衡点。对苦难意识的表达贯穿在他的作品之中，并且他以不同的方式呈现出对劳苦大众的关怀和对其生存境遇的关注，凸显了他作为现代作家所具有的强烈的社会责任感和批判意识。如《红高粱家族》中"我奶奶"敢于突破世俗的束缚，与传统妇道观、女性观进行抗争，选择主宰自己的命运，最终找到了自己的归宿。《丰乳肥臀》中母亲在苦难面前表现出了不屈不挠的忍耐力和蓬勃向上的生命力，在担当抚养孩子等家庭重任中寻找着快乐和乐趣，满足个人的需求，给读者留下了深刻的印象。《檀香刑》中孙丙身上有一股冲天的英雄气概，为了民族大业敢于反抗社会的不公，追求人类个体生命的自由，是中华民族精神的一种代表。莫言作品中的这些人物形象虽然表现了高度的社会责任感，但个人需求甚少，甚至几乎没有需求，这不能不让人联想到其生态伦理思想的困境。

社会责任是人类群体对个人的使命要求，同时需要依靠个人的道德行为才得以实施。人类社会发展的最终目标是实现人与自然的和谐发展，而和谐发展的实质就是社会关系的和谐。社会责任作为维系和谐社会关系的重要纽带，担负起时代和历史的重任；而个人的需求是社会发展的基础，也是承担社会责任的保障。缺乏社会责任感是现代人的通病，而一味追逐个人欲望则加剧了这一问题的严重性，由此而引发的生态危机成为困扰社会的顽疾，也是人类追求自由和全面发展中的突出问题。福克纳与莫言基于各自所处社会存在的问题，强调现代人社会责任的必要性和个人需求的合理性，并将希望寄托于人类伦理道德的规范与约束。这种生态伦理思想直接拷问了现代人的自私与贪婪，同时也表达了对社会责任与个体自由的期盼，体现了两位作家在处理社会问题上出现的困境。

二、社会平等与人性展现

社会平等是指人与人之间平等的关系，展现的是人的道德伦理修养和人性的根本属性。福克纳与莫言期望社会平等与人性善良，他们的生态伦理思想追求的是社会的公平正义和人性善的展现。"人能够具有'自我'的观念，这使人无限地提升到地球上一切其他有生命的存在物之上，因此，他是一个人。"[①] 他们将人性置于社会环境中，不断阐释社会平等与人性的不同内涵。人类社会的发展经历了否定之否定的发展方式，而历史上的荣耀与现实困境所产生的对比，给两位作家的文学创作带来了生态伦理上的困惑，促使他们不断思考实现社会平等以及人性自由发展的途径。

社会平等属于一个历史范畴，因为在不同的社会条件下，人类对平等的认识不同，追求的方式或途径也不尽相同。自然界提供的自然资源是有限的，人类为了让自己或后代能够生存或者生活得更好一些，都想获得更多的财富，这是可以理解的。然而，无限制地占有自然资源必然将人类置于毁灭的边缘，因此，为了确保人类社会的和谐发展，就必须坚持平等的原则。福克纳一再强调自己只对人，尤其是处在特定环境中的人感兴趣，"对与他自己、与他周围的人、与他所处的时代和地方、与他的环境处在矛盾冲突之中的人感兴趣"[②]。这里所说的人不是作为个体的人，而是作为整体的人类；特定环境是指缺乏社会平等的社会环境，即内战后处在危机之中的南方社会，或面临毁灭危险的人类生存环境。《八月之光》中的海托华牧师生活在混乱的南方社会，他的一生都被南方历史定格在内战之前的传统范

① 康德. 实用人类学[M]. 邓晓芒，译. 重庆：重庆出版社，1987: 1.
② Faulkner, William. *Faulkner in the University: Class Conferences at the University of Virginia, 1957-1958*[M]. Eds. Frederick L. Gwynn & Joseph L. Blotner. New York: Vintage Books, 1965: 19.

式之中，使他完全沉浸在战前南方辉煌历史的幻想世界中，无法应对战后的工业文明社会，更谈不上追求社会平等和人性自由。福克纳的生态伦理思想展现了那些不适应内战后南方社会发展的因素，构建了南方人的生存和发展空间，确立了南方社会的平等和人性自由的发展途径，但却无法阻止作为整体的南方人的命运悲剧。

社会平等可以理解为人类为了自身发展而付出心血与劳动的成果，也可以理解为对美好社会生活的认知及美好生活的实现路径。社会生态系统的和谐发展表明了人类不仅要尊重个体自身的生命，而且也要尊重自然界其他生命个体的生命。这是生态平等的基本要求。在莫言的作品中，各种社会问题层出不穷，伦理和价值失范引发的错误行为或观念已成为一种常态，导致了社会诸多不平等与人性异化的问题。依照中国伦理道德规范的使命担当，他始终不断地提醒人们要不断更新自己的观念，追求社会平等下的人性自由。他曾在《罪过》中借叙述者大福子"我"之口对社会缺乏平等的现象发表了感慨，认为"地球上不止一个文明世界，鱼鳖虾蟹、飞禽走兽，都有自己的王国，人其实比鱼鳖虾蟹高明不了多少，低级人不如高级鳖"① 以及"我感觉到了鳖的思想，它既不高尚，也不卑下，跟人类的思想差不多"②。他对人与自然关系的感悟无疑是对人类生存状态的无奈与批判，表达了对转型时期中国社会平等与人性自由状况的无奈与惋惜。然而，对于这种命运结局的原因是什么莫言并没有展现出来。这也说明了其生态伦理思想的困境。

人类社会本身就是一个相互联系、相互支撑的生态系统，每个人的生存都必须依赖于这个生态系统。由于所有人的共同努力，社会生态系统才能正常运行；对每一个人来说，最能体现社会和谐发展的原则就是社会正义原则，即人人平等的原则。人与自然、人与社会、人与自我之间和谐关系的基础都是人与人在生存和发展上享有平等权利。事实上，人性本来没有"善"与"恶"的区分，但在人类欲望的驱使下，人性的"善"与"恶"就表现出来了。积极的伦理道德并不是一成不变，而是随着环境的变化不断地发生变化，以至形成了具有鲜明情感特征，或者说体现社会平等的规范体系；反之，腐朽落后的伦理道德则成为人性之恶，受到人们的谴责与批判。福克纳与莫言对人类的生存状态进行审视，对生命生存过程中的不平等现象进行揭示，对人性异化的生存现实进行了反思。然而，对于人类个体的需求，他们并没有进行深层次的展现，依然要求人们用传统伦理准则和人性

---

① ② 莫言.罪过[M] // 白狗秋千架.杭州：浙江文艺出版社，2018：267，281.

价值等方式，管理或调节社会关系或矛盾冲突，确保人与自然的和谐发展，但这种要求或期望在新的社会环境中对人类个体来说却是难以做到的，也是不可能实现的。

美国内战之前的南方社会在长期的发展过程中形成了以蓄奴制为基础的农业种植园经济，在政治上剥夺了黑人的权利，在文化上歧视黑人。福克纳通过人与自然的关系表明南方传统道德伦理在社会生活中发挥的重要作用，同时又以批判的方式揭示南方传统道德伦理中的弊端，如种族歧视等社会不平等问题。美国南方传统贵族拥有极大、极多的权力和财富，居于社会领导地位，但在高傲、英勇和伟大的家族神话背后掩藏了家族创始人的种种可耻罪恶，给其子孙在道德上留下了阴影和痛苦的折磨，注定了这个世界最终要毁灭的命运。以斯诺普斯家族为代表的新兴贵族家族是在南方工业文明环境下崛起的社会势力，这些人唯利是图，千方百计地陷害他人、欺骗和掠夺他人财富，缺乏社会平等意识，注定了他们要走向灭亡的命运。社会平等与人性自由相互影响、共同发挥作用，形成社会发展的合力。战后南方传统文化的衰退、南方传统伦理的崩溃等，表明了南方人在面对未来发展时需要承担新的职责与历史使命；而以黑人和原始印第安人构成的朴素、健康的平等社会则是福克纳对社会平等的追求。然而，对于黑人如何才能获得与南方白人一样的平等权的问题，尤其是如何保持南方社会的健康发展等社会问题，他并没有提出或找到合理的解决方式或途径。

任何伦理道德或情感信念的形成都与人们所处的时代和社会环境密不可分，必须满足或适应所处时代的需求。然而，人类个体的社会责任和奉献精神需要取决于个体行为的自愿性，这是一个重要的判断依据。如果完全出于个人自愿的选择，个体社会责任和奉献精神的意义和价值就更大；如果属于被迫的行为，其价值和意义就会相应地降低，从而带来一定的痛苦和无奈的体验。莫言笔下的人物大多拥有强大的生命力，尽管遭遇到社会与环境的不公，但依然表现出顽强的生命力。《粮食》中的梅生娘为了让家里人活下去，放弃心中的道德坚守，偷偷把豌豆吞进肚子，回家后再用筷子伸到喉咙里，吐出肚子里的豌豆粒，从而救活了一家人的命。《丰乳肥臀》中上官鲁氏也是如此，她千方百计地维持着一家人的生活。这些女性作为母亲承受了常人难以承受的痛苦与磨难，她们的悲惨命运反映了中国农民的生存现状和强烈的人性意识。莫言把下层人民的人性自由作为实现社会平等的推动力量，倡导提升社会平等、完善人性机制，但人类"种的退化"问题始终成为其展现人性的瓶颈，也是其生态伦理思想的困境。

社会平等一方面是指自身享有平等权利，另一方面还可以指尊重他人所享有的权利；也就是说，在同样社会环境中人类个体不能只承认自身作为成员的权利，而排斥了其他成员所具有的权利："人们不能要求有这样一种权利，他并不同时确认自己有义务尊重其他所有人的那种权利。"① 对任何一种生命个体权利的偏爱，或对任何一种生命个体权利的排斥，都会引发社会生态危机。人类社会中出现的生态或环境状况的急剧恶化，并不能完全归咎于生活在当今这个社会的人们，而是人类活动以及观念积累的一种必然结果；而人性的发展由于受到特定地理环境和时代需求的影响，孕育出不同的道德伦理准则和实施体系，影响和决定了人们的思想和行为方式。福克纳与莫言在社会平等和人性展现问题上的困境反映了人类对道德价值的不断完善和对生态伦理规范不断提升的需求。

社会平等是人性自由和发展的需要，然而作为一种可能的伦理道德诉求却反映在人类生活的各个层面，有时也会成为现实生活中人们固化地位、界定等级身份和社会交往的帮凶，特别是人为偏见最终都会制约人与自然的和谐发展，影响到社会生态的健康发展。大多数的制度和规范并不是绝对地平等或公平，且每一个生命个体也并不是都没有各自的私心和自我意识的追求，因此追求绝对的社会平等是不现实的，也是无法实现的。福克纳作品中的大多数人物都处在内战的阴影下，面临着祖先的辉煌过往和现实社会的束缚与压制，看不到希望的曙光，陷入命运的怪圈之中。《押沙龙，押沙龙！》的萨德本家族属于新兴贵族家族，但这个家族的创始人托马斯·萨德本抛妻弃子，试图建立一个完全抛弃黑人的纯白人家族，最终使家族成员相互残杀，导致了整个家族的悲剧。福克纳借助这个家族的命运悲剧告诫人们，只有共同努力，营造平等公平的社会生态环境，才能为人与自然的和谐发展提供必要的前提条件；然而，这些要求对内战后的南方人来说却是难以实现的。

社会平等与人性展现的关系贯穿了人性解放与发展过程的始终，不同时代的伦理道德内容有所不同，但"强烈的道德诉求一直是人类精神生活中的最重要的组成部分，它是社会共同体得以存在的精神和心理基础。没有道德准则，人类社会得以存在和发展将是难以想象的事"②。人类个体不仅要遵守自然法则，还要遵守社会法则，对社会平等和人性的认识必须立足人类所生存的社会和时代环境，以道德伦理和价值伦理为尺度，评价人类的行为和思想，提炼或升华到人性的层次。对这一问题的认识也成为莫

---

① 辛格. 实用主义、权利和民主[M]. 王守昌，等译. 上海：上海译文出版社，2001：33.
② 陈晓明. 道德可以拯救文学吗？——对当前一种流行观点的质疑[J]. 长城，2002(4)：197.

言生态伦理困境的重要方面。他在回答《瞭望东方周刊》有关《生死疲劳》的访谈中曾说过："很多人批评我们中国作家没有社会责任感，没有担当，这是很不负责任的说法。起码我几十年来的写作，每一部作品都带着对社会的高度责任感，每一部作品都是通过人物形象来关注和表现社会上比较大的问题"①。这个访谈可以作为他担当社会责任的一次宣言。作为历史和时代的亲历者，他目睹了中国转型时期所发生的诸多事件，从社会平等的视角，将历史事件、人物、动植物等以民间艺术形象惟妙惟肖地构建出来，彰显了社会的不平等性。不管是他笔下的黑孩儿还是余占鳌，都是少言寡语，总是默默地抗争他们自认为不公平的社会现象，但冷漠的现实换成人们对现实的沉默，甚至都无法激发人们对官僚制度和腐朽道德伦理观念的抗争斗志。

实现社会平等和人性自由发展始终是人类不断追求的目标，但对于现代社会，由于经济的全球化和文化的单一化趋势，人们既要满足自身生存和发展的需求，同时又要达到生态系统中各种利益之间的平衡，的确是一个十分艰巨的使命。福克纳与莫言倡导社会平等，在以人与自然和谐发展的辩证统一关系基础上展现了人性的自由与追求。这是文学意义上的社会平等，也是人们提升人性，维持社会自由发展的使命与担当。两位作家竭力阐释这些理论和观念，但在作品中积极塑造典型人物，探究解决的途径和方式，但最终还是存在一些争议或问题，如实现社会平等的途径是什么，人性的价值和意义如何界定等，并没有明确地进行说明，原因在于他们生态伦理思想中依然存在的一些困境。当然，这些问题的存在也给读者留下更深刻的期待视野，促使读者更进一步探索与思考。

三、社会道德与个体自由

任何人的生存和发展都无法离开社会，而社会存在又以人类个体的存在为前提与条件，社会道德的存在是人类社会发展的基础和有力保障。社会道德是指社会全体成员在交往和生活中必须遵循的行为准则和思想观念，规范了人与自然、人与社会、人与自我之间的关系，是文明社会发展的必然要求。人类最终目的是为了自身解放，而自身解放意味着个体自由。社会道德不仅体现出人类个体的权利和自由，而且还体现出社会生态系统发展的具体要求。然而，如何处理社会道德与个体自由之间的关系？这个问题给福克纳与莫言带来了强有力的挑战，促使其更加关注社会道德和个

---

① 莫言. 莫言：表现恶是为了反衬美、歌颂善[N].（2009-12-23）[2016-03-17]. http://book.ifeng. com/culture/whrd/ 200912/1223_7467_1485141_1.shtml.

人的自由问题,呈现了社会道德与个体自由的伦理困境。

社会道德是自然界和人类社会生存和发展的重要保证。随着社会生产力的不断发展,以传统个体农业为主的社会生产逐渐向机器化大生产进行转变,人们的生产生活呈现了多样化的发展趋势,交往范围也由较小的社区逐渐扩展到较大范围的社区,甚至是世界各国。社会环境的改变使原有的道德标准发生了变化,无法适应社会的发展需要,因而必须加以完善或废除。内战之后美国南方蓄奴制种植园经济被工业文明所取代,传统价值观和道德观失去了存在的基础,成为制约和压制南方人个体自由的工具。以《八月之光》中的乔安娜·伯顿为例。当她被人杀死后,她的尸体从燃起大火的房间中被抢救出来,围观的人们依然对她品头论足,对此,福克纳这样描写道:"这些人带着呆滞的孩子般的惊讶神色瞧着,正像成年人在端详自己的不可更改的摄像那样。人群中也有偶然南下的北方佬,南方的穷白人和短时在北方住过的南方人,他们都相信这是桩黑人干的匿名凶杀案,凶手不是某个黑人,而是所有的黑人;而且他们知道,深信不疑,还希望她被强奸过,至少两次——割断喉咙之前一次,之后又一次。"[①] 当蓄奴制经济在美国南方被完全推翻后,建立在此基础上的奴隶制度和道德伦理已经失去了其存在的土壤,战后南方人却依然固执地信奉种族主义。因此,福克纳的这段评论只是表明了南方种族主义导致的社会问题,但并没有涉及其存在的根源,更没有提出结束这种残忍和荒诞制度的途径和方法。

人类个体在享受个体自由的同时,必须受到社会道德的限制,担负起自身所承担的责任和义务。对于中国实施的计划生育政策,莫言敢于探究其给人类道德伦理带来的困境,通过作品记录的形式叙述了当时因计划生育政策而发生的有违社会道德的事件。计划生育是我国当时的国策,任何人严格执行国家政策是没有任何可以指责的地方,这是大局意识和政治意识,但在莫言看来,有些方式方法可以更加人性一些。事实上,在对待计划生育的问题上,莫言的作品塑造了扭曲的人性以及由此而带来的困境,展现了作为现代作家的社会责任担当精神。《地道》中的方山夫妇已经生了三个女儿,妻子已经按照上级要求上了节育环,但为了生儿子,方山竟然用铁钩把节育环从妻子体内勾了出来,使妻子怀孕后躲在一个地道里过着耗子般的生活。妻子最终生下了一个儿子,但他们也付出了沉重的代价,房屋被夷为平地,被迫四处流浪。莫言真诚地关注社会最底层农民的生存状

---

① 福克纳. 八月之光[M]. 蓝仁哲, 译. 上海:上海译文出版社, 2004: 205.

况，把农村自然生态作为思考社会生态伦理和精神生态伦理的立足点，展现了农民的社会道德与个体渴望自由的对立统一，使作品具有了哲学上的高度，完成了中国转型时期社会道德和个体自由之间的矛盾与统一的艺术再现，给人们留下了深刻的思考。然而，这种生态伦理思想给人一种先入为主的感觉，缺乏理性的基础，尤其是没有提出解决问题的方式方法，依然还停留在观察现象或思考社会问题的阶段。

社会道德源于人们对"公共"与"公共性"的认识或理解，包含了公共意识、公共理性、公共关怀以及公共责任等多个层面。在满足人类社会整体发展的同时，必须提高个体自由的社会道德规范标准。实现人类个体自由的同时也要担负起尊重人与自然命运共同体中其他成员的权利和共同体本身生存和发展规律的使命和职责；若无法担当，人类将陷入生态危机的困境之中。福克纳与莫言的生态伦理思想表明了人类作为自然界的一个物种，必须在自然生态系统中保持着公平公正的立场，从而维持和满足人和自然和谐发展的需求；若偏重强调了人类的社会道德，忽视了个体自由，则会造成了社会道德与个体自由之间的伦理困境。

遵循社会规范行动的人类个体，才能真正实现自身个体自由的权利，因为个体自由都是在社会规范下实现的。美国内战后的现代工商业文明以及消费主义思潮导致了南方人性的沦丧，使南方出现了社会道德的滑坡，南方人陷入束手无策的困境之中。在《喧哗与骚动》中，福克纳通过康普生家族的历史变迁和现实状况，展现了南方社会生态和人性危机。昆丁的自杀和凯蒂的失贞与堕落等表明了南方社会道德的空虚与虚伪，而班吉的命运悲剧暗示了南方人引以自豪的"昔日荣耀"已经褪去，康普生夫妇满腹牢骚和作为父母的失责表明了南方人在现实问题面前无能为力的悲哀。杰生沉浸在物质利益之中并想尽一切满足自己的私欲，甚至利用亲情欺骗姐姐凯蒂并私自占有她抚养外甥女的费用等，表明了南方传统社会道德的缺失以及由此造成的社会生态失衡问题。通过这个家族的悲剧，福克纳要表达的是在社会道德与人类个体自由对立统一的环境中，人类个体必须具备强大的生存能力和自我欲望的控制能力，才能更好地维护人与自然之间的公共利益，保护人类个体的自由权利。然而，对大多数南方人来说，这种想法只是美好的幻想，在现实社会中缺乏实施的基础条件。

由于缺乏社会道德和个体伦理的束缚与限制，一些人常常一味地追求个体自由，满足自我私欲，不可避免地走向了对抗社会的叛逆之路。这一点在莫言的作品中表现得尤为明显。《生死疲劳》中西门闹的鬼魂最终以回归土地的方式结束了其悲惨命运，表明了土地才是中国农民精神和肉体的唯一栖息地，也阐释了人类与自然的密切关系。这种主张必须通过社会道德的方式解决社会问题的文学表现形式正是中国数千年来历史证明的真理。现代社会中物质与利益带来的诱惑时刻考验着人性，如果现代人不能理智地控制自己的欲望，就会导致道德堕落和伦理丧失。如《怀抱鲜花的女人》中的上尉王四在探亲回乡的路上偶然遇到了一个怀抱鲜花的女人，但正是这个女人最终把他拖进了死亡的深渊。王四从最初的欣赏、逃避、恐惧，再到最后沉湎于情感而导致死亡的悲惨过程，喻指了现代人无法抗拒诱惑时的心理痛苦，也是人性与欲望趋同与斗争的过程，体现了社会道德与个体自由之间出现的对立与统一的困境。

社会道德是为了保证社会生活的有序性，也是衡量一个社会文明进步的重要标准，使人类个体交流与生存具有了标准和依据，保证了社会的稳定与正常运转；道德伦理的缺失往往导致人们对社会规范的漠视以及对自我利益的无限追求，使社会陷入无序状态。社会道德引领人们在处理人与自然关系上作出正确的道德选择，规范和约束自己的行为和思想，向善的方向发展，促进人与自然的和谐。当利益与道德出现冲突并危及生态环境时，社会道德会唤起人们的生态良知，引导人们选择积极的方式方法，较圆满地解决冲突。福克纳和莫言的生态伦理思想告诫人们要牢记社会道德并以社会道德修养来限制自己的欲望追求，这样才能更好地实现个体自由，达到人与自然的和谐发展。当然，这也是美好的愿景，在现实社会中是无法实现的。

人类社会最大的悲哀不是物质上的贫困，而是社会道德的缺失与文明凋零，以及最终导致的社会生态恶化。福克纳作品中很多贵族子孙几乎无一例外都是战后南方社会失败者的形象，原因在于有些南方传统的道德、理想、价值观已经无法适应社会的发展需求，甚至成为南方人自由权利的枷锁或桎梏。这些人物从出生之日起就笼罩在祖先"荣耀"的阴影之下，背负着传统的重压，眼睁睁地看着南方传统道德体系的解体或坍塌。以南方传统妇道观为例，这是在蓄奴制基础上形成的对南方妇女的行为和思想进行规范的道德伦理制度。为了获得和男人一样的平等权，南方女性必须举止风雅，把自己塑造成"南方淑女"的形象。事实上，她们身上体现了清教徒主义与现代享乐主义的伦理冲突与心理矛盾，这种矛盾的激化无疑给她们的身心健康带来了极大的压力，她们只好摆脱社会道德伦理的束缚，维持自身作为女性个体的独立与自由，最终走向了叛逆或毁灭的命运结局。福克纳对南方女性抱着审慎的态度，感悟到她们的人性受到了压制与摧残，但这种压制与束缚又是他在现实生活中所表现出来的，因此，他的行为和思想出现了矛盾与对立的女性道德伦理观念。

中国改革开放后,社会道德伦理的建设取得了很大成效,但随着公共空间的扩大和人类个体对自由权利的追求,出现了严重的道德失范现象,将传统道德伦理置于一种尴尬的困境之中。莫言生活在经济转型时期,其作品以农民工进城、对外开放、计划生育、土地改革等为主题,脱离了日常生活的轨道和正常的逻辑思维,充满了神话般的怪诞与荒谬,表明了社会道德伦理的价值和意义。《红高粱家族》中出现的荒诞战争、血腥杀戮、疯狂野合与神奇死亡等场景,体现了中国农村伦理的丰富性与影响力;《天堂蒜薹之歌》中的暴乱、《丰乳肥臀》中的"种的退步"、《四十一炮》中的肉食节游行、《檀香刑》中的官虎吏狼和美女蛇、《生死疲劳》中的轮回等,都说明了中国社会道德伦理的重要性。不仅如此,莫言的作品还蕴藏了独特的个人自由,其中道德与自由的统一是其重要内容。对此,他在《四十一炮》后记作出了清晰的诠释:"所有在生活中没有得到满足的,都可以在诉说中得到满足。这也是写作者的自我救赎之道……在这本书中,诉说就是目的,诉说就是主题,诉说就是思想。"① 在他看来,由于社会道德伦理的束缚和限制,人类个体的自由或需求并不能完全得到满足,只有通过诉说一切,才能获得超越现实的最大自由,感到愉悦与快乐,达到心理或精神上的净化;然而,虽然这种想法或建议都十分美好,但在现实社会中也是难以实现的。

社会道德作为一种全民性的道德规范,关乎着人类整体与自然生态系统的共同利益,人类个体都必须参与到道德规范的构建和实施过程之中。由于人类个体自由是社会进步的必然结果,也是社会生机活力和旺盛生命力的保证,人类在保障自身需求的基础上必须以道德伦理为依据严格约束自己的行为与思想,务必要把握好社会伦理道德标准。福克纳与莫言虽然在社会平等和个体自由方面展现了一些伦理困境,但两位作家借助社会道德伦理和人类个体自由的发展态势,打开了一个更为广阔的思维视野,更加理性地融入人与自然的关系之中,引导和规范人们的行为和理念,促使人们在道德上不断完善和提升,满足、达到人与自然和谐发展的需求和道德标准。

---

① 莫言. 诉说就是一切:代后记[M]//四十一炮. 杭州:浙江文艺出版社,2018:401.

第三节　人与自我之精神困境：伦理规范与现代消费主义

生态伦理伴随着人类对生态意识认识程度的加深逐渐受到人们的重视，成为人类处理自身问题或其他关系的道德伦理规范。人类个体的行动通常是由所处社会的思想、价值观念和行为模式所支配，而原有的价值观念和行为模式，或因为陈旧过时，或因为认识上出现的误区，已经无法满足现实社会的需要，甚至成为制约社会发展的思想阻碍和精神束缚。"时代正在呼唤一种人与自然、人与社会、人与自我全面和谐的生态文明，在西方工业文明奠定的生产力基础上重新反思人与自然、人与社会、人与自我三大关系，在人与自然之间建立和谐生态，在人与自我之间建立和谐人格，在人与社会之间建立和谐社会。"① 具有良知的作家都有社会担当精神，为社会发展发出时代的强音。福克纳与莫言的生态伦理思想时刻提醒人们在面对日益严重的精神生态危机时，要保持强烈的社会责任感，因为借助社会伦理规范与消费主义之间的对立与统一关系，人类个体的消费思想和消费行为往往会导致精神生态伦理困境。因此，处理好人与自我之间的关系需要强化精神生态环境，更要提升人类自身素质和道德伦理修养。

一、信仰危机与精神重建

信仰危机是指社会某一群体原有的信仰发生了变化，失去了人们的集体认同，出现了信仰动摇的状态。福克纳与莫言生态伦理思想中出现的焦虑和恐惧都是各自不适应现代社会急剧转型变化而导致的精神紧张的直接反映，也是他们各自精神信仰危机的具体体现。信仰危机在本质上体现了人的个体性与群体性之间的对立统一辩证关系的失衡，因为人类个体性居于主导地位，是人性的基础，而群体性是目标，也是人性的最高标准；只有在具有伦理道德与社会规范的环境中，人性反映的才是群体性利益；反之则引发个人利益的追逐，导致信仰危机。两位作家的生态伦理思想透视了人与自我之间的关系，关注了信仰危机与精神重建，伦理规范引导消费、重振现代人对未来的希望等问题，同时也暴露出他们在处理信仰危机与精神重建方面出现的一些困境。

信仰作为一种精神理想和价值目的，反映了超越现实、指向未来、实现人类追求的终极目标，在人们的精神生态系统中居于核心地位，也是精神

---

① 潘岳. 环保问题最终是文化伦理问题 [N]. 光明日报, 2011-12-06 (3).

领域中体现价值观念的最主要因素。内战后南方社会物质文明的发展并没有给南方人带来精神上的满足和文化上的繁荣，相反，却使他们的精神信仰呈现明显的衰退趋势，消费主义的思潮占据了人们的主流文化阵地，南方人愈发追逐物质利益，消费主义欲望日益膨胀，危及南方的传统文化和精神追求。同时社会工业化水平提升将南方人的生活推到极端的境界，导致他们的生活成品化与碎片化，更加远离了南方人期盼的传统生活方式，引起了他们对自身命运的迷茫。福克纳目睹了南方社会的巨大转变，对南方自然生态日益遭到破坏的问题深感痛心，不断反思南方人的精神困境，思考南方人未来命运的走向。他在多部作品中对南方工业化大规模破坏森林的行为进行了谴责，曾多次借作品中人物之口告诉南方人和自然和谐相处的经验，即人类只要不侵犯自然，自然就不会伤害人类；如果人类伤害了自然，就会受到自然的惩罚。福克纳所要表现的是人类必须尊重包括动植物在内的整个自然界的内在价值和存在权利，给予自然界应有的道德关怀，才能保障人类自身的生存与发展。从这个意义上看，南方人必须解决好生存与传统道德伦理之间的冲突和对立，但如何解决，福克纳似乎没有有效的方法或建议。

无论是在中国社会转型时期出现了传统文化沦丧和身份危机，还是在世界范围内以拜金主义、消费主义和享乐主义为特征的信仰危机，在本质上都属于人们精神信仰范畴的危机，体现了人类精神活动中的道德伦理对立与统一关系。在莫言的创作时期，中国正处在改革开放的转型时期，传统体制的瓦解和新体制的形成都给人们的信仰带来了很大的冲击，由此出现了信仰危机。他剖析了中国农民精神生态中出现的问题，对当前社会中的信仰危机进行了深刻的反思与批判。以《酒国》中追求奢侈消费的行为为例。这部作品有许多五花八门的"吃"的现象，从官场到民间到处都弥漫着现代人对自然生命的麻木与冷漠。莫言详细地描述了人类杀驴吃驴、烹调鸭嘴兽、采集燕窝的残酷场景，大篇幅地描写了人类对动物所施加的暴行。如驴街杀驴的历史悠久："数百年来，咱驴街结果了多少驴的性命，实在无法统计，可以说咱驴街上白天黑夜都游走着成群的驴的冤魂，可以说驴街上的每一块石头上都浸透了驴的鲜血，可以说咱驴街的每一株植物里都贯注着驴的精神，可以说咱驴街的每一个厕所里都蓬勃着驴的灵魂，可以说到过驴街的所有的人都或多或少地具备了驴的气质。"[1]在这里莫言表达了对驴的同情以及对人们吃驴行为的憎恨与谴责，警示人们这些消费

① 莫言.酒国[M].杭州：浙江文艺出版社，2018：143.

行为严重破坏了自然规律，违背了传统的伦理道德规范，必然受到报应或惩罚。然而，如何杜绝这些残忍的消费行为，他没有给人们提供有效的解决问题的方法。

人类缺乏精神信仰就缺失了精神上的动力，失去了前进方向。信仰危机带来了一系列后果，如理想信念的缺失、生活意义和价值的虚无、精神追求的丧失等，给人类生存与发展都带来了严重影响。福克纳的生态伦理思想虽然倡导提升人们的道德伦理水平和需求层次，但在作品中并没有提出彻底有效的解决途径和方式。福克纳的生态伦理思想揭示了美国南方内战后消费主义兴起而导致的南方精神颓废的现象，提出了一个严峻而紧迫的信仰危机问题，那就是当物质利益与消费欲望的诱惑构成了南方人无法抗拒的力量时，南方人如何对待传统文化与道德观？事实上，内战之前南方人引以自豪的人与自然和谐生存的美好画面已经消失了，伴随它消失的还有基于种植园经济而形成的传统价值观和道德观，以及南方传统的生活方式。这样的结果无疑动摇了南方人的精神信仰，导致人们精神生态的失调、伦理道德的丧失以及精神世界的空虚，使南方人不可避免地陷入沉湎过去、精神绝望和人性扭曲的困境之中，成为福克纳生态伦理思想中难以化解的南方精神困境。

中国传统伦理通常借助道德标准、伦理责任和价值选择等引导人们的精神认同和自我品德提升，激励人们追求价值准则，维护道义原则。莫言有着丰富的农村生活经验，具有中国传统文化中的超常理性和前瞻性的思维模式；再加上他的创作时代正好处在中国社会城市文化向农村地区渗透和扩张的时期，因而他吸收了丰富的历史营养，能够从人与自我的精神生态视角，透视人类的精神状态，对人自然本性的失落、精神生态的扭曲和异化等，表现出深沉的忧虑与浓厚的生态关怀。如在《四十一炮》中，以罗小通和兰老大等人为代表的高密乡民对生命的渴望，关乎着人类的生存和生命的延续，折射出人类自身对社会和谐发展的渴望，体现了中国农民对传统精神信仰和道德伦理观念的困惑。莫言过多地关注了人物个体的自我需求，相对忽视了人们的社会责任和道德伦理要求，因而会导致读者对其生态伦理思想产生质疑，这也是其作品引起争议的一个重要原因。

精神重建就是以积极向上的生态伦理理论作为基础，将人的自然属性纳入伦理道德的框架下构建出新的自然生态伦理规范，从而找到一种新的生态伦理秩序与价值理念，消除因社会变迁而出现的精神信仰缺失的现象。现代社会出现的精神生态伦理危机，在表面上看是信仰丧失、缺乏理想信念、盲目追求消费主义思潮导致的，但实质上依然是由于自然生态环境的破坏而引发的社会生态和精神生态的危机；或者说，生态伦理危机本质上是人类的信仰危机。为了消除生态危机造成的危害，重建人们的精神信仰，福克纳与莫言营造了传统精神信仰愉悦与舒适的氛围，同时也将消费主义行为所造成的物质上的浪费与精神上的荒凉通过对比的形式表现出来，反映了人们的信仰危机和重建精神信仰的必要性与迫切性；当然，在这一过程中他们也表现出不同程度上的信仰认知困境。

在美国内战及南方重建时期，南方依然属于贫穷、落后和封闭的农业社会，南方人的精神生活还相对保守，他们依然沉湎于"昔日荣耀"。内战的爆发打破了南方平静的生活，引发了南方人的精神信仰危机。福克纳多次控诉了这场战争给南方人带来的诸多问题，认为"我们不仅因战争而遭受摧残，征服者在我们失败和投降之后还留驻十年，把战争所剩下的那一点点资源掠夺殆尽。这场战争的胜利者在重建与经济恢复中并不为使我们在人类社会和国家之间能够占有一席之地而作出任何努力"[1]。他的多部作品描绘了南方经济的落后，再现了南方人的精神困境。《喧哗与骚动》中康普生家族经济状况极为拮据，到昆丁这一代家族财产基本上被变卖殆尽，甚至为了送他上学，家里不得不卖掉了家族最后的一块草场，致使其弱智弟弟哭叫连天。《押沙龙，押沙龙！》中萨德本苦心经营的"百英里庄园"最后在一场大火中坍塌，剩下一堆灰烬和四根空荡荡的烟囱。《献给爱米丽的一朵玫瑰花》中格里尔生家族的宅院尘埃遍地，充斥着尘封的腐尸气味。福克纳为现代文明蚕食下的南方精神生态的恶化感到十分悲愤，在他看来内战后的南方文明不是人类进步的表现，而是代表了人类道德的退化，乃至人性的丧失；然而，如何重建南方人的精神信仰，他并没有提供明确的思路与指向。

莫言的童年时期恰好是中国农村生活最困难的时期，这一时期充斥着人们的精神困境与信仰危机。农村改革开放所带来的物质利益冲击、消费欲望的诱导及传统道德伦理的缺失，造成了传统文化认同的危机，而这种对传统文化的认同危机往往又渗透到人们的精神世界。中国农村最讲究尊卑和容忍，很少有人轻易挑战这个约定俗成的观念和制度，但莫言对此却毫不在乎。在《红高粱家族》中，"我爷爷"与"我奶奶"冲破了封建伦理道德的束缚，当日寇入侵，残杀无辜中国村民时，中国农民的伦理准则就是殊死抵抗和顽强斗争，这同时也是为了维护自身生存、追求自我生命。莫言的作品反复展现了这种精神信仰所带来的社会发展动力与善良的人性

---

① 福克纳. 福克纳随笔[M]. 李文俊, 译. 上海：上海译文出版社, 2008: 83.

道德伦理,提醒现代人要积极争取自我享有的权利。然而,由于社会环境的不同,现代中国农民在共产党的领导下生活稳定有序,但重建精神信仰的问题对莫言来说却是一个极大的挑战,对此,他并没有表现出来,明显存在着认识上的困境。

重建精神信仰是对传统精神价值的继承和发扬,同时吸收新时代精神的文化内涵。这两个方面相互依赖、不可或缺,因为人类既要满足自身发展所需的物质层面上的需求,又要满足道德信仰等精神层面上的需求。福克纳与莫言的生态伦理思想重视重建精神信仰,目的是更好地发挥精神信仰所具有的动力和引领作用。"信仰是精神支柱,是人生价值评价的出发点和归宿,是具有无限自我意识的有限自我对无限宇宙的一种把握。共同的信仰则是民族、阶级或社会群体相互联系的纽带与凝聚核。"① 由此,精神信仰的重建要求人们把理性目光从科学世界、生活世界转向精神世界,综合考虑精神信仰中的诸多要素及其相互关系,并在此基础上形成内在的信仰体系,建构良性互动的自然生态、社会生态和精神生态体系。在面对社会发展与商品经济大潮时,对于是与时俱进地理性接受和认同现代文化,还是完全排斥现代消费主义思想等问题,两位作家产生了困惑,出现了理论和实践上的认识困境。

美国内战之后很长一段历史时期内,南方社会出现了严重的经济停滞,导致南方人对现实社会的不满,动摇了南方传统信仰;到了 20 世纪初,尤其是第一次世界大战后南方经济却迅速发展,从农业经济模式很快发展成了现代工商业经济发展模式,进入到现代工业文明时期。南方传统信仰的坍塌以及以资本主义工商文明为主体的信仰体系的出现,成为南方社会当时所经历的最为深刻的信仰变革。南方人在这种社会环境和消费热潮中迷失了自己,失去了精神信仰的独特性和个体道德伦理的主体性。《圣殿》中的"金鱼眼"以及斯诺普斯家族成员等大多都属于这类人物,他们都是生态伦理危机、工业文明异化和信仰冲突下的产物。这些人在传统精神信仰断裂后产生了强烈的迷茫之感,很容易在新的消费主义思潮中误入歧途,成为南方传统伦理道德的叛逆者和破坏者。福克纳知道自己无法阻止这种趋势,但又无法容忍或接受这种堕落,只好把目光投向故乡那片"邮票般大小的土地",以批判的态度抨击资本主义工业文明的丑陋及其引发的社会腐败现象,为重建南方人精神信仰提供了一种警示或监督,但"回归过去"的文学构想并不能解决内战后南方人的精神信仰危机问题。

---

① 卡西勒. 启蒙哲学[M]. 顾伟铭,等译. 济南: 山东人民出版社, 1988: 235.

社会存在决定社会意识，以社会存在为基础的精神信仰必然伴随着社会经济结构的变化而发生变化，因此精神信仰重建必须依赖社会现实环境和人们的生活条件、社会分工和生存方式的重新确立。莫言对20世纪80年代以来的中国现代化进程给予了深刻的思考，为读者提供了一幅中国社会信仰危机的历史画卷：乡村的改革建设在临摹城市现代化过程的同时，给农民带来了严重的生存危机，改变了原有信仰和道德观念。如乡村在城市化过程中出现的道德混乱无序、僵固的宗法关系、交际中严重的人情社会等，都给中国传统精神信仰带来了极大的冲击。短篇小说《倒立》讲述了一次本应充满感情的同学聚会，意外成为了一个"媚官"、"媚俗"的场合，演绎了一场现代人精神信仰危机的悲剧。传统精神信仰中的友谊成了现代人追逐利益与权力的牺牲品，现代人在权力面前失去了亲情与友谊。当人们的终极价值观念出现衰退后，精神信仰危机不可避免地出现了，恰好说明了信仰渗透于人的本质，决定人格的修养与品行。莫言的作品凸显了这种生态伦理观念，展现了重建精神信仰的努力与决心，然而，如何重建精神信仰，却成了他难以解决的困境。

精神信仰属于道德文化价值范畴，其存在与延续深深依赖于道德文化价值的发展与提升。"现代主义的真正问题是信仰问题。用不时兴的语言来说，它就是一种精神危机。"① 信仰危机表明了人类本质不再是抽象的规定性，而是现实社会中直接表现出来的主体精神。福克纳和莫言的生态伦理思想蕴含了注重人类个体自由、个性需求和社会整体发展的理念，在一定程度上克服了现代化进程中日益凸显的精神功利化弊端。然而，精神信仰作为人类价值观念的最高形态，确定了人类思想和行为的价值和意义；而重建精神信仰的目的就是向人类提供精神上的导向和价值选择上的重要依据。两位作家通过弘扬社会平等和人类道德伦理的方式，提升人们的精神信仰，但这种以人性善的态度和行为来化解精神信仰危机的想法在现代消费社会中却是无法实现的，在实施过程中必然会出现许多困境。

二、消费主义与伦理错位

消费主义是指人类个体毫无节制地消耗物质财富或自然资源，并把消费视为人生最高目的的消费观和价值观。由于消费主义不再是为了满足日常生活需求，而是成了人类个体自我欲望的极端追求和取得社会认同的异常手段，因而引发了人们正常的生活需求与消费欲望之间的对立冲突。

① 贝尔.资本主义文化矛盾[M].赵一凡，等译.北京：生活·读书·新知三联书店，1989：74.

福克纳与莫言的生态伦理思想强调了过度追求消费主义的行为在本质上是人对自然万物生命权利的剥夺和对自身消费权利的滥用，也是现代社会伦理规范的错位，但对于如何抑制消费欲望，引导人类个体回归正常消费等，他们并没有找到有效的解决方法。

消费主义诱导人类个体从物质消费中将抽象的精神信仰追求转化为日常生活中个人欲望的满足，并尽可能多地占有或享用物质财富，从而引发了严重的自然生态、社会生态和精神生态等全方位危机，导致社会道德伦理的错位。在福克纳的作品中，生态系统危机体现为自然生态受到严重破坏、生态质量严重下降。这种现象在自然生态发展史上是一种不可逆转的倒退现象，根本原因在于人类实践活动产生的负效应累积超过了自然界所能承受的能力或程度。在《熊》的结尾部分，即大熊"老班"遇害的两年后，艾萨克独自来到了过去"朝拜"的森林，然而，此时他所看到的却是一片衰败的景象：昔日充满生命和神秘力量的森林已不见踪影，只有不断驶进驶出的火车运送木料。他内心极度痛苦，因为自己所珍惜的一切都在逐渐成为回忆。同战前原始森林状态下作为"自然神之子"的"老班"形成对照的是一只可怜的小熊，它被轰鸣的火车惊吓得爬上一棵小树。失去了自然的庇护，人类和动物如何生存下去？这不能不令人担心。正像福克纳作品中自然万物的命运一样，人的欲望和本性之恶及人的道德素质的低下，致使大自然中的动植物失去越来越多的生存环境，乃至濒临灭绝。战后南方人能做什么呢？福克纳在作品中也对这个问题苦苦地思索，但并没有找到未来的出路。

消费行为通常被视为社会身份、地位或阶层的象征，很多人期望借助消费行为提高自己的社会声誉和社会地位，进而获得广泛的社会认同。莫言在《酒国》中对"高密东北乡"盛行的消费行为进行了深刻的揭露，尤其展现了这种行为对自然生态、社会生态和精神生态的冲击与破坏。在这部作品中，现代人为了满足自己的私欲，将饮酒视为一种"文化信仰"，美其名曰"佳酿猿酒"等。不仅如此，这种异化消费行为的背后有着强大的科技、文化和精神支持，为达到"至善至美"的吃的"艺术境界"，"烹饪大师"尽情展现着自己的想象和欲望，以"精湛"技艺和"超凡"智慧创造"绝世佳作"，把中国"酒文化"提升到一个令人无以言表的境界。作品中对酒的疯狂崇拜与"人吃人"的消费现象相互呼应，呈现出一个荒诞、迷幻却又真实的酒国社会，体现了现代消费主义大潮中的道德伦理错位。莫言用消费异化的方式警示世人，并预言这种为所欲为的纵欲消费缺乏人性和道德伦理，必将导致人类自身的毁灭。

消费主义必然导致社会生态伦理的错位或道德伦理的失衡，引发精神信仰危机。这是人类个体追逐欲望的必然结果。伦理错位是指忽视应该遵循的伦理规范与职业道德规范的错误行为。由于伦理的实施和执行通常是依靠制度和法律的约束力来维系，或者以具有公共角色的个体的内心信念为支撑，然而由于主观和客观环境的影响，人们忽视了对道德伦理的关注，因而形成了伦理错位。消费主义信奉物质至上，极端追求消费欲望，抬高和放大了消费对人类个体的价值和意义："报纸、杂志、电台各种大众媒介不知疲倦地向大众灌输着有关消费的信息，或者是报道体育电影明星的消费生活，直接拨动了大众的消费神经。"[①] 当人类个体把消费本身作为一种额外获取物质利益的手段时，消费行为已经发生了质的变化，成为一种意识化的生活方式，潜移默化地改变了人类个体的道德伦理观念。福克纳与莫言置身于新旧社会交替的特殊时期，面临新旧价值观和道德观的激烈冲击，不可避免出现了消费伦理困惑，并在各自作品中展现了对现代消费主义的认同和排斥的矛盾心态。这种心态可以说是难以避免的，也是正常的创作心态，体现了消费主义影响下因伦理错位而产生的消费困境。

消费主义把物质消费视为人生的根本目的或衡量人的价值的唯一标准。这种追求物质利益的价值观往往被解读为显示个人地位、财富和身份以及自我价值实现的标志。内战后的很多人，包括南方贵族和新兴资本主义势力，大都为了追求金钱和物质满足，最终走向了命运的悲剧。在《我弥留之际》中，因消费主义影响而引起的伦理错位导致这部作品中的人物关系疏离和本德仑家族的悲剧，不仅体现在妻子艾迪与丈夫安斯不断恶化的关系上，还体现在本德仑家庭成员之间的紧张关系以及情感冷漠等方面。艾迪终日沉浸于自己幻想的世界中，对婚姻不忠，对丈夫冷淡以及对子女失责等，导致了家庭伦理错位和矛盾冲突。同样，作为丈夫的安斯在妻子生病后不愿意拿出钱来为妻子治病，目的是在妻子死后自己还有钱再娶一个老婆；孩子们为了不被警察罚款，主动将亲兄弟绑起来投入监狱。当家庭伦理不再是人们关注的对象，而成为为了追逐金钱的象征意义，消费主义就成了尽可能多地占有物质财富，从而表现为享乐主义和虚无主义。福克纳表现了南方消费主义行为所引发的伦理错位，也展现出南方人因为道德伦理缺失而变得束手无策的困境。

消费主义认为人类生活在世界上的唯一目标是追求幸福或使自己的欲望得到满足，因而否定了精神向度价值，取消了精神层面上的终极关怀，

① Chudacoff, Howard P. & Judith E. Smith. *The Evolution of American Urban Society*[M]. Englewood Cliffs, N. J. : Prentice Hall, 1988: 113.

诱发了人类社会的精神危机。"人作为自然的、肉体的、感性的、对象性的存在物，同动物植物一样，是受动的、受制约的和受限制的存在物，就是说，他的欲望的对象是作为不依赖于他的对象而存在于他之外的；但是，这些对象是他的需要的对象；是表现和确证他的本质力量所不可缺少的、重要的对象。"①在中国改革开放的大形势下，一些富起来的人们不断采用极端的消费自然资源的方式对自然界进行奴役，剥夺自然生命个体的生命权和发展权，最终导致了人类生存环境的恶化。莫言通过农村现代化进程中出现的消费主义现象，不断审视农村环境的恶化与农民生存问题，对人性善恶进行了深入思考。其作品中有很多特殊的饮食种类或方式，如《红树林》中的女体筵、《丰乳肥臀》中的上官金童对乳汁的痴迷等，显示出现代社会存在的虚无与荒诞。此外，还有《酒国》中的猿酒节、《四十一炮》中的肉食节、《酒国》里的"红烧婴儿"的大餐等，这些消费理念和消费方式已经严重地破坏了生态平衡。莫言感受到自己身上强烈的使命感和责任感，义不容辞地分析与透视所处社会和时代的自然生态、社会生态和精神生态等方面的问题，并积极寻找化解这些问题的方式与途径。

消费主义包含的身份、地位、财富与自我实现程度等符号价值被人们普遍重视，形成了个性化与炫耀性的自我定位和身份满足感，看似能给人带来幸福与愉悦，但最终引发的是社会道德伦理的错位，必然会进一步加剧消费主义的思想和行为，引起人们更加疯狂地追求物质利益和社会名利。福克纳与莫言的生态伦理思想谴责了人类个体追求享乐和个体欲望的行为，在一定程度上化解了消费主义导致的欲望陷阱或罪恶根源。两位作家十分清楚这种消费行为所带来的危害，但又不能完全排斥现代消费文化所带来的利益关系，这正是他们生态伦理思想中表现出的伦理困境，也是作品所诠释的主题以及所倡导的道德伦理规范。

三、价值失衡与社会规范

哲学意义上的"价值"是指物体具有的最一般意义上的价值，也是评价与衡量自然万物的依据或标准。作为观察问题的基本点和出发点，价值可以表示主体与客体之间的利益关系，即某一客体适应或满足主体的需要程度。当客体对象符合主体的利益并满足主体的需要时，客体就具有了价值。现代社会出现的精神生态价值失衡是社会矛盾积累的结果，同时又是消费主义经济发展的必然产物。福克纳与莫言的生态伦理思想没有直接

---

① 马克思，恩格斯. 马克思恩格斯文集：第 1 卷[M]. 北京：人民出版社，2009: 209.

表明解决这一问题的有效方式,但却让人们感受到现代人必须遵守社会规范,承担自己应尽的义务和责任,并通过精神生态伦理价值的失衡与社会规范的脱节,指向人类命运的不可控制性。

价值失衡既是现代消费水平提高的具体表现,又是社会价值观和消费方式由传统伦理上的节俭方式让位给现代享乐消费主义的一个重要转型标志。作为美国南方传统贵族家族子孙,福克纳在消费上既有其光宗耀祖的欲望,又体现出其精神层面的需求,既希望回到战前南方那种人和自然和谐相处的境界,又希望接纳与吸收现代文明带来的便捷与享受;尤其是在他成名后,优越的经济条件和现代消费方式的诱惑使他展现了超越先辈的表现欲望,并产生自相矛盾的伦理困境。节俭自律意味着南方传统道德伦理对现代生活方式的排斥和抵制,但福克纳引以自豪的战前社会却是死气沉沉毫无生机的社会,无力与北方工商业势力相抗争,南方人只能接受失败的命运,对此,他充满了怜悯与感慨。以斯诺普斯家族为例。这个家族的一个成员蒙哥马利·沃德·斯诺普斯,原本生活在社会最下层,先是开设小卖铺,然后是百货商店和大型超市,但他发现挣钱太慢,后来从出售黄色明信片中发现了商机,以黄色读物给南方人带来感官刺激,最后坠入了消费异化的陷阱之中。同样,对福克纳本人来讲,他一方面热衷于奢侈品的消费,斥巨资购买了时髦的汽车和昂贵的飞机;另一方面又痛恨这种消费思想所带来的危害,告诫人们要不忘南方传统美德。他的内心深处产生了矛盾与困惑,最终映射为他生态伦理思想中的困境。

消费主义行为在具体的实践活动中推动了人与自然、人与社会、人与自我之间的独立与平等,但也加剧了社会个体或群体之间的竞争和斗争,甚而升级为冲突和暴乱,给社会的良性运转带来严重的障碍,从根本上危及人与自然的和谐发展。中国社会出现的各种问题,如饥饿、瘟疫、水灾、欺诈等,给农民带来了沉重的负担和极大的精神压力。人类个体在这样的环境中无法生存,更何况自然界的其他生命个体呢?人类作为自然生态系统中最具有理性、最富有能动意识的生命物种,在享有自身生存权和发展权的同时,必须保护和维持其他物种的权利。然而,在现代消费主义影响下人类个体往往失去了自我控制,很容易陷入消费陷阱之中。莫言的《酒国》表现了地方官员的奢侈消费行为达到了伤天害理的地步,如他们吃烦了日常生活中的鸡鸭鱼肉,把目光转向了野生动物,如熊掌、猴头和燕窝等,后来竟然又荒诞地吃起婴儿来,认为婴孩的肉最有特色。人类成了吃人的野兽,丧失了伦理道德,最终走向自我毁灭的命运悲剧。当然,莫言在生活中并没有完全抛弃世俗的生活方式,而是不断寻求自我发展的机会和提升自身生存的能力，企图获取更多的社会认同，很难证明其摆脱了精神生态的困境。

社会规范是人们在社会生活中自发形成的一种道德行为，体现了人们追求正义、公平和美德，人们对社会规范的遵守往往是通过认同伦理道德，来规范自身的行为和思想。消费主义引发了人们对奢侈消费的狂热追求，这无疑是社会规范的缺失以及消费思潮的错误引导与诱惑而导致的，对人类的精神生态产生了严重的影响。为此，福克纳与莫言在作品中展现了消费主义的生活方式将人们置于严重的生存危机之中，使人们面临着道德价值失衡的挑战。然而，任何单纯的手段都无法从根本上解决人类目前所面临的生态伦理危机，只有改变现代社会中工业文明所带来的价值理念和价值规范，人类才能走出精神生态危机的困境。

以正确的社会规范指导人们的行为是一种自觉的社会意识，而服从社会规范则被认为是一种道德义务。伦理道德的实施并不只是对违反者的行为进行惩罚或制裁，而是使违反者理解与接受，使其获得切实而有效的社会感悟后自觉接受社会规范，承担自身相应的职责和义务。内战后的南方人过度掠夺自然资源，严重违反了南方传统的社会规范，导致了自然生态、社会生态和精神生态的危机，给南方人自身带来了严重的灾难。对此，福克纳在《坟墓的闯入者》中借加文·斯蒂文斯之口，对20世纪美国人偏执的现代消费行为进行了严厉批评，认为"美国人其实什么都不爱只爱汽车：首先爱的不是他的妻子孩子也不是他的国家更不是他的银行存款……爱的只是他的汽车。因为汽车已经成为我们国家的性象征了"①。其作品中有很多女性人物因为偏执追求消费主义思想而失去了自身存在的价值。《押沙龙，押沙龙！》中埃伦·科德菲尔德是萨德本的太太，一味抱怨自己不受丈夫重视，只好沉浸在消费中，整天购买喜欢的商品，忽视了自己作为母亲的职责，部分导致了家庭生活的破碎与家庭成员的命运悲剧；《圣殿》中谭波儿热衷饮酒娱乐，最终误入歧途，成了杀人犯的帮凶。战后部分南方女性不惜一切代价购买奢侈商品，但这种行为并没有抬高其地位，相反，却导致了其命运悲剧和诸多的社会问题。福克纳提醒南方人不能以放弃南方传统道德标准为代价放纵自我，而是要理性地化解因南方传统价值失衡而产生的伦理困境。

社会规范作为社会秩序的有力保障，随着人际关系、社会利益、社交范围的提升和扩大，对人与自然和谐发展所起的作用日益增强。这种行为规

① 福克纳.坟墓的闯入者[M].陶洁,译.上海：上海译文出版社,2004: 212.

范基于日益分化的个体价值和权利,通过系统整合的方式将权利、效率和自由等价值规范,集中体现在现实生活之中,形成了社会规范机制,确保人类自身与社会发展的和谐。莫言认为,人们对自然界动物的宰杀与城市化过程中钢筋水泥、车水马龙的生活都违背了自然规律,成为人类生存危机的罪魁祸首。任何一座现代化的城市都是娱乐消费设施遍地,工业建筑高耸入云,失去了森林和草原,成为单调与压抑、荒诞与讽刺、压制人性与渴望自由的现代复合体。中国农民在城市化进程的冲击下失去了传统的生活方式,精神上受到了极大的压制与束缚,他们道德伦理上出现的问题集中反映了农民在面对现实经济、政治、文化生活时存在的普遍问题和城市化进程中在自我认同、社会认同上出现的多种问题。对此,莫言的作品客观展现了中国农民的价值失衡与社会规范之间的矛盾冲突,并且莫言积极寻找打破这种困境的方法或途径。

社会规范作为价值标准的基本功能,为人们的社会和精神生活提供了保障,为人与自然的发展提供了动力和目标,同时意味着给人类个体赋予了相应的义务与责任。"没有无义务的权利,也没有无权利的义务。"① 如果人类片面强调自身的主体地位,忽视了自然万物本身的价值,就会陷入极其危险的境地,最终将毁灭人类自身的生存。福克纳与莫言的生态伦理思想提倡重新构建适应社会发展的社会规范,然而,在具体实施过程中却出现了一些问题,没有具体体现出社会规范的标准与实施途径,反而给人们带来了理解上的困境。

人们的价值追求作为一种社会性的活动,在本质上要受到价值规范的制约,因为社会规范的确立取决于人们社会生活的矛盾与冲突的协调,基本策略是将人们社会生活中的冲突调整到一个适当的限度内,避免社会矛盾过度激化。内战后的美国南方出现了道德信仰危机,导致社会环境中的道德价值体系无法正常运转,出现了价值伦理的失衡。福克纳生态伦理思想注重南方传统价值观与现代社会发展需求之间的融合,寻找有利于南方社会发展的道德价值体系和社会规范制度,并把这种道德价值与社会规范作为作品主题,引导南方人的价值追求。《去吧,摩西》中的艾萨克·麦卡斯林在遭受多年折磨后回到大森林之中,在散步的小路上发现了一条蛇,但此时他却发现自己对蛇感到格外亲切,如同对多年不见的朋友一样对蛇充满了情感和敬意。对他来说,这条蛇象征了自然界的灵魂与神性;他所关心的是失去了森林的庇护,以蛇为代表的自然万物还能生活下去吗? 森

---

① 马克思,恩格斯. 马克思恩格斯选集:第 2 卷[M]. 北京:人民出版社,1995:610.

林消失最终会导致南方自然生态、社会生态和精神生态的崩溃，使人们失去和谐的生存环境和生活依赖。就像打猎技术精湛的布恩·霍根贝克一样，这个与大熊"老班"进行殊死搏斗并最终将猎刀插进熊心脏的猎人，在大熊死后不知什么原因，忘记了如何安装和使用猎枪，成为了一个疯子。福克纳关注了战后南方人的精神蜕变，揭示了现代工业文明对南方精神生态伦理的侵蚀，但除此之外，他无能为力，只能将自己的情感寄托在对过去的美好回忆之中。

社会规范作为引导人们的道德或限制人们行为的规则与标准，往往会随着社会生活和社会关系的复杂化而发生改变，甚至成为阻碍社会发展的精神力量。"越来越多的人已经认识到，高消费的物质生活既不可能持久地延续下去，也不可能给人带来真正的幸福和安宁，反而会制造心理疾病、社会灾祸和生态危机。"[①] 在中国悠久的传统饮食文化中，人们将自然界作为蚕食对象，将自身置于食物链的顶端，引发了各种生态问题。对此，莫言给予了真实的记录。如《采燕》描写了人们为采集食物而引发的命运悲剧。燕窝本是金丝燕唾液的结晶，"据观察者报告，雄燕在吐涎成巢的过程中不眠不食，头颅连续摆动数万次一巢始成。艰难困苦，胜过呕心沥血"[②]。作品中女主人公燕妮的父亲和叔叔从事采集燕窝的职业，工作环境十分危险，一不小心就会丧失生命。有一次，燕妮的小叔在割取一只特大的白燕窝时，遭到了燕子的激烈攻击："燕窝里的大燕子飞出来了，它们表现得特别英勇，不顾死活地用身体去碰撞他的脸，一次一次又一次。"[③] 虽然她的小叔具有高超的技艺，但最终还是因为体力不支，与燕窝一起坠落，失去了生命。对人类来说，这当然是一场悲剧，但在莫言看来，这种人与自然的对抗必将招致自然的报复，最终会危及人类的生存。他只能通过这部作品告诉人们只有抛弃消费主义生活方式，才能弥补现代人因价值失衡而产生的精神困境。

社会规范体系维系着社会秩序的良好运行和稳定有序发展，确保了社会生活的秩序与稳定。福克纳与莫言认为，社会规范决定了人类获取自然资源的行为是否正当，也决定了其行为是否侵犯了自然万物的生存权和发展权。人作为自然属性的人，本身需要生存的条件和环境，必须从自然界中获取适当的食物，因而一定会侵害其他自然个体的生命，这是无法避免的，也是可以理解的，但只要人将从自然资源中获取的生活生产资料数量控制在一个合理限度内，都是可以接受的；超出合理的限度，就会对自然

---

① 佘正荣. 生态智慧论[M]. 北京：中国社会科学出版社，1996：215.
②③ 莫言. 酒国[M]. 杭州：浙江文艺出版社，2018：257，269.

界权利造成严重的侵犯和极度危害，导致自然界物种数量的不断减少，人类必然受到谴责。由此，两位作家并没有否定人类符合社会规范的消费行为，有时甚至还给予了积极的肯定与赞扬，但对超出人类生存和社会发展需要、严重背离社会规范的消费行为却给予了严厉批评或谴责。然而，在如何控制人类消耗自然万物的度的问题方面，两位作家无论是在伦理判断上，还是在作品表现形式上，都出现了一些伦理困境，其中主要集中到人类应以什么样的标准或尺度来衡量与评判自身行为的正当性与合理性。这是一个值得探究的问题。

美国内战后的南方人追求消费主义的行为造成了生态失衡等问题，而这些问题反过来又严重影响到他们的生存环境，使其面临生存危机。在《村子》《小镇》《大宅》所组成的三部曲中，福克纳详细叙述了斯诺普斯家族创始人弗莱姆·斯诺普斯如何投机取巧攫取财富，通过虚伪与丑恶的行为摧毁南方社会的生态伦理，腐蚀南方精神生态伦理的过程，使人们感悟到南方自然生态、社会生态和精神生态等伦理的危机都是因为这个家族的错误行为或观念而产生的，由此引发了对斯诺普斯家族的憎恶和恐惧："他们用欺骗的小伎俩和厚颜无耻的手段征服密西西比州杰弗生镇这个县城。他们像霉菌爬满奶酪一样到处都是，摧毁它的传统和这个地方一切好的东西。"[①] 只有反思战后南方社会出现的问题，消除影响社会和谐发展的障碍和困境，才能维持好生态系统的平衡和人类长久生存的态势。然而，斯诺普斯家族的兴起是战后南方社会转型时期社会发展的必然结果。对此，福克纳一方面表达了自己对这个家族的憎恨和谴责，另一方面又不得不佩服这个家族的能力和精神，在作品中表现出了明显的伦理困境。

中国农村在社会转型时期形成的社会规范与道德伦理是时代发展的必然结果，也是中国社会发展过程中十分重要的精神坚守。莫言的生态伦理思想以善恶为标准引导人们的行为方式和思想，激励善行，惩罚恶为，达到净化现代人心灵的作用。应该说，他的作品有时与主流意识形态的要求不相符合，原因在于他多是基于个人的体验，从不同的视角进行思考或反思，但并没有绝对的普遍性和别有用心、含沙射影的特指，而是他本真心态的真实表露。以《丰乳肥臀》为例。这部作品将齐鲁大地上生活的普通百姓艰难的生存状况、母亲的伟大形象、社会的不公平性等都展现出来，显示出社会的荒诞和人性的丑恶，体现了莫言对农村精神现状以及人类未来的担忧。在中国社会转型时期，人们的物质生活有了彻底改善，但精神生活

---

① Faulkner, William. *Lion in the Garden: Interviews with William Faulkner, 1926-1962*[M]. Eds. James B. Meriwether & Michael Millgate. New York: Random House, 1968: 39.

依然存在很多空白,很容易导致精神信仰危机,这部作品恰好反映了他对中国转型时期社会规范标准的困惑。

社会规范源自人们对生活的需求,因为所诉求的关系通常都是社会对个人的要求,基本使命和功能都是对人们生活和行为的规范与约束。福克纳与莫言的生态伦理思想通过对社会规范与价值失衡的关系的展现,透视了自然生态、社会生态和精神生态出现的生态危机和消费主义现象,反映了现代社会对精神价值的渴求,即人类只有正视自身的行为和思想,才能克服自身的弱点和病态的人格,真正表达对自然万物的同情与悲悯。当然,这并不是说两位作家找到了一条行之有效的人类自我救赎之路,而是说,在种种的伦理困境中两位作家进一步诠释或提升了社会规范的价值和意义,促使现代人接受这样一个事实,即人类社会规范的实施在于自身道德伦理水平的提升和自我消费欲求的控制。

第四节　个体与系统之标准困境:
道德无限性与命运虚无性

人与自然的关系既是一个历史悠久的社会哲学话题,又是一个亘古常新的文学主题。人类在面临生存危机时,常常通过对诸多问题的反思与探究,找到解决问题的方法与途径,获得生存和发展的希望。生态危机的根源在于人类对自身与自然关系的认知上出现了偏差,导致了人类的错误行为和思想。这就迫切要求人们对人与自然发展模式和导致这种模式的思想或理念进行反思与评判,纠正错误的思想、行为举止和对待自然的态度,积极构建人与自然和谐发展的生命共同体。福克纳与莫言的生态伦理思想体现了人类对自我利益的超越、对自然生态的关爱,具有深刻的思想内涵和划时代意义,对人类的实践活动具有重要的指导价值。任何思想都有其适用的对象或范围,所起到的作用也有不同,并且也存在一定的局限性。两位作家的生态伦理思想在具体展现过程中表现出了一些困境,都有待于进一步丰富或完善。当然,这并不是否定他们的伦理思想,而是需要进一步厘清或关注其中的一些方面或概念。为此,本节拟通过审视两位作家生态伦理思想的困境,透视人类道德的无限性和命运的虚无性,从而更好地分析他们各自的生态伦理思想。

一、人性与道德标准的无限性

生态伦理把人类道德伦理对象范围从人和社会领域,扩展到自然界其他生命，这不是传统伦理概念的简单扩展，而是生态伦理道德范式和理念的彻底转变。这样，无论是在理论上，还是实践上，都是一种彻底的革命，改变了人类对人性和道德的界定标准。人性归根到底反映了人的自我需求，体现了人类个体性与群体性的矛盾统一。虽然生活在社会群体之中，人类源于自然并在发展过程中不断追求生态文明的进步，形成了自我约束机制和道德伦理规范，而人类个体与群体之间的矛盾冲突导致了人性异化与道德标准的失衡。福克纳与莫言的生态伦理思想探索了社会和时代赋予人类个体的职责和使命。当然，对人性和道德标准的界定的模糊性是两位作家生态伦理思想中存在的困境，具体表现为人性与道德标准的无限性。这一问题需要进一步说明或阐释，以便更好地引导人们从更深层次上思考人性和道德问题。

"人性"是人类整体所具有的普遍属性，体现了人类自然进化过程中所经历的文化沉积和历史记忆。福克纳的生态伦理思想本质上是一种人性观和道德伦理观，尤其是把命运共同体作为人类最终归宿，凸显了人性和道德伦理的重要性。然而，具体到如何提高人类自我素质、完善道德标准、界定人性准则等，福克纳的生态伦理思想还存在标准的无限性。内战后南方人对物质利益的过度追求导致了人性和道德标准的失衡，社会上出现了拜金主义、享乐主义以及以权谋私、权钱交易等现象，冲击了南方人的道德底线和人性标准。福克纳的生态伦理思想对人性和道德标准的界定更多的是基于人的自然属性，没有兼顾人的社会属性，给人们留下了一些遗憾。

道德伦理作为人类个体的内在信念，起到了协调人与自然、人与社会和人与自我之间的关系。莫言生态伦理思想的核心在于人与自然享有同等权利和价值，强调人性的"善"是在生产生活和消费行为中尊重自然、维护自然生态平衡，而人性的"恶"是在生产生活中破坏生态平衡且损害人类共同利益的行为。为此，他确立了人性善恶的伦理标准和实施原则，并通过激发人们热爱自然、爱护各种自然物种的道德情感，把热爱和保护自然生态的情感升华到追求生态真善美的自觉行为和崇高境界。然而，对于他所说的道德伦理范围是什么，人怎样才能在不伤害自然生态系统的前提下满足自己的需求等，他并没有清楚地阐释出来。人们只能从其访谈或演讲中体会出来，缺少了直接的佐证材料，也很容易引起争议。

人性是在一定的价值观或道德观指导下形成的，通常以道德标准作为人性评价的依据。人类个体身上都包含了善恶两种潜在的因素与驱使这两种因素的动因，其中善源自生命本初的力量，人性具有本能地保护和维持真善美的能力；而恶则是人身上的一种破坏动机，表现出与真善美相对立的行为与思想。人类对自然的善可以转化为自然给人们带来的精神慰藉；而对自然的恶，则会招致为自然对人类的惩罚与报复。人性和道德标准包含了自然性因素和社会性因素，但是，在福克纳和莫言的生态伦理思想中，是作为基础的自然性因素，还是作为本质的社会性因素，构成了他们的人性和道德标准？两位作家的生态伦理思想来源于对自然界的体验和感悟，包含了两种属性并从不同层面强调了其适用范围，因此，在具体的文学创作过程中，难免对人性和道德伦理的自然属性进行夸大，同时，相对减弱了其社会属性。在生态环境严重恶化的现代社会，这种人性和道德标准能否解决人与自然关系的冲突，的确还存在很大疑问。

道德标准在人性形成过程中并不总是消极地束缚和限制人们的需求，而是在满足合理需求的前提下，协调各方面之间的关系，从而达到主流社会的要求。人类个体在满足自身需要的过程中，对于能满足自身需求的价值存在物以及实现自身目的的方式，都有不同的价值判断标准，由此产生了不同的人性内涵和道德标准。人类社会的发展不能突破自然生态的界限，人类自我的利益更不能损害自然的权利。人类自身权利和自然权利难免会出现对立与冲突，这时，人性和道德标准的价值和作用就表现出来。福克纳的生态伦理思想总是透露出对人的自然本性进行贬低，同时对自然万物的价值进行无限拔高的现象，引发了人与自然之间的矛盾冲突：人类既要满足自身的合理需求，又要以不破坏自然环境为前提，这本身就是一个矛盾的命题，人类个体如何能平衡好这些矛盾冲突呢？

人性反映了人类的自然性与社会性，二者相辅相成，自然性是基础，也是道德伦理的规范对象和实施主体；社会性是目标，也是道德伦理的具体要求。人性的善恶作为道德伦理的标准，引导人们按照主流社会的需求规范自己的言行，确保社会的和谐发展。如果没有严格界定人性的标准，就会造成人性的抽象化。莫言的生态伦理思想更多地赋予了自然界更高的地位和价值，相对贬低了人的社会属性，并据此引申为人性的衰败和"种"的退化，这似乎有些让人感到失望或悲哀。自然界的存在物并不具备理性思维和道德抉择的能力，只有人具有道德伦理的判断力和思维能力；人类将道德伦理施加到自然存在物身上，自然存在物成了人类道德伦理的对象，也就随着人类的道德标准具备了人性和道德伦理主体性。莫言的生态伦理思想将人类的道德伦理进行直截了当的定位与分解，片面强调人的道德义务，过度抬高了自然万物的权利，导致人性与道德标准的失衡，这也是其生态伦理思想的困境所在。

人性反映在人的生存过程中，人不能离开自身的生存而解决与自身生存无关或关系并不直接的问题。这是人的自然属性所决定的。如果片面强调人的自然性，忽略了人的道德伦理的职责和义务，人类必然把自身的社会秩序置于自然秩序之中，忽视了人类的社会属性，从而降低了人类的道德伦理层次；反之，如果仅强调人类的社会性而忽视了自然性，必然否定人类生存和发展的权利。福克纳与莫言的生态伦理思想并没有充分体现人类的实践活动在协调和解决人与自然之间的矛盾问题上所起的重要价值，只是片面强调了回归自然，期望用提高人性修养的方式来解决现实问题。这种幻想很难在现实社会中发挥有效的作用，在一定程度上也导致了人性和道德标准的无限性。

人性是一个复杂的生态系统，在这个系统中存在着人的社会本性和人的自然本性，在总体上呈现出向上发展的态势。福克纳的生态伦理思想表达了对回归自然的渴望与不懈努力，但这种思想并不能代表美国内战后的南方人在正常心理下对生活的感慨与志愿选择，而是在美好愿望无法实现、心理受到极大扭曲后所表现的无奈与绝望。因此，必须辩证地来看福克纳生态伦理思想所包含的有关人与自然的观念与伦理等关系，尤其是传统文化与现实社会需求之间的矛盾与对立。人性归根结底是人的本性，离不开人的生存问题和发展问题。作为人的本质，人的理性或者社会性决定了人性，体现了人性的高层次要求，为道德伦理指明了方向；作为人的非本质属性，为人的生命存在提供了必要的物质条件和物质基础，也是道德伦理产生和存在的前提与基础。对此，福克纳的生态伦理思想并没有给予彻底的界定，相反却表现了对传统观念的眷恋与不加区别的弘扬，从某种程度上说，也是对人性和道德伦理标准的滥用。

单纯以好、坏对人性进行概括难免显得有些幼稚。这不仅是因为人性会随时间与空间的改变而发生变化，更是因为真实的人性都是善与恶的综合体，具有双重性，既有善良又有懦弱，既重情义又可能贪婪等。产生这种困境的原因在于人类如何在自然属性中突破人性自身的有限性，找到社会属性的真实内涵，并对自然属性进行合理切分。莫言将作品人物放在极其恶劣的生存环境中，面对突如其来的威胁或困境，人物身上的伦理道德和生存意识最能体现得淋漓尽致。处在特殊发展时期的中国社会往往能充分体现人类个体的生存意识，尤其是个体与恶劣环境进行斗争的拼搏意志，让人们感受到身在残酷环境中所面临的挑战的严峻性。在这样的环境中大多数人都无法经受住考验，最终走向命运悲剧的结局。这种安排是莫言对现实环境的排斥的体现，也是对人性之恶的展现，表明了他对现实问题的回避与妥协以及在人性和道德标准上的困境。

人性通过人在自然界中的直观自我形象，体现人的本质特征并进行自我的确证，因为作为个体的人一旦降生到这个社会上，其自然性就会受到社会关系的影响和制约，人性就会发生彻底的改变。福克纳与莫言对人性和道德善恶的评判是基于人性的社会本性而言，并根据道德标准进行描述、叙事和评定；然而在当今社会，人类需要不断地超越或被超越，这已经是一个普遍性的道德伦理和价值判断的依据。正因为人类不断追求人性和道德伦理，人类社会才能不断向更高层次发展。对于两位作家的一些生态伦理观念，人们应当保持一定的科学理智态度，既不贬低又不拔高，而是将保护生态环境转化为人类的自律行为，从根本上解决人与自然的矛盾。这些思想或观点是两位作家对人与自然关系的有益探索，也是对人类命运的担忧的具体体现。

二、思想与伦理系统的局限性

伦理系统属于一系列道德观念的综合体，包含了人与自然、人与社会、人与自我之间的关系。只有涉及到上述关系的全部，才能谈得上系统性或完整性。福克纳与莫言的生态伦理思想虽然都强调了自然存在物具有和人类一样的平等地位，人类不能随意剥夺自然存在物的权利等，然而，在现实生活中两位作家并没有完全摒弃人类优先的传统观念，而是遵循了人类个体为了满足自身的生存和发展，必须占有和消耗自然资源的理念。当然，对这种生态伦理思想并没有必要进行责备，因为人类自诞生以来，一直在利用和消费自然资源来满足自身发展的需求。此外，两位作家对于如何控制人类的需求程度，人与自然达到怎样的平衡状态才算符合和谐发展的生态伦理标准，并没有给出合理的解决方案，存在着思想与伦理系统的局限性。

局限性是指尚未达到基本的规定性，在表现和衡量着某种思想或行为时其存在的水平与发展程度与所期望的要求还有一定的距离。福克纳与莫的生态伦理思想的局限性是指他们在人与自然关系问题上的看法仍然存在一些需要进一步阐释的地方，或者说，从目标发展来看，依然存在需要改进或完善的地方。两位作家把人类作为自然生态系统中的重要组成部分，这就意味着人类不仅要尊重其他成员的权利和发展，而且还要以公正、自由、平等的生态伦理方式对待其他自然个体，为人与自然赋予了不同的使命与职责，展现了人与自然和谐发展思想的系统性和完整体。当然，作为生态伦理思想的主体，两位作家对人与自然关系的认识经历了一个逐渐深化与完善的过程，而这些思想是在他们与大自然充分接触的基础上形成的在自然、社会和精神层面的认识总结，也是所处文化与传统的智慧结晶综合体。由于思想的形成都是从感性到理性、从初级到高级、从表面到本质的认识过程，再加上受到所处时代与人们认识能力的影响，难免会存在一些问题。两位作家的生态伦理思想从整体上看都符合生态系统的要求，且各要素之间保持着严谨的联系，但在对自然万物存在与发展权利的认识、处理人类需求与自然权利之间的矛盾等方面，依然存在某些文学表现上的局限性。

任何思想体系都是由相互联系的若干要素组成的，具有构成上的整体性；同时作为理论体系，具有生成和完善的系统性。福克纳与莫言的生态伦理思想包含了一系列有关人与自然之间关系的思想与观念，既确保了自然生态权利，又为解决人与自然、人与社会、人与自我等的问题提供了重要的理论指导和实践方法。人类为了自身的利益不但要关心具有生命意识的自然个体，还要关心没有生命意识的自然个体，尊重和保护整个自然生态系统，这样才能使人类得以持久地生存与发展。从思想体系来看，两位作家的生态伦理思想更偏重具有生命意识的自然个体，在一定程度上排斥了没有生命意识的自然存在物，或者说将它们排除在道德关怀的范围之外，因为读者在作品中看到的大多是具有生命意识的自然个体，且被作家倾注了满满的道德伦理关怀；而那些没有生命意识的自然个体，只是被视为一种自然资源，为自然生命个体提供了生存和发展的条件。这种行为或思想，显然具有很大的局限性，容易导致人们对自然界非生命体的忽略与轻视。在全球化过程中出现的环境恶化问题，如水体污染、森林消失和植被减少等生态现象，都加剧了人类的生存危机，给人类社会带来警示。两位作家偏重自然界中那些具有生命意识的自然个体，忽视那些不具生命的自然存在物的思想或行为，显然还需要进一步反思或明确阐释。

任何一种思想或理论的形成都需要一定的理论基础和文化根源，必然要融入所处社会和时代的环境因素。福克纳与莫言的生态伦理思想吸收了各自所处时代的生命哲学、神话学、整体环境主义理论等作为理论的基础和指导，尤其是将贯穿人类社会发展历史的人与自然的关系问题作为展现和分析其思想的基础，形成了对所处时代和社会生态问题的思考，并积极寻找解决这些问题的办法和思路。人们崇拜自然，神化自然存在物，是为了人类自身利益和需要；而自然神灵不仅代表着自然的本质，而且代表着人类的本质，也是为了人与自然的和谐发展和人类的永久生存。福克纳与莫言认为人类具有优于其他自然界存在物的理性特征，认为人类在整体上还是优越于自然界其他生物个体。这种观念是可以理解的，也可以认为是一个不容否认的事实。人类经过漫长的进化历史，本身具有了理性、文化、道德和判断能力，掌握了发明创造、社会组织、道德培养、教育培训等技能，从而占据了自然生态系统的主导地位，具有评价和掌控自然界其他生物个体的能力；相反，自然界的其他存在物没有这些智力或能力，因而也就无法与人类进行竞争，或者说只能根据人类的意愿来适应自身的命运或生存生活方式。当人类与动植物等非人类存在物之间的利益关系一致时，人类必须遵循生态伦理道德所要求的职责与义务，把增进人类利益与动植物利益作为核心任务；而当自然界中非人类存在物的利益与人类利益之间发生不可调和的冲突和对立时，生态伦理道德的标准与要求就得不到保证，人们就会选择人类的利益，从而以牺牲自然界存在物的利益为代价。两位作家这种为了人类整体价值而忽视自然界其他存在物价值的观念或行为，本身就需要进一步的评价和论证，同时导致了他们各自生态伦理思想的局限性。

人类作为一种自然、社会和历史的存在整体，会依据自身的需求来构造自身周围的世界，这样就会促使人类按照自己意愿认识和改造自然界，从而满足自我生存和发展的需求；同时，人类个体作为自然生态系统中的组成部分，本身就与其他自然界存在物一样，受到诸多因素的限制，再加上自然环境的影响，不仅不能随心所欲地改造自然世界，更没有能力达到完美的发展目标。根据生态伦理规范的普遍性和一贯性原则，具有或不具有理性特征的人类有权获得道德关怀，那么具有或不具有相同特征的非人类存在物同样应该获得道德关怀，人类不应该进行道德歧视，否则，就违反了道德伦理规范和准则。这样，就必然会引发一个疑问，即一个物种的灭亡可能会导致其他物种的消失，从而引起了人类的生存问题。如果把人类理解为一般物种意义上的存在，实际上就把人等同于自然界其他存在物，这不仅降低了人类的主观能力和生态价值，而且在实践上还会引起更大的生态灾难。福克纳与莫言的生态伦理思想基于生态整体主义理论，将他们各自的道德关怀从生命个体扩展到生物共同体或整个生态系统。每一个生物个体在生态系统中是否真正地居于平等的地位，还值得怀疑。在大多数的环境中，读者感受到了两位作家还是以传统的视角看待人与自然的关系，将人类在特定历史发展阶段中所形成的生存和发展观念进行了一定程度上的绝对化和固定化，尤其是认为人与自然的关系具有固定的不变规律性特征：这必然会导致人类与生存环境的对立，无法合理和客观地阐释人与自然的关系问题。

人类集自然属性、社会属性和精神属性于一体，但其能力在很多方面甚至比不上某些自然存在物所具有的本能，同时受到自身条件的限制，对生态系统的认识有时往往超出自身的掌控能力。以人类的精神属性为例，这种属性是人类在解决自身道德问题过程中形成的思维方法、思维习惯和思维倾向，属于人类长期在自然界进行实践活动的结果，也是由人类规范、约束自身行为和思想过程中所获得的经验积淀而成的，往往会带有阶级性和利益性。这样一来，人类道德伦理的认识过程本身就是一个道德关怀对象范围不断扩大的过程。如果某种生态伦理思想把道德关怀的对象仅限于人类，那么以服从人类利益为目的，或者从人自身的利益视角来看待人与自然之间的关系，不仅缺乏系统性眼光，还存在范围上的局限性。福克纳与莫言提出敬畏自然的观点，主张人和自然的平等，强调生态伦理危机并不只是人类与自然之间的矛盾与冲突的具体体现，而是现实社会人与自然、人与社会、人与自我之间的利益冲突。任何对生态环境的破坏和摧残都是对人类不负责任的行为，都要受到道德伦理的谴责和批判；但是至于如何处理当前的生态危机，两位作家并没有展现出有效的方式或途径，原因在于他们并没有真正了解人类所参与的生产生活实践活动及其给人类带来的意义和价值，致使其沉湎于传统文化而相对轻视现代文明，在力图反叛传统文化的同时，拒绝接纳现代文明，因而在广度和深度上需要进一步扩展。

人类的本质特征并不存在于其自然属性之中，而是存在于其社会属性之中。在人类发展历程中，人与自然始终处于矛盾对立的关系之中，因为人类个体为了满足自身发展的需求，对自然界通常采取掠夺式的索取行为。这就为人们认识自然、改造自然和征服自然的行为赋予了错误的观念或思想，即自然因为人类的存在而存在，人类无需顾及自然生态系统平衡，只需按照自身需要来使用自然资源。福克纳与莫言的生态伦理思想强调人类之所以优越于自然界其他存在物，是因为人类具有理性，因为人类不仅要关注自然的使用价值，即自然所具有的对人类有用的价值，同时还必须关心自然内在的价值，即自然自身发展的需求。事实上，任何人的知识储备都是不完备的，也是不系统的，何况人的理性还是有限的；如果过高地估计了自身的理性能力，往往会把自身属性视为优于自然其他生命个体的条件，人类就会无限制地掠夺自然资源，最终导致生态危机和人类的生存危机。

任何思想的局限性都是客观存在的，也是人们无法摆脱的，这是由思想产生和适应的环境造成的，有时甚至还会带来明显的负面效应。人类的伟大之处在于人类的思想虽然受到认识的限制，从而可能遭受到挫折，甚至是失败，但并没有完全被理论所局限，而是一直在寻求协调或超越那些理论无法适应的局限性，从而实现人类自身和社会发展共同的提升和完善。福克纳与莫言的生态伦理思想立足于人与自然之间的不可分离的关系来揭露社会的弊端，把生态危机而不是经济危机当作社会危机的主要形态和集中表现，这就不自觉地以人与自然的矛盾取代了社会基本矛盾，进而对社会发展产生了消极作用。另外，两位作家展现了人性和社会异化现象，把这些现象作为生态危机的一个主要原因进行了批判，无疑提出了很多有价值的观点，对探讨人与自然的和谐发展体系的构建具有很大帮助。然而，造成人性和社会异化现象的根本原因在于生产资料占有的不公平性，要想彻底解决这个问题，必须确保社会公平与财富分配合理，对此两位作家在各自生态伦理思想中并没有系统完整地体现，更没有提供有效解决这些问题的办法与途径。

福克纳与莫言的生态伦理思想关注的是人与自然之间关系，以重建生态伦理共同体，实现人与自然的和谐发展为目标。两位作家在处理人同自然、人与社会、人与自我之间的关系上，虽然逐步建立起实现人与自然自由全面发展的途径与方法，但在生态伦理系统性和完整性方面依然存在着一定程度上的局限性。这种局限性是表现和衡量社会历史发展程度的重要标志，也是不断提高人与自然之间关系的认识程度的过程。"自然与人的关系是一个复杂的问题。一方面，人是自然界的一部分，人必须遵循自然界的普遍规律。另一方面，人类社会有自己的特殊规律，道德是人类社会特有的现象，不得将其强加于自然界……而将道德原则看作自然界的普遍规律，就完全错误了。"[①] 两位作家将人类的生态伦理准则应用到自然界存在物身上，难免会出现一些难以解释的问题，进而变成自身生态伦理思想中没有涉及或难以操作的方面，影响了人们阅读与欣赏他们的作品。事实上，人类只有认识到自身行为对环境造成了破坏或伤害时，才能改变其道德伦理观念和实践活动，促进人类与自然的和谐发展。

三、历史与自然命运的虚无性

"虚无"是现代社会人的生存状态的一种映象，也是精神信仰迷茫所造成的一种社会现象。"虚无主义"从表面上看似乎是一个学术用语，但实则不然，它是随着对现代文明本质与前景的质疑而产生和发展起来的。福

---

① 张岱年. 中国哲学大纲[M]. 北京：中国社会科学出版社，1982：177.

克纳与莫言的生态伦理思想强调人与人之间的自由与平等,倡导人们彻底改变对待大自然的态度,平等处理人与自然、人与社会、人与自我之间的关系,使人性得到全面自由的发展。然而,对于引导现代人树立何种道德伦理标准,如何引导以及追求何种精神生态伦理等现代社会问题,他们并没有给出解决这些问题的思路和方法,引发了对其生态伦理思想中历史与自然命运的虚无性质疑。

"虚无主义"最早来源于拉丁语的"nihil",原意是指"什么都没有";后来出现了动词"虚无化",意思是完全毁灭、最终结果是什么也没有。从本质上看,"虚无主义"是一种信仰丧失状态下的生存状况。按照唯物辩证法的要求,人与自然之间的相互联系、相互影响是人类和自然变化的外因。人们在现实中遇到的问题、肉体上的痛苦和精神上的折磨,往往通过幻觉来解除,慰藉、欺骗自己。而虚无主义是现代作家惯常采用的麻醉世人的方式,因为人在现实世界中的失望,往往使人产生人生荒谬和无意义的看法,恰好契合了现代社会信仰迷茫的现实环境和心理状态。两位作家使读者通过对人与自然的和谐发展的追求,来达到精神自由的目的,从而获得一种无限制的幻觉与缥缈的未来。然而,这种自由即使能够达成,也只是一种个体想象的自由,并不是对人类整体的终极关怀,无法实现人与自然的和谐发展目标。从这个意义上说,两位作家在作品人物命运书写中呈现出的消极倾向是显而易见的;作品中出现的对人生脆弱的感悟、对命运无常的惆怅、对现实问题的态度等,都不是抗争与争取的积极态度,而体现出现代虚无主义的思想倾向。

人类的历史命运与自然的生态命运联系在一起,并通过自然生态命运体现出来。"虚无主义意味着什?——意味着最高价值的自行贬值。没有目的,没有对目的的回答。"[1] 现代社会中出现的怀疑一切、否定一切的历史倾向很容易导致人们对传统伦理规范的排斥,进而抛弃生态价值关怀本身。人类认识世界、改造世界的目的是更好或更大程度上满足人类的需求;然而,现代工业文明所追求的单纯的经济效益和社会物质财富的发展方式导致了日益严峻的生态环境问题,不仅破坏了生态伦理秩序,还威胁到人类的生存。福克纳与莫言在批判生态危机给人们生活带来危机的同时,表达了现代人精神上的空虚、存在与意识的分裂现象等,显示了鲜明的虚无主义特征。这种生态观念可以从其所经历的现实社会环境中找到原因,也可以从极端化的文本建构找到证据:其作品中的人物一方面对自

---

① 尼采. 权力意志:重估一切价值的尝试[M]. 张念东,等译. 北京:商务印书馆,1991:280.

身存在的虚无与感受人生荒诞的理念,始终萦绕在文本意象和人物故事中间;另一方面并没有真正相信人类会抛弃自身的利益以保持或维护人与自然的和谐发展,因而显露出历史虚无主义的立场或观点。

人类历史与自然生态命运的虚无性是人与自然发展过程中一个重要的哲学问题,人们必须给予足够的重视。在福克纳与莫言所处的时代,几乎所有的生态问题都与人类个体毫无节制地追求物质利益有关,这种无节制的利益追求最终导致了人类把剥夺其他自然生命个体的生存权利视为理所当然的行为。人类需要重新确立符合现代社会发展的生态伦理道德规范,消除消费主义所带来的危机,才能实现人与自然和谐的长期发展的目标。两位作家的生态伦理思想并没有对此系统地进行阐释,存在着历史和自然命运虚无主义观念,需要进一步厘清与完善。

虚无主义既包括传统价值的虚无,又包含现实社会的虚无。社会存在决定社会意识,福克纳与莫言的生态伦理思想透过各自生活或成长的环境叙述,深刻描绘了人与自然和谐发展的生态伦理共同体,而这种共同体既受到历史的限制,又在不断地超越历史的界限,形成了历史虚无主义。"虚无主义是资本主义的必然产物,正如资本主义条件下物化已成为控制人并奴役人的异化的生存方式,虚无主义也成为资本主义无法克服的病疾。"①两位作家的生态伦理思想经历了从敬畏自然到人与自然平等,再到人与自然和谐发展等形成和发展过程,反映了对自然的认识和感悟。这是一种以人和自然和谐发展为基础的命运共同体式的生态伦理观和发展观,当然,在一定程度上也陷入了个体生命存在的永恒悖论与虚无主义的谬论。

人类个体的价值取决于对社会的贡献,这也就意味着人类个体必然依赖群体而生存,同时也要回报社会,承担自身担负的社会责任和历史使命。福克纳与莫言的生态伦理思想确立了自然界作为主体的存在和发展的权利,虽然这种存在对人类生存来说,同样是满足人类生存和发展的需要,但自然生命个体却获得了相应的生存和发展权利。人类作为生态整体系统的主体,通过自我规范、自我控制和自我完善的方式改善与平衡整个生态系统,但其他生命个体不具备这种能力,因此,保护环境、维护生态系统成为人类个体不可推卸的使命和责任。两位作家作为创作主体与自然界保持密切的关系,特别是在思想和情感上更加体现了对自然界其他生命个体的关心,进而把握人类命运的走向。这样,他们的生态伦理思想不是事实判断,而是价值判断,即建立在自然生态系统价值基础上的物质性表征,依

① 邹诗鹏. 现代性的物化逻辑与虚无主义课题——马克思学说与西方现当代有关话语的界分[J]. 天津社会科学, 2009(3): 7.

然没有摆脱生态价值论的虚无陷阱。

生态危机实质上是人的危机，也是人的生存、利益和发展等的命运虚无的具体反映。福克纳与莫言的生态伦理思想倡导在相互帮助、相互关怀的基础上重新构建平等、公正的生态命运共同体。然而，人类个体在追求自身利益的过程中，需要对自身的行为和价值标准进行判断和修正，以便更好地维护自然生态平衡。在自然资源的利用方面，人类本身就面临着一个价值判断的问题，这就为人类道德伦理的产生提供了基础和可能性。任何群体道德的产生都是基于一定的群体利益，人们在处理人与自然关系上所遵循的自然生态伦理道德，就是建立在人类利益需求的基础上的，而危机的产生源自人类某些需求无法得到满足，由此出现对自然生态系统的否定，当然这种现象可能是由于客观条件的限制，也可能是由于生命个体需求的无限膨胀。"否定既有的一切信念"是虚无主义者最为突出的标志。正因为人类利益过分扩张，超过了自然的承载力，人类的需求才得不到满足，因而导致了生态危机。人类对自身利益的认识在很多环境中都存在着一些偏差，导致人类自然道德体系的狭隘性和利己主义倾向。正是基于这样的考虑，两位作家将人类个体利益作为自然存在和社会发展的先决条件，承认自然生态系统作为客观存在的主体，享有生存和发展的权利，构建出了新的自然生态道德体系。当然，在这一过程中，两位作家抛弃了传统生态伦理观念的消极因素，同时也拒绝认同现代有价值的生态伦理观念。

对于虚无主义的表现，马克思认为由于人们忘记了历史、现实和生活的本质，被一种异己的力量所操纵，因此出现了对生活的失望，导致了孤独感、冷漠感、迷茫感和沮丧感等悲观感受。福克纳与莫言了解社会底层人们的生活现状，同时又站在历史和时代的高度观察社会和反思社会问题，他们的生态伦理思想在作品中常常表现为对社会转型后出现的道德观和价值观的困惑。这种局限性从具体过程来看，依然没有摆脱虚无主义的束缚，因为他们无法找到解决现实社会问题的方法。"历史已从简单的好或坏的斗争转变为在各种竞争事物中寻求平衡的问题。对此，我们没有简单的解决办法，也没有明显的道德药方。"① 两位作家的生态伦理思想为现代社会的人们提供了新的生存和发展的思路和观念，让人们感受到人类对自然规律的认识始终是不完整的，人类的认识能力始终要受到自然发展进程的制约，因而陷入了历史虚无和认识虚无的陷阱。

历史和自然生态命运的虚无问题是人类精神和道德伦理中的重要问

---

① 英格尔哈特.发达工业社会的文化转型[M].张秀琴，译.北京：社会科学文献出版社，2013：438-439.

题,然而,现代社会中人类的生存状况决定了历史和自然命运的虚无。由于对人类自身存在价值认识上的局限性,以及人与自然构成的生态系统的无限性,福克纳与莫言在探讨人与自然的关系以及人类自身命运时,很难触及生态系统运行的终极意义;相反,在两位作家表达出对传统文化强烈的认同感和回归意识的前提下,他们很难能客观地分析与展现人类未来的发展前景,因而很容易陷入循环主义的谬论之中,呈现出虚无主义的特征。正如虚无主义内涵所表明的一样,对于传统文化的价值,虚无主义本身就生的一种无限否定的观念,而这种否定一切的观念和行为很容易走向极端,同时要求对一切事物采取怀疑、否定的态度。福克纳与莫言的生态伦理思想包含了对传统生态伦理观念的否定和对现代消费主义思想的谴责,但本质上依然没有摆脱生态无限循环的虚无主义价值观。

福克纳和莫言的生态伦理思想以人与自然的关系为基础,构建出了人与自然和谐发展的命运共同体,促使人们在关爱自然、保护自然生态的同时,关注社会问题,虽然还存在一些需要提高或完善的方面,但基本上表明了实现人与自然的和谐发展的途径与方式,具有重要的意义和价值。应该说,在将来很长时间内,生态伦理问题还必将是全人类关注的热点,而未来人类生态伦理的基本内涵依然是维持人与自然的和谐发展,处理好人与自然、人与社会、人与自我之间的关系,从而达到人与自然共荣共存的生态伦理目标。人们有理由相信两位作家生态伦理思想的价值和意义,因为其所反映的是时代的精神和生态伦理的要求,其所弘扬的生态伦理观念一定会被越来越多的读者接受。

结　语

　　生存与发展是人类面临的永恒课题,也是文学家始终关注的重要主题。生态伦理的宗旨是维护人与自然之间的和谐关系,提醒人类始终要尊重自然万物的权利,给自然万物应有的道德关怀,从而保障其生存与发展。福克纳与莫言的生态伦理思想包含了一系列关于人与自然发展的思想观念与伦理道德准则,涉及人与自然、人与社会和人与自我等层面,反映了与人类相关的自然生态、社会生态和精神生态等诸多问题。在全球环境危机日益加剧的今天,自然生态、社会生态和精神生态危机严重地威胁着人类的生存,人们亟需找到解决当前环境问题的途径和方法。

　　万物有灵、敬畏自然、万物平等构成了福克纳与莫言生态伦理思想的重要组成部分,反映了人和自然和谐发展的总趋势。自然生态、社会生态、精神生态密切相关,三位一体,相辅相成,互为因果;其中居于主导地位的是自然生态,它是生态系统的基础,在此基础上产生了社会生态和精神生态。社会生态和精神生态各自保持独立性,并对自然生态产生深刻的影响,控制或引导自然生态的发展方向。福克纳与莫言主张保持人类原始本性和发展活力,与大自然和谐共处,也充分展现了社会生态和精神生态现状,谴责人类为了自身利益对自然资源进行掠夺与摧残的恶劣行为。"历史所叙述的这些事件,从时间上而言是遥远的,但实际上,它们仍可为现在提供借鉴以应对现实环境,并可对现实环境产生影响。"[①] 两位作家的生态伦理思想包含了强烈的生态伦理哲学基础和丰富的实践经验,是对当今社会自然生态、社会生态和精神生态的准确把握和具体分析,反映了他们在人类历史、现实和未来发展过程中对人与自然之间关系的认识以及所担负的社会责任。正如中国道家创始人老子所主张的一样,人类应效法自然、顺应自然,以自然为本体做到天人合一。人类与自然万物同根同源,相互依存、相互发展,共同形成了和谐发展的命运共同体。

　　人与自然的平等是福克纳与莫言生态伦理思想的核心态度,也是人类自我生存的具体体现和社会发展的必然要求。"自然生态体现为人与物的

---

① 勒高夫. 历史与记忆[M]. 方仁杰,倪复生,译. 北京:中国人民大学出版社,2010:120.

关系、人与自然的关系；社会生态体现为人与他人的关系；精神生态则体现为人与他自己的关系。"① 这里所说的生态主要指一种关系性存在。从生态伦理的视角来研究文学现象和作家创作是一个古老的话题，又是一个常说常新的话题。人与自然、人与社会、人与自我的全面割裂、疏远和冲突，常常使人类陷入前所未有的物质和精神困境之中，乃至威胁到人类的生存。人类必须担当起维持人与自然协调发展的责任，保护生态环境，善待自然万物，建立人与自然和谐发展的命运共同体。福克纳与莫言从自然界的本原、生成和演化规律出发，结合所处的时代和社会环境，吸取了自觉主义哲学、神话学和环境伦理学等哲学思想，围绕着人与自然、人与社会、人与自我之间的关系进行了详细的探讨，提出了人与自然和谐发展的生命共同体发展思想。就其构成来说，两位作家生态伦理思想的主要内容与生态学理论的主张基本是相同的，即把自然万物看成一种独立于人类社会的客观存在，具有自身独立的发展秩序和演化规律，并不以人的意志为转移；人与自然和谐发展的原则是自然规律运转的基本法则，也是自然万物相互依存、相互发展的前提和基础。两位作家经过对人与自然关系的哲理性思考，提出敬畏自然、尊重自然规律、平等共生等自然界生命个体的生成和运行规律，从而展现了人与自然的关系从尊重自然、征服自然，最终发展到人与自然和谐发展的过程。

福克纳与莫言的生态伦理思想是在人类参与自然生态相关活动中形成的伦理关系及其调节原则，核心内容是为了人类发展与进步保护自然资源，实现生态平衡。两位作家在成长过程中培养了鲜明的个性，秉承了各自家乡的历史文化传统，在与大自然的交流中培养了深厚的自然情感；他们把各自在自然界的感悟、对社会的理解和所具有的文学创造力等，都融入自己的生态伦理思想之中，展现了社会的需求和人类生存和发展的前提条件。美国南方传统和中国的齐鲁文化赋予了两位作家取之不尽用之不竭的创作灵感和创作素材，直接影响着他们的审美情趣、思维方式、价值观念、道德伦理修养等，给他们各自的创作打上了乡土文化的烙印。他们的生态伦理思想既有对"万物有灵"神话的继承，又有"敬畏生命"传统价值观的弘扬，还有对"万物平等"理念的扩展，在理论和实践上都有扎实的基础和广泛的指导与借鉴意义。不仅如此，两位作家将现代人的精神信仰、伦理道德和内心情感直接融入自然生态、社会生态和精神生态之中，让人感悟到大自然的魅力和神圣，从而得到心灵的净化与提升。他们的生态伦

---

① 鲁枢元.生态文艺学[M].西安：陕西人民教育出版社，2000：147.

理思想以人与自然的和谐发展为基础,从自然生态、社会生态和精神生态等方面分析了当今社会出现的生态危机,探讨了这些生态危机的产生根源及危害性,为最终解决人类生态危机和生存危机等问题提供了重要的参照途径。

"回归自然"既是精神意义上的回归,也是人与自然和谐发展的命运终极关怀。"伦理关系本质上是现实合理性的秩序中的关系。"① "伦理"是指导人们行为的观念,是在道德层面对认识对象的哲学思考,而生态伦理包含了处理人与自然、人与社会、人与自我之间关系的过程中的行为规范,体现了用人类所依照的原则来规范人们在自然生态系统中的行为的要求。生态伦理关怀是人类在发展过程中所形成的人与自然、人与社会和人与自我之间的生态伦理价值观。自然界系统内部存在着一种客观的相互依赖、相互制约的生态伦理平衡系统准则,这个系统准则维系着自然界各组成部分之间的平衡,维持着人类生存环境的正常运行。如果人类破坏了自然界中的平衡准则,也就意味着违背了自然发展或生态平衡规律,就会给人类带来生态灾难,乃至威胁到人类的生存。福克纳与莫言的生态伦理思想以人与自然和谐发展、共荣共生为基础,规范和审视人类的行为和观念,通过作品向人们展示了现代人对自然的破坏所导致的自然生态危机、社会生态危机和精神生态危机,揭示出各种危机背后所隐藏的人与自然、人与社会、人与自我的矛盾与斗争。在两位作家看来,生态危机归根到底是一种人性的危机,即人们在生活方式、价值取向、自然观等方面出现的困惑与问题。人们必须加以重视并合理解决这些问题,才能确保人类的永久生存和继续发展下去的可能性。

现代工业文明给人类带来巨大成就的同时,引发了人们无限的消费欲望,导致了伦理混乱、道德失控、信仰丧失等社会问题和精神问题,给福克纳和莫言带来了极大的困扰,并且他们对此表现出了极大的担忧。美国内战后南方社会工商业文化的发展给南方带来消费文化繁荣的同时,摧毁了南方数百年来孕育的传统文化,特别是人与自然的关系。如同内战后的南方人一样,福克纳在享受丰富物质的同时,十分担心这种消费文化给南方传统文化带来的冲击与破坏,因而渴求南方人性的复归,期盼人们与自然和谐相处,共生共荣。同样,莫言对自己的家乡也怀着爱恨交加的矛盾心态,因而渴望逃离家乡,但离开家乡后,又极为思念家乡父老:这种对现实困境的审视和批判无疑表现了其矛盾心态。他以反叛传统的姿态否定现

---

① 黑格尔.法哲学原理[M].范扬、张企泰,译.北京:商务印书馆,1961:274.

实社会,关注社会下层群体,以期实现中国社会的平等与公正。

现代经济的迅猛发展、人口急剧增长、城市和乡村环境恶化等问题,导致生态系统出现了严重的生态失调现象,威胁到人类的生存和发展。福克纳从美国南方传统文化入手,在战后生态危机日益严重的南方社会环境中,把自然的道德伦理与人类的生存危机联系在一起,将南方传统伦理关怀扩展到自然界万物,将人类社会的道德准则引入自然之中,提醒人们尊重自然规律和遵守道德伦理准则以期增强人类的道德意识。莫言强调了自然万物的有机整体性,凸显了生生不息的生命观念。无论是对人物的外貌和心灵,还是对自然界中的自然万物的描写,读者都能从中感受到自然生命力的强大,总能从细节中捕捉到自然整体或自然万物身上所具有的人性价值。两位作家的生态伦理思想展现了人与自然之间的关系,构建了人与自然和谐发展的命运共同体,为人类摆脱当今自然生态危机指明了方向。

人类作为自然的存在物,不仅要协调人与自然之间的关系,还要协调人与社会、人与自我之间的关系,因为自然、人和社会是共同存在的,自然界维持了人类的生存,而人类在生存和实践中造就了社会的存在,自然、人和社会三者构成了统一的整体。福克纳与莫言主张人、自然和社会三者之间必须协调统一,共同发展,因为"实践中的活动总是一个整体,是一个连贯的行为,无法分解为这是经济的行为,那是伦理行为"①。正是人类个体在多重矛盾冲突中,不断地突破社会生态伦理的限度,寻求最大限度地占有自然资源以及满足自身无限的欲望需求,最终导致了社会生态危机。虽然社会生态伦理的核心问题是平等问题,社会生态危机从现象上看是人与人之间的不平等问题造成的,但在本质上还是人与自然矛盾冲突的真实反映:这体现出两位作家对社会生态伦理的思考。

因为人与自然的关系是在动态实践活动中产生的,所以只有建立了这种实践关系,才能体现出人与自然、人与社会、人与自我之间的价值关系,从而反映精神生态伦理。两位作家以人类整体利益作为道德价值判断的依据,提出凡是有助于人类长远利益、有利于人类的全面发展的行为和观念,都具有积极的道德价值;反之,则属于消极的道德价值。思想指导行动,行动反映思想。任何人的行为举止、行为规范都是在一定思想或理论的指导下进行的,通常都会受到思想或认识上的制约。两位作家的生态伦理思想正是在人与自然关系的哲学反思中形成的生态伦理观念,无论是在

---

①　夏伟东.经济伦理学研究什么?　[J] 江苏社会科学,2000(3): 92.

萌芽、形成和深化发展过程中，还是在构建人与自然和谐发展的命运共同体方面，都体现了人类对自然生态价值的重视、对生态伦理问题的关切，以及对公平公正的生态伦理思想的追求，具有十分重要的实践意义和理论价值。

生态环境问题是当前世界范围内面临的重大问题之一，加强对全球生态环境的保护和树立全球范围内的生态伦理保护意识，走可持续发展道路是世界各国一致追求的奋斗目标。为了达到这一目标，人们不仅要在理论上进行文化反思和创新，处理好人与自然的关系，还要在现实层面上采取有效的途径，积极地保护生态环境，治理生态环境问题。任何理论都属于认识的产物，两位作家的生态伦理思想也是认识生态世界的产物，虽然在认知程度和作品表现方式上略有差异，但在人与自然和谐发展、构建人类命运共同体等观念上都有很多共同之处；尤其是在解决人与自然之间关系以及改变现实存在的生态环境问题上，两位作家以理性与虚构的方式书写了各自对自然界和人类社会的认知和感悟，丰富了世界生态文明思想的理论内容，并为解决现代生态文明建设进程中出现的生态环境问题提供了理论依据，同时也为生态文明建设指出了方向和发展途径。

综上所述，文学是作家对于时代和人类心灵的记录，也是反映现实问题的途径和方式。福克纳与莫言以人与自然之间的关系为基础，分析了人与自然、人与社会、人与自我之间存在的诸多问题，在作品中构建了人和自然和谐发展的命运共同体。目前，人类生存与发展的环境遭到了破坏，出现了严重的生态危机，人类应该积极有效地应对当前的生态危机，解决已经出现的人与自然之间的矛盾冲突，同时反思人类对自然的错误行为和自身的道德伦理缺陷。研究两位作家的生态伦理思想，可以找到解决上述一些问题的方法与理论，对现代生态文明建设以及如何解决现实中存在的生态环境问题，都具有极其宝贵的现实意义和实践价值。

参考文献

I. 威廉·福克纳作品

Faulkner, William. *The Town* [M]. New York: Random House, 1957.

Faulkner, William. *Faulkner in the University: Class Conferences at the University of Virginia, 1957-1958* [M]. Eds. Frederick L. Gwynn and Joseph L. Blotner. New York: Vintage Books, 1965.

Faulkner, William. *Faulkner at Nagano* [M]. Ed. Robert A. Jelliffe. Tokyo: Kenkyusha Ltd., 1962.

Faulkner, William. *Lion in the Garden*: *Interviews with William Faulkner, 1926-1962* [M]. Eds. James B. Meriwether & Michael Millgate. New York: Random House, 1968.

Faulkner, William. *Essays, Speeches & Public Letters* [M]. Ed. James B. Meriwether. New York: The Modern Library, 2004.

威廉·福克纳.献给爱米丽的一朵玫瑰花[M].陶洁,编.南京:译林出版社,2001.

威廉·福克纳.福克纳短篇小说集[M].陶洁,编.南京:译林出版社,2001.

威廉·福克纳.八月之光[M].蓝仁哲,译.上海:上海译文出版社,2004.

威廉·福克纳.坟墓的闯入者[M].陶洁,译.上海:上海译文出版社,2004.

威廉·福克纳.掠夺者[M].王菁,译.上海:上海译文出版社,2004.

威廉·福克纳.去吧,摩西[M].李文俊,译.上海:上海译文出版社,2004.

威廉·福克纳.圣殿[M].陶洁,译.上海:上海译文出版社,2004.

威廉·福克纳.我弥留之际[M].李文俊,译.上海:上海译文出版社,2004.

威廉·福克纳.喧哗与骚动[M].李文俊,译.上海:上海译文出版社,2004.

威廉·福克纳.押沙龙,押沙龙! [M].李文俊,译.上海:上海译文出版社,2004.

威廉·福克纳.福克纳随笔[M].李文俊,译.上海:上海译文出版社,2008.

威廉·福克纳.野棕榈[M].蓝仁哲,译.上海:上海译文出版社,2009.

威廉·福克纳.没有被征服的[M].王义国,译.北京:北京燕山出版社,2015.

威廉·福克纳.村子[M].张月,译.北京:北京燕山出版社,2015.

II. 莫言作品

莫言. 说说福克纳这个老头儿[J]. 当代作家评论, 1992(5): 63-65.

莫言, 王尧. 从《红高粱》到《檀香刑》[J]. 当代作家评论, 2002(1): 10-22.

莫言. 小说的气味[M]. 沈阳: 春风文艺出版社, 2003.

莫言. 会唱歌的墙[M]. 北京: 作家出版社, 2005.

莫言. 捍卫长篇小说的尊严[M]. 当代作家评论, 2006(1): 24-28.

莫言. 莫言精选集: 世纪文学60家[M]. 北京: 北京燕山出版社, 2006.

莫言. 莫言谈动物及其他[M]// 莫言. 莫言·北海道走笔. 上海: 上海文艺出版社, 2006.

莫言. 恐惧与希望: 演讲创作集[M]. 深圳: 海天出版社, 2007.

莫言. 用耳朵阅读[J]. 新世纪文学选刊(上半月), 2007(11): 56-57.

莫言. 演讲创作集[M]. 深圳: 海天出版社, 2007.

莫言. 作为老百姓写作: 访谈对话集[M]. 深圳: 海天出版社, 2007.

莫言. 莫言自选集[M]. 海口: 海南出版社, 2009.

莫言. 莫言: 表现恶是为了反衬美、歌颂善[N]. 凤凰网·文化. (2009-12-23) [2016-03-17]. http://culture.ifeng.com/whrd/detail_2009_12/23/303678_2.shtml.

莫言. 高密东北乡是中国缩影[N]. 济南时报, 2011-08-23 (30).

莫言. 我的高密[M]. 北京: 中国青年出版社, 2011.

莫言. 莫言对话新录[M]. 北京: 文化艺术出版社, 2012.

莫言. 莫言散文新编[M]. 北京: 文化艺术出版社, 2012.

莫言. 莫言作品精选[M]. 武汉: 长江文艺出版社, 2012.

莫言. 用耳朵阅读[M]. 北京: 作家出版社, 2012.

莫言. 在法兰克福"感知中国"论坛上的演讲[J]. 传承, 2012(21): 88-89.

莫言. 讲故事的人: 在诺贝尔文学奖颁奖典礼上的讲演[J]. 当代作家评论, 2013(1): 4-10, 24.

莫言. 阅读带我走上文学之路[N]. 中国教育报, 2013-05-06 (09).

莫言. 哪些人是有罪的[J]. 理论与当代, 2014(3): 59.

莫言. 白狗秋千架[M]. 杭州: 浙江文艺出版社, 2018.

莫言. 丰乳肥臀[M]. 杭州: 浙江文艺出版社, 2018.

莫言. 红高粱家族[M]. 杭州: 浙江文艺出版社, 2018.

莫言. 红树林[M]. 杭州: 浙江文艺出版社, 2018.

莫言. 欢乐[M]. 杭州: 浙江文艺出版社, 2018.

莫言. 酒国[M]. 杭州: 浙江文艺出版社, 2018.

莫言. 四十一炮[M]. 杭州: 浙江文艺出版社, 2018.

莫言 . 生死疲劳 [M]. 杭州 : 浙江文艺出版社 , 2018.

莫言 . 食草家族 [M]. 杭州 : 浙江文艺出版社 , 2018.

莫言 . 天堂蒜薹之歌 [M]. 杭州 : 浙江文艺出版社 , 2018.

莫言 . 蛙 [M]. 杭州 : 浙江文艺出版社 , 2018.

莫言 . 用耳朵阅读 [M]. 北京 : 作家出版社 , 2012.

III. 其他作品

Billington, Monre. *The American South: A Brief History* [M]. New York: Scribner's Sons, 1971.

Branch, Michael P., et al. *Reading the Earth: New Directions in the Study of Literature and the Environment* [M]. Moscow, Idaho: University of Idaho Press, 1998.

Brooks, Cleanth. Faulkner and the Muse of History [J]. *Mississippi Quarterly*, 1975(3): 265-279.

Brooks, Cleanth. *William Faulkner: First Encounter* [M]. New Haven: Yale University Press, 1983.

Carson, Rachel. *Of Man and the Stream of Time* [M]. New York: Frederick Ungar Publishing House, 1983.

Chudacoff, Howard P. & Judith E. Smith. *The Evolution of American Urban Society* [M]. Englewood Cliffs, N.J.:Prentice Hall, 1988.

Crosby, Donald A. *The Specter of the Absurd: Sources and Criticism of Modern Nihilism* [M]. Albany: State University of New York Press, 1988.

Flynn, Thomas. *Existentialism: A Very Short Introduction* [M]. Beijing: Foreign Language Teaching and Research Press, 2008.

Gwynn, Frederick L. & Joseph L. Blotner. Faulkner's Commentary on *Go Down, Moses* [M]// *Bear, Man, and God: Eight Approaches to William Faulkner's The Bear.* Eds. Francis Lee Utley et al. New York: Random House, 1971.

Jefferson, Thomas. *The Declaration of Independence: The Evolution of the Text as Shown in Facsimiles of Various Drafts* [M]. Ed. Julian P. Boyd. Princeton: Princeton University Press, 1945.

Lear, Linda & Rachel Carson. *Witness for Nature* [M]. New York: Henry Holt and Company, 1997.

Love, Glen A. Et in Arcadia Ego: Pastoral Theory Meets Ecocriticism [J]. *Western American literature*, 1992(3):195-207.

Lyon, Thomas. *This Imparable Land: A Book of American Nature Writing* [M].

Minneapolis: Milkweed Editions, 2001.

Millgate, Michael. *The Achievement of William Faulkner* [M]. New York: Random House, 1971.

Minter, David L. *A Cultural History of the American Novel: Henry James to William Faulkner* [M]. Cambridge: Cambridge University Press, 1994.

Murphy, Patrick D. *Farther Afield in the Study of Nature-Oriented Literature* [M]. Charlottesville: University of Virginia, 2000.

Ransom, J. C. The South Defends Its Heritage [J]. *Harper's Monthly Magazine*, 1929(1): 108-118.

Rollyson, Carl. *Uses of the Past in the Novels of William Faulkner* [M]. Michigan: UMI Research Press, 1984.

Steiner, Stan. *The Vanishing White Man: Deep Ecology for the Twenty-First Century* [M]. Ed. George Sessions. Boston & London: Shambhala Publications Inc., 1995.

Taylor, Paul W. *Respect for Nature: A Theory of Environmental Ethics* [M]. Princeton, New Jersey: Princeton University Press, 1986.

Urgo, Joseph R. & Ann J. Abadie. Eds. *Faulkner and the Ecology of the South: Faulkner and Yoknapatawpha*[M]. Oxford, Mississippi: University Press of Mississippi, 2005.

Utley, Francis L. *Bear, Man, and God: Seven Approaches to William Faulkner's The Bear* [M]. New York: Random House, 1964.

Williamson, Joel. *William Faulkner and Southern History* [M]. New York: Oxford University Press, 1993.

阿尔贝特·施韦泽. 敬畏生命 [M]. 陈泽环, 译. 上海: 上海人民出版社, 2017.

阿尔·戈尔. 濒临失衡的地球: 生态与人类精神 [M]. 陈嘉映, 等译. 北京: 中央编译出版社, 1997.

阿克塞尔·霍耐特. 为承认而斗争: 关于黑格尔耶拿时期哲学中的社会理论 [M]. 胡继华, 译. 上海: 上海人民出版社, 2005.

阿兰·邓迪斯. 西方神话学论文选 [M]. 朝戈金, 等译. 上海: 上海文艺出版社, 1994.

阿诺德·豪塞尔. 艺术史的哲学 [M]. 北京: 中国社会科学出版社, 1992.

爱德华·泰勒. 原始文化 [M]. 连树声, 译. 上海: 上海文艺出版社, 1992.

埃利希·弗洛姆. 马克思关于人的概念 [M] // 复旦大学哲学系现代西方哲学研究室. 西方学者论《一八四四年经济学-哲学手稿》. 上海: 复旦大学出版社, 1983.

艾伦·杜宁. 多少算够: 消费社会与地球未来 [M]. 毕聿, 译. 长春: 吉林人民出版社, 1997.

埃默里·埃利奥特. 哥伦比亚美国文学史 [M]. 朱通伯, 译. 成都: 四川辞书出版社,

1994.

爱因斯坦. 爱因斯坦文集: 第一卷 [M]. 许良英, 范岱年, 编译. 北京: 商务印书馆, 2010.

巴鲁赫·斯宾诺莎. 神、人及其幸福简论 [M]. 洪汉鼎, 孙祖培, 译. 北京: 商务印书馆, 1987.

保罗·沃伦·泰勒. 尊重自然: 一种环境伦理学理论 [M]. 雷毅, 等译. 北京: 首都师范大学出版社, 2010.

贝尔纳·斯蒂格勒. 技术与时间: 爱比米修斯的过失 [M]. 裴程, 译. 南京: 译林出版社, 1999.

贝思·J. 辛格. 实用主义、权利和民主 [M]. 王守昌, 等译. 上海: 上海译文出版社, 2001.

别林斯基. 别林斯基论文学 [M]. 梁真, 译. 上海: 新文艺出版社, 1958.

蔡贤军. 论创新的科学精神和人文精神 [J]. 理论月刊, 2005(7): 34-36.

曹孟勤. 人性与自然: 生态伦理哲学基础 [M]. 南京: 南京师范大学出版社, 2006.

曹孟勤. 从人类社会走向生态社会 [J]. 南京林业大学学报（人文社会科学版）, 2007(3): 5-10, 24.

曹山柯. 人生长恨水长东:《群鬼》的生态伦理解读 [J]. 外国文学研究, 2010(5): 79-87.

曹文轩. 中国八十年代文学现象研究 [M]. 北京: 北京大学出版社, 1988.

查尔斯·泰勒. 承认的政治 [M] // 汪晖, 陈燕谷. 文化与公共性. 北京: 生活·读书·新知三联书店, 1998.

陈军科. 理性思维: 文化自觉的本质特征 [J]. 北京师范大学学报（社会科学版）, 2003(5): 71-76.

陈晓明. 道德可以拯救文学吗？: 对当前一种流行观点的质疑 [J]. 长城, 2002(4): 197-208.

陈学明. 生态文明论 [M]. 重庆: 重庆出版社, 2008.

陈泽环, 朱林. 天才博士与非洲丛林: 诺贝尔和平奖获得者阿尔贝特·施韦泽传 [M]. 南昌: 江西人民出版社, 1995.

陈忠武. 人性的烛光 [M]. 昆明: 云南人民出版社, 2004.

程光炜. 生平述略: 莫言家世考证之一 [J]. 南方文坛, 2015(2): 67-71.

程虹. 寻归荒野 [M]. 北京: 生活·读书·新知三联书店, 2014.

大卫·克里斯特尔. 剑桥百科全书 [M]. 北京: 中国友谊出版公司, 1990.

大卫·雷·格里芬. 后现代精神 [M]. 王成兵, 译. 北京: 中央编译出版社, 1998.

戴斯·贾丁斯. 环境伦理学: 环境哲学导论 [M]. 林官明、杨爱民, 译. 北京: 北京大学出版社, 2002.

戴维·明特. 福克纳传 [M]. 顾连理, 译. 上海: 东方出版中心, 1996.

丹纳. 艺术哲学[M]. 傅雷, 译. 北京: 人民文学出版社, 1983.

丹尼尔·贝尔. 资本主义文化矛盾[M]. 赵一凡, 等译. 北京: 生活·读书·新知三联书店, 1989.

丹尼尔·霍夫曼. 美国当代文学[M]. 世界文学编辑部, 译. 北京: 中国文联出版公司, 1985.

丹尼尔·J. 辛格. 威廉·福克纳: 成为一个现代主义者[M]. 王东兴, 译. 哈尔滨: 黑龙江教育出版社, 2016.

丁帆. 中国大陆与台湾乡土小说比较史论[M]. 南京: 南京大学出版社, 2001.

丁鸿富, 等. 社会生态学[M]. 杭州: 浙江教育出版社, 1987.

董平. 老子研读[M]. 北京: 中华书局, 2015.

D. 拉兹洛. 用系统论的观点看世界: 科学新发展的自然哲学[M]. 闵家胤, 译. 北京: 中国社会科学出版社, 1985.

恩格斯. 路德维希·费尔巴哈和德国古典哲学的终结[M]. 中共中央马克思、列宁、恩格斯、斯大林著作编译局, 译. 北京: 人民出版社, 2018.

恩斯特·卡西勒. 启蒙哲学[M]. 顾伟铭, 等译. 济南: 山东人民出版社, 1988.

方克强. 文学人类学批评[M]. 上海: 上海社会科学院出版社, 1992.

费尔南·布罗代尔. 论历史[M]. 刘北成, 等译. 北京: 北京大学出版社, 2012.

费孝通. 对文化的历史性和社会性的思考[J]. 思想战线, 2004(2): 1-6.

弗里德里希·尼采. 权力意志: 重估一切价值的尝试[M]. 张念东, 等译. 北京: 商务印书馆, 1991.

弗洛伊德. 弗洛伊德文集: 5: 精神分析新论[M]. 车文博, 编. 长春: 长春出版社, 2006.

高楠. 文学的道德在场与道德预设[J]. 文艺争鸣, 2008(1): 45-53.

歌德. 东西集·注释[M]// 伦理学体系. 何怀宏, 等译. 北京: 中国社会科学出版社, 1990.

格伦·A. 洛夫. 实用生态批评: 文学、生物学及环境[M]. 胡志红, 等译. 北京: 北京大学出版社, 2010.

管笑笑. 莫言小说文体研究[M]. 北京: 北京师范大学出版社, 2016.

郭小凌. 克丽奥的童年: 古典西方史学[M]. 沈阳: 辽宁大学出版社, 1996.

H. L. A. 哈特. 法律的概念[M]. 张文显, 等译. 北京: 中国大百科全书出版社, 1996.

H. R. 斯通贝克. 福克纳中短篇小说选[M]. 李文俊, 等译. 北京: 中国文联出版公司, 1985.

哈罗德·布鲁姆. 影响的焦虑: 一种诗歌理论[M]. 徐文博, 译. 南京: 江苏教育出版社, 2006.

海德格尔. 路标[M]. 孙周兴, 译. 北京: 商务印书馆, 2000.

贺立华, 杨守森. 怪才莫言 [M]. 石家庄: 花山文艺出版社, 1992.

贺立华, 杨守森. 莫言研究资料 [M]. 济南: 山东大学出版社, 1992.

黑格尔. 法哲学原理 [M]. 范扬, 张企泰, 译. 北京: 商务印书馆, 1961.

黑格尔. 精神现象学: 上卷 [M]. 贺麟, 等译. 北京: 商务印书馆, 1979.

黑格尔. 历史哲学 [M]. 王造时, 译. 上海: 上海书店出版社, 2006.

亨利·柏格森. 形而上学导言 [M]. 刘放桐, 译. 北京: 商务印书馆, 1963.

亨利·柏格森. 时间与自由意志 [M]. 吴士栋, 译. 北京: 商务印书馆, 1997.

亨利·柏格森. 笑 [M]. 徐继曾, 译. 北京: 北京出版社出版集团, 2005.

亨利·戴维·梭罗. 瓦尔登湖 [M]. 杨家盛, 译. 天津: 天津教育出版社, 2004.

亨利·米勒. 南回归线 [M]. 杨恒达, 等译. 南京: 译林出版社, 2013.

洪谦. 现代西方资产阶级哲学论著选辑 [M]. 北京: 商务印书馆, 1982.

霍尔巴赫. 自然的体系 [M]. 管士滨, 译. 北京: 商务印书馆, 1999.

霍尔姆斯·罗尔斯顿. 哲学走向荒野 [M]. 刘耳, 等译. 长春: 吉林人民出版社, 2000.

霍尔姆斯·罗尔斯顿. 环境伦理学: 大自然的价值以及人对大自然的义务 [M]. 杨通进, 译. 北京: 中国社会科学出版社, 2000.

J. G. 弗雷泽. 金枝: 巫术与宗教之研究 [M]. 汪培基, 等译. 北京: 商务印书馆, 2012.

吉成名. 中国崇龙习俗 [M]. 天津: 天津古籍出版社, 2002.

吉尔·德勒兹. 康德与柏格森解读 [M]. 张宇凌, 等译. 北京: 社会科学文献出版社, 2002.

吉欧·波尔泰. 爱默生集: 论文与讲演录 [M]. 赵一凡, 等译. 北京: 生活·读书·新知三联书店, 1993.

加巴拉耶夫. 费尔巴哈的唯物主义 [M]. 涂纪亮, 等译. 北京: 科学出版社, 1959.

江西省文联文艺理论研究室. 外国现代文艺批评方法论 [M]. 南昌: 江西人民出版社, 1985.

荆学民. 论信仰的社会文化内蕴: "马克思主义信仰学" 论二 [J]. 山西师大学报 (社会科学版), 2006(3): 1-5.

卡尔·荣格. 原型与集体无意识 [M]. 徐德林, 译. 北京: 国际文化出版公司, 2011.

卡尔·荣格. 荣格文集: 第五卷: 原型与集体无意识 [M]. 徐德林, 译. 北京: 国际文化出版公司, 2011.

康德. 实用人类学 [M]. 邓晓芒, 译. 重庆: 重庆出版社, 1987.

克劳德·列维-斯特劳斯. 结构人类学 [M]. 陆晓禾, 等译. 北京: 文化艺术出版社, 1989.

克里斯托弗·司徒博. 环境与发展: 一种社会伦理学的考量 [M]. 邓安庆, 译. 北京: 人民出版社, 2008.

克林斯·布鲁克斯. 乡下人福克纳 [M]. 李文俊, 译. 北京: 中国社会科学出版社, 1990.

孔范今, 施战军. 莫言研究资料 [M]. 济南: 山东文艺出版社, 2012.

孔庆华. 论福克纳短篇小说的乡土情结 [J]. 外国文学研究, 2003(4): 41-44, 170.

拉曼·塞尔登. 文学批评理论: 从柏拉图到现在 [M]. 刘象愚, 等译. 北京: 北京大学出版社, 2003.

蕾切尔·卡森. 寂静的春天 [M]. 吕瑞兰, 等译. 上海: 上海译文出版社, 2014.

雷·韦勒克, 等. 文学理论 [M]. 刘象愚, 等译. 北京: 生活·读书·新知三联书店, 1984.

理查德·罗蒂. 筑就我们的国家: 20 世纪美国左派思想 [M]. 黄宗英, 译. 北京: 生活·读书·新知三联书店, 2006.

李公昭. 20 世纪美国文学导论 [M]. 西安: 西安交通大学出版社, 2000.

李培超. 论中国传统文化与现代生态伦理思维之间的冲突 [J]. 船山学刊, 2000(2): 45-49.

李俏梅. "文学地理" 建构背后的宏大文化理念: 以莫言笔下的 "高密东北乡" 为例 [J]. 广州大学学报, 2014(7): 86-91.

李万古. 论社会生态意识 [J]. 齐鲁学刊, 1997(2): 61-64.

李文波. 大地诗学: 生态文学研究绪论 [M]. 西安: 陕西人民出版社, 2000.

李文俊. 福克纳评论集 [C]. 北京: 中国社会科学出版社, 1980.

李文俊. 福克纳的神话 [M]. 上海: 上海译文出版社, 2008.

李文俊. 福克纳传 [M]. 北京: 新世界出版社, 2003.

李文俊. 威廉·福克纳 [M]. 北京: 人民文学出版社, 2010.

厉以宁. 消费经济学 [M]. 北京: 人民出版社, 1984.

联合国教科文组织. 学会生存: 教育世界的今天和明天 [M]. 华东师范大学比较教育研究所, 译. 北京: 教育科学出版社, 1996.

列维·布留尔. 原始思维 [M]. 丁由, 译. 北京: 商务印书馆, 1981.

列维-斯特劳斯. 野性的思维 [M]. 李幼蒸, 译. 北京: 商务印书馆, 1987.

林建法, 徐连源. 中国当代作家面面观: 寻找文学的魂灵 [M]. 长春: 春风文艺出版社, 2003.

林同华. 宗白华美学思想研究 [M]. 沈阳: 辽宁人民出版社, 1987.

刘蓓. 生态批评: 寻求人类 "内部自然" 的 "回归" [J]. 成都大学学报(社会科学版), 2003(2): 21-24.

刘建军. 试论三种非宗教的信仰形式 [J]. 中国人民大学学报, 1999(3): 30-34.

刘文良. 范畴与方法: 生态批评论 [M]. 北京: 人民出版社, 2009.

刘小枫. 沉重的肉身: 现代性伦理的叙事纬语 [M]. 北京: 华夏出版社, 2007.

鲁枢元.生态文艺学[M].西安:陕西人民教育出版社,2000.

鲁枢元.生态批评的空间[M].上海:华东师范大学出版社,2006.

露丝·本尼迪克.文化模式[M].何锡章,等译.北京:华夏出版社,1987.

罗浩波.构建社会文明学的思考[J].浙江社会科学,2006(1):153-158.

罗洛·梅.罗洛·梅文集:祈望神话[M].王辉,罗秋实,何博闻,译.北京:中国人民大学出版社,2012.

罗纳德·英格尔哈特.发达工业社会的文化转型[M].张秀琴,译.北京:社会科学文献出版社,2013.

骆郁廷."精神动力"范畴分析[J].武汉大学学报(社会科学版),2003(4):498-504.

吕世荣.马克思自然观的当代价值[J].河南大学学报(社会科学版),2004(2):13-17.

马丁·海德格尔.海德格尔选集[M].上海:上海三联书店,1996.

马克思.1844年经济学哲学手稿[M].北京:人民出版社,2000.

马克思,恩格斯.马克思恩格斯全集:第1卷[M].北京:人民出版社,1956.

马克思,恩格斯.马克思恩格斯全集:第2卷[M].北京:人民出版社,1957.

马克思,恩格斯.马克思恩格斯全集:第3卷[M].北京:人民出版社,1960.

马克思,恩格斯.马克思恩格斯全集:第19卷[M].北京:人民出版社,1963.

马克思,恩格斯.马克思恩格斯全集:第20卷[M].北京:人民出版社,1971.

马克思,恩格斯.马克思恩格斯全集:第23卷[M].北京:人民出版社,1972.

马克思,恩格斯.马克思恩格斯全集:第25卷[M].北京:人民出版社,1974.

马克思,恩格斯.马克思恩格斯全集:第42卷[M].北京:人民出版社,1979.

马克思,恩格斯.马克思恩格斯选集:第3卷[M].北京:人民出版社,1995.

马克思,恩格斯.马克思恩格斯文集:第1卷[M].北京:人民出版社,2009.

马克思,恩格斯.马克思恩格斯文集:第2卷[M].北京:人民出版社,2009.

马克思,恩格斯.马克思恩格斯文集:第9卷[M].北京:人民出版社,2009.

马克斯·舍勒.人在宇宙中的地位[M].李伯杰,译.贵阳:贵州人民出版社,1989.

茅盾.茅盾评论文集:下[M].北京:人民文学出版社,1978.

茅盾.茅盾全集:第28卷:中国神话研究[M].茅盾全集编辑委员会,编.北京:人民文学出版社,1993.

米兰·昆德拉.被忽视的塞万提斯的遗产[M]//小说的艺术.唐晓渡,译.北京:作家出版社,1992.

米夏埃尔·兰德曼.哲学人类学[M].张乐天,译.上海:上海译文出版社,1988.

默里·布克金.自由生态学:等级制的出现与消解[M].郇庆志,译.济南:山东大学出版社,2008.

莫言,刘琛.把"高密东北乡"安放在世界文学的版图上:莫言先生文学访谈录[J].东岳论丛, 2012(10): 5-10.

莫言研究会. 莫言与高密[M]. 北京: 中国青年出版社, 2011.

莫言, 王尧. 从《红高粱》到《檀香刑》[J]. 当代作家评论, 2002(1): 10-22.

南方周末. 说吧, 莫言[M]. 南昌: 二十一世纪出版社, 2012.

尼采. 快乐的科学[M]. 余鸿荣, 译. 北京: 中国和平出版社, 1986.

尼采. 疯狂的意义: 尼采超人哲学集[M]. 周国平, 译. 天津: 天津人民出版社, 2007.

聂珍钊. 文学伦理学批评导论[M]. 北京: 北京大学出版社, 2014.

诺思洛普·弗莱. 诺思洛普·弗莱文论选集[M]. 吴持哲, 编. 北京: 中国社会科学出版
    社, 1997.

诺思洛普·弗莱. 文学的原型[M]// 约翰·维克雷. 神话与文学. 潘国庆, 等译. 上海:
    上海文艺出版社, 1995.

诺思洛普·弗莱. 世俗的经典: 传奇故事结构研究[M]. 孟祥春, 译. 上海: 上海人民出
    版社, 2010.

欧文·拉兹洛. 人类的内在限度: 对当今价值、文化和政治的异端反思[M]. 黄觉, 闵家
    胤, 译. 北京: 社会科学文献出版社, 2004.

P. 辛格. 所有的动物都是平等的[J]. 江娅, 译. 哲学译丛, 1994(5): 25-32.

潘小松. 福克纳: 美国南方文学巨匠[M]. 长春: 长春出版社, 1995.

潘岳. 环保问题最终是文化伦理问题[N]. 光明日报, 2011-12-06 (3).

澎湃新闻. 一个日本翻译家眼中的莫言[N]. (2015-08-15) [2019-01-01]. http://cul.sohu.
    com/20150815/n418921350.shtml.

钱中文. 论文艺作品中感情和思想的关系[J]. 文学评论, 1981(5): 86-97.

乔纳森·弗里德曼. 文化认同与全球性过程[M]. 周宪, 编. 郭健如, 译. 北京: 商务印
    书馆, 2003.

乔治·卢卡奇. 历史与阶级意识[M]. 张西平, 译. 重庆: 重庆出版社, 1989.

R. F. 纳什. 大自然的权利[M]. 青岛: 青岛出版社, 1999.

S. G. 柯林伍德. 自然的观念[M]. 吴国盛, 等译. 北京: 华夏出版社, 1990.

R. M. 基辛. 文化·社会·个人[M]. 甘华鸣, 等译. 沈阳: 辽宁人民出版社, 1988.

S. 让·波德里亚. 消费社会[M]. 刘成富, 等译. 南京: 南京大学出版社, 2006.

让-保罗·萨特. 存在主义是一种人道主义[M]. 周煦良, 汤永宽, 译. 上海: 上海译文
    出版社, 1988.

日尔凯维奇, 等. 同时代人回忆托尔斯泰: 下[M]. 周敏显, 等译. 上海: 上海译文出版
    社, 1984.

荣格. 寻求灵魂的现代人[M]. 苏克, 译. 贵阳: 贵州人民出版社, 1987.

佘正荣. 生态智慧论[M]. 北京: 中国社会科学出版社, 1996.

斯大林. 斯大林选集 [M]. 中共中央马克思恩格斯列宁斯大林著作编译局, 译. 北京: 人民出版社, 1979.

世界自然保护同盟, 等. 保护地球 [M]. 北京: 中国环境科学出版社, 1992.

世界文学编辑部. 福克纳中短篇小说选 [M]. 北京: 中国文联出版公司, 1985.

束定芳. 隐喻学研究 [M]. 上海: 上海外语教育出版社, 2000.

舒远招. 马克思主义哲学原理 [M]. 长沙: 湖南师范大学出版社, 2000.

孙芳薇. 论《红高粱家族》中的动物意象 [J]. 北方文学（下半月）, 2012(9): 49.

孙庆忠. 社会记忆与村落的价值 [J]. 广西民族大学学报（哲学社会科学版）, 2014(5): 32-35.

孙正聿. 崇高的位置 [M]. 北京: 人民出版社, 2002.

T. 雷根. 关于动物权利的激进的平等主义观点 [J]. 杨通进, 译. 哲学译丛, 1999(4): 23-31.

汤因比, 池田大作. 展望二十一世纪: 汤因比与池田大作对话录 [M]. 苟春生, 朱继征, 陈国梁, 译. 北京: 国际文化出版社, 1985.

陶东风. 文学史研究的主题学方法 [J]. 文艺理论研究, 1992(1): 2-9.

陶洁. 福克纳的魅力 [M]. 北京: 北京大学出版社, 1998.

特里·伊格尔顿. 后现代主义的幻象 [M]. 华明译. 北京: 商务印书馆, 2000.

童庆炳, 等. 文艺心理学教程 [M]. 北京: 高等教育出版社, 2001.

万本太. 新型文明时代的呼唤: 生态文明断想 [J]. 中国生态文明, 2014(2): 14-15.

王浩斌. 论人的可持续发展与全面发展的理论分野 [J]. 南京工业大学学报（社会科学版）, 2006(2): 15-19.

王家军. 学校管理的伦理本质 [J]. 首都师范大学学报（社会科学版）, 2008(3): 105-110.

王进. 我们只有一个地球: 关于生态问题哲学 [M]. 北京: 中国青年出版社, 1999.

王坤庆. 论精神与精神教育: 一种教育哲学视角的当代教育反思 [J]. 华中师范大学学报（人文社会科学版）, 2002(3): 18-25.

汪民安. 现代性 [M]. 南京: 南京大学出版社, 2012.

王诺. 欧美生态文学 [M]. 北京: 北京大学出版社, 2003.

王双桥. 人的自然、社会、精神三位一体的存在论 [J]. 邵阳学院学报（社会科学版）, 2003(4): 6-10.

王晓朝. 从信仰的维度理解金规则 [J]. 江苏社会科学, 2003(1): 18-23.

王一多. 人性与道德的思考 [M]. 重庆: 重庆出版社, 2000.

魏建, 贾振勇. 齐鲁文化与山东新文学 [M]. 长沙: 湖南教育出版社, 1995.

维克多·奥辛廷斯基. 未来启示录: 苏美思想家谈未来 [M]. 徐元, 译. 上海: 上海译文出版社, 1988.

威廉·巴雷特.非理性的人:存在主义哲学研究[M].段德智,译.上海:上海译文出版社,1992.

威廉·K.弗兰克纳.善的求索:道德哲学导论[M].黄伟合,等译.沈阳:辽宁人民出版社,1987.

威廉·莱斯.自然的控制[M].岳长岭,等译.重庆:重庆出版社,1996.

郗春梅.生态伦理:可持续发展理论架构的基础[J].中国人口·资源与环境,2006(1):9-13.

习近平.共同构建人类命运共同体:在联合国日内瓦总部的演讲[N].人民日报,2017-01-20(2).

习近平.决胜全面建成小康社会,夺取新时代中国特色社会主义伟大胜利:在中国共产党第十九次全国代表大会上的报告[M].北京:人民出版社,2017.

西蒙·冈恩.历史学与文化理论[M].韩炯,译.北京:北京大学出版社,2012.

夏伟东.经济伦理学研究什么?[J].江苏社会科学,2000(3):91-93.

肖明翰.威廉·福克纳研究[M].北京:外语教学与研究出版社,1997.

徐小泉.自然伦理观念的提出及相关文艺思考[J].当代文坛,2003(4):7-9.

雅克·拉康.拉康选集[M].褚孝泉,译.上海:上海三联书店,2001.

雅克·勒高夫.历史与记忆[M].方仁杰,倪复生,译.北京:中国人民大学出版社,2010.

亚里斯多德.诗学[M].罗念生,译.北京:人民文学出版社,1982.

亚里士多德.政治学[M].吴寿彭,译.北京:商务印书馆,1997.

岩佐茂.环境的思想[M].韩立新,等译.北京:中央编译出版社,1997.

杨桂青.莫言:写作时把自己当罪人[N].中国教育报,2011-8-27(4).

杨国荣.道德与社会整合[J].天津社会科学,2001(5):22-27,33.

杨岚,张维真.中国当代人文精神的构建[M].北京:人民出版社,2002.

杨守森,贺立华.莫言研究三十年[M].济南:山东大学出版社,2013.

杨守森.生命意识与文艺创作[J].文史哲,2014(6):97-109+163.

杨庭硕.生态人类学导论[M].北京:民族出版社,2009.

杨通进.走向深层的环保[M].成都:四川人民出版社,2000.

杨扬.莫言研究资料[M].天津:天津人民出版社,2005.

叶开.野性的红高粱:莫言传[M].南昌:二十一世纪出版社,2012.

叶平.生态伦理学[M].哈尔滨:东北林业出版社,1994.

叶舒宪.神话:原型批评[M].西安:陕西师范大学出版社,1987.

叶舒宪.神话的意蕴与神话学的方法[J].淮阴师范学院学报(哲学社会科学版),2002(2):219-229.

叶永胜. 论中国当代小说中的"神话叙事"[J]. 阜阳师范学院学报（社会科学版）, 2008(2): 40-43.

于光远. 恩格斯自然辩证法[M]. 北京: 人民出版社, 1984.

禹建湘. 乡土想像: 现代性与文学表意的焦虑[M]. 长沙: 湖南人民出版社, 2008.

余谋昌. 西方生态伦理学研究动态[J]. 世界哲学, 1994(5): 1-4.

余谋昌. 生态伦理学: 从理论走向实践[M]. 北京: 首都师范大学出版社, 1999.

余谋昌. 生态哲学[M]. 西安: 陕西人民教育出版社, 2000.

於可训. 中国当代文学概论[M]. 武汉: 武汉大学出版社, 1998.

俞吾金. 寻找新的价值坐标: 世纪之交的哲学文化反思[M]. 上海: 复旦大学出版社, 1995.

俞吾金, 等. 现代性现象学: 与西方马克思主义者的对话[M]. 上海: 上海社会科学院出版社, 2002.

袁珂. 神话选译百题[M]. 上海: 上海古籍出版社, 1980.

曾永成. 文艺的绿色之思: 文艺生态学引论[M]. 北京: 人民文学出版社, 2000.

詹姆斯·奥康纳. 自然的理由: 生态学马克思主义研究[M]. 唐正东, 等译. 南京: 南京大学出版社, 2003.

詹·乔·弗雷泽. 金枝[M]. 徐育新, 等译. 北京: 中国民间文艺出版社, 1987.

张清华. 选择与回归: 论莫言小说的传统艺术精神[J]. 山东师大学报（社会科学版）, 1991(2): 62-68.

张隆溪. 二十世纪西方文论述评[M]. 北京: 生活·读书·新知三联出版社, 1986.

张相宽. 故事·讲故事的人·听故事的人: 论莫言小说与传统说书艺术的联系[J]. 东岳论丛, 2015(2): 86-90.

张永缜. 共生的论域[M]. 北京: 中国社会科学出版社, 2016.

张志忠. 莫言论[M]. 北京: 中国社会科学出版社, 1990.

郑慧子. 走向自然的伦理[M]. 北京: 人民出版社, 2006.

中共中央文献研究室. 习近平关于社会主义生态文明建设论述摘编[M]. 北京: 中央文献出版社, 2017.

中国大百科全书出版社编辑部. 中国大百科全书[M]. 北京: 中国大百科全书出版社, 1991.

中国大百科全书总编辑委员会《外国文学》编辑委员会. 中国大百科全书·外国文学卷: 第二卷[M]. 北京: 中国大百科全书出版社, 1982.

中国社会科学院语言研究所词典编辑室. 现代汉语词典[M]. 北京: 商务印书馆, 1996.

周罡, 莫言. 发现故乡与表现自我: 莫言访谈录[J]. 小说评论, 2002(6): 33-40.

张岱年. 中国哲学大纲[M]. 北京: 中国社会科学出版社, 1982.

张晓路. 群众路线理论分析及其时代要求 [D]. 北京：中共中央党校（国家行政学院）博士学位论文, 2020.

张志忠. 莫言论 [M]. 北京：北京联合出版公司, 2012.

朱宝荣. 动物形象：小说研究中不应忽视的一隅 [J]. 文艺理论与批评, 2005(1): 115-121.

朱光潜. 谈美 [M]. 北京：中国青年出版社, 2012.

朱塞佩·马志尼. 论人的责任 [M]. 吕志士译. 北京：商务印书馆, 1995.

朱又可. 桑岛道夫：诺贝尔文学奖评价标准正在发生变化 [N]. 南方周末. (2012-10-18) [2018-04-20]. http://www.infzm.com/content/82027.

邹诗鹏. 现代性的物化逻辑与虚无主义课题：马克思学说与西方现当代有关话语的界分 [J]. 天津社会科学, 2009(3):4-10.